世界文学评论

THE WORLD LITERATURE CRITICISM

第 18 辑

《世界文学评论》编辑部　编

长江出版传媒 | 长江文艺出版社

世界文学评论

主　　编　雷雪峰

副 主 编　黄　琼

编　　委（笔画顺序）

丁世忠　王　晖　王升远　王祖友　邓正兵　毛凌莹　左晓光
刘　文　刘立辉　汤天勇　毕光明　吴海超　李志艳　肖徐彧
陈仲义　赵小琪　胡　静　降红燕　海　阔　涂慧琴　黄　琼
董春华　喻学才　程国君　雷雪峰　熊国华

编 辑 成 员　刘婕妤　施慧娟　程　鑫
编辑部邮箱　sjwxpl@126.com

电子阅读 扫一扫

（点开中国知网学术辑刊可下载。）

目　录

中外作家学者访谈

诺贝尔文学奖研究

学术前沿：刀郎《罗刹海市》笔谈

欧洲文学研究

美洲文学研究

亚洲文学研究

中国古代文学研究

中国现当代文学研究

文学理论研究

比较文学研究

图书评论与研究综述

Contents

American Literature Studies

Asian Literature Studies

Ancient Chinese Literature Studies

Modern and Contemporary Chinese Literature Studies

Literary Theory Studies

Comparative Literature Studies

Book Review and Academic Trends

一位新移民作家的文学地图
——叶周访谈录

叶　周　江少川

内容提要： 海外华文作家的作品中有多元文化的冲突和交流，有对母语文化的眷恋和反思，有遭遇异域文化时的震惊、惶恐，也有后来的接受与和谐相处。所有的这些都构成了海外华文作家独特的文本不仅在文学上而且在史学上的意义和价值。叶周的创作生涯，始于上海，然后一直延续至今。他前往美国留学，并在那里开始小说创作，近年来的作品表现了美国洛杉矶、旧金山、纽约和欧洲等地的华人生活，他的父辈小说系列又涉及上海、香港、重庆、东京等重要城市的文化活动。他的文学创作地图呈现了立体和多元的文化景观。叶周的文学地图，恰如其分地构成了他的文学创作的想象空间。而这份私人地图只有放在海外华文文学的宏观图景中才更具意义。

关键词： 叶周；文学地图；海外生活；非虚构父辈系列；作家的想象空间

作者简介： 叶周，美国著名华文作家，资深电视制作人，北美洛杉矶华文作家协会监事长（原会长）。江少川，华中师范大学文学院教授，主要研究台港澳文学、海外华文文学。

Title: A Literary Map of a New Immigrant Writer — An Interview with Ye Zhou

Abstract: In the works of overseas Chinese writers, there exist multicultural conflicts and exchanges, nostalgia and reflection on Chinese culture, with shock and fear towards foreign cultures, preceding acceptance and coexistence. These factors constitute the significance of these overseas Chinese writers' unique texts not only as literature, but also as history. Zhou Ye's creative career started in Shanghai, continuing through his studies in the United States, during which he began to write novels. In recent years, his works have explored the lives of the Chinese in Los Angeles, San Francisco, New York, and parts of Europe. In portraying his predecessors, he has written of their activities in Shanghai, Hong Kong, Chongqing, Tokyo, and other iconic cities. The literary map of Ye's works presents a diverse, three-dimensional landscape of culture. And this private map is more meaningful only if it is placed in the macroscopic picture of overseas Chinese literature.

Key Words: Ye Zhou; literary map; overseas life; non-fiction predecessors series; writer's imagination space

About Author: Ye Zhou is a famous American Chinese writer, a senior television producer, and the supervisor (former president) of North America Chinese Writers' Association Los Angeles. **Jiang Shaochuan** is a professor of the School of Chinese Language and Literature, Central China Normal University. His research focuses on Tanwan-Hongkong and Overseas Chinese Literature.

江少川（以下简称"江"）： 叶周先生好！我曾两次赴洛杉矶参加你们协会举办的国际华文文学研讨会，你作为协会负责人比较忙，我们都没来得及在会下进行对话与交流。这次访谈只能说是迟到的访问。你赴美二十多年，在小说散文影视创作等方面都收获甚丰，成绩不凡。我最先读到的是你的长篇《美国爱情》《丁香公寓》，它们都是深度表现新移民在海外生存状况的佳作。你的中篇发表在《北京文学》《中国作家》《上海文学》等国内重要的文学期刊，作品的海外视角取材新颖、立意深刻，在海内外影响很大。而重走父辈路，以非虚构的文体再现了老一辈文艺工作者当年出生入死、献身革命文艺的历史往事，是弥足珍贵的文学史料。我们先从"文学地图"谈起吧。

你将自己独特的文学世界称为"一幅伸展着的文学地图"，这是极为形象的概括。谈谈应怎样理解这句话的内涵吧，为什么把你的创作历程称为"一幅伸展着的文学地图"。

叶周（以下简称"叶"）："一幅伸展着的文学地图"这个提法，是我在国内的一次新移民文学会上发言的题目。地图，描画着人类活动的轨迹，随着人类活动的迁徙，地图也在无限地扩展中。人类的迁徙不断地在处女地上开发、构筑着新的空间，而在文学创作中，作家们通过自己的作品在精神领域里不断地创造着文学想象的独特空间。作家创造的空间不是物质层面的，而是在作家的心理上构筑的。迁徙创造了空间，空间延展了地图，而这些空间的产生，便在文学地图上形成了一幅生动的文学视觉景观。对于这些独特空间和地图的研究已成为文学研究的一个有趣的方法。文学地图不仅描绘地理位置，还通过对作家和作品中的故事、人物的介绍呈现一个生动的文学世界。

对照我自己的创作生涯，始于上海，然后一直延续至今。我的第一部长篇小说写的是在旧金山留学的生活见闻。第二部长篇小说又回到上海，写我的成长。近年来我的小说涉及了欧洲的布达佩斯与美国洛杉矶、旧金山、纽约；后来又涉及香港、重庆、东京等地。有一天我把这些地方在地图上标出来，它们忽然有了特别不同的意义，有了一幅具备立体感的生动画面。也许先前是无意识的，等到这幅画面在我面前呈现出来，便成为有意识的行为。我还在写作，还在行走，也就要让我的这幅文学地图继续伸展下去。也就是说，我书写的地域还应该更为宽广。

江：你说"我把这些人物故事发生的地点在地图上标出来，便形成了一张有趣的地图。这就是我的文学地图，而这份私人地图只有放在海外华文文学的宏观图景中才更具意义"，为什么强调"只有放在海外华文文学的宏观图景中才更具意义"？

叶：我的小说创作开始于留美学成之后，我是在海外开始小说创作的，并且海外生活在小说创作

初期已经成为我写作内容的一个重要方面。即便长篇小说《丁香公寓》写的是我在上海成长的经历，但是故事开始的坐标也是在海外，从海外的视角回看少年和青年时期的生活。这个角度和站在上海的角度写那段生活是完全不同的。即便我近期写了一系列非虚构的关于父辈生活的文本，视角也是从一个远行者归来的角色出发，这种写作视角和方法都是立足海外。所以从作品的内容和视角出发，我的作品属于海外华文文学作品，这是确定无疑的。

而海外华文文学的作家们所经历的迁徙，特别能够在作品中体现出文学作品中环境与文化之间的互动，体现出作家所携带的文化观念与所在地环境之间的互相影响、互相渗透。发生在两者之间的碰撞和摩擦，时常也会激荡出一种特异的火花，在文学上就会展现出复杂性和丰富性。作家的作品也会具备这种文化相互映射后展现的独特视野。因为我的创作中的地域是无限伸展的，从上海出发，抵达旧金山、洛杉矶、纽约，然后是东京、布达佩斯等地。随着行走足迹的延伸，作品所体现的文学地图也就会无限伸展。

江：你是如何走上文学创作之路的？你读中文系是受到你父亲影响吗？你受到你父亲哪些方面的熏陶，他对你的影响主要体现在哪些方面？

叶：父亲与我在文学上的唯一联系就是他主编的教材《文学的基本原理》。那本书是我在大学中文系的必修课教材。父亲离开时我才8岁。在成长的年代里，我亲眼所见文坛前辈们经受着不同的磨难。但苦难为什么没有阻止我爱上文学，却依然步上了笔耕的道路？有一次回国期间，走过巴金先生故居，故居已经对外开放。父亲获得平反后，我曾经随母亲拜访过巴金先生，在二楼的那间书房兼卧室里和巴金先生交谈过。旧地重游，我找到了问题的答案，当我从二楼走回一楼一间狭小的太阳房中——巴金先生曾在屋中的一张小书桌上创作了传世之作《随想录》，我忽然明白，正是前辈们遭遇磨难时，在沉默中展示的默默承受和人格尊严，留给我极其深刻的印象。当社会氛围中阿谀奉承和攻讦陷害弥漫时，他们的沉默和自尊在我年轻的心灵中投上了一道永远无法磨灭的光亮——为人有尊

严，为文才有品位。这束光在我心中点燃的火苗至今燃烧着，我的文学梦想也从此开始。

我在20世纪80年代参加工作后，一直在电影界从事编辑工作，身临思想解放运动和电影、文学的各种创新潮流，并为其鼓而呼。特别是经历了第五代导演的电影对文坛的巨大影响，又与勇于进行学术创新的前辈作家们保持着沟通，这些耳濡目染形成了我的文艺观。同时我又和父亲的作家朋友们建立了紧密的联系，他们中的有些人批改过一些我幼稚的稿子。文学杂志的编辑也给我的投稿提过意见。尽管自己青年时的写作是坎坷的，但后来进入电影行业做了编辑记者，我却展现了自己评论方面的一些敏感度，于是就从电影电视的理论评论界崭露头角。出了国，生活稍安定后，生活有了积淀，我重新开始写作。当时我写了一系列与文坛前辈们交往的散文，也有回忆父亲往事的文章，都在《大公报》的副刊"大公园"上发表了。这些散文的写作我坚持了两三年，《大公园》这块园地成就了我，使得我的创作源源不断，散文写作能力得到了很大提高。

从上海起步的中美双城记

江：从上海到移居美国，回忆你的文学创作历程，大体可划分为几个阶段？各有什么特色？

叶：从上海来到美国留学后，我始终走的是一条电视媒体从业者的路。在旧金山获得了电视传媒硕士学位后，从电视摄像、剪辑、导播到制作人，我几乎可以说在电视台的每一个专业岗位上工作过。在我完成了繁重的学业，从业以后，余暇时重新拿起笔来，我的文学创作才真正开始。

到目前为止我出版了四本散文集。它们依次是《文脉传承的践行者》《地老天荒》《城市历史中的爱情》《伸展的文学地图》。《文脉传承的践行者》《地老天荒》也许是我在知天命之年对于往事和故人的深情回望，是我记忆深处情感的厚积薄发。在这两本散文集中收入的文章是我对父亲叶以群及自己出国前在电影界工作时与文坛、影坛前辈交流的难忘记忆。巴金、周扬、夏衍……这些中国文学界如雷贯耳的名字，十分荣幸的是在他们还曾

叱咤风云时，我曾与他们有过最直接的接触。荒煤、于伶、柯灵、冯亦代、艾明之……我在他们的书房中与他们促膝谈心，听他们的谆谆教诲。他们的言教身传从不同方面深深影响了我年轻时人格的成长。与前辈们最直接的思想交流，滋养了我的学养和灵魂，他们的跌宕人生带给我深刻的启迪。

我开始小说创作后首先写了两部长篇小说。第一部长篇小说《美国爱情》在2001年由江苏文艺出版社出版。第二部长篇小说《丁香公寓》由上海文艺出版社出版。这两部长篇小说写的是我自己经历过的故事。《美国爱情》聚焦海外学子的情感生活，描写了20世纪90年代初期他们刚刚到了陌生的国度，个人情感遭遇到的冲击。环境变了，人与人之间的关系因为价值观的改变而产生裂痕，即便是夫妻也会分崩离析。《丁香公寓》是对于自己童年、少年和青年生活的回望。故事发生在上海，写的是我自己和一群小伙伴们成长的故事，也是我对那个灾难年代和变革时代所带给我的成长中的痛苦与快乐的抒写。

写完了长篇小说后许多年，我开始创作中篇小说，在我国《北京文学》《中国作家》《小说月报》等刊物上发表的八部中篇小说，主要写的是海外生活。这时我开始把创作的目光转移到现实的土壤上。也许是因为职业的习惯，我是一个电视新闻人，时常会把日常所见和在新闻中涉猎的内容作为小说创作的题材。这一系列创作开启了我小说创作的新局面。

除了对现实题材的关注，我还开始了一个关于父辈的非虚构系列的写作。伴随着非虚构系列的写作，我走了许多地方，读了不少前辈作家们的著作，其中有郭沫若、茅盾、夏衍、胡风、丁玲、沙汀和徐迟等的传记和回忆录，从史海中寻找父亲文学生涯的蛛丝马迹。由于父亲去世时我只有8岁，所以我对父亲的历史的了解几乎是一张白纸。在前辈的著作中我才了解到：父亲在20世纪30年代上海，与丁玲、田汉等一起加入中国共产党，那年他才21岁。后来担任过"左联"组织部部长；丁玲和胡风当时在上海的第一次见面就是父亲介绍的；茅盾的著作《子夜》出版时新书发布会是父亲主

持的；在抗战时期由周恩来安排，父亲始终在茅盾身边担任他的助手，协助主编了抗战时期影响深远的刊物《文艺阵地》；还有他在重庆曾与作家徐迟相互扶持，一同组织了法国作家罗曼·罗兰逝世的追思会，造成了非常大的影响……许多史料在我面前构筑起一幅父亲生平的生动画面。我陆续在《花城》《收获》《上海文学》《香港文学》等刊物上发表了一系列非虚构作品：《以笔为剑的如歌岁月》《雾都重庆的峥嵘岁月》《一代人的鲁迅梦》《张爱玲在上海的惊艳与渐隐》《走在港九的街道上》《世纪波澜中的上海文化记忆》等。在这些文字中我将父亲与他同时代的前辈们从"左联"时期，到抗战前后以及新中国成立前所从事的进步文化事业勾勒出来，其中有许多淹没在岁月海洋中的珍贵史料和细节被我重新书写。并且我颇为注重的不仅仅是用这些文字去记录父亲的生平，而且更注重他与他的同时代人的交流互动。在这些文字的写作中我了解了一个在文坛各个时期十分活跃的父亲形象，也让我看见了栩栩如生的他和前辈作家们携手为中国的文学事业奋斗的精彩历史。

可是在写作非虚构文本的同时，我又感觉到深深的不满足。因为非虚构文本写作必须严格要求史料的真实和准确，因此必然在叙述过程中留下许多历史的空白，局限了我对人物的生动想象。这也就造成了写作的跳跃和遗憾。因为觉得不过瘾，有些想说的话没有说完，所以就通过写小说来满足自己的愿望。小说中可以展开更多的想象，最起码我可以虚构。我所致力表现的是我想象中的父辈生活。于是我又开始了一个父辈系列中篇小说的写作。这是我在非虚构写作基础上的升华。我先后写作了《忆想神田川》《父亲年轻时》《渝都往事》《有一种相遇》等中篇小说。这个系列的写作仍在继续，我正力求找到全新的视角去展现一幅我想象中的历史图景。

江：如果把上海视为你文学地图的起点，那么你的第一部长篇《美国爱情》可以看作是上海与旧金山的双城记。该作品还入选南开大学美国华文文学选读《华人的美国梦》，可见影响之广泛。《美国爱情》原是为电视剧而写作的剧本，后来写成了长篇出版，请你谈谈创作这部长篇的初衷与过程。

叶：在美国获得电视制作硕士学位后，我计划创作一部反映海外学子情感生活的电视连续剧，这就是我的第一部长篇小说《美国爱情》最初的源头。后来电视剧的创作进展不顺利，我为了不浪费所花的心血，就把原来的构想写成了长篇小说。故事叙述的是美国留学生的感情生活变异。聚焦留学生陶歌三段充满了戏剧性的感情生活。我在后记中写道："到美国那些年，看惯了一个现实：生存环境的变化改变着人们的感情生活。爱情是脆弱的，也没有可塑性。爱情发生的时间、地点、温度乃至湿度都对爱情的发展有不容忽视的制约。环境的悬殊变化，脆弱的爱情受不了! 爱情变质，夫妻反目的事，世界各地都有发生。不论是在美国的中国人，还是在中国的中国人都面临着同样的难题。在高度发达的现代社会，爱情已经失去了它原本的纯真。爱情本应该以情和性相辅相成：有真情相依恋，有两性相吸引，才是真正的性情投合。现代社会中，爱情的内容和含义已经被偷梁换柱，真情被'更新'，纯粹物恋的婚姻可以连性的吸引都放弃；纯粹原始的结合则完全堕落成一种互相玩弄的低级游戏。"该作品入选南开大学美国华文文学选读《华人的美国梦》。我曾经问过该书的主编为什么会选我的这部长篇，她的回答是：因为内容中不仅写了旅美华人的生活，而且涉及美国社会的法律和教育等相关问题。从书中可以感受到华人在美国社会中的真实生活困境和状态。

江：你的第二部长篇《丁香公寓》浓墨重彩地描述了当年大上海一座文化历史名楼中的故事，而从这座具有浓厚文化意味的公寓走出去的人们，以后又相遇在美国，这部作品与《美国爱情》有何不同？《丁香公寓》有何象征与意义？

叶：2014年我出版了第二部长篇小说《丁香公寓》（上海文艺出版社出版）。在这部长篇中我写的是中国一个特定社会阶层生活的缩影。唐小璇和袁京菁，一对孪生姐妹，在政治运动的冲击下，于父母离异后天南海北，互不相识。等到成年后，似乎是命运的安排，她们相会在电影厂的摄影棚里。《丁香公寓》里的故事从"文革"前开始，到20世纪80年代末，跨度二十多年。这二十多年的历史，既是我自己的成长史，也是共和国历史中的一个关键时期。我们这代人与共和国一起走过来，同甘共苦，相濡以沫。我们成长中所流的汗水和泪水中融合着成长的悲欢和付出。即便我已身居异国三十多年，可是在我的记忆中，曾经在那里发生的故事总是那么鲜活地出现在眼前，父母和许多熟人都已经离开了这个世界，可是我依然可以清晰地看见他们的身影和足迹，看见我逝去的青春年华。在这部小说的创作中，我的视角始于美国旧金山，又止于美国旧金山。这个故事的叙述角度是一个旅居者，一个远行者的回顾，表现的是一个远行者心灵上的归来。同样的生活，如果我是出国之前写可能会很不一样。

这两部长篇小说写的都是自己生活中熟悉的人和事，是人生经历中沉淀下来的岁月风尘成就了我的小说。创作完成后我又时常思考，如果仅仅只限于身边熟悉的人和事的写作，我的创作能够走多长走多远。当然真正的创作并不能理念先行，可是有一种清醒的创作意识的推动，可以使作者走出自己所谓的舒适圈，并有助于获得启发。也许正是这些思考引发了我创作思路上的拓展。而这两部长篇写的都是积累了很久的生活素材，至今回看仿佛是自己人生某些阶段的总结。丁香公寓是一个缩影，既是上海社会的缩影，也是我对于中国生活的典型记忆。

江：你的小说离不开你的家乡上海，小说中常常在上海与移居城市之间展开"双城记"架构，上海印象在你心中占有重要位置，谈谈你文学写作中的"上海情结"。

叶：上海和旧金山这两个城市我都非常喜欢，也是我人生中至关重要的城市。上海是我成长和开始工作的地方，旧金山是我成年后继续求学、继续发展自己职业生涯的城市。每次回上海，我总喜欢选一些老家附近的老酒店下榻，我选择住在那里，因为蔡元培、巴金以及上海文化界的许多名人也曾经居住在附近。他们中的有些人在我出生之前已经离世，我是从书本上认识他们的。有些名人我曾经去过他们的家里，与他们促膝交谈。更多的时候是在街上与他们邂逅，不论是明星还是著名作家，我看见他们形如普通人那样散步、坐公车、手提购物袋的真实面貌。那也是我记忆中永远鲜活的故乡记忆。

我家原先住的枕流公寓是一幢七层楼的西式公寓，是李鸿章的三儿子李经迈的产业。1930年，李经迈在花园住宅原址上建造了这幢委托哈沙德洋行设计的高层公寓。如今枕流公寓门前挂着"文化名人楼"的牌子。这幢楼不仅是城市的重点保护建筑，而且是上海丰厚文化的一个标志，牌子上把近半个世纪以来曾经在这幢楼里住过的文化历史名人一一写下来：电影明星周璇、孙道临；越剧大师傅全香、王文娟；话剧皇帝乔奇；还有文学理论家叶以群、著名新闻人徐铸成、桥梁大师李国豪等。我离开上海时已经31岁，在电影界工作了6年，撰写了数万字的影视评论文章和许多电影导演的访问记。所以毫不夸张地说，我的文艺观的确立是在20世纪80年代的上海。虽然离开了那里，可是我对上海的生活始终是关注的，并且十分熟悉。除了我的长篇小说《丁香公寓》与自己成长的经历有密切关系，我写过的许多散文记录的也都是年轻时与文坛前辈们的交往，那些年很稀松平常的事，现在回忆起来都显得弥足珍贵。这些前辈的言传身教都深刻地影响着我的创作。

行走中的文学地图

江：你新近发表的中篇系列，视野更加广阔，可以说是行走中的文学地图，请你以中篇《布达佩斯奇遇》的创作缘起为例，谈谈是什么事触发你产生这篇小说的构思？其中有何种奇思妙想？

叶：发表于《北京文学》的中篇小说《布达佩斯奇遇》讲述了2016年我在匈牙利首都布达佩斯旅游地遭遇的一个故事。就在我准备搭火车离开布达佩斯前往奥地利的那个早上，我在布达佩斯火车站遭遇了从中东涌入欧洲的难民潮。布达佩斯是进入欧洲各国的第一个关卡，在火车站受阻，不能继续前往柏林的难民滞留在火车站，阻碍了火车的正常驶发。当我看见纷乱的人群中一个神态安详的母亲带着几个幼小的孩子，精彩的故事便在我心中种下了种子。几天下来与难民们的近距离接触，使我每天在酒店电视新闻中看见的一波接一波来自边境的报道更为具体化了。电视屏幕中的难民与边防警察的冲突已经不是那么遥远，一个个形象都会与我交谈过的难民直接发生对接，我对他们逃难的路径和离开故国前的生活与经历从新闻报道和相关资料中都有了一定的了解。况且，布达佩斯是这样一个充满历史的城市，河西岸的布达，河东岸的佩斯，两个城市组成了布达佩斯。尤其是在二战时期，当苏军和德军最后决战时，多瑙河上的所有桥梁全部被德军炸毁，为的是阻止苏军跨越多瑙河，攻占德军占领的布达。走在这座历史古城，我的脑海中的历史与现实，新闻所见和亲身经历，更有兴味的是以前读过的一些欧洲文学作品一起从记忆深处涌了出来。伏尔泰的《憨第德》中的老实人憨第德被逐出皇宫后，一路上经历了多少苦难。可是他的老师还是一直对他灌输说：世界上的事存在的都是合理的。可是在我的小说中，女记者与女儿在对话中却达成了共识：所谓的一切存在的都是最合理的，这显然是荒谬的……这个世界上很多事都不合理。不论是布达佩斯这座城市所展示给你的历史记忆，还是女记者亲眼看见的此情此景。

在这篇小说创作的过程中，我力求克服自我经历的局限，形成的文本其实是一个以往阅读积累和现实生活经历，加上新闻人的职业训练相加所得。在这篇小说的创作过程中，有一个核心的细节支撑着整部作品：在布达佩斯火车站与难民的邂逅，我看见那一个神态安详的母亲带着几个幼小的孩子，最后母亲坚持把七岁的儿子交给陌生人，让他们长途步行带他到柏林去。这既是一种可能导致母子永不相见的人生赌博，也是在21世纪人类历史遇到的最大挑战面前，一个母亲所能做的最好选择。这篇作品发表后已是我去布达佩斯的两年后，可是依然引起了较好的反响。作品经《北京文学》在好小说栏目推出后，《小说月报》《长江文艺》都先后转载。

江：你偏爱从哪种角度写新移民题材的作品？你的小说如何深度表现华人在海外的生活现实？请结合《遗落在纽约》《肤色》等作品，谈谈你对"深度"的理解。

叶：这些年我写了多篇表现华人在美国生活的中篇小说。因为我的电视人身份，前几年有一些作品比较强调社会问题的层面，对于社会新闻热点比较关注，譬如：《谋杀者的逻辑》《线人》。那么近期我更侧重于一些人性人情中能引起我感动的故事。譬如：《遗落在纽约》《相约上海》《有一种告别》等。我勉励自己不要为想法而写作，而要为感动写作，不断挖掘生活中引起我内心感动的人生故事。

《遗落在纽约》讲的是昔日的留学生商雨量寻找好友辛芝蕊的故事。他前往纽约参观"9·11"纪念馆，却无意间在展馆墙上的一张照片上看见了自己一直在寻找却始终没有消息的好友。照片上辛芝蕊身着西装，神情淡定地望着窗外。而那时搞恐怖袭击的飞机已经撞进了大厦，浓烟从破洞里冒出来，大厦内的人已知逃生无望了。由这一幅照片，商雨量想起了从旧金山、伯克利，到纽约，他和辛芝蕊等一批留学生从刚到美国艰苦打拼，求学、就业，在职场上经受摔倒和磨炼。尤其是特别优秀的辛芝蕊进入了主流社会宝塔尖上的大公司，心中既有欣喜，也经历了常人难以理解的磨难。商雨量与她互相倾慕，却始终因为各自的倔强，要在事业上更上一层楼，而各居一地，没有走到一起。可是他们每次相遇时，辛芝蕊都会说：再相聚在一起，过去的时间和距离都缩短了。他们永远不会忘记初到美国时一起经历了旧金山大地震，在险些被抢劫时顺利逃脱的历险记。他们也知道当你踏出第一步，走上了这条远行的路，脚步就再也停不下来。这是一篇回望留学之路向青春致敬的作品，其中蕴含着我对留学人生的深情回望。

《相约上海》也是我自己钟情的一篇作品。女儿佟梅梅获得了商学院硕士学位，父亲佟方志提议一起去上海旅行，庆祝女儿树立了人生中的又一个里程碑。父亲与女儿有约，给女儿讲述自己年轻时的生活，那时女儿还在母亲腹中，父亲却已离家出走……于是一次上海之行解开了佟方志和妻子、女儿之间人生的秘密，一个痛苦岁月和精神复苏时期的故事在充满现代感的上海铺展开来……

《肤色》讲述的是美国大学里华裔留学生和本土学生相处的故事，两个祖籍上海的女孩，一个在中国出生，一个在美国出生。她们不仅各自的肤色不一样，对于肤色这个话题的敏感度也完全不同。两个国籍不同的上海女孩初次见面时却不知相互用哪种语言交流，那一个场景非常滑稽。她们具有同样的祖籍，但是对于肤色的认知却因为文化差异而迥异。因为她们成长在不同的国度，所接受的熏陶来自不同的文化氛围。特别是为了表演一个致敬美国黑人歌手的节目，来自中国的女孩们把脸涂成黑色上台演出，结果造成了极大的争议，甚至被误解成种族偏见。

在创作这些小说时，我花了不少心思去细心揣摩这些人物和他们的生活状况，其中深埋在人们心灵里的那种微妙关系更是小说最需要去表现的。而这些都是今天这个世界复杂关系中的一部分，近期我创作的小说更着迷于这些部分。所谓"深度"最终还是要挖掘人性的幽深，写出可以映照现实人生的生动人物性格。

重走父辈走过的路

江：近年来你创作的父辈小说系列，可称为"重走父亲走过的路"系列，如《忆想神田川》，思绪穿越到80多年前，讲述了父辈留学日本东京的故事，那些故事有些是你不曾经历的，你是如何进入到这些陌生领域完成创作的？

叶：为了写作这个系列，我曾经访问了除上海以外的香港、重庆、东京等父亲生活过的重要城市，寻访历史的遗址，缅怀故人的往事。这些行程开阔了我的视野，延展了我的文学地图，我仿佛又体验了一遍父辈们的人生。

开始有想法写《忆想神田川》，缘起于2017年的一次日本之行。那年冬天为了寻找父亲年轻时的足迹我去了日本。父亲1930年在日本组织了左联东京分盟，次年中日战争爆发，他组织了在日学生的抗日示威，被迫停止学业回国。我从史料中获知了这段父辈的生活，可是史料是干枯的标本，能够让我了解那棵植物的筋脉，却未必能够形象地呈现出当时的生活状态。

这些实地探查所收获的东西带给我一种全新的对于那个时代的质感。为了了解更多当年留日学生的生活，我细读了郭沫若、周作人等前辈作家的一些回忆录，了解他们在日本居留时住房的结构、生活习性，甚至是家庭琐事。同时，还读了一些日本作家的作品，从中了解艺妓的历史，以及为什么有些日本女孩自愿地去做艺妓。还有中国徽州男权主义下女性生活的困境。为什么徽州的村落中，总能看见高高矗立着的贞节牌坊。等到作品完成后，我才发现正是这些各方面知识的积累，在自己的想象中熔于一炉产生的化学作用，才促成了一篇小说的完成。

我继《忆想神田川》后，又写了多个表现父辈生活的中篇小说，《父亲年轻时》写20世纪30年代的上海，《渝都往事》写抗战时的生活，等等，这个系列的作品还在不断完善中。我写的是从20世纪30年代到新中国成立前，那一代文化人颠沛流离，走遍大半个中国的故事，其中有我父亲和丁玲、胡风、萧红等一系列前辈作家的身影。我的这个系列的创作，是从阅读史料开始，然后是实地探访，但是更重要的就是运用自己的阅读积累，加上艺术想象，把前辈的生活还原。创作中遭遇到不少挫折，但是乐也在其中。

江：接着上一个问题，你说："那些故事有些是我不曾经历的，或是我读到了，想象出来的。而在想象之中，有些是那样的，而更多的是我以为应该是那样的"，请你谈谈"我以为应该是那样的"这句话的内涵？

叶：任何再真实的文本也是写作者主观的选择，都必然具备某种选择性和个人视觉的局限性。现实的世界丰富多彩，万象丛生。到了作家的笔下，所谓的"真实世界"必然被选择，被重塑。有一百个作家，就会提供一百种文学中的"真实世界"。如果了解了这一点，我认为倒不如彻底放开，充分地发挥作家个人的想象力和独创性，大胆地想象，但是这种想象不是空穴来风，毫无逻辑的；而是立足于对于现实世界充分的了解，对于史料丰富的掌握，然后在此基础上发挥想象，只有这样作家写出的才是通过自己独特眼睛看见的世界。

这样的世界会更丰富，更真实，具备更丰沛的情感浓度。这样的作品才能打动读者，为读者提供一种崭新的视野。

迁徙使文学地图延伸

江：你认为：迁徙对于作家的创作具有怎样的意义，或者换一种说法，移民对于一个作家来说具有什么意义？

叶：迁徙是对空间的扩展，有了空间的扩展，地图才能够延伸。而在文学创作上，探索新的空间，开拓新的领域始终是文学生命力的表现。不论是马尔克斯笔下的马孔多，还是帕慕克笔下的伊斯坦布尔，都是作家迁徙后再回归本土的精神创造。

在马尔克斯笔下的马孔多是他深藏在心里的故乡，其实他的故乡并不叫这个名字。他成年以后和母亲一起回乡的那趟旅行中，他路过了孩提时经常见到的一个香蕉种植园，那个地方有块牌子，上面写着"马孔多"。也就是那次旅行，他看见了一点没有变化的废墟似的故乡，好像尘封已久的一个遗址，那里的老人都已经离世，那里的村落格局依旧，却被越来越厚重的尘埃覆盖了。可是这些尘埃没有遮蔽住马尔克斯对故乡的记忆，却点燃了作家的灵感，将积淀于深处的故乡记忆开掘出来，以他自己独创的方式进行了一次新的表述。

帕慕克说："康拉德、纳博科夫、奈保尔——这些作家都因为曾设法在语言、文化、国家、大洲甚至文明之间迁移而为人所知。离乡背井助长了他们的想象力，养分的汲取并非通过根部，而是通过无根性……"

当然迁徙不会是无目的的，远行者也会走上归来的路，一种是身体的归来，更重要的是心灵的归来。作家们不论是带回来色彩各异的丰富经历，或是将新的视野和自己的往日经历结合起来创作，都会在个人的创作中，为作品提供崭新的特色。人生旅途的迁徙，使移民作家们的文学地图得以扩展。生活阅历有时提供了一种悖论，某些时候对于远行者，离开了熟悉的故乡，身体的距离渐行渐远，可是在心灵上和自己的母语文化却距离更近。或许时

间与距离对于文学才真正可以产生魔幻般的特殊效果。

在文学地图中亲近大师

江：一般而言，移民到海外的作家，都会受到西方文学的影响，你觉得，外国文学家中你特别喜欢，或者对你的创作影响很大的作家有哪几位，他们对你的创作的影响主要表现在哪些方面？请你举一两个例子谈谈。

叶：我很喜欢的一位美国小说家亨利·詹姆斯的作品，他的创作对20世纪崛起的现代派及后现代派文学有着非常大的影响。他的作品将来到欧洲的美国人的天真烂漫与欧洲人的世故奸诈进行了比较，向读者真实地展现了新美国和旧大陆之间的道德文化冲突。我看过他的一系列作品，如《使者》《黛西·米勒》《阿斯彭文稿》《螺丝在旋紧》《丛林猛兽》等。他擅长对人物细微复杂的心理活动进行细致描写，从而给予读者异乎寻常的冲击力。

还有一位就是哥伦比亚的作家加西亚·马尔克斯。他的创作显示了关于时间和距离与文学空间的建构的意义，在《百年孤独》中他创造的"马孔多"是最为鲜活和成功的例子。《百年孤独》的构思达十八年之久，他一直因为缺乏足够的技术手段，而未能完成构想中的长篇小说。那种分隔了马尔克斯和小镇的，他说不是距离而是时间。因为距离随时可以缩短，他随时可以回去。可是时间却再也追不回来了。而正是这种时间差忽然激发了作者的灵感，他终于看见了那个既熟悉又疏远的小镇，自己曾经在那里经历的一切都随着岁月的流逝沉淀了，也正是那些沉淀的视像更凸显了原有的本质。循着这些本质作者展开了自己的想象，创造出了一个崭新的空间，那就是"马孔多"。他的这些思路对于我如何回望故乡是十分有启发的。

还有土耳其作家帕慕克自传体小说《伊斯坦布尔：一座城市的记忆》，也是又一个生动的例子，展示了时间和距离可以帮助作者更清晰地看清楚故乡。这部自传体小说，没有连贯的故事线索，一

个个不同标题的段落配合着一幅幅作者精心选择的黑白照片，让读者感受到那座城市曾经的繁华和现实中令人窒息的气氛。通过作者对于历史照片的选择，我也清晰地看见，作者所要表现的那个空间是经过他记忆过滤后重新创造出来的。其实他对于故乡一直是熟悉的，可是当他在文字中再次审视它时已到中年之后。经过他的选择和重组，古老城市的历史沧桑和古老韵味更加凸显，作家为读者创造了一个具有帕慕克特征的空间。

江：谈谈美国作家亨利·詹姆斯所说的"窥一斑"而"见全豹"对你小说创作的影响与感悟。

叶：詹姆斯认为小说家应具有"窥一斑而见全豹"的想象能力，这是一种"由所见之物揣测未见之物的能力，揭示事物内在含义的能力，根据某一模式判断事物整体的能力，这种能力是全面感受生活的条件，有了这一条件，你就能很好地全面地了解生活"。而在作家如何处理现实生活中的经验与创作间的关系时，亨利·詹姆斯曾经有过精彩的叙述。他以一位女性小说家的创作经历为例：那位小说家成功地描述了法国一位年轻清教徒的性格和生活方式，而她的创作，仅仅是依据她曾不经意间在巴黎瞥见的一些清教徒吃饭的场景。在此基础上，她发挥自己的文学想象写出了她的小说。她通过生活中的细节来反映人物内心世界的主观真实，而并非客观真实性，这才是詹姆斯的兴致所在。詹姆斯认为：那位女作家得天独厚地具有窥一斑而见全豹的才能。他评论道："那一瞥产生了一幅画面，它虽只持续了一刹那，但只一刹那就是经验，这种现实生活中的经验给作家留下深刻的印象，这种经验才能，与创作环境或社会地位等偶然因素相比，是一种大得多的创作源泉。"在詹姆斯以上的论述中，"窥一斑"与"见全豹"颇有深意，前者道出了小说艺术的先决条件，先要有所见，而后者反映了他对小说本质的看法，在所见的基础上发挥自己的想象力去创造。詹姆斯一直认为"艺术就是选择，可是它是一种以典型性和全面性为主要目标的选择"。此外，詹姆斯用一个艺术类比来描述小说的真实性，即"如同图画就是现实，小说就是历史"。詹姆斯认为小说对现实的富有想象的转化，

发生在艺术家的思想里，他把小说定义为"个人对生活的直接印象"，突出了小说创作中作者的经验和主观性。这里所说的"生活"是客观的存在，而"印象"是作家的主观，不同的作家因为他站的角度不同，对客观的生活会有完全不同的"印象"。

我对詹姆斯所说的"窥一斑"与"见全豹"很有感悟。如果说我的小说以我所窥之一斑——邂逅的某些场景和细节为起点，最后孵化出一篇完整的作品，除了支撑起整篇小说的一些细节，显然许多故事中的情节来自我的想象和虚构。可是这些想象和虚构的依据却是我所窥见的最真实的生活细节。那种来自生活的原生态的真实细节在我心里扎根发芽，衍生出我努力构筑的完整作品，构筑出被我所认为最为真实的人物关系和心理的发展方向。

江：你在自己的创作谈中说："写作者需要的正是这种并不真实的'往事'。只有在这种时候，我们的写作才逼近于文学的本质。"怎样理解这两句话？

叶：一个偶然的机会，我读到一位作家对于创作的论述："关于写作者往事，除了属于自己的真实人生经历，更为重要的应当具有不真实的人生经历，或者说虚假的人生经历。你虚假的人生经历与你真实的人生经历相比，它才是文学意义上的'往事'。写作者需要的正是这种并不真实的'往事'。只有在这种时候，我们的写作才逼近于文学的本质。"

我觉得这段话讲得颇为透彻，它把小说创作中作者的真实经历和文学想象的关系，真实和虚构的关系，以及作者如何从自己的经历的束缚中挣脱出来，进入更高层次的文学创作的空间的重要性都点了出来。小说的作者在小说中所描绘的不仅仅是他所经历的真实生活，而更应该是作者想象中的，经过他创造的独特世界，这个独特的世界是与众不同的，这才是真正属于这位作为个体的作家的文学世界。而小说家最具价值的功能，就是为读者构筑和创造一个属于他自己的文学世界。

譬如演员有两种，一种是本色演出，只能扮演与自己性格相近的角色。还有一种演员是千面人，像赵丹，他可以扮演各种性格的角色，角色的经历

和他自身没有任何交集。这就是塑造力的重要性。作家也是这样，最后决定你创作成就大小的关键就是能不能突破自身经历的局限，在想象和创造上有所跨越。

江：你认为："小说家最具价值的功能，就是为读者构筑和创造一个属于他自己的文学世界"，"应该是作者想象中的，经过他创造的独特世界"。这是很有见地的小说创作观，请你进一步对这个观点加以阐释。

叶：创作对于作家来说，不仅仅是对外界的观照，而且是一种自身的内省，只有当来自外界的信息投射在心灵中那面具备独特视角的镜子中，才能反射出属于作家自己的独特性。那是一个"他的世界"，也是一个"全新的世界"。当我这样思考小说创作时，思维有了飞跃的感觉。

前面我提到的几位作家，亨利·詹姆斯、马尔克斯、帕慕克，他们的作品之所以留给读者那么深刻的印象，对现当代的小说写作造成了核弹似的冲击，造成了深远的影响，无疑就是因为他们运用自己的方式呈现给读者一片自己创造的独特世界。尽管他们依然是在书写现实世界中发生的事，可是那种"现实"，不是每一个人所见。他们所表现，所描写的"现实"，打上了自己姓氏独特的印记。很显然那依然不是科幻，而是对于现实最真实而又深刻的反映。前面我在分析马尔克斯的"马孔多"和帕慕克的"伊斯坦布尔"时已经说过许多。这些阅读和思考对我的创作很有启发，也是我在创作中努力的方向。

江：请以你移居海外文学创作的经历，谈谈海外华文文学创作与中国文学的关系，以及在全球汉语创作中的意义。

叶：国内的作家常年生活在自己的土地上，对故土比我们更熟悉，没有游离感，不缺乏认同感。可是我都已是几十年的游子，将近半辈子生活在异国他乡。我的视野中可能比国内作家多了一些异域文化间的比较，在写作时，也可能并不局限于大陆文化的规范和品位，会强调一些自己的判断价值，去进行文化的抉择和评判。所有这些变化都是潜移默化的。

海外华文文学创作，从客观上分析，既有局限，也有自由。所谓局限是与两地主流文化的间离。用中文写作，对于英文的主流文坛几乎没有什么影响，同样的对于中国的主流文坛，影响力也是微弱的。但在不利中的有利条件是，海外华文作家所进行的跨越文化的创作，在观照中西两种文化时，具备了多角度的立足点，这又和西方主流作家，或是中国本土作家有所不同，这种优势无法取代。

现在活跃在华文文坛上的中坚力量，他们作品描绘的历史和现实，已经不局限于移居地的移民生活，他们笔下所体现的是一个广大世界的融合，是东方与西方世界冲突中的生存和发展。他们的视野覆盖中国的近现代历史，覆盖移居地的文化和移民生活，他们作品中提供的思索和艺术形象，体现了一种宏阔的具备世界格局视野的文化的反思，这种反思不仅涵盖海外生活，同样涵盖中国的近现代和现实生活。这是十分难能可贵的。当这种热烈的交流沉淀下来，一定会酝酿出一批视野独特的好作品。

当海外华文文学蓬勃发展，积累下丰富的作品，从这些作品中，读者可以看到人物活动的区域遍及全世界。当这样一幅丰富多彩，富有世界各国人文色彩的地图展开之后，读者就会由衷地感谢海外华文文学成果的贡献和意义。海外华文作家的作品中有多元文化的冲突和交流，有对母语文化的眷恋和反思，有遭遇异域文化时的震惊、惶恐，以至后来的接受、和谐相处。所有这些都构成了这些独特的文本不仅在文学上，而且在史学上的意义和价值。海外华文文学不仅给本土的中国文学增加了多元化的丰富内容，并且使华语文学走出了有限的国境疆域，发展延伸到世界的区域。海外华文作家们所经历的迁徙，和在文学上的空间创造，使得这幅文学地图呈现了立体和多元的文化景观。

内外统一的文学地理学批评方法及其路径
——邹建军教授访谈录

邹建军　黎骄阳

内容提要： 文学地理学批评是由中国学者提出和发展起来的一种新的文学批评方法，最近二十年来有了很大的发展，在文学研究中已经发挥了很大的作用。如何认识文学地理学批评的性质与特征？如何重新理解"文学"与"地理"这样的传统概念？如何把文学地理学的相关理论运用到具体的文学批评实践中？本文是一篇关于中国文学地理学批评理论的主要建构者邹建军教授的访谈录，他的解答有利于促进中国的文学批评理论的发展，也有利于提升中国的文学地理学学科建设的水平。

关键词： 文学地理学；文学地理学批评；内外统一；文学的本质

作者简介： 邹建军，华中师范大学文学院教授，博导，主要研究中国现当代文学、外国文学、比较文学和文学地理学。黎骄阳，华中师范大学文学院研究生，主要研究中国民间文学和文学理论。

Title: The Critical Method and Path of Literary Geography Unified Inside and Outside — An Interview with Professor Zou Jianjun

Abstract: Literary geographical criticism is a new literary criticism method proposed and developed by Chinese scholars. It has made great progress in the last twenty years and has played a great role in the study of literature. How to understand the nature and characteristics of literary geography criticism? How to reunderstand the traditional concepts of "literature" and "geography"? How to apply the relevant theories of literary geography to the specific practice of literary criticism? This article is an interview with Professor Zou Jianjun, the main constructor of the theory of Chinese literary geography criticism. His answers are conducive to promoting the development of Chinese literary criticism theory and improving the level of Chinese literary geography.

Key Words: literary geography; literary geography criticism; unified inside and outside; essence of literary

About Author: Zou Jianjun is a doctoral supervisor from the School of Chinese Language and Literature, Central China Normal University, specializing in Chinese Contemporary Literature, Foreign Literature, Comparative Literature and Literary Geography. **Li Jiaoyang** is from the School of Chinese Language and Literature, Central China Normal University, specializing in Chinese Folk Literature and Literary Theory.

黎骄阳（华中师范大学文学院研究生，以下简称"黎"）： 为什么说文学地理学是一种内外统一的文学批评方法？在文学地理学中，有一个如何理解"文学"的问题。那么，中国文学地理学学者是如何理解"文学"的呢？

邹建军（华中师范大学文学院教授、博导，中国文学地理学会副会长，以下简称"邹"）： 我们提出"内外统一的文学地理学批评方法"，是为了让大家了解当代中国中外文学研究的全面情况。我们首先要明确这样一点。什么叫作文学？所谓的"文学"，最主要的对象就是作家和作品。没有作品就没有作家，没有作家就没有作品。在所有的文学现象里，作家和作品是最为核心的、最重要的、最根本的内容。有的人一生都在研究文学，然而他研究了老半天，还是没有接触到作家，还是没有接触到文学作品，那么他研究的是什么文学呢？当然，在中国古代文学史上，"文学"的概念起初也是比较宽泛的，然而它再宽泛，总还是以作家、作品为中心的现象。离开了作家、离开了作品，其他所有的文学现象基本上都是不存在的，或者是不可能存在的。如果没有作家、作品，哪有什么文学史呢？文学史主要就是叙述作家和作品及其发展过程的，把作家和作品放在一个纵横交错的历史交叉点上进行叙述、进行评价，这就是我们所说的文学史。如果没有作家、作品，哪有什么文学批评呢？如果我们都没有文学作品可读，都没有作家可以去了解和认识，那人类的天空会是如何的暗淡无光呢？如果你研究文学的时候连文学作品都没有涉及，那你批评的是什么样的文学呢？所以，我们对于文学要有一个基本的了解，要有一个正确的理解，要有一个全面的认识。

黎：文学地理学中还有一个"地理"概念。那么，中国的文学地理学学者是如何理解"地理"概念的呢？

邹：按照中学地理教科书的定义，或者按照百科全书和《辞海》的解释，所谓的"地理"，一般是指地形、地貌、地质，主要是指地形，在地球表面所存在的、由山川河流分布而形成的格局。但是，从文学地理学批评理论上看，所谓的"地理"就远不是这么简单。而之所以如此，主要有两个方面的原因：一是作家在从事文学创作的时候，从来不是只关注地形之类的自然现象，而是一种综合性的自然观照。二是我们在从事文学批评的时候，不可能只是关注文学作品里的地形描写与环境描写，而是要关注文学作品中的所有的地理因素与地理结构形态。所以，文学地理学批评理论中所讲的"地理"，和平常生活里人们所讲的"地理"是完全不一样的。我们的古人喜欢讲"天""地""人"，并且在这三者之间建构成一种重要的中国哲学，这就是中国古代"天人合一""天人相应"的哲学。在中国古人与"天""地""人"相关的理论中，"人"在天、地的中间所能够看见一切的东西，都叫作"地理"，可以简称为"天地之物"。正是这个"天地之物"的重要概念，体现出了一种新的自然观、一种新的人生观、一种新的文学观，同时也是一种新的自然哲学思想。

为什么我们要重新界定"地理"概念？所有的诗人和作家在进行文学创作的过程中，他们对地理的表现都是综合性的，这成为我们重新界定"地理"概念的一个主要的原因。作家作为一个人，如果他身体功能健全的话，就能够看见天地之间所有的东西，包括大地上面的山川河流、江河湖海，天上的风云雨雾、日月星辰，更为广远的宇宙空间等，同时还包括气候、物候、气象、天象等，整个宇宙都可以并且也必然出现在他的视野中。任何作家在表现天地自然的时候，都不可能只是叙述一点地形、描写一些地貌。自然山川景物在文学作品中，都是一种综合性的表现与整体上的存在。因此，我们在研究作家和地理的关系、文学作品和地理的关系的时候，所谓的"地理"就只能是综合之物，也就是所谓的"天地之物"，"天地之物"也就是我们在天地之间，所能够看见的所有的东西。我们在研究文学和地理关系的时候，所观照的对象不可能只是地形，我们也不可能只是研究文学作品里的地形描写，或者说某一种地形对作家所产生的意义、所产生的影响。任何人对文学作品和作家的研究，都必须并且必然是一种综合性的研究，对于文学作品中"天地之物"的研究。因为只有这样的研究才算得上是研究，也只有这样的研究才会有所发现，有所建构，有所建树。

黎：文学地理学研究是一种内外统一的文学研究，那么您认为什么才是内外统一的文学地理学批评呢？

邹：所谓"内外统一的文学地理学批评"，是指文学地理学研究既要指向文学的外部，也要指向文学的内部。首先，文学地理学批评还是要面向内部的，也就是要面向作家，面向作品，面向文本，这样的研究就是文学地理学批评的内在研究。文学地理学批评的首要对象就是作家和作品，首先是作品，是作品里存在的地理要素，包括地名、地理景观、地理形象、地理意象、地理空间等现象。李白名诗《蜀道难》："蜀道之难，难于上青天！蚕丛及鱼凫，开国何茫然！尔来四万八千岁，不与秦塞通人烟。西当太白有鸟道，可以横绝峨眉巅。地崩山摧壮士死，然后天梯石栈相钩连。"这首诗里所呈现的主要就是地理形象，而不是地理意象，当然诗人在地理形象呈现的基础上，也建立了一个非常特殊的地理空间，就是标题所示的"蜀道"。这里的"蜀道"，主要是出于诗人自己的想象，是以川北剑门关一带自然山水为基础，呈现出来的主要是一些实实在在的地理形象。李白在《梦游天姥吟留别》中说："海客谈瀛洲，烟涛微茫信难求。越人语天姥，云霞明灭或可睹。天姥连天向天横，势拔五岳掩赤城。"我们可以发现这里的地理意象基本上不是写实的，而是以想象的方式来呈现的，主要是一个一个的地理意象，而不是所谓的地理形象，因为有许多具体的存在都是意和象的融合，由于意和象的统一而产生的新的意象，它们具有符号性、象征性和隐喻性，和前一首诗里所存在的地理因素是很不一样的。张若虚在《春江花月夜》里说："春江潮水连海平，海上明月共潮生。滟滟随波千万里，何处春江无月明。江流宛转绕芳甸，月照花林皆似霰；空里流霜不觉飞，汀上白沙看不见。江天一色无纤尘，皎皎空中孤月轮。"诗人在这首诗里所呈现出来的，主要是地理意象而不是地理形象，因为诗人主要是以想象的方式，给我们呈现了长江出海口一带的山川风物，建构了一个特有的地理空间，抒写了一种虚无缥缈的情思，体现了诗人所具有的特别深厚的山水情结。苏东坡在《念奴娇·赤壁怀古》说："大江东去，浪淘尽，千古风流人物。故垒西边，人道是，三国周郎赤壁。乱石穿空，惊涛拍岸，卷起千堆雪。江山如画，一时多少豪杰。遥想公瑾当年，小乔初嫁了，雄姿英发。羽扇纶巾，谈笑间，樯橹灰飞烟灭。故国神游，多情应笑我，早生华发。人生如梦，一尊还酹江月。"词人在这里所呈现的主要是地理影像，这些自然山水的形象总体上说比较实在，然而也不是很实在，里面也有很多意象性的东西，和地理相关的物质化的东西基本上只是一种影像。我们阅读这样的文学作品，就如在观看一部当代的电影或电视作品一样。

由此可见，在不同文体的文学作品里，地理要素的存在状态可能是不一样的。在中国古典诗歌作品中，有的是地理形象，有的是地理意象，有的是地理影像，而有的可能只是一个或多个地理空间。李白有一首写天山的诗《关山月》："明月出天山，苍茫云海间。长风几万里，吹度玉门关。"诗人在此创造了地理空间"天山"，这样的地理空间在中国文学史上，是前无古人的。《徐霞客游记》里有很多的篇目，主要是对自然山水的一种如实的描写，然而在有的作品中并不一定就没有作家自己的印象、自己的认识，主要还是呈现和建构了一种或多种与中国自然山川相关的地理空间，多半是一种比较实在的地理空间，和自然山水中以及社会生活里的地理现实可以一一对应。

内外统一的文学地理学批评，就是指我们在进行文学研究的时候，既要重视文学的内部问题，也要重视文学的外部问题，在许多时候是需要将内部的问题和外部的问题联系起来的，不然就会局限于一个方面，而找不到根本的性质与动力问题。在对文学作品进行分析的时候，我们要问这些东西是从哪里来的；在对作家进行分析的时候，我们要问他是怎么样的一个作家，就要从他的作品中才可以得到说明。研究作品不联系作家是不可能的，研究作家的时候不联系他的作品也是不可能的。对于作家和作品的研究，包括对于文学社团、文学流派、文学思潮和文学运动的研究，都是如此，从某一个角度切入都是不可能抵达艺术的真实和美学的真理的。

黎：那么，您认为什么才是文学地理学的内部研究呢？

邹：文学地理学的内部研究，首先就是对作品的研究，对作家的研究也是一种内在的研究，然而作家还得通过作品来进行说明。作家的审美趣味、审美理想、审美创造、审美建构、审美追求和人格精神、道德情操、伦理观念，以及作家的自然观、世界观、方法论等所有的东西，我们都可以通过文学作品进行说明。当然，也可以找到作家的一些言论，包括他的传记、日记、书信、回忆录、访谈录等，所有的这些在文学作品面前，都是一些说明性的文字。对作家本身的研究也是一种内在的研究，所以要通过外在的材料来进行论证。如果没有外在的材料，你怎么对作家进行研究呢？世界上有很多作家已经不在，成了历史人物。他们的生平、经历、世界观和方法论，只是通过作家本身还不足以说明，就要通过一些外在的材料，结合他们的文学作品，才可以进行有力的说明。

作家当然是靠作品来说话的，作家的水平怎么样、能力怎么样、境界怎么样、语言水平怎么样，对文体的把握和认识能力怎么样，以及他对传统的继承、对艺术的把握、对艺术发展的认识，往往都是要通过他所有的文学作品，才能够得到有力的说明。为什么在我们社会生活中的一般人，在以后的历史上很难产生影响？如果不是作家，不是诗人，不是戏剧家，不是艺术家，也就没有自己的著作和作品，所以很难对历史有影响。我们中国古代的思想家、哲学家、学者，往往都会有自己的著作和作品，而有的官员什么东西都没有，在以后的历史上可能只知道名字而已。

对于文学的内在研究和外在研究，其路径和结果是不太一样的。对世界上所有的文学现象的研究，特别不能缺少的就是内在的研究。如果我们的文学研究缺失了内在的研究，都是限于一种历史学、社会学、环境科学的研究，全是一些外在的材料，我们就很难真正地进入文学，这是文学、艺术与其他学科不一样的地方。所以，我对什么经济学、政治学、财务学、统计学这些东西，不是太感兴趣，因为在这些学科研究中，有很多都是属于操作性的东西，没有很深广的哲学内涵和美学内涵。它们本身是不值得那么多人去研究的，但还是一个可以讨论的问题。

黎：看来内在的研究和外在的研究是不一样的，且其结果也并不相同。我们为什么要区分文学地理学的内在研究和外在研究呢？

邹：因为内在研究和外在研究所针对的对象不一样，研究针对对象不同研究方法也就不一样，不同的方法就会导致不同的结果。运用内在研究的

方法是否有效，或者运用外在研究的方法是否有效，需要我们进行具体的考虑和把握，有的是有效的，有的则是无效的。我们在研究作家的时候，发明了一个术语叫"地理基因"，用"地理基因"理论去研究作家是可行的，而且也会很有意思。"地理基因"怎么落实到作家研究上？如果用研究元素的方法来研究就不好把握。在作家身上的地理基因形态里，是山地占了很大的比重，还是湖水占了很大的比重，是海滨占了很大的比重，还是草原占了很大的比重，我们从他的文学作品中就可以看出来。所以，我们对作家身上地理基因的研究，主要还是用一种心理学、逻辑学、美学以及演绎的方法来进行，用元素构成和分析的方法，效果往往不是太显著。并不是每一种文学地理学批评的方法对所有的研究对象都有效，对这个对象可能是有效的，而对另一个对象可能是无效的；对这个对象效果显著一些，而对另一个对象效果可能不显著。如果我们用地理空间分析的方法来研究作家，从逻辑上来说是有效的。我创作了不少的文学作品，用地理空间分析的方法来分析我的作品，也许就特别有效。我出生在四川盆地的中南部，成都以南100公里的高台深谷地区，地理学上叫"威远背斜"或"荣威背斜"。所谓"穹"就是高台，所谓"窿"就是深谷。我在读大学以前，一直生活在这里。高台深谷地区对我所产生的影响是显著的，也能够感觉到有一些重重叠叠的东西，会出现在我的身上。因为一座山又一座山、一座山又一座山不断地往上叠加，能够培养我们坚韧不拔、勇往直前的精神。因为你出门就要爬山，并且往往不是一口气爬上去，而是一口气跑上了第一个台子，又一口气跑上第二个台子，再一口气跑上第三个台子。我从小所经历的就是这样一种生命存在方式，或者说我早年的生存状态就是如此。

如果我们用文学地理学研究方法，来研究中外文学史上的文学社团、文学流派和文学思潮，是不是也是有效的呢？要看我们研究的是什么样的文学社团、文学流派和文学思潮。从逻辑上来说，用文学地理学的方法来研究文学社团、文学流派、文学思潮是有效的，而且是特别重要的。现实主义文

学思潮、浪漫主义文学思潮、现代主义文学思潮、后现代主义文学思潮是怎么兴起的，首先我们会分析它们是从哪里兴起的。现实主义文学思潮主要兴起于法国，后来传到了英国、德国、俄国，再后来扩展到了整个世界。为什么现实主义文学思潮会兴起在法国，后来很快影响到欧洲其他国家？因为法国是欧洲文化和文学的中心，是欧洲思想的中心，有很多的作家、诗人和艺术家非常关注社会底层百姓的苦难，关注社会底层的变动，比如说巴尔扎克的《人间喜剧》中一系列的作品。这种文学思潮后来影响到英国的狄更斯，俄国的托尔斯泰、陀思妥耶夫斯基，挪威的易卜生等。现实主义文学思潮产生、兴起、发展以及各种各样的变动，和特定的地域、特定的文学区域是直接相关的。浪漫主义文学思潮最早出现在德国、法国和英国，不同的地方在文体上有所区别，在英国主要体现在诗人的创作上，在法国主要体现在小说的创作上，在德国主要体现在哲学和美学思想上。浪漫主义文学思潮的兴起、产生有多种多样的原因，而且几乎在几个欧洲国家同时兴起，表现了人们回归中世纪、回归自然的要求，也体现了这样一种哲学与美学思想的发生与发展。这样的文学思潮在中国古代没有，到19世纪末20世纪初期才传到了中国，特别是在"五四"新文化运动里，思想家们和作家们几乎同时从外国引进现实主义文学思潮、批判现实主义文学思潮、浪漫主义文学思潮、自然主义文学思潮、现代主义文学思潮、后现代主义文学思潮，但是在不同的地域有所差别，在北京、上海、武汉、广州、杭州等地区，文学思潮的表现就有所不同，在文体上也有所区别。文学思潮的兴起是一个很复杂的问题。从整个人类的历史来看，从古希腊文学到古罗马文学，从拉丁文学到中世纪文学，后来才兴起的古典主义文学思潮，再后来的才是浪漫主义、现实主义、自然主义、现代主义、后现代主义等文学思潮。所有的这些文学思潮，都有时间上的流动和空间上的变动，时间上的流动往往是思想时间的流动，空间上的变动往往是自然空间的变动。

　　文学思潮所呈现的是一种综合性形态，或者说是一种综合性的表现。浪漫主义作为一种新的思想，主要以哲学的方式、美学的方式、社会学的方式、人类学的方式而兴起，同时也因此而发展起来，且流布广泛，影响甚大。而之所以如此，不完全是时间上的原因，而主要是空间上的原因，和我们的文学地理学相关，可以从自然地理空间和人文地理空间两个方面来分析。多种多样的文学思潮传播到中国来，在短短100年的时间里，就走过了西方3000年的历史。当然，在中国的古代文学中也存在类似的文学现象，一般认为《诗经》是现实主义的，《楚辞》是浪漫主义的，只是那个时候没有现实主义或者浪漫主义的理论，也没有人用这样一种理论去言说当时的文学。

　　用文学地理学的批评方法，或者是从地理的角度来研究文学思潮，不仅是可行的，而且也是很重要的。这就是一种综合性的研究，所以还是要实事求是，受到了什么样的地理因素的影响、地理思想的影响、地理形态的影响，实事求是地分析出来、解释清楚，把所有的过程与形态描述出来，就会产生重要的学术意义。我们的重点还是要通过对作家作品的研究，来讨论更为宏观、更加根本的问题。因为文学思潮不是空穴来风，也不是像幽灵一样抽象的东西，总是体现在具体的作家作品身上。华兹华斯是典型的浪漫主义诗人，他写有很多抒情短诗，也写了不少的长诗，还有成体系的文学理论。英国的浪漫主义文学思潮体现在很多人身上，其中就包括华兹华斯、雪莱、拜伦、济慈、柯勒律治等。西方的浪漫主义文学思潮，如果不通过一系列的作家和作品，就没办法得到具体而充分的说明和论证。

　　黎：为什么说用文学地理学批评方法研究文学流派也是特别有效的呢？

　　邹：运用文学地理学批评方法来研究文学社团和文学流派，也许是最为有效的。在中国现代文学史上，京派作家和海派作家有各自不同的系列作品，我们用文学地理学批评方法能够说明为什么这些作家是京派，而另外一些作家是海派，以及京派有什么样的追求和特点，海派有什么样的追求和特点。所谓"京派"，就是出生和成长于北平一带的作家；所谓"海派"，就是出生和成长于上海一带的作家。上海和北京作为中国的南北地区的两个大都市，从中国近代以来形成了完全不同的特点，有不同的命运、不同的环境、不同的风格。我们一到北京，听北京本地人说话，就会发现他们和外地人不太一样，有独特的思维方式、独特的生活习惯，以及那种对政治关心的特别，不过他们对政治的热情也是一种调侃的方式。面对同样的政治以及政治人物，上海的人表现就不一样，海派作家对政治没有那种格外的关心，他们只是扎扎实实过好自己的日子，他们会用非常精明的方式来赚取利益，因此他们中的许多人生活得很精致，他们中许多人的人生也是很潇洒的。

京派作家老舍出生于北京，并且在北京小胡同里长大，所以他对北京有着非常深厚的感情。他的许多小说都是写北京人的生存状态和生活方式。然而同样是京派作家的沈从文，由于出生在湖南乡下，青少年时代在湖南湘西成长，20岁才来到北京求生活。他总是把自己当作一个乡下人，和北京这个城市和城里的人显得格格不入，所以他说："我是一个乡下人，连灵魂里面都有一层黄土。"可见沈从文和老舍是不一样的。沈从文的文学作品也染上了北京特点，特别是在思维方式上和行文风格上，有很多机智和巧妙的东西，语言和形式也不完全是湘西的。汪曾祺也是京派，但他出生于江苏、成长于江苏，受江南文化的影响很大，这给他的文学作品带来了很多独特的东西。用文学地理学的方法来分析京派和海派，并不一定就是要去肯定什么、歌颂什么，我们只是研究其中所存在的要素，包括思想要素、风格要素、情感要素受地理影响的种种情况。中国现代文学史上的新月派作家和象征派作家几乎是同时出现的，以李金发为代表的象征派，包括王独清、穆木天等，以徐志摩、闻一多、饶孟侃、刘梦苇等为代表的新月派，还有后期新月派陈梦家等，相互之间有很大的不同。在中国现当代文学的研究中，运用文学地理学方法来研究新月派和象征派，很少有自觉的、自动的学者，因此也少有像样的研究成果。

文学流派的产生和发展，是和思想自由、言论自由、信仰自由密切相关的。没有思想自由、信仰自由、言论自由、创作自由，就很难形成流派，连文学社团都很难出现。如果不允许文学结社，不允许作家诗人结社，哪有什么文学社团？那文学研究会、创造社等100多个文学社团，就不可能出现在中国现代文学史上。文学社团是文学史上非常重要的现象，并不是每一个时代都可以出现文学社团。凡是出现大量文学社团的时代，都是文学比较繁荣的时代。文学社团往往是以地方命名的，研究不同的文学社团和不同的文学流派，在研究文学社团、文学流派的基础上研究作家，再研究文学思潮、文学运动、文学批评和文学史是非常有意义的。因为这样一些文学现象都离不开特定的地方、特定的地域、特定的地理和特定的地方文化传统，从前我们的中国学者对此方面的研究，虽然不是说空白，但也是远远不够的。地域和地理还不一样，从前人们总是从地域出发来研究，当中国的文学地理学批评理论兴起之后，对于中国现当代文学史上的文学社团、文学思潮、文学流派和文学运动的研究，格局就完全不一样了。

黎：为什么说文学地理学的内在研究主要是要素分析，而外在研究主要是做源流分析呢？

邹：文学地理学的内在研究主要是做要素分析，文学地理学的外在研究主要是做源流分析。什么叫作要素分析？针对具体作品的研究，我们可以分析它的地理要素的分布、地理要素的产生、地理要素的构成以及地理要素的形态与结构。不管是什么样的文体，诗歌也好、散文也好、小说也好、戏剧也好，都是各不相同的内容和形式，地理要素的构成也是不相同的。《蜀道难》里地理要素和《梦游天姥吟留别》里地理要素的构成是各不相同的，苏东坡《念奴娇·赤壁怀古》和《赤壁赋》地理要素的构成也是并不相同的，这就给我们留下了很大的空间，值得分析探讨和研究的问题很多。当然要实事求是，作品里存在的是怎么样的就怎么样，这才叫作研究。不过文学研究和其他的科学研究不太一样，文学研究的空间是最大的，因为文学作品的存在基本上都是一种模糊的存在。这种生动的存在、形象的存在、客体的存在、物质化的存在，不是像一加一等于二那样简单，往往也没有抽象的话语能够进行概括。文学作品因为是情感性的、想象性的、思想性的、直观式的，很复杂也很原始，所以才有很大的研究空间。一千个读者就有一千个哈姆雷特，也是一种实事求是的评价，对文学作品里地理要素分布以及地理要素构成的研究，也是一个很复杂的问题。

用文学地理学批评方法进行外在的研究，即研究作家、文学社团、文学流派、文学思潮、文学运动、文学批评、文学史，主要是做源流的分析。一个方面是来源，另一个方面是过程。源就是它的源头，它的来源，它的起源，它的发生，它的产生；流就是它的运动，它的变化，它的变迁，它的发展过程，它的发展的动态。角度不一样，方法不一样，路径不一样，方式不一样，当然结果就不一样。对文学作品的研究，是文学研究里最重要的对象、最主要的内容，对文学的研究都要放在对作品的研究上，因为作品是文学的核心现象，作品是文学的中心内容。离开了作品，文学是不存在的，所有的文学现象都是以作品为基础的，同时也是以作家为基础的。文学作品里的自然地理要素是从哪里来的？人文地理要素是从哪里来的？文学作品里所存在的所有地理问题，地理意象系统、地理意象形态、地理意象格局、地理意象流布、地理意象内涵，地理意象的意义和价值是从哪里来的？世界上的作家是从哪里来的？不管他是杰出的作家还是一般的作家，是伟大的作家还是平凡的作家，他是怎么产生、如何构成的？艾青是中国现代最伟大的诗人之一，他是从哪里来的？他身上所具有的那样一种开阔的眼界、广阔的胸怀、广远的思维、丰富的想象、创造性的意象，对于时代的独到的感知，是从哪里来的？艾青为什么能够超越常人，而成为一位伟大的诗人？艾青诗歌作品里的色彩是从哪里来的？他作品里散文化的语言是从哪里来的？时代性的意象是从哪里来的？他诗歌作品里的"北方""南方""火把""黑夜""太阳""坟墓"等意象是从哪里来的？我们都可以通过对地理元素的分析和地理空间布局的分析，而得出自己的结论。

为什么说文学地理学研究是一种综合性的研究，因为文学现象本身非常复杂，需要内外结合的方法和路径来进行研究。任何文学现象都很复杂，当然也有程度上的不同。现实主义文学、批判现实主义文学、浪漫主义文学、现代主义文学、后现代主义文学等都很复杂，现代主义文学中还包括未来主义、达达主义等。因此，综合性地运用文学地理学的外在研究和内在研究方法，来研究所有的文学现象是非常必要的，也是十分重要的。需要外在研究方法的时候就运用外在的研究方法，需要内在的研究方法的时候就运用内在的研究方法。内外结合，内外一体，左右逢源，开拓进取，这是我们文学地理学研究的理想境界，也是文学地理学批评理论的创立者所期待的光明未来。

游移不定的"自我"

——解读安妮·埃尔诺的《一个女人》

魏欣怡

内容提要： 安妮·埃尔诺的《一个女人》通过回忆母亲折射出叙述者的多重自我。自我从母女间的代际坐标游移至社会阶层坐标，继而迷失于时间坐标之上，但是自我通过游移逐步生成不同的意义：经由个体人格的成长到身份的确认，最终走向存在之思。

关键词： 安妮·埃尔诺；《一个女人》；自我；身份；母女关系

作者简介： 魏欣怡，重庆师范大学文学院比较文学与世界文学专业研究生，主要研究方向为欧美文学。

Title: The Vacillating "Self" — Interpreting Annie Ernaux's *Une femme*

Abstract: Annie Ernaux's *Une femme* reflects the narrator's multiple selves by recalling her mother. Self wavered from the intergenerational coordinate between mother and daughter to the social class' coordinate, then lost on the time's coordinate, but self gradually generated different meanings through the wavering: from the growth of individual personality to the confirmation of identity, and finally to the thinking of existence.

Key Words: Annie Ernaux; *Une femme*; self; identity; the relationship between mother and daughter

About Author: Wei Xinyi, postgraduate student of Comparative Literature and World Literature, School of Literature, Chongqing Normal University, mainly specializes in European and American Literature.

　　安妮·埃尔诺（Annie Ernaux，1940— ）是法国当代作家中璀璨的明珠，在荣膺2022年诺贝尔文学奖之后，这位女作家的光芒愈发绽放在世人眼前。《一个女人》（*Une femme*，1987）是埃尔诺回忆母亲生平经历的传记性作品。如同放映一部电影，埃尔诺将母亲一生中的点点滴滴投射在记忆的幕布之上，她既是影片的制作者、放映者，还是一个观看者。在这部回忆母亲的影片中，母亲在公众面前有了自己的声音，同时，作为观看者的埃尔诺也看到了"自我"，回忆母亲的过程也是埃尔诺建构自我的过程，这正是《一个女人》的独特性所在。国外学者M.-A.Hutton在论述《一个女人》对传统自传体的挑战时，肯定了作品是对自我的书写，并从精神分析学角度对自我进行了剖析①；国内学者马利红以埃尔诺对自我身份的重新审视为契机，解读了《一个女人》中迷惘的寻根之旅②。由于埃尔诺作品鲜明的集体性特点，学者们多认为自我不是作者予以表现的重点，然而《一个女人》中的自我是不容忽视的，分析其中自我的游移与变化对理解埃尔诺的创作及其思想的发展都有重要意义。作品中的自我又是充满矛盾的，正如文本开头引用的黑格尔的话"声称矛盾是不可思议的是个错误，因为它的的确确存在于活着的人的痛苦之中"③。之所以如此，是因为自我在不同的坐标上游移，本文将厘清代际、阶层、时间三重坐标上的自我及其矛盾体现，并说明自我在游移过程中产生的意义。

一、在代际坐标上成长的自我

在母女两代人之间，自我对应个体人格的成长。《新牛津英汉双解大词典》将"自我"（self）解释为"一个人最本质的，将其与他人区分开来的东西"④，所以，自我的存在总是同时需要一个"他者"的存在。在对母亲的回忆中，埃尔诺尝试尽量以客观的态度去描述母亲这"一个女人"，但母亲的形象好像不可避免要由"我"构建起来，母亲一直处于"我"的观照之下，在作者看来，"现在我写这本书，就像轮到我重新让母亲降生一样"③p90。在代际坐标上，母亲就是"我"的参照，自我的形成与母亲密不可分，这一自我是隐性发展的，而其显性表现就存在于母女关系中。具体而言，作品中的母女关系呈现为"融合—分裂—和谐"的动态变化过程。

在融合型的母婴关系时期，自我隐藏于母女一体的纽带中，女儿的身体出自母亲的身体。在孩童时期，女儿依然不自觉地将自己看作母亲的一部分，这一阶段母亲和女儿在身体上是两个个体，在意识上却是一体的。童年时期的"我"和母亲仍处于一体性之中，母女之间的关系是融洽的，"我"也很乐于将母亲的形象等同于自己，这是由于该时期"我"并未形成清晰的关于自我的概念。这一阶段，"我"眼中的母亲年轻漂亮、乐于助人，就是自己期盼的模样，"她皮肤上长的东西我透过她的衣服看得一清二楚。那时我想我长大后肯定像她"③p92。这时的"我"对母亲的爱十分纯真，没有掺杂别的情感，自然，此处也没有显示出"我"自己的任何个性来，读者透过文字最多看到一个崇拜母亲的女儿形象。

在成长的过程中，女儿成为有别于母亲的独立个体，而不是幼年时期的附属型个体，自我也在母女一体的"分裂"中生成。在作品中，埃尔诺以周围事物的变化以及社会的变迁来说明时间的推移，紧接着笔锋一转，母亲的形象有了大幅度的转变，她成了一个粗鲁暴躁、动不动就打女儿的母亲；同时，"我"也看到了她辛苦操劳，为的是给我更好的生活。这时的"我"对母亲既爱又恨，母女关系

在总体上还是较为紧张的。"从我懂事起，我和母亲的关系既有默契的一面，也有不和睦的一面，我们之间经常斗嘴吵架"③p100，作者明确是"从我懂事起"，母女关系出现了诸多不和谐的状况，在这个时间点上，"我"察觉到了自己的成长。从文中提供的许多事例和细节来看，"我"和母亲之间的主要冲突就在于"我"渴望长大，而母亲并不想让我长大。比如，在"我"来月经时，母亲只塞给我一个卫生条，却不告诉我使用方法；而且"她并不喜欢让我长大。我脱衣服时，她看到我日趋成熟的身体很反感"③p101。母亲试图"压制"女儿的成长，一方面是出于对女儿的保护，母亲担心女儿成熟的身体会招来异性不怀好意的接近；另一方面，母亲对女儿发生的变化感到不适应。伴随着女儿身体的成长，其自我逐渐显现，这时女儿有了自己的观念，在某些方面不再听从母亲的意见，母女双方都对彼此感到失望，所以作者写道"我只需要理解。我们彼此痛苦地埋怨着"③p103。"我"会因自己的某些行为和想法得不到母亲的认同而失落，是由于自我正在成形，"我们的'自我'或自我认知可以用一只漏气的气球来作比方——任何时候，我们都需要他人的爱（对于气球而言，便是源源不断的氢气）来填充自己的内心"⑤，"我"希望自己生命中重要的人能够给予积极的回应，但是"我"从母亲身上得不到这种回应。文中提到，"我原先太崇拜她了，因此才抱怨她而不去指责我的父亲"，为了实现积极的自我认同，阻止自我形成的母亲的形象便显得更趋于负面化。

不过，伴随着自我的成熟，母女关系又趋于一种和谐的状态。在自我逐渐显现成形的过程中，"我"与母亲之间不可避免地会发生冲突，因为"这时的女儿对母亲而言并非一个独立的个体，而是她身体的一部分，是她自主又压抑，骄傲又自卑的生命中不可或缺的一部分"⑥。而自我却使"我"成为区别于母亲的另一个个体，使得母女从一体走向分裂。女儿和母亲尽管看似成了两个对立的个体，两者实则是相互依存的，后期成熟的自我促使女儿主动去重建母女纽带。重建的一个重要

原因是"我"步入了婚姻殿堂，继而开始了作为一个母亲应有的人生轨迹，这些事情"再次让我们母女成了知己……我们之间的确再也没有别的了"③p106。这种知己的状态已不同于儿时的默契，因为在自己还没结婚时，"即使我远离母亲独自生活，我也还是属于她的"③p106，新的默契产生是由于"我"将有了新的角色定位——妻子、母亲，也是由于"我"的社会身份进一步转变。

总之，"我"在代际坐标之上完成了自我成长的重要一步，同时也愈发朝着阶层坐标游移，自我从一个关乎个体人格及心理的概念逐渐成为社会关系中的自我。根据南希·乔多罗（Nancy Chodorow）的观点，"女孩在成长过程中不断通过与他者间的关系来界定自我"⑦，而且在身份构建的社会化进程之中，女孩们会继续定义自己与母亲的关系。"我"并没有简单地将母女矛盾的发生归咎于母亲的性格，而是上升到了集体层面，即从社会阶级的对立来分析母女冲突："我试图并不单纯地把她的暴躁、她对我过分的爱和指责都归咎于她的性格特点，而是想透过她，对其所处的历史背景和社会环境进行分析"③p96。在代际坐标上，自我成长过程中的那些矛盾只是"我"与母亲两个人的战争，一旦扩展到集体维度，"我"面临的矛盾更为复杂，表现在"我"遭遇的身份困境。

二、在阶层坐标上焦虑的自我

阶层坐标上的自我建构与社会身份密切相关，因为"身份是自我的符号化"，亦即"身份是自我的认知，以及这种认知的再现"⑧。阶层坐标上的自我之所以是焦虑的，就在于这一坐标本身处于不利的位置，自我随着阶层位置的上移而发生阶段性变化，上移前体现为位于底层的耻辱感，上移后则陷入难以实现身份认同的困境。

埃尔诺出生于法国诺曼底的一个贫民家庭，父亲是一名普通的工人，母亲则每天辛苦地操持着一家小小的杂货店，较为拮据的家庭条件使得埃尔诺心中有些许自卑和失落，这就是她作品中一再提到的"耻辱感"。自然，这也不难理解回忆中的母亲为什么粗暴蛮横，因为个人的言行和性格与阶层习性密切相连，如埃尔诺自己所言："任何东西，包括我们的位置、喜好，都不是天生的，都取决于普通的生活中最显而易见的东西。"⑨从阶层坐标上进行观照，也解得母亲形象变化的另一重原因。在"我"成长的过程中，"我"越来越了解母亲，看到了她不同于儿时的一面；更重要的是，"我"对她的评判标准发生了改变，童年时期，母亲就是"我"的母亲，没有别的什么干预"我"对她的评价，但长大以后，"我"开始从社会阶层的角度来审视她。贫民阶层总是被迫劳作，不得已卷入社会关系中，便缺少了个体的自由。母亲是从事商业劳动的，由此分析得出"她首先属于顾客"③p96，这样的母亲在生计上消耗了自己的大量时间与精力，因而没有剩下更多的耐心去教育子女。同时，"我"也将她与那些家境优越的同学的母亲进行比较。在"我"看来，那些母亲通常身材纤细，衣着华丽，有着优雅的仪态，温声细语地对待子女，而自己的母亲从外形到性格上都与她们恰恰相反，所以"我"感到羞愧，"特别是当我觉得我跟她很相像的时候就更令我痛苦不堪。我现在和她已经属于两种不同类型的人了，我在努力改变她传给我的那些我想唾弃的东西"③p102。对母亲进行评判也意味着对自己的审视，"我"眼中的母亲是粗鄙的，那么自己亦是低人一等的，因而"我"陷入一种焦虑之中，这也表示"我"有了更明确的身份意识，有了对身份的渴求。

所幸的是，处在社会底层的母亲尽自己最大的力量让"我"获得社会晋升，哪怕"我"离开，母亲也在所不惜。对此，埃尔诺隐忍而克制地写道："生活对她是不公平的：她每天从早到晚都只靠吃土豆和牛奶充饥，就是为了让我能够坐在阶梯教室里听老师讲柏拉图。"③p104虽然讲述的语气是相当平淡的，那种生活的辛酸感却跃然于纸面。在父母的不懈努力之下，"我"的确实现了阶级跨越，"我"以优异的成绩考上高等学校，并且和一位资产阶级出身的男性结了婚，成功地进入父母一直期望的那个资产阶级。然而，"我"并未因此摆脱身份焦虑，反而陷入更大的困境之中。

在代际坐标上成长的"我"已初步产生较明确的身份意识，由此有了关于自身身份的"耻辱感"，但是真正的困境产生于"我"完成了阶级上升的时候。一方面，"我"由衷地感到自己的社会晋升是对自己出身阶层的背叛。在搬到了安纳西之后，"我"和丈夫住在一所大房子里，并且还有了第二个孩子，本该是很幸福的，但"我想起母亲便十分地内疚，有一种负罪感"③p109，因为母亲不能享受到这样优越的生活。这种"背叛感"也借母亲面对"我"婆家时产生的那种不适感反映出来："对于我丈夫的家庭，母亲一面欣赏他们所受的良好教育、他们的高雅气质以及他们渊博的知识，并且为自己的女儿能够成为他们中的一员而感到自豪，但同时她又担心在这些彬彬有礼的背后会隐藏着对她的瞧不起"③p107。因而母亲拒绝同"我"住在一起，即使后来搬过来了，也一直无所适从，她抢着做家务活和带孩子，就是为了不让"这个圈子"排斥她的想法占据头脑。"我"一开始还不能理解母亲的做法，认为母亲过分贬低自己，但之后意识到"母亲待在我家的那种不自在的感觉和我在少女时代那些'比我条件好'的同伴相处时的感觉是一样的（下层人们对这种差别感到痛苦而富人则丝毫也感受不到）"③p111，这还是"我"过了很久才明白过来，可见在"这个圈子"待了太久之后，"我"逐渐被这一阶层同化，所以"我"的"背叛感"是如此强烈。另一方面，"我"其实也感到自己并未真正融入上层阶级，即使婆婆家的人很有修养，"但什么也不帮我们"③p107，可见上层阶级对底层阶级的态度止于礼，实质上还是冷漠的。在阶层坐标上，自我是一种关系自我，需要在群体中建立对自我的认知，"假如人的群体归属失效或失败了，人作为个体对自我的认同也会遭遇挫折"⑩。因此埃尔诺深切地感受到自己处于"内心的流亡"③p209状态，她在这本书中写道："必须让我的母亲，一个出生在被统治的阶层，却竭尽全力想摆脱这个阶层的人成为历史的一页，以便让我在这个我的母亲极力追求的，并且我已经进入了的那个能

够驾驭文字和思想的世界里不觉得那么孤独，那么虚假。"③p128这是作者的写作初衷之一，即让母亲这一处于社会边缘的个体得以发声。当然，除了出于对母亲的情感及对社会边缘群体的关切之外，埃尔诺也是为了让那个无处安放的自我得到慰藉。年少时期的"我"是由于处于社会底层产生单纯的身份羞耻感，而在完成社会阶层上升之后，却处于双重身份焦虑之中，在阶层坐标上的自我亦是焦虑的。

母亲去世之后，"我"感觉与我出生的那个世界失去了某种联系，陷入了更深的迷惘之中，这时"我"关切的已不再是和母亲间的阶级矛盾，而是寻回迷失的自我。正如有学者指出，"母亲之死是对无情的社会历史流变的现实隐喻"，"因此，保持自我的连续性、一致性及完整性成了问题"②p111，为了找到某种可以超越生死的联系，"我"重返回忆的空间，这预示着自我的再次游移。

三、在时间坐标上迷失的自我

《一个女人》的叙述者"我"偶尔跳出回忆，宣布自己是在写作，于是读者发现"我"构建这一文本的过程。当"叙述成了关于自身的表意行为，成了关于叙述的叙述"⑪，就成了"元叙述"（meta-narrative）。《一个女人》就是一个元叙述文本，笔者在此不将之归为任何一类体裁，是因为叙述者称这本书"既不是传记，也不是小说，可能是介于文学、社会学和历史学之间的什么东西"③p128。"我"很明显地暴露了自己的写作痕迹，但由于文本形式模糊不清，作品的元叙述形态容易被忽视。不应忘记，母亲已经离世，她是在"我"所写的文本中重生的，在以上坐标的自我都是基于"我"的叙述而显现出来。那么，实际上自我在何处呢？文中给了答案："人家不知道我在写她，的确我也不是在写她。我只是想起同她一起在过去的某一时刻或是某一地点一起生活。"③p105——自我处于时间之流。当个体想要追寻自我时，那个自我就成了过去，追寻似乎成为一

道无解的命题，但这并不意味着埃尔诺停止了她的思考。我们仍可从其写作本身入手，经由形式探索内容，窥见那个在时间坐标上的自我。

从《一个女人》整部作品来看，埃尔诺并没有寻回时间之流中的自我。如前所述，《一个女人》是"元叙述"文本，而"'元'（meta-）化意味着通过分离而实现的自我反观与深入"[12]，形式上的反观就是对"我"自己的反观，这表示"我"在回忆过程中已然与自我进行了对话。但从作品的内容书写来看，自我仍处于矛盾之中。在一开始，"我"就表明，要写母亲，"要做的第一件事便是把她的形象固定在一幅没有时间概念的图画中"[③p78]，然而，母亲的形象是无法固定的，正是因为有时间的存在。在作品最后，"我"回忆起的母亲形象是"又恢复到我童年时代的样子"[③p127]，这似乎表明"我"已回归到安稳的状态，而文本最终却以"现在我失去了我与我出生的那个世界相联系的最后一根纽带"[③p128]结尾，可见"我"还是感觉如无根之木一般，并未"跳出个人感情上的孤独和迷惘"[③p96]，依然觉察到自我的迷失。不过，联系埃尔诺的前后期创作，发现埃尔诺通过追寻自我进一步思索了更深刻的问题。

需注意的是，《一个女人》中的"我"已经超越了自己这一个体，这不是指向阶层坐标上的集体，而是更普遍意义上的女性群体，乃至全体人类。同样是回忆离世的至亲，埃尔诺的《位置》（La place，1983）也强调与父亲之间的阶级冲突，但作品中却没有流露出十分强烈的情感，而在《一个女人》中，埃尔诺无法克制自己内心的悲痛，直接表明对母亲的哀悼之情，这是因为作品中有鲜明的自我存在。再从题目上看，"位置"指涉社会地位，《位置》中看似零碎而随意的片段是围绕父亲的身份和地位这一中心来写的；在《一个女人》中，"我"的存在是无法忽视的，"一个女人"本身是不确指的，在作品中很明显指的是母亲，但也可以指"我"，同时也可以是普遍意义上的女性，更甚至就是任何一个个体。正如弗雷德曼指出，"在女性自传中对于自我的建构往往基

于（但并不限于）一种群体意识"[13]，相对于《位置》而言，《一个女人》更呈现出个体的自我逐渐融入集体，逐渐象征化的特点。

止步于以上的解读是不够的，时间坐标上的自我在埃尔诺的创作中十分重要，必须加以分析。埃尔诺的作品大多可以进行互文解读，正如观照自我需要一个"他者"，在此可以借埃尔诺最重要的作品《悠悠岁月》（Les Années，2008）来反观《一个女人》。不过，两部作品之间隔着时间之河（此处既指创作时间相差21年，也指象征性的时间——意指作者心路历程、创作思想发生了变化），笔者在此从形式出发，借文本的"元叙述"搭一座桥，将两部作品连接起来，以此进行跨文本的意义建构，探索埃尔诺在时间坐标上对自我的追寻。

《悠悠岁月》在文本层面存在"无人称"的叙述者，作品中则有贯穿始终的"我们"和"她"。"她"是谁？作品没有明确表明是埃尔诺，但有关"她"的很多事情在埃尔诺前期作品中都出现过，所以不妨这么说，这个"她"既可以是埃尔诺，又可以是别的任何个体。作品中提到一个"隐迹纸本"的概念："她闭着眼睛躺在阳光下的海滩上，在旅馆的一个房间里，体验着身体扩张和存在于生活中的几个场所、达到一个隐迹纸本的时代的感觉。"[14]"隐迹纸本"实则是岁月对自身的书写，是真正意义上的"岁月之书"。而"她""通过写作来使未来的缺失写成文字，开始这本现在还只是草稿和许多笔记的书"[⑭p206]，"在这部她看成一种无人称自传的作品里没有一个'我'——而是'人们'和'我们'——似乎轮到她叙述以前的日子了"[⑭p209]。于是文本内的层次关系就清楚了：《悠悠岁月》这一文本的叙述者是"无人称"的，在结尾之前，"她"是文本内的人物，是"我们"中的一员，是被叙述者注视的对象。在最后叙述者告知，读者所见的这一文本是由"她"写作。"我们"一起创造了"岁月之书"，但这个文本是不可见的。"她"——文本世界中的人物，经过反向通达，将"岁月之书"这一"隐迹纸本"带入文本层。《悠悠岁月》本质上是"岁月之书"的

元叙述。

综上，《一个女人》和《悠悠岁月》都是从元叙述层面观照自我，而自我本身也是在元意义上被理解，埃尔诺对自我的追问与其写作是同构的，这样的过程又恰如对时间本身的捕捉。《悠悠岁月》中的这句话或许是最好的注解："这不像我们通常听说的那样将要进行一种回忆，而是目的在于叙述一种生活、解释自我。她要注视自己只是为了从中看到世界"[14]p208。不同的是，在《悠悠岁月》里，《一个女人》中迷失的自我找回了方向感："于是在一种深刻的、几乎陶醉的——单独的个人回忆的印象没有给予她的——满足中，她获得了一种博大的集体感，她的意识、她的整个存在都被卷入其中了。"[14]pp207-208 埃尔诺曾言，自己的写作是搜集"我曾参与其中的一段经历中的一切客观符号"[9]p442，在《悠悠岁月》中，那些记忆中熟悉的各种事物都是别具意味的符号，"我们"亦是如此，正如有学者指出，在埃尔诺的社会自传中，"第一人称已经完全失去了个人叙事的内省意义……成了叙事结构中的一个符码"[15]。自我以"我们"的面貌出现，进入了更深的存在之阈，于是可以采用推导的方式，推出自我在渡过时间之河的过程中发生的变化，如下图：

"我"（个体）→"一个女人"（集体）→（迷失）

在《悠悠岁月》里，"她"亦是"我们"，由叙述者观照的自我呈现的状态：

"她"（"一个女人"）——"我们"（指称性符号）

如此，整合的结果是：

"我"（个体）→"一个女人"（抽象化过程）→"我们"（符号）

"我"是谁？是那个被回忆的母亲的女儿，是"内心流亡"的阶层叛逆者，是"一个女人"，最后这"一个女人"的声音融入了"我们"的叙述，"我们"成了岁月之书中的一个符号，自我也化解了迷失的危机，安定在时间的坐标之上。埃尔诺完成了自我追寻的历程，站在悠悠岁月的彼岸淡然地观望着。在对岸——写作《一个女人》的埃尔诺，也在对话过去。回忆本身就是对自我的追寻，然而时间亦是距离，回溯的同时又是游移，埃尔诺显然感觉到了追寻的结果是不尽如人意的，因而《一个女人》中充满了矛盾，这是埃尔诺的困惑所在。自我在此时虽是迷失的，却一直处于生成意义的过程中，《一个女人》中的自我经由个体人格的发展和身份的确认，已然走向了存在之思。

在《一个女人》的写作之初，埃尔诺计划将其写成一部文学性质的作品，以揭示某种真理，然而在实际书写过程中，她又觉得这样会偏离她想要追求的那种真实，这部作品最后便成了某种不明确的体式，这种结果其实与埃尔诺的思想探索是一致的。曾有评论家指出埃尔诺的这类传记作品太过平实，无法称之为文学，但埃尔诺的本意亦不在于创作所谓单纯的文学作品，她是站在更高的角度为全社会乃至人类群体作传，所以宁愿坚持自己的平实化写作，其作品的独特性之一便在于此。大概很多作家不敢冒此风险——采取这种写作方式确实容易使作品流于平白无奇，但埃尔诺在自己的写作实践中成功了，后期的杰作《悠悠岁月》就是最好的证明。

《一个女人》是"一个女人"的回忆史，被忆者母亲是回忆者"我"的一面镜子，假如把它看作是一部正在放映的电影，荧屏上的母亲形象就是制作者"自我"的投射。通过这种平实性的传记体写作，埃尔诺让母亲这一社会边缘个体得以发声，这是一种"让母亲重生"的方式，同时也借助了回忆反照自身。作家重拾自己的过往，再现游移的"自我"，整个写作和回忆过程虽充满矛盾，但其本身即是与自我的对话。母亲的离世亦是一则关乎存在的寓言，引导自我去解锁其中的奥秘。经由个体在时间中追寻自我产生的困惑与思索，埃尔诺在挽留岁月的探索中亦前进了一步，这是《一个女人》隐藏的独特价值所在，而后在《悠悠岁月》中，那些本该被时间之海吞噬的小小浪花固定成了永恒。解码自我这一符号，是无限延伸、衍义的过程，仍有很多有待研究的空间。

注释【Notes】

①M.-A.Hutton. *Challenging autobiography: lost object and aesthetic object in Ernaux's Une femme. Journal of European Studies*, 1998(03), pp.231-244.

②马利红：《回归"游离"的矛盾书写——解读法国当代女作家安妮·埃尔诺的〈一个女人〉》，载《当代外国文学》2007年第3期，第111—113页。

③[法]安妮·埃尔诺：《一个女人》，郭玉梅译，百花文艺出版社2003年版，第69页。后文凡出自埃尔诺该著作的引文，将随文标明出处页码，不再另行做注。

④Judy Pearsall, et al. *The New Oxford English-Chinese Dictionary*. Shanghai Foreign Language Education Press, 2007, p.1928.

⑤[英]阿兰·德波顿：《身份的焦虑》，陈广兴、南治国译，上海译文出版社2007年版，第8页。

⑥伊珂晖：《书写"回忆"的拓荒者：安妮·埃尔诺对后现代女性主义母女关系的融合与实践》，载《法国研究》2017年第2期，第90页。

⑦Nancy Chodorow. *The Reproduction of Mothering: Psychoanalysis and the Sociology of Gender*. Berkely: University of California Press, 1978, p.169.

⑧文一茗：《身份：自我的符号化》，载《山东社会科学》2017年第8期，第61页。

⑨Annie Ernaux. *Ecrire la vie*. Paris: Gallimard, 2011, p.912.

⑩赵静蓉：《文化记忆与身份认同》，生活·读书·新知三联书店2015年版，第31页。

⑪赵毅衡：《广义叙述学》，四川大学出版社2013年版，第311页。

⑫文一茗：《元叙述转向中的自我认知》，载《探索与批评》2019年第00期，第14页。

⑬Susan Stanford Friedman ."Women's Autobiographical Selves: Theory and Practice". in Women *Autobiography, Theory: A Reader*, Sidonie Smith and Julia Waston ed. Madison: University of Wisconsin Press,1998, p.76.

⑭[法]安妮·埃尔诺：《悠悠岁月》，吴岳添译，人民文学出版社2009年版，第207页。

⑮彭莹莹：《"我"是谁?——安妮·埃尔诺社会自传中的无人称叙事》，载《法国研究》2015年第2期，第65页。

约恩·福瑟《有人将至》中的房子意象研究

庄荣荣

内容提要："房子"是约恩·福瑟戏剧《有人将至》中的重要意象。作者通过表现剧中人物对房子价值的判断与对房子本身性质的揭示，表达了他者给人类所带来的痛苦且他者必然存在的主题思想，同时也加强了作品本有的审美意义。

关键词：约恩·福瑟；《有人将至》；房子；意象；审美意义

作者简介：庄荣荣，华中师范大学外国语学院英语专业学生。

Title: A Study on the Image of House in Jon Fosse's *Someone is Going to Come*

Abstract: "House" is an important image in Jon Fosse's play *Someone is Going to Come*. Through characters' valuation of the house and the house's dual property, the author develops the theme of the agony caused by the other and the fact that the other is inevitably going to exist. The image of house also contributes to the aesthetic value of this play.

Key Words: Jon Fosse; *Someone is Going to Come*; house; image; aesthetic significance

About Author: Zhuang Rongrong, English major student at School of Foreign Languages, Central China Normal University.

《有人将至》是挪威剧作家约恩·福瑟的重要作品。在这个剧本中，一对夫妻（"她"与"他"，以下用"他们"指代）买下了一所位于海边的老房子，意图远离所有人，并且可以单独在一起。但是，某男的出现一再打破了两人的单独相处。"房子"是本剧的重要意象，具有比较复杂的内涵。它不仅是故事发生的背景和情节展开的场所，更是表达主题思想的重要手段，同时也在艺术审美上起到了重要的作用。

人与人之间的关系是约恩·福瑟戏剧的常见主题①，《有人将至》也不例外。在这个剧本中，人与人之间的关系充满痛苦，而这种痛苦是由于他者的存在所造成的，与萨特在《禁闭》中表达出的"他人即地狱"的思想有着诸多的相似之处。与《禁闭》不同的是，本剧进一步揭示出他者不可能不存在的境况，而正是这一严峻的现实，构成了剧中人物痛苦的根源。②剧本正是通过对"房子"意象的经营，揭示了它的重要价值和本有的性质，从而反映出了这种重要而深刻的思想。

一、"房子"的价值：他者的存在如何造成痛苦

这个剧本中所有的人物对于房子的价值，有着不同的判断，这种分歧反映出人与人之间不同意志的斗争。而正如叔本华的思想所揭示的，这种人与人之间的意志斗争会带来长期的痛苦。

在第五幕中，男在与她聊天时，谈到这所房子他们到底是买得太便宜了还是太贵了。男起初认为他们买得很便宜，转念一想又说他们买贵了，最后的结论还是买得太便宜了。这里探讨的问题具有一种本质的意义，那就是这所房子的价值到底有没有那么高，能不能匹配它卖出的价格。

买贵了，意味着房子实际上没有那么高的价值。男做出这样的判断，在第五幕中给出了他的理

由，是因为这里过于偏僻，而且房子本身已经荒废多年了。尽管男最后得出的结论是他们买得太便宜了，但或许以房子的客观条件来看，买贵了才是事实真相。早在第二幕中，男就亲自承认了这房子"很难卖掉/但是居然卖掉了/我从来没想到/能把它卖掉"①p135，因为它已经空置了很久，完全荒废了，再加上位置偏远且特别老旧。总之，这是一所条件不好、几乎没人想要的房子，在客观上并没有那么高的价值。

但是，男最终还是认为他们买便宜了，也就是说男认为这房子的价值应该更高。男之所以做出这样的判断，是因为在聊到这个话题之前，他正在谈论房子的原主人，也就是自己的祖母。男谈到他的祖母人很好，对男也很好，而且住在这里很久。现在祖母已经离世，"这辈子她所拥有过的一切/就是这房子/还有房子里的东西"①p181-182。从这可以看出来男很爱自己的祖母，把祖母看得很重，因此认为是祖母的曾经拥有，使得这所房子的价值变得很高。归根结底，这一价值只是男在主观上所赋予房子的。

然而与男对房子价值的认知恰恰相反的是，祖母的曾经拥有成了让他们对这所房子失望的原因之一。在第四幕中，先是祖母的画像引发了他们的争吵，随后他们进入了祖母的卧室，看到了卧室里的糟糕状况：夜壶散发出的尿骚味，令人反感地标志着祖母曾经的存在；床上没铺也没换的被单，让人不禁想象祖母是否就是在这里离去。与祖母相关的一切，不过意味着他人对他们私人空间的侵入，非但没有增加这房子的价值，反而让他们为买下这座房子感到不值和后悔。受到祖母卧室景观所带来的严重的冲击，他说"我们真不该/买这房子"①p164。

其实，男也知道他们未必会喜欢祖母拥有过的东西。在第五幕中，男明确地指出："不过生活就是这样/这辈子/你不断地积攒东西/然后你死了/而别人拥有自己的东西/你的东西/就变得差不多一文不值了/生活就是这样。"①p178-179这段话揭示了物的价值可能只是主观的观点，对一个人来说，自己的东西可能有价值，他人的东西则没有价值。自己的物品与他人的物品之间价值的比较，本质上是人与人之间意志的较量。无论是他们还是男，都想伸张自己的主体性而拒绝他人的主体性，所以他们只有在一开始想到即将住在"自己的"房子里时，才会那样快活而抱有期待，而男也认为祖母会因为卖掉她自己的东西而不高兴。因此，他们与男对房子价值的不同判断，反映了人与人之间对于主体地位的争夺；而这种争夺的结果，就是他者所造成的严重的痛苦。

二、"房子"的性质：他者不可能不存在

"房子"本身的性质无时无刻不向他们预警"有人将至"，揭示出"他者不可能不存在"的客观事实。世界上的每一个人都是如此，不可能有所例外。

房子里有窗子、门、一些画像、照片和尿壶等组成部分。窗子的性质是透过它可以看到外面有人在，而门有四重性质。门的第一重性质是可以被敲响。而正如他在第四幕中的回答，"他敲个不停/所以我们只能开门"①p176，"门"的"可以被敲响"的性质，又带来了道德上的义务，那就是对敲门做出了回应。所以"门"一旦被敲响，接下来很可能就要被打开了。

门的第二重性质就是可以为他人打开、让他人进来，这一点会最为直接地将他们暴露在"有人将至"的境地。当然，敲门的结果可以是开门，也可以是不开门。在第三幕的最后，他们不给男开门，于是到了第四幕他们仍不能放心男是否还站在门外、会不会又敲门，这就涉及门的第三重性质。

门的第三重性质是不能透过它看见外面。于是，在看不见的情况下，敲门声虽然停了，他们心中对于"有人在外面"的怀疑与担忧仍挥之不去。无论有人还是没有人，只要开始怀疑，就是有人——此时这人是否真实存在已经不重要，真正重要的是"有人在外面"的可能性发挥了与之相同的效果，那就是让他们担惊受怕、痛苦不安。

门的第四重性质是可以锁上。在第四幕中，

尽管担心男还会再来，但借助"门是锁上的"这一信念，他们还能"故作勇敢"。因此，有了窗子和门，"房子"同时拥有了保护和背叛的双重性质。

"保护"意味着满足他们远离所有人的意愿。在第一幕开头，她说这所房子"远离其他的房子"①p113，因而"你和我会/单独在一起/远离其他所有的人"①p114-115，"房子"偏远的位置，充分给予了他们远离所有人、单独相处的希望。同时，门的第四重性质——可以锁上也让他们在即使意识到了会有人来的时候，仍存有一丝可以独处的希望。

"背叛"则反其道而行之，意味着违背他们的意愿。窗子外的人影、门上的敲门声可以看到、听到他人的存在，使他们意识到"有人将至"的事实，并因此而焦躁不安。

"房子"的背叛性预示着"有人将至"的结果是必然发生的，但不是立刻发生的，因为房子的保护性延缓了"有人将至"的过程。因此，"房子"意象既通过其背叛性揭示出"他者不可能不存在"的主题，又因其保护性制造出悬念，延长了欣赏该戏剧的过程，同时起到了突出主题和延迟审美的重要作用。

综上所述，"房子"意象的内涵是复杂的：人们对其价值的衡量反映出人与人之间对于主体地位的争夺，指出了剧中人物乃至世上所有人痛苦的根源；"房子"自身的背叛性又成了"他者不可能不存在"的隐喻，进一步说明了这种痛苦是不可避免的。除了作为表达人与人之间这种充满痛苦的关系的手段，"房子"意象还因其保护性与背叛性之间的张力，而发挥了比较强大的审美作用。

注释【Notes】

①[挪]福瑟：《有人将至：约恩·福瑟戏剧选》，邹鲁路译，上海译文出版社2014年版，第1页。

②俞洁：《有人将至——挪威剧作家约恩·弗思和他的〈有人将至〉》，载《上海戏剧》2007年第10期，第27—28页。

主持人语

邹建军

　　刀郎是中国当代重要的音乐人，也是我国著名的文化创造者之一。他以独具特色的歌曲，在中国社会产生了广泛而深远的影响。虽然在十年以前，有一些歌手发表了一些对他不利的言论，并且总是对他及其门生进行这样那样的打压，但是这样的言行并没有阻止他的生存与发展。在十年以后的今天，他以新专辑《山歌寥哉》里的《罗刹海市》及其他10首新歌这一全新的面相发出了新的声音，在中国乃至于世界的乐坛上，成了一件引人关注的文化事件，产生了世界性的影响。一时之间，《罗刹海市》不仅被中国各地的歌手演唱与演绎，也被世界上其他国家的歌手演绎与改编。这一重大文化事件的发生绝不是偶然现象，而是他自己十年磨一剑的结果。为了回应广大读者的关切，我们组织了九名青年学者对他的新歌进行了全面的解读，本刊也以专栏的形式进行推出。刀郎出生于四川省资中县罗泉镇，我对于这一带的山水形势相当熟悉，并且对这一地区的文化传统有所了解。我认为，刀郎的出现是天下唯一的穹窿地区自然山水的必然，高台深谷地区造就了他坚强的个性与强大的意志，所以他不可能被几个人的一时评价击垮。他的才华是内敛的，而不是张扬的，所以他不会回答网络上的种种猜测与传说，让清者自清、浊者自浊。刀郎个人的突出才华与卓越才气是不容置疑的，已经广为传唱的歌曲早就证明了这一点。他还不是具有一般的才华，而是属于天下大才之类的人物，对此，我们要有清醒的认知。相信在未来的十年、二十年，他会以另一种面相再次出现在公众视野，在音乐艺术上和文学上取得更多的成绩、更大的成功。

《罗刹海市》中的古典与现代

丁　萌

作为作品传唱度极高、受众群体广泛的著名歌手刀郎，成功的原因有三：一是，将民族文化与流行文化融合；二是，给作品注入开阔意境与真实情感；三是，作品韵律畅快与适宜传唱的特质。新专辑《山歌寥哉》更是将流行音乐文化推向了一个新的巅峰。专辑以山歌的曲风、对位的形式，借古典唱当下，将《罗刹海市》中的奇谲与讽喻灌注到激昂的曲调之中，使该曲从蒲松龄笔下走向现实生活，与刀郎之心融合一体，使其如一幅历史的画卷，从古典走向现代。

首先，歌曲氤氲在《罗刹海市》的异域风情与神幻怪象之中，渗透着古典的醇厚与奇崛之美。该曲取材于蒲松龄笔下的《罗刹海市》，马骥生得俊美，"十里花场有诨名"，也为出海所至的奇城埋下伏笔。这城名曰大罗刹国，愈丑则愈被重视，故"他见这罗刹国里常颠倒"，颠倒的世界打破了秩序，刀郎也借机颠倒了其中的人称关系。"那马户不知道他是一头驴"，究竟是人为动物，还是动物为人，在此已彻底混乱，似乎在与大罗刹国中的颠倒世界遥相呼应。既然颠倒，马骥何为？如果颠倒已成常态，要么反抗，要么同化，马骥最终同意"绘面以待"，故画丑像，反而"一座无不倾倒"，在一个颠倒的世界里飞黄腾达，让人在神话的猎奇体验中，品尝到一丝辛酸与警醒。蒲松龄的这篇小说，着力于构建一个桃花源式的理想世界，也着力于以对位的形式对现实世界的颠倒黑白，予以揶揄讽刺。刀郎借《罗刹海市》之名、之事，并融入了更多元素，动物世界的鸡飞狗跳、鱼龙混杂与人类世界的是非不分、尔虞我诈，都在"罗刹海市"这一神话世界与现实世界并行的空间中共存，索性是把"颠倒"贯彻到底。刀郎的精妙之处，就在于吸收了蒲松龄《罗刹海市》中的醇厚之美与奇崛之美，并在此基础上加入变换的元素、山歌的形式，使歌曲成了一个融合的艺术整体，具有了一种新的生命。

其次，歌曲营造出美丑互现的颠倒美学，体现出现代的创造与新奇之美。以丑为美的写法，在世界文学中颇为经典，雨果称"丑"就在美的旁边，畸形靠近着优美，粗俗藏在崇高背后。波德莱尔更是将审丑转化为审美。但刀郎并没有将丑写作美，没有将颠倒的世界打造成理想的黄金国。他运用歌曲的韵律，将美与丑颠倒过来，让人分不清真实与虚假的世界，甚至以丑为美、以假为真，而不自知。这种不自知的愚昧，传承于蒲松龄讽刺揶揄的写法，却比蒲松龄表达得更为含蓄、婉转，更有现代派的象征韵味。我们来看歌词的处理与设计，歌词的开头就以一种地理方位的逻辑层层展开，"罗刹国向东两万六千里/过七冲越焦海三寸的黄泥地/只为那有一条一丘河/河水流过苟苟营/苟苟营当家的叉杆儿唤作马户……"与小说《罗刹海市》中的正叙恰相反，不仅是时间相反，位置也由远及近。到了歌词的中间部分，运用穿插叙述的方式，讲了一个与小说《罗刹海市》不同的属于马骥的新故事。但在穿插之外，又加入了"鸡"与"驴"的形象。两个动物形象至关重要，且发挥了汉字部件的功能，"马户"不知道自己是驴，"又鸟"不知道自己是鸡，不知道也罢，但曲末又将"马户""驴""又鸟""鸡"组合在一起，不仅视觉效果增益，更让人沉溺于颠倒的世界而不自知。再看对韵律的把握与处理。全歌有几句高音增强，分别在"老粉嘴多半辈儿以为自己是只鸡""不管你咋样洗呀那也是个脏东西""是我们人类根本的问题"，这几句带有怒音式的情绪处理，似乎有一股怒火在燃烧，且都有点明主旨的意味。不是鸡而自认为是只鸡，如何洗都洗不去肮脏的东西，而是非不分、颠倒黑白难道是我们人类的根本问题？随着歌声的高亢激昂，情绪也逐步愤慨沉思，最后振聋发聩，戛然而止。刀郎用了现代派的写法与唱法，将美与丑展现在一首歌中，展现在一个世界之中，配合沧桑又遒劲的嗓音、起伏且有重点的音高增强，一方面带动听众的情绪，另一方面也提升了乐感，充分地运用了现代派的技巧。而非停留于技巧的噱头，因为加入了刀郎自己对美丑互现的认知，将歌曲又提升到了一个全新的高度。

最后，歌曲采取了古今对位的手法，以含蓄的揶揄戏讽，写尽现代人类遭遇的认知危机。"那马户不知道他是一头驴，那又鸟不知道他是一只鸡，勾栏从来扮高雅，自古公公好威名。"驴不知道自己是驴，鸡也不知道自己是鸡，他们都认不清自己的身份，或者不愿意承认"我是谁"，如同装在套子里的人，不愿面对现实，只愿活在自己的世界中。而"勾栏"主要指表演场所，一个"扮"字也道出了为迎合娱乐至上的"高雅"而不自知的窘态。公公为何"好"威名？因其无名，却要"威名远扬"，公公好威名也讽刺了那些为名而趋之若鹜的人。歌词中的动物何尝不是人类自身？看不清现实，沉溺于欲望，颠倒黑白、是非不分却不自知，为迎合虚无、娱乐与消费主义而在清醒中沉沦，殊不知己身陷认知危机之中。刀郎采取了一种古今对位、以物喻人的手法，以动物和典故作比，道出对世人的警示，提醒我们应重新审视人类自身、人类与他者的关系，因为这"是我们人类根本的问题"。

从立意、作词、演唱与接受的角度来看，《罗刹海市》这首歌曲都是非常成功的。此曲既有古典文献的美韵，又有现代派技巧的新奇，同时灌注了刀郎本人的声音。他将那颗对世界、对世人的热忱之心，以歌唱的形式表达出来，将古代与现代塑造为歌曲的一体两面。再听此曲，仿佛由远及近，由古代走入现实，给了我们一双看清世界的"慧眼"。

共振、共鸣、共情

——《罗刹海市》爆火的原因

黎骄阳

十多年前，刀郎凭借《2002年的第一场雪》一曲成名。在2023年，他凭借《罗刹海市》，又被推到聚光灯下，走向了整个世界。《罗刹海市》这一首歌，究竟魅力何在呢？我认为主要体现在以下三个方面。

一、文化共振

《罗刹海市》取材于蒲松龄《聊斋志异》中的一篇《罗刹海市》。《罗刹海市》讲述了美少年马骥的奇异冒险故事。"罗刹"与"海市"分别是两个地方："罗刹"指罗刹国，"海市"是个海上奇珍异宝交易市场。主人公马骥是一个能歌善舞、有学识的青年，他在出海贸易的途中，由于遭遇了海上的巨浪，被卷入一个莫名的国家——罗刹国。罗刹国的审美观与寻常世界有很大的不同，人们以丑为美，越丑的人地位越高，越漂亮的人地位却越低，所以马骥在这里被看作是怪物，人们看到他，都莫名其妙地纷纷退散。后来，马骥因为才华被执戟郎赏识，后被引荐给皇帝，却未得召见。有一天，酒醉后的马骥把煤灰涂到脸上扮演张飞舞剑，与他一起喝酒的人便建议他扮成这样谋取富贵。扮了丑相之后的马骥，果然得到了意外的重用。但是，官员们逐渐得知马骥的丑是假扮的，于是不断排挤他，并且每天隐藏真面目，马骥也很苦闷。马骥辞官未果，于是请了三个月的假，带着金银珠宝回到山村，把财宝分给了当地的人。当地人十分感动，表示要去海市换些新鲜东西，作为对他的报答。马骥一时兴起，与他们一同去逛了一个很远的地方。他在海市上受到东洋三世子的关注，还被引荐给了当地的龙王。龙王想考验马骥的文才，请马骥写一篇描写海市的文章。马骥以一篇草就的《海市赋》，深得龙王赏识，还被招为驸马，与龙女结为了夫妻。几个月之后，他想要回家看望父母，和怀有身孕的龙女告别。三年后，他去海岛接回了自己的两个孩子，从此只见过与他夫妻一场的龙女一两次。

《聊斋志异》的许多篇章生动地记录了一些诡怪奇异的精彩故事，表现了强烈的反封建精神，将中国古代文言小说发展到了一个新高度。自20世纪60年代起，根据小说改编的影视剧，扩大了小说的传播范围，人们通过影视剧对小说本身进行了更加全面的了解，在大力弘扬中华传统文化的影响下，越来越多的人开始阅读和学习《聊斋志异》。当《罗刹海市》的音乐响起，中国人的文化基因随即被唤醒，与创作者产生跨越时空的文化共振。蒲松龄的原作极大地讽刺了不分美丑、颠倒黑白的罗刹国，也讽刺了主人公马骥，从而表达自己终身不遇的感慨和对丑恶世俗的愤恨。刀郎的《罗刹海市》借此故事进行创作，歌词用词相当犀利，讽刺意味十足，已经远远地超过了小说原作。而中国民众的性格向来不是逆来顺受，所以能与中国传统文化、当代文化同声相应，并在这里取得了少有的同频共振。

二、情感共鸣

《罗刹海市》中究竟有没有讽刺特定对象，最终解释权在于刀郎自己，听众作为局外人，不能妄下定论、过度推断。这首歌曲之所以能掀起如此巨大的反响，原因恐怕就在于其歌词触动了广大群众内心的某种共鸣。每一个听众都能在歌曲中联想到相似的人物，回忆起相似的经历，体会到相似的情感，在歌曲中找到自己的影子，想到自己曾经或者正在生活的"罗刹国"，找到自己身旁的"马骥"。热爱这首歌的听众，都希望在复杂的人性和残酷的社会中追求自由、捍卫尊严，从而保持一份清醒。歌曲的结尾唱道："他言说马户驴又鸟鸡/到底那马户是驴还是驴是又鸟鸡/那驴是鸡那个鸡是驴/那鸡是驴那个驴是鸡/那马户又鸟/是我们人类根本的问题"。人类根本的问题是什么？是驴是鸟还是鸡？作者认为人类根本的问题，就是明辨是非、寻找真相、求得真知，从而也认清你自己到底是谁。

在信息爆炸、流量爆炸的当今社会，每个人每一天都会接收到大量的各种各样的讯息，我们根据自己的阅历和经历，可以辨真伪是非，辨善恶优劣。在这个过程中，难免会受到其他言论的影响，或许可以找到真相，也有可能误入歧途，甚至可能付出了金钱，对事件或者人物寄托了情感，比如偶像练习生的养成、人气偶像的"塌房"等现象就是这样发生的。同样的在现实生活中，我们也或多或少遭受过欺骗、背叛，被假象迷惑双眼。不管是认清自己还是认清他人，都不是一件简单的事情，而刀郎的这首歌曲唱出了当代社会生活中很多人的心声。与其说是刀郎在"复仇"，歌词是在针对某个具体的个人，不如说是在嘲讽整个社会黑白颠倒、虚伪混乱的现象，而社会是由人所组成的，所以听众们结合刀郎的经历，很难不将歌曲讽刺对象定位到具体的人身上，因此产生了各种各样的对歌曲进行解读的文案，并且是相当精彩的文案，也成就了中国文化史上的一件大事。

三、人物共情

《山歌寥哉》新专辑一如刀郎以往的风格，没有绚丽的封面，没有复杂的技巧，没有大肆的宣传，却取得了巨大的成功。梳理刀郎的一生，发现这一切都与刀郎的性格和经历有关。刀郎出生于四川资中的一个艺人家庭，父母都在县文工团工作，

刀郎于是从小在音乐的熏陶中长大。父母工作比较忙，与刀郎的沟通较少，而自己依赖的哥哥在与自己的一次争吵后，赌气离家却遭遇车祸意外身亡，这件事导致刀郎的性格一直比较内敛。后来，刀郎跟随女友去了新疆，结束流浪的生活，开始深入少数民族进行采风。在多年的采风中，他看过天下绝美的景色，听过绝妙的声音，也见过绝美的面庞。那些曾经走过的路、遇见的人、眼中的景，以及总是回荡在他耳边的歌谣，共同在刀郎心中交织、摩擦、碰撞，新疆民乐的震撼就像叶尔羌河的河水，冲刷了刀郎的心灵，从此刀郎的音乐结合了传统文化和民间文学，是带有新疆民歌气质的流行摇滚。因为和"民"沾边，刀郎的音乐被骂低俗、老土，被质疑、被群嘲，被铺天盖地的负评淹没。刀郎自己却回应道："不俗我对不起我的爷爷奶奶，不俗对不起养育我的土地。通俗、民俗、风俗，这就是我的三俗。"刀郎的歌和民歌一样，之所以得到广泛流传，因为它唱的是平常人的心，真诚和素朴。贴近大众的文艺作品就是低俗的吗？从历史上来看，人民大众喜闻乐见的文化才是有生命力的文化，才是从群众中来到群众中去的文化，才是更具社会影响力的文化。刀郎作为草根的代表，给劳苦大众带去希望，同时也为中国歌曲的作者们树立了榜样。草根的崛起其实是一种回归，回归到老百姓中去。比起条件优渥、高高在上的大明星，刀郎等草根明星的生活经历，似乎更能引发人民大众的共情。我们可以发现大家喜欢刀郎的一个很重要的原因——不管是对朋友、对家人还是对音乐，刀郎都很诚恳。音乐的灵魂就是诚实，能感染人的音乐才是好音乐。将心比心，诚恳难能可贵，所以听众能够走进刀郎的歌，共情刀郎其人。

无论怎么解读刀郎的歌、怎么评价刀郎其人，都应该尊重每一位创作者，不成为迎合"罗刹国"丑陋审美的"马骥"，保持清醒与独立。刀郎历经艰辛，仍在坚持做音乐，推陈出新、与世无争。歌曲的爆火是一时的，我们需要像刀郎一样，用一生踏实做好自己的事，努力解答出"人类最根本的问题"。

刀郎《山歌寥哉》的立体性

卢建飞

　　《山歌廖哉》是刀郎于2023年7月推出的音乐新专辑，包括了《罗刹海市》《颠倒歌》《画皮》等11首歌曲。沉寂了十余年的刀郎一改往日风格，用歌曲以全新的面貌和姿态展现出他非凡的音乐才华和创造力。新歌一经发行便轰动全网，众多人士纷纷评论。有人说刀郎新歌再续音乐传奇，有人说新歌讽喻刀郎与演艺圈众人的矛盾纠葛，有人说新歌体现刀郎对真善美的追求等。从刀郎的音乐本身来看，《山歌寥哉》具有独特的音乐性、文学性和文化性特征，而且在曲调、风格、节奏、乐器、题材、内容、主题等方面，展现出丰富立体的艺术特征。这种立体性特征，彰显了刀郎音乐艺术的无限魅力。

　　第一，曲调的民间性与现代性。刀郎是最懂民间小调的，他常年生活与游走于西域边疆，深入民众采集民歌，因而他的歌曲，无不以民间曲调作为音乐的底色与基调。当年，正是这种不入"主流"的民间曲调令他饱受非议，甚至被蔑称为"土""俗"和"农民的歌"。然而历史已经证明，富有民间特性的曲调正是他最具特色的地方，那些一味追求新形式的流行音乐，反而不断地丧失了自己的生命力。新专辑以"山歌"为名，可见刀郎对"山歌"的热情与钟爱。在新专辑中他下足了功夫，"《序曲》采用了广西山歌调，《花妖》使用了时调，《颠倒歌》则是栽秧号子，《画壁》运用了绣荷包调，《镜听》则采用了闹五更调，《画皮》运用了银纽丝调；《路南柯》则采用了没奈何调，《罗刹海市》运用了靠山调，《翩翩》则是湖南道情调，《珠儿》运用了河北吹歌，《未来的底片》则采用了说书调"。刀郎将民间曲调完美地与现代流行音乐"雷鬼"、摇滚、电子、trap等结合，加之刀郎天生苍劲浑厚的嗓音，新歌展现出了更具民间民族风韵的艺术特色。

　　第二，文本的可读性与表演性。从音乐文本或歌词来看，显然可以说明刀郎此次的歌曲创作独具匠心。大量的题材和内容，选自文学经典或文学典故。从内容上看，他借用了《聊斋志异》人物形象如马骥、画皮、花妖等以及相关的故事。《罗刹海市》具有强烈的讽刺意义，采用马骥这一人物及其故事，来暗喻黑白颠倒、是非不分、美丑倒置的人类社会。音乐文本《山歌寥哉》与蒲松龄《聊斋志异》产生了强互文关系，由此音乐文本丰富的故事性和典故，极大地增强了歌词本身的可读性，而文本的可读性强化了音乐本身的文化意蕴，因而在语言阅读上更显深刻。同时，音乐文本与小说文本被阅读性不同的是，音乐文本是供人演唱的文本，本身自带强烈的表演特性。音乐的表演性可以拉近创作人与听众的亲密关系，打破艺术虚构与现实生活的边界，让表演和表演意义融入生活本身，促使音乐文本生产出更大的价值。刀郎基于民间的表演性特质——喜闻乐见的音乐艺术形式，让新歌有更大的活力和接受空间。因此，音乐文本的故事性和表演性，助推了歌曲的阐释、接受、传唱乃至广阔的传承性。

　　第三，情感的真实性与细腻性。刀郎的歌曲是极为深情的，仿佛每一首歌都是用他的生命在演唱。这里的大部分歌曲都来自他的生活经验，许多歌曲甚至改编自他本人的亲身经历。在以前的专辑中，《流浪生死的孩子》是刀郎对亡兄的哀思；《冲动的惩罚》是与前妻关系破裂之后的自我愧疚；《2002年的第一场雪》是他传唱最广的歌，同样也是在新疆历经创业万难之后的生命体验。他的歌都是词人自己真实情感的流露，并非矫揉造作的虚构。在这一辑的所有新歌中，褒贬分明的字、词、句无处不在，表露了自我的真实情感和态度，"不管你咋样洗呀那也是个脏东西"（《罗刹海市》）、"苞谷地呀里一棵葱/装得比那棒槌大"（《颠倒歌》）、"昨日犹似羽衣舞/今朝北邙狐兔窟"（《未来的底片》），直接地表现出了刀郎对某些人或现象的讥讽、调侃、批判、沉思等，而这种真实的情感本身又是细腻的。

第四，审美的通俗性与高雅性。当刀郎再次以发布新歌的形式回到大众视线时，他更坦然地面对过去别人对他"没有审美观念""土气""俗气"的污蔑与诽谤。他自己曾经公开地宣称："通俗、民俗、风俗，这就是我的三俗。"无论如何，刀郎对音乐有着自己的理解，坚持民歌曲调与现代流行音乐结合，始终是他的最高的追求。其实，刀郎早已把"俗"视为创作的审美情趣或者审美标准之一。他所讲的这种俗，并非是指庸俗、低俗、粗俗、恶俗，而是民间性的审美化表达。在他的歌词作品中，存在着大量的民间性俗语，"三更的草鸡打鸣当司晨""把一只鳖扔进黄色的便盆它会自觉高贵""苍蝇专叮无缝的蛋"等。刀郎的作品唱民间之歌、说民间之事，将俚语、俗语甚至是粗语入歌，表现了民众真实的情感和心声，充分地体现了审美上的通俗性。而所谓的"高雅性"，则借用文言小说、人物原型、文学典故、文辞修饰、诗性语言，营造独立的意境，再借用多种民间曲艺形式，从而形成一种具有深厚意蕴的高雅典美艺术品格。在他的新歌中，作者完美地融合了传统与现代、古典与流行，突破了旧式传统的民间之"俗"和实验先锋性的大堂之"雅"，营构出俗雅一体的音乐风格。所以有人指出："刀郎的作曲唱功一流，但作词太平民化，多了一些土气和地气，少一点精致和高雅。现在证明他的最后一块短板也被补齐了。"

第五，立意的多重性与流动性。《罗刹海市》究竟想讲什么？这是无数网民围观的热点问题和想要苦苦追寻的答案。歌曲创作的目的只是含沙射影某些人，这样的说法显然缺少充分的依据，更多的是猎奇者或唯恐天下不乱者的"良苦用心"。刀郎借用聊斋故事，显然与聊斋蕴含的意旨相契合。在这个维度上，刀郎效仿蒲松龄，他以歌言志，嘲讽黑白颠倒、虚伪的旧时代现象。不过，这仅仅只是其中的一种阐释。刀郎新歌的意义不仅如此，它应该也必须是多重的。一是刀郎对音乐艺术的新探索，二是刀郎对自我内心世界的解剖，三是对社会乱象的讽刺，四是对真情大爱与真理自由的追求，五是对崇高善美精神境界的探求等。我们不应该强调意义的唯一性，否则会导致对刀郎音乐理解的狭隘和偏执。

总之，对于刀郎及其歌曲的评介，更应该深刻地体悟刀郎音乐的真挚情感，感受音符与节奏给我们带来的促发人前进的精神力量，并进而探讨其背后的成因与来源。

刀郎音乐的民间性

卢阳新

　　刀郎的音乐穿透了时间和空间，到达人最脆弱和敏感的区域，却又以无形的方式来舒缓心灵，以此来达到彼此的情感共鸣。刀郎的音乐之所以能打动听众，除了作曲者自身的民间性，也离不开歌曲本身所特有的民间性。

　　首先，是创作者自身的民间性。刀郎自身的经历充满传奇色彩，尤其是在1995年至2004年，刀郎担任新疆德威龙音像公司音乐总监、乌鲁木齐罗林音乐创作室首席制作人，完全处于一种民间的生活状态中。在此期间，刀郎独立担纲制作了《新疆原创第一击》《大漠情歌》《丝路乐魂》《丝路乐韵》以及《走进新疆之音乐篇》等唱片。1995年他来到新疆，为新疆这一片广阔的土地而歌唱，是他融入当地民间生活的重要转折点。2002年从《楼兰钟鼓》这张专辑开始，几乎在其后的所有专辑的作品中，都显示出了创作者本身的民间性。2003年的《丝路乐韵》里有《塔里木》、《丝路乐魂》里有《新疆好》、《西域情歌》里有《吐鲁番的葡萄熟了》，这些专辑都将新疆的生活融入刀郎的歌曲当中，他曾经生活过的地方，也成为他艺术创作的源头。刀郎生于民间，创作源头来自民间，他与听众之间的情感共鸣，也依靠"民间"来连接。在刀郎的音乐世界里，"民间"既是特定地域空间的指称，同时也是一种身份的象征。

　　其次，刀郎歌词的民间性。"民间"一词，我们常常将它与"大众"相提并论，其相同点是都追求"雅俗共赏"。但是，当我们提及"民间"时，会更侧重"民间"充满"魅惑""神秘"的特点，刀郎的音乐也正是如此。刀郎的歌词大部分由他自

己创作，而在高达30多张专辑当中，他创作的词既具有通俗易懂、朴实无华的特点，又具有民间独有的极具魅惑性的特点。其中最为典型的就是《2002年的第一场雪》："2002年的第一场雪/比以往时候来得更晚一些/停靠在八楼的二路汽车/带走了最后一片飘落的黄叶""是你的红唇粘住我的一切/是你的体贴让我再次热烈/是你的万种柔情融化冰雪"，所用之语与日常用语差别并不大。正是在这一层面上，音乐的大众化让更多听众有了享受音乐的可能性。《花儿为什么这样红》"花儿为什么这样红/为什么这样红/哎 红得好像/红得好像燃烧的火/它象征着纯洁的友谊和爱情"，同样从日常生活中常见的问题入手，将花比作友情和爱情，唱出了我们普通人对友情和爱情的向往和珍视。除了歌词的通俗性，刀郎歌曲的另一面是"魅惑性"。所谓"魅惑性"是包含了"变形""异化""神秘"在内的因素与特性，同时也包含了对人生的哲思。其中最为人所称道的是《罗刹海市》这首单曲。这首歌作词作曲编曲者均为刀郎，而在歌词部分就鲜明地呈现出了"民间性"。关于"罗刹海市"的故事创作源于《聊斋志异》。"老粉嘴多半辈儿以为自己是只鸡/那马户不知道他是一头驴/那又鸟不知道他是一只鸡"，道出了现实生活中的部分丑态，既带有一些暗讽的色彩，又具有哲思的韵味。人类在"自我认知"方面并不清晰，一些虚伪的、恶劣的人在自我包装之下，并不清楚自己到底是谁，在扮演怎样的角色。他们试图通过包装自己，来向他人展示自己的优越性。"又鸟"与鸡分不清，"马户"和驴道不明。峰峰同音难分辨，险地同坤意相

近。西域儿郎轻声吟，五湖四海有回音。世间美丑说不定，请君回看好声音。纵然沉默能为金，奈何俗世无数星，才子淹没心如冰。佳人陨逝意难平，只将愤恨寄予曲，公道留与众人评。歌词最后一句"那马户又鸟，是我们人类根本的问题"更是体现出"民间"文学具有的"生活哲学"。你所不以为意的问题，有时候是因为你身在其中，哲学就在我们的生活当中，或者说生活本身就是最重要的哲学。

最后，是刀郎谱曲的民间性。刀郎的声音响起，就很容易唤醒人们关于"戏曲"的听觉记忆。虽然他的声音沙哑，听起来有一种饱经风霜的感觉，但是他以细长的音调、高音，将这种粗犷的宽度减弱。嗓子不加修饰，将原有的情感全盘托出。刀郎凭借声音来构建画面感，再通过画面来进一步叙事。刀郎音色的不加修饰，充分地展现了民歌的本土性，随心而歌，随性而歌，随情而歌。除了声音本身，刀郎的民间性还体现在他的乐器使用上。在《花妖》中用了传统乐器箱琴、二胡，在《罗刹海市》中用了唢呐，在《未来的底片》中用了竹笛，等等。刀郎的音乐不仅有现代乐器，更侧重展示传统乐器的韵味。在很多歌曲中，传统乐器起着点睛之笔的作用，使得刀郎的音乐在现代背景下显得更具魅力。民族乐器的加入，让地方性的音乐更地方，让民族的音乐更民族。而这种民族特有的音乐性通常是唤起我们民族记忆的重要媒介，我们通过音乐找到了我们熟知的"根"，通过"根"我们更好地找到了我们自己。

刀郎是民间的。他的歌词创作来源于民间，他的音色、他的乐器通过"声音叙事"向我们还原了原生态的传统空间。他的音乐既是现代的，也是传统的。他音乐的"现代性"，让更多听众了解音乐、享受音乐；而他音乐的"民间性"，让我们可以认识人类自身和自身所存在的问题。

《罗刹海市》中的多维艺术

沈欣婕

《罗刹海市》是刀郎最新音乐专辑《山歌寥哉》中的新曲之一，其中充满讽刺意味的歌词，引发了网友的解读热潮，产生很大的社会影响。刀郎"以歌为刀"，在歌曲中进行了大胆的艺术尝试，融汇了文学、语言、传播等多方面的艺术特点，创造出一首极具张力的现代艺术歌曲。

一、深耕具有文学底蕴的民间叙事

写鬼写妖高人一等，刺贪刺虐入骨三分——这是郭沫若先生对蒲松龄的高度评价。"罗刹国向东两万六千里"，刀郎在《罗刹海市》的开篇就明确指出，歌曲的创作原型取材自清代小说家蒲松龄文言短篇小说集《聊斋志异》，为歌曲奠定了基本的故事框架，使歌曲具有深厚的文学底蕴，并且让叙事和表达融入了鲜明的民间叙事色彩。同时，《罗刹海市》中采用了神话、故事、异类与想象等多种民间叙事元素，将蒲松龄的花妖狐鬼世界以音乐的形式进行了移植，打造出一种非官方的荒诞叙事美学。

音乐与文学在刀郎的歌曲中融合在民间叙事的交汇点上，是《罗刹海市》的关键艺术特点。其一是民间叙事的神秘性。《罗刹海市》采用一种神秘幻想的叙事方式，以中原向东两万六千里的罗刹古国、龙女生活的龙宫为叙述场景，剥离了传统的现实生活环境，采用一种虚无主义的审美视角切入，体现了一种来自民间的神秘叙事逻辑。其二是民间叙事的二元性。民间是具有"狂欢化"性质的表演场域，二元性则是狂欢化的艺术结果。《罗刹海市》中出现了多组二元意象，如美与丑、罗刹与龙宫、精英与底层等，通过二元性的对立，强烈地传达出一种反讽效果，以及一种具有对抗性的思想。其三是民间叙事的通俗性。《罗刹海市》的歌词看似复杂古奥，实则通俗易懂。在穿插典故的唱词外衣下，包含的是最接近大众通俗审美的朴素内涵，表达的是民众最基本的社会认知，所以这首歌一出世，就以通俗性的歌词获得了广大听众的审美共鸣。

二、融合审美解构的现代语言

解构性是现代艺术的重要特征之一，《罗刹海市》在语言上充满一种少有的现代性，其重要表现形式就是对现代语言的审美解构。通过对现代语言进行拆分重组、谐音内涵，进一步加深了歌曲的讽刺意味，让人闻之回味无穷。首先是对现代语言的谐音运用。在"只为那有一条一丘河/河水流过苟苟营"歌词中，不难看出是对"一丘之貉""蝇营狗苟"这两个词语的隐性变形用法，通过音调的相似性和语言的习惯性，让人们在被解构的现代语言中，依然能够体味到歌者所要传达出的讽刺情感。其次是对现代汉字的拆分重组。在"那马户不知道他是一头驴/那又鸟不知道他是一只鸡"等歌词中，多次提到"马户"与"又鸟"两个角色，但并未做出明显的特定指向性，实际上是对"驴"和"鸡"两个现代汉字的结构拆分，融入了中国传统文化中的"驴"意象与"牝鸡司晨"等典故，将现代语言的"解构性"特征更加深刻地表达了出来。最后是旧词新用的挑战性。"又杆儿""十里花场""老粉嘴""勾栏"等词语，是早已退出人们日常生活适用范围的旧词，而刀郎在《罗刹海市》中用其进行了大范围的隐喻，将其与现代社会的新现象结合在一起，通过旧词的新用达到了一种极具现代性的表达效果，进一步升华了歌词的艺术内涵，在最大程度上实现了歌词的审美价值。

三、借助网络媒体的大众传播

大众传媒是当代互联网时代的重要传播形式和重要渠道，其影响力之大之深之广已不言而喻。借助网络媒体传播的大众文化，早已渗入到我们日常生活中的方方面面。刀郎的《罗刹海市》能够在专辑《山歌寥哉》中脱颖而出，与借助网络媒体手段进行的大众传播方式有着密切的联系，同时，也将音乐从单一的艺术推向了一场群众讨论的舆论高潮，从而产生了广泛的影响，在传播上获得了巨大的成功。

《罗刹海市》一经发行，就受到了各界媒体、网络平台与大众的广泛关注，在新浪微博、微信、抖音等多个具有广泛粉丝基础的大型网络平台上，掀起了一轮又一轮的传播与讨论热潮。刀郎的个人新浪微博更新，止步于2016年，网友与歌迷们不仅对沉寂已久的刀郎之复出感到兴奋，更是对这首风格独特、歌词老辣的歌曲，进行了全方位的解读。通过网络媒体传播效果的多次发酵，讨论范围已经从单纯的音乐交流，扩展到了对歌词的逐句解读，甚至上升到了与个别社会现象相联系的艺术高度。由此可见，网络媒体与大众传播在《罗刹海市》的流传与传唱上，发挥了极其重要的作用。

《罗刹海市》是一次极具创新性的多维艺术试验，在文学内涵、现代语言与大众传播的多维艺术作用下，形成了一场全民讨论的艺术狂欢，也带来了广泛的社会影响，取得了艺术创造的成功与突破。在流行音乐泛滥的如今，民歌的回流、传统文化的再创造都是具有挑战性的伟大尝试，能够为我们的精神文化生活注入新鲜的养分，让传统文化在现代社会中重焕巨大的生机。

《山歌寥哉》的民间特质

王冠含

　　当代的民谣歌手刀郎，于2023年7月隆重地推出了一个新专辑《山歌寥哉》，包括《罗刹海市》《花妖》《翩翩》等11首歌曲。这些歌曲与其十年前的作品相比迥然有别，好似原生态的西部水果酿成了一坛坛美酒，千里飘香，风靡网络，醺醉了不少网友与听众。这些歌曲之所以广受欢迎，很大程度上得益于刀郎对传统民间曲调尤其是对山歌的借鉴与发展，它们赋予刀郎新歌以崭新的面貌和全新的质地，从而引发了广泛共鸣，为流行乐坛贡献了新品种、新风格。具体表现在以下几个重要的方面：

　　第一是民间化立场。首先，从"山歌寥哉"这个辑名可以看出，刀郎是以"山歌"定位并命名自己的新歌的，也就是说这些歌可以理解为当代的"山歌"。山歌是民歌中常见的一种体裁，是人们随性自发演唱的歌曲，具有很强的抒情性和地方性特征，表达的是人民大众的情感和心声。因此，刀郎将新歌定位为"山歌"，就足以体现其鲜明的民间立场。事实上，"山歌"也正是新专辑创作的动机和根源，里面收录的歌曲使用全国各地的传统山歌曲调。其次，从专辑的《序曲》，也可以体会到刀郎创作新歌的良苦用心。《序曲》的歌词只有四句："九州山歌何寥哉/一呼九野声慷慨/犹记世人多悲苦/清早出门暮不归。"这里所唱的后两句，既非官方的政治话语，亦非自作高明的精英声音，而是带着对民间疾苦的感同身受，带着情感温度和悲悯情怀，特别能体现出歌曲作者鲜明的民间立场。

　　第二是以《聊斋志异》的故事入歌。在这个新专辑里的11首歌中，大部分歌曲直接以《聊斋志异》中的故事篇名命名，如《罗刹海市》《翩翩》《画皮》等。歌词中的故事或情节，同样源于《聊斋志异》里所讲的故事。于是，整个专辑《山歌寥哉》和《聊斋志异》形成了很强的互文性，以至于要想弄懂刀郎新歌表达的具体意思，不得不先读懂《聊斋志异》中的相关故事。而《聊斋志异》这部小说集虽然为蒲松龄创作，但众所周知，其取材多半来自民间的鬼狐与动物传说。蒲松龄也曾自言："才非干宝，雅爱搜神；情类黄州，喜人谈鬼。闻则命笔，遂以成篇。"（《聊斋志异·自序》）从故事素材的来源看，《聊斋志异》的故事并非蒲松龄个人的杜撰，大部分是"听"来的民间故事，正像莫言所说，好的作家都擅长"用耳朵写作"。所以，我们说《聊斋志异》的故事的发生与讲述，都有深厚的民间生活基础，反映了广大人民群众的七情六欲，体现的是民间百姓的盼望、疾苦和心声。刀郎新歌与《聊斋志异》的故事的互文关系，也就决定了其歌曲的民间特质和内涵。

　　第三是歌词的民间化表达。在《山歌寥哉》里的11首歌曲中，并不缺乏典雅的歌词和情调，如《花妖》《翩翩》等，但是最能代表刀郎新专辑崭新风格的，应该是《罗刹海市》《颠倒歌》等具有民间嬉笑怒骂和地方口语、俗语甚至鄙俗之语的曲目。《罗刹海市》一出就尤其风行，大概可为明证。具体而言，这种民间化表达，体现在以下三个方面：首先是歌词中的方言口语和俗语迭出。《罗刹海市》中"叉杆""老粉嘴""蹲窝""鞋拔"等语言，多是地方性的口语，也就是标准的四川方言。当然，歌词中的方言也有可能并不局限在某一个小的地方，而是来自四川多个地方，听这样的方言词曲，有时要通过查找其意思，才能更好地理解其内涵。而"煤炭生来就黑/不管你咋样洗呀那也是个脏东西""阳光照不亮夜里的鬼/六畜难懂人间味""苍蝇专叮无缝的蛋"等歌词，则是民间俗语或从俗语转化而来，带着浓郁的民间生活气息。其次是在歌词中，还存在着一些民间拆字游戏。这一点，曾被某些专家用来指责，说拆字游戏太小儿科，拉低了刀郎新歌的文化层次，这样的评价显然是不恰当的。这样的评价体现的是典型的精英视角，如果从民间角度看，拆字游戏在中国民间有深厚的传统，一直是比较受大众的欢迎。比如在元宵节等民俗节日中的字谜活动，很多是和拆字有关的。所以，刀郎新歌中"马户不知道他是一头驴""又鸟不知道他是一只鸡"这样的表达，看似不雅，实则有着深厚的民间基础，反而容易引起老百姓的会心一笑和深层情感共鸣，成了《罗刹海市》能够火爆流行的原因之一。再次就是歌词中有着大量的鄙俗语言。"苟苟营当家的叉杆儿唤作马户/十里花场有诨名""老粉嘴多半辈以为自己是只鸡"，这些歌词几乎是直接骂人，而且引人联想到不雅的现象或场景。《颠倒歌》中此类的表达更甚，如"把一只鳖扔进黄色的便盆它会自觉高贵""当踩扁一只螃蟹再看它就发现是一只王八""路也滑来人也滑，一不小心就踩粑粑"……

屎溺粪便都进入歌词了，似乎让人觉得不堪入目。但是，这正是底层百姓常用的口头表达，所谓话糙理不糙，正和刀郎想要表达的思想意旨相契合，因而取得了特别的成功。

刀郎的新歌具备典型的民间特质，具有一种民间化的审美风格。这种崭新的审美风格，可以概括为以下四点：一是传奇玄幻，二是辛辣讽刺，三是狂欢宣泄，四是大俗大雅。所谓"传奇玄幻"，主要体现在歌曲内容中故事的传奇性和玄幻性，且极大地激发了众人的好奇心，契合了底层民众爱幻想的心性。刀郎新歌问世，解读之风盛行甚至《聊斋志异》的故事风行，都体现了这一特质颇抓人心。所谓"辛辣讽刺"，体现在刀郎对社会现实的洞察和批判，这也和《聊斋志异》中体现的现实主义精神一脉相承。所谓"狂欢宣泄"，不仅体现在嬉笑怒骂的歌词上，更体现在歌曲的旋律、节奏上，包括不同乐器的配合演奏，都给人一种狂欢释放的快感，与巴赫金所说的"狂欢精神"相近。特别是《罗刹海市》甫一发行，就引起众人跟随模仿，许多民间歌手还争相效仿，体现出广场狂欢的浓重意味。所谓"大俗大雅"，主要指歌词的民间化表达，虽然字面上比较粗鄙世俗，但道出的现实、情感和思想意旨却是真实而富于洞见的。正如庄子所说"道在屎溺"，所谓大俗大雅，其意也正是如此。

"在民间"：刀郎的音乐态度

王兴尧

沉寂多年以后，著名音乐人刀郎凭借最新个人专辑《山歌寥哉》，重新回到了大众视野。从文艺青年到人到中年，刀郎的神作吸引了各年龄层段的粉丝，一时又成了"全民偶像"。在新鲜血液不断的华语乐坛，刀郎虽然一度不被主流音乐人所接受，但在最近三十年的时间里，刀郎的音乐始终占有一席之地，《2002年的第一场雪》依旧飘荡在一代又一代人的记忆中。从艺术的角度出发，刀郎的歌曲与音乐散发着质朴气息，但又不乏浪漫情调，仿若一个个平凡人的故事，向你娓娓道来。在这样有旋律的故事中，听众总能看到一些现实的群像，沉浸于亦真亦假、虚实相映的情节里，并不由发出这样的感叹：刀郎的每首歌所演唱的都是一个小社会，都是一个写实的民间。

诚然，刀郎的歌曲与音乐的特质就在于民间性，他将个人、音乐、情怀统统纳入民间磁场，并以"在民间"作为其音乐与歌曲的一种基本的态度，正是这样的创作姿态，让他取得了意想不到的巨大成功。

一、人在民间：体验人生的起伏

与一名单单会演唱的歌手有所不同，刀郎还是一位独立音乐制作人，这意味着刀郎的音乐不是为别人的思想背书，而是歌唱自己的社会生活，歌唱自身的人生体验，能够将个人独特的阅历融入自己的音乐作品中。如同他的音乐事业一般，刀郎的人生经历颇为波折。在高中还未毕业的时候，对音乐艺术蠢蠢欲动的刀郎，便来到当地的歌厅学做一个键盘手，成了大众眼中离经叛道的"小混混"。一

番走南闯北下来，刀郎经历了乐队解散、成立工作室、恋爱、结婚、创业失败又离婚等酸甜苦辣。如果把刀郎当作自家的亲戚来看，他所经历的这些起起伏伏与曲曲折折，无论哪一段都会被亲朋好友所议论，究其原因就在于他并非时刻是光鲜的，而是真实地活在了普罗大众的生活与生存之中，会有和普通人相似的经历，我们和他共同身处于民间。难能可贵的是，刀郎善于将自身的人身体验转化为音乐进行全方位的演绎，将个人的阅历体验与音乐进行深度的结合，从而以一种特有的艺术形式，表达对于爱情、民族、命运等问题的理解，让自己的多数作品充满了一种民间的特质。刀郎是活生生的现实人物，他的人生起伏体验在民间，从而构成了他"在民间"的音乐态度的先行条件和深厚基础。

二、曲在民间：汲取文学养分

刀郎的音乐不仅是流行的，更是文艺的、审美的，他的词曲具有文学的灵动，照说没有多少学历与学力可以写出这样有文化内涵的音乐吗？事实上，刀郎在2001年遭遇一次专辑出版的失败后，便天天泡在图书馆，甚至多次到维吾尔族老百姓家中去进行全面的采风。刀郎也许已经深刻地意识到，他自身所拥有的天分，不足以将"人在民间"的体验完美表达，而文学的内容尤其是散落在民间的文学片段，才能与之互通自洽。刀郎的经典歌曲《披着羊皮的狼》就取题于古希腊《伊索寓言》中的一则，他通过再次演绎大众熟知度极高的民间寓言，道出爱情中可能存在的虚伪一面。刀郎的最新专辑《山歌寥哉》这个名称，直接紧扣在民间流传甚广

的志怪小说《聊斋志异》。同时，这张专辑主打歌曲《罗刹海市》的歌词，则直接化用了《聊斋志异》中的同名小说，这样的音乐与歌曲在中国当代的乐坛上实属罕见，也确实是特立独行，但是谁能说这样的音乐它不够民间、不深入人心呢？古老的民间文学是涵养当代文化的重要资源，我们总是提倡弘扬传统文化，但在许多词人的作品中，总是脱离了民间立场，造成了许多优秀的文化产品悬浮于老百姓的生活之上。然而刀郎做到了这样一点，他以民间文学的力量强化音乐的厚度，让自己的音乐能够感染大众，并且长期扎根于中国的民间，中国当代人的生活与情感。

三、情在民间：唱出世间百态

　　无论是文学作品还是艺术作品，其核心是要抒发思想情感。"情"是音乐的灵魂，倘若唱不出人间真情，那无论调子起得多高都不会悦耳动听。刀郎的音乐是真实共情的，他想通过音乐表达的情感也是意味深长的：或是反讽当今社会审美的异化，或是揭露流变于恩怨中的人性善恶，又或是抨击财富凌驾于道德之上的现象。正如学者邹惟山教授，在以"刀郎的刀"为名的散文作品中，强调刀郎音乐发人深省的震撼力。刀郎的这把刀，划开了世间百态，并将其中的丑、恶、善、美等情境，一一地呈现出来，引发社会公众去反思当下，并且思考未来。仍以刀郎的最新歌曲《罗刹海市》为例，他直接化用了《聊斋志异》的原文，在歌曲中借鬼怪情、讽人间事，这不难让人联想到刀郎是否在以一种戏谑的方式，回应他在乐坛中的恩怨传闻，讽刺当下的虚假繁荣、粗制滥造的文化荒漠。同时，认真欣赏刀郎的音乐，那些有品位的听众总是能揣摩出他对环境的反思、对人性的反思、对世俗的反思。况且，世间百态总能与刀郎的音乐相呼应，也总能从刀郎的麦克风里唱出来。

　　古往今来，在我们所向往的巴蜀大地上，时代的风雨与殊异的文化滋养了无数名人鬼才，造就了人杰地灵的天府之国，更成就了诗情画意的万里江山。刀郎作为当代巴蜀文化所孕育的代表性文化人物之一，以接地气的民间品格所创作出的这些杰出的歌曲作品，收获了一阵阵的掌声。刀郎的音乐艺术成就，也得益于民间文化的滋养：他人在民间——体验人生起伏，曲在人间——汲取文学养分，情在人间——唱出世间百态。人、曲、情三位一体的相互作用，共同塑造了刀郎"在民间"的音乐态度，而他的音乐力量也势必会鼓舞人心，汇聚成更为强大的民间力量。态度不仅重要，同时也具有力量，如果一个人没有一种基本的态度，则会给他带来很大的损失，刀郎深深地知道这一点，所以他取自民间并用于民间，并且始终在民间与他人在一起，共同迎接中国音乐艺术的未来。

《山歌寥哉》：流行民歌的现代尝试

祝丰慧

刀郎于2023年7月发行的新专辑《山歌寥哉》，在各大网络平台造成了不小的反响，一时间许多网民们都注意到在这张新专辑中的歌曲，一改刀郎往日的曲风，有了更为深沉的内蕴和学院派的审美风格。可以说，刀郎的这11首新歌又将其音乐造诣拔高到了新的层级。回归到歌曲本身，不难发现其中有许多问题值得我们深思。从词曲风格来看，这些新歌呈现出以下五个重要的审美特点。

一、曲调上的国风摇滚

《山歌寥哉》中所收录的歌曲，大多由刀郎作曲编曲，在整体的曲调上具有鲜明的特色。在编曲方面主题清晰、层次分明、声调跌宕起伏，单独作为伴奏也极有审美价值。刀郎将唢呐、琵琶、古筝等中国传统乐器调动起来，又融入西方流行音乐的元素。他将中国民间小调的变调与西方摇滚相结合，成就了中国风的摇滚乐调。这些歌曲听起来兼具高亢和低沉、婉转和直叙，在唤醒老一辈听众对于民间小戏的集体记忆的同时，也顺应了年轻一代听众对于现代音乐的趋同心理。民间小调最主要的特征就是音调高亢婉转，能够调动听众的情绪，产生极强的感染力。这11首新歌，在很大程度上发挥了民间小调的功能，让歌曲本身能够直击听众的内心深处，让人不自觉陶醉在曲调之中。

二、歌词上的传统意象

在欣赏刀郎这张专辑中的歌曲之后，我们不难发现它们在作词上有一个共同特点——丰富的中国传统意象。一方面，他在用词上偏爱中国古典语汇，如"绮纨""楼阁""长安""琼台""天

河""薤露"等词汇，都是常见的古典语汇。这类词汇的使用，无疑会增强歌曲的传统意味，同时因为这类词汇的背后，承载着中国历代社会成员所熟知的传统意象，词汇本身的古典意味与词汇所凝聚的古典意象，一同增强了歌曲的传统特色。另一方面，他选用了许多传统的事物入词，如"狐狸""羽衣舞""镜中的月水中的花""罗盘经""胭脂"等事物与意象，也是中国古代文学中常见的事物与意象。这些具有中国传统文化特色的意象，也会在歌曲中营造出一种中国传统文化氛围。这些中国传统意象的运用，在歌曲中建构出一种浓厚的中国风意境，可以让我们沉浸其间，得到极大的审美愉悦。

三、内容上的故事性

在《山歌寥哉》这张专辑中的歌曲，几乎每一首都在讲述一个故事。《花妖》这首歌的故事背景众说纷纭，仅从歌词的本身来看，依然能够读出一个凄美的爱情故事。"君住在钱塘东/妾在临安北/君去时褐衣红/小奴家腰上黄/寻差了罗盘经，错投在泉亭/奴辗转到杭城/君又生余杭"。从这样的唱词中，可以看出一对爱人之间的坎坷故事：书生住在城东，女子住在城北，本是一对有情人，奈何受到各种条件的阻挠。书生遭受迫害，满身是血地离开了人世，小姐也因此殉情自刎。阎罗王也感念二人的痴情，却转错了罗盘经，最终两人投胎在不同的时间，世世代代之后，两人都相隔百年的时光。一对佳人终究无缘相守，在时间面前苦苦哀叹，对着年轮诉说彼此的深情。不难看出这是一个完整的故事，较为细致地讲述了人生的情节，也有许多留

白供人遐想。《山歌寥哉》中具有故事性的歌曲不在少数，《镜听》讲述了女子等待丈夫出征归来，《路南柯》讲述了一位英雄的壮烈牺牲，《珠儿》讲述了珠儿虽为鬼但是一心向善的故事，《画壁》讲述了有情人画中相遇却不能相守的故事。总体来看，《山歌寥哉》中的系列歌曲，几乎都在讲述故事，而这些故事显然不同于当下许多流行音乐中以情爱为主的情节片段，因为这些故事是相对完整的，也是呈系统性的，更能够将听众带入到对故事的感知中去。同时，其中的许多故事化用了《聊斋志异》，以及一些中国传统民间故事的梗概，它们为歌曲中所讲述的故事赋予了文化背景和更为深远的典故意义，让故事的讲述产生了更为不同的艺术效果。

四、词境上的崇高与讽刺

这11首歌曲都有自己想要表达的情感，在整个词境上表现出了崇高和讽喻这两种不同的意蕴。以《路南柯》《珠儿》为代表的歌曲，表达的是对崇高的敬畏和折服。为抗战而英勇牺牲的英雄们，他们把自己的血肉浇筑在大地上，捐躯之后却只能留下一块块墓碑。善良的珠儿虽为鬼，但是一直都在为沟通人间和另一个世界、寄托亲人的思念而付诸努力。他们是崇高的化身，也是歌曲作者想要肯定和认可的对象。也有一些歌因为其中的讽刺性，而得到听众的反复欣赏与肯定性的评价。其中，《罗刹海市》的讽刺性是最为明显，也是最值得分析的。《罗刹海市》出自蒲松龄的《聊斋志异》，原本讽刺的是一些颠倒是非的人和事，刀郎在此借用了其故事背景，也沿用了小说原文的讽刺性，犀利地讽刺了当前社会中的一些人和事，反映出那些趋炎附势、蝇营狗苟的病态现象，作者在最后一句进行了升华，提出了"我们人类的根本问题"，认为歌中所唱的这些现象，并不仅限于某些人或某些事，而是属于与人类的劣根性和人类的使命相关的重大事件与问题。

五、风格上的实验性

这11首歌在作曲、作词上表现出的诸多特征，也值得我们一一进行分析，但是当我们将各方面的内容作为一个整体来看待时，就能够发现刀郎以立足创新的姿态，试图创作出许多具有超越性的歌曲，做出了许多具有创新性的实验。他将中国传统的古风调性和山歌旋律与西洋管弦乐融会在一起，建构出中国风的流行民歌，给听众带来了一种耳目一新的音乐体验。同时，他在歌曲内容上进行了不懈的探索。《序曲》这首歌曲仅两句歌词，只有一首古体诗的长度，但是其演唱的时间却长达四分钟，在唱词之外留下了许多空白，使听众置身于伴奏的留白之中，其目的是希望能够让听众产生不同的感受，从而表现出了较强的实验性。

《山歌寥哉》兼具社会意义和音乐意义，具有刀郎式的思想、勇气和情感。歌曲作者坚持大众的审美风格，融入刀郎个人深刻、大胆的思想，让无数听众借此自我反思，并形成自身的审美体验，这些在作品中得到了全方位的表达，使作品拥有了特别强大的感染力，让作品也具有了永远的思想与艺术魅力。

《悠悠岁月》：女性视角下释己写他的群体共鸣

黄一诺　白晓荣

内容提要：法国女作家安妮·埃尔诺历经二十余年完成力作《悠悠岁月》，该书在2008年出版后即荣膺杜拉斯文学大奖。作品展现了一代人的集体记忆，以无人称自传的方式呈现一切事件、歌曲、物品、社会的标语口号、集体的恐惧和希望的记忆。作者本人历经难以想象的阶层跨越之后，对人性的洞悉和观察也更为透彻，对底层群体的处境也有着更深刻的认知和关怀。本文从聚焦和发散的视角出发，关注作品对细微的人、事、物的描写，展现作品能够带给人精神共鸣和回忆共鸣的原因所在，以认识到作品的时代价值，从而重新思考人类悲欢命运的走向。

关键词：女性视角；《悠悠岁月》；群体共鸣

作者简介：黄一诺，宁夏大学文学院汉语言文学（文秘方向）专业在读本科生。白晓荣，宁夏大学文学院教授，文学硕士，研究方向：欧美文学，中外比较文学。

Title: *The Years*: The Group Resonance of Interpreting Self and Writing Him from the Female Perspective

Abstract: Annie Ernaux, a French woman writer, has worked hard for more than 20 years to write *The Years*, which won the Prix Marguerite Duras after its publication in 2008. The work shows the collective memory of a generation, presenting all the events, songs, objects, slogans of society, collective fears and hopes in the way of no one's autobiography. After the author herself made an unimaginable class leap, her insight and observation of human nature became more thorough. She also gained a deeper understanding and concern for the situation of the bottom group. From the perspective of focus and divergence, this paper pays attention to the subtle descriptions of people, things, and objects in the works. It also shows why these works can bring about spiritual and memory resonance in people. The aim is to realize the value of these works in their respective times, which in turn prompts a rethinking of human sorrow and joy.

Key Words: female perspective; *The Years*; group resonance

About Author: Huang Yinuo, undergraduate majoring in Chinese Language and Literature (secretarial direction), College of Liberal Arts, Ningxia University. **Bai Xiaorong**, Master of Arts, professor, College of Liberal Arts, Ningxia University, research interests: European and American Literature, Chinese and Foreign Comparative Literature.

1940年，法国滨海塞纳省诞生了安妮·埃尔诺。功成名就之后，她始终不忘贫穷杂货铺小店中的那个少女。打破固化阶层的不易经历让她能够最大限度地去观察和注视时代的声音，从底层人民最真实的生活场景和衣食住行到两性之间的冲击碰撞再到国际风云，都能带给人深思和考量。本文通过研究安妮·埃尔诺《悠悠岁月》一书中的书写框架和文章脉络，即作品的线性结构以及其中的珠串式故事叙述，并将此概括为系统式发散和聚焦式书写，从而得出作者在书写个人的"无人称"自传过程中所体现的群体命运书写和整体观照，分析作者在书写中体现的"亿万融方寸，群体寓个人"情怀，从而理解《悠悠岁月》之所以能够极大地唤起群体内心共鸣的原因所在。

一、系统式发散

安妮·埃尔诺的《悠悠岁月》一书，以系统式发散的方式展开书写：在大框架上以一种线性结构进行叙述，总体上叙述和系统化书写六十年的集体记忆，同时发散书写，其中涉及六十年间的政治、经济、文化、人民生活、风俗变迁等各个方面，从群体的生活和精神层面进行观照。

（一）群体生活层面的观照

《悠悠岁月》以一种事无巨细的方式发散观照不同时代下群体的生活模式，在对每一张照片的叙事式书写中，呈现时代背景下的人像，不加任何的修饰，细节刻画和动作神态都惟妙惟肖，鲜活而明亮：富人家的奢靡生活，孩子们撒泼打滚的童年，与个人生活相关的饮食、住宿、交通，斗争浪潮、阿尔及利亚战争中人民的流离命运、堕胎合理性、词语障碍感、第三世界、移民社会、艾滋病恐惧、新浪潮电影、面对新电器的惊奇和"人人都用计算机"的话语……

安妮·埃尔诺在快速流动的时间空间里自我追寻，进行系统化的群体写照，以一种超脱式旁观和切身式悲悯的态度、一位女性的视角来展示在大时代中的广博视野和考量体验，展示着群体的魄力和智慧——无论是战争的艰难还是为了争取权益的斗争，在命运的灾难与毁灭中，人们从未放弃，反而愈加坚定。群体在安妮·埃尔诺的笔下涌动着不可磨灭的生命力量，透露出神秘与敬畏，揭示着作者所描写的这一代群体的生命力和抗争力，带给读者无限希望。这正是作品引发群体共鸣的原因之一：书写群体在琐碎复杂的生活面前依旧有不可磨灭的生命力和智慧与勇气。

（二）群体精神层面的观照

《悠悠岁月》以一种悲悯救赎的情怀发散来观照不同时代下群体的精神思维。安妮·埃尔诺通过揭露人们习以为常的鄙陋观点和固化思维，引导读者把既有的观念、世俗的规则和原本成为常规的理念剖开来看，从而使得一切群体产生反思和共鸣，引导思考真正的问题所在。不难看出，安妮·埃尔诺格外观照女性群体的一生隐痛。从个人身体到堕胎、离婚、隐私秘事，她没有在书写中进行遮遮掩掩。通过揭开自己的伤口，她冷静地以一个旁观者的审视视角去看待，无比平淡地讲述着一个大时代背景下一个女人的一生波折起伏。与离婚前为了维系家庭这个圈子的运转而劳碌奔波相比，离婚后的"她"变得更加淡定和从容，平静地去看待一切丧失，"她"更多地去关注自我的兴趣和欲望——对于人类事业的关注。安妮·埃尔诺带着平淡而追忆的语调叙述形形色色女性的日常，看似是一眼就能望到尽头的人生，实际上隐含着无限的生机与可能性，这恰恰体现了作者对于这一代人的无限情怀和悲悯意识。

在战争和不断变化的时代背景下对群体命运悲喜的深切体察，让我们看到，作者本人虽身处这个时代，同时又超脱于这个时代，既与时代中的人物感同身受，又仿佛从中抽离出来。那种细密的切肤之痛隐隐约约地走向真实，构成了这种追忆情怀的感染力。然而与此同时，作者沉静地叙述着人物的命运，这种超脱的冷静使得作品蕴含着一种隐秘而切身的哀痛，暗流涌动下的是作者作为女性本身用女性视角看待时代时发自内心母性观照的情怀。这正是作品引发群体共鸣的原因之二：观照了群体在悲喜交织的命运之下隐秘精神需求。

二、聚焦式书写

《悠悠岁月》采用聚焦式书写，整个作品"没有完整连续的情节，作者在形式上和内容上将完整的叙事分割成众多碎片，碎片之间的连接缺乏一定的秩序，排列具有随意性，体现了对经典叙事的消解"[①]，即在系统式发散书写之外，整本书在小的脉络上，又由多条线索构成，形成珠串式的聚焦书写结构，着重聚焦于刻画某一外在形象或者某种典型案例即"她"的一生。

（一）作品聚焦于"她"的一生

《悠悠岁月》以一种打破和重塑的方式聚焦于一位女性"她"的一生历程。《悠悠岁月》中的"她"，从出生开始，在那个时代父母对"她"上学受教育的支持已经超过了大部分女孩。而"她"

在经历过堕胎等青春期的低谷、婚姻的不幸、癌症的折磨和面对日渐衰老的身体的审视后，又能够立刻从中醒悟，迅速从中抽身并拉稳人生的航向，毫不留恋过去，而坚定地迎接着前路所有的未知，坚定不移地重新捡起了少年时期的爱好——写作，成就了自己的一生传奇。这样的一生，先是打破平静的生活，再重新走向另一种辉煌。好似平静的海面上，底下暗藏的是波涛汹涌和暗流涌动，而"她"在所有的波折过后依然勇立潮头，沉静地俯瞰着身后的浪潮。

安妮·埃尔诺作为女性，在面对那些用来困住女性的"耻辱感"时，她以自己的经历带给所有的人底气，她用自己的崛起和坦然告诉所有人，并不是一场挫折或者一场堕落就决定了自己的一生，如果眼前的生活是让自己妥协，也应当拥有打破它的勇气。这正是作品引发群体共鸣的原因之三：聚焦于书写大同小异的生活经历而引发共鸣，同时又在不同中给予群体激励。

（二）作品聚焦于女性外形的书写

《悠悠岁月》以坦然剖示的态度聚焦于女性的外形变化。在婴儿时期的书写中，她描述婴儿的肥胖和天使般的可爱，幼年时期书写身穿花裙子时凸起的肚子和略显畸形的体态。中年时期："在模糊的连衣裙下面，下半身显得臃肿。"②这一时期的"她"也因此陷入了人生的迷茫，这样一眼就能够望到头的生活是自己想要的吗？她所热爱的写作梦想要就此搁置了吗？于是她选择了离婚：五十至五十五岁，"非常明显的腰身，微微隆起的肚子，膝盖以上鼓起的臃肿的大腿"②p154。《悠悠岁月》中的"她"与自己的过去达成决裂，以决然的姿态转身，将那个曾经迷茫、失落、妥协、放纵的自己丢在身后，而大跨步地迈向了新的明天。

安妮·埃尔诺以沉静的笔触书写迷茫、妥协、决心和彻悟，写带着世俗眼光的评判和认知，但作者不去点明这些到底代表什么，而是以一种冷静旁观的陈述者态度进行原生态的阐述。在前后支离破碎却足够串联的女性外形描写中，安妮·埃尔诺聚焦于这种变迁，保持着即使感到吃惊也会随即释然

的态度，而给予女性群体一种范例：真正可怕的不是衰老或是其他，而是在迷茫的平庸碌碌之中违背自己的心意就此结束一生。安妮·埃尔诺以自己的女性视角出发进行关怀，从而能够走进群体的内心深处。这正是作品引发群体共鸣的原因之四：聚焦于群体在世俗枷锁之下普遍的生理现状，而以新的思维方式予以众人共勉和坦然。

三、亿万融方寸，群体寓个人

《悠悠岁月》一书以一种线性结构结合珠串式的故事叙述，将系统式发散和聚焦式书写相结合，以幽默的反思笔触和细微情感的勾勒，展现作者在书写中体现的"亿万融方寸，群体寓个人"的书写模式：将大的时代事件容纳进寥寥数语的勾勒，将群体情怀与记忆容纳进个人经历的书写。

（一）幽默式反思，亿万融方寸

安妮·埃尔诺详细地叙述着所有的记忆：在面对新鲜事物时的猎奇和质疑，在面对猛然变迁的社会时流离失所般的慌乱和不安，在面对思维的激烈碰撞时的惊讶、好奇与反感。在现实与梦想之间，在感性与理性之间，在灾难与重建之间，体现着作家记录历史事实和撰写"被人们遗忘了的事"的使命感。安妮·埃尔诺从每一个小细节中点燃读者的心灵共鸣，将亿万世间琐事容纳于一本书的方寸之中，实现一种"自我形象的重塑（reconstruction），自我经历的重组（recomposition）"③和集体记忆的融合，从而真正展现了一种群体关怀。

安妮·埃尔诺以一种母亲叙述故事般的慈爱口吻去叙述，又流露出追忆往事无奈却释然的温柔。但除此之外，安妮·埃尔诺在这些日常生活细微叙述之后牵引出的社会历史，从细微的坊间言谈、个人心理中引发人们的思索。作者以严苛而冷酷的批判态度、一种幽默的暗灰色笔调书写历史，她如同一个史学家条分缕析地举证，"他们不谈在开往奥斯维辛集中营的火车上的犹太儿童，在华沙犹太人聚集区里早晨被收集起来的饿殍，也不谈广岛10000度的高温"②p14，或者是对历史事实和哲理进

行看似漫不经心却严谨精确的总结，又或者是以犀利至直扎心口的解嘲语调对历史进行深入的反思和犀利透视。面对残忍如野兽般的互相杀戮和产生无数断壁残垣的战争场面，安妮·埃尔诺以"不是同一个欧洲"的轻松口气去犀利讽刺。

从战争场面到语言变革、法律法令、社会话题、商业贸易、医疗病理、科技兴替，每一帧每一幕都显示着社会的变迁和思维的变革，在不同的领域和不同的方面上展示时代，充满着一种直接剥离外壳而展示事实内在的坦荡快感，甚至还有着一种面对亲历的事实和豁然通透而感到开怀有趣的磊落大笑。这正是作品引发群体共鸣的原因之五：在幽默与犀利中贴近每个人的心理模式，带着群体再一度走过熟悉的历史。

（二）言细微情感，群体寓个人

安妮·埃尔诺在《悠悠岁月》中以寥寥几笔唤起人心底的回忆并令人会心的莞尔一笑，这寥寥几笔既是个人的体验，也是群体的感悟。安妮·埃尔诺描写少年成长过程中的普遍心理时，"她"听到比自己年龄小的孩童唱起歌谣时恍然曾经的岁月，这与少年在青春成长过程中，忙碌着前进时突然之间发觉自己离过去已然很远很远的酸涩的心绪相似。安妮·埃尔诺又写在"她"某一瞬间想起来的一件过去的囧事时那种抓心挠肺、恨不得掘地三尺藏起来的不可思议、感到羞耻和疯狂的感情，也能够让人回忆起那种无时无刻不出现在我们生命中，而我们却极少向他人直接表露出来的情景和心绪。

此外，安妮·埃尔诺将自我溶解于群体之中，典型表现在她对于女性群体的关注，这种维护和关爱基于她的女性视角。正如作品中安妮·埃尔诺在描写自我人生中为女性正确权益而斗争时，她坦言她们是坚信争取权益的斗争是为了后来的女性。安妮·埃尔诺在《悠悠岁月》中书写女性平淡操劳中对自我实现的恍然醒悟，书写女性在面对世俗时不可避免而受到的审视的眼光和偏见，书写女性在为了实现自己与她我的解放中而进行的艰苦卓绝的斗争。因此，《悠悠岁月》中以"她"的视角讲述的不仅仅是"她"的个人经历，也是现代女性徘徊于个体自由和家庭责任之间难以抉择的真实写照。

情感的细微书写，以个人的解放突破集体的约束，带给人的是冲破牢笼禁锢而能够大口呼吸自由自在空气的从容和畅快，对于不同女性的书写使得她们不约而同地将手握在一起，这正是作品引发群体共鸣的原因之六：每个人都能够在安妮·埃尔诺的书写中看到不同命运下的自我的经历，背景、外貌、才干的不同不能够成为不同群体之间的壁障，而使得每个人都具有了超越时空和群体偏见而产生的共同话题。

四、结语

作者以"无人称"自传的方式，站在自身经历的侧面，脱离自我认知的局限，从而冷静地去审视和评判，将自己人生中的困境和阴暗面拿到大众视野面前。《悠悠岁月》在对某一侧面的聚焦和发散式书写中，表现了作者基于女性视角的独特悲悯和博爱之情，对个人的细微情感进行超脱式旁观和对群体记忆进行切身式诠释，从而引发了群体的精神共鸣和回忆共鸣。通过个人、集体与国家的互相串联，以一种近似无情的臧否态度和面对既有事实的宽容与和解，展现作者的集体视野，在历史的解构和反思重建中重新思考人类悲欢命运的走向，破除了同样的人之间的隔阂，将个人记忆的根源转化为集体记忆的融合，从而打破了在面对自我书写过程中的壁垒，实现了真正的群体观照，引发了真正的群体共鸣。

注释【Notes】

①张珉铭：《芥子纳须弥：安妮·埃尔诺〈悠悠岁月〉的碎片化写作》，载《青年文学家》2021年第2期，第157页。
②[法]安妮·埃尔诺：《悠悠岁月》，吴岳添译，人民文学出版社2021年版，第123页。以下只在文中注明页码，不再一一做注。
③[法]菲力浦·勒热纳：《自传契约》，代译序，杨国政译，北京大学出版社2013年版，第15页。

反抗与卑贱：论希斯克利夫的双面人生^①

李　唯

内容提要：希斯克利夫是《呼啸山庄》中的主人公，他是一个善恶兼备的哥特式魔鬼，进行了疯狂的反抗和复仇行为，因此在批评界存在众多争议。本文通过借用法国精神分析学家克里斯蒂娃的相关理论，从精神分析的角度，深入探索希斯克利夫的反抗过程、他成为"卑贱"的原因及其所展现的复杂人性。
关键词：克里斯蒂娃；反抗；卑贱；《呼啸山庄》；希斯克利夫
作者简介：李唯，江苏师范大学比较文学与世界文学专业在读研究生，研究方向：女性主义理论和西方文论。

Title: Revolt and Abjection: On Heathcliff's Double Life
Abstract: Heathcliff, the protagonist of *Wuthering Heights*, is a Gothic devil who is both good and evil, and who engages in crazy acts of rebellion and revenge. This paper borrows the theories of French psychoanalyst Kristeva, and explores the process of Heathcliff's revolt, and the reasons why he becomes "abjection", and the complex human nature and double life he shows from the perspective of psychoanalysis.
Key Words: Kristeva; révolte; abjection; *Wuthering Heights*; Heathcliff
About Author: Li Wei is a graduate student majoring in comparative literature and world literature at Jiangsu Normal University, research interests include feminist theory and Western literary theory.

深受哥特式小说风格影响的英国作家艾米莉·勃朗特凭借独特的文学天赋在英国文学史上留下浓重一笔，她的唯一一部长篇小说《呼啸山庄》（*Wuthering Heights*）被公认为世界文学中的经典。因为这是一部"唯一没有被时间的尘土遮没了光辉的作品，被看成能和莎士比亚伟大戏剧相媲美的天才之作"^②。小说的主人公希斯克利夫（Heathcliff）是一个充满争议的自我分裂式的人物，其特点是：人物自我分裂成弗洛伊德的本我（ego）和超我（superego），超我是善，本我是恶，两个角色由一个人在不同场合扮演^③。因此本文通过借用法国精神分析学家克里斯蒂娃（Julia Kristeva）的"反抗"和"卑贱"等相关理论，探讨希斯克利夫自我分裂与反抗的过程，成为"卑贱物"的原因，以及希斯克利夫通过揭露"卑贱"，展示威胁，最终使自己找到了生存之域，回归人

性，成了一个真正完整的人。

一、自我的反抗

克里斯蒂娃在《反抗的意义和非意义》中首先追溯了"反抗"一词的来源，揭示révolte（法语）起源于拉丁语：volvere。在16世纪，révolte一词受到意大利语的影响，开始表示转移、纠缠、背信弃义的含义，并且从心理学角度来看，révolte表示一种超越常态的"过激"和"过度"行为。弗洛伊德认为反抗是快乐原则的内在组成部分，克里斯蒂娃也认为，"幸福只存在于反抗中，我们每一个人只有在挑战那些可让我们判断自己是否自主和自由的阻碍、禁忌、权威、法律时，才能真正感到快乐。"^④因此，反抗是人的本能冲动，是面对外界压迫时的一种自然反应，人不仅对外界进行反抗，也对自己的内在进行反抗，归根结底，这是一种找

寻自我的艰难途径。在《呼啸山庄》中，希斯克利夫就完美再现了这样的反抗过程。

呼啸山庄的主人恩萧先生去世之后，希斯克利夫无时无刻不被辛德雷嘲讽和欺压。辛德雷对希斯克利夫说："你可以来，像那些用人一样来欢迎欢迎凯瑟琳小姐。"⑤仔细分析希斯克利夫和辛德雷之间产生矛盾和仇恨的原因，需要联系到辛德雷的父亲。希斯克利夫来到这个家庭后，辛德雷"把他父亲当作一个压迫者而不是当作朋友，把希斯克利夫当作一个篡夺他父亲感情和他的特权的人"⑤p29，因此辛德雷欺负希斯克利夫，称呼他为"小魔鬼"。弗洛伊德认为兄弟之间的矛盾其实是父亲情结的矛盾情绪的产物。希斯克利夫对辛德雷疯狂复仇致使辛德雷酒醉而死，辛德雷的儿子哈里顿成为奴仆，是希斯克利夫在"分享"这份权利。从这里来看"我们并不惊讶，儿子的反抗因素再一次出现"⑥。

弗洛伊德剖析了"反抗"的两层含义，分别是："俄狄浦斯的反抗"和"回归过去"④p18。首先，希斯克利夫害死压迫自己的"父亲"，并且用同样的方式迫害辛德雷的儿子哈里顿，这种仇恨的轮回，反抗的重现，是希斯克利夫在不停地强调打败父亲的胜利。另外，爱情的背叛让希斯克利夫无法在金钱、地位或是权力等方面进行反抗，他选择了离开。然而离开呼啸山庄也无法阻断精神上的痛苦和心灵上的折磨，这种压抑是超越时间的无意识，也就是"反抗"的第二个含义："回归过去"。对于希斯克利夫来说，凯瑟琳就是这个世界上的另一个自己，当灵魂离开本体时，人会陷入无尽的痛苦，如果这痛苦无法表达出来，就会进入无意识之中，成为不断重现的创伤。希斯克利夫回到呼啸山庄后不停地经历无意识创伤的打击，尽管他成功复仇，但无法获得反抗之后的愉悦感和幸福感。因此，他意识到唯一反抗成功的途径是找到自己的灵魂——凯瑟琳，也就是死亡。对于艾米莉说，死亡如同一场酣睡，生活的最终目的就是死亡，只有死亡才能走向永恒。所以，希斯克利夫的死亡是重生，是自我的反抗，也是幸福的起点。

二、成为"卑贱"

希斯克利夫通过疯狂的复仇行动冲破了象征界（Symbolic）的束缚，凭借复仇这一中介，他消解了自我和他者的界限，走向一种既非主体又非客体的混合物，成为自我分裂的"卑贱物"。克里斯蒂娃在《恐怖的权力——论卑贱》中从精神分析的角度出发，围绕"abjection"展开论述，详细阐释了卑贱理论。克里斯蒂娃用牛奶表层的奶皮作为例子，说明"我"只有用暴力的驱除成为"他者"，才可以成为真正的主体，进入象征秩序之中。所以，卑贱是那些"搅浑身份、干扰体系、破坏秩序的东西，是二者之间似是而非、混杂不清的东西"⑦。克里斯蒂娃认为陀思妥耶夫斯基（Dostoevsky）、普鲁斯特（Proust）、乔伊斯（Joyce）、塞利纳（Cline）等作家都驰骋在"卑贱"的文学天地里。同样在艾米莉·勃朗特的《呼啸山庄》中，卑贱就是希斯克利夫的自我分裂，他的身份脆弱混乱，在主体与客体之间摇摆游离。

在小说中，当被生存压抑的希斯克利夫努力回到给予生命、死亡并摧毁无限的母性卑贱的那一面时，凯瑟琳嫁给了林顿，走向了一个不属于他们的异己世界——画眉山庄。因此希斯克利夫选择了出走，他想通过这种分离淡化对凯瑟琳的思念。但其实他和凯瑟琳早已成为一个灵魂的两半。为了与自己的另一部分重聚，他又回到了呼啸山庄。然而以林顿为代表的象征世界无法容纳属于前象征界的灵魂之恋，凯瑟琳选择死亡以达到灵魂和身体的彻底自由。希斯克利夫摇摆在符号界与象征界、呼啸山庄与画眉山庄之间，他无法把握自己，在他身上同时存在善良邪恶、洁净污秽、神圣卑贱。克里斯蒂娃说："在一个他人已经倒塌的世界里，美学上的努力旨在重新界定说话生灵那脆弱的边界，使之尽可能靠近它的初期，靠近这个无底的起源，即所谓的原始压抑。"⑦p26希斯克利夫那邪恶的愤怒表明他在一步步走向卑贱，找寻自己的原始压抑，被塑造成了双重编码的、自我分裂的卑贱形象——半人半兽，亦人亦物。

《呼啸山庄》通过希斯克利夫的自我毁灭来言说恐怖，使人的感情得以宣泄和升华，并回到了"前象征（presymbolic）"的生存之域，释放语言中的标记暴力以及潜意识中的原始压抑。从这个意义上，《呼啸山庄》的卑贱表现超越了传统的道德和意识形态，表现了象征压抑之下的本能和失落的母性力量，因此希斯克利夫是属于现代的符号。看似结果是死亡的失败，母性力量的终止，但希斯克利夫美狄亚式狂欢复仇，展示出象征语言中所蕴含的革命性记号权力，也体现了希斯克利夫双面人生中的人性回归。

三、人性回归

克里斯蒂娃说："卑贱者通过死亡走向新生。"⑦p22对于希斯克利夫来说，死亡不仅让他走向新生，还让他跨越理性与非理性的鸿沟，希斯克利夫在笛卡尔所代表的"理性主义"的世界通过反抗而确立自身，又因这种反抗使得他回到想象界，成为让人恐怖、厌恶并对社会象征秩序产生威胁的卑贱物。这样的人物形象塑造远远早于二十世纪法国哲学界对主体性质的探索，在克里斯蒂娃的理论体系中所谓的主体指的就是既包含理性又包含非理性的异质性主体，可以说希斯克利夫正是这一异质性主体的体现，在小说中，希斯克利夫痛苦的宣泄、威胁的展示，让他通过爱找回了生存之域，重新探索"人"的灵魂。

希斯克利夫和凯瑟琳三年后再次相见时，极度痛苦的希斯克利夫说出第一句话："啊，凯蒂！啊，我的命！我怎么受得了啊。"⑤p129绝望地凝视、痛苦的眼泪所表现出的希斯克利夫绝不是只有只知复仇的铁石心肠，相反，这样的希斯克利夫更加充满人性。从书中二人相见时的悲楚也可以更加深刻地理解为什么凯瑟琳认为她对林顿的爱是"树林中的叶子"，而对希斯克利夫的爱是"下面恒久不变的岩石"。同样，对于希斯克利夫来说，他对凯瑟琳的爱，也像文中所描写的那样坚固："悲惨、耻辱和死亡，以及上帝或撒旦所能给的一切打击和痛苦都不能把我们分开"。⑤p131在凯瑟琳去世之后，希斯克利夫过着地狱一般的生活，因为他失去了灵魂，失去了生命。所以他选择死去，和凯瑟琳的魂魄永远在一起。

艾米莉·勃朗特塑造的希斯克利夫在追寻爱情的道路上冲破一切道德、宗教、权威、社会秩序的阻碍，回到人最原始的状态，用生命回归人性，

找回自己的完整状态，这其实是人最原始的欲望和冲动，但大部分时候，处在道德压制之下的人们无法看到无意识的存在，而希斯克利夫，或者说艾米莉·勃朗特本人则敢于冲破一切规则律令的束缚，向世人展现出人性最本真的状态，这也是为什么希斯克利夫的形象在文学史上永垂不朽。

四、结语

原始荒凉的生活环境、无尽而丰富的想象力和一颗敏感的心灵，促使艾米莉·勃朗特塑造了一个既是魔鬼又是天使的人物希斯克利夫。当众多批评家认为这部作品和作品中的人物不符合十九世纪的文学主流时，他们忽视了主流往往会被淹没在文学的长河中，恰恰是偏离主流的作品和人物却可以因神秘而历久弥新。希斯克利夫用俄狄浦斯式的反抗去和社会象征秩序进行博弈，面对现实社会的压迫他选择理性压制，成为可怕的魔鬼；而面对爱情的背叛和痛苦他选择感性逃离，消失在可怕的象征界，成为一个被排斥的卑贱物。最后，他通过展示自己的痛苦和威胁，宣泄积压在内心的无意识，找回人性的归宿，用死亡和自己的爱人合二为一，成为一个真正完整的人。希斯克利夫用理性的反抗和感性的卑贱诠释了一段精彩的双面人生。

注释【Notes】

①本文系2022年江苏师范大学研究生科研创新计划项目"克里斯蒂娃后现代女性主义理论溯源"（项目编号：2022XKT1285）的阶段性研究成果。

②[英]玛格丽特·莱恩：《勃朗特三姐妹传》，李淼等译，电子工业出版社2001年版，第116页。

③胡晓华：《"卑贱"的回归——论欧茨小说〈圣殿〉的自我认同观》，载《外国文学》2011年第4期，第20—27页。

④[法]朱莉亚·克里斯蒂娃：《反抗的意义与非意义》，林晓等译，吉林出版集团2009年版，第11页。以下只在文中注明页码，不再一一做注。

⑤[英]艾米莉·勃朗特：《呼啸山庄》，杨苡译，译林出版社2019年版，第42页。以下只在文中注明页码，不再一一做注。

⑥[奥]弗洛伊德：《图腾与禁忌》，文良文化译，中央编译出版社2005年版，第156页。

⑦[法]朱莉亚·克里斯蒂娃：《恐怖的权力——论卑贱》，张新木等译，三联出版社2001年版，第18页。以下只在文中注明页码，不再一一做注。

浅析普罗米修斯和宙斯对抗关系中的形象嬗变

李　晴

内容提要： 在普罗米修斯的盗火神话里，普罗米修斯和宙斯处于对立的关系中。这种关系也在以该神话为题材的文学创作中得以延续。自埃斯库罗斯起，宙斯的形象和普罗米修斯的形象就产生了正反性质上的对调，出现了明显的嬗变。普罗米修斯和宙斯分别象征着"自由意志"和"传统秩序"，在不同时期承载着作者不同的认识观念，呈现出多彩的样态。

关键词： 普罗米修斯；宙斯；神话

作者简介： 李晴，湖南师范大学文学院汉语言文学专业，研究方向为文学理论。

Title: A Brief Analysis of the Image Transmutation in the Confrontational Relationship Between Prometheus and Zeus

Abstract: In the fire-stealing myth of Prometheus, Prometheus and Zeus were on opposite sides. This relationship was also perpetuated in the literature based on the myth. Since Aeschylus, the image of Zeus and the image of Prometheus have become antithetical in nature, and there had been a clear transmutation. Prometheus and Zeus symbolized "free will" and "traditional order" respectively. They carried different ideas of authors in different periods, presenting colorful forms.

Key Words: Prometheus; Zeus; myth

About Author: Li Qing, Hunan Normal University, Chinese language and literature.Her research area is literary theory.

普罗米修斯的盗火神话以普罗米修斯与宙斯的对抗关系为主线，讲述了普罗米修斯违抗宙斯的意志，为人类盗取火种的故事。在以该神话故事为题材的作品中，普罗米修斯大多以正面的形象出现，宙斯则是反面形象。正如《世界神话辞典》所述："普罗米修斯是人类的创造者和恩人，在英雄时代之前就保护他所创造的人类，而宙斯则是冷酷无情，威严可怖，视人如草芥，不止一次地消灭几代人"①。然而，在普罗米修斯神话的源头、赫西俄德的《神谱》中，普罗米修斯却是个"偷鸡不成蚀把米"的骗子，常常被憎恶的宙斯却是饱受称赞的对象。研究普罗米修斯和宙斯的形象嬗变，既能把握住两个重要神话形象的共识性象征含义，又能分析出两个神话形象的历时性嬗变原因，有助于读者深入解读普罗米修斯盗火神话的象征意义和众多同题材作品的文学内涵。

一、普罗米修斯和宙斯的形象嬗变

普罗米修斯盗火神话是西方作家重要的灵感来源。赫西俄德、埃斯库罗斯、歌德、雪莱等文学巨匠都对普罗米修斯的盗火神话添上了自己的艺术想象和文学加工。

以普罗米修斯与宙斯身上被赋予的情感色彩为标准，可以将该神话题材的作品分为两类：以赫西俄德《神谱》为代表，书写普罗米修斯反面形象与宙斯正面形象的作品；自埃斯库罗斯《被缚的普罗米修斯》之后，书写普罗米修斯正面形象与宙斯反面形象的作品。与此同时，这两类作品的创作时间也呈现出前后相承的两个嬗变阶段。

（一）第一阶段："恶作剧精灵"与"创制之父"

在赫西俄德的《神谱》中，阴险狡诈的普罗米修斯好似"恶作剧精灵"，富有远见的宙斯则是为天地立法的"创制之父"。

"恶作剧精灵"是北美印第安传说中一个常见的角色，它常常以动物的形象出现，登场后主要的任务便是滑稽地进行一些欺骗的小把戏②，以救济人类为由掀起歪打正着的闹剧。最初的普罗米修斯的形象与"恶作剧精灵"相似，正如库里亚诺所说："在这些恶作剧精灵中，普罗米修斯无疑是最著名的。他使我们想起了盗火和盗光也是北美以及古西伯利亚恶作剧精灵最常见的业绩……恶作剧精灵积极地参与人的创造，当史前时代人变得终有一死时，恶作剧精灵想方设法维持人的生存。"③赫西俄德笔下的普罗米修斯具有"恶作剧精灵"的两个重要特质：阴险狡诈和爱耍小聪明。一方面，普罗米修斯在墨科涅分牛时"一边轻笑，心里想着那狡猾的计谋"，盘算着"蒙蔽宙斯的心智"，是一个阴险狡诈的骗子；另一方面，普罗米修斯的诡计早被宙斯洞察，宙斯"面对骗术心下洞然"，普罗米修斯的所谓"远见"也不过是宙斯缜密大局中推波助澜的小把戏。

与之对应，宙斯在赫西俄德的笔下实为改造天地秩序的"创制之父"。赫西俄德在墨科涅分牛的情节中屡次强调"宙斯计划从不落空"，表示宙斯惩罚人类、划分神人界限的计划是不为普罗米修斯所动摇。普罗米修斯的计谋不仅没有阻止宙斯诞下惩罚，反而将宙斯的惩罚从一次加到两次——一次收回圣火；另一次赐予人类以潘多拉和魔盒。整个分牛事件中，宙斯才是洞察一切的存在，普罗米修斯只是一个"恶作剧精灵"式的跳梁小丑，为宙斯提供了一个惩罚人类的正当理由。

（二）第二阶段："自由意志的完美典型"与"专制暴君"

在埃斯库罗斯笔下，普罗米修斯被赋予了博爱、勇敢的特质，首次成了伟大而崇高的悲剧英雄，出现了正反性质上的嬗变。自埃斯库罗斯之后，普罗米修斯与宙斯的形象还经历了逐步典型化的两个发展阶段。

1.英雄与暴君形象的形成初期

埃斯库罗斯笔下的普罗米修斯控诉着宙斯的始乱终弃和不仁不义："众神之王得到我如此巨大的帮助，现在却用如此残酷的惩罚回报我。"④埃斯库罗斯强化了普罗米修斯在旧日为宙斯而战的"忠臣"形象，为其博得同情与赞赏，痛斥宙斯对人类

的不仁、对普罗米修斯的不义。即使如此，埃斯库罗斯笔下的宙斯也并非纯粹的暴君，普罗米修斯也非完美的英雄。在《被缚的普罗米修斯》中，普罗米修斯是相对软弱的，面对宙斯的压迫，他常常选择妥协而非反抗："歌队长：宙斯可能会让你忍受更大的痛苦/普罗米修斯：随他吧，我准备好忍受一切苦难"④p198；普罗米修斯是负罪的，相比起自己的理想和意志，他更愿意承认自己是"知法犯法"："我完全清楚地知道我所做的一切/我是自觉地，自觉地犯罪，我不否认"④p160。

在《被缚的普罗米修斯》中，无论是宙斯和普罗米修斯胜负未定的中立结局，还是二者各有褒贬的复杂形象，都揭示了埃斯库罗斯对两者同时持有的质疑态度。然而，该作品中的普罗米修斯与赫西俄德笔下的相比，已然有了向正面转向的趋势，宙斯的形象也不可同日而语。《被缚的普罗米修斯》实现了普罗米修斯和宙斯二者形象在性质上的首次正反调换，标志着二者向英雄与暴君形象发展的初期阶段。

2.英雄与暴君形象的最终确立

待普罗米修斯的盗火神话进入19世纪西方浪漫主义话语体系后，普罗米修斯便蜕变为纯粹的正面形象，宙斯也沦为纯粹的专制暴君，二者的形象已然典型化。

雪莱毫不吝啬对普罗米修斯的赞美："普罗米修斯却似乎在道德和智力两方面都称得上是最完美的典型：为最真最纯的动机所驱使，追求最崇高的至善目标。"⑤《解放了的普罗米修斯》中的普罗米修斯，已然成了绝对正面的英雄形象。在雪莱笔下，普罗米修斯所代表的民主盛世是"人人是主宰自己的君王，人人正直、高尚、聪明"⑤p202，而宙斯则是彻头彻尾的混蛋："……他拒不给予他们生来应有的支配自然各种元素的知识"⑤p163，为了自己的利益收回人本该有的理性。普罗米修斯坚信命运的安排，认为在"必然性"之下，宙斯必将被推翻，其代表的专制与暴力必将被自由和美好所代替。

从赫西俄德到雪莱，普罗米修斯的形象从"恶作剧精灵"转变为"自由意志的完美典型"，宙斯的形象则从"创制之父"转变为"封建暴君"，二者的形象和地位发生了正反的对调，经历了深刻的嬗变。

二、普罗米修斯形象的象征与嬗变的原因

虽然普罗米修斯的形象在不同时期的作品中有着正反之别，但普罗米修斯形象的象征义却始终具有共识性的特征。

（一）普罗米修斯形象的象征

普罗米修斯偷窃圣火的行为早在原神话体系中就象征着对原有秩序的反抗。从《神谱》中可知，每一任众神之主都是通过武力谋反而从其父亲手中获得权位的。天神乌兰诺斯被其子克洛诺斯谋反而夺走王权，宙斯又是结合计谋与武力通过一系列提坦神与奥林匹斯神的大战从父亲克洛诺斯的手上抢来王位。作为宙斯的堂兄弟，普罗米修斯干扰宙斯创制、偷窃圣火鼓动人类一同反抗的行为与以往的谋反行径别无二致。普罗米修斯的形象在本源上便是一种反抗秩序的象征，普罗米修斯对宙斯的挑战即象征着新秩序对旧秩序的挑战。

除此之外，普罗米修斯偷窃的"火"也与普罗米修斯的形象一同拥有共识性的所指。在古希腊哲学中，恩培多克勒将意识、思想和知识归于火；埃斯库罗斯笔下，则是直接地道明了火与知识和技艺的关系："歌队长：那生命短暂的凡人也有了明亮的火焰？/普罗米修斯：凡人借助火焰将学会许多技能"④pp158-159；而在雪莱笔下，火那种向上高蹿、跃动的姿态也与云雀的身形相同："向上，再向高处飞翔/从地面你一跃而上/像一片烈火的轻云"⑥，在《致云雀》中，云雀和火的意象都寓意光明，和雪莱所崇尚的知识、理性和自由相通。基于此，偷得光明与知识的普罗米修斯也随即成了人类"自由意志"的象征。

（二）普罗米修斯形象嬗变的原因

普罗米修斯的象征具有历史的共性，都寓意着新秩序对旧秩序的挑战和人类在挑战中表现出的"自由意志"。然而，不同作家对"自由意志"所持的不同态度，使普罗米修斯的形象发生了由反向正的嬗变。

赫西俄德身处城邦建立的初期，希腊的商业并不发达，人们还以农作的生活状态为主。⑦在《劳作与时日》中，这位淳朴的农民这样写道："我从未乘船到过宽广的海域……钱财是穷人的生命，但是，死在波涛中是很可怕的。"这与他在《神谱》

中赋予普罗米修斯的教化意义相一致，即劝诫人们放弃像普罗米修斯一样僭越的妄想，回归劳作的生活，接受生活的苦楚。在商品经济势力微弱、民主制度尚未萌芽的时期，赫西俄德对"自由意志"的态度是警惕的，害怕新秩序所带来的潜在危机，故而把普罗米修斯塑造成彻头彻尾的反面形象，以劝诫我们本分劳作。

埃斯库罗斯处于民主制度建立的初期，民主政治的苗头刚刚兴起，却尚未进入希腊民主政治的黄金时代。因此，埃斯库罗斯笔下分别代表新旧秩序的普罗米修斯和宙斯，在斗争却并没有分出高下。《被缚的普罗米修斯》是一个典型的"双时代文本"，处于希腊悲剧从"神/英雄时代"到"人的时代"过渡的中间地带⑧，表现了在西方社会政治民主与生产力双重发展、换代的时期里，以埃斯库罗斯为代表的希腊人民，对社会变革的困惑与思考。埃斯库罗斯虽以辩证的姿态对待新旧秩序的斗争，但他对"自由意志"的态度却是审慎而富有期望的。

以歌德为代表的狂飙突进运动后的作家，和以雪莱为代表的浪漫主义诗人处在民主意识高度繁荣的十八九世纪。此时，新兴资产阶级群体迫切地需要获得与自己经济实力相匹配的政治地位和权力。就如同雪莱在《普罗米修斯的解放》的前言中所说："请允许我利用这个机会承认，我确实怀有一位苏格兰哲学家以独特的措辞所称'改造世界的欲望'。"⑤p93他在作品中殷切地盼望着"人人能主宰自己"的民主盛世。这些作家笔下的普罗米修斯要么彻底地获得了解放，要么在被改写成的"父子关系"中上演着更彻底的反叛和革命的戏码——更加激进、昂扬的普罗米修斯形象充分反映了他们对"自由意志"的热切期盼。

从害怕和警惕，到审慎和期望，最终到热切和期盼，不同时期作家对"普罗米修斯"的不同态度，使其形象呈现出不同的姿态、在历史发展中发生了明显的嬗变。

三、宙斯形象的象征与嬗变的原因

在以普罗米修斯盗火神话为主题的作品中，由于故事的主体是宙斯与普罗米修斯的斗争，宙斯的形象往往处于与普罗米修斯相反的位面。宙斯形象

的嬗变同普罗米修斯一样，缘于作家们对其象征含义的不同态度。

（一）宙斯形象的象征

宙斯的形象在普罗米修斯盗火神话中象征着普罗米修斯所挑战的传统秩序。

一方面，宙斯在众多神话作品中都有着创制者的形象，本身具有"秩序"的象征。宙斯作为希腊神话中的"父亲宙斯"，不仅在奥林匹斯神系里居于首领地位，而且在人类世界的生产生活中也常常扮演着"创制之父"的角色。在索福克勒斯的《俄狄浦斯王》和欧里庇得斯的《希波吕托斯》等作品中，他给人们立法，保护人们的氏族统一。与此同时，在《伊利亚特》中，宙斯也会为了塑造人的道德品性对人类施以洪水、诅咒等灾难。

另一方面，普罗米修斯的盗火神话也源于一个神人之间有关"秩序"的纷争。墨科涅分牛事件是宙斯整治神人秩序的开端。宙斯通过将牛一分为二的方式，寓意着人类和神族的彻底分家。①而在墨科涅事件中，普罗米修斯将白骨藏在好肉下面欺骗宙斯、讽刺宙斯分家不公平的行径，彻底激怒了宙斯，继而引发了后续宙斯收回火种、普罗米修斯为人类盗火的故事。盗火事件的结局更是直接揭示了人神的区隔——人即使得到了普罗米修斯盗来的火，也不再拥有神力，而只能用于人类普通的生产生活。

由此可见，宙斯象征着传统秩序，且在普罗米修斯盗火神话中，其象征的秩序更侧重于神人分家的秩序。结合故事发展的始末，这个秩序可以具象化地阐释为：人神有别，人不能僭越神而妄图获得神力；人应该悦纳苦难、投身于生产生活。

（二）宙斯形象的嬗变原因

区别于赫西俄德对宙斯智慧和权力的赞颂，埃斯库罗斯及其后的作家在作品中往往极力塑造宙斯对人类的吝啬和不义。为了突出宙斯的吝啬，他们改写了宙斯赐予人类火的初衷。

基于《神谱》，普罗米修斯的"先知"并没有超越宙斯的意志，且"宙斯计划从不落空"，可知在赫西俄德笔下，给予人类火本就是宙斯的意志之一，只不过宙斯给的火只能供人烹煮食物、生产生活，而不能拥有原先的神力。⑩宙斯原本不是不给火，只是不给"过度"的火，但在后续作家的笔下，宙斯就成了一个完全不赐予人类火的、吝啬的暴君。删去宙斯原先计划中符合道义的部分，该处改写的实质是为了弱化宙斯惩罚普罗米修斯盗火的正当性。这恰恰是因为，自埃斯库罗斯后人们对"惩罚"所持的态度是否定的。

其一，宙斯惩罚普罗米修斯的原因不被认同。《神谱》中宙斯原初对人类的惩罚是为了将神与人进行分离。神人分离是宙斯制定新秩序的一环，他期待着人应该受到约束，不萌生自己能够成为神的错觉，继而安分守己地生活。赫西俄德处于"神的时代"中，尚且能对宙斯的惩罚表示认同，待到"人的社会"建立后，激进的变革者们便不可能再为宙斯的惩罚寻找借口，故雪莱等作家笔下的宙斯便呈现出彻底的反面姿态。

其二，宙斯惩罚普罗米修斯的方式不被认同。在原初的普罗米修斯盗火神话中，宙斯最终的惩罚结果就是让人类在田地上本分地劳作，远离危险的技术和理性，丢弃使自己萌发怠惰的希望。社会发展的初期，赫西俄德习惯了以农耕为主的生活状态，但随着生产力的高度发展，人类的体力劳作也渐渐被技术替代，原先惩戒的内容在生产力发达的新时代也失去了原有的意义。正因为如此，随着时代的发展，宙斯惩罚的正当性渐渐被隐藏，宙斯彻底沦为不仁不义的暴君象征。

从赫西俄德的《神谱》到雪莱的《解放了的普罗米修斯》，普罗米修斯和宙斯的形象分别经历了由反向正和由正向反的嬗变。不同时期作品中的形象既保有着相似的象征含义，又因作者对其象征意义的不同态度呈现出不同的样貌。"普罗米修斯"文学中的形象嬗变反映了人类社会从"神的时代"向"人的时代"的转变，是人类社会发展历程在文学作品中的缩影。

注释【Notes】

①鲁刚：《世界神话辞典》，辽宁人民出版社1989年版，第934页。

②袁平：《〈世界民间故事分类学〉汉译问题举例》，载《三峡论坛（三峡文学·理论版）》2012年第5期，第48页。

③[美]库里亚诺：《西方二元灵知论：历史与神话》，上海人民出版社2009年版，第21—22页。

④[古希腊]埃斯库罗斯：《古希腊悲喜剧全集 埃斯库罗斯悲剧》，张竹明、王焕生译，译林出版社2015年版，第156页。以下只在文中注明页码，不再一一做注。

⑤[英]雪莱：《雪莱全集（第四卷）》，江枫译，河北教育出版社2000年版，第89页。以下只在文中注明页码，不再一一做注。

⑥[英]雪莱：《雪莱全集（第一卷）》，江枫译，河北教育出版社2000年版，第248页。

⑦吴于廑、齐世荣：《世界史（古代史编上卷）》，高等教育出版社2011年版，第149页。

⑧林玮生：《希腊悲剧文本的"神话伦理化"——对亚里士多德"过失说"的重新解读》，载《国外文学》2011年第2期，第5页。

⑨刘小枫：《一个故事两种讲法——读赫西俄德笔下的普罗米修斯神话》，载《中山大学学报（社会科学版）》2010第2期，第117页。

⑩张杨：《普罗米修斯盗火与宙斯立法——赫西俄德〈神谱〉和〈劳作与时日〉中的政治哲学意涵》，载《海南大学学报（人文社会科学版）》2012年第2期，第22页。

约翰·韦恩诗歌中的商品拜物教冲击和伦理诉求

邹　越　陈　晞

内容提要：约翰·韦恩的诗歌体现了商品拜物教对英国城市人的冲击。城市人遭受异化，冷漠而沉沦，劳工遭受伦理身份的贬值和丢失。城市人经受着惊颤，光韵逝去，艺术变得"惰性、机械、禁欲"，而其展示价值被突出。这是一个抹除死亡的单向度时代，城市人夹杂在生存之艰和沉湎于大众文化的伦理困境中。对此，韦恩在诗中留下了深厚的伦理诉求：首先，大众应启迪理性意志，保持良知，以兼爱和积极的存在主义观接纳苦难和现代生活的不确定性；其次，知识分子应重拾崇高，重视个体精神和艺术的崇拜价值，使灵韵返魅；最后，城市人应重返自然，重视乡土记忆，拾回孩童的原始直觉和超验思想，接受自然的启迪和救赎作用，打破商品拜物教的现代迷宫神话，本真地向死而生。

关键词：约翰·韦恩的诗歌；商品拜物教；伦理困境；伦理诉求

作者简介：邹越，湖南大学外国语学院英语语言文学硕士生，主要从事英美文学研究。陈晞，湖南大学外国语学院教授，研究方向是英美文学、比较文学、文学伦理学批评。

Title: The Impact of Commodity Fetishism and Ethical Appeal in John Wain's Poems

Abstract: John Wain's poems displayed the impact of commodity fetishism on British citizens. Citizens were alienated as they became cold and degenerated. Workers' ethical identity were devalued or lost. Citizens suffered the "shock", and aura was lost. Art works turned "inert, mechanical, ascetic", with its exhibition value overvalued. It is a one-dimensional time when death was removed. Citizens were caught up in the ethical predicament of survival difficulties and immersion in popular culture. Therefore, Wain left profound ethical appeals in his poems: Masses should cultivate rational will, stick to conscience, and face the sufferings and uncertainties in modern life with universal love and a positively existentialistic mindset. Then, intellectuals should rediscover sublimity, and emphasize their individual psyche and worship value of art works to regain enchantment of aura. Lastly, citizens should return to nature and stress their hometown memories, through which they can regain the original intuition and transcendental thoughts of children, and accept enlightenment and redemption from nature, so as to break the labyrinth myth of modernity brought by commodity fetishism. Then they can authentically dwell towards death.

Key Words: John Wain's poems; commodity fetishism; ethical predicament; ethical appeal

About Author: Zou Yue, postgraduate majoring in English Language and Literature at the School of Foreign Languages, Hunan University, specializing in British and American Literature. **Chen Xi**, Professor of School of Foreign Languages, Hunan University. Her researches fields: British and American Literature, Comparative Literature, and Ethical Literary Criticism.

　　约翰·韦恩是英国"运动派"诗人，1984年获大英帝国勋章。童年时目睹工业对家乡生态的破坏，故诗歌带有挽歌式的伤感。他反对现代主义，书写真人真事，善阐发经典，起于情感宣泄，终于道德追问。他的诗歌揭露二战后现代性对城市人的冲击及重要源头——商品拜物教，而马克思在《资本论》第一章揭露了其性质。马氏认为人劳动的社会性质被看成了劳动生产物自身的性质，故而劳动力成了商品，一种超感觉的物或社会的物。他用一个比喻，让人们遁入"如宗教世界的幻境"

的崇拜心理倾向称为"商品拜物教"①。即商品以非人格化的形式出现，模糊了生产中固有的社会关系。经济价值呈现为商品固有的，不来自劳动力，而来自商品和服务的人际关系。马氏认为商品拜物教"颠倒了人们对物的伦理认知，割裂了人间的伦理关联，将资本社会的道德扭曲和价值沦丧充分暴露出来"，因而具有"瓦解资本逻辑的现实伦理批判"②。而韦恩书写了商品拜物教冲击的大量诗句，包括人间疏离、劳工受剥削等悲剧、作家身份贬值和丢失、知识分子文思混沌等伦理困境。作为牛津大学的精英和城市漫游者，韦恩体验着城市商业和大众文化，以历史唯物的诗歌教化和救赎着人们，捍卫着英国性。

一、大众的伦理困境：异化而沉沦

韦恩认为二战后发达的资本工业体现着商品拜物教的侵蚀，城市变得"僵化、碎片化、衰颓、疏离、易逝"③，商业为主导的物欲世界满是视觉的欢愉、消费的醉梦和迷惘。韦恩捕捉到大众与工业生产之间不可调和的矛盾。城市的高度分工带来了实在的利益交换，但人类最淳朴的情感联系却被商品拜物教冲得粉碎。劳动力成为商品，带上了拜物教的性质，韦恩笔下劳工的伦理身份遭到贬值和丢失，异化和沉沦，阶级固化加深，出现了惨淡的悲剧，尽显社会道德的败落和伦理秩序的混乱。

韦恩揭示了城市人的普遍孤独和迷醉生活，如《碎片》："时间治好伤口就是谎言……/就像冷峻的鲁滨孙被困住。/聪明的医生把你骗到他手下医治/但你必迎来孤身一人，届时你呼吸的不是乙醚，而是寻常的空气……/当你躺下，你又伤害了你自己。"④聚焦者显然过着觥筹交错的烂醉生活。在商业社会下，利益是生存的第一考虑，为了生存和晋升，劳工只能选择自欺，无奈献媚，如末句"lie"的三重隐喻所示，lie既有撒谎自欺之意，也有躺下之意，明指躺在治疗室中再度接受资本的压榨，暗指沉沦生活。"鲁滨孙"是对资产阶级的反讽，此时的他已不是彼时具备一身冒险和进取精神的英雄，而是被商品拜物教"困住"的人。

医生是狡黠的营销者，把男子"骗到他的关怀中"（take you in his care），双关take in讽刺了医患间的疏离关系，医患关系不再是由文化协商作为纽带联系社会的"有机团结"，而是如零件之间彼此约束的"机械团结"。⑤这揭示了医者在商品拜物教下医德扭曲、伪善行医，且异化为逐利者的事实，显示了一个生产死亡的时代，"人们不再劳动，只显示生产"⑥，生产和劳动文化都终结了。

医者也是资本的工具，如《现代例证》："这儿的医生模仿着'天意'/给我们恰好需要的/但这馈赠一直是空洞又空虚……/你本该做到的，却迟迟未做。"④p45标题取自豪威尔斯小说《一个现代的例证》，沿袭了批判资本扭曲人性的现实主义色调。天意fate即指基督教中的命运，也暗指商品拜物教。资本如"技术的十字军东征"，剥夺了医者的职业价值感，使他只按照被商品社会规定的内容来工作，显示出"适应性和标准化"⑦。商品拜物教使人丧失了兼爱，一种"人世间唯一阳刚的爱，并非永恒却极为慷慨的爱"⑧。医者沦为商品，"既空洞、又贫瘠，只是空壳，搭起它的拱廊短暂易逝、濒临瓦解。商品的体验是毁灭的体验"③p136。这是一个"劳动、生产和政治经济学终结的时代"⑥p6。

爱情亦是商品拜物教冲击的对象。在《配角》④p32中，韦恩揭露了一对男女迥异的爱情观。在女子眼中，男子是一座城，花团锦簇，女子把伴侣视作财富和稳定的象征。而在男子眼中，女子是一棵树和一盏油灯。原文的"灯"，不是工业的light电灯，而是lamp油灯，正如阿拉丁神灯，寓意光明、温暖、希望，象征心灵、精神与爱，代表着淳朴。诗中男女相会的桥，可谓本雅明拱廊街的隐喻。商品拜物教塑造了标志城市炫耀性消费资本公共空间的拱廊街，掩盖了人与人之间的剥削关系，阶级差异也就虚幻般地消失了。该诗书写了桥上的女子受商品拜物教幻觉效应影响，抱着一种媚俗的、"受到诱导的自恋"，其实质是"为了符号的增值与交换而对美的功能性赞颂，是以符号市场为目的"⑥p155。

商品拜物教的极恶结果是城市中弱势群体的虚无人生和死亡。商品拜物教的冲击使城市成为"巨大的废墟"，需要"仔细挖掘和救援"③p23。韦恩作为废墟的拾荒者，他"揭露了现代城市是资产阶级霸权和神话圣地的事实，给边缘人和被压迫者赋予话语权"③p15。《记一个凶手之死》记录了一名男童沦为杀人工具的悲剧。男童被歹人蛊惑，得到一条挣零花钱的捷径——与枪为伴，当他开枪后，他越发喜欢这玩具。韦恩刻画了荒诞世界中人的"畏"，孩童恐惧、忧虑，感受到"畏"这样的难以名状的弥漫性情绪，意识到自己被抛进世界，面临终极虚无，感到"这个世界始终冷漠无情，街道上/没有爱之草出芽在顽石之缝中"⑨信仰丧失，上帝、英雄、反抗和苦难都沦为了虚空。孩童的生存由资本"数字般血淋淋的规律支配着，任何道德和拼搏都无法先验地得到辩解"⑧p88。他的存在是"偶然的——没有根基、目标、方向和必然性"⑩。诗中的男孩不再如布莱克《天真之歌》中浪漫无邪，而是默许了荒诞，沉湎于非理性意志。诗的结局——男童之死，证实了他曾努力"在世界上烙下人的印记"⑧p89，努力摆脱异化，恢复人性，赢得自由的争取，但男童的伦理选择是违反禁忌的，实现不了人的真正全面自由。

韦恩的诗歌揭露了大众遭受的商品拜物教冲击，他们冷漠沉沦，他们在现代性帷幕下出演着悲剧，不乏有悖逆伦理道德的、消极和虚无的伦理选择，他们处在生存和挽尊的伦理两难中。韦恩检验了商品拜物教使多数人的劳动甚至劳工本身沦为一般等价物的真相，人们无法像现象学那样，理解直观中原初赋予的东西，回到事情本身，而是沉沦在商品的虚幻性中，在快速迭代的商品世界中目睹着符号价值如虚幻的泡沫走向一次次的覆灭。

二、"机械时代的诅咒"——光韵的逝去

在自传《欢跃地奔跑》中，韦恩的家乡特伦特河畔斯托克遭工业侵蚀，原始溪谷被慈善家Sutton破坏，筑起了单调的红色排屋。韦恩说："你像一块石头梗在我的童年。/你就是严寒季节的冰雹……你很快剥夺了知识和幸福……我们是这'愚蠢无心的机械时代'的两部分……"④p31显然，一部分指自己，另一部分指工业革命。韦恩承认工业革命带来的巨大益处，即资产阶级掌权，加快了生产，但也带来巨大的社会矛盾，即技术的垄断和异化人的商品拜物教，如韦恩所言："你既是我们的荣耀，也是我们的耻辱。"⑨p27

韦恩在诗歌中重释了机器大生产时代："单调一致……/它多么快，指甲间的凿子多么锃亮/它们撬开了如泥般的旧生活方式/我们始终听到那/来自我们骸骨中响彻的金属环的谩骂……这就是机械时代的诅咒。"⑨p27急剧发展的工业侵蚀了传统生活方式，破坏了艺术家的匠心和艺术品的原真性，这种失真可概括为光韵的逝去。光韵"让受众不自觉地往回看，成为欣赏艺术的不竭源头，是艺术最后的主保圣人"⑪。在过去，艺术是建立在崇拜价值上的仪式性活动，体现了人们对艺术品中神圣性的尊崇，这种尊崇是"人类几千年集体无意识的崇拜情结"⑫，是与神性的交流。光韵是鲜活有力、独一无二的显现，具有不可复制性和历史真实感。而在大众文化时代，崇拜价值沦为展示价值，人们不再追求艺术品的此时此地性。新闻信息制定者和提供者系统地推进一种"单向度思想"⑬，推出琳琅满目的复制艺术品和商品，冲击人们的视野，使大众惊颤，"在拒绝随大流的思想情绪前显得神经过敏和软弱无力"③p9。人们看似自由舒适，实际上陷入了一种"以技术的进步作为手段，而附属于机器的不自由"③p23。人们反对现状的否定性思考力量遭到了"内心向度的虚弱"③p10。单向度社会的权力正"逐渐缩小对人的条件加以描绘、理想化和说明的高尚领域"③p47。

商业的异化使作家的尊严荡然无存，受众不再用审美的眼光品读他们的作品，如《纪念博斯韦尔期刊的出版》所示④p18：作家为了满足受众的趣味，被雇主要求"细致谨慎"地打磨自己的作品，像一个马戏团的杂技演员踩着钢丝逢迎作秀，他"依赖自己的成果犹如妓女依赖乔装打扮"⑪p51，"像游手好闲之徒一样逛进市场，希望能找到自己的买主"⑪p57。作家陷入求生和挽尊的伦理两难中，为了求生，不得不做出丧失尊严的伦理选择，

而作品作为商品被展览于众，使用价值隐退了，成了恋物癖的对象，释放出令访客沉醉的符号价值。作家的名字不再具有换喻的个性化内涵，而是作为标签，成为读者一时轻蔑、奉承、憎恨、讽刺、狂热的对象，作家的主体性丧失殆尽，成为一个"胆怯的"、视读者为上帝的"安全"作家。在商业铺天盖地的媒介宣传下，大众沉浸于力比多，鉴别力钝化，追求媚俗的商品，在一种缺乏历史深度感的能指中徘徊和滑落，彻底陷入符号消费欲望的狂欢中。

韦恩批判了自吹自擂、故弄玄虚的精英阶层，批判他们逃避现实，沉浸在后现代"各种倾向的伪神秘主义，以及避开概念的不确定论的着迷状态"[14]。他们"懒洋洋地坐在安乐椅上"，怠于思考，不顾名正言顺，呈现出"学术上的受虐狂"[13]p128状态。韦恩批判他们哗众取宠和晦涩古奥的浮饰，讽刺其对展示价值的盲目追求及自主性的丧失："在你们发狂打诨、贩卖噱头的世界里/我看见真正的焦虑迈步前来。"[4]p33韦恩批判"浮夸、幼稚、想入非非"的文思，而这些缺陷是"妨碍崇高的"[15]。精英们沉浸在"能指符号的泛滥中（充满喧哗与骚动），掩盖了所指的缺失"[10]p40。《二十世纪学问简史》指出了当下精英对艺术崇拜价值的遗忘[4]p22。诗中提到人们拾回了"古老的祈祷仪式"，这显然指崇拜价值和光韵。战争的硝烟和风云的政变已然蚕食了英国牢固的地位，而那些沉湎在昔日荣光中的精英却给自己的"大门"涂上浮华的雕饰，沉浸于图书馆，却未料到信仰之地会被改为粮仓，他们居庙堂之高，却没有心系时政，救济国民精神。韦恩讽刺这类麻木的保守精英，将之比作为功利世俗的销售员，配合甲方的催货，贩卖思想和灵魂。

后现代的伦敦，已不再是19世纪"那种政治、工业多边形，而是符号、传媒、代码的多边形"[6]p104。韦恩的诗歌表现了资本社会的市侩气息，它充斥着"对远大图景和宏大叙事的怀疑，对形而上事物的固执的祛魅"[10]p15。商品社会带来了一种虚假的现代理性，彰显着"符咒般命运、强迫

性重复和恋物癖的神话"[8]。城市精英和艺术家难以逃脱"机械时代的诅咒"，艺术的展示价值成了他们的朝圣物，光韵逝去了，精英的个体精神丧失了。

三、韦恩的伦理诉求：抵御商品拜物教冲击——追求本真

作为一名坚守英国性的诗人，韦恩在诗中表达了深刻的伦理诉求，以引领现代人抵御商品拜物教的冲击，恢复国民精神。其要旨是劝诫城市人追求真理或本真："我的领袖都来自真理。来吧，把真理挤出来……赶紧喝下去！大口品尝！/这是烈药，但能治百病……"[4]p14韦恩期望大众熏陶日神精神，启迪理性意志，效仿斯多葛主义者塞缪尔·约翰逊，以抱朴与守拙的精神面对单向度时代的苦难，而苦难是精神的自我保护。韦恩劝诫大众"要用悲剧人物强健饱满的精神来扮演好人生"。[17]信仰基督教的韦恩，认为受苦学说就是要"如实承认并质朴地表现痛苦和受苦，才能彻底坦然"[8]。韦恩认为，苦行不是停留于形式上的朝拜基督，"让孤独的个体进入心醉神迷的冥思——冥思上帝，而是为爱的行动做准备"[8]p202。韦恩反对过剩的酒神精神，认为那是一种"滥用的唯心主义"，而真正的"一切安宁和快乐都是有意识调节的结果，都是自主性和矛盾发生的结果"[3]p188。

在《模糊的第八种类型》中，韦恩引用莎士比亚十四行诗第151首中的诗句"爱情太年轻，不知什么是良知/但众人不知，良心由爱而生"来表达他对文艺复兴时代对人的天性以及"良知驱使爱"的全面肯定，也即一个人对世界有了博爱，有了对真善美的追求，人就会对爱人负责，就会自然地保持良知，即良知是爱的外化。韦恩结合二战后幻灭疏离的青年男女现状，揭示了当下爱情的异化："我们发现爱既娇贵又粗俗……理解爱是项艰巨的任务/就连莎翁也只是/借助一个面罩来定义爱/因此，爱总是被我们模糊的双眼看待/而良知（有神志）才定义了/暴风雨中燃烧的火焰。"[4]p16在商品拜物教时代，资产阶级内部呈现的是贫瘠的

状态和被压抑的欲望，"激情被否定，性欲沦为一种毫无乐趣的肉体活动，内核仅是肉欲。欲望和性欲被转移到物体上，性欲变为商品拜物教，其内部是现代性幻想的场所"③p80。商品拜物教剥夺了青年男女对爱情的原始憧憬，他们陷入在虚无的两性伦理中，捕捉不到爱情对人生的意义，"不断在现实极端理性化和极端非理性化之间摇摆"⑧p112。韦恩呼吁成为有良知的人，让理性意志占据主导，促使人做出正确的伦理选择。爱情不仅需要原初的自然选择后的爱欲或激情，更需要亲密和承诺，三者兼备的爱才能是"完满的爱"⑲，因为"人的主观性只能通过世界中的在场才能实现，而绝对目的，即不加制约的自由意志，是道德行动的缺席"⑳。完满的爱，注定给人否定性、痛苦性的经验，这需要人们尊重爱人的他者性、异质性，而非欲望的自我投射，"爱与痛苦是必然内在结合在一起的，爱创造了既是死亡又是痛苦的'牺牲'的先决条件"⑧p165。

韦恩强调了个人与社会的联系："有时独自一人似乎是件坏事/孤独会膨胀，胀到遮住太阳……/孤身一人是不算什么：毕竟不痛，但也不安慰人。"④p52该诗反映人的本质属性，即一切社会关系的总和。在商品拜物教时代，人们有无意识地发掘资本的红利，但同时掉入其陷阱。行业高度分化给社会运转和经济带来了更高效益，但人际关系逐渐疏远，这是因为人们经受着三重虚无主义——一是商品拜物教成为宗教后带来的虚无主义，二是传统宗教信仰崩溃带来的虚无主义，三是科技成为新的宗教而带来的新的虚无主义，这些虚无主义使人的"孤僻感膨胀到遮住太阳"。商品拜物教以静止孤立的思潮打压着人的模糊性：人既是世界的主体也是客体，既是意识也是物质，既相互分离也相互依赖。后现代大众看不到自己的中心性，不是依靠先验自我，而是交给资本制造的大众消费文化来塑造自己。后现代解构主义不应助长极端个人主义，从而滋长商品拜物教。韦恩诗歌也侧面强调了兼爱，在商品拜物教下，"机械的世界哲学和自然科学的胜利扫除了任何意义上的机体学世界观，

最终只剩下了一种新出现的同情形式，那就是建立在人的社会存在基础之上的博爱或普遍的对人的爱"⑧p150。

商品拜物教不再如工业革命初将劳工"野蛮地从生活中拉出来交给机器"，而是"把人们连同他们的童年、怪癖、人际关系、潜意识冲动和对劳役的拒绝本身一起纳入机器。"⑥p14对此，韦恩对城市人的共同希冀是找到本真，而本真可通过生态中自然意象的启迪作用即对人纯真的启迪来获得。韦恩回溯童年乡土记忆，强调了儿童的原始直觉、想象和超验思想，该思想能挣脱启蒙运动以来成人的"理性"束缚。他还认为自然景观是"孩子们秘密的、难以猜测的中心，这给他们的生活赋予逻辑，而这种逻辑在成人世界里是隐匿难寻的，孩子的行为被认为是些不着边的异想天开，是怪癖罢了"。⑰p330成人发出如此谬论，是因为"技术的逻各斯转变为了存在的奴役状态的逻各斯"。③p127韦恩童年在自然中就陶冶了超验思想，如："众神灵围绕着我们，像空气。/他们就在我们脚下，像大地。"㉑再如："造物主为大地带来了农作物的复苏/上帝的一只手是阳光，另一只手是雨露。"㉒超验主义强调人与上帝间的直接交流，认为自然是超灵或上帝的象征，世界将其自身缩小成为一滴露水。韦恩的生态诗总是将自身与自然融为一体，表达对权威及教条的坚决抵制。

如在《月尘》㉓中，韦恩于郊外的湖湾寻觅到一处月色风光，他触景生情，不禁追忆乡土。标题把月亮和尘土意象并置，"破碎的机器"和"破坏"首尾相连，暗示在工业冲击下，传统生活沦为布满"尘土"的"废墟"。韦恩把明月视为女性，包容着人类的暴戾，使之在利益角逐后有一处最后的栖息地。韦恩作为废墟的拾荒者，看到湖边废旧的生活用具，缅怀起童年在溪谷中度过的悠长岁月。卵石滩、海浪、岩石、瀑布、羊群不仅是地理意象，也是投射在作者心境的地理影像，它们作为"反射心理结构的地理记忆"㉔，在韦恩童年时期化作地理基因，影响他一生的创作，如韦恩所言："我一生的奔波、交流、闲谈、人性探讨，都受这

绿地和灰石的制约、包容和支持。"[⑦]p36韦恩揭示成年人已"丧失某些在孩童身上的介于感知和想象之间的感性直观图像。"[⑧]p41这种感性被波德莱尔称为"童年天真的凝视"。[㉕]

韦恩揭示了人们对死亡的普遍恐惧。《当它来临》预设了末日审判的场景："我希望末日审判时能为自己感到一丝怜悯，/在被火焰吞噬之前，/在恐惧麻痹了我的最后一瞬前。/是时候去寻找一片花草鲜美的田野了/每分时间像是吃樱桃一样，一个接一个，/那将是我对冷酷之力的唯一祈祷。"[④]p20商品拜物教拒斥着死亡，因为要保证生产力和剩余价值，活人在资本的符号生产中被迫追求着肉身的不朽，阶级意识无形中逐渐削弱，劳工逐渐单向度地活着。商品拜物教削弱了死亡能指的原始神圣性，俗化了死亡的所指。人们无法再像过去接受死亡的无常和正常性。

对此，韦恩认为获得本真还可依靠自然意象的救赎作用，使人重新认识死亡的无常和正常："新太阳，像一颗耀目的彗星，/升起在旧时代的失望之上……/亲爱的诸神，帮助我们承受新太阳吧！我们用坚定的心祈祷独立。"[⑨]p8韦恩认为救赎并不仅是外在地虔信基督教，而是要靠人类主观能动地承担敬畏自然的伦理责任，才能在其间得到原初的浸礼，摆脱大众文化的麻醉和抵御商品拜物教的市侩："星期日早上，晴空万里。/城市人走下桥，闲情漫步。/虽然荷包里的零钱走得叮当响。/但他们已忘记了怎么跳利益之舞了。"[⑨]p38敬畏是人类"必不可少的情性举止"，只有在敬畏中，"'那些不可见事物的线团'（即超灵）才能在精神中变得可见，才可避免价值世界变得平面、封闭和空洞"。[⑧]p272而韦恩把包括自己在内的知识分子比喻为新太阳，即一种革命性力量，而诸神帮助大众承受新太阳则是对国民寄予了期待，期待他们接受知识分子传播的质朴思想，积极地为人生倾注意义，"以死亡来终结异化人的政治经济学"，[⑥]p265因为"只有当死亡的身体及其变化与活动、作用与受苦、生成衰亡以直观和思想的形式更直接更纯粹地出现在总有机体上，同一感才能上升为宇宙同一

感"，人的生老病死才能"成为与世界有机体不可分割的大生命，成为一种自然现象"。[⑧]p131韦恩的生态诗强调了泛灵论，特别是其象征交换的仪式性，它馈赠了人们生死意义，使死成为身体和人生的再次升华。人们方生方死，"把生命回归死亡，这就是象征操作本身"[⑥]p183。

自然不仅是让沉沦的民众得以休憩净化、返璞归真的场所，也是让知识分子启迪大地思想的重要源头。韦恩的自传和诗歌反复出现大地一词，是韦恩质朴诗风的源头。海德格尔认为事物同世界、语言有紧密的联系，而语言的大地性就是连接这三者的枢纽，人在稳固的大地上诗意地栖居，在混沌中建立一个澄明的存在场域，消解逻各斯中心主义，并"不断反对启蒙运动的自我神化幻想，这是精神科学的使命"。[㉘]大地使自身"展开到其质朴方式和形态的无限丰富性中"。[㉗]大地性能遏制后现代的解构主义走向极端，如韦恩所言："（华而不实）的美几乎抓不住我的味蕾，/很简单，我爱这大山，爱这海湾/有了这种爱，我永不死记硬背。"[④]p25

为抵御商品拜物教的冲击，韦恩希冀大众追求本真，启迪日神精神和良知，克制过度的酒神精神，以兼爱联系社会，接受现代生活的无常和苦痛，摆脱大众文化带来的惊颤，向死而生。国民思想跃升必定要通过教育，而带来智慧的使者必然是知识分子。大地性和孩童的超验思想是韦恩希冀知识分子习得和宣扬的品质，让大众接受自然的启迪和救赎作用，破除商品拜物教对大众的隐性控制，摆脱"安全感缺乏、恐惧症人格，自信心缺乏和宿命论"[⑤]p126，并逐渐恢复被大众媒介破坏掉的"维持现实统一经验的能力"[⑤]p362。

四、结语

商品拜物教把人与人之间的社会关系扭曲为"人与人之间物的关系，或物与物之间的社会关系"[①]p30，把原来人本主义的基督教变为了"崇拜抽象人的基督教"[①]p34，而韦恩的诗歌以批判性的历史唯物文风，揭露了劳动力沦为商品的事实。商

品拜物教对现代人造成了极大冲击，包括人间疏离和沉沦、劳工惨遭剥削、人间虚无、劳工身份贬值和丢失、知识分子文思混沌、社会呈现出单向度、光韵逝去、艺术崇拜价值丢失等伦理困境。韦恩对痛苦和死亡等记忆的记录揭露了资本主义社会权力将死亡抹除，去除其本真性的事实。但韦恩并非停留于以批判现实主义揭露城市人在单向度时代中的伦理困境，而是以救赎美学为他们留下了弥赛亚式的救赎之道。韦恩的伦理诉求包括：希冀大众追求本真，保持良知，启迪日神精神，以理性意志或积极的存在主义观面对现代社会的必然虚无，以斯多葛精神面对苦难，以兼爱之心系社会，关爱他者，摆脱沉沦。期望知识分子重拾崇高，健全个体精神，引领大众亲近自然，重视乡土记忆，重拾孩童的超验思想，抵御现代性的麻痹，从源头上获得本真，建立人与自然和谐共生的生态伦理，打破现代性的迷宫神话——商品拜物教，在大地上诗意地栖居。韦恩的诗歌体现了崇尚真人真事的爱国主义以及古今贯通的视域融合，其伦理诉求引领着现代人向人的全面自由朝圣。

注释【Notes】

①[德]马克思：《资本论》，郭大力译，上海三联书店2009年版，第29页。以下只在文中注明页码，不再一一做注。

②赵佳佳：《马克思商品拜物教批判的伦理向度》，载《道德与文明》2021年第5期，第145页。

③Gilloch, Graeme. *Myth and Metropolis: Walter Benjamin and the City*. Polity Press,1997, p.171.以下只在文中注明页码，不再一一做注。

④Wain, John. *A Word Carved on A Sill*. Routledge & K. Paul, 1956, p.36.以下只在文中标明页码，不再一一做注。

⑤[美]巴兰、戴维斯：《大众传播理论：基础、争鸣与未来》，曹书乐译，清华大学出版社2010年版，第61页。以下只在文中注明页码，不再一一做注。

⑥[法]鲍德里亚：《象征交换与死亡》，车槿山译，译林出版社2012年版，第20页。以下只在文中注明页码，不再一一做注。

⑦Benjamin, Walter. *The Origin of German Tragic Drama*. John Osborne trans. Verso, 2003, p.189.

⑧[法]加缪：《西西弗神话》，丁世中等译，上海三联书店2017年版，第66页。以下只在文中注明页码，不再一一做注。

⑨Wain, John. *Weep before Bod*. Macmillan & Co Ltd, 1962, p.15.以下只在文中注明页码，不再一一做注。

⑩[英]伊格尔顿：《人生的意义》，华明译，商务印书馆2012年版，第13页。以下只在文中注明页码，不再一一做注。

⑪[德]本雅明：《发达资本主义时代的抒情诗人》，张旭东、魏文生译，生活·读书·新知三联书店2014年版，第22页。以下只在文中注明页码，不再一一做注。

⑫Benjamin, Walter. *The Work of Art in the Age of the Mechanical Reproduction*. Penguin, 2012, p.16.

⑬[美]马尔库塞：《单向度的社会》，刘继译，上海译文出版社2008年版，第13页。以下只在文中标明页码，不再一一做注。

⑭[英]伊格尔顿：《后现代主义的幻象》，华明译，商务印书馆2014年版，第11页。

⑮[古希腊]朗吉努斯：《论崇高》，王洁注，上海译文出版社2020年版，第9—13页。

⑯Benjamin, Walter. *Moscow Diary*. Harvard University Press, 1986, p.39.

⑰Wain, John. *Sprightly Running*. St Martin's Press, 1962, p.155.以下只在文中注明页码，不再一一做注。

⑱[德]舍勒：《同情感与他者》，朱雁冰、林克等译，北京师范大学出版社2017年版，第200页。以下只在文中注明页码，不再一一做注。

⑲Sternberg, Robert J. "A Triangular Theory of Love". in *Psychological Review*. 1986, p.123.

⑳[法]波伏娃：《模糊性的道德》，张新木译，上海译文出版社2013年版，第6页。

㉑Wain, John. *John Wain Poems 1949-1979*. Macmillan London Limited, 1980, p.40.

㉒Wain, John. *Open Country*. Hutchinson Ltd, 1987, p.27.

㉓Wain, John. *Letters to Five Artists*. Viking Press, 1980, p.44.

㉔邹建军：《文学地理学关键词研究》，载《当代文坛》2018年第5期，第51页。

㉕[英]弗里斯比：《现代性的碎片》，卢晖临、周怡、李林艳译，商务印书馆2013年版。

㉖[德]伽达默尔：《诠释学II：真理与方法》，洪汉鼎译，商务印书馆2010年版，第52页。

㉗[德]海德格尔：《林中路》，孙周兴译，商务印书馆2018年版，第36页。

从康拉德书信看其文学身份及影响

朱洪祥

内容提要： 作为生长在波兰的英国作家，康拉德通过"他者"的眼光来观察欧洲世界，并致力于消解欧洲中心主义，因而康拉德的文学身份被爱德华·萨义德定义为东方作家。其实，康拉德文学创作更多的是从伦理角度出发，将其定义为"伦理作家"更为恰当。来自世界各地的许多作家都坦承自己的文学创作受了康拉德的影响，而且影响的形式具有多样性。他们不仅借用康拉德的写作方法，而且把康拉德作品作为自己文学作品的背景，甚至于把康拉德的生活经历作为写作题材。

关键词： 康拉德；文学身份；影响研究

作者简介： 朱洪祥，盐城师范学院外国语学院副教授，文学博士，研究方向：19世纪欧洲文学和叙事学。

Title: On Conrad's Literary Identity and Influence from His Letters

Abstract: As a British writer who grew up in Poland, Conrad observed the European world through the perspective of the "Other" and was committed to dispelling Eurocentrism. Therefore, Conrad's literary identity was defined by Edward Said as an Eastern writer. In fact, Conrad's literary creation is more from an ethical perspective, and it is more appropriate to define him as an "ethical writer". Many writers from around the world acknowledge that their literary creations were influenced by Conrad, and the forms of influence are diverse. They not only borrowed Conrad's writing methods, but also used Conrad's works as the background for their literary works, and even used Conrad's life experiences as writing themes.

Key Words: Conrad; literary identity; influence

About Author: Zhu Hongxiang, Associate Professor at the School of Foreign Languages, Yancheng Teachers University, Ph.D. in Literature. Research fields: 19th century European literature and Narratology.

爱德华·W.萨义德（Edward Wadie Said）将康拉德定义为东方作家。萨义德的"东方"指的是欧洲以外的其他地区，并非地理意义上的东方，而是泛指广大的亚非拉地区。当约瑟夫·康拉德在1895年放弃水手生涯，把写作作为自己的职业时，他实际上是为欧美文学创作开辟了新的天地。如果把康拉德和他同时代的作家罗德亚德·吉卜林（Rudyard Kipling）、H.瑞德·哈葛德（H.Rider Haggard）一起统称为殖民地作家，那么就过于简单化了，因为康拉德的故事在时空、主题、背景等方面都超越了他们，表现出了后殖民的倾向。但是，就康拉德的文学身份而言，通过分析康拉德书信，可以发现"伦理"问题贯穿了他文学创作的始终，因而他应当是"伦理作家"。

一、康拉德的文学身份

1895年康拉德的第一部小说《奥迈耶的愚蠢》出版，使得康拉德获得了普遍的赞誉和多角度的阐释，作品中关于异域风情的描写，引起英国读者的浓厚兴趣。他的第二部小说的标题《海隅逐客》引起了评论界的兴趣，就小说中的本土风情、浪漫爱情、野蛮以及半种姓制度等问题展开了广泛的讨论。其中最严肃的话题就是白人在东方世界是否已经堕落。他的第三部小说《"水仙号"上的黑水手》，表明康拉德创作的故事背景从马来群岛拓展到了海洋，加入"海洋故事"叙述者的行列。接下来的半个世纪的康拉德批评，常常在他的要求之下，来否定这点。康拉德对人们把他和海洋小说联系在一起表示不满。他在1924年给亨利·S. 坎贝的信中强调，"水仙号"上水手所面临的不是海的问题，而是船上复杂的人际关系。他担心自己会被当作类型化作家，或者是具有浪漫风情的罗曼史小说家。其实，康拉德很少描写爱情、婚姻和家庭生活。即便是康拉德偶尔涉及的家庭生活，要么就是不快乐，要么就是充满压抑感。对读者而言，康拉德作品讲述的并非寻常人的故事，其作品中的主人公从事的都是特殊的职业，他们所面对的机会和挑战也非寻常人可以企及，这些人物所遭遇的困境也是非常之极端。随着其文学创作的发展，康拉德不断被赋予不同的文学身份。其实，康拉德描写的船难、革命、叛乱以及历险本质上关注的是"伦理"问题，而非事件本身。从1895年9月24日康拉德给爱德华·加奈特的信中，"可以看出你全心全意想使手稿达到最佳状态，然而，从伦理的角度看，它依然是有问题的"。在康拉德1897年12月9日给朋友的信中，他提出，"我想要追寻伦理，因而牺牲了对个体的探究：我不会去描写个体不可克服的自满，来遮盖人性中的屈辱和绝望"①。通过康拉德的这两封信，可以看出"伦理"在康拉德文学创作中的重要地位，因而，康拉德的文学身份应当是"伦理作家"。

有些欧美学者把康拉德看作第三世界作家，也同样值得商榷。虽然他的作品证明严肃小说可以充分展示殖民地的活力，但是他终究没有能够在生前看到这些"进步哨所"取得独立，成为民族国家。"作为欧洲对婆罗洲、马来西亚、刚果、牙买加、南美洲的书写，康拉德抓住了文化冲突的复杂性。提高对现实主义和印象主义的调和，把很少有欧洲人能亲身经历的海外场景生动地展示在欧洲读者面前。不论结果是好是坏，他对'黑暗'民族的书写进入了他同时代的都市人的集体意识中去了；虽然批评家们批判康拉德文学创作中体现出的种族偏见，但是他对西方后殖民主义文学的贡献仍然是令人敬畏的。同时他对社会构成的脆弱性和帝国衰退的感知，他为新出现的殖民地作家的文学创作奠定了基础。他们充满异域风情的土地能够成为现实主义文学的背景、可信的人物、对人性的洞察。"②康拉德的影响力表现在以下两个方面：首先，在康拉德的影响下关于殖民主题的文章和书籍在数量上的快速增长。但是，从20世纪50年代开始就有了快速的增长。其次，第三世界批评家和有创造力的作家对他的关注不仅仅表现在数量多上，而且表现在他们中一些人以康拉德为榜样，在自己的文学创作中对康拉德的作品进行了借鉴。从数量来看，自1960年起，22位来自非洲的评论家，7位来自加勒比和拉丁美洲，41位来自亚洲及其他东方地区的评论家发表了批判性评论，包括尼热尼亚的小说家钦努阿·阿契贝（Chinua Achebe）谴责康拉德是"血腥的种族主义者"，肯尼亚的恩古吉·瓦·提安哥（Ngugi Wa Thiong'o）以康拉德的《在西方目光下》《吉姆老爷》为样本，创作了《一粒麦子》（A Grain of Wheat）。康拉德对复杂的表象把握得恰到好处，他的典型做法就是留下开放性结尾，为进一步阐释留下空间，对现实世界的描写保持令人沮丧的模糊性。因此他对人性脆弱的描写，加上他那层次分明的叙事风格，从字面上就能展示出他特殊的个人身份。因为他把自己的小说世界建立在自己的人生经历的基础之上，但是通过想象从亲身经历过的事件中提取材料，而关注康拉德作品的传记性、人物心理的批评家通过推论发现了大量的材料来源。

西方学者还注意到，语言在康拉德的创作中也有着关键的作用。不仅仅因为英语是康拉德的第三语言（前两个语言是波兰语和法语），而且因为他把英语作为写作语言，此时他已经是年近四十的成年人。康拉德的转变，使殖民地作家有信心立志将自己的影响拓展到本土以外的地区。萨义德认为："康拉德的创作'实践和理论'都'远远超过他说的'。语言分析本身就带有文化和政治的含义，就像康拉德把异域风情作为背景来描写不同种族和阶级的人"。②p2因而，仅靠康拉德作品来确认康拉德文学身份是不够的。在康拉德1897年12月23日给亚瑟·托马斯·奎勒-库切的信中，康拉德说："我为人类感到担心，而且只为人类担忧。你做到了这点，使我感到如释重负，心情愉悦。"①p431因此，分析康拉德的文学身份，不宜只以其作品为出发点，康拉德书信有助于我们更好地理解其作品和思想。

二、康拉德文学身份的影响

康拉德是现代主义文学确定的奠基人之一，他在文学方面的影响为风格各异的作家所承认。他的一些作品已经成为新的文学类型的样板，《间谍》和《在西方目光下》已经是研究间谍不可回避的作品，《诺斯特罗莫》成为第一部描写南美洲殖民主义的史诗，《黑暗的心》被频繁地用作西方现代文明内心恐惧的象征。从康拉德的人生和作品已经衍生出了电影、旅行、雕塑、漫画、康拉德研究会以及期刊，研究康拉德的学术著作和文章有上千种。为什么康拉德作品对我们思考和理解现代文学会有如此深远的影响呢？莫尔认为，"原因在于康拉德让我们感觉到他正处于人类发展的十字路口，他决心去描写和探索忠诚的冲突以及那些和他一样具有多种身份，被自己的文化上的出生所拒斥，康拉德满怀热情地去描写流放者，以自己不熟悉的语言，从虚假的文化殖民者的角度，说出了驱逐者和被驱逐者的心声"。③当然康拉德具有深远影响力绝对不只是莫尔说的这一个原因。

艺术家的作品可以通过进入大众的想象产生影响力，通常难以从细节方面追寻或进行准确的描述。不同作家的作品之间的互文性是始终存在的，康拉德的作品可以解读为他自己的人生和文学生涯中各种影响的结果。有些作家承认自己是受了康拉德的影响，然而，在做具体分析时，我们也无法确定到底影响到什么程度。也难以证明到底是什么性质的影响，影响可能是消极的也可能是积极的。如果一个作家成为别人的效仿对象，那么他的作品可能会像哈罗德·布罗姆说的，引起同行的焦虑，就像恋母情结中努力去克服令人窒息的文学上的家长制的压抑。年轻的作家要吸收前辈的成果，并且要

超越前辈，因此前辈的影响不仅表现在他们和前辈的相似性方面，还表现在他们和前辈的差异性方面。这种影响不像弗洛伊德模型理论说的那样直接和集中，而是像维克多·斯克洛夫斯基所说的，文学史的传承过程不仅像父与子那样传承，而且像舅舅和外甥那样传承，是"骑士运动"（一种益智游戏）那样，不是直线运动，是有倾斜的。文学影响的传播路线很多，都不是直接的。

莫尔认为："作家的影响的形成受各种因素的影响，和作品的性质以及品质没有关系。"③p224莫尔的观点还是有失偏颇的，一个作家的影响力首先和作品的性质和品质有关，其次才是作品的接受问题。对于评论家以及一般的读者而言，康拉德的作品往往被简化为他的代表作，而代表作又会被简化为作品中的名言警句（例如库尔兹说的"可怕啊！"或者马洛说的"我们中的一员"）。在选入大学教程时，和《吉姆老爷》以及《诺斯特罗莫》相比，篇幅短的《黑暗的心》往往被优先考虑。这种考虑决定了经典的形成，也左右着作家的影响。一旦获得了某种流行，某一部作品的经典地位是否能够持久，就要看这部作品是否能够对不同的批评语境和大众阅读口味做出回应。

三、影响形式的多样性

康拉德的小说不仅仅是作为样板来影响其他小说家，有时甚至会成为其他作家小说的背景。霍华德·诺曼（Howard Norman）的小说《亲吻以康拉德及其他故事为背景的旅馆》，描写了一个位于哈里法克斯的旅馆，走廊里贴的都是康拉德的作品，每层使用的作品都不一样。诺曼的小说激发了人们对康拉德作品的好奇，"有时游客进来就是为了看看作者住过的房间，或是用过的书桌"。③p226叙述者还告诉读者，有时喝醉酒的游客会把墙上的《诺斯特罗莫》中的整个章节撕下来大声朗读。但是，对康拉德的影响的评价并非都是正面的。"艾德蒙德·威尔逊（Edmund Wilson）认为《在西方目光下》是他读过的最糟糕的故事，从第二部分结尾开始就是处理不当的典型代表"。③p226乌拉

底米尔·纳博科夫（Vladimir Nabokov）长期以来一直都非常恼火，人们常常拿他的情况和康拉德相比较，他批评康拉德只是一个儿童浪漫传奇故事作家，"我过去曾经非常喜欢浪漫主义作品，例如柯南·道尔、吉卜林、约瑟夫·康拉德、切斯特顿、奥斯卡·王尔德等主要是为青少年而写作的作家。但是正如我从前说过的，我和康拉德完全不同。首先，在成为英语作家之前，他从未用母语进行写作。其次，我不能忍受他带有波兰色彩的陈腔滥调和他早期作品的矛盾"③p230。

康拉德的早年生活就像他的小说一样充满了传奇色彩。因而，有些作家把康拉德作为自己作品中的人物。"至少有三部虚构性传记或罗曼史探索康拉德生活中的事件和他作品中情节的关系，其中有两部是波兰作家用波兰语写的，但是没有被翻译为英语，亚当·吉伦（Adam Gillon）对这两部作品做过介绍，《康拉德研究》也对这两部作品做了部分内容的节选。"③p230莱兹克·普罗克（Leszek Prorok）在1982年出版的《辐射线》（The Radiant Line）以康拉德1886年乘"奥塔格"号前往毛里求斯的航海为背景，描写了康拉德在岛上和两个女孩——尤金·来洛夫（Eugenie Renouf）和爱丽丝·肖（Alice Shaw）的浪漫故事。在故事的结尾，康拉德非常失望，驾船离开，投身到《黑人大副》的创作中去寻求安慰。华科劳·毕林斯基（Waclaw Bilinski）在1982年出版的《马赛往事》，讲述了康拉德的早期生活。当康拉德发现自己不能在法国船队服务，而且花光了舅舅塔杜斯·波布罗夫斯基给的生活费时，他向一个德国朋友借了钱，在蒙特卡洛赌博把钱输了，就开枪自杀了。收到电报后，康拉德的舅舅，立即从基辅赶到马赛来照料任性的外甥。康拉德后来声称是在决斗中受伤，并将其呈现在《金箭》中；直到他死后许多年，他自杀这件事才真相大白于天下。吉伦的小说中关于康拉德的叙述并不吸引人，《马赛往事》几乎没有行动，作为小说的主人公康拉德的舅舅波布罗夫斯基不过是浮夸的偏执者，利用一切机会传播自己的反犹太思想。康拉德在这部小说中只是简单地回避他舅舅的问题。

在这些关于康拉德的作品中，最具实验性的是詹姆斯·兰斯伯里（James Lansbury）发表于1902年的《康拉德》，该书以调查分析康拉德的《秘密分享者》的方式展开。分析的前提是，作为船长的康拉德是在写一部小说，而不是在阐述一个事实。兰斯伯里在小说中通过各种文学类型分析了《秘密分享者》的构成要素，包括信件、回忆录、诗歌、迷你剧、报纸广告以及弗洛伊德自己把这个故事作为"男性倒置"的病例所进行的分析。其中有一段把故事中的畸形恋情成分和康拉德作为旁观者对被压迫者的同情联系起来，兰斯伯里虚构了弗洛伊德的断言："很明显，毫无疑问，经常出现的'陌生人'这个词就是为了表明故事中的畸形恋情。这个替代语在受迫害的少数派中经常出现。""兰斯伯里的小说不仅探索了康拉德故事中隐藏的一些特征，而且批驳了很多过去对康拉德作品的分类和方法的总结。"③p231

就这个文化冲突而言，泽兹·考辛斯基（Jerzy Kosinski）的个人经历几乎是直接重演了康拉德，他出版于1988年的最后一部作品《69号大街的隐士》，充满了自我意识的妙语，是《塔木德经》（犹太法典）或哲学思考的片段，作品中反复出现关于性别、心理分析、冥思以及浩劫的典故。和康拉德一样，考辛斯基在压抑的环境中成为文体家；和康拉德一样，他为自己的身份转换付出了沉重的代价。康拉德在文化和身体上的神经官能症，表现为慢性的痛风、忧郁症以及一系列的神经方面的问题。考辛斯基的儿童时代的心灵创伤导致他成为偏执狂，最终自杀。考辛斯基姓名的首字母和康拉德一样（J.C.），而且其作品中的主人公诺贝特·考斯基和康拉德的波兰姓氏的发音一样。如此多的相似之处，充分说明了康拉德对考辛斯基的巨大影响。

综上所述，康拉德的文学作品最初仅仅被看作是异域风情或海洋小说，在后来的传播与广泛阐释过程中，面临的危险则是忽略了其作品的最初主题。特别是其作品以影射和修辞的方式呈现出来，

对读者来说，就显得很陌生，往往被看作是对常见
社会问题的关注，导致康拉德作品常常被认为是对
20世纪人类及其困境的概括。当批评家重新解释康
拉德作品的主题时，常常从自身需要出发，将其和
自己的境况、急务和问题联系起来。康拉德的作品
动摇了欧洲中心主义阐释世界的权威性，这种状况
从20世纪50年代开始逐渐发展为一个独立的运动，
殖民地本土作家开始模仿康拉德奋笔疾书，来消解
欧洲中心主义。康拉德的写作反映了19世纪与20世
纪急需思考的问题；他处于维多利亚晚期和现代主
义文化的交汇期；他既是浪漫主义的又是反浪漫主
义的，既保守又颠覆。在道德和政治上，在心理和

哲学上，他关注"伦理"，并以此作为自己文学创
作的出发点，因此称他为"伦理"作家是恰当的。

注释【Notes】

① Conrad, Joseph. *The Collected Letters of Joseph Conrad (Volume 1)*. Frederick R. Karl and Laurence Davies ed. Cambridge: Cambridge University Press, 1986, p.421.以下只在文中注明页码，不再一一做注。

② Robert Hamner. *Joseph Conrad: Third World Perspective*. Washington: Three Continents Press, 1990, p.1.以下只在文中注明页码，不再一一做注。

③J. H. Stape. *Joseph Conrad*. Cambridge: Cambridge University Press, 1996, p.223.以下只在文中注明页码，不再一一做注。

文化的嬗变：从"书斋里的学者"到"实践学者"
——论堂吉诃德形象的文化建构①

段正芝　　戴姗姗

内容提要： 在塞万提斯的笔下，堂吉诃德早期被塑造为"书斋里的学者"的形象，到了后期，他的文化身份随着他走出书斋，像骑士一样在现实生活中行侠仗义时，转变为"实践学者"的形象，进而完成了他文化身份嬗变的建构。通过堂吉诃德形象的文化建构，小说记录了从16世纪末到17世纪初期西班牙乃至整个欧洲在个人欲望狂欢后面临的一次社会文化修复和转型的图景，凸显了欧洲社会文化面临的失序危机。立足于文化历史整体性的思考，塞万提斯把所见的视野通过堂吉诃德形象的变化转化成文化思维的视域，提出了化解危境的文化思想实验，那就是：以古希腊的理性为核心、以中世纪的骑士精神为手段、以基督教的拯救精神为目标，建构起一种稳定且理性的社会文化秩序。此建构不仅为读者勾勒了一条从古希腊到文艺复兴时期的欧洲文化主流航线，并指向未来西方社会现代文明的进程，彰显了塞万提斯在文化整合上的艺术自觉。

关键词： 堂吉诃德；文化建构；书斋里的学者；实践学者；文化秩序

作者简介： 段正芝，南通师范高等专科学校讲师，比较文学与世界文学硕士，研究方向为欧洲文学。戴姗姗，南通师范高等专科学校讲师，教育学原理硕士，研究方向为文化经济。

Title: Cultural Transmutation: From "Scholars in Study" to "Practical Scholars" — On the Cultural Construction of Don Quixote's Image

Abstract: In Cervantes' writing, Don Quixote's early image as a "scholar in the study" was transformed into a "practical scholar" as he stepped out of the study and acted like a knight in real life, thus completing the construction of his cultural identity. Through the cultural construction of Don Quixote's image, the novel records the social and cultural restoration and transformation of Spain and even the whole Europe after the carnival of individual desire from the end of the 16th century to the beginning of the 17th century, highlighting the crisis of social and cultural disorder facing Europe. Based on the overall thinking of culture and history, Cervantes transformed the vision he saw into the vision of cultural thinking through the change of Don Quixote's image, and proposed a cultural thought experiment to resolve the crisis, that is, to construct a stable and rational social and cultural order with the ancient Greek reason as the core, the medieval chivalry as the means, and the Christian spirit of salvation as the goal. This construction not only outlines for readers a mainstream route of European culture from ancient Greece to the Renaissance, but also points to the future process of modern civilization in Western society, demonstrating Cervantes' artistic consciousness in cultural integration.

Key Words: Don Quixote; cultural construction; a scholar in his study; practical scholars; cultural order

About Author: Duan Zhengzhi, lecturer, Nantong Normal College, Master of Comparative Literature and World Literature, research direction: European literature. **Dai Shanshan**, lecturer, Nantong Normal College, Master of Education Principle, research direction: cultural economy.

　　从塞万提斯的《堂吉诃德》诞生之日起，不同时期众多的学者和评论家开启了对这部作品中堂吉诃德形象的多样评说。从17世纪的欧洲到21世纪的亚洲，大多数的评论家和学者对堂吉诃德人物形象的分析，走一条从"小丑、疯子"到"悲情英雄"的长长轨迹，如纳博科夫的评价，几百年来，"他穿越了人类思想的丛林和冻原。他（堂吉诃德）的活力更充沛了，他的形象更高大了。我们已经不再取笑他了"②。然而在古今中外诸多的评论中，不管是故意丑化之，还是有意拔高之，关于塞万提斯通过堂吉诃德前后形象文化身份的嬗变来达到建构社会文化秩序之实验却鲜有人提及，也鲜有学者去挖掘该人物形象身上蕴含并指向的文化意义，这在言说《堂吉诃德》汗牛充栋的论文中盖阙如也。

理查特·霍迦特在《当代文化研究》中就提出一种观点，"一个艺术品，不论它如何受到社会的拒绝或漠视，它是深深地植根于社会之中。它具有多方面的文化意义……"③翁义钦在《外国文学与文化》里也提出"文学根本就是文化，是文化的有机组成部分，并深受文学以外其他文化领域的重大影响，又极大地丰富了文化"③p4。20世纪西班牙的哲学家、文艺批评家何塞·奥尔特加·伊·加塞特在他的《堂吉诃德深思录》里提到了一个核心的哲学观点："我就是我与我所处的环境，如果我不能拯救我的环境，自己也无法得救。"④这个观点可以用作分析人物形象，即要了解和分析人物，就要将他周围的环境考虑在内，这里的环境既指外在的，比如地区，也指精神的，比如文化。

其实，任何一个时代都有其独特的文化精神和文化风气，因此许多小说家笔下的一切都旨在捕捉时代那些独特且最深层的文化并凝聚起来以赋予它一种或几种独特的形象。《堂吉诃德》也不例外，细细阅之，就会发现塞万提斯试图通过堂吉诃德的文化身份变化——从"书斋里的学者"走向"实践学者"的航向，为读者建构起一条从古希腊古罗马到文艺复兴时期西班牙乃至整个欧洲较为合理性的文化航线。

一、从"书斋里的学者"到"实践学者"的转向

当欧洲从中世纪缓慢行进到文艺复兴时期，伴随着商业经济的快速发展和科学思维的崛起，人们的视野和知识获得了空前的进步，并且对社会、历史、文化进行重新审视。在此基础上，"以人为本"的文化思潮迅猛发展起来，并剧烈冲击着基督教文化的主导地位。这种文化比中世纪有了"更充实的思想和更自主的行为，表明欧洲各国从此进入了一个生机四溢、充满活力的时代"⑤。文艺复兴时期文化辉煌，"人文主义者"群体发挥着至关重要的作用，布克哈特在其代表作《意大利文艺复兴时期的文化》中曾经阐述，文艺复兴之所以能从文化层面改变欧洲精神，人文主义者这一群体起着由古渡今的栋梁作用。

但是，大多数文化都会经历一个生命的周期，文艺复兴"以人为本"的文化也不例外。如果说16世纪的最初几十年，文艺复兴达到了全盛时期，那么到了16世纪末17世纪初期（也是塞万提斯创作《堂吉诃德》的时期），由于"以人为本"文化中的个人主义意识无序且无限扩张，欧洲各国陷入一个个人主义高度膨胀，私欲与野心无节制张扬的境况，这种境况导致了欧洲社会道德价值体系的混乱和信仰的断裂，莎士比亚的四大悲剧就细致摹写了这个时期的道德状况。在西班牙，有着英雄情结的塞万提斯认为，"由古渡今的栋梁"——人文主义者这个时候应该作为英雄，再次承担起修复和匡救道德价值体系的社会文化重任。但是，让塞万提斯失望的是，人文主义者非但没有承担起这个重任，还有一部分人文主义者退回到了"书斋"，孜孜不倦且痴迷于教义和古籍的深究，做起了"书斋里的学者"。同时，由于不深入实际、缺少实践的经验，所以"书斋里的学者"的研究已渐渐僵化为教条主义和形式主义。更重要的是，"书斋里的学者"在当时蔚然成为一种文化现象，并蔓延于社会的诸多方面，因此"书斋里的学者"这个群体也逐渐在文艺复兴后期成为特殊的存在。恩格斯在《自然辩证法导言》中就曾经这样评价他们："书斋里的学者是个例外，他们不是第二流或第三流的人物，就是唯恐烧着自己手指的小心翼翼的庸人。"⑥荷兰的人文主义者伊拉斯谟也曾在他的《愚人颂》里巧妙地讽刺过"书斋里的学者"做无任何实际意义的高谈阔论。而塞万提斯则通过文学作品——小说《堂吉诃德》来揭示这种文化现状，

进而讽刺、批判和剖析。

首先，塞万提斯在《堂吉诃德》第一部的前言里，就讽刺了"书斋里的学者"所代表的教条和形式文化在写作和出版界的表现，"我只想给你原原本本讲一个故事，而不用卷首惯有的前言、十四行诗、讽刺诗和颂词来点缀"⑦。不难看出，在塞万提斯生活的时代，作品出版时，即使前言、十四行诗、讽刺诗和颂词与出版的作品没有任何关系，但在卷首一定要用它们来做点缀，这俨然成为一种时尚。同时，《堂吉诃德》还用戏谑的口吻在卷首为自己的作品写赞美诗歌，也是对这种文化现象的讽刺。接着，塞万提斯还通过描述"我"与朋友关于如何让自己的书成为畅销书的对话揭示了当时文化僵化的特有现象："有些即使粗制滥造的书，满篇亚里士多德、柏拉图和一堆哲学家的格言……他们引用《圣经》……令读者肃然起敬，认为作者是博学多闻、才华横溢的人。"⑦p6

其次，除了讽刺"书斋里的学者"所代表的文化现象，塞万提斯还塑造了堂吉诃德这个人物形象，进一步批判这种文化现状。在他的笔下，堂吉诃德初期的形象就和"书斋里的学者"的形象重合。在小说的第一章，他用简洁的笔触勾勒出堂吉诃德这样一个"书斋里的学者"形象：他年过半百，属于一位乡绅，不事农事，从早到晚只在书斋里埋头阅读，尤其喜欢骑士小说，以至于入了迷（骑士小说在欧洲已经过时，但在当时的西班牙还风靡一时），甚至卖地来买书。在塞万提斯看来，骑士和骑士小说已是过去的产物，小说内容"空洞无物、谎话连篇、流布甚广、荼毒无穷"⑧，对现实没有太大的意义，但堂吉诃德却痴迷，乃至发了疯。这些痴迷于古籍、被无用的知识荼毒、缺少实践等特质与文艺复兴后期"书斋里的学者"有了共性。

再次，塞万提斯把堂吉诃德早期的形象建构成"书斋里的学者"形象，不仅仅是讽刺和批判"书斋里的学者"带来的文化隐患，还表现出了对"书斋里的学者"怒其不争的思绪，并进一步剖析出现种种文化状况的原因。他看到了人文主义者身上从诞生之初就存在的弱点：他们把世界带入了一个高度精神思索的阶段，但这种高度精神思索的文化现象，一开始就孕育着危机，那就是难以实现知识与经验的统一、理论与实践的统一。所以到了文艺复兴后期，人们越来越发现偏于思考的知识分子根本无力担负起改造外部世界的历史重任，因此呼吁众多学者要少一点哲学、多一点行动的声音越来越大，至此欧洲文艺复兴时期人文主义文化航向出现了与早期不同的路径。

二、实践学者：现实生活的创造者和世俗文化的改造者

如何解决"书斋里的学者"身上固有的弱点，进而匡救危境中的文化？塞万提斯选择了文艺复兴早期许多文化巨人选择的道路——实践，于是他让堂吉诃德走出书斋，走向广阔的大地，所以就有了以下故事情节：当堂吉诃德阅读骑士小说到痴迷的状态时，有一天，他突发奇思，想像骑士小说中的骑士一样，做一名真正的骑士，扫除人世间的不平，来获取自己的荣光。当这种想法在堂吉诃德头脑里盘旋不去的时候，堂吉诃德的形象就从最初的"书斋里的学者"的形象里实现了某种抽离，他身上已经具有了初步自我认识的意识，即具有了实践认识论的知识分子的自觉。当堂吉诃德真正行动起来，走出他的"书斋"，走向一个区别于小说的真实的社会——一个更广阔的天地，真正像一名骑士那样通过扫除暴行、行侠仗义、履行义务的行为来实现他的英雄荣誉时，即"意识还想通过它自己的活动来产生自己"时，堂吉诃德就走出了"书斋里的学者"的形象，开始往"实践学者"的形象迈进。堂吉诃德这个文化身份的重大转变，象征了文艺复兴后期人文主义文化航向的重要转变，即欧洲的文化形态从文艺复兴初期的个人主义意识和高度精神思考的文化向文艺复兴中后期的实践文化转向，也体现了欧洲文化从柏拉图的崇拜精神追求、鄙视世俗欲望的"超验理念"向主体性实践理念的转向。

其实，这个时期是欧洲文化大转型的时期，在这样一个时期，社会文化往往有其内在的发展动

力，会展现出转型时期自身的自我探求和实践，因此新质文化就会应运而生。在社会中，能够最先较敏锐察觉到这种文化变化的就是具有文化知识底蕴的学者。因此，在《堂吉诃德》中，塞万提斯通过堂吉诃德（在他清醒的时候，只要不涉及骑士道，他又是非常明智的，而且往往能高瞻远瞩地褒贬时弊，道出了许多精微至理，成为一个知识渊博，应答谈吐高明，对社会、道德、法律文学艺术的看法具有远见卓识的学者形象）这个学者型人物形象的身份变化展现16世纪末17世纪初的新质文化：塞万提斯通过堂吉诃德这个人物的所思、所想、所为向读者展示了这个时代的学者对现实生活蓬勃的创造力量和对世俗文化的改造激情。

因着16世纪的文艺复兴是欧洲人经历长达千年身体禁锢和思想禁锢之后的一次全面的大解放，既有身体的，更是思想的，所以对于16世纪的众多欧洲国家来说，对自我的理解和认知、对现实生活进行热情的创造和对世俗文化进行激情改造等实践活动就成了时代显著的精神和风气。卢卡奇在其《小说理论》中曾经这样解说《堂吉诃德》的创作社会背景："世界文学的第一部伟大小说（指《堂吉诃德》）就产生于基督教的上帝开始离弃世界的那个时代之处。"⑨从上帝离弃这个世界初始，世界的掌控者瞬间就变成了人类自己，人的觉醒及对自己的认同和塑造也随之得到展开。

人的觉醒及对自己的认同和塑造首先表现为对现实生活的创造方面。小说伊始，塞万提斯给堂吉诃德提供了随心所欲创造生活的空间：给自己所需要的事物起名字的自由，比如给喜欢阅读中世纪骑士小说的阿隆索·吉哈诺也就是他自己，起了个具有骑士风格的名字"堂·吉诃德·德·拉曼恰"，意思是德·拉曼恰地区的守护者；给自己的马起名为"rocinante"，中文名为"驽骍难得"，"rocin"是一只驽马的意思，而"nante"在西班牙语中的含义是"以前"，意思是过去是一匹驽马，但现在是一流的；给自己的意中人起名为dulcinea——"杜尔西内娅"，"dulci"在西班牙语中有"甜"的意思，dulcinea有意中人的含义。

从"起名字"这件事看，名字不再来自上帝，而是堂吉诃德自己的创造，这不仅体现着堂吉诃德主体意识的觉醒，还包含着他对事物的自我认知自主性的认同和自我确证，同时也体现出塞万提斯描述这一部分内容的运思意义所在：这种创造有模仿基督教创世纪的痕迹，但创造者由上帝变成了人类中的个体。纳博科夫曾经评价堂吉诃德这个人物时说："从性格上看，堂吉诃德有一种随心所欲的崇高品格，这是其最重要的性格。"而这种性格正体现了文艺复兴时期欧洲文化大转型时新质文化的最深刻的内涵：人是现实生活的创造者和主人。

如果说随心所欲"起名字"还是对现实生活实施创造的初级阶段，那么堂吉诃德对自己身份的设定及有身份之后的具体行动则称得上真正对现实生活的创造和对自我价值和意义的追寻。在小说中，堂吉诃德完成"起名字"的工作后，通过客店店主的洗礼完成了成为一名骑士的过程，于是，在堂吉诃德看来，他的身份就变成了一名行侠仗义的骑士，随即开始了"行侠仗义"的一系列行动，即主体对社会的具体干预。塞万提斯之所以选择骑士这个身份来界定堂吉诃德，既有西班牙文化的原因，西班牙人很重视荣誉，而荣誉对于骑士来说就是生命，但更重要的是世俗文化的原因。因为中世纪骑士文学中的骑士文化代表了一种理想中的世俗文化，这种文化冲破了中世纪神学禁欲主义的束缚，提倡人类自然的情感，更"表现出对个人人格的爱护和尊重，为压迫者和被压迫者牺牲全部的力量甚至是自己生命的勇敢精神，把女子作为爱和美在尘世的代表"。这正是塞万提斯努力想去守护的文化精神，所以他借助堂吉诃德去重新拥抱骑士文化，同时改造现世的世俗文化，因此也带来了堂吉诃德主体实践的第二步。

堂吉诃德主体实践的第二步是改造现世的世俗文化。

对于满脑子充斥着骑士道的堂吉诃德来说，践行骑士精神，"以拯救天下为己任"已然成为他的信仰，当他走出书斋和小说的世界，去改造外部世界，进而实现他的英雄梦想时，他一头扎进的不是骑士小说中拥有骑士精神和骑士情怀的世界，而是文艺复兴后期一个充斥着世俗文化的西班牙现代世俗世界。

客观上说，这个世俗世界既是堂吉诃德也是塞万提斯所处时代的真实写照，是马丁·路德和加尔文主导的宗教改革运动后的现代社会。但这个现代社会让路德和加尔文没有想到的是，宗教改革运动打破了禁欲思想的控制，但同时也打开了一个潘多拉的盒子——人类一不小心就会走向极端欲望的路线。在紧接而来的16世纪后期和17世纪初始，人们的各种欲念达到了顶峰：物欲横流，道德沦丧，理性缺失。身处这样的时代，塞万提斯丰富且多舛的生活经历让他比别人先一步意识到了这个社会的危机：人们对欲望和欲念的追求达到一种疯癫的状态，社会已到了失序的境地。卢卡奇在他的《小说理论》里曾经这样评述《堂吉诃德》写作的时代："塞万提斯生活在最后的、伟大的而又绝望的神秘主义时代，生活在从自己本身出发狂热尝试革新没落宗教的时代，也就是生活在对以神秘形式上升的世界作出新的认识的时代，生活在真正体验过但已失去目标、正在做出探索性和尝试性秘密努力的最后时代。这是群魔已被释放的时代，是诸价值在仍持续存在的价值体系中发生巨大迷乱的时代。"就是在这种"巨大迷乱的时代"，以基督教为核心的原有社会文化受到了各个层面的冲击，严格的宗教道德约束也一点点被瓦解，人文主义者提倡的"个性自由与解放又在相当大的范围与程度上导致了纵欲主义和享乐主义"⑩，"但事实上，与世俗性相关的各个文化、社会层面涂上了道德混乱等色彩"如是说。⑪

站在时代的一隅，道德感强烈的塞万提斯面对着这混乱不堪的西班牙乃至整个欧洲的社会道德文化现状，企图担荷起扭转整个社会文化道德乾坤的重负，让西班牙重回理想的时代，这种强烈的拯救西班牙社会的意识从塞万提斯的身体和精神里沉郁而出。因此在《堂吉诃德》中，他让堂吉诃德走出幻想的书房，满怀对骑士道理想世界的追求，踌躇满志地踏上了征服西班牙现实的征途。在小说中，塞万提斯让堂吉诃德经历了三次游历西班牙的过程，不仅结结实实把堂吉诃德嵌入西班牙的现实社会，同时也赋予了堂吉诃德一个重要的使命，那就是让堂吉诃德身上展现出一种理想与世俗的激烈碰撞，并在碰撞的过程中实施一种精神力量或者说用一种过去的文化力量来干预现实生活的实验。塞万提斯通过堂吉诃德干预现实生活的实验既展现出对当时世俗文化的一种批评的姿态，还借此引发处于这个道德文化混乱不堪的作者对高尚、美好、勇敢、担当等美丽情怀的向往，从而达到改造现实的目的，进而复兴或回归已远逝的美好世界。"这是内心深处反对外部生活的平淡和卑鄙的第一次伟大斗争"，卢卡奇在《小说理论》里如是说。而这时的堂吉诃德在塞万提斯的笔下已然转变成世俗文化的改造者的形象。

三、欧洲理性文化的延续：指向西方未来文明的进程

但是，堂吉诃德在改造西班牙世俗文化的实践道路上并不是一帆风顺的，他满腔的激情和欲望在他一次次出游和一次次实施拯救的过程中与实际达到的效果出现了背离，适得其反，事与愿违，并由此闹出了诸多笑话，究其原因，首先源于他作为一名"书斋里的学者"实践的欠缺给他带来经验和实践能力不足，对现实缺乏了解，充斥于心中的只有他满腔的激情和行侠仗义的熊熊欲望，所以当他踏出"书斋"的那一刻，他就不自觉地戴上了一层滤镜——迷狂。这种迷狂是他内心的欲望（通过勇敢来获得荣誉、扶危济困等）发展到一定程度，使他把西班牙的现实等同于小说，他认为小说中的种种状况就是西班牙的现实，又把西班牙的现实想象成小说中的状况，这就导致他的一腔热情只是对骑士精神的简单模仿，他只凭借他的满腔热情和感性来处理他遇到的种种事件，却不能真正深入实际，理性地对待和处理，最后的结果往往与他想达到的适得其反，这就给他带来了一系列的文化困境。其次源于文艺复兴时期开启了"博放之世"，"废黜了'礼文与选择'，拒绝了'规范与节制'，可谓

斯文扫地，礼乐沉沦，没有温柔敦厚的美德，却有目无纲纪的张狂，没有中正节制的虔诚，唯有自我伸张的虚妄"⑫。堂吉诃德在西班牙现实生活中遇到的种种状况与他遵守的传统的以荣誉、责任、勇气、自律、理性等一系列价值为核心的英雄先锋精神格格不入，他拒绝承认、承受并接受西班牙社会的习俗，所以堂吉诃德迷狂的骑士精神与西班牙16世纪末17世纪初的现实产生了激烈的碰撞，这种碰撞其实是一种困境，是文艺复兴时期诸多欧洲国家面临的社会文化困境——欲望的极度扩张带来的道德失范。

面对宗教崩溃和礼乐沉沦的社会文化危境，充满忧患意识的塞万提斯和其他文艺复兴后期的人文主义者一样，竭力寻求解决方案。透过塞万提斯在《堂吉诃德》的各种运思手段，不难窥见蛛丝马迹：从堂吉诃德阅读骑士文学作品入迷，进而产生建功立业的欲望开始，到被"白月骑士"打败，最后幡然醒悟，弃绝幻象。"从迷到悟"的过程可显见堂吉诃德从感性到理性的脉络走向。彼得·盖伊曾在《启蒙时代》一书中认为："在文艺复兴时期的文人之间，完全世俗的、完全清醒的世界观，相对来说是很少见的……"⑬但塞万提斯是清醒、理性、睿智的，他从整个欧洲的文化来看待现实世界，从欧洲文化的视角来试图找出解决社会文化困境之方法。在《堂吉诃德》中，他转向科学和哲学来探索解决问题之答案。他的视野穿过千年的历史，回溯欧洲文化的起始阶段——古希腊古罗马的文化来找医治社会现实的良方，这个良方的基点就是古希腊古罗马构建的文化的理性基石。所以整部小说，塞万提斯就在给读者讲述一个"书斋里的学者"在阅读的诱惑下，入了迷，随之踏入实践场，"从迷到悟"走完了一个从欲望感性到理性的航程的故事，最后的结局戛然于理性，说明了塞万提斯认为理性在现实中被极大的遮蔽和掩盖的时候，或者说理性阙如的时代，社会需要恢复理性精神，理性精神不仅具有检验的能力和在经验中进行诉求的功能，并具有解除迷狂的特性，也是化解社会文化危境的主要文化基础。不难看出，塞万提斯提出的

理性，在文化内质上是古希腊古罗马式的。

解决欲望过度膨胀的文化基点——理性在古希腊古罗马找到了，但对于塞万提斯来说，拯救社会和拯救社会道德文化的最终目标是建立一个高贵的有序的秩序，恢复西方高贵的贵族精神，不是"暴发户"精神，而是一种以荣誉、责任、勇气、自律等一系列价值为核心的先锋精神，从而为西班牙人提供稳定的安身立命的秩序。如果寻这种拯救意识之根，会发现它其实是一种希伯来的文化意识，希伯来精神的最终目的就是"人被拯救"。所以，塞万提斯在《堂吉诃德》中，通过堂吉诃德这个人物的实践活动和精神活动促进了古希腊与希伯来文化的调和，这种调和不仅是一种创举，同时也显现为欧洲文化发展的历史继承性和发展性。塞万提斯以文学为媒介来关照西班牙文化，乃至欧洲文化，并通过他笔下的人物身份的嬗变让欧洲文化得以传承。

为了实现这个目标，在塞万提斯看来，最好的方法是继承与发展中世纪的骑士文化和精神。至于塞万提斯为什么选择骑士文化来反对混乱不堪的现世，这是因为骑士文化有对古希腊文化的继承，而从古希腊理性文化到骑士文化一以贯之的是贵族精神——名誉、礼仪、谦卑、坚毅、忠诚、骄傲、虔诚，此种种构成了一种精神秩序：正义感。塞万提斯希望通过对过去骑士文化精神的张扬来达到干预现实的目的——通过确定的精神秩序来建构一种公平的稳定的社会文化秩序。而他的这种构想为整个欧洲指明了未来文明的进程。

注释【Notes】

①本文为2022年江苏省教育厅课题《"文化场域下"的塞万提斯创作及影响研究》（项目编号：2022SJYB1828）的阶段性成果。
②[美]弗拉基米尔·纳博科夫：《〈堂吉诃德〉讲稿》，金绍禹译，上海三联书店2007年版，第98页。
③转引翁义钦：《外国文学与文化》，新华出版社1989年版，第4页。以下只在文中注明页码，不再一一做注。
④[西]何塞·奥尔特加·伊·加塞特：《堂吉诃德沉思录》，王军、蔡潇洁译，商务印书馆2021年版，第18页。

⑤[美]J·梅西：《文学简史》，熊建编译，中国友谊出版公司2005年版，第169页。

⑥[德]恩格斯：《自然辩证法》，中央马克思恩格斯列宁斯大林著作编译局编译，人民出版社2018年版，第207页。

⑦[西]塞万提斯：《堂吉诃德》，董燕生译，北京燕山出版社2019年版，第5页。以下只在文中注明页码，不再一一做注。

⑧陈众议：《塞万提斯学术史研究》，译林出版社2011年版，第15页。

⑨[匈]格奥尔格·卢卡奇：《小说理论》，燕宏远、李怀涛译，商务印书馆2012年版，第94页。

⑩[瑞]雅克布·布克哈特：《意大利文艺复兴时期的文化》，何新译，商务印书馆1987年版，第423页。

⑪周春生：《对文艺复兴世俗性文化的历史评析》，载《上海师范大学学报（哲学社会科学版）》2016年第5期，第53—60页。

⑫[德]恩斯特·R.库尔提乌斯：《欧洲文学与拉丁中世纪》，林振华译，浙江大学出版社2017年版，第11页。

⑬[德]彼得·盖伊：《启蒙时代》，王皖强译，上海人民出版社2016年版，第78页。

瓦·拉斯普京作品中的生态美学观

杨爱华

内容提要： 传统美学以人类为中心，视自然为附庸，把"美"当成人类的主观感受。而生态美学则坚持认为，美不仅是人类的体验，更是大自然中一切生命的本质属性。人与自然和谐共生、人与万物平等是生态美学的审美理想。俄罗斯著名乡土文学作家拉斯普京的作品书写大自然及传统乡村生活，渲染大自然及其中生命的自身之美，讴歌人类融入大自然的和谐之美，体现了他独特的生态美学观。

关键词： 拉斯普京；生态美学；乡村生活；大自然；和谐

作者简介： 杨爱华，北京化工大学文法学院副教授，文学硕士，主要从事俄罗斯文学和俄语教学研究。

Title: Ecological Aesthetics in VA. Rasputin's Works

Abstract: Traditional aesthetics takes human as the center, and regards nature as a vassal, and regards "beauty" as the subjective feeling of human beings. Ecological aesthetics insists that beauty is not only human experience, but also the essential attribute of all life in nature. The harmonious coexistence between man and nature and the equality between human beings and all things are the aesthetic ideals of ecological aesthetics. Rasputin, a famous Russian writer of local literature, wrote about nature and traditional rural life, rendering the beauty of nature itself and life in it, and eulogizing the beauty of harmony between human beings and nature. The works reflect Rasputin's unique ecological aesthetics.

Key Words: Rasputin; ecological aesthetics; rural life; nature; harmony

About Author: Yang Aihua, Associate Professor, School of Law, Beijing University of Chemical Technology, Master of Arts, mainly engaged in Russian literature and Russian teaching research.

随着科学技术的不断进步，人类越来越多地意识到工业发展带来物质文明的同时，也带来了严重的生态灾难。为了弥合这个矛盾，生态文明越来越受人们的重视，生态美学的审美思潮应运而生。

生态美学强调人与大自然"动态的和谐"，主张人类的存在是一种"生态存在"，人类与生态系统中的其他万物一样，是大自然的一部分，人类并非万物之灵。"生态美首先体现了主体的参与性和主体与自然环境的依存关系，它是由人与自然的生命关联而引发的一种生命的共感与欢歌，它是人与大自然的生命和弦，而并非自然的独奏曲。"①考查人类与自然之间的审美互动，反思人类审美活动对自然生态产生的负面影响，正是生态美学的价值所在。

俄罗斯著名作家拉斯普京的系列乡村小说，描绘了安加拉河岸边神秘唯美而又生机勃勃的大自然，勾勒了乡民们与大自然和谐相处的宁静生活图景，同时也展现出在那片他深爱的土地上人类的"发展"所带来的令人痛心的变化。作品中所蕴含的家园情怀，凸显人类与万物和谐共生的生态审美追求。

一、拉斯普京作品中的生态美学意蕴

西伯利亚地区的安加拉河之畔，正是拉斯普

京的故乡，也是他全部创作激情之所在。在其作品中，作家将对故乡自然景物的细致描绘与万物平等的思想观念融为一体。作家神化大自然，把大自然当作人类的精神家园，主张人类应该敬畏自然、亲近自然，与大自然和谐相处，遵循大自然的规律，反对以破坏大自然为代价的物质文明。

归纳起来，拉斯普京的生态美学观主要包括：大自然是神性的存在，大自然中的一切存在都是"美"的；与大自然和谐相处的传统的人际生活方式、风土人情是"美"的；顺应自然，生气勃勃地生活在大自然中的人是"美"的。人与大自然良性互动、和谐共存正是拉斯普京的生态审美理想。

二、拉斯普京作品中大自然书写所体现的生态美学

在拉斯普京的作品中大自然神秘莫测，同时又诗意盎然。在他笔下，大自然既有摧枯拉朽的暴风雪，让人臣服，又有温柔静谧的夜色，让人沉醉。正如著名作家索尔仁尼琴所指出的那样："自然在拉斯普京那里不是一幅幅的画面，也不是比喻的材料，作家天生就和自然很熟，他就像自然的一部分似的浸润着自然的气息。他不是描写自然，而是以自然的声音在说话，发自肺腑地传达自然。"②

（一）大自然具有"神性"，人类无法挑战

在拉斯普京的笔下，人类并不是至高无上的存在，大自然的力量人类无法挑战。在大自然这个生态圈中无论是花草树木，还是鸟兽鱼虫，都是有生命、有灵性的存在，人类只是众多生命之一，这完全体现了生态美学的观点。大自然甚至还具有某种"神性"，受到某种神秘力量的保护。在小说《告别马焦拉》中作家对"树王"的描写就体现了这一点："它高高地耸立着，主宰着周围的一切……几乎四面八方都看得见它，人人都熟悉它……曾爆发了一场大雷雨，'树王'头顶被削，屈尊了，丧胆了吧？不，没有，它从未失去那雄壮的仪容，好像变得更加威风凛凛了……不知从何时起就有一种迷信：是'树王'将岛屿固定在河底……"③

除了"树王"，《告别马焦拉》中还有"岛主"。它是夜晚的主人，能够未卜先知。它预测了

马焦拉岛上一切生物的寿命，它清楚地知道一切将要发生的大事。作者通过"岛主"这个神秘形象巧妙地表达了万物有灵的观点及其多神教"泛神主义"信仰。

（二）大自然温柔静谧，与人类心灵相通

拉斯普京笔下的乡村世界，一片祥和静谧。风和日丽中，各种生灵徜徉其中，动静有序，有生有灭，有丰盈，有凋零，一切都遵循着自然的规律，展现了原生态大自然中生气勃勃的生命之美。大自然美妙而多情，其中的一切存在与人类同思同感，息息相通。人与大自然相互关联，共感共歌，正是生态美学的理想。这一点在小说《活着，可要记住》中体现得十分明显。当勤劳善良的女主人公纳斯焦娜得知丈夫安德烈从前线偷跑回来，并且不得不庇护他，撒谎骗人，还怀上了孩子时，大自然也降下了"铁一般的夜幕"，"阴森而不祥"，正如此刻女主人公惶恐而沉重的心情。当纳斯焦娜因为羞愧无助而不得不跃入安加拉河时，河水美如童话，温柔地接纳了她，同时河水因为心疼而颤抖着。

三、拉斯普京作品中传统生活方式所体现的生态美学

拉斯普京的作品里，除了对大自然的尽情书写，也处处可见对俄罗斯农村传统生活的描写及体悟，不仅包含人与人亲密无间的朴素关系，还包含人与土地、人与集体的深情厚谊。作家本人正是在对家园和传统生活方式的守护中，摒弃喧嚣的城市文明对人类道德的异化，从而获得诗意的审美力量。

作者笔下的马焦拉岛、安加拉河畔地理位置偏僻，具有淳朴的民风、独特的生活习惯和乡土风俗，村民们按照最原始自然的方式生活着，感受着生命本身最平凡的喜怒哀乐。按照生态美学的观念，这种生活方式接近自然、爱护自然，与大自然融为一体，从而真实而充实，体现出真正的"生态美"。作者饱含深情地描绘那些乡风民俗：春种秋收的场景、劳作中的嬉戏与互动、乔迁及葬礼的仪式、饮酒及喝茶的情景等。繁复的细节中渗透着诗意的美感。比如小说《最后的期限》用大量的篇幅描写了葬礼酒宴，从而对俄罗斯民族的酒文化进行

了独特的阐述与反思：这"绿色的酒瓶子"里既有生活琐事，也有隆重的仪式；既有幽默和狂欢，也有唠叨和折磨，包含着朴素的生活哲理。对传统的俄罗斯人来说，酒既充满了诱惑，又饱含着恐惧。

小说《告别马焦拉》则向读者展示了俄罗斯人特有的茶炊文化。马焦拉岛上的村民们几乎家家都有茶炊，他们常常聚集在一起喝茶，同时聊天和问候，互诉生活的烦忧。茶炊是日常生活仪式的重要载体，它是神圣的，不可或缺的。此外，小说《告别马焦拉》还详细描写了女主人公搬家前与祖先的灵魂、各种日常生活用品、家禽家畜以及居住的木屋等的告别。这些细节描写透露出浓厚的"人情美"，也进一步展现作家万物平等、万物有灵的生态美学观。

四、拉斯普京作品中乡村初民的人性生态美

拉斯普京对"文明"有自己的理解："当一代人比上一代人变得更好时，文明才是正确的。文明不是指速度更快，技术更先进，而是指人更好。"④在快速发展的工业文明中人类不顾自然规律，妄想改造一切。比如，在小说《告别马焦拉》中人们为了建设发电站，而使得小岛被沉、土地被淹、森林被毁。在付出沉重代价之后，人们的物质生活的确是更加优越了，但曾经的村民们失去了赖以生存的土地，在城市里游手好闲，离开了诚实的劳动，精神生活却变得更加贫乏。

拉斯普京认为，传统乡村才是可贵的精神之源。互帮互助、勤劳勇敢等这些人性美德都根源于古老的乡村，是乡民们在自然环境中练就的。人类是大自然的一员，只有在未经破坏的大自然中，人才能保持纯洁，从而生活得坦然充实，这正是生态美学的观点。在拉斯普京的作品中读者总能在保持传统生活的村民身上找到人性的本质。譬如《活着，但要记住》中的纳斯焦娜、《最后的期限》中的安娜、《告别马焦娜》中的达丽娅等，她们日复一日地在大自然中劳作，对土地、对大自然有着无比亲密的感情，她们时时与山川树木、家禽家畜倾心交谈，她们的心胸与大自然一样广博能容，她们勤劳善良、感恩知足、乐于助人，她们生活充实，有苦有乐，身上散发着人性的光辉。相反，那些被现代文明所沾染的村民们，失去了生活的"根"，他们总是急于褪去身上的泥土气息，甩掉乡村风俗，忘记对故土的乡情。他们过着城市人的生活，内心却因为失去了依傍而变得空虚无聊、自私俗气。小说《为玛丽娅借钱》中也有这样的对比。小说以农民玛丽娅一家借钱填补商店亏空为线索，通过被借钱对象的不同表现向读者展示了两种人物类型：一类人保留着互帮互助、乐于助人的传统美德，另一类人则自私冷漠、虚伪庸俗。第一类人以玛丽娅为代表，她是村商店的售货员。她工作认真负责，热心服务，无论是否是工作时间，只要有人需要，她就来工作。她不仅卖货，还是乡亲们的感情联络员，人们经常聚集在小店里有滋有味地聊天。小店就像一个大家庭，村民们在这里解决了无数剪不断理还乱的家庭矛盾。与玛丽娅一样有着热心肠的还有戈尔杰依老爹，他积极地帮玛丽娅张罗借钱的事，他觉得为钱活着，到处找钱赚是令人害臊的事。第二类人以玛丽娅的小叔子阿列克谢为代表，他进城后开始贪恋物质生活，居然连自己父亲的葬礼都懒得参加。对于进城来找他借钱的玛丽娅，他冷淡而嫌弃。他的心思都在那些电视机、洗衣机上，生怕人家给他弄坏了。物质文明令他狭隘自私，冷漠无情。

综上所述，拉斯普京的作品不仅细致描绘了故乡安加拉河畔的绝美自然风景，还讴歌缅怀了当地的风土人情，并对近代以来工业发展对自然环境的破坏进行了严肃的思考与批评。其作品体现出很高的生态美学价值。

注释【Notes】

①徐恒醇：《生态美学》，陕西人民教育出版社2000年版，第119页。
②索尔仁立琴：《索尔仁立琴2000年5月4日在授予拉斯普京文学奖时的讲话》，载《新世界》2000年第5期，第192页。
③瓦·拉斯普京：《告别马焦拉》，董立武译，外国文学出版社1999年版，第412页。
④瓦·拉斯普京：《文学能帮助人……》，戴经纶摘译，载《苏联文学》1993年第3期，第67页。

"有"与"没有"之间

——解读《李尔王》的存在哲学

章乔毓

内容提要： "Nothing can come of nothing"作为莎士比亚悲剧《李尔王》中的一句经典台词，深刻地绘就了早期李尔的精神底色。"无中不能生有"这个重要的哲学命题，自从被古希腊哲学家巴门尼德提出后，便为后世的西方哲学家所普遍讨论。在《李尔王》的英文原著中，"nothing"具有多元的内在含义。"有"与"没有"的讨论涉及了亲情、爱情多个方面，主人公观念中两者二元关系的转变也演绎着关于"真人"的成长故事。不论是对个体存在状态的呈现还是对人与自然动态关系的思考，《李尔王》都极具历史与现实两个维度的哲学价值。《李尔王》在双线索的交织中塑造出一众个性迥异而鲜明的人物形象，"有"与"没有"之间，暗含着"爱"的形式与本质之争，藏匿着"真人"成长蜕变的隐性轨迹。透过失势、战争、死亡、赎罪，我们思考生命存在的意义，审视社会关系的复杂，收获深沉的人性力量。

关键词：《李尔王》；存在哲学；人的自我发现；爱；自然

作者简介： 章乔毓，中山大学中国语言文学系（珠海）本科生，指导老师为中山大学讲师肖剑，研究方向为比较文学与世界文学。

Title: Between "Something" and "Nothing"— Interpretation of the Existential Philosophy in *King Lear*

Abstract: "Nothing can come of nothing", as a classic line in Shakespeare's tragedy *King Lear*, profoundly depicts the spiritual background of early Lear. The important philosophical proposition of "Nothing in Nothing" has been widely discussed by later Western philosophers since it was put forward by Parmenides, an ancient Greek philosopher. In the original English version of *King Lear*, "nothing" has multiple inner meanings. The discussion of "something" and "nothing" involves many aspects of family and love, and the transformation of the binary relationship between the two in the protagonist's concept also deduces the growth story of "real person". Both the presentation of individual existence and the reflection on the dynamic relationship between man and nature, *King Lear* is of great philosophical value in both historical and realistic dimensions.

Key Words: *King Lear*; existential philosophy; human self-discovery; love; nature

About Author: Zhang Qiaoyu, an undergraduate in the Department of Chinese Language and Literature, Sun Yat-sen University (Zhuhai). Her tutor is Xiao Jian, a lecturer at Sun Yat-sen University, whose research interests are comparative literature and world literature.

一、"爱"之表达与存在的悖论

在第一幕第一场中，划分国土的经典情节充分再现了亲情之爱存在的冲突。用语言的表达来衡量爱的多少，无非是将内心的无形的情感明码标价，不论这种所谓的"爱"存在与否，只要转换成语言的样式并以声音呈现出来，它就是实在物。

与高纳里尔和里根用浮华的语言包装虚伪的爱意的行为相比，考迪利亚的"nothing"显得格格不入——也成为李尔暴怒的导火索。"无话可说就意味着一无所有。"李尔的回答明确地将子女的爱意的表达与权力、金钱的物质利益直接挂钩，象征着"命令—服从"的绝对权威，也引发着后世读者的思考——亲情之爱究竟该以何种方式存在。英国评论家奈茨在其文学评论《李尔王》中指出："在本剧开始，李尔王只是个刚愎自用的化身。他在谄媚阿谀包围中（'她们说我是她们的一切'），既不知道自己是谁，也不理解事物本质。这里所强调的是他的任性。他用女儿公开表白爱他的办法，把国士分赐给她们，这显然是荒谬的……爱只能发自内心，不可强求而得，不过强求别人的爱，也是相当普通的事，《李尔王》只是把这类事例用戏剧夸大了而已。"①而在第一场第四幕中，李尔王被裁撤随身侍卫后，与愚人论及分财产一事时，又重提"nothing"："Nothing can be made out of nothing."此处的"nothing"从子辈"爱之蜜语的缺乏"经由人心的贪婪、亲情的吊诡沦为父辈的"一无所有"，这不仅是物质层面的转移，更深层的是形式之爱的遁形。由内而外，李尔被剥夺、被压榨、被欺骗得一文不剩。他拥有的土地、财产，即使数量众多，划分给虚情假意的女儿们也最终沦为了"nothing"。垃圾里淘不出金子，物质的存在最终在亲情的背叛下由开场李尔王用爱意多少来衡量的所有物沦为毫无价值的垃圾，他也终是在这爱意的谎言中一无所得、两手空空。

心与口，两种感官，所思与所言之间对立统一的暧昧关系直接点燃了李尔与小女儿之间的冲突。高纳里尔、里根语言糖衣下虚假的爱意成为李尔悲剧的滥觞，考迪利亚藏于内心、不加语言修饰的爱却最终变为老李尔的救赎。不难看出，爱的表达的前提必须是存在，只有在实质行动中，爱才成其为爱，才具有真实性。一如《悉达多》中所言："可以言说的一切都是片面的，是局部的，都缺乏整体、完满、统一。"②语言只是人类在文明发展过程中创造出的一种表现形式，而爱意不能流于形式，它可以被表达，却无法用语言来证明存在。

考迪利亚遭父亲抛弃后，勃艮第公爵与法兰西国王对于昔日心上人的差异化态度则从爱情的角度呈现了爱的两种迥异的存在状态。考迪利亚不愿阿谀奉承的心气使她失去的不仅仅是父亲的爱，更是社会地位、利用价值、权力金钱。因此，勃艮第公爵对考迪利亚的态度转变为了"That you must lost a husband"，他的爱也不过是虚浮的、表面的、经不起磨砺的脆弱的爱。而值得注意的是，考迪利亚的回应清醒地揭露了这样一种劣质的爱的本质："Since that respects of fortune are his love，I shall not be his wife."不难看出，考迪利亚始终坚信的都是不因外在变化随意更改的坚固的爱，也因此接受了法兰西国王的告白。法兰西国王引用《哥林多后书》表露心迹："你因为被遗弃，所以是宝贵的；你因为遭人轻视，所以最蒙我的怜爱。"在这里，爱的存在体现在即使风雨来袭仍屹立不倒，就算一无所有仍不离不弃，它不是建立在外在附加价值之上的赠品，而是对面对赤裸的、不加修饰的本质而自然流露的情感。

《李尔王》的"爱"主题在一个又一个冲突与悖论之中不断升华，立体化多维度地呈现出爱的多种存在状态。没有的爱可以被语言输出为有，有的爱可以被外在的剥离变作没有，稳定存在的真实的爱应该如何寻找，仍留待我们思索。

二、"真人"的迷失与回归（人之存在）

鲁迅在《狂人日记》中感叹道"难见真的人"，借以理解《李尔王》或许有多层意义可以探讨。人的存在状态处在不断的动态变化中，个体对于自我本质的认识也随着内外交织的冲击不断深化。其中，个人成长的主题在主人公李尔王这一角色中体现得最为明显。

李尔失势后，在与弄人的谈话中他发问："这儿有谁认识我吗？这不是李尔。是李尔在走路吗？在说话吗？他的眼睛呢？他的知觉迷乱了吗？他的神志麻木了吗？嘿！他醒着吗？没有的事。谁能够告诉我我是什么人？"女儿的背叛让他第一次对于自我存在的身份性问题产生了怀疑，曾经对于自身的定位，有关权势、社会财富、家庭地位的认知在历经亲情的破裂后被解构。李尔开始意识到，他的身份似乎并没有想象中的那么牢靠，无论是从君权的角度还是从父权的角度上。于是他不断思考，"我"究竟是一种怎样的存在，又应该以何种方式存在。

在欧洲文学的发展历程中，人的自我发现往往要经历三个阶段——智性、精神、理性。在理性思考中，人不断丰富对于自己在社会、自然中的位次的认识，达成自然人与社会人的统一，实现自我和解。"在理性世界中，人不再到自然世界中寻找自身的本质确认，他将自我意识视为自我确证的唯一凭据。"③于是暴风雨来袭，荒原的失落、穷人的苦楚、无依的孤独侵蚀着年迈李尔的内心，他开始重新审视自我，用独立的自我意识去共情外部世界以发掘真正的人格。"衣不蔽体的不幸的人们，无论你们在什么地方，都得忍受着这样无情的暴风雨的袭击，你们的头上没有片瓦遮身，你们的腹中饥肠雷动，你们的衣服千疮百孔，怎么抵挡得了这样的气候呢？啊！我一向太没有想到这种事情了。安享荣华的人们啊，睁开你们的眼睛来，到外面来体味一下穷人所忍受的苦，分一些你们享用不了的福泽给他们，让上天知道你们不是全无心肝的人吧！"作为一个落魄的无家可归的君王，他看到了暗夜里的劳苦大众，这一段独白不只是对他们的悲悯，更是外在的苦难赐予他对真正自我的重新认知。

"真我"难见，个体不是独立存在的，它具有的是自然与社会的双重属性，因此单独对自我的人格、性情分析是无法获知真我的，而要将"我"放置于世界即外部视角的语境下，将"我"与"他""他们"对照，历经苦难与变故，才能不断发掘潜在的真我。这或许是李尔王的悲剧给我们的终极思考。

戏中人难觅真我，戏外人又该如何捕捉戏中人的真我呢？土耳其作家奥尔罕·帕慕克在《天真的和伤感的小说家》一书中指出："首要的焦点不是主要人物的性格和道德，而是他们的世界属性。主人公的生活，他们在小说世界的位置，他们以一定方式感知、观看并介入世界的方式。"④基于此，笔者以为在感知莎翁《李尔王》中的人物时，也应将其放置在多重语境下进行解读（如公共领域与私人领域），在个体人物与外部世界的互动中获取对文学形象"真我"的全面认知。

三、结语

"《李尔王》的诗不只生动，紧凑，内容广阔，在台上行动中包括广泛的经验，而且具有一种特殊回响，使我们足以确定莎士比亚的意图。"这是莎评家奈茨对于《李尔王》的评价。《李尔王》最终以悲剧收场，传达的却绝不是所谓的生命虚无主义，更不是所谓的生命不过一场骗局。"我们哭着来到这个世上，你知道我们第一次嗅到空气，就哇哇地哭起来。"苦难的存在不可否认，我们却不能忽视苦难之后生命获得的力量——是父权的绝对压制转向平等互惠的爱⑤，是片面局限的自大变为全面多元的反思，更是失去光明也不离不弃的陪伴，它们是李尔悲剧背后的亮色，让黑夜不再死气沉沉、冗长无边。美与丑、善与恶，多面立体的人性力量在这部悲剧里交合、离散、对抗，尽管死亡是最后的终结，但我们更应该看到的是个体生命在抗争、反思的过程中完成的人性蜕变与人格升华。这或许就是《李尔王》的底层逻辑，让后世的我们在一遍遍的阅读与思考中回归现实，寻找星光，理解生命的终极意义。

注释【Notes】

①奈茨：《李尔王（1960）》，见《莎士比亚评论汇编（下）》，中国社会科学出版社1981年版。

②赫尔曼·黑塞：《悉达多》，天津人民出版社2017年版。

③王志耕：《人的自我发现之路——欧洲文学启示录之一》，载《吉林师范大学学报（人文社会科学版）》2009年第5期，第49—54页。

④奥尔罕·帕慕克：《天真的和伤感的小说家》，世纪文景·上海人民出版社2012年版。

⑤葛蓓莉亚·卡恩、王骁：《〈李尔王〉中缺席的母亲》，载《当代比较文学》2022年第2期，第230—255页。

围城与焦虑

——文化资本视角下的《纯真年代》

徐 好

内容提要： 伊迪丝·沃顿的代表作《纯真年代》使用大篇幅描写19世纪晚期传统纽约上流社会生活的图景，在故事的结尾却转向展示工业化转型后的美国社会。若运用皮埃尔·布迪厄的文化资本理论，沃顿对纽约上流社会的细致描写可以看成是文化资本的具象化符号，小说也就能解读为老纽约视角下的美国社会转型记录。从布迪厄文化资本的三种形态来看，即具身化的价值观、客体化的物质财富和制度化的风俗规范，小说都呈现出老纽约在美国城市化和社会转型时期的矛盾与焦虑。面对新兴资本的不断冲击，老纽约只能在社交领域构筑起一面强调其独特性的文化资本围墙以掩饰逐渐失去话语权的焦虑。

关键词：《纯真年代》；文化资本理论；社会转型；焦虑

作者简介： 徐好，丽水学院助教，主要从事维多利亚时期小说研究。

Title: Siege and Anxiety — Cultural Capital in *The Age of Innocence*

Abstract: Edith Wharton's representative work *The Age of Innocence* presents a panorama picture of the old New York's upper-class in the late 19th century, but presents a industrial-transformed society in the ending part. When Pierre Bourdieu's theory of cultural capital is applied, these detailed descriptions can be seen as figurative symbols of cultural capital. The novel can also be seen as a historic book that records American society's transformation from the old New York's perspective. In terms of Bourdieu's three forms of cultural capital, namely embodied values, objectified material wealth and institutionalized customary norms, the novel reveals the contradictions and anxieties of the old New York during the period of urbanization and social modernization in America. Facing with continuous strikes from the new capital, the old money can only build a cultural capital wall to emphasize their distinction and conceal the anxiety of losing power.

Key Words: *The Age of Innocence;* cultural capital theory; social transformation; anxiety

About Author: Xu Hao, Lishui Universisty, assistant lecturer, majors in Literature in the Victorian era.

伊迪丝·沃顿（Edith Wharton）出生于19世纪中后期纽约的名门望族，擅长描写老派纽约上流社会的生活图景，其代表作《纯真年代》①细致地展示了19世纪晚期纽约上流社会烦琐的社交礼节、豪华的住所装修、精致的穿搭服饰。小说的背景设定在美国电气革命和城市化快速推进，进入工业、经济转型的加速发展期，然而社会发展因受到文化惯性影响，与经济发展产生脱轨②。因此，美国社会也充斥着原有社会运行系统崩溃、新兴阶级与统治阶级之间产生越来越多不可调和的矛盾、工人阶级与资本家之间存在越来越大的贫富差距等问题。面对快节奏与变化的社会，"焦虑与矛盾成了19世纪晚期美国社会的普遍情绪"③。在小说中，上流社会生活的细节描写占据了小说大量篇幅，成了上流社会的文化符号，在反复强调老纽约高贵与独特的同时，也传递出他们在社会急剧变化时期的焦虑心理。

如果将社会文化做具象化的分析，就需要一个系统性的文化理论分析工具。文化资本理论是当代著名学者皮埃尔·布迪厄（Pierre Bourdieu）的代表性理论之一，具有极大的国际影响力。布迪厄认为社会经济运行中伴随着的文化实践会逐渐形成文化资本（cultural capital），这种具象化、具身化资本概念的引入使社会文化资源得以量化④。个体拥有的社会文化资本数量决定了其能够占用的社会资源的数量，因此也渗透在个人习惯、素养品德、语言风格、审美品位等生活的方方面面，总体可归纳为三种表现形式：具身化的文化资本（embodied cultural capital），指人从社会文化环境中逐渐形成的较为稳定的品格和性情，包含价值观和道德品质；储存在具体物件中的客体化的文化资本（objectified cultural capital），如名贵的画作、书稿都因为凝结了文化资本而有价值④p17；制度化的文化资本（institutionalized cultural capital），即支配社会运行的规则、被普遍接受的社会习俗或行为模式。借助布迪厄的文化资本理论框架，本文能够将《纯真年代》中所呈现的人物性格、社会生活和礼仪风俗具象化为文化资本符号，揭示文化资本交换过程，找到焦虑情绪在上流社会的传导渠道和表达方式。

布迪厄认为文化资本产生的源头在经济实践④p24。随着19世纪美国工业革命为生产力带来的巨大变革，社会经济结构开始从航运贸易主导向生产金融主导转型，经济资本更多地涌向新兴阶级。然而在社会文化领域，由于文化的相对稳定性，文化资本的流动较慢，仍大量凝聚在老纽约一派。经济结构与文化资本的错位造成了新旧两派的焦虑。老纽约在文化资本分配体系中处于有利位置，但是担忧经济结构转型会带来资源占有量减少。当下的社会文化体制是老纽约主导建立的，他们拥有定义文化资本的垄断权。因此，他们不断放大他们拥有的文化资本优势，固守原有的文化习俗，试图在文化领域构建一个排外的围城以掩饰逐渐失去经济结构控制权的焦虑。新兴阶级在文化资本上处于劣势，也会受到运行秩序的制约而产生不被认同的焦虑。换言之，经济领域的转型是老纽约和新兴阶级焦虑情绪产生的根源，小说中的社会文化描绘是两个阶级焦虑的具象化表征⑤。下面将从社会文化资源的三种形式来具体分析焦虑情绪是如何依附在文化资本上，并产生冲突与矛盾的。

一、具身化的文化资本：诚挚价值观与功利主义的背离

具身化的文化资本指向文化领域的价值体系，是任何文化的核心④p468。马克·吉罗德（Mark Girouard）在对19世纪英美国家价值观的研究中提炼出"诚挚"一词，并将其解释为一种"诚挚地对待宗教信仰和婚姻誓言，相信培养自己才能和给予他人帮助是同等重要"的价值观念⑥。吉罗德认为这一价值理念起源于文艺复兴时期的骑士精神，在当时是被广泛接受的。纽约上流阶级一直是诚挚价值观的忠实倡导者和执行者。他们乐于帮助他人，甚至是偶遇的陌生人。例如，阿切尔夫人在欧洲旅行的列车上帮忙照顾生病的乘客卡弗里夫人，卡弗里夫人对此"深表感激"，但阿切尔夫人认为这只是举手之劳，不值一提①p121。女主角艾伦·纽兰斯卡在平民作家内德·温塞特无法支付孩子的医疗费用时，悄悄将钱寄到他家。另一个典型例子是女主艾伦和男主纽兰的爱情悲剧。纽兰本在家族安排下与梅订婚，却遇到了和自己两情相悦的知己艾伦。他曾想取消婚约去追寻与艾伦的爱情，却在知道梅怀孕后下定决心履行原有婚约。在得知梅怀孕的消息后，艾伦也选择离开纽约，独自回到巴黎。在家庭责任与爱情之间，纽兰和艾伦都做出了一致的选择。诚挚价值观也被平民工人阶级所内化。里维埃先生受到奥伦斯基伯爵的派遣来纽约说服他的妻子艾伦返回欧洲，在了解实际情况后，他认同艾伦"在这里（纽约）过得更好"，便返回欧洲向伯爵辞去了工作①p160。纵使会失去工作，里维埃先生也秉持了尊重艾伦的态度。

诚挚价值观也体现在注重商业诚信上。老纽约依靠航运和商贸起家，因此他们非常重视诚信这一价值观。在小说中，老纽约贬斥任何有过失信行为的人。第一个例子是梅的曾祖母（斯派塞家族），她因牌局上的亏损导致无法及时还清债务，便搬到了远离纽约的城市哈德逊以逃避纽约上流社会的审

视，并且斯派塞家族始终以此为耻。另外一个例子是新兴银行家博福特，纽约上流社会可以容忍他"虚伪"的私生活，"但在商业事务中，要求一种无可挑剔的诚实"①p163。因此当博福特因非法投机而破产时，才开始被上流社会疏远。这两个例子说明了纽约上流阶级将诚信视为任何人无法触犯的原则底线。诚挚价值观具有规范约束的作用，在一定程度上引领着社会高尚风尚的发展⑦。这也使得《纯真年代》这一小说的意义不仅仅局限于缅怀老纽约精致体面的上流社会生活，更标注出了这个时代的道德取向坐标。

19世纪盛行的另一的价值观——功利主义⑥p52。功利主义强调结果，追求利益最大化⑥p52。以下两个小说中的例子可以充分说明功利主义普遍存在。一是阿加顿·卡弗博士，他是一个"聪明人"，他"想要一个有钱的妻子来资助他的计划"，让他在事业上获得成功①p151。他接近家庭背景显赫的曼森夫人仅仅是因为她作为老纽约中的一员能够成为他事业上的"活广告"。二是梅·韦兰，她是老纽约中的模范女性，总是彬彬有礼、体贴友善，保持着最宽容的脾气和最得体的举止。她知道她的未婚夫纽兰和艾伦已经互生好感，因此在尚未确定自己是否怀孕时，她便告知艾伦她已经怀孕，致使艾伦做出离开纽约的决定。在艾伦的欢送会上，她才向纽兰透露她怀孕的消息，引导他认为是艾伦主动选择离开纽约的。在三个人的爱情故事中，梅扮演着无辜者的角色，巧妙地捍卫了她的婚约，同时也维护了韦兰家族的利益。从群体角度上看，老纽约一派与新兴资产阶级在商业和社交场合上虽然来往较多，但是老派一直对新派心存芥蒂，从未真正接纳他们。对比诚挚这一价值观，功利主义将注意力从重视美德转移到获得利益上，"像是历史对诚挚价值观的嘲弄"⑧。

从以上小说的情节中可以看出，诚挚价值观和功利主义这两种相互背离的价值观各自大行其道。这与19世纪的美国处于转型时期的社会背景息息相关，当时传统行业受到新的挑战，新兴行业不断涌现，新旧阶级都十分渴望获得商业成功和财富积累，而市场又缺乏有效规则管制，陷入一定的混乱之中。具身化文化资本的凝结与社会转型的进程密切相关，价值观判断与选择也相应地出现了诚挚与功利并行的矛盾局面⑨。由于具身化状态的转变要经历大量的灌输和同化，花费时间较长④p18。小说中呈现的这段历史，正处于文化资本具身化状态的转化阶段，这个时期的人们在价值判断和价值选择上普遍面临道德与利益的矛盾冲突，焦虑情绪也随之产生并成为广泛的社会情绪。焦虑来源于具身化文化资本的转化，也会反向导致文化资本生产体系的混乱，即老纽约主导建立的文化资本体系正处于分崩离析的状态。

二、客体化的文化资本：经济财富与文化资本的错位

相较于思想观念领域具身化的文化资本，客体化的文化资本依附于客观物体，在《纯真年代》中通常以物质财富的形式出现。在19世纪的纽约，上流社会大部分的社交活动都在私人住宅中进行，房屋住宅也就被赋予了社交这一功能，也成了财富的象征⑦p117。小说中上流社会的住宅十分精致奢华，例如，纽约名流曼森·明戈特夫人的客厅里摆设着"白玫瑰花环地毯、红木圆桌、圆拱形的黑色大理石壁炉和巨大的红木釉面书柜"①p17。除了住宅面积、室内装潢和家具摆设，住房位置也能体现文化资本。根据小说的描述，纽约上流阶级的住宅大多聚集在大学广场和第五大道之间。这个位置位于曼哈顿半岛的中心，也象征着他们的社会地位处于纽约社会的核心。

随着新兴行业的快速发展，涌现出了一批新兴资本家，他们在经济财富积累上很快追赶上了老纽约。这些新兴资本家为了获得认可而融入上流社会阶层，狂热地追随老纽约定义的文化资本。新兴银行家博福特是一位典型的纽约上流社会追随者，他在第五大道拥有"纽约最杰出的房子"，是"纽约为数不多宅中有舞厅的人之一"，也是第一批使用奢侈品红色天鹅绒地毯的人①pp12-13。为了融入纽约上流社会圈层，他与家道中落的老纽约家族联姻，

他积极在家中举办各类宴会，邀请纽约各类名流，为来访的客人提供精致的点心菜品、昂贵的陈年葡萄酒。博福特积极地结交老纽约并不断模仿他们，试图提高他在纽约的社会地位。然而，博福特先生并没有被上流社会完全接纳，在破产后还成了大家嘲讽的对象。这一细节体现出新兴资产阶级已经能够在财富资本上与老纽约匹敌，却不能直接将物质财富转化为文化资本，即物质财富不等同于客体化的文化资本。

"一个人所拥有的客体化文化资本能够标注出其在社会阶级中所处的位置"，老纽约为了维护他们的统治地位，他们利用现行的社会文化秩序，强化附加在物质财富上的文化资本以达到继续维持老纽约与其他阶级区隔的目的⑩。强化客体化文化资本的途径之一是强调老物件的文化价值。例如在小说中，老纽约十分尊崇祖产。在多个正式晚宴场合，老纽约一派的女性以穿着佩戴老一辈的服装配饰为荣，例如阿切尔夫人佩戴祖母的珍珠和祖母绿，兰宁小姐穿着她母亲的礼服。再比如虽然博福特先生总是用昂贵的食材和葡萄酒招待客人，老纽约仍然挑剔他菜品的做法不符合老派习惯、家中的侍从不讲究礼仪。这些老物件、老规矩见证了老纽约代际的延续，其中附加的文化资本对于新兴阶级来说无法继承或者通过购买、模仿直接获得的，这样就弱化了财富的价值，凸显了老纽约独有的文化资本⑪。从客体化的文化资本角度上看，老纽约不断地用他们所拥有的文化资本垒筑围城，来维持在审美品位上的统治地位，试图抵御经济转型带来的社会阶级变化，隔离他们在经济财富逐渐失去领导权的现实。然而，刻意忽略甚至贬低物质财富资本的价值，强调客体化的文化资本又何尝不是老纽约作为现行社会文化秩序维护者的焦虑表现呢？

三、制度化的文化资本：固守制度与时代转型的矛盾

制度化的文化资本通过传统习俗、礼仪习惯等来体现，具有刚性规范的一面⑫。在制度的实际运行过程中，必须对文化资本进行系统化归纳，制定出一系列行为规范，以防止破坏当下的秩序，也就导致了越来越烦琐的行为规则④p482。在小说中，纽约上流社会的行为准则被普遍认为是正确的方式⑬。以纽约上流社会在歌剧院的场景礼仪习惯为例：观看歌剧表演迟到早退是老纽约约定俗成的传统；为了与普通观众区分开，名门望族在歌剧院里都有固定的包厢；观看歌剧的着装要求也十分严苛，对衣服的颜色、款式、风格甚至是材质都有要求；在歌剧院中和朋友打招呼也有固定的礼仪要求。遵守礼仪不仅是自我规范的要求，而且还要受到其他参与者的监督，出现不符合规范的行为就会受到他人的审视，招致评论与批评。这种审视视角有时体现在小说中人物带有点评的对话中，也体现在小说全知视角的评价性语言中。小说还通过纽约的报纸和杂志这类大众媒体来展示当时公众对上流社会的审视。

制度化的文化资本视角之下，小说中的人物可以分为制度的守护者、追随者和挑战者。守护者是以梅为典型代表的老纽约一派，他们严格地按照老纽约的制度规范生活，并坚定地维护家族利益。追随者是以博福特为代表的新兴阶级，他们在经济资本上占有优势，试图融入上流社会圈层，渴望获得更多文化资本。而挑战者通常也来自上流阶级，他们具有上流阶级身份，却不甘被规范束缚。典型挑战者之一是艾默生·西勒顿教授，他出身于有名望的老纽约世家，却因其考古学家和教授的身份而受到上流社会的诟病，被视为纽约上流社会的"一根刺"①p139。上流社会评价他有许多令人难以理解的怪癖：他的房子里挤满了显然是平民的"长发男人"和"短发女人"；他更喜欢去探索尤卡坦的陵墓，而不是去巴黎或意大利旅行；他为一个黑人举办了一场派对①p139。另外一位典型的挑战者是女主角艾伦·奥兰斯卡，虽然她有伯爵夫人头衔，却选择租住在"西二十三街"，与裁缝、作家住在一个"蓬乱"的社区里并和他们交朋友①p43，她通常忽视着装礼仪而根据自己的喜好挑选衣裙，她也敢于不顾家族的反对主动提出和伯爵离婚。但是充满个性的艾伦被纽约上流社会孤立，最终她也选择离开

纽约，独居巴黎。在上一辈老纽约中，艾伦的姑妈曼森·明戈特夫人一直被认为不守规矩。明戈特夫人不住在第五大道而选择居住在中央公园，她的房屋装潢被认为过于新式，甚至因为在宴请宾客时菜肴不够精致而被认为有辱家族名誉。上流社会批评与反对这些挑战者不符合规范的行为，展现出制度的正当性和规范性，也维护了老纽约在文化资本方面的卓越地位⑭。这些近乎苛刻的要求从侧面也体现出老纽约十分固守原有的制度，拒绝接受任何形式的变化，自囚在文化资本的围墙之中。这种执着的围城自守或是由于老纽约了解自身无法跟上社会快速转型的节奏，预感到了终将失去统治权，或是拒绝接受社会正在快速迈向不属于他们时代，都流露出围城被攻破前的焦虑紧绷情绪。

这个文化资本垒筑的围城困住了上流阶层，却不敌社会转型的时代大潮。小说结尾篇章描写的纽约年轻一代身上出现了很多新的变化。第一，上流社会的年轻男性开始涉足更多行业，银行家、教授、工程师、政治家等曾经被老纽约鄙夷的雇佣工作不再被轻视。第二，对女性的审美产生了变化。身材高挑纤细的梅曾经是纽约社会追捧的对象，然而她"腰粗、平胸"的女儿玛丽成了新时尚的标杆①p220。第三，新一代人使用更简洁直接的口头语言。从达拉斯与他父亲纽兰的交流中可以看出，新一代人的表达方式频繁使用情态词，直接表达诉求，语言自然坦率⑮。第四，婚姻更加尊重个人意愿。昔日，纽约社会缔结婚约十分注重家庭背景，出身显赫的雷吉娜因家族经济衰落嫁给新兴银行家博福特而受到大家的同情。而在年轻一代中，博福特先生和他的情妇范妮的女儿范妮·博福特成了老纽约之后达拉斯的未婚妻。小说正文中提到没有人会"心胸狭窄"来追溯她父亲的过去和她自己的出身①p222。年轻一代在工作选择、审美品位、价值观念上都产生了变化，老纽约垒筑的围墙并没有阻挡住经济转型带来的文化资本转变，一种新的文化规范已经诞生了。

从文化资本的三种形态的背离、错位和矛盾状态可以看出，《纯真年代》的文化资本秩序处于旧秩序围墙瓦解和新秩序重新建立的特殊历史时刻。《纯真年代》既能够清晰地看到老纽约为了维护旧文化秩序的不断围城自守，也能够明确地感受到围墙崩塌后新文化秩序的建立。通过刻画老纽约围城里最后的守卫者、盲目的追随者、勇敢的挑战者以及他们所经历的焦虑、挣扎、妥协，来展示社会的转型。社会转型时期的矛盾也体现在小说的人物身上，例如女主角艾伦，她既是老纽约社会规范制度的挑战者，也是诚挚价值观的忠实践行者；男主角纽兰既发自内心欣赏艾伦不墨守成规的叛逆，也在爱情自由和家庭责任中选择了后者。他们在崇尚新文化的同时又不得不被旧文化所束缚。小说用不同人物的命运展示出时代前进的走向。也正是从纽约上流社会这一隅新旧力量的交锋中，"窥见了一个更大的历史和社会结构转型的过程"⑯。这个充满焦虑情绪的社会转型过程其实也是历史前进过程中不断要经历的过程，不同时代的人们也会不断重复守卫者、追随者和挑战者的角色，从而塑造出新的历史。《纯真年代》中不同人物的文化资本判断与选择也为不同时代下焦虑的人们提供了命运参考。

注释【Notes】

①Wharton, Edith. *The Age of Innocence*. Wordsworth Editions Limited, 1993, p.160. 原文选段均翻译自Wordsworth Editions在1993年出版的版本，以下只在文中注明页码，不再一一做注。
②Middeke, Martin, et al. *English and American Studies: Theory and Practice*. Springer-Verlag GmbH Deutschland, 2012, p.57.
③Houghton, E. Walter. *The Victorian Frame of Mind, 1830-1870*. Yale UP, 1963, p.23.
④Bourdieu, Pierre. "The Forms of Capital". in *Handbook of Theory of Research for the Sociology of Education*. Richardson eds. Greenwood CT, 1986, p.15. 以下只在文中注明页码，不再一一做注。
⑤Lindberg, Gary H. *Edith Wharton and the Novel of Manners*. UP of Virginia, 1975, p.6.
⑥Girouard, Mark. "Victorian Values and the Upper Class". in *Proceedings of the British Academy* (Vol. 78). 1992, pp.57-58. 以下只在文中注明页码，不再一一做注。
⑦Hood, Clifton. *In Pursuit of Privilege: A History of New York City's Upper Class & the Making of a Metropolis*. Columbia UP,

2017, p.86.以下只在文中注明页码，不再一一做注。

⑧Evron, Nir. "Realism, Irony and Morality in Edith Wharton's The Age of Innocence". in *Journal of Modern Literature* (Vol. 35). 2012 (2), p.48.

⑨Howe, Daniel Walker. "American Victorianism as a Culture". in *American Quarterly* (Vol. 27). 1975 (5), p.521.

⑩Foote, Stephanie. *The Parvenu's Plot: Gender, Culture, and Class in the Age of Realism*. New Hampshire, 2014, p.5.

⑪Hunt, Aeron. "Born to the Business: Heredity, Ability, and Commercial Character in Late Victorian Britain". in *Culture & Money in the Nineteenth Century: Abstracting Economics*. Bivona Daniel & Tromp Marlene ed. Ohio UP, 2016, p.31.

⑫Erlich, Gloria C. *The Sexual Education of Edith Wharton.* Oxford U of California P, 1992, p.131.

⑬Wouters, Cas. *Informalization: Manners and Emotions Since 1890*. Sage Publications, 2007, p.23.

⑭Gill, Miranda. *Eccentricity and the Cultural Imagination in Nineteenth-Century Paris*. Oxford UP, 2009, p.4.

⑮Henderson, Christine Dunn. "Custom, Change and Character in Edith Wharton's The Age of Innocence". in *Natural Right and Political Philosophy: Essays in Honor of Catherine Zuckert and Michael Zuckert*, U of Notre Dame P, 2012, p.414.

⑯Singley, Carol J. "Bourdieu, Wharton and Changing Culture in the Age of Innocence". in *Cultural Studies* (Vol.17). 2003(3), p.405.

死亡、创伤与隐秘
——海明威短篇小说中尼克的成长形象

步天松

内容提要： 尼克·亚当斯在海明威作品中是一个独特的人物形象，独特之处在于这一形象具有贯穿性和自传性，这两个特性使尼克形象具有艺术价值和研究价值。海明威短篇小说里有26篇是关于尼克的，"尼克"不仅是作品的承载者，也是海明威思想的代言人，本文对"尼克"的成长轨迹加以分析，探索海明威作品中"迷惘一代"的表现与自我意识的表达。

关键词： 海明威；尼克；成长；"迷惘一代"

作者简介： 步天松，江苏师范大学文学院讲师，文学硕士，主要从事比较文学与世界文学研究。

Title: Death, Trauma and Secrecy — The Growing Image of Nick in Hemingway's Short Stories

Abstract: Nick Adams is a unique figure in Hemingway's works, which is unique in that this image is penetrating and autobiographical, which makes Nick's image have artistic value and research value. There are 26 stories about Nick in Hemingway's short stories. Nick is not only the bearer of the works, but also the spokesman of Hemingway's thought. This paper analyzes the growth track of Nick and explores the expression of the "lost generation" and self-awareness in Hemingway's works.

Key Words: Hemingway; Nick; growth; "lost generation"

About Author: Bu Tiansong, School of Chinese Language and Literature Jiangsu Normal University, lecturer, Master of Arts, mainly engaged in comparative literature and world literature.

对海明威作品的研究，大多聚焦在其中长篇小说，其短篇小说鲜有关注。尼克·亚当斯作为海明威作品中的独立形象，分散在海明威多部短篇小说中，呈现出一条清晰的成长路线，D. H. 劳伦斯评价尼克系列的小说是"一部断片式长篇小说"[①]，马尔科姆·考利认为"他的作品有一种情绪上的连贯性，仿佛它们全都随着同一股水在移动"[②]。美国海明威研究专家菲利普·扬专门以尼克·亚当斯为主题，编写出版了《尼克·亚当斯故事集》（*The Nick Adams Stories*），他认为尼克的故事就是讲述主人公在经历种种暴力、邪恶的事件后获得成长经验。作品是作家对生活的感悟、反思和总结。海明威创作尼克系列，是认为它具有普遍性能够表达出自己的世界观、人生观、价值观。"涅克·阿丹姆斯是海明威最早的和最具有自述性质的主人公。"[②p115]海明威短篇小说里有26篇是关于尼克的，包括他生前发表和死后发表的，也包括他用第一人称创作的。约瑟夫·M. 福洛拉分析并整理了海明威作品中有关尼克的部分，按照尼克的成长历程进行了编排，出版于《海明威的尼克·亚当斯》一书中。评论界已能甄别出有关尼克的相关篇目，对其自传性形象的看法理归于一。

儿童时期的尼克形象。这一时期的尼克思想单纯、幼稚，但他却已经开始接触暴力和死亡，恐惧感伴随其一生。关于这一时期的作品有《三下枪响》《印第安人营地》《医生夫妇》。《三下枪响》是海明威生前未发表的一篇小说，在这篇小说中，尼克随父亲野营打猎，父亲把他放在营地，吩咐他，"他们不在时，万一出了什么紧急情况，他只要开三下枪，他们就会马上回来。"③可是没有发生什么紧急情况尼克就开了枪，原因是他感到了恐惧，一种死亡的恐惧感时时环绕在他的脑海中。死亡对尼克来说难以名状，但给尼克带来了明显的紧张和不安。《印第安营地》中，尼克长大了一些，他跟随父亲去给一个印第安妇女接生，妇女带来了新的生命，而她的丈夫因为受不了妻子疼痛的喊叫声而自杀。尼克在这次的行程直面了生与死的交错，从孩童的视角，用稚嫩的语言和思想行为来表达着疑惑和不解，形成了一种陌生化的效果。

"所谓陌生化，是指艺术使日常生活中习以为常的事物重新获得新鲜感，从而更新人们对生活的经验和感觉的一种方法。陌生化反应叙述者-人物的认识水平，一件事对他来说是新的，可对读者并不一定是新的。可是这种叙述也可以给读者造成一种重新推理和重新审视的过程。"④

生孩子和死亡对大人来说是稀松平常的事，很难激起成人的敏感度和思考，但这对年幼的尼克来说不是一件寻常事，他的好奇感和陌生感让读者跟随尼克视角再次审视了该事件。他抓住父亲刨根问底：

"女人生孩子都得受这么大罪吗？"尼克问道。

"不，这是很少、很少见的例外。"

"他干吗要自杀呀，爸爸？"

"我说不出，尼克。他这人受不了一点什么的，我猜想。"

"自杀的男人有很多吗，爸爸？"

"不太多，尼克。"

"女人呢，多不多？"

"难得有。"

"有没有呢？"

"噢，有的。有时候也有。"③p113

父亲虽然明白生死乃人生必经之事，但如何向一个孩子解释生死却是个难题，尤其对于这样瞬间遭遇一生一死的事情，父亲显然招架不住尼克的追问，只能含糊地回答。

《医生夫妇》是以尼克父母为中心讲述的故事。尼克的父亲贪了别人的木头，被锯木工人迪克·博尔顿发现后引起的两段矛盾，一段是医生和工人，一段是医生和妻子。

"原来是怀特—麦克纳利的。"他说着站起身，掸掉裤膝上的沙土。

医生很不安。

"那你最好别锯了，迪克。"他不耐烦地说。

"别发火啊，医生，"迪克说，"别发火。我可不管你偷谁的。这不关我的事。"

"你要是认为木头是偷来的，就让它去，带着你的工具回营地去吧。"医生说。他的脸红了。③pp118-119

医生表现出的"不安""脸红"能看出迪克让他陷于不堪之中，最终他恼羞成怒地撵迪克滚蛋。医生在内心权衡之后，决定放弃这批木头，带着一肚子火回到家中，而等待他的是另一场矛盾——与妻子之间的不和。相比较他与迪克的矛盾，医生在妻子面前可以说是彻头彻尾的失败了。在与迪克的敌对中，医生至少可以保持道义上的平等，而在与妻子的交锋中，医生完全处于劣势，最后只能仓皇躲避。尼克和父亲一样，很惧怕母亲的威严，当父亲转告尼克他母亲召唤他的时候，尼克宁可选择跟父亲去树林里打黑松鼠也不愿进屋去见母亲。海明威通过医生和迪克、医生和妻子、尼克和母亲之间的这三对矛盾，揭示出了一个男人最大的失败不是在社会上被他人挑战，而是在家中被自己的妻子藐视，这是一件奇耻大辱，是让男人沉默闭嘴的源头。"厌女情结"伴随男性自我意识与尼克共同成长。

少年时期的尼克形象。进入这一时期的尼克，自我意识逐渐觉醒，他开始对周遭的人事有了自己的观点和想法，形成自己的独特性格。"在十一、十二岁至十四、十五岁之间（即指前青年期或称少年期）同样可发现，这阶段儿童成功地从具体事物中解放出来，并把现实事物在一堆可能的变换中给予确定的位置。"⑤青少年时期的尼克也逐步明确了对象意识，"对象意识也不简单地是对对象的意识，而在本质上是把对象当作自我来看待的那种心理能力"⑥。在《印第安人走了》中，尼克概括出印第安人的生活特征，这是在明确印第安人与自己的不同之处后总结出的。《世上之光》《拳击家》《杀人者》《最后一方清净地》这些作品中，尼克游历四方，学习到许多生活经验。《拳击家》讲述的是尼克离家出走，因为逃票而被火车上的扳闸工揍下了火车，在黑夜中遇到一个精神有问题的拳击手阿德，两人本来相谈甚欢，不料阿德突然犯病要揍尼克，幸亏拳击手的朋友伯格斯了解阿德的病情，及时出手相救，才避免了一场斗殴。从自己和扳闸工的打斗，到阿德对自己的恐吓，以及黑人为了阻止阿德对自己的伤害而打晕了阿德，暴力始终存在。虽然尼克幸运地躲过了阿德的拳头，但他的内心已经被恐惧深深地填满，"一走出火堆范围，他就竖起耳朵听着"。直到到了安全地带，他才想起"没想到手里还拿着一份三明治……"③p159《杀人者》也是一篇充满暴力和恐惧的小说，讲述的是一个杀人未遂的故事，尼克不仅再次目睹了暴力事件，更在这次事件中对暴力行为产生了质疑和反感。"你们干吗要杀奥利·安德烈森？他有什么对不起你们的地方？"③p318尼克在这件事件中有了很大的触动，他决定离开，希望远离暴力和邪恶。

尼克在社会中的主体精神和审美判断追求让他更积极地投身于社会实践之中，通过生活经历来实现自我价值，自我价值的实现必须不断地挑战自我，方法是设定目标和自我设障，给定一个欲望或预期值。"欲望和由欲望的满足而达到的自己本身的确信是以对象的存在为条件的，因为对自己的确信是通过扬弃对方才达到的；为了要扬弃对方，必须有对方存在。"⑦人首先要确立对象意识，才能更真切地明确自我意识，自我和对象的区别与联系的判断力，可以让目标的形成有了充分的条件和土壤。肯定对象世界的存在，把对象世界看作自身的一部分，并加以认识和改造，最终征服对象，实现欲望。这是一个需要不断探索体验总结的过程，尼克在《最后一方清净地》中充分展示出了叛逆、渴望挣脱束缚，希望通过征服外界而实现自我的价值，从某种程度上讲，更是对本我的寻求和外化。尼克猎杀驼鹿，贩卖鲑鱼，违反了渔猎法，被人追

捕。尼克也不是有心犯法，只因在书上看到"说是打野兽只要枪开得准，子弹可以只擦伤点皮，而伤不了命"③p259。他带着仰慕他的小妹妹和家当离家出走，开始了逃亡之路。一路上，他尽情地展示了自己的生存之道，并与追捕者展开了一场斗智斗勇的比赛，寻找他最后一方清净地。这些事让他的自身价值得到了体现，也使他感受到了快乐和自由。

这一时期的尼克在情感上也开始有了懵懂的意识并逐步走向成熟。爱情意识与前文提到的自我意识有相同之处也有不同之处，相同之处在于两者都需要从对象意识中得到对自身的确认；不同之处在于爱情需要将自身融入对象，"在爱情里最高的原则是主体把自己抛舍给另一个性别不同的个体，把自己的独立的意识和个别孤立的自为存在放弃掉，感到自己只有在对方的意识里才能获得对自己的认识"⑧。爱情的浪漫和动人之处就在于双方将灵魂拱手融入对方的世界中，因此一旦两者有所保留或者欺骗背叛对方，便出现了不和谐。在《十个印第安人》中，叙事者一开始就讲到"一路上碰到九个喝醉的印第安人"，但始终没提第十个印第安人，通过阅读，读者发现第十个印第安人是尼克的女朋友普罗登斯。尼克虽然否认普罗登斯是自己的女朋友，但当听到别人拿这件事情打趣他的时候，内心还是十分窃喜和兴奋的。海明威在小说中两次提到独立日，这也象征着尼克心智的独立，他开始有了自己的小心思，在心理上进入"心理断乳期"。当得知普罗登斯有了新的男朋友的时候，他吞吞吐吐地向父亲这个目击者小心地确认，一方面是求证父亲是否亲眼所见，另一方面又担心被父亲发现自己的异常，可最终没有控制住情绪哭了起来。《了却一段情》和《三天大风》是一对姊妹篇，讲述的是尼克和女朋友玛乔丽分手的故事。《了却一段情》开始就先描述了废弃木材厂的场景，十年后的尼克和玛乔丽在这里分手，印证了同样的凄凉情景。最初尼克和玛乔丽还平静地划船钓鱼，但随后两人便陷入僵局，以玛乔丽离开为结束，又以比尔的到来为《三天大风》做了铺垫。尼克和比尔在《三天大风》里谈天说地，喝得烂醉，比尔终于开口问了有

关尼克和玛乔丽的事情，紧追不舍。尼克不断地回避问题，总是一言不发，最终尼克与比尔决定出门打猎，这时正吹着大风，"到了外面，玛吉那档子事再也没那么惨了。那事甚至没什么了不得。大风把一切都那样刮跑了"③p145。海明威让尼克尝到失恋的苦味也是对自己曾经初恋的回忆与祭奠。

青年时期的尼克。这一时期的尼克在持续不断的矛盾和冲突中挣扎，这些矛盾的缘起内外因皆有，尼克对自身的各方面不断协调，呈现出对立统一的稳定性格，并构造他的独特性和自我同一性。战争，是对尼克青年时代影响最为深远的事情。从《上岸前夕》中我们得知尼克坐船登上了欧洲战场，之后《我躺下》《你们决不会这样》《在异乡》几篇作品讲述了战争给尼克的生活带来的变化。在《上岸前夕》中，尼克还未尝过战争的残酷，在船上还能与朋友里昂谈天说地，畅饮逗乐，对于战争还怀着种种期待。

> "在法国就喝得到更好的酒。"里昂说。
> "我可不会在法国。"
> ……
> "看看所有那些飞机这一类玩意儿准好玩。"
> "是啊，"里昂说，"我只要能调动，马上就去开飞机。"③p580

这时战争在尼克和他的朋友里昂面前还是一件令人激动兴奋的事情，但在随后的经历中，战争彻底摧毁了尼克的这一想法。在《我躺下》中，尼克因为战争受伤，患了失眠症，他回忆着少年时的一切，钓鱼、打猎，想到自己的故乡。回忆这些都是尼克缓解压力的方式，或者说是他逃避残酷现实的出路。《你们决不会这样》里，尼克作为一个美军派去安抚前线战士的退役军人，他两手空空的来到战地，既没有巧克力、香烟，也没有明信片分发给士兵们，他的任务仅仅就是"到处走走，让大家看看我这一身军装"，"要是看到有这么一个身穿美军制服的人，大家就会相信美国军队快要大批开到了"。③p460这是一个充满讽刺和欺骗的行为，尼克自己都不相信，只有自己躺下的时候，他才能清楚地看到战争的可怕和残酷，以至于"没有个灯就睡

不着觉"。《在异乡》中尼克是第一人称叙事者，讲述了因战争而受伤的士兵们在医院接受治疗的故事。战争的摧残不仅是在身体上的，更是在心理上的，"时常，夜间独自躺在床上，想到死就害怕，担心重返前线后的光景如何"③p303。《大双心河》是一篇战后修复心情的作品，尼克试图通过野营、钓鱼等一系列机械活动使自己忙碌起来而暂时忘却战争的伤痛。这几篇有关战争的作品几乎没有正面描写战争的笔墨，却写出了海明威对于战争的抵触感，战场的残酷和伤痛让他在战后近十年没有直接写过战争场面的作品。

青年时期的尼克在爱情观方面也逐步成熟，主要体现在对婚姻的态度上。在《上岸前夕》中，尼克透露出自己已经有了未婚妻，在言谈之中读者可以发觉虽然他以有未婚妻为骄傲，可以作为在朋友面前炫耀的谈资，但语气里仍有一些不如意和无奈。这与海明威个人经历有极大的相似性，海明威在出发去欧洲战场之前，曾宣布与电影明星梅·马什订婚。这一事件让他的父母大为震惊和恼怒，海明威的母亲格蕾丝为此特地写信给儿子说："你将来回家也许受伤或致残，到那时，这个女人仍会爱你吗？"⑩海明威不得不放弃婚约。在《我躺下》《你们决不会这样》和《在异乡》中，尼克仍然还是单身，并游离于爱和不爱之间，纠结于结婚不结婚的矛盾之中。《我躺下》里，尼克已经是个少尉了，战争中受的伤让他整夜无法入眠，于是和同样失眠的勤务兵聊天。勤务兵劝他结婚，而尼克反复回复他"这事我要考虑考虑"。到了《在异乡》中，尼克已然下定决心结婚，当少校说"一个男人决不能结婚"的时候，尼克表示出了他的质疑，不断反问上校为什么不能。《度夏的人们》中，尼克和年少时相比有了一个更成熟更让他愉悦的对象。《新婚之日》里尼克结婚了。可是婚后的尼克并不感到幸福，《越野滑雪》里，尼克宁可和朋友乔治滑雪也不愿回家陪快生孩子的妻子海伦。因为他没有做好当父亲的准备。海明威曾因为妻子哈德莉怀孕而十分沮丧，在斯坦因家中待了一整天，当斯坦因恭喜他的时候，海明威认为自己要做父亲还太年

轻。可是当尼克看到《怀俄明葡萄酒》中和谐恩爱的方丹夫妇后，他又羡慕渴望。在《两代父子》中，尼克已经做了父亲，他一面回忆儿时与父亲生活的时光，回忆着父亲的好与坏，一面用父亲教育自己的方式教育儿子。尼克和父亲相比并无突破，两代父子，只是一个又一个轮回。

尼克的成长轨迹实际上就是对生死、对暴力、对邪恶的认识与接触的轨迹。通过这些接触，尼克对人生、对社会和道德伦理有了更深刻的认识。从《三下枪响》开始，尼克的意识中就有了对死的恐惧感，这种恐惧一直延伸，在尼克参加战争时达到高峰。战争是集所有暴力、邪恶于一体的最残暴的综合事件。生与死、暴力与邪恶，纠结于尼克的一生，使得他的世界观愈加迷惘，价值观充满矛盾，这形成了尼克稳定的性格。黑格尔认为："性格（作为本身整一的）跟这种定性（其实就是跟它本身）融会在它的主体的自为存在里。"⑩性格就是整体和个体的统一，尼克一生都是在与暴力、邪恶的对抗中寻求自我，最终却迷惘一生。《印第安人营地》里的父亲没有解答尼克关于死的疑问；《拳击家》中的阿德和黑人也没有告诉尼克暴力到底可以解决什么；《在异乡》反映出战争的种种残酷让尼克失望甚至绝望。于是他越来越矛盾，越来越纠结，越来越迷惘，终于成了"迷惘的一代"，也最终确定了硬汉精神的走向。爱情同样让尼克迷惘，《三天大风》中，比尔告诫尼克"男人一旦结婚就彻底完蛋"，《上岸前夕》中尼克有了订婚对象，

《我躺下》中勤务兵劝说尼克"男人应当结婚。你决不会后悔的。人人都应当结婚"，尼克并没有下定决心；而《在异乡》中，尼克却反驳了否定婚姻的少校；但婚后的尼克并不开心，《两代父子》中，尼克似乎又回归了单身。在婚姻问题上，尼克一直反复不定，纠结矛盾。

注释【Notes】

①[美]海明威：《老人与海》，董衡巽等译，漓江出版社1987年版，第2页。

②董衡巽：《海明威研究》，中国社会科学院出版社1980年版，第115页。以下只在文中注明页码，不再一一做注。

③[美]海明威：《海明威短篇小说全集（上）》，陈良廷译，上海译文出版社1995年版，第566页。以下只在文中注明页码，不再一一做注。

④董小英：《叙述学》，社会科学文献出版社2001年版，第262页。

⑤[法]J.皮亚杰，B.英海尔德：《儿童心理学》，吴福元译，商务印书馆1981年版，第98页。

⑥易中天：《艺术人类学》，上海文艺出版社1992年版，第40页。

⑦[德]黑格尔：《精神现象学》，贺麟、王玖兴译，商务印书馆1983年版，第121页。

⑧[德]黑格尔：《美学（第二卷）》，朱光潜译，商务印书馆2009年版，第326页。

⑨[美]杰弗里·迈耶斯：《海明威传》，萧耀先等译，中国卓越出版公司1990年版，第27页。

⑩[德]黑格尔：《美学（第一卷）》，朱光潜译，商务印书馆1981年版，第301页。

《盲刺客》的"南安大略哥特"风格探析①

唐姬霞　李诗颖　叶婉丽

内容提要："加拿大文学女王"玛格丽特·阿特伍德的代表作之一《盲刺客》体现了典型的"南安大略哥特"风格。作品以单调怪诞、阴森幽暗、恐怖压抑的日常生活环境作为故事背景，充满了哥特气息；叙述了大量的死亡事件：非自然死亡和自然死亡；运用细腻的心理和情感描写，着重营造心理恐怖的氛围。阿特伍德继承和拓宽了传统哥特风格的写作空间，揭示了男权社会中男性对女性的暴力压迫和女性内心的孤独无助、恐惧害怕，并探寻了父权社会中的女性如何获得出路的问题。

关键词：玛格丽特·阿特伍德；《盲刺客》；南安大略哥特风格；恐怖；死亡

作者简介：唐姬霞，桂林航天工业学院外语外贸学院讲师，硕士，研究方向为英美文学。李诗颖，桂林航天工业学院外语外贸学院讲师，硕士，研究方向为英语语言学。叶婉丽，桂林航天工业学院外语外贸学院讲师，硕士，研究方向为英美文学。

Title: The Analysis of "Southern Ontario Gothic" in *The Blind Assassin*

Abstract: Margaret Atwood, the queen of Canadian literature, embodied the typical literary style of "Southern Ontario Gothic" in one of her masterpieces *The Blind Assassin*. The background of the story is full of Gothic flavor with the daily life environment of terror, oppression, monotonousness, grotesque and gloominess. The work narrated a lot of unnatural and natural deaths. It focused on creating an atmosphere of psychological terror with delicate psychological and emotional descriptions. Atwood inherited and broadened the writing space of traditional Gothic style, and revealed the violent oppression of men to women in the male-dominated society and the loneliness and fear of women, and explored the patriarchal society of women how to get a way out of the problem.

Key Words: Margaret Atwood; *The Blind Assassin*; Southern Ontario Gothic; terror; deaths

About Author: Tang Jixia is from the School of Foreign Language and International Business in Guilin University of Aerospace Technology, lecturer, master, specializing in British and American Literature. **Li Shiying** is from the School of Foreign Language and International Business in Guilin University of Aerospace Technology, lecturer, master, specializing in English linguistics. **Ye Wanli** is from the School of Foreign Language and International Business in Guilin University of Aerospace Technology, lecturer, master, specializing in British and American Literature.

　　玛格丽特·阿特伍德是加拿大著名的小说家、诗人和文学评论家，被誉为"加拿大文学女王"。发表于2000年的长篇小说《盲刺客》获得拥有"文学奥斯卡"美誉的英国布克奖，评委会因其高超的形式艺术、诗意语言和深刻主题给予高度评价："该书视野宽广，结构精彩并富于戏剧性。书中的感情纠葛描写丰富多彩。作者以诗意化的笔触，描写生活细节和人物心理活动"，故事里充满了爱、牺牲与背叛②。《盲刺客》体现了典型的"南安大略哥特"风格。"南安大略哥特"风格的基本特点：呈现哥特式的恐惧都源于生活的现实，挖掘单调、怪诞的日常生活环境所衍生的未知和恐惧；文学主题重点关注的是南安大略省背景下的人类暴力、儿童关爱的缺失及女性凄惨的生活境遇③。文章从哥特故事背景、大量死亡事件和女性心理恐怖方面探析了《盲刺客》的"南安大略哥特"风格。

一、哥特故事背景

（一）第一次世界大战

战争象征着死亡、恐怖、绝望和灾难。《盲刺客》中叙述了第一次世界大战的情景，战争从1914年8月爆发，这时女主人公艾丽丝父母结婚后不久。包括艾丽丝父亲在内的三兄弟应征入伍，参加了加拿大皇家军团，后被派往百慕大和法国。小说没有正面描述战争的场面有多恐怖，而是着重叙述了战争给所有人留下的严重创伤。父亲在给母亲的信中写道："伤亡难以计数……要忍耐的已经超出了。我天天都在想家，特别是想你，我最亲爱的莲莉娜。"[②p73]父亲的两位兄弟在战争中牺牲，这对祖父的打击很大，他得了严重的卒中，说话和记忆都出现了障碍[②p75]。父亲在战争中受了伤，成了残疾人，留下了严重的战争后遗症。"他只剩下一只眼睛和一条腿。他的脸看上去不仅憔悴，而且伤痕累累……"[②p78]"他是一具散了架的残骸……他在黑暗中大叫、做噩梦、无缘无故发火，还将碗和筷子朝着墙上或地上乱砸……他像一件坏了的东西，需要人去修补。""战争前他是不太喝酒的，而现在却经常喝酒，酒瘾很大。他一边喝酒，一边在地板上拖着他那只坏脚来回踱步。他在阿维隆庄园那粗矮的塔楼上自言自语，并且用力打墙，最后喝得酩酊大醉才算完事。浅一脚、深一脚、浅一脚、深一脚，他像是一只脚踩进陷阱的野兽在行走，低低地呻吟和含糊地呐喊……"对于母亲来说，这亦是残酷和痛苦的。战争不仅改变了父亲的模样，连父亲的秉性也改变了，他和母亲的重逢对于双方来说都是一种伤害，他/她不再是记忆中的爱人，而逐渐成了陌路人，他/她的感情和婚姻也名存实亡。然而，他/她的内心深处虽怨恨，却不得不默默忍受和包容，维持着家族的体面和完整。母亲对于父亲带着怜悯和宽恕，而父亲感到在母亲的宽恕中生活并不容易。母亲终于在过度劳累和流产后身心俱疲、精力耗尽而死去。

（二）阿维隆庄园

主人公艾丽丝和妹妹劳拉在阿维隆庄园长大。房子的设计和装修都是在她们的祖母阿黛莉娅监督下完成的。祖母给房子命名为"阿维隆庄园"，"阿维隆"出自丁尼生的诗："有一个叫阿维隆的岛上低谷；没有冰雹、雨水和大雪的光顾，没有大风吹得呼呼；有的只是绿草茵茵和果树丰收的欢愉，低谷种植园的上面是夏日的海域……"[②pp61-62]诗里"阿维隆"寓意美好和欢愉。但这在艾丽丝看来，却并不那么简单。她认为"阿维隆"是亚瑟王死去的地方。祖母阿黛莉娅选用这个名字无疑是要表明，她流放至此是多么绝望；她也许通过意志力就能够再现诗歌中所描述的快乐小岛，但这永远都不可能成为现实[②p62]。艾丽丝眼中的"阿维隆庄园不算是特别优雅的房子，它不是标准的石灰石房子。设计者为了让它与众不同，就用鹅卵石加水泥将它构砌起来。远远望去，阿维隆庄园的房子浑身长满了瘤，就像恐龙的皮肤，又像是连环画中的'愿望井'"的井壁……它更像是野心的坟墓……它还有一座矮胖的哥特式塔楼"[②p58]。整座庄园充满了压抑、神秘和哥特的气息。祖母出生望族，很有文化修养，温柔如丝、遇事冷静、意志坚定。高雅情趣是她身上的优点之一，为这个祖父才娶了她。因为家道中落，只好在家庭的安排下嫁给了粗俗的钱，嫁给了开纽扣厂、缺乏文化修养、当时已40岁的祖父。这桩婚姻对于祖母来说应该是心有不甘的，她和祖父的结合是不相称的，但祖母始终逃离不了阿维隆庄园的身心禁锢。她需要履行女主人和家里管事应尽的各项责任和义务，大到监督房子设计和装修，小到指点她丈夫的衣着，纠正他的餐桌礼仪……

"女性哥特小说的主要特征之一，是它对女性和住宅的亲密关系给予了持续关注。"[④]阿黛莉娅像一个禁锢于阿维隆庄园的哥特式女主人公。阿维隆庄园弥漫着浓浓的阿黛莉娅的气息，以至于她去世以后，庄园一切照旧。艾丽丝用带有讽刺的口吻说："我和劳拉可以说是她抚养大的。我们在她的房子里长大，也就是说在她的观念中长大。"[②p76]正如恐怖的古堡禁锢柔弱女子，刻有阿黛莉娅深刻烙印的阿维隆庄园也禁锢了艾丽丝的母亲和她姐妹俩[⑤]。到了父母这一代，父母的婚姻与祖父母的婚姻类似，母亲也摆脱不了阿维隆庄园的禁锢。她与父亲的婚姻虽已名存实亡，但是她仍然努力宽恕父亲的各种恶习，维护贤妻良母的角色，硬撑起这个家族的体面，做好女主人该做的各项事。爱丽丝姐妹则被各种教条和家规羁绊，他们不能抛头露面，不能去大街小巷闲逛，不能去电影院、小吃店等，不能做任何"降低身份"的事。而作为家中的长女，爱丽丝从小到大都被灌输不仅要做个乖乖女的思想，而且还要承担起长女应该承担的责任和义务，不管她自己愿不愿意。母亲去世前一天拉着她的手说："做一个乖女孩，我希望你成为劳拉的好姐姐。我知道你在尽力这样做。"[②p97]母亲去世后那个月的一天，父亲破天荒带爱丽丝去镇上的小吃店，请她喝苏打水。而之前他从来没有对她和劳拉操过心，小吃店和苏打水对她们都是禁止的，因为这会降低她们的档次，苏打水不仅会让人上瘾，还会蛀坏牙齿。在这种尴尬的场面下父亲对她说："如果发生什么事情，你得保证照顾劳拉。我们握一下手说定，好吗？"[②p105]虽然爱丽丝严肃地点了头，也隔着桌子握了手，但对于爱丽丝来说，这是第一次一个男人期望她做力所不能及的事情。父亲对她的爱也许是某种古老而又可能有毒的东西，就像枯骨上那锈迹斑斑的铁质护身符。这样的爱是某种护身符，却很沉重；它如同一个重物，把铁链套在她的脖子上，压得她难以前行[②p107]。

（三）"水妖号"帆船

老帆船"水妖号"由祖父传给父亲，它被祖母阿黛莉娅命名为"水妖号"——这是她迷恋哥特派艺术的又一实例[②p64]。"水妖号"帆船在小说中出现过几次，正如它的名字"水妖号"一样，寓意漂泊、不稳定，甚至溺亡，也预示着不好的事情会发生。劳拉生前记录了在"水妖号"帆船下水仪式那天遭到理查德诱骗、达成不平等交易并被性侵的事。劳拉死后，理查德因看到劳拉写的《盲刺客》，受到沉重的打击，在"水妖号"上自杀身亡，他的尸体也在"水妖号"上被发现。

二、大量的死亡事件

纵观《盲刺客》，死亡是一个反复出现的主题，各种死亡充斥着整部作品，各种讣告频频出现。死亡的阴影始终笼罩着《盲刺客》，在这部小说中，许多人物形象是通过讣告的形式进入读者的眼帘。这也为小说营造出一种灰暗阴森的氛围⑥。作品中大多数人物都以死亡而告终，这些死亡包括非自然死亡和自然死亡。死亡背后暗含着深刻的历史、信仰、心理等诸多原因，且每个人的死亡对主人公艾丽丝都产生了深刻的影响，本节主要探析作品中具有代表性的三位非自然死亡人物：艾丽丝的父亲诺弗尔、妹妹劳拉、丈夫理查德。

（一）诺弗尔

因经济萧条和商业排挤，艾丽丝的父亲诺弗尔的工厂永久关闭、家族破产，特别是受到社会权力的无情碾压践踏，他深受打击、绝望而死。他把自己锁在阿维隆庄园的阁楼上，被人发现时已至少死了两天了，他喝下去的酒足以噎死一匹马[②p333]。父亲的死导致艾丽丝姐妹俩永远失去了依靠和家庭的庇护。

（二）劳拉

劳拉自从跟随姐姐婚后一起住到多伦多的家后，生活就如履薄冰、如临深渊。她一直深爱和崇拜着亚历克斯，为了亚历克斯她可以付出一切，乃至生命。为了保护亚历克斯不受迫害，她被姐夫理查德诱骗，天真幼稚地与他达成"三方交易"，不惜牺牲自己，被理查德蹂躏并怀孕。为了掩盖丑闻，她被当作精神病人送往一个秘密的私人诊所并受尽各种折磨：欺骗、药片、机器、堕胎……最终好不容易在瑞妮的帮助下脱离苦海。战争结束后，为了等待亚历克斯，她不得不再次回到姐姐所在的城市。当姐姐违心地告知她亚历克斯已经战死时，她仅存的希望最终破灭，虔诚的信仰彻底坍塌，走向了不归路。她开着姐姐的汽车"行至桥上突然转弯，冲过桥上维修点的隔离栏，坠入桥下的沟壑，并起火燃烧。当场死亡"[②p4]。劳拉的死让艾丽丝最终觉醒，认清了理查德的真面目，毅然决然地离开了他，开启了全新的生活。

（三）理查德

大资本家理查德在《盲刺客》中代表着男性

权力和暴力。作为商业巨头，他事业辉煌，他的商业帝国涉及许多领域，包括纺织、时装和灯饰制造。二战期间他还为盟国军队提供制服和武器部件等[②p12]。他利用商业手段吞并了蔡斯企业，还骗取了艾丽丝的婚姻。他在人前冠冕堂皇，满口仁义道德，实则肮脏龌龊，是个十足的伪君子。他操控了艾丽丝的一切，她不是他的妻子，而是他的玩偶和花瓶。更甚的是他对小姑娘有癖好，还把魔爪伸向了还未成年的小姨子劳拉。直到劳拉死去，艾丽丝掌握并揭发了他的罪证，他的野心和欲望才彻底毁灭，死在了"水妖号"帆船上。理查德的死让艾丽丝从身心上脱胎换骨，真正获得了自由。

三、心理恐怖描写

阿特伍德在《盲刺客》中运用诗意化语言对女性人物的恐怖心理和情感描写得格外细腻生动，可谓丝丝入扣、淋漓尽致。阿特伍德通过表现女性意识在男权意识沉重的压制下，女性精神和心理上所遭受的侵害和桎梏，来展现父权社会中女性生存的困境[⑦]。这也正是"南安大略哥特"风格的体现。

（一）婚前

艾丽丝婚前和妹妹劳拉受到父权的压制，没有自由，被各种家规教条压得喘不过气来。为了维护家族体面和大家闺秀的形象，他们从没进过电影院、小吃店等"低级场所"，她们内心极度渴望逃离。艾丽丝从小就承担起了照顾比自己小三岁妹妹的任务。再大一点的时候，就被父亲要求学着管理纽扣厂，因为她没有兄弟，不得不充当儿子的角色。她跌跌撞撞的干得很糟糕，感到厌烦，却又被逼无奈[②p210]。在艾丽丝18岁时，她终于发出了内心的呐喊："我老是要看住劳拉，感到烦透了，而她又不领情。我总是要对她的闪失负责，包容她的过错，这我也烦透了。我厌倦了担负责任，到此为止吧，我想去欧洲，或者去纽约，再不就去蒙特利尔——去夜总会，去社交聚会……但家里需要我。家里需要我，家里需要我——这听起来像是终身监禁。说得坏一点，就像是一首挽歌。我被困在了提康得罗加港——一个普通纽扣的光荣城堡、一个为

精打细算的购物者生产廉价长衬裤的服装城。我就待在这个地方不动了，不会发生任何事情……这是我内心深处的恐惧。我想去别的地方，然而却没有途径。"[②pp182-183]

劳拉天生性格率真，具有反抗精神。虽不用承担家庭的重担，却也受到各种家规教条的管束和父权的压制。小时候，父亲请了一位叫厄斯金的先生来做家教。姐妹俩受尽了他的折磨。"厄斯金先生的教学方法直截了当。他既抓我们的头发，又扯我们的耳朵。他用尺子在我们手指旁的课桌上猛敲，有时就直接打在我们的手指上；如果他被激怒的话，他还会用手掌打我们的后脑勺。他最后一招就是用书砸我们或者从背后踢我们的腿。"[②p169]劳拉不像艾丽丝一样逆来顺受，她以一个小姑娘能用的所有办法去反抗。劳拉说："她要离家出走，除非厄斯金先生滚蛋。她要逃走，她要跳窗。"她老是走神。有时他会将她往墙上撞，或者掐住她的脖子摇她[②p172]。直到最后她说出厄斯金先生想把手放到她的衬衫上去，或者将手伸进她的裙子后，终于在瑞妮的帮助下解雇了厄斯金先生。稍大一点后，她因与亚历克斯走得很近而遭到别人闲话，甚至连一直照顾她的瑞妮和姐姐艾丽丝也觉得"人们都在议论"[②p212]，需要"向她讲明道理"[②p213]。她和亚历克斯在一起约会更是成了镇上人们的饭后谈资，他们眼中闪烁着幸灾乐祸的光芒，期待着看这位小姐的好戏。面对他人的议论，劳拉反驳道："那是他们自己的事。"她的语气中带着一种高傲的愤怒：别人的议论总是成为她背上的十字架[②p212]。

（二）婚后

艾丽丝婚后和妹妹劳拉受到父权制的残酷压制和无情掌控。因家道中落，年仅18岁的艾丽丝迫不得已嫁给大资本家理查德。然而，这桩外表看来光鲜亮丽的婚姻下却暗藏着不为人知的秘密、阴谋、欺骗和罪恶。年轻的艾丽丝婚后失去了自由，沦为理查德的花瓶、附属品、玩偶，甚至一件泄欲的工具。她被当成小孩对待，没有经济地位，没有发言权，只能逆来顺受，甚至靠装傻来求得一时安稳以过日子。她像一个人偶、洋娃娃任人摆布，就连她

的穿着打扮、私人物品、兴趣爱好、社会交际等都是由理查德的妹妹一手操办和决定，她的一举一动都被人监管着。她没有安全感，犹如进到了一个牢笼，内心极度恐惧、孤独、焦虑和无助。

未成年的劳拉随着姐姐住到理查德的家里，逐渐陷于困境，过着寄人篱下、如履薄冰的日子，自然逃不脱理查德的魔爪。劳拉被理查德诱骗导致怀孕，为防止丑闻败露，她被宣布精神失常和得了妄想症，且被秘密送进一家精神病人疗养院，遭到各种非人的折磨和虐待：注射镇静剂、电子休克疗法……她被私下囚禁了几个月，切断了与外界的一切联系，孤立无援、濒临死亡、几近绝望和崩溃。

四、战胜心理恐怖

艾丽丝姐妹是父权社会被压迫妇女的典型代表，各种教条家规、生活的重担压得她们喘不过气。她们努力尝试摆脱困境、寻找出路，却频遭挫败。艾丽丝原以为通过婚姻可以改变自己婚前平淡无奇的生活，然而却事与愿违，婚姻生活让她陷于深渊和绝望。姐妹俩先后爱上亚历克斯，寄希望于他，试图从他那里获得爱情和营救，而亚历克斯被视为社会的异类，身份不明，没有正经工作，只能给予她们短暂的快乐。劳拉为了获得解脱，在绝望中自杀身亡。艾丽丝在识破了真相、认清了理查德的真面目之后，毅然离开了他，以自己的方式进行反击，最终过上了自主的生活。父权社会中，女性只能靠自己不断争取和反抗才能有希望获得自由和出路。

五、总结

阿特伍德将"南安大略哥特"风格和男权社会中女性经历的暴力和苦难相结合，关注女性个体的生存状态，剖析人类的普遍心理诉求与复杂人性，探索了女性想要走出生活的牢笼和悲惨境遇、在伤痛中经历成长、寻求自我人格独立完整及实现人生的意义和价值，需要积极地自我修复和奋力反抗。

注释【Notes】

①本文系广西高校中青年教师科研基础能力提升项目"加拿大英语女作家小说中的'南安大略哥特'风格研究"（编号：2019KY0806）的阶段性研究成果。

②[加]玛格丽特•阿特伍德：《盲刺客》，韩忠华译，上海译文出版社2006年版，第1—3页。以下只在文中注明页码，不再一一做注。

③刘小梅：《艾丽丝•门罗作品的南安大略哥特风格》，华中师范大学2014年硕士学位论文，第ii页。

④Punter, David and Glennis Byron. *The Gothic*. Malden: Blackwell, 2004. 转引自陈榕：《从女性哥特主义传统解读伊丽莎白•鲍恩的〈魔鬼情人〉》，载《外国文学》2006年第1期。

⑤安芝丹：《试论〈盲刺客〉中的"女性哥特"特征》，载《文教资料》2007年第8期，第73页。

⑥孙靖丽：《浅谈阿特伍德小说〈盲刺客〉对哥特式小说的戏仿》，载《安徽文学》2009年第9期，第14页。

⑦胡龙青：《女性哥特在〈盲刺客〉中的继承与超越》，载《作家杂志》2009年第5期，第81页。

从《虚构集》看博尔赫斯小说中的梦学特性

李宇舒

内容提要： 在博尔赫斯的短篇小说集《虚构集》中，梦境被赋予了多重含义。在扑朔迷离的叙事中，梦境与现实相交融、相对抗，产生了如梦似幻的哲学张力。本文从梦境的虚幻、惊异的荒诞、存在与虚无三个角度阐述博尔赫斯短篇小说《虚构集》中的梦学特性。

关键词： 博尔赫斯；《虚构集》；梦学与文学

作者简介： 李宇舒，复旦大学中国语言文学系2021级比较文学与世界文学专业博士研究生，主要研究方向为欧美文学与比较文学。

Title: Exploring the Characteristics of Dream in Borges' *Ficciones*

Abstract: In Jorge Luis Borges's collection of short stories *Ficciones*, dreams are endowed with multiple meanings. In the intricate narrative, dreams and reality intersect and clash with each other, creating a dreamlike philosophical tension. This article elaborates on the characteristics of dream studies in *Ficciones* from three perspectives: the illusory nature of dreams, the astonishing absurdity, as well as the existence and nihilism.

Key Words: Borges; *Ficciones*; dream studies

About Author: Li Yushu, a doctoral student of comparative literature and world literature, Department of Chinese Language and Literature, Fudan University, mainly engaged in European and American literature and comparative literature research.

阿根廷的豪尔赫·路易斯·博尔赫斯（Jorge Luis Borges）是20世纪重要的现代主义作家，他的小说打破了传统的小说模式，开启了拉美文学的新格局。博尔赫斯的小说颇富魔幻现实主义特点，常使人分不清小说中的现实与虚幻，他曾说"宇宙的景象仅是一种幻觉"①，真与幻的交织与矛盾在其作品中展示出哲学张力，丰富与拓展了意义阐释的空间。博尔赫斯写作手法的虚幻特色除了表现在他的诗歌中，还集中表现在其短篇小说集《虚构集》里，使得这本小说集中描写的"梦"颇具特性。在小说中，梦境被赋予了多重含义，扑朔迷离的叙事使梦境与现实相交融、相对抗，产生了如梦似幻的世界。本文将从三个角度来阐释《虚构集》中体现的梦学特性：梦境的虚幻、惊异的荒诞和存在与虚无。

一、梦境的虚幻

博尔赫斯一边以现实主义的叙事手法伪装自己的虚构性，一边却又将书命名为《虚构集》，直言不讳表示自己是在虚构这些故事。《虚构集》呈现的世界常态与奇观并列，如传统现实主义小说一般有着真实而详尽的描写，甚至加以真实的人名和地点，但同时融入了超自然的奇幻与诗意的想象，并结合了广博的知识与集体无意识的神话，小说中充斥着如临其境的现实之物和荒诞虚幻的创造之物之间的矛盾，体现了对"真实"与"虚构"之间界限的嘲弄。《虚构集》以日记般的叙述口吻展现这些虚假的、荒诞的、戏剧性之事，呈现出真实与虚构交错的张力。对于博尔赫斯来说，创造故事与制造梦境有极大的共通之处，作家创作的过程正是作家在做一场梦，本是虚幻的梦境倒转成了真实存在的"现实"。博尔赫斯在《通天塔图书馆》中写道，宇宙是个图书馆，虽说其中的书籍丰富得包罗万象，里面的镜子却也仅仅是"忠实地复制表象"②罢了，以暗示人们所认知的所谓"现实"同样是反射的幻影，如梦境般虚幻。

梦会满足做梦者在现实中无法实现的愿望，《特隆、乌克巴尔、奥比斯·特蒂乌斯》描述了一个虚构的彻底唯心论的特隆星球，这个星球神奇的法则恰好符合博尔赫斯的哲学意愿，是博尔赫斯虚构且荒诞的梦想，是他无法实现的理想乡。在这个奇异的星球上，人们认为宇宙是一段段思维过程，在时间中延续，而不在空间中展开，认为"目前不能确定，将来并不真实，只是目前的希望；过去也不真实，只是目前的记忆"②p14，人们甚至可以靠思维创造物体，也可以通过找寻过程生产自己想找到的东西，这个生产是通过复制进行的，复制产生的客体叫"赫隆尼尔"，第二级复制体还可以继续向下派生和复制。另一种客体"乌尔"是由暗示和期望产生的。虚幻、空间上的断裂是梦境的特征，客体"乌尔"迎合人的暗示出现又与梦境很是相似。

在《南方》中，得了败血病重症的主人公达尔曼在疗养院做了一场梦。在梦里达尔曼经过痛苦的治疗过程终于治好了病，在踏上去庄园休养的旅途中，他对一切景色感到亲切而愉悦。好景不长，他在杂货铺吃饭时却被陌生人挑衅，不得不接受决斗。他大病初愈，武器又是不擅长使用的匕首，这场决斗对他来说是必死的，但达尔曼却感到释然，他想着："如果当时他能选择或向往他死的方式，这样的死亡正是他要选择或向往的。"②p160达尔曼在做梦的过程中感觉到梦境世界与真实世界的并存，"他有一身而为二人的感觉：一个人是秋日在祖国的大地上行进，另一个给关在疗养院里，忍受着有条不紊的摆布"②p156。达尔曼的身躯被疾病困于病房中，因此以做梦的方式来弥补自己对自由的

渴望，在梦中他没有病痛，可以惬意而自由地走在爽朗的秋日大街，可以吃想吃的东西、喝咖啡和酒，还可以如他所向往的那样以决斗的方式死去，而不是死在病床上。这是达尔曼的美梦，是他为自己创造的幻境，直到最后一刻读者才明白这篇小说讲的是一场梦，惊异不已。

二、惊异的荒诞

《虚构集》中的小说情节离奇而混沌，如梦境一般荒诞不经，以平实的记录性叙事方式描述着令人惊诧的事。博尔赫斯追求的正是这样梦一般天马行空、满口胡言、颠三倒四的惊异性。他在《虚构集》的第一篇《特隆、乌克巴尔、奥比斯·特蒂乌斯》中便写道："特隆的玄学家们寻求的不是真实性，甚至不是逼真性；他们寻求的是惊异。"②p14这句话也是博尔赫斯自身的坦言，在《赫伯特·奎因作品分析》中博尔赫斯也再次借赫伯特·奎因之口表示："美的事物不能没有惊奇的因素。"②p54

博尔赫斯在《虚构集》的每篇小说中都刻意设置了超出常理的剧情结构或背景，挑战人们对真实世界的经验感知，给读者以始料不及的惊异体验。如《小径分岔的花园》中余准居然以刺杀斯蒂芬·艾伯特博士的方式通知军情；《叛徒和英雄的主题》中整个城市都是一个大剧院，以上演戏剧的方式使英雄被顺利刺杀；《博闻强记的富内斯》中伊雷内奥肉体瘫痪，精神世界却如超人般强大；《特隆、乌克巴尔、奥比斯·特蒂乌斯》中描述了一个庞大的与现实截然相反的特隆星球；《巴比伦彩票》中的人们享受着可能让人赚钱也可能让人坐牢的危险彩票，甚至乐于让自己的命运由彩票决定，彩票公司成为自然界无常命运的化身；《南方》的达尔曼出院一行原来仅仅是他的梦境；等等。博尔赫斯所写的故事过于离奇，甚至有些在社会学和现阶段科学层面上是不可能实现的，但他的每一篇短篇小说都被精心构建、细致描写，形成了逻辑自洽，能使读者相信这些情节、被故事感染。故事的感染力也与梦境相同，人们之所以在梦里能相信荒诞事情的存在，是因为这些事不是单纯的荒

诞无序，它们同样符合逻辑与规则，因此令做梦者信服。

再如《秘密的奇迹》中，犯人赫拉迪克在被枪决前祈祷上帝给他一年的时间写完剧本，在梦中他在克莱门蒂诺图书馆里找到了上帝，并得到了上帝的批准。第二天行刑时物质世界凝固了，"德国的枪弹本应在确定的时刻结束他的生命，但在他的思想里，发布命令和执行命令的间隔持续了整整一年"[②]p135。这里的一年实际是赫拉迪克主观感知的时间，他在行刑前的那瞬间，居然能在主观意识中经历了梦一般的一年时间，最终如愿以偿地在脑内完成了剧本。

三、存在与虚无

在《虚构集》中，博尔赫斯描述的世界似真又似幻，仿佛一场荒谬离奇的梦境。时间的迷宫与循环，真理与言语的倒错、原作者的自我暴露等等，梦境现实与真实现实的双重性解构着现实的真实性与绝对真理的概念，展现着对意义、存在与虚无的颠覆与思考。海德格尔哲学表示，只有当某样东西缺席了才会让人意识到它的功能与重要性，人才能从机械的世俗事务中脱离出来，思考什么是最重要的，从而寻找到人生的意义。相比起所谓的真实现实世界，梦仿佛是无意义的、无目的的，而博尔赫斯的小说在这种对虚无与缺席的探索中，呈现出对存在的深刻理解。

博尔赫斯思考着存在危机与人类社会的价值体系：《巴比伦彩票》中的巴比伦人，一旦被宣布为无形后便会在所有人面前消失，他不论是大声呼喊还是盗窃都不被理睬，他的存在在社会上被抹消。《赫伯特·奎因作品分析》中赫伯特·奎因的作品的时间顺序混乱，如同"布拉德利的颠倒的世界，在那里，先有死后有生，先有疤后有伤，先有伤后有打击"[②]p55，颠倒世界的混乱无序挑战了现实的单一线性时间，也向人们在现实中所观察到的存在和时间序列的真实性发出了质疑。《特隆、乌克巴尔、奥比斯·特蒂乌斯》中将提出唯物主义的人称

为"异教创始人"，这个创始人提出"九枚铜币"理论：一个人丢失了九枚铜币，然后它们相继被找回，所以在那些铜币没有被找到的时间段中"所有瞬间钱币始终存在，只是出于某种隐蔽的方式，不为人们所知而已"[②]p15。这如常识般的唯物论，却完全不被特隆的人们理解，因为他们认为一开始的九枚铜币和最后找到的根本不具有同一性，"那个异教创始人的亵渎神明的动机在于把'存在'的神圣属性给了几枚普通的钱币"[②]p16。当钱币丢失且不在观测的范围内时，特隆无法认知钱币的存在性，也不认为丢失的钱币的"存在"是先验的，钱币可以拥有"存在者"的属性。

《环形废墟》中的魔法师靠梦境在现实中塑造了一个亚当。魔法师在环形的庙宇废墟中每日进入梦境以在梦中的课堂挑选学生。在艰苦的尝试后，庙宇的火神帮助他将无序的梦境塑造成了一个真实存在的人，只有火神知道这个少年只是幻影，因此少年不会被火烧伤。某日火神庙宇再次着火，魔法师想在火中赴死才发现自己也无法被火烧伤，原来自己也是别人梦中的幻影。这个世界有着和特隆星球上相同的诺斯替式造物秩序，从至高神圣者流溢出的造物主——魔法师只是个拙劣的伪神，在一级级向下的造物中，神性渐渐减少。造物者的梦境可以拥有实体、成为存在者，每个人都可能生活在其他人的梦境中，也可能在梦境中创造了其他人。在此，博尔赫斯仿佛向读者提出了问题：什么样的存在是真实的？怎样的存在者是真实存在着的？这如"缸中的大脑"理论，又如博尔赫斯赞赏的"庄周梦蝶"故事，给读者以关于存在的无尽思考空间。

注释【Notes】

①[阿根廷]豪尔赫·路易斯·博尔赫斯：《博尔赫斯全集》（散文卷），王永年、林之木译，浙江文艺出版社1999年12月版，第147页。

②[阿根廷]豪尔赫·路易斯·博尔赫斯：《虚构集》，王永年译，浙江文艺出版社2008年2月版，第60页。以下只在文中注明页码，不再一一做注。

《薄如晨曦》中蒂图巴黑奴女巫身份认同研究

虞　璠

内容提要： 法属瓜德罗普裔作家玛丽斯·孔戴的小说《薄如晨曦》围绕黑奴、女巫等多重身份的主角蒂图巴展开，探索17世纪巴巴多斯和美洲大陆的少数族裔女性身份认同危机以及自我身份重建的过程。基于萨特存在主义思想"存在先于本质""自由选择"，分析蒂图巴在宗教、种族和性别的冲突中，采取一系列积极、不懈的行动，反抗与报复命运的不公、通过工作创造并实现自我价值、与其他女性互相扶持形成互助同盟等，走上并完成重建自我身份认同之路。

关键词： 身份认同；重建；黑奴；女巫；《薄如晨曦》

作者简介： 虞璠，现就职于浙江宇翔职业技术学院，初级职称，英语文学硕士学位，研究方向为美国后现代文学和高职英语教学。

Title: Identity Research of Black Witch Tituba in *I, Tituba*

Abstract: French Guadeloupean author Maryse Condé's novel *I, Tituba* depicts Tituba's multiple identities such as black slaves and witches, and explores the identity crisis of ethnic minority women and the process of self-identity reconstruction in Barbados and the American continent in the 17th century. Based on Sartre's existentialism "existence precedes essence" and "freedom of choice", this paper analyzes Tituba's active and unremitting actions in the conflict of religion, race and gender, such as resistance and revenge against the injustice of fate, creation and realization of self-value through work, and mutual support and alliance with the females, so as to start and complete the reconstruction road of self-identity.

Key Words: identity; reconstruction; slave; witch; *I, Tituba*

About Author: Yu Fan, now working at Zhejiang Yuxiang Vocational and Technical College, junior title, Master degree in English Literature, American postmodern literature and vocational English teaching are main research interests.

一、三重身份认同危机

　　《薄如晨曦》这本书的主角蒂图巴曾发出痛苦呐喊："身为被剥削，被羞辱，被人强加姓名、语言和信仰的人群中的一员，是多么痛苦。"①在17世纪美洲大陆严格的清教主义、白人至上主义、父系大家长的环境下，女巫的身份，让她被清教徒认为是与撒旦缔结合约的人；黑奴的身份，让她永远活在白人庄园主的打压和剥削下；女性身份，让她以男性第一性之后的第二性存在，这些身份认知的冲突构成了她生活在这世界上焦虑与痛苦的来源。在当代文化研究中，身份可以理解为个人或群体用来确认其在特定社会中的地位的重要维度。在民族、性别、阶级、种族等基础上，人们可以确定某些共同特征。在不同的分类标准下，每个人都可能成为少数群体的一员，而在一个多数群体主导的社会中，少数群体生活在巨大的压力之下，面临着许多难以言说的困境和焦虑。蒂图巴的有色人种身份、巫师身份和女性身份使得她在一个由白种人、清教徒、男性主导的社会中处于边缘地位，处于被剥削和压迫的那一方。

（一）女巫身份

　　当蒂图巴的母亲和继父相继死去，她由一位掌握了超自然力量的老妇人曼雅娅收养并抚养长大。

老妇人教会她各种药草知识、教她治病救人、教她认识自然以及万事万物都应得到尊重、教她献祭与通灵。在蒂图巴的认知中，女巫是救死扶伤、抚慰人心的人，然而，其他黑奴、白人基督徒对蒂图巴女巫的身份持不友好、恐惧甚至是敌视态度。"女巫使用通灵之力与逝者沟通、女巫的治愈之力，难道不应是一种让人尊敬、欣赏和感激的超自然赐福，难道不应该受人尊敬爱戴而非恐惧？"①p31他们的态度与她自己对女巫身份的理解相矛盾，这使她产生自我怀疑、自我否定等焦虑情绪，她想要通过努力明确并自证自己的身份。

西方文明中，在基督教成为欧洲主流意识形态之前，不同的宗教派别一直在为自己的信仰和权利而斗争，从而造成了不同宗教之间的冲突。当基督教走上历史的中心舞台，一场对异教徒和女巫的血腥、暴力的迫害与镇压开始并持续了几个世纪之久。基督徒认为女巫是撒旦在人间的代理人，撒旦是亚伯拉罕宗教文本中带来邪恶和诱惑的人物，被认为是将人类引入歧途的骗子，是堕落天使，反叛上帝的人，目标是引诱人们远离上帝、走向邪恶。因此，基督徒把女巫与撒旦联系起来，实际上是对女巫的敌视和恐惧。"一旦妇女被认为是罪恶的根源和对上帝的阻碍，迫害就迫在眉睫；对被指控玩巫术的妇女的追捕只是为了使迫害更加明目张胆和正当"②。蒂图巴也不例外，她将不可避免地面对她作为女巫的命运，尽管她并不知道所谓的撒旦是谁。

值得注意的是，她在牧师塞缪尔·帕里斯家里做奴隶时，被指控对孩子们施了魔法，从而导致孩子们生病和发疯，并因此被送入塞勒姆女巫庭审。蒂图巴的女巫角色继承自她的养母曼雅娅，她教她治愈疾病，帮助穷人，给世界带来希望和温暖，然而，在清教徒社会中，大众普遍接受基督教宣传的女巫与魔鬼结成了恶魔联盟。女巫身份给她带来了一系列的麻烦和痛苦，甚至一度离死亡只差一步之遥。

（二）黑奴身份

蒂图巴是其黑人母亲被白人水手强奸的结果，

她生下来就注定属于有色人种族群，而且当她得知母亲这次屈辱的受孕后，她第一次对白人产生了厌恶和敌视。安·阿姆斯特朗·斯卡伯勒在《薄如晨曦》这本书英文版的后记中指出，"蒂图巴母亲非自我意愿的受孕是英国奴隶贩子对非洲大陆强奸的隐喻"③。第二个影响蒂图巴对白人看法的事件是，她的母亲因反抗白人庄园主的强奸被当众吊死。她不明白为什么她的母亲必须死，为什么白人如此苛刻和残忍。从那时起，她对白人感到恐惧，对黑奴在白人统治的社会中悲惨的命运感到悲哀。"这些胡言乱语远不及她们的态度让我惊愕厌恶。站在门口的我仿佛不存在。她们谈论的是我，却当我是空气，完全不把我当人看"①p45，这是蒂图巴听到她的白人女主人和朋友谈论她时的内心活动。她没有权利也没有机会为自己辩护，白人对她的所有印象充满着对黑人的刻板印象和偏见。当蒂图巴被迫随着新主人搬到美洲大陆波士顿时，她发自内心呼喊："这个将我变成奴隶、孤儿、贱民的世界是个什么样的世界？这个将我和自己同胞分离的世界是个什么样的世界？是谁逼得我不得不待在这个粗鄙可恶的国度，和一群言语不通、信仰不同的人住在一起？"①P92由于新大陆的语言、宗教、文化传统与家乡不同，她无法找到归属感和自我身份认同。在美国大陆盛行清教主义和白人至上主义的背景下，黑人等有色人种处于从属和边缘位置。

蒂图巴，因为白人水手对黑人女性的侮辱而来到这个世界，因为黑人和白人之间激烈的对抗失去了亲爱的母亲和继父，又因为沦为奴隶的悲惨命运、背井离乡而孤独地生活在陌生的地方。她感到困惑、孤独和沮丧，大部分痛苦和焦虑来源于白人对黑奴的傲慢偏见和剥削压迫。

（三）女性身份

在小说《薄如晨曦》中，蒂图巴爱上了奴隶约翰·印第安。如果她想继续这段浪漫的关系，别无选择，只能听从约翰·印第安以压倒一切的语气要求她进入并适应他的生活的建议。在他们的关系中他是占主导地位的领导者，理所当然地认为女人有责任服从他的命令。女人是以男性第一性之后的第二性而存在的。当蒂图巴被送进审判女巫的监狱时，被指控通奸罪的狱友赫斯特说到，不管黑人白人，生活对这些男人够好了。蒂图巴内心深处也清楚，她的黑奴丈夫约翰·印第安的肤色给他带来的麻烦不及肤色给她带来的一半。如果说与男性相比，女性一直处于边缘地位，那么有色人种女性则处于双重边缘地位。白人女性为性别歧视所困扰，却不知道黑人女性受到种族歧视和性别歧视的双重压迫。胡克斯认为问题的实质在于"黑人男性的性别歧视破坏了消除种族主义的斗争，正如白人女性的种族主义破坏了女权主义的斗争"④。只要这两个群体或任何群体将"解放"定义为获得与统治阶级白人男性同等的社会地位，他们就会继续从剥削和压迫他人中获得利益。蒂图巴和其他许多女性一样，在男性主导的社会中经历着处于从属地位、被当作客体对待、被"他者"化的痛苦和焦虑。

他者和我都作为主体而存在，我在他者的注视下逐渐客体化，我和他者之间互相客体化。在客体化过程中，冲突是不可避免的。上文提到的蒂图巴的焦虑，在某种程度上，是她面对他人时客体化的反映。当她出现在一群白人中时，她意识到自己是低人一等的有色人种；当她遇到一个男人时，她认识到自己是一个只能让步的女人；当其他信仰基督教的人把她视为邪恶的异类时，她知道自己是一个被打压的让人恐惧的女巫。他者和外界环境的存在导致了她对自身认知的困惑。在这样一个白人和有色人种的二元对立、男性和女性的二元对立、基督徒和女巫的二元对立的环境中，蒂图巴失去了对自我身份的认知和理解，焦虑和痛苦也因此产生。

二、自我身份重建之路

（一）反抗与复仇

蒂图巴面对多重身份认同危机，她并没有因此退缩和认命，相反，在很多情况下她选择了反抗和复仇。第一次复仇针对的是她第一任白人女主人苏珊娜·恩迪克特，面对她反复恶毒的欺辱，蒂图巴发挥女巫之超自然力使她生病痛苦，这是对白人压迫的复仇。第二次反抗发生在三个牧师身份的白人

男性暴力、残忍地逼迫蒂图巴去猎巫法庭上承认自己是女巫并要求她揭发同伙时，蒂图巴反复吼道："决不！绝不！"这是对白人霸权的反抗。在被抓进监狱的路上，蒂图巴决定，要复仇要揭发，用他们赐予我的力量掀起狂风暴雨、惊涛骇浪，要重拳出击，体会权力的滋味，这是她在"以白人之道还治白人之身"。面对本该同病相怜却背地捅刀的同她一起被关进监狱的萨拉·古德和萨拉·奥斯本，蒂图巴硬起心肠，决定毫不手软地向她俩复仇。当蒂图巴发现自己怀孕并决定留下这个胎儿时，"如果我的孩子要降临到这个世界上，那这个世界必须改变"。她坚定地与伊菲吉尼一起密谋放火烧掉白人种植园，驱赶白人离开。在蒂图巴他们起义行动失败被白人绞死之后，她的魂灵甚至依然在人间"医治凡人之心，滋养自由之梦想、胜利之希望"，她在白人种植园制造反抗、暴动和起义，以此对抗白人对黑奴的统治，为完成黑奴未竟的解放之路付出努力。

在萨特的存在主义思想中，"存在先于本质""自由选择"等是核心观点，人首先存在，可以用主观意识把自己投射到未来。萨特⑤进一步解释了他的观点，一个存在主义者描述了一个懦夫，懦夫自己应该为自己的懦弱负责。也就是说，他不是生来就懦弱的，这不是他生理构造的结果，他通过自己的一系列行为使自己变成了一个懦夫。根据存在主义者的观点，一个人在一系列的行动中成为他自己，他可以选择他采取的一切行动。蒂图巴作为一名黑女巫，在生活中遭遇了许多磨难和压迫，但她表现得勇敢、坚韧、善良、富有同情心，她试图通过自己的不懈努力和持续行动来摆脱这些困境，从而建立起对自己的身份认同。

（二）自我价值的实现

蒂图巴自小被女巫曼雅娅抚养，被教导巫术是用来救死扶伤、安抚人心的，而不是所谓的可利用做古怪邪恶之事的。蒂图巴也一直是以治愈者的身份帮助她的族人、朋友以及她觉得善良可怜的妇女和孩子，并得到了他们对她价值的认可和肯定。比如，她救治了濒死的奴隶伊菲吉尼，她对虚脱的第

二任白人女主人伊丽莎白和她的孩子贝齐提供保护和支持，她利用通灵之术帮助犹太人本雅明与他死去的妻子建立交流渠道慰藉他伤痕累累的心。在经历了濒死的牢狱之灾后，蒂图巴也是通过在镇子上的厨房工作发挥自己的价值，获得治愈，实现自我重建。

蒂图巴试图摆脱焦虑和痛苦的方法，在于她对自我价值的追求。黑奴、巫师、女性这三种被边缘化的身份使她产生了自我质疑和否定，自我价值的实现是她重新相信自己的有效方法。正如波伏娃在她的作品《第二性》中所说的，"当她（一个女人）多产、活跃时，她恢复了她的超越性；在她的作品中，她具体地肯定了自己作为主体的地位；与她所追求的目标有关，与她所拥有的金钱和权利有关，她尝试并意识到自己的责任"⑥。一个女人应该主动去做能给她带来成就感的有价值的工作，她会为她所做的事情承担责任，这是妇女身心解放的重要原则。当她积极地参与到工作中，朝着目标前进时，她可以获得进一步的自我认同。

（三）女性同盟的互助

蒂图巴生命中几位重要的女性角色一直在必要时给她支持与帮助、爱与宽容。她的母亲阿贝娜和养母曼雅娅，虽然早逝，但都以魂灵的形式陪伴她左右。"曼雅娅并不给我送温暖，她会让我的思维更加敏捷，让我更坚定，没有什么能够打倒我。曼雅娅给予我希望，母亲阿贝娜则给予我慈爱"①p158，对蒂图巴来说，来自她们的语言是不可替代的安抚佳药。在美洲大陆，蒂图巴遇到曼雅娅的朋友朱达·怀特，老朱达的话让她更坚定信念——作为女巫，是给予他人帮助的人，世界不能没有女巫。这些都表明作为女巫工作的重要性和必要性，所有女巫在治愈和帮助人们的时候都应该感到自信和自豪，因此她也形成了一个相对稳定的价值体系，并塑造了她对女巫身份更进一步的理解。在女巫庭审前的监狱里，来自不同背景的狱友赫斯特，也给予她支持和抚慰。尽管她俩之间存在很多差异和误解，但通过分享各自的故事，拉近彼此的关系。赫斯特教她如何出庭做证，和她分享女性主

义思想，在蒂图巴处于出庭前的极度紧张和害怕情绪中时，给她信念、方向和安慰。多年以后每到关键时刻，蒂图巴依然能想起赫斯特给她的建议与鼓励，这些都是来自女性同盟的力量。与此同时，蒂图巴对虚弱无力的第二任女主人伊丽莎白的照顾、对贝奇的保护，也体现出她不吝啬付出自己的爱与关怀。与家人、朋友之间建立互相帮助、互相扶持的温暖关系，是一种重建自我身份认同的爱的策略。蒂图巴，一个爱的接受者，也是爱的给予者，她的善良、真诚、热情、乐于助人等品质闪耀着人性的光芒，治愈着别人，也治愈了她自己。

爱丽丝·沃克的女性主义理论非常重视女性关系。爱丽丝·沃克认为，女性纽带是黑人女性探索自我认同和个体完整的必要条件。女性首先要爱自己，同时也要爱其他女性，把所有女性视为一个整体。爱丽丝·沃克也证明了黑人女性积累能量和勇气反抗父权压迫和种族压迫的最关键途径在于女性的团结和互助。在玛丽斯·孔戴的小说中，女性纽带在给予蒂图巴力量和给蒂图巴指明方向方面发挥了重要作用，帮助她实现身份认同的重建。

三、结语

玛丽斯·孔戴的小说作品《薄如晨曦》是对历史上真实发生的17世纪塞勒姆女巫事件的文学再现，是作者给予事件当事人蒂图巴——历史上"失语者"的一次发声机会。少数族裔、奴隶、女巫这些身份集为一体，使得蒂图巴注定属于边缘人，被遗忘于历史长河之中。作者重新赋予她过去与未来，赋予她从未拥有过的重述人生的权利，也让更多读者看到边缘小人物在历史事件中的行动、情感和心理变化。

在蒂图巴的一生中，她"天生有罪"的三重身份：黑奴、巫师和女性身份，在清教主义、白人至上主义和父系大家长的社会环境中，强烈碰撞。对于这些身份标签，她产生了严重的身份认同危机，这是她焦虑和痛苦的来源，与此同时她也选择走上自救之路，完成自我身份重建。

存在主义的核心要义是自由选择。人在世界

上面对各种环境，采取何种行动，如何采取行动，都可以做出自己的选择。蒂图巴面对自我身份认同危机，没有坐以待毙，没有接受黑人永远低人一等、女巫是作恶的人、女性只能是欲望客体这些被人强加的固有观念，而通过一系列积极、不懈的行动，反抗与报复命运的不公、通过工作创造并实现自我价值、与其他女性相互扶持形成互助同盟等，走上重建自我身份认同之路。在此过程中，蒂图巴也从未放弃对人类基本权利——爱和自由的追求，她从未掩饰对爱欲的渴望，从未放弃实现黑奴解放事业的追求。在"天生有罪"的黑人女巫身份下，她对爱欲和自由的追求谱写成为一首壮丽的蒂图巴之歌。

注释【Notes】

①[法]玛丽斯·孔戴：《薄如晨曦》，张洁译，九州出版社2023年版，第225页。以下只在文中注明页码，不再一一做注。

②邱子桐：《迷离诱惑：英语文学中的"女巫"形象》，华东师范大学2013年硕士学位论文，第10页。

③Condé, Maryse. *I, Tituba, Black Witch of Salem*. Richard Philcox trans. New York: The Random House Publishing Group, 1994, p.216.

④[美]贝尔·胡克斯：《女权主义理论：从边缘到中心》，晓征、平林译，江苏人民出版社2001年版，第43页。

⑤[法]让-保罗·萨特：《存在主义是一种人道主义》，周煦良、汤永宽译，上海译文出版社2012年版，第36页。

⑥[法]西蒙·波伏娃：《第二性》，舒小菲译，西苑出版社2009年版，第102页。

三岛由纪夫《金阁寺》中"朋友"的形象及作用分析

李奕璇

内容提要：《金阁寺》是三岛由纪夫重要的代表作之一。在这部作品中，主人公沟口从一个自卑的少年到纵火犯，他身边的人对他产生的影响非常大。鹤川和柏木是沟口的两位朋友，他们的形象相反，对比强烈。前者是"光明"一样的存在，曾一度让沟口感到美好、抱有希望，而后者是"黑暗"一样的存在，是导致沟口最终堕落的重要因素。此外，金阁寺的毁灭即美好的毁灭，而鹤川之死也是对"美好的毁灭"这一主题的体现。本文旨在通过对沟口的两位截然相反的朋友进行角色研究，分析"朋友"形象的特点和作用。

关键词：三岛由纪夫；《金阁寺》；"朋友"形象；"朋友"的作用

作者简介：李奕璇，曲阜师范大学翻译学院硕士，研究方向为日本文学。

Title: The Image and Function Analysis of "Friend" in Yukio Mishima's *The Temple of the Golden Pavilion*

Abstract: *The Temple of the Golden Pavilion* is one of Yukio Mishima's important masterpieces. The protagonist Mizoguchi is transformed from a teenager with low self-esteem to an arsonist, who is greatly influenced by the people around him. Tsurugawa and Kasaiki are two friends of the protagonist. They are contrary images with strong contrast. The former is a "light" like existence that once made the protagonist feel good and hopeful. The latter is the existence of "darkness", which is an important factor leading to the final degradation and distortion of the protagonist. In addition, the destruction of the Golden Pavilion is a beautiful destruction, and Tsurugawa is also a "beautiful" for the protagonist Mizoguchi. The purpose of this paper is to analyze the characteristics of the image of "friend" and explore the role of the image of "friend".

Key Words: Yukio Mishima; *The Temple of the Golden Pavilion*; "friend" image; the role of "friends"

About Author: Li Yixuan, a master student in translat section of Qufu Normal University. Her research fields: Japanese literature.

小说《金阁寺》中，金阁寺象征着少年沟口的内心世界。他因生来就患有口吃被大家嘲笑，并经历了现实的残酷，他原本卑微脆弱的内心被扭曲，在丑恶与美的挣扎中，最终纵火烧毁金阁寺，也毁灭了心中的美。小说描写了沟口的两位朋友鹤川和柏木。他们的形象相反，也给沟口带来了截然不同的影响。在与两位朋友的交往中，沟口的内心也不断受到影响而发生变化。沟口首先遇到善良的鹤川，再遇到阴暗的柏木。两位朋友都影响着沟口，在沟口与二人的交往中，他内心的美丽与黑暗的冲突也越来越激烈。本文旨在分析鹤川和柏木的人物形象，探究这两位"朋友"给沟口带来的影响。

一、象征光明的朋友——鹤川

鹤川在小说的第二章中登场，在金阁寺中与沟口相遇。可以说，鹤川的出现就像一束光一样，照进了沟口黑暗的世界。鹤川是沟口的第一个朋友，也是走进沟口内心的第一个人。他并不在意沟口有口吃，在小说中一次都没有嘲笑过沟口。这对一直饱受嘲笑的沟口来说十分难得。不仅如此，鹤川不仅是沟口最初的朋友，也是沟口的救赎。这样便使一直生活在黑暗中的沟口将生活的一丝希望寄托在他身上，甚至有了想要向往光明的想法。

鹤川是个心地纯洁的人。小说中有描写沟口向鹤川说起有关金阁寺的毁灭的话题。沟口认为金阁也许会被战火摧毁，并且幻想着金阁寺毁灭。但是生活在光明世界的鹤川并不理解这阴暗的想法，这里也体现出了他的内心是美好而纯粹的。但即便如此他还一直在听朋友说话。这里也表明鹤川能够尊重他人的意见。此外，鹤川也是一个温柔、相信朋友的人。小说中，沟口曾欺负了一位女性。后来这件事被传了出去，大家都对沟口投来异样的眼光，只有善良的鹤川相信他。然而事实上沟口确实欺骗了鹤川，也为自己对鹤川说谎感到不安。这不仅是为了保护自身，也是不想让善良的鹤川看到自己丑陋的一面。在沟口心中，鹤川可以说是光明与美好的象征，有着特殊的地位。鹤川是沟口阴暗内心世界的一束光亮，曾一度让沟口感受到光明，也曾让他抱有希望。对沟口来说，鹤川不仅仅是他的朋友，也体现了他对美的向往，是美好事物的代表。

二、象征黑暗的朋友——柏木

柏木从第四章开始登场，他手段残酷且对世界怀有恶意，在与沟口的交往中，柏木经常把自己扭曲的价值观加在沟口身上，使沟口内心的黑暗不断累积。与鹤川不同，柏木身体有缺陷，和沟口一样，他们能在这方面产生共鸣。

柏木是个自私任性的人。从和沟口第一次见面开始，柏木就一直执着于把自己的想法灌输给沟口。他虽然和沟口一样身体有某种缺陷，但是并没有因此而颓废。相反，他以客为主，把自己的思想不顾一切地灌输给别人。因此他引导沟口做坏事，不断扩大了沟口内心的阴暗面。柏木还是一个内心冷酷、充满恶意的人。柏木虽然一直称沟口为朋友，却总是忽视朋友的感受，总是我行我素。例如，柏木总是对沟口的口吃直言不讳，在与沟口第一次见面的时候就大声重复了数遍"口吃"。不仅如此，在柏木眼里自己永远是对的，他总是可以轻易背叛朋友。小说的后半部分，沟口发现老师的秘密后离家出走，柏木毫不客气地对朋友露出了阴暗面，向老师告发了情况，导致沟口被赶出了寺庙。在沟口被赶出家门之前，他却再次出现在沟口面

前，并故意给他看朋友鹤川的信，告诉他鹤川已经自杀了，让留在沟口心中的那一点光芒蒙上一层阴影。可见柏木丝毫不觉得自己的做法很残忍。柏木可以说完全不是朋友，而是像无情的杀手一样的存在，毫不留情地摧毁别人重要的东西，想要将沟口拖入黑暗，让沟口的内心更加扭曲。柏木的形象是负面的，象征着对人的阴暗和恶意。对沟口来说，柏木也是朋友一样的存在，让自己从孤独中摆脱了出来。但柏木也像是从地狱伸出来的无情的手，慢慢地将人拖入黑暗的深渊。

三、朋友形象的作用

关于"朋友"的形象，小说《金阁寺》中沟口有鹤川和柏木两个朋友，他们的形象截然相反，对沟口的意义也完全不同，还推动了小说情节发展。小说中，鹤川无疑是主人公沟口最重要的朋友。鹤川从不介意沟口的缺陷，给人一种积极的朋友形象，也给沟口带来了积极的影响。并且，鹤川死后，沟口在心中守丧了一年，无数次地回想与他的过去。可以说，鹤川就像是沟口与光的世界连接起来的线，对唤起沟口内心的憧憬起到了重要作用。而柏木也是沟口的朋友，他和沟口一样身体有缺陷，却充满野心和欲望。虽然在身体缺陷上两人之间有同感，但在思想与行为上两人始终都有芥蒂。另外，小说是以第一人称写成的，沟口对鹤川的描写中经常使用"朋友"一词，但对柏木的描写却没有。对于沟口来说，真正的朋友或许只有鹤川，而柏木更多的是起到陪伴作用，使他不再孤单。

三岛由纪夫在《金阁寺》中还细致地描写了美与丑的冲突。其中也包括了沟口的朋友鹤川和柏木之间的冲突。首先，从鹤川和柏木的人物分析来看，鹤川和柏木的形象是对立的。鹤川代表"美"和"光明"，柏木代表"丑"和"黑暗"。两者之间的冲突不仅对沟口产生了影响，还在一定程度体现在情节上。小说中，对于沟口和柏木的交往，鹤川并不开心。他也为此忠告了沟口，但沟口却觉得厌烦。这里可以看成是矛盾点。在这里，沟口选择

了与柏木继续交往，也是从这里开始，柏木的影响逐渐高于鹤川，还是沟口背向光明而面向黑暗的重要节点。在描写鹤川之死的情节中，一开始鹤川的死亡被认为是意外，在小说的后半部分鹤川之死的真相却借柏木的手揭开了。读者才明白鹤川和柏木有书信往来。从信的内容来看，鹤川因为恋爱的琐事最终自杀了。鹤川在沟口心中的形象是纯洁而美丽的，但这"美"却如此脆弱，粉碎了沟口的幻想。为什么鹤川会因为恋爱遇到挫折就自杀呢？这也许这跟柏木有关。柏木是个心地歹毒的人，善于用巧妙的语言引导别人。鹤川与柏木的通信，是小说中黑白两个人物的密切接触，也是"美丽"与"丑陋"的碰撞。但沟口寄托在鹤川身上的对美好的向往在与恶的碰撞中灭亡，也暗示了美丽的毁灭主题。

综上所述，小说中鹤川和柏木既是主要人物公沟口的朋友，又是推进故事情节发展的角色。也就是说，"朋友"形象不仅影响着沟口，也促进小说的发展。小说的前半部分，鹤川的出现改变了沟口生活在黑暗的世界里的状态，有了向好的方向发展的倾向。但在小说的后半部分中，阴暗的柏木将沟口再次拉入黑暗。可以说，沟口在两位朋友带来的光明与黑暗的交织下，内心不断挣扎。在小说的结尾，经历了美丽的幻灭和丑恶的侵蚀后，沟口成了纵火犯烧毁了金阁寺。小说从开头到结尾，沟口从一个感到孤独的少年发展为纵火犯，经历了从黑暗到光明再回到黑暗的过程。鹤川的出现带来了光明，柏木再次让黑暗降临，使小说的情节更加波澜起伏。另外，在与朋友的交往中，沟口内心光明的幻灭和黑暗的积累，也暗示了沟口烧毁金阁寺的结局。

四、结语

论文从三岛由纪夫的小说《金阁寺》中沟口的朋友鹤川和柏木着手，分析了他们的形象，探究了他朋友的形象作用。鹤川能够包容并相信沟口，是个心地纯洁的人，是美丽的象征。而柏木不在意别人的感受，是个自私并怀有恶意的人，是丑恶的象征。鹤川是沟口黑暗世界的光明，也是沟口的希望。而柏木在沟口面前展示了更深的黑暗，消除了沟口对光明的憧憬，使沟口再次回到黑暗中，这是沟口心灵扭曲的重要原因。小说中"朋友"的形象也促进了小说情节的发展，沟口内心经历了从黑暗看到光明又从光明破灭重新回到黑暗的过程，使小说情节跌宕起伏。另外，鹤川的出现代表着光明的出现，鹤川的死亡代表着光明的消失，也暗示着小说的结局。因此，"朋友"影响的存在在小说中至关重要。在美与丑的冲突中，沟口的内心更加扭曲，最终演变成了烧毁金阁寺的惨烈结局。

守护与共生：上桥菜穗子《精灵守护者》论

宋文燕

内容提要： 幻想小说作为现代儿童文学的体裁之一，当下热度持续升温。2014年国际安徒生作家奖得主、日本儿童文学女作家上桥菜穗子的代表作《精灵守护者》是一部以东方世界为背景的优秀幻想小说，主要讲述了以救人为生计的女保镖巴尔萨和体内寄宿着精灵之卵的新约格皇国二皇子查格姆等人的逃亡守护故事。本文从守护视角出发，详细考察小说中人类世界和精灵世界重叠下面临的生态危机、生命危机和文化危机，在以精灵之卵为核心的多层守护关系中分析"守护者"这一代表群体对于生命和成长的守护、对于文化和世界的救赎，阐释《精灵守护者》在危机与守护相互交织下，隐含于小说中的人与世界、人与自然、多元文化共生关系。

关键词： 上桥菜穗子；《精灵守护者》；危机；守护；共生

作者简介： 宋文燕，曲阜师范大学翻译学院外国语言文学专业硕士在读，主要研究方向为日本儿童文学。

Title: Guardianship and Symbiosis: Discussion on Uehashi Nahoko's *Guardian of the Spirit*

Abstract: As one of the genres of modern children's literature, fantasy novels continue to heat up nowadays. *Guardian of the Spirit,* whose author is Uehashi Nahoko, the International Hans Christian Andersen Writers' Award winner in 2014, as well as a Japanese female children's literature author, is an excellent fantasy novel set in the Eastern world, focusing on the guarding and escaping of Balsa, a female bodyguard who saves people for a living, and Chagum, the second prince of the New Yogo Empire, who has an elven egg lodged in his body, and others. From the perspective of guardianship, we could examine the ecological crisis, life crisis, and cultural crisis faced by the overlapped human and elven world in the novel in detail, and analyze the guardianship of life and growth, and the redemption of cultures and the world by the representative group of "guardians" in the multi-layered guardian relationship centered on the elven egg. Under the intertwining of crisis and guardianship, the symbiotic relationships between human beings and the world, human beings and nature, and multiple cultures are implied in the novel.

Key Words: Uehashi Nahoko; *Guardian of the Spirit*; crisis; guardianship; symbiosis

About Author: Song Wenyan is a master's degree student in Foreign Languages and Literature at the School of Translation Studies, Qufu Normal University. Her main research focuses on Japanese children's literature.

引言

日本三大女幻想作家之首上桥菜穗子拥有儿童文学作家和文化人类学者双重身份。上桥菜穗子擅长灵活运用文化人类学的背景知识，将宏大的世界观与独特的价值观完美地融入作品中，让读者在其一手打造的完全架空的幻想世界中真实地感受着生命的悦动与人性的光辉，在浓厚的人文关怀氛围中产生强烈的现实共鸣。1996年7月，日本偕成社公开发行了由上桥菜穗子执笔的"守护者系列"①第一作《精灵守护者》。该作自出版以来，在学界、评论界、大众市场获得一致好评，顺利斩获第34回野间儿童文艺新人奖和第44回产经儿童出版文化奖日本放送奖。该作经由改编在日本以大河广播剧（2006）、动漫（2007）、漫画（2007）等多种形式呈现在世人面前，并被陆续翻译成多国文字通过出版走向海外，成为长期畅销作品。2014年

3月，上桥菜穗子获得了具有"小诺贝尔奖"之称的国际安徒生文学奖作家奖，引起海内外学界的广泛关注。作为守护系列第一作的《精灵守护者》打动世界的原因值得让人深思，作为一部蜚声世界的儿童文学作品，该小说的研究又兼具了哪些特定的现实意义，小说中演绎的守护初衷直至达到共生祈愿，登场的"守护者"又将如何成功化解人类世界的危机，穿梭于幻想世界的守护与救赎之旅就此开启。

一、多重危机袭来

作者上桥菜穗子在小说《精灵守护者》中架构了两个完全不同的世界体系。"一个是目所能及的人类世界萨古，另一个是目不能及的精灵世界纳由古。萨古和纳由古同时存在，相互支撑。"②随着纳由古水精灵伊姆的卵在萨古新约格皇国二皇子查格姆体内意外现身，人类世界与精灵世界原有的秩序与祥和被打破。重叠交织的两个世界险象迭生，危机四伏。

新约格皇国建立前，萨古大地的拿约洛半岛上聚居着亚库人。亚库人作为萨古世界的生物，与纳由古世界的生物始终保持一种融洽的、和谐共生的关系。"亚库人中流传着水精灵每百年产一次卵的秘密，且产卵后的第二年人类世界会出现大旱灾。若夏至满月之夜，卵不能平安孵化，大旱将会持续。"②p138而亚库人传说的真伪性在百年后得到了侧面印证。承"天神"庇护建立的新约格皇国，培养着信奉"天道"③、祭祀"天神"的观星者们。身为观星博士的修加通过星象预测到了人类的世界萨古明年将会大旱，并以此为契机查阅了皇国书库内的相关记载，发现了拿约洛半岛大约每过百年就会遭遇一次特大干旱这一事实。时隔百年，水精灵伊姆成功产下六枚精灵之卵，在纳由古留下五枚，最后一枚留在了萨古，随后身亡。与此同时，来自纳由古的土精灵拉鲁卡作为食卵者正伺机而动。席卷萨古人类的干旱危机迫在眉睫，这枚待孵化的卵成为决定萨古世界人类生死存亡的关键，也决定了精灵世界的命运。

这枚留在萨古的精灵之卵改变了人类世界原本的运行轨迹。小说中的小主人公查格姆意外成为精灵之卵的宿主。而这也彻底改变了查格姆的人生。据新约格皇国的《建国正史》记载，"圣祖特尔盖尔大帝打败'水妖'建立了皇国，因此击退'水妖'净化这片土地，是皇帝身为天子、神之后代的血统证明"。②p61百年前理应被降伏的"水妖"却寄宿在了继承皇帝血脉的二皇子查格姆体内，这严重损害神权与皇权声誉。得知此事的皇帝在事关国家统治根基是存是亡之际，选择牺牲亲情换取国家安定，于是下令皇宫杀手追杀体内寄宿着精灵之卵的二皇子查格姆。另外，随着精灵之卵在查格姆体内的不断变化，纳由古的生物食卵者拉鲁卡在萨古现身。查格姆作为一个长居皇宫、不谙世事的少年，时刻都在面临着各种猎杀，性命危在旦夕。

在人类世界萨古面临深刻的生态危机——干旱的威胁之时，主人公的生命同时面临被多种力量猎杀的危机。在这些之外，小说中还潜藏着深层次的文化危机。追溯到新约格皇国建国之前，萨古世界里实力最强的约格皇国发生了皇位政权纷争，在擅长"天道"的奇异男子纳纳伊建议下，身为外来者的三皇子特尔盖尔带领民众侵占了原本居住着亚库人族群的拿约洛半岛这片土地。原有生存圈层遭到外来蛮力的破坏，亚库人沦为权力生存链的最底端生存者。新约格皇国建国后，权力生存链更加禁锢了亚库族群的发展。亚库人要对新约格皇族行跪拜礼，反叛皇帝就会被砍头。亚库人使用的咒术被信奉"天道"的约格皇族观星者们视为肮脏的东西。原住民亚库人及其文化一直处于强权之下被歧视的下位。

新约格皇族和亚库族的权力差异不仅体现于国民个体行为间，还存在于国家历史记载中。新约格皇族作为强权者，在撰写《建国正史》时充分彰显了权力上位的叙事选择和意图。比如《建国历史》中有一段关于斩杀所谓的"水妖"的记载，作为强者的新约格人的英勇无畏和跪地祈求的亚库人的软弱无能形成了鲜明对比。这种站在统治者立场上的历史美化意识在无形中影响了《建国正史》内容的真伪性，并对整个小说的故事情节发展做了底层铺垫。基于政治冲突下带来的强势文化入侵，导致了原住民文化的断层流失。比如夏至祭典的歌谣内容从祈祷丰收的吟唱衍变成对圣祖特尔盖尔建国的丰功伟绩的歌颂；关于纳由古生物伊姆的真身，从原始亚库传说中不会伤害宿主且拥有改变世界气候能力的水精灵，摇身一变成为《建国正史》中百年出现一次的吞噬幼童灵魂的水妖魔物。这种巨大的叙事差异体现了弱势民族的文化在某种程度上被强势民族有意篡改，原生文化变异已然成为权力主导下默认的存在，且在征服者国家中代代流传。随着岁月的流逝，原生文化逐渐被掩盖，甚至被忘却。小说中的亚库人正在慢慢遗忘过去属于自己族群的文化知识，相关文化传诵人也渐渐没落。正如一直隐藏在夏至祭典歌谣中关于精灵之卵最后如何成功孵化回到纳由古的奥秘无人问津，这种原生文化的断层和流失危机迫在眉睫。

为了化解人类世界即将袭来的生态干旱危机、主人公二皇子查格姆的性命危机和断层流失的原生文化危机，人类世界必须有人来守护。作家上桥菜穗子正是看到了人类世界存在着各种不安定的影响因素，所以将整个幻想故事的叙述原点置于守护的背景并进行创作。同时，上桥菜穗子还意识到"如果人们常把自己放在首位，其他人的事情放置后位来考虑的想法越来越普遍，对陌生且相隔很远的人们的同情心越来越少，就会产生各种各样的问题。如果把社会比作一张大网，每个人都用力地把网的一部分拉向自己，其他部分就会变形。如此一来就可能引发不满、挑起争端"④。所以，重重危机袭来时，为了守护他人生命与成长，救赎文化和世界的守护者纷纷登场。

二、守护与救赎

"守护"按照字面拆分来解读即守卫、保护。小说中以女保镖巴尔萨为代表的登场人物为保护精灵之卵和查格姆的生命，同时为了守卫萨古和纳由古两个世界的安宁，拼尽全力做的一切即为守护。从这层意义上来说，小说承担守卫、保护大任的"守护者"不是单独个体，而是由众多个体组成的集合体。因此，除了精灵之卵的直接载体二皇子查格姆外，保镖巴尔萨、巴尔萨养父兼师父吉格罗、

亚库草药师唐达、亚库咒术师特洛盖伊、新约格皇国观星博士修加都是"守护者"。危机四伏的不安定世界中，"守护者"成了不可或缺的存在。

一般认知下，保护与被保护的双方可构成一层简单的横向守护关系。与此不同的是，在《精灵守护者》这部小说中存着横纵重叠交织的多层守护关系。整个守护关系的搭建是以寄宿物水精灵伊姆之卵为核心，以宿主查格姆为导向的。守护者圈层不断外延横扩的同时，守护者群体间的纵向牵绊加深。查格姆和巴尔萨之间的守护关系恰恰体现了这种横纵向的流动。意外成为精灵之卵宿主的查格姆，被迫承受了卵带来的身体与精神双重痛苦，也对自己的命运产生了不解与怀疑。但是面临食卵者拉鲁卡的猛烈突袭，查格姆依旧选择冒着生命危险竭尽所能去守护精灵之卵。从被卵寄生到卵成功孵化，查格姆一直坚守着身为精灵守护者的使命。也正是精灵之卵的出现，让流浪到新约格皇国的女保镖巴尔萨与查格姆结缘，并成为查格姆的守护者。孤身勇跳冰冷刺骨的青弓川，命搏来袭的四名皇宫杀手，大战现身萨古的食卵魔物拉鲁卡，巴尔萨从始至终都在以一颗坚韧的心守护查格姆的生命安全。生命守护的背后包含着身为大人的巴尔萨对于儿童查格姆的成长救赎。巴尔萨答应二皇妃请求的那刻起承接了所谓的"母亲"身份。巴尔萨通过自己独特的教育方式让查格姆完成了成长的蜕变。逃亡旅程中的八个月，查格姆习惯了皇子到平民身份的转变落差，放下了心中对亚库人的认知偏见，成功从一个连走路都磕绊、不习惯睡稻草的瘦弱皇子成长为掌握一些基本武功和生存技能的身强体壮的孩子。除了身体外形展现出成长外，查格姆最大的收获是内心的成熟。突如其来的命运冲击让涉世不深的查格姆对现实世界产生怀疑并深陷自我内心困境，不安定的情感持续输出驱使其不断走向逃避。在这种情况下，巴尔萨基于自身经验给予查格姆的教育和引导成功驱散了查格姆内心身处的情感阴霾，也让查格姆重新完成对自我和世界的新认知。

作家上桥菜穗子认为："大人就是儿童通过各种经历长大的一种状态，所以在大人身上可以看出时间对一个人的影响。儿童面临的问题往往大人

也亲身经历过,或许当时的大人们还对问题的解决抱有遗憾。而在救赎他人的行为中,自己的这种遗憾有可能转化为不一样的东西。"⑤在《精灵守护者》中,作为大人的巴尔萨经历了和查格姆相似的人生。幼年巴尔萨因父亲卷入坎巴尔王国皇位争夺的阴谋,意外成为被追杀的对象。在父亲好友吉格罗的带领下被迫开启长达15年的逃亡之旅。吉格罗教会了巴尔萨生存,但也因拯救巴尔萨生命杀死了奉命前来追杀自己的八个好友而遭受精神折磨。目睹一切的巴尔萨也因此,给自己心灵拴上了赎罪的情感枷锁。自此巴尔萨背上了一定要拯救八个人的誓言。面对人生的反转,巴尔萨与查格姆一样,在最初选择了逃避。恰恰是吉格罗用自己的一生教会了巴尔萨成长。巴尔萨在成为查格姆的守护人后,禁锢心灵的枷锁慢慢被打开,深埋于内心的伤疤逐渐愈合。守护查格姆让巴尔萨释放内心最深处的柔软,开始理解当初吉格罗的选择和感受,也进一步领悟无常人生中生存下去的道理。这又何尝不是查格姆对巴尔萨的一种守护与救赎。

"守护者"作为多重守护关系建构的支撑点,不仅用心呵护不同生命成长,无形中还担负了保护文化与拯救世界的责任。作者上桥菜穗子在《精灵守护者》这部小说中不仅架构了两个完全不同的世界,还搭建了流动于不同种族间的文化脉络。小说中存在以亚库人为代表的原生文化和以新约格人为代表的外来文化。当两种性质不同的文化在同一界定区域流动时,"不同文化的性质、特征、功能和力量释放过程中由于差异而引起互相冲撞和对抗"⑥,即文化冲突。比如亚库咒术师可以通过咒术在地面上开启与纳由古生物交流的水中通道,这种所谓的"地道"与新约格皇国圣导师一派奉行的以天神为核心的"天道"相对立。两种文化冲突的结果就是原生文化陷入断层危机。而解开查格姆体内之谜恰是溯源两种文化的关键。对此,唐达前往亚库人居住的亚锡罗村了解百年前曾发生过的精灵守护者的故事;特洛盖伊通过咒术与纳由古水之民交流;唐达和特洛盖伊去拜访纳由古土之民了解击退食卵者拉鲁卡的方法;修加废寝忘食地解读建国

圣导师纳纳伊留下的石板手记。这些守护者们在拯救精灵之卵和查格姆生命的同时,无形中还原了水精灵寄宿的完整真相,理清了两种冲突文化的发展脉络。最终,守护者们完美地守护了人类世界和精灵世界的安定与祥和。

"被别人保护根本不是理所当然的事情。"②p357在《精灵守护者》这部小说中,守护者虽然来自不同的种族,有着不同的守护立场,却甘愿为了精灵之卵的安全、查格姆的生命、纳由古和萨古的安危等,义无反顾地投入到一场随时都有可能丢掉自己性命的战斗中。在这变化莫测的世界,凭借自己所能发挥的价值去认真感受每一个生命跳动的温度和努力守护危机纷扰下的宁静或许就是每个守护者的光辉所在。正是守护者的守护与救赎让亚库和新约格两个种族的文化得以共生,萨古和纳由古的生物与两个世界得以共存。

三、守护与共生

关于"人"的思考,作家上桥菜穗子表示:"与其说'人'是作为个体存在,倒不如说'人'是存在世界之中的。比起'人类',自己更关注于'人与世界'。首先是有源远流长的历史,其次是处于历史边际世界中不得不生存下去的人们。他们互相碰撞,烦恼,前进,用他们的故事编织着世界。"⑦小说中的守护者用自己的力量努力编织的这层守护人类世界和精灵世界的巨大关系网中,其实包含了人与世界、人与自然、多元文化等相互依存、相辅相成的共生关系。

《精灵守护者》是一部"刻画了众多背负不同命运或宿命的人努力生存下去"⑧的幻想小说。作者上桥菜穗子在这部小说中塑造了饱经风霜的大人与不谙世事的孩童这两位极具反差特色的守护者形象。看似身份对立的两人却都因各自的宿命被迫从安稳的原生环境中抽离,以逃亡这种残酷方式艰辛地存活于世。面对不公的命运,经历如此相似的两人从最初的逃避到选择迎难而上,最终以自己的方式挣扎地活下去,从而超越过去,实现对自我生存的世界的二次认知。小说中对于人类世界萨古中每位守护者的命运描写都暗示了无常世界中没有所

谓的公平。无论是流浪者身份的大人巴尔萨，还是皇族身份的儿童查格姆。"儿童文学的教育性是成人文化与儿童文化审美融合之后形成的一种文化基因，潜入儿童或成人精神生活的底层，并通过生活的坚韧、顽强、乐观向上等品质表现在每个个体健康人格之中，由个体到整体，使儿童文学的叙事成为一种集体无意识的审美价值叙事。"⑨巴尔萨和查格姆的经历无疑给现实世界的人们崭新的人生启悟。换言之，两人的人生选择难道不正是个人与世界获取共生过程中的探寻吗？存活在世界上的人们在其一生中会经历各种苦难的冲击，最终也会迎来幸福的治愈，人们能做的就是选择以自己的方式去坦然接受这个世界的给予，以积极的人生态度去寻求与世界共生。

小说中的人类世界和精灵世界是同时存在的。日本原始自然观涉及了木、火、土、金、水五种元气。从某种程度上来说，水之精灵伊姆和土之精灵拉鲁卡等生物生存的纳由古，不仅仅是有别于人类世界萨古的异界，具体来说更像是集合天地间灵气繁衍生息的自然界。萨古和纳由古的支撑共存代表着人类世界和自然界存在着一种无法割舍的联系。同时，两个世界的所有生物间也存在着一种无形的共生关系。从微观上来说，以精灵之卵与守护者查格姆作为人与自然关系探讨的原点，卵和查格姆的意识选择侧面印证了这层共生关系的成立可能性。精灵之卵对于人类宿主查格姆的选择是信任的，不但不会伤害查格姆，反而让其拥有了跨越两个世界的能力，欣赏纳由古的绝美风景。作为宿主的查格姆为卵提供了寄生环境，甚至在面对食卵者拉鲁卡的攻击时，下意识地尽力保护卵的安全。追溯回原住民亚库人从最开始就决定自发成为拯救水精灵之卵的守护者，也从侧面反映了人内心深处对自然生命的尊重与呵护。从宏观上来说，在《精灵守护者》这部小说中，"无论是故事开头出现的青弓川还是守护者守护的精灵等都离不开'水'这一自然元素。上桥菜穗子在描写水所代表的自然之力的同时，更加强调了水给予人的恩惠"⑩。无论是新约格人还是亚库人都依赖于水的馈赠，得以在拿约洛

半岛这片广袤的大地上生存和繁衍。水之精灵伊姆死去会引发的干旱危机和拉鲁卡在萨古现身攻击人类暗示着自然无情的一面。卵和查格姆的相互守护启悟着人们始于尊重，终于慈悲，方可与自然和谐共生。

《精灵守护者》除了体现上述的人与世界、人与自然的共生关系外，更多地表达了多元文化共生的理念。亚库咒术师特洛盖伊说："不同国家、不同语言的人，考虑事情的方式也是不相同的。"②p203比如约格和亚库两族对于"水精灵"的不同界定、举行夏至祭典的不同意义，其背后体现的是两种不同文化的碰撞。但每一个国家和民族的文化都是有生命力的，都值得尊重和选择性学习。假如亚库咒术师特洛盖伊写给皇宫占星圣导师的信中提及的百年前发生的部分真相没有引起重视，修加解读手记内容时没有特洛盖伊持有的亚库知识的辅助，那么有关亚库人传说和《建国正史》的完整内容都不会得到有力复原，进而查格姆等人将失去生命，两个世界也将遭遇毁灭。所以轻视任何一种文化，尤其是对政治因素主导下的弱势文化的偏见，都将导致无法估量的损失。无论是百年前约格的圣导师最终联合亚库咒术师一举消灭纳由古的食卵者，还是百年后新约格观星博士修加和亚库咒术师特洛盖伊联合破解手记的秘密，寻找消除食卵者拉鲁卡的方法，从某种程度上彰显了多元文化共生是利于人类世界和精灵世界和平的一大有利趋势。"多元文化共生是各类文明文化互通互嵌、共鉴共生、彼此汲取营养、各自发育良好、交流交融、持续发展的生成机制。"⑩小说中来自不同种族的咒术师特洛盖伊和观星博士修加，拥有不同文化知识背景，却都为了守护水精灵这件事情主动放下了以前对彼此认知的偏见，向对方请教学习对方的文化。这种文化间的交流互鉴利于多元文化的共生机制的推进。世界各国共同生活在历史与现实交汇的时空中，关系越来越密切。在倡导构建人类命运共同体理念的当下，多元文化共生机制是不可缺少的一环。

《精灵守护者》是一部架空在现实世界外的

异世界背景下发生的冒险守护故事。作者上桥菜穗子曾说："当以现实世界为背景创作时，读者在进入故事时就会被自己所处的现实社会的固有观念束缚。因此创作异世界的初心之一就是让人们走出自己所熟悉的世界，以类似鸟的视角去俯瞰整个社会。希望人们意识到普通生活和理所应当发生的故事的另外一面。"④p5当由习惯的第一视角转换成所谓的第三视角，立足于幻想与现实的交汇点去再度审视小说中多重守护关系的交叠。不难发现守护与救赎下蕴含着人与自然的共生、人与世界的共生、多元文化的共生等理念，给人以新的启悟。

四、结语

上桥菜穗子作为一名文化人类学者，以自身具备的文化人类学知识和实地考察与汲取的文化经验为背景支撑创作，独特的叙事结构和人物塑造为其架空的幻想世界又添了一笔浓彩。这也是其与同领域幻想作家不同的一大创作特色。日本儿童学者兼教育学者加藤理曾指出："享受'幻想'是一个人生活中不可或缺的时期，它关系到一个人根基的形成。必须注意的是对于儿童来说，享受幻想不仅是享受一个想象中的世界，还兼具其他重要意义。"⑫因此，《精灵守护者》作为一部幻想小说，同时还作为一部儿童文学作品，对于儿童这一群体的成长具有现实教育意义和思想启蒙意义。研究上桥菜穗子经典幻想系列作品首作《精灵守护者》，透过冒险守护故事中主人公们在人类世界多重危机之下的深层心理活动和行为选择，传达出贯穿于作品始终的"守护者"具有的无私价值光辉和责任担当。由"守护者"群体存在的意义延伸至世界、自然和多元文化三个维度的共生关系的探讨，进一步启悟读者对人生和未来产生导向性思考。在倡导构建人类命运共同体的当今世界格局下，人不再作为一个单独个体存在，而是互相依存于世界的集合体，作为集合之下的个体应努力守护人与世界、人与自然、多元文化的共生关系以实现自身价值。

注释【Notes】

①"守护者系列"由偕成社、新潮社分别出版。以偕成社为基准，"守护者系列"共有14部，按照出版年份依次为《精灵守护者》《黑暗守护者》《梦之守护者》《虚空旅人》《神之守护者（上）来访篇》《神之守护者（下）归来篇》《苍路旅人》《天地守护者（1）罗塔王国篇》《天地守护者（2）坎巴尔王国篇》《天地守护者（3）新约格皇国篇》《流浪行者 守护者短篇集》《守护者的一切 守护者系列完整指南》《炎路旅人 守护者作品集》《风之行者 守护者外传》。尚未被翻译的作品名称由笔者自译。

②上橋菜穗子：『精霊の守り人』，東京偕成社1996年版，第137頁。以下只在文中标明页码，不再一一做注。

③"天道"，『精霊の守り人』第44页出现的词汇。从皇国前身起就延续下的宗教，以"天神"为信仰，通过观察天体运动推算世界运行情况。

④矢田勝美、上橋菜穗子：『物語がはぐくむ 遠い世界を思い描くチカラ』，広報誌くらし塾 きんゆう塾，2017年第40号，第3—4頁。本论文中所涉及的日语文献引用部分皆为笔者自译，后面不再赘述。以下只在文中标明页码，不再一一做注。

⑤上橋菜穗子：『物語の執筆と文化人類学「連想の火」を熾すもの』，載『文化人類学』2021年3月第85巻4号，第589頁。

⑥陈平：《多元文化的冲突与融合》，载《东北师大学报》2004年第1版，第35—40页。

⑦久保正敏：『上橋菜穗子 現代の語り部』，みんぱく2009年，第4頁。

⑧西嶋雅樹：『キャリア教育における「何になりたいか」という問いの批判的検討』，載『島根大学教育臨床総合研究』2019年，第142頁。

⑨侯颖：《论儿童文学的教育性》，东北师范大学2008年博士学位论文。

⑩徐凯凯：《关于上桥菜穗子作品中"水"叙事的探究》，载《文学教育（上）》2020年第12版，第78—79页。

⑪蔺海鲲、哈建军：《多元文化共生与人类命运共同体的构建》，载《甘肃社会科学报》2021年第1版，第154—162页。

⑫加藤理：『もう一つの時間と空間を生きる子どもとファンタジー』，載『子ども社会研究』2018年第24号，第26頁。

以舞蹈塑造木兰精神

——芭蕾舞剧《花木兰》的戏剧性研究[①]

吴羽洁　汪文君

内容提要： 芭蕾舞剧《花木兰》充分利用舞蹈与戏剧性生动再现了巾帼英雄花木兰替父从军的传奇故事，是一部洋为中用、中西合璧的全新舞剧作品。本文从个人、家国、战友、生命四个层面依次递进，结合中华民族精神的孝、悌、忠、义四种内核，论述该剧所展现的舞蹈语言、矛盾冲突、情节突转、舞剧道具四个角度的戏剧性，深入探讨其中蕴藏的"木兰精神"核心内涵。

关键词： 芭蕾舞；舞剧；花木兰；戏剧性

作者简介： 吴羽洁，香港大学文学院中国语言文学研究生在读，主要从事中国现当代文学、古代文学方面的研究。汪文君，文学博士，南京理工大学外国语学院教师，主要从事英美文学研究。

Title: Moulding the Mulan Spirit through Dancing — A Dramatic Study on the Ballet *Hua Mulan*

Abstract: The ballet dance drama *Hua Mulan* makes the best of dancing and dramatics to reproduce the legend of the national heroine Hua Mulan, which is a brand new innovation combining Chinese and Western elements. This paper develops from the four aspects of the individual, the homeland, the comrades, and the attitude of life, discussing the four aspects of filial piety, fraternity, loyalty and righteousness of Chinese national spirit to illustrate the four points of dramatics : the dance language, the conflicts, the plot twists and the ballet props, and to profoundly display the core connotation of "The Mulan Spirit" in the drama.

Key Words: ballet; dance drama; Hua Mulan; dramatics

About Author: Wu Yujie, A postgraduate student of Chinese Language and Literature at the Faculty of Arts, the University of Hong Kong, mainly engaged in the study of modern and contemporary Chinese literature and classical Chinese literature. **Wang Wenjun,** Teacher of School of Foreign Languages in Nanjing University of Technology, PhD in Literature, mainly engaged in British and American literature research.

近年来，随着文化自信的提出，国人自觉维护、发展和弘扬中华传统文化的意识日益增强，文艺工作者们不断回眸并发掘中华漫漫历史长河中沉淀的无价之宝，为顺应全球化、国际化的发展趋势做出新的诠释。其中，辽宁芭蕾舞团编创的芭蕾舞剧《花木兰》，就是传统民族题材改编成现代作品的卓著代表。花木兰是家喻户晓的巾帼英雄，生于南北朝时期。据说北魏太武帝年间，她替父从军参与北魏在边塞抗击柔然的战争，被唐代皇帝追封为"孝烈将军"。辽宁芭蕾舞团原创中国芭蕾舞剧《花木兰》以南北朝叙事诗《木兰辞》为蓝本，填补了古文献中木兰征战疆场、保家卫国情节的叙述空白，通过足尖舞蹈力与美的有机结合，塑造了一个英勇果敢、刚柔并济的女中豪杰形象。该舞剧共分为两幕八场，着重讲述了木兰边塞十年的戎马生涯，详略兼备地描绘木兰的成长历程。该舞剧秉持"洋为中用，古为今用"的理念，中西合璧，以古喻今，用西方芭蕾讲述中国故事。

一、自强不息：从舞蹈语言的戏剧性看个人成长

《毛诗·国风》云："在心为志，发言为诗，情动于中而形于言，言之不足，故嗟叹之；嗟叹之不足，故永歌之；永歌之不足，不知手之舞之，足之蹈之也。"②舞蹈是舞剧的语言表达和叙事手段，在芭蕾舞剧中主要展现为芭蕾技巧。舞剧第一幕主要讲述木兰女扮男装替父从戎到取得首捷的成长历程。第一幕伊始，远景山淡如烟，近景耕种农忙。群舞开场，女舞者皆裙裾翩跹，手部齐做纺织动作，配合脚尖的细碎舞步横贯舞台中央；男舞者头挽髻，着青衫布衣，整齐划一做躬身插秧动作，从舞台边沿鱼贯穿过。男耕女织的舞蹈动作在舞台两侧遥相呼应，俨然一幅乡间农忙图景。古典芭蕾舞步配上颇具中国传统民族风情的服装样式、手部动作，交织出新颖和谐的美感。在古韵悠扬的《木兰诗》声声诵读中，木兰轻挽云鬓，额贴花黄，从一隅茅屋剪影后徐徐步出，在群舞背景中穿梭自如，碎步、小跳、捻转，舞步灵巧柔美。精耕细作的农家滋养出少女木兰，自给自足的生活赋予其天真烂漫的性格，农业伦理的传统教导她女儿之德。养在深闺的木兰稚气未脱，善于纺纱的纤纤素手尚未挑起家庭的重担。她如蛹中的幼虫，静待化茧成蝶的嬗变。

该幕中木兰由小家碧玉脱胎换骨成为巾帼英雄的反差是本剧最鲜明的亮点之一。第一幕末尾，饱受校场棍棒操练的木兰锻铸出刚强的意志，磨炼了一手射箭神术，背负着保家卫国的重任马不停蹄地奔赴疆场。远山背景中秃鹰披着猩红追光盘旋。先是众舞者乌纱蒙面挥舞偃月弯刀，敌酋在前呼后拥中闪现，手作舞刀砍劈状，配合跑跳步，以杀气腾腾的蟹步定格。穿着铁衣盔甲的汉军，挥枪棒，与匈奴短兵相接、相对而舞。刀光剑影中木兰与李朔突出重围，敌酋紧随其后杀入舞台前端，组成三人舞的视觉焦点。在观众瞩目屏息下，木兰挽弓如满月，配合裂帛般的弦声，向敌酋射出最后一击。顷刻间匈奴溃不成军，作鸟兽散。木兰收弓跑跳至舞台中央，大跳衔接进入数十圈挥鞭转，舞步

激昂，英姿勃发，淋漓尽致地挥洒战士的英雄豪情与潇洒气概，与少女时代柔情脉脉的细碎舞步形成鲜明对比，角色的戏剧性蜕变从舞姿的变化便可见一斑。

"戏剧性存在于动作之中，戏剧性就是动作性。"③由裙钗到铁甲，由碎步到大跳，由精致的纺织手艺到精湛的射箭神术，第一幕始末舞蹈语言对比之戏剧性鲜明折射出木兰的成长轨迹。从田间到疆场，从家庭生活到征战四方，从纤弱女子到阳刚"男儿"，木兰不仅圆满完成了一次重大的身份转换，更在保家卫国中实现了崇高的自我价值。这样自我成就的"木兰精神"也是当今社会以女性为代表的越来越多所谓"弱势群体"自我意识空前觉醒，争取自由解放、自强自立，在各行业中充分发挥光热这一潮流最好的激励与例证。

二、忠孝难全：从矛盾冲突的戏剧性看家国情怀

劳逊说："戏剧的基本特征是社会性冲突——人与人之间，个人与集体之间，集体与集体之间、个人或集体与社会或自然力量之间的冲突。"④"家"承载着木兰的少女回忆，也是她尽孝道与责任的起源之地。木兰与生俱来的对父母、弱弟孝悌之义与舍小家、为大家的家国情怀是该剧最主要的戏剧冲突之一，主要通过木兰的情感冲突来体现。"情感是在多次心理冲动体验下所积累形成的特定的内在感受。"⑤每当木兰独处于荒茫大漠，思乡思亲的浓浓情愫与铁衣下无法割舍的女儿情便油然而生。对木兰心理情境的展现在全剧共出现了两次，每次随木兰的战场经历和心境成长有所变化，前后呼应，层层递进。

第一幕第二场严酷的校场训练结束，身单力薄的木兰因跟不上强度而辗转反侧。远景一弯弦月，月亮的缺憾正是骨肉至亲被迫分离、千里相思的写照。暮色四合，木兰抱膝坐于舞台前端。先是家宅一方茅草屋的侧影出现在舞台后方，幕初玉色锦衣的舞女飘然而出，静止于两侧，跪坐式、直立式、对舞式，姿态各异，错落有致，手部配合古筝弦音

仍做纺织动作。木兰深深掩藏的女儿情呈现为舞女具象，背景群舞与木兰独舞对比鲜明，渲染出她的悲痛、不平与无奈。舞台与观众情感交流的空间就此营造，描摹木兰心理的非线性刻画由此开始。静默之中，木兰的双亲与弱弟从茅草屋后悉数绕出，定格于舞台中央。木兰伸手却无法触碰亲人的身影，徘徊流连于三人之间。一动一静，一实一虚，骨肉相亲却咫尺天涯。忽而小弟环抱住阿姊，母亲搂住女儿，父亲用手搭住女儿的双肩，三人身影重叠，在木兰的幻梦中共舞，深深嘱托、句句叮咛传达于舞姿中。"家"是木兰女儿情生发和培育的所在，也是嬗变中的木兰情感的避难所。木兰身为女儿的人性诉求与戎马生涯既定现实的背离以其心绪"归家"的情境来展现，透彻地诠释了舞剧矛盾冲突的戏剧性，也增添了本剧的人文情怀。

"家"是木兰身心的归处，也是维系其家国情怀的"根"。第二次情感冲突发生在第二幕军功赫赫的"花将军"木兰与将士们一同镇守边关的场景后。巡夜的灯火渐渐暗淡，夜幕深蓝，皓月当空，背景氤氲着七色花纹渐变光彩，远观如鸟类展翅翱翔的剪影。一切景语皆情语，圆月的轮廓标示"团圆"的意象，象征亲情；鸟类剪影的设计既与边疆大雁南飞的元素相照应，又象征木兰褪去娇弱之气，一飞冲天。木兰端坐前方抬首回忆过往，玉笙萧萧勾勒出大漠浩荡与壮阔胸襟。羽状黛色裙摆的舞女自两侧向中央会聚，手臂动作舒展摹效秋雁。先是一字对半排开，左低右高错开层次；而后聚拢成"人"字，此起彼伏，齐齐南飞。自古有鸿雁传书之说，鸿雁寄托着木兰对亲人的无限牵挂。而与前处情境不同，家宅的茅草屋侧影并未出现，木兰举目远眺，思绪乘着鸿雁的双翼飞回家乡，举手投足间减去了小女子的怨艾，平添几分从容坦荡。"推动舞剧发展的不是情节，也不是人物，而是情感。"⑤p51对比两次木兰独处时"思亲"情景可见，家庭已不再充当她疗治心灵创伤的庇护所。在驰骋沙场、戍守边关的漫长岁月里，木兰渐渐意识到了家与国的一致性，决然负担起捍卫家国万千同胞的使命与责任。至此木兰才真正成长成熟，她

的眼界与心境、气魄与格局也得到了脱胎换骨的升华。

黑格尔把"各种目的和性格的冲突"都看作是戏剧的"中心问题"。⑥戏剧冲突的形成掺杂了个人、社会与集体的多重因素，而冲突的解决则直接反映人物的性格和作品的题旨。在两幕中主创通过半开放式的舞台设计，赋予木兰内心情感以具体的形象，以动静相生、虚实相映的手法增强戏剧性，把观众代入角色的心路历程从而身临其境地感知人物的情绪起伏和蜕变成长。传统价值观中"忠"与"孝"难以两全的矛盾冲突在木兰不断磨砺和完善自我的成长历程中迎刃而解，"家国情怀"主题愈加凸显。它作为"木兰精神"中极为重要的内核，对当今时代有着极为深刻的启示与教育意义。

三、舍生取义：从情节突转的戏剧性看袍泽之谊

"悲剧往往运用可然律或必然律写那些惊人、可怖之事。'突转'非常重要，情节急转直下，人物命运发生突变，故事的曲折和离奇都有赖于此。"⑦不同于第一幕侧重描写木兰的个人成长历程，第二幕充分发展了木兰与李朔跌宕起伏的生死情谊，使情节突转的戏剧性铺陈开来。

第二幕第一场，一天的戍边工作结束，战友们陆续离开，表现木兰和李将军感情线的双人舞由此开始。木兰以弓为轴心在身后舞伴的支撑下做规尺旋转，呈现出精妙典雅的定点造型：花木兰右腿高踢，横向引弓前方平射，李朔右臂高举掩护木兰，齐心合力抵御敌军；花木兰挽弓左射，整个身体摹效满月般的雕弓，李朔将飞天怒射的木兰高高托举，同仇敌忾，直面敌酋。这段双人舞华彩十足，用古典芭蕾的程式诠释了人物关系的变化。两位将军里应外合屡立战功的默契已不再局限于疆场，在大漠戍边的日常生活中，他们也成了千载难逢的知己与生死之交。

第二幕第二场，木兰巡逻时被冷箭偷袭，疗伤时暴露了女儿身份。迷蒙的蓝色灯光笼罩着灰暗的山脉，标有"医"字的屏风层层拉开，木兰身单力

薄、披头散发跪坐于地,军官怒气冲冲舞剑而来,几欲斩杀木兰,皆被李朔拼死阻拦,愤懑而返。面对环境对女性的苛责与不公,她只得忍气吞声、无奈颔首。随即她高昂头颅,单腿支撑起立独舞,将军义气付诸舞姿动作,果断坚决似欲挣脱命运的种种枷锁。纵观全剧剧情发展,木兰已经成为李朔将军未雨绸缪打造出的撒手锏,是汉军步步为营铺垫出的最后一颗棋子。决战夺取胜利的主动权,皆在于木兰能否在李朔将军的掩护下向敌酋射出最后致命一击,于是她奋不顾身,即使赴汤蹈火也要与敌军决一死战。

背景沉淀为沉郁的深紫色,血红惨白的追光照射着敌军装束越发狰狞可怖。敌军的黑衣与汉军的红袍交织飞舞,刀剑寒光闪闪,棍棒混杂对战。硝烟缭乱的舞台全貌,也昭示着战争已到达白热化的阶段。紧锣密鼓之中木兰突出重围,在李朔掩护下迅速破解敌军防御。敌酋察觉自己暴露在木兰射杀范围之中,张弓搭箭抢先反击,李朔应声倒地,耗尽最后一丝力气拔出敌箭交与木兰。灯光霎时黯淡,漆黑中两束追光明晃晃直射两军阵营。众战友拥住木兰并将她托举至舞台前端,全场视线焦点会聚于木兰瞄准敌酋雪一箭之仇。只听弓弦簌簌作响,敌酋人仰马翻,敌军四散溃逃。血色与黑暗凄厉地笼罩了李朔冷却的尸体和失魂落魄的木兰。寂静的留白给予观众短暂的视觉缓冲,剧情在叙事与情感的高潮戛然而止,木兰与李朔两位将军的深重情谊,随着情节的急转直下如电光石火迸溅,观来既酣畅淋漓,又感人至深。

鲁迅曾说:"悲剧是把人生有价值的东西毁灭给人看。"⑧木兰因女儿身份暴露被逐出军队,舞剧中的"悲"由此发展,决战中李朔之死更是达到了"悲"的高潮。木兰为决战取胜毫不吝惜自己的性命,李朔将木兰从死神的冷箭下推开,以一己之力换取木兰生存的权利,为了保全家国和百姓和平安宁的生活,其自我牺牲、相互成全的袍泽之谊超脱于情节突转之外,在生死纠缠的悲剧性中更凸显张力,成为本剧戏剧性刻画中最为浓墨重彩的一笔。

四、初心不改:从舞剧道具的戏剧性看生命本色

道具"弓"是贯穿本剧的线索,也是剧情推进的标志。舞剧的起、承、转、合由一张"弓"巧妙贯穿,木兰替父从军的决定、沙场立功的得志、痛失战友的悲痛及克敌制胜的决心均维系于此。"弓"是木兰一路成长的见证,更是军人之魂、家国情怀和"生"之本质的传承。第一幕第一场木兰的父亲被迫征兵。老父年迈体衰,宝刀已老,连拉动弓弦都跟跟跄跄,加之母衰弟弱,无一可出力者。木兰冒着欺君的风险扮起男儿装束,搭上父亲从军时所用的弓,对家宅三叩九拜而去。风雨飘摇之家无可奈何的期望,垂垂老矣的将士难酬的壮志和女儿只身庇护家庭的一腔孤勇皆融入作为道具的一张弓中,背负于木兰之肩,支撑她毅然奔赴校场,勇敢闯入战争的腥风血雨中去。

第二幕最后一场汉军班师凯旋,数小厮引军官手捧官帽驾到,木兰接过官帽细细端详,跪地奉还,委婉谢绝。军官悻悻而退,青布衣衫的田家汉子做躬身纺织状鱼贯从两侧穿过,手做纺织动作的织舞女飘然再现。双亲、弱弟从木兰魂牵梦萦的茅草屋中奔出,与铁甲披挂、束发挎弓的木兰相拥。木兰双手捧弓拜见老父,回到屋内。正当父老争相围观哄抢助力木兰获得大捷的长弓之际,粉妆玉琢的木兰袅袅婷婷从屋中走出。她分别向欣慰的父母、惊叹的乡亲致以女子屈膝之礼,随后展开自由自在的独舞。笛声悠扬,碎步、侧腰、旋转,配合手部三种不同的纺织动作,尽情抒发着女儿心思与似水柔情,对比贯穿全剧的英武军装,更衬托出她历经战场洗礼后愈见超凡脱俗的沉静气质。而木兰归还长弓换装的过程,则寓意着她对家国一体的领悟、功成名就的淡泊与华丽转身的坦然。从闺中织女成长为常胜将军,淡泊名利回归家庭,剧情至此而终,木兰生命中最为奇妙惊险的境遇圆满落幕。

道具"弓"是与本剧内核联系最为紧密的戏剧性设定。作为木兰离家时唯一随身携带的武器,"弓"是父亲花弧壮志与功绩的传承,寄托着家庭的深切挂念与殷切期盼;"弓"见证了木兰由农家

女成长为将军的艰辛历程，是木兰传奇戎马生涯的载体，是巾帼力量的铁证；"弓"帮助木兰在战局中充分运用自身优势发挥最关键的作用，是其成就自我价值和保家卫国最得力的武器；"弓"更承载了李朔的生命之托，警醒木兰在彻悟生死之后承担起生的责任，珍惜用鲜血交换的来之不易的和平，鼓起勇气面对未来的生活。木兰历经坎坷，人生跌宕起伏，而"弓"始终屹立于木兰之肩，跟随她安然归乡，标示其对生命初心和生活本质的珍重与恪守。

被迫从军，取得功名，木兰却无时无刻不在思念家乡，盼望战争结束。经历生死，重获新生，木兰终于领悟擦肩而过的死亡也不过尔尔，充满爱的和平生活才能创造新的希望。人生就应该如木兰随身携带的弓，在危难之际力挽狂澜，在平和之时归于安宁。木兰于开天辟地后急流勇退、善始善终，是升华"木兰精神"这一深刻主题的关键一章，是使"木兰精神"流芳百世、经久不衰的根本原因。死生契阔，唯有热爱和平，生生不息，才是生命该有的本色与气魄。

五、结语

芭蕾舞剧《花木兰》以芭蕾语言生动讲述了中国古代巾帼英雄花木兰的传奇故事，既是木兰个人成长史的戏剧性记录，又是歌颂中华民族精神形成与成熟的壮丽史诗。本文结合"孝、悌、忠、义"的中华民族精神，从个人、家国、战友、人生四个层面依次递进，剖析该剧舞蹈语言、矛盾冲突、情节突转、舞剧道具四个角度的戏剧性。花木兰是一介织女，是一位将军，是一代英雄。"木兰精神"是自强不息的个人成长，是胸襟博大的家国情怀，

是舍生取义的牺牲精神，是初心不改的生命本色，对当今时代、当今社会具有极为深刻的启示意义。"花木兰"的形象通过古典诗词记载在历史长廊独占一席之地，泽被后世；而今更凭借芭蕾舞剧跨越国界，在世界舞台绽放光彩；"木兰精神"不为中西文化差异和古今时代变化所撼动，反而在美美与共中更加彰显其价值。希望在未来，《花木兰》这段有关成长、爱与勇气的传奇故事能够成为屹立于世界文化之林又一道亮丽而独特的中国风采；中国的花木兰，也能够成为世界的花木兰。

注释【Notes】

①本文系中央高校基本科研业务费专项资金资助项目（项目编号：30922011102）及江苏省社会科学应用研究精品工程外语类课题（课题编号：2ZSWB22）江苏高校外语教育"高质量发展背景下外语教学改革"专项研究课题阶段性研究成果。

②李学勤主编：《毛诗正义（三卷本）》卷第一，北京大学出版社1999年版，第6页。

③董建：《戏剧性简论》，载《上海戏剧学院学报》2003年第6期，第7页。

④[美]约翰·霍华德·劳逊：《戏剧与电影的剧作理论与技巧》，邵牧君、齐宙译，中国电影出版社1989年版，第213页。

⑤李曾辉：《以舞叙事：舞剧叙事性探析》，载《四川戏剧》2016年第8期，第50页。以下只在文中注明页码，不再一一做注。

⑥[德]黑格尔：《美学》第三卷下册，朱光潜译，商务印书馆1981年版，第278页。

⑦叶毓：《"戏剧性"生成研究》，载《四川戏剧》2013年第6期，第102页。

⑧鲁迅：《再论雷峰塔的倒掉》，转自《鲁迅全集（全十八卷）·坟》，人民文学出版社2015年版，第167页。

与"自然"相拥的诗意栖居

阮　忠

内容提要： 鲁枢元认为人类的"元问题"是人与自然，陶渊明是"自然"的化身，因现代环境下自然的破败而成了飘忽的幽灵。没有自然，也就没有陶渊明，自然是道家的最高境界，也是陶渊明心中自然人生存的最高境界，故人生也自然，死也自然。文学史应立足于自己民族传统的文化精神，求普世化认同，在多元化中自立，自觉以"自然"入文学史。

关键词： 鲁枢元；陶渊明；自然；生态批评

作者简介： 阮忠，海南师范大学文学院教授，博导，研究方向为中国古代诗文。

Title: Poetic Dwelling Embracing the "Nature"

Abstract: Lu Shuyuan believes that the "meta-problem" of human beings is human and nature. Tao Yuanming is the embodiment of "nature", which has become an ethereal apparitions due to the natural decay in the modern environment. Without nature, there would be no Tao Yuanming. Nature is the highest realm of Taoism, and also the highest realm of natural person's survival in Tao Yuanming's mind. Therefore, life is natural and death is natural. The history of literature should be based on the cultural spirit of its own national tradition, in pursuit of universalized identity, self-reliance in diversification, and consciously entering the history of literature with "nature".

Key Words: Lu Shuyuan ; Tao Yuanming ; nature ; ecocriticism

About Author: Ruan Zhong, Professor of College of Literature, Hainan Normal University, doctoral supervisor, research direction is ancient Chinese poetry and prose.

2014年，苏州大学鲁枢元先生送我新著《陶渊明的幽灵》（上海文艺出版社2012年版。以下简称《幽灵》）。这部《幽灵》在出版后影响广泛深远，2014年获第六届鲁迅文学奖，授奖词中说："鲁枢元教授将古典情怀与前沿问题相融合，跨学科、跨国度地阐释一位古代诗人，提出'自然浪漫主义'的概念，致力于开辟生态美学、生态文学、生态批评的新视域，具有重要的理论价值。"称其是"关于陶渊明的当下解读，也是对'人与自然'关系的重建寻求一份东方式的解答"。2017年，《幽灵》的英文缩编版《生态时代与中国古典自然哲学》由德国施普林格出版社（Springer）出版后，2018年在世界生态文化领域获享有盛誉的"柯布共同福祉奖"。随着国内《幽灵》的售罄，修订

后的新版《陶渊明的幽灵：悠悠柴桑路》（上海文艺出版社2021年版）问世了，鲁枢元先生以更加明快、平易的笔调诉说陶渊明的幽灵，让更多的普通读者能像他一样感受陶渊明低物质消耗的高品位人生。

《幽灵》说"陶渊明"，却又远不限于陶渊明，是"在后现代生态批评的语境中，跨学科、跨国度地阐释中国古代诗人陶渊明"[①]，看陶渊明怎样"诗意地栖居在大地上"[①p1]。不过，无论如何，《幽灵》终究是在说向往桃花源的、爱酒好客、读书不求甚解的陶渊明。况且，鲁枢元先生在该书"后记"里说：卢梭寻求随着心情无所顾忌的写作，顺其自然，想写什么就写什么，想怎么写就怎么写；德里达在解构中寻求抓住碎片尽情发挥，变

客观评价为话语创新，而"我能够做的只是放纵一下自己的文体，把书写看作自己人生留下的一点痕迹"①p311，这很合我心。

一、人类的"元问题"人与自然

鲁枢元先生本在海南大学社会科学研究中心创建了"精神生态研究所"，去苏州大学以后，建了生态文化研究中心，掀起了一阵生态文化研究的热潮，又出版了一系列著作，如《生态批评的空间》《文学的跨界研究：文学与生态学》《幽灵》等，其中《幽灵》最具代表性。

"幽灵"一说是有来源的，鲁枢元先生在写作之前，翻阅过三本以"幽灵"命名的书：德里达《马克思的幽灵》、路易·阿尔都塞的《黑格尔的幽灵》和汪民安的《尼采的幽灵》。据我所知，还有我以前在桂子山工作时的同事、曾在巴黎拜访过德里达的陆扬教授写了《德里达的幽灵》。鲁枢元先生说，三个哲学家的肉体灰飞烟灭之后，他们的"幽灵"在星球上空飘荡、游移。对于这个"幽灵"他是这样说的："在德里达的哲学陈述中，'幽灵'的第一个含义是：它的身体已经死去，'人们根本看不见这个东西的血肉之躯，它不是一个物'。肉体虽然死了，灵魂依然活着，并且恰恰是因为肉身不在了，幽灵才具备了'在场的持久性''死人往往比活人更有力量''死了的更伟大'。"①p211他随之还说了，"幽灵"是精神的某种现象，居于无何有之乡，可以累积和繁殖。用我们古人的话说，"幽灵"是人死之后的不朽，名垂青史的声名自传于后。所以在这个星球的上空，飘荡、游移的何止是刚提到的三个哲学家，还有苏格拉底、柏拉图、亚里士多德、康德……还有我国的老子、孔子、孟子、庄子、墨子、韩非子、屈原、司马迁……当然还有陶渊明。这些不再有肉身的"幽灵"，无形而永久地存在着，没有穷尽。况且历史本身有累积的特质，"幽灵"作为精神影响的存在，伴着世界时移而变易，造就自身的再生产，也是很自然的事。

在这里，鲁枢元先生提出一个人类的"元问题"，即初始的、本源的、宏阔的问题，并说："这样一个'元问题'，就只能是'人与自然'的问题。"①p4。这使鲁枢元先生对陶渊明的探究有了着力点，因为陶渊明一生最爱是自然，也因他天生的"质性自然"②。陶渊明的自然"有所待"，有待于庄子的自然或反真，这使陶渊明的生命里，始终有庄子的影子。我曾想鲁枢元先生为何不以庄子为对象，庄子把自然玩到了极致，说"至人"则把社会生活中有温度的人解构了，说"至世"则把宇宙中有温度的社会解构了，当庄子走到这样的极致境地，就把进化了的人与社会硬生生地拉回原始时代，在不可能实现的乌托邦里，一切都是原生态的。而任真的陶渊明，憧憬生活，却没有想去改变现实，而是改变自己适应现实，所以会吟唱着"归去来兮，田园将芜，胡不归"，连欲饮酒而谋求的公田之利也弃如敝屣，挂印辞官归去，从此"委心任去留"②p161。

鲁枢元先生视陶渊明为"自然"的化身，他在《幽灵》"题记"里说了一句耐人寻味的话："进入现代社会以来，在工业化、商业化、城市化的滚滚红尘中，随着'自然'的破败凋敝，陶渊明的星光渐渐黯然失色；随着'自然'的一再蒙难，陶渊明的文学精神也已进入死期。21世纪伊始，在陶渊明逝世将近一千六百年之后，伟大诗人再度死亡，成为一个飘忽不定、明灭游移的幽灵。"①p1这话说得悲怆而有诗意，陶渊明死后的一千六百年里，他又没有死，是因"自然"还在；现在陶渊明再度死亡，是因象征着陶渊明的"自然"不在了。因此，鲁枢元先生给了自己一个伟大的使命，为陶渊明招魂，为自然招魂，他送我的上下册《自然与人文——生态批评学术资源库》和《幽灵》等，何尝不是陶渊明的招魂曲？何尝不是自然的招魂曲？

鲁枢元先生说进入现代社会以来，因为"现代"环境下"自然"的破败，陶渊明死了，成了飘忽的幽灵。这"自然"的破败，让我想起他在《荒野的伦理》一文中描述过的城市吞噬了原始的土地，公路、铁路像一条条绳索切割了地球。他还写道："地球上那宝镜一般美丽、梦幻一样神奇的湖泊在一个接一个地干涸了，梁山泊、圃田泽早已干掉了，罗布泊也已经在1981年干掉了，白洋淀、微山湖、博斯腾湖、玛纳斯湖都面临干涸的最后结局。随着湖水干涸的是树林的干枯，鸟类的逃亡，草原大片大片地退化为沙漠。"③枢元先生为之痛心不已。这样说来，"自然"并非只在现代破败过，陶渊明之前的秦汉不说，之后六朝的金陵、唐的长安、宋的汴京与临安、元的大都、明的应天与北京、清的北京，哪个朝代的宫室不是非自然的金碧辉煌？楚汉相争未定，汉相萧何为刘邦大建宫室，口号是天子以四海为家，非壮丽无以重威。这"壮丽"就成了帝王非"自然"又理所当然的传统，岂是陶渊明式的"方宅十余亩，草屋八九间。榆柳荫后檐，桃李罗堂前。暧暧远人村，依依墟里烟。狗吠深巷中，鸡鸣桑树颠"②p40式的自然？延伸开去，陶渊明人生的委运化迁、"纵浪大化中，不喜亦不惧"②p37，在他之后道教的炼丹吃药、佛教的修行彼岸，有修炼的功夫与追求在，哪里是陶渊明式的诗意栖居？还有文学上的骈俪之文、缛美之赋、迷蒙之诗、华艳之词，哪里像陶渊明诗因"自然"而平淡简古？在这样的时候，陶渊明的幽灵潜隐着，不时地冒出头来，不信你读下面苏轼的《江城子》：

> 梦中了了醉中醒。只渊明，是前生。走遍人间，依旧却躬耕。昨夜东坡春雨足，乌鹊喜，报新晴。
>
> 雪堂西畔暗泉鸣。北山倾，小溪横。南望亭丘，孤秀耸曾城。都是斜川当日境，吾老矣，寄余龄。

这时苏轼被贬为黄州团练副使，躬耕于黄州东坡，筑雪堂而居，环视四周，山丘小泉，仿佛陶渊明的斜川之游，于是苏轼说陶渊明是自己的前身，或者说自己是当下的陶渊明。苏轼钟爱陶渊明，在黄州还将陶渊明的《归去来兮辞》改写成词《哨遍·为米折腰》，说了一句"归去来兮，我今忘我兼忘世"，较陶渊明的自然有过之而无不及。陶渊明的委运化迁，苏轼有自己的说法"随缘委命"④或"委命而已"④p1841。苏轼是陶渊明复生的一个标

本，他甚至从黄州到儋州，遍和了陶渊明的诗，诗从"一蓑烟雨任平生"的峥嵘，日渐趋于陶式的平淡简古，尤其是他海外集的儋州诗，如《新居》："朝阳入北林，竹树散疏影。短篱寻丈间，寄我无穷境。旧居无一席，逐客犹遭屏。结茅得兹地，翳翳村巷永。数朝风雨凉，畦菊发新颖。俯仰可卒岁，何必谋二顷。"诗里透出的静穆自足，让人们几乎可以称他为"苏渊明"了。

不仅是苏轼，唐人李白把自我人生的理想一端搭在鲁仲连身上，想的是功成不受禄，另一端搭在陶渊明身上，希望像陶渊明一样洒脱自然、清淡素朴。他在《戏赠郑溧阳》中写道："陶令日日醉，不知五柳春。素琴本无弦，漉酒用葛巾。"这是一种向往，他内心觉得陶渊明的生活也应是自己当有的生活。陶渊明在李白这儿，不也是活过来了吗？只是，李白是"一过性"的陶渊明，61岁还去从军，不料62岁时病死当涂，命运的归宿如此，奈何不得。不像苏轼，即使是在儋州，四顾途穷，依然是诗意地栖居。鲁枢元先生说后世慕陶、学陶的文化人，"立意回归退隐的陶渊明其实是少数"①p228，苏轼就是这少数中的一个，不过他不是真的退隐，而是遭流贬后的被迫"雪藏"，从59岁被贬惠州到65岁离开儋州北归，这期间他把自己在黄州时要做陶渊明的想象真的过成了"陶渊明"。当下，陶渊明也在，鲁枢元先生为陶渊明招魂，当然也是在为"自然"招魂，他自己其实很有陶渊明的气质在：曾五下陶渊明当年的故里柴桑，考察陶渊明的形迹，为"自然"回归鼓与呼，数十年如一日。而且他在苏州大学按程序可以延迟退休至70岁，却也做不到心为形役，早早主动申请提前退休了，与辞去彭泽县令归田的陶渊明有些相似。

二、为陶渊明也为自然"招魂"

作为古代田园诗的第一人，陶渊明注定是伟大的。鲁枢元先生没说他因诗歌成就而伟大，而说："陶渊明因'自然'而伟大。"①p36这是真的，陶渊明的整体精神就是自然，没有自然，也就没有陶渊明。就此，他说到金岳霖先生的三种人生观：素

朴人生观、英雄人生观和圣人人生观。圣人的人生观表现为无为而无不为，鲁枢元先生补充了一句："金岳霖先生反复阐释的圣人人生观，也正是陶渊明持守的人生理念。"①p42儒、道都说圣人，儒家的圣人兼济天下，是宋人范仲淹说的"先天下之忧而忧，后天下之乐而乐"，故禹治天下之水，会三过家门而不入；又仁行天下，故孟子说"老吾老，以及人之老；幼吾幼，以及人之幼，天下可运于掌"。道家圣人的无为而不为，《老子》四十八章有过表述："为学日益，为道日损，损之又损，以至于无为。无为而无不为。"《庄子·知北游》重复了老子这番话，可见陶渊明的精神根本上是老庄精神，陶渊明的"幽灵"，终究离不开老庄的幽灵。物我一体的庄式齐物，在陶渊明那儿，演化成了"托体同山阿"②p142的终极形式。这与庄子天葬的故事相似。这故事见于《庄子·列御寇》：

庄子将死，弟子欲厚葬之。庄子曰："吾以天地为棺椁，以日月为连璧，星辰为珠玑，万物为赍送。吾葬具岂不备邪？何以加此！"弟子曰："吾恐乌鸢之食夫子也。"庄子曰："在上为乌鸢食，在下为蝼蚁食，夺彼与此，何其偏也。"

这是庄子托体于原野的生动表达，与陶式的"托体同山阿"本质如一。鲁枢元先生说他自己"更倾向于以道家精神阐释陶渊明其人、其诗、其文"①p51，我很以为然。不过，用"无为无不为"说陶渊明却不尽然，他那"刑天舞干戚，猛志固常在"②p138，鲁迅说是金刚怒目；他还有"日月掷人去，有志不获骋"②p115-116的进取心也时在显露，志欲有为，却不愿心为形役，把自己归于自然。自言自语"久在樊笼里，复得返自然"②p40，悔恨与自新共存。

"自然"是道家的最高境界，《老子》二十五章的"人法地，地法天，天法道，道法自然"，这一套自然与社会法则，从人自身来说，最本质的是人生于自然，死于自然，无论你是否愿意。"引壶觞以自酌，眄庭柯以怡颜"，如是之生；"聊乘化以归尽，乐夫天命复奚疑"②p161，如是之死。生之乐与死之乐都那么鲜活，不像庄子，说

"心斋""坐忘""丧我""无己"，让活着的自我与世间隔绝，最好是活得"呆若木鸡"；死之乐，则是南面称王的快乐也不能及。人性的本真不当如是。陶渊明因"自然"而伟大，他生好"自然"，死入"自然"，没有纠结和痛苦。所以他的《桃花源记》构筑的理想社会桃花源也是"自然"的社会，那"不知有汉，无论魏晋"的桃花源中，"阡陌交通，鸡犬相闻"，人们"黄发垂髫，并怡然自乐"，何尝不是老子心中的"小国寡民"？老少咸宜，就有生与死在其中。而这"自然"也是双重性的，既有大自然的"自然"，又有委运的"自然"，后者还包含了"知其不可奈何而安之若命"的庄式消极自然。

就陶渊明的生与死，鲁枢元先生顺势说了陶渊明的"知白守黑"与海德格尔哲学的关联。"知白守黑"出自《老子》二十八章的"知其白，守其黑，为天下式"，鲁枢元先生说海德格尔对它刻骨铭心，海德格尔又是将自己的"存在之思"建立在老子的"有""无"之上，这样，陶渊明和海德格尔也就有了关联。我从来没有想过陶渊明的名字"渊明""元亮""潜"和"知白守黑"的老子哲学挨得上边，陶渊明研究的大家袁行霈先生说，应该从古代自然哲学的高度理解陶渊明名字的意蕴，鲁枢元先生捕捉到这一点，就此审视陶的出仕与幽居、理想与现实，还有饮酒的醉与醒。进而看二人说死。鲁枢元先生在《幽灵》里写道：

关于"死"，海德格尔认为，面临死神，现实存在物整体退隐，人因此与虚无相遇。陶渊明诗曰："人生似幻化，终当归空无。""这里没有面临死亡的哀鸣，而是通过死来表达一种超出富贵，超出虚名，超出生死等一切'寓形宇内'和洒脱'空无'之情，可以说是对海德格尔所谓超越哲学的吟诵。""诗比哲学更能表达'存在'的真意"，陶渊明通过对死的领悟所体会到的"超越"和"无"的境界，比海德格尔更为深切。

我对海德格尔没有多的认知，但陶渊明的自然的确是"自然人"的生存境界，生也自然，死也自然，难得。再说，海德格尔的理性阐述与陶渊明的

感性表达，后者多有抽象的朦胧与深沉。

除海德格尔之外，鲁枢元先生还将陶渊明与卢梭、梭罗、沈从文、冯至等中外诗人比较，看陶渊明的自然浪漫主义，开阔的学术视野让人眼前一亮。不过，说实在的我多少有些错愕，文学史曾经把浪漫诗人的桂冠给了屈原、李白，没有给过陶渊明。浪漫主义与现实主义相对，通常用想象、夸张塑造形象、表现生活以及对理想的追求，以比拟写意；现实主义则是对生活的再现，重实在的摹写以求逼真。这是已有的一般理解。以此来说陶渊明，他有诗意的田园但并没有造就自己诗歌里的神奇想象，读他的《归园田居》其三："种豆南山下，草盛豆苗稀。晨兴理荒秽，带月荷锄归。道狭草木长，夕露沾我衣。衣沾不足惜，但使愿无违。"还有《饮酒》其五："结庐在人境，而无车马喧。问君何能尔？心远地自偏。采菊东篱下，悠然见南山。山气日夕佳，飞鸟相与还。此中有真意，欲辨已忘言。"这些都是他田园生活的真实写照。虽说早已不用现实主义、浪漫主义对文学史上的作家及其作品进行评说，但如果要评说的话，陶渊明很容易被归属于现实主义文人之列。然而，我们对舶来品"浪漫主义"的理解出了偏差，它固然"往往采用想象的、夸张的、幻化的乃至神秘的创作手法"，但它的本质有"崇尚精神自由，淡泊物质享受，尊重人的自然天性……热衷于回归乡土、回归民间、回归自然、回归传统"[1]p97。正是在这个意义上，鲁枢元先生说陶渊明"与欧洲的本来意义上的浪漫主义血脉相通"[1]p98，还把陶渊明和英国十九世纪浪漫诗人的典范华兹华斯进行比较，看两人在自然意趣上的共同点，并用美国当代意象派诗人布莱的话说，陶渊明是华兹华斯的"精神祖先"。而在强调自然的时候，鲁枢元先生既为陶渊明招魂，也为自然招魂。

三、陶渊明的"自然"与文学史书写

这里的陶渊明话题让我想到文学史书写。从文学史说，国人在接受外来文化影响的进程中，有多少理解存在偏差，从而影响我们自己的文学史建构？文学史的写法可以不同于社会史，但在实践"原始察终，见盛观衰"⑤的史学通则上理应相似。"舶来品"的问题复杂姑且不说，文学史随着社会的发展，受制于社会的阶段性，文学史的撰述者、研究者同样为特定的社会环境拘束，于是不同形态下的文学史会有不同的表达，其中概念的界定至关紧要，以免理解上南辕北辙。这意味着文学史需要不断地被再认识，重写文学史的呼声与实践也会不断地发生。鲁枢元先生在论及陶渊明的接受时，也涉及这一点，后面会说到。

鲁枢元先生说到"自然"与中国文学史的关系时，他有一个结论："自然"在中国文学史中有疏漏。他归结为用西式的尺度看自己的历史，没有立足于自己民族传统的文化精神，求普世化认同，少了多元化的自立；固守西方百年前的史学定规，对20世纪以来的新史学观持排斥的态度。依鲁枢元先生所说，这当然是很大的问题。用西式的尺度且是百年前的尺度看自己的历史，民族或国家历史的个性也许在不知不觉中被抹掉了，文学史也就会有浓郁的西化色彩。鲁枢元先生提出这两点，是要引出中国文学史下面的两处疏漏：疏漏了"自然"与拘泥于文体。前者使得"原本与自然融为一体的中国文学，在其历史书写中竟也丢失了自然的维度"[1]p159。后者，文学史上原本灵动多姿的文学书写，在史学科学化的目标下都受文体制约而整齐划一了，以致"文学史的书写也力求与文学划清界限。那些靠近文学话语，独见史家性情，透递些许诗意的文学史著，反而很难得到文学研究界的认可"[1]p159。文学史本应是扎根于自然与社会的土地上的，从而衍生出与各时代数不胜数的作家、作品的关联，但我们长期以来看重"知人论世"的文学社会批评，这里面的社会生活并非没有"自然"，而人们往往轻忽了文学自然的一面。

这不是没有纳老庄、陶渊明、谢灵运等好"自然"的文人与文学入史，而是少了以"自然"入文学史的自觉，使文学或文学史的社会性充盈炫目，而自然性轻淡黯然，二者不太平衡，尽管我们好吟咏陶渊明的"采菊东篱下，悠然见南山"、谢灵运的"池塘生春草，园柳变鸣禽"、杜甫的"两个黄鹂鸣翠柳，一行白鹭上青天"之类的诗。而文学史为文体所拘是必然的，岂止是文学史，当今公文写作的机关风、论文写作的学院派，都让我们的文字变得板滞且面目可憎。如是的文体范式，让许多人都难以承受，却又受制于工作环境和岗位，不得不承受，并以之教诲不能或不愿相随者。鲁枢元先生有强烈改变这种状态的意愿，但这只是一个意愿，当写作与文体模式固化了，想改变也是难的。《幽灵》算是在改变，但将它放进浩瀚的书海中，改变了什么呢？这好像有点偏离陶渊明，但它实际上隐含了陶渊明以及"自然"在文学史上的地位。

陶渊明人生的最后几年是在南朝刘宋度过的，他主要生活在东晋，一般好说他是东晋诗人。他在当时被冷落，固然是因为他辞职归田、避世隐居，在那个玄言及玄言诗流行的时代，虽说他的玄言诗《形影神》写得好，但他不以玄言或玄言诗入群，驰名的兰亭宴集，群贤毕至却没有他的身影。所以可以反过来说，他好田园、好隐居冷落了那个玄学火热的时代，宁可做"浔阳三隐"之一，也不去兰亭宴集凑热闹。所幸常去他田庄喝酒，离别了还资助他酒钱的颜延之写了《陶征士诔》，南梁萧统为他立传，还写了《陶渊明集序》。陶渊明死后的名声渐噪，加之他后来为唐宋诗人推崇，大得史名，在文学史上的地位没有受到影响，只是因人们轻忽了"自然"，评价上有一些失当。

在文学史上，尽管南梁钟嵘在《诗品》里给了陶渊明"古今隐逸诗人之宗"的评价，但他毕竟只是文学之流上的一环，其前承后继总得有个交代。按钟嵘的说法，影响他的主要是应璩，其次有左思。鲁枢元先生不赞同后辈诗人对应前辈诗人以探寻诗歌创作本源的方法，陶渊明诗歌的自然精神应该是转益多师的结果，影响他的"是一种游荡于华夏大地上的无有形迹的东西，是一片缊缊，是一团混沌，是一种神光"①p157。这说得含混，难以捉摸。说白了，诗从最早的二言，经《诗经》的四言、汉乐府的五言和杂言，再到陶渊明的五言，有诗体发展的自然性；而他的文化精神，读他的诗和文就可以感知，好读书不求甚解的陶渊明，文化精神显然来自经史百家和田园。田园对陶渊明的影响是深刻的，可以说没有田园就没有陶渊明的诗，就像南梁刘勰说屈原能够洞鉴《风》《骚》，"亦江山之助"。"春秋代序，阴阳惨舒，物色之动，心亦摇焉……情以物迁，辞亦情发"⑥。类似的话他还说过一些，陶渊明的田园诗，亦田园之助明矣。不单是陶渊明，山水诗不离山水，田园诗不离田园，边塞诗不离边塞，是诗歌创作的自然；游山之记不离山，游水之记不离水，游亭之记不离亭，是游记文的自然。还有触景生情、因事涉景、抒情寄景之类，哪里离得开自然。散文、小说亦如此。只是像陶渊明这样，因"自然"在文学史上具有崇高地位的少有。好山水的谢灵运、谢朓勉强算得上，他们却又在诗歌创作上有佳句而无佳篇，后人称道之余，少不了诟病。

按接受美学的观念，一部文学作品的完成，还仰仗接受者的接受，这话已经很老套了。接受研究，说得平实点，就是影响研究。不同的是，说接受，是读者或研究者主动地吸纳；说影响，是陶著的施予，二者站位不一。唐宋两朝是陶渊明接受的高峰，学陶、咏陶、和陶、品陶，不胜枚举。苏轼说陶诗："质而实绮，癯而实腴"④p2515。这话说得满是诗意，易把读者导入自我的体悟中，想象陶诗的华丽和丰厚。元好问《论诗三十首》其四说："一语天然万古新，豪华落尽见真淳。"这两句道出的天然、真淳，正是陶渊明诗的本色。鲁枢元先生不做泛论，说的是"陶渊明接受史的拐点"。自元以后，接受中的"自然"还是存在，但"拐点"的出现，让陶渊明的接受"由'自然'移向'世事'"①p184，于是陶渊明在一些人眼里是纯儒，该入名教的殿堂。这让鲁枢元先生感慨："陶渊明成了不称职的杜甫，陶渊明在中国文学史上的地位也就顺势下滑"①p185。陶渊明在人们的接受中变异，其实我们可以说的是：因"自然"死了的陶渊明又死了，因接受上的变异驱除了他本色的"自然"，陶渊明不再是原来的陶渊明，他的"幽灵"也变色了，呜呼哀哉！

鲁枢元先生说陶渊明接受还延续到了现代的"文学革命""文学主体性",因之陶渊明有了不同的际遇。这让文学史上的陶渊明有了足够让人们反复思考的空间,所以鲁枢元先生说:陶渊明接受史的拐点还会再现。好在陶渊明及其诗文已在历史上定格,他的自然本色是不变的;陶渊明接受在斗转星移下、社会转型中的变异会永恒地发生,上文说的重写文学史、不断认知文学史对陶渊明来说也是永恒的。这使文学史撰述者、研究者不断有新的课题,从直接认知和接受双重角度的探讨同样没有穷尽。

鲁枢元先生曾经说过:"人类也许注定要走向终结,只是不知道将选取哪种方式终结自己,或许终结于一场核大战,从目前看这种可能性正在减少;或许终结于某些突如其来的'怪病',从新近的势头看,这并非骇世之语;或许终结于因极度奢侈享乐而耗尽了地球上的资源;或许在肉体终结之前便已经熄灭了作为人的存在依据的精神之光。"[7]这让我强烈地感受到他的这部以"自然"为核心,通观古今中外之际,论述陶渊明人生精神、诗歌精神、生成及影响的《幽灵》一书,怀有拯救陶渊明、拯救自然生态的良苦用心。在这个意义上,《幽灵》也许能更名为"拯救陶渊明",其实也是在拯救人类自身,延缓人类走向终结的步伐。话说回来,当今对于自然生态的保护得到高度重视,而工业化、城市化的进程更加迅猛,在强大的非自然力量面前,被著名生态批评家斯考特·斯洛维克(Scott Slovic)誉为"中国生态批评里程碑

式人物"的鲁枢元先生以陶渊明为旗帜的"行侠仗义",倒有几分像塞万提斯笔下的堂吉诃德,不知鲁枢元先生以为然否。

《幽灵》里陶渊明的"幽灵"随枢元先生的"自然写作"恣意飘荡,让人欣赏陶渊明与"自然"相拥的诗意栖居,读来有别样的新鲜感和愉悦感。当然本文所述这些只是自我的感知,主要关注的是《幽灵》里与我相熟的中国文学,与鲁枢元先生的本意怕是有点距离。顺便还想说的是,鲁枢元先生除了说陶渊明着力于"自然生态",他还在讲"社会生态"和"精神生态",以之构成"生态学三分法",这是基于人的生物性、社会性和精神性存在。三者在地球生物圈的有机整体中相与为一,也是很值得诸君关注的。

注释【Notes】

①鲁枢元:《陶渊明的幽灵》,上海文艺出版社2012年版,第2页。以下只在文中注明页码,不再一一做注。

②逯钦立校注:《陶渊明集》,中华书局1979年版,第159页。以下只在文中注明页码,不再一一做注。

③鲁枢元:《心中的旷野》,学林出版社2007年版,第3页。

④孔凡礼校:《苏轼文集·与程德孺》,中华书局1986年版,第1687页。以下只在文中注明页码,不再一一做注。

⑤司马迁:《史记·太史公自序》,中华书局1975年版,第3319页。

⑥范文澜:《文心雕龙注·物色》,人民文学出版社1958年版,第693页。

⑦鲁枢元:《精神守望·自序》,上海:东方出版中心,2004年,第4—5页。

众里嫣然通一顾，人间颜色如尘土

——品读《世说新语》中的女性形象

蒋慧想　张云云

内容提要： 一部《世说新语》道尽名士风流，其中讲述的不少故事也展现了魏晋时期个性十足的女性形象，她们或才智出众，或贤惠淑良，或母仪垂范，风采跃然于纸上。作者通过形象化的手法和描写方式，在只言片语间就将人物的性格与特征展露无遗，让她们焕发出女性的独特魅力，而且这部经典文本也对后世文学作品包括体例、素材等方面以及社会风气产生了一定的影响。

关键词：《世说新语》；女性形象；后世影响

作者简介： 蒋慧想，陆军炮兵防空兵学院助教，硕士，研究方向为中国古代文学。张云云，陆军炮兵防空兵学院副教授，硕士，研究方向为军事文化。

Title: All in Smiling Pass a Look, the Earth is as Colored as Dust — A Study on the Female Image in *A New Account of the Tales of the World*

Abstract: *A New Account of the Tales of the World* tells famous scholars' grace, and it also tells a lot of stories which show the female images with full of personality during the Wei Jin period. Some are intelligent, some are virtuous, and some are womanly. Various styles leap onto the paper. By means of visualization and description, the author reveals the character and characteristics of the characters in a few words, and radiates the unique charm of women. Moreover, this classic text also has a certain influence on later literary works, including style, material and other aspects as well as social atmosphere.

Key Words: *A New Account of the Tales of the World;* female image; influence on later generations

About Author: Jiang Huixiang is from the Army Academy of Artillery and Air Defense, teaching assistant, master, specializing in Ancient Chinese Literature. **Zhang Yunyun** is from the Army Academy of Artillery and Air Defense, associate professor, master, specializing in Military culture.

《世说新语》以文笔简洁明快、语言隽永传神著称于世，鲁迅评价其"记言则玄远冷峻，记行则高简瑰奇"，可以说是一部蕴含思想哲理和文学历史价值的经典文本。虽然《世说新语》中的主角不是女性，但她们活跃的身影在《世说新语》中的"贤媛"门和其他诸如"言语""惑溺"门中得以彰显，并闪耀着魏晋女子的风流光芒。

一、各具特色的女性形象

魏晋可谓是一个重视才华的时代。重视女子的才之美，应该是从魏晋时期开始的，而女性的文学之"才"，也是《世说新语》评价女性魅力的重要尺度与标准。据统计，在《世说新语》中大约出现了626个人物，其中女性占了全书人物的四分之一左右。她们的魅力远远超出了封建礼教要求下的德、言、容、功四项，也为魏晋时代妇女风采的人物世界增添了一道清新靓丽的风景线。

（一）"班姬续史之姿，谢庭咏雪之态"的才女形象

在魏晋清谈风气的影响下，《世说新语》中描写的一些女性依靠才华与聪慧，与男性展开针锋相对

的辩论，一应一答中无不透露着机智和敏捷，大有巾帼不让须眉的气度。当行完婚礼的许允和王广面对不尽如人意的新妇时，一个选择避而不见，"交礼竟，允无复入理"①；一个选择言语攻击，"新妇神色卑下，殊不似公休"①p669！面对丈夫的漠然无视与讥讽质疑，两位新妇毫不客气地给予回击，用机智的回答让丈夫哑口无言。一个回道："夫百行以德为首，君好色不好德，何谓皆备？"另一个则用"大丈夫不能仿佛彦云，而令妇人比踪英杰？"予以反击。按照传统的男性审美观来看，固然会对面容姣好、气质出众的女子有所偏爱，可这两位新妇却用聪明睿智改变了丈夫的冷淡和偏见，继而赢得他们的敬重，从她们身上得见魏晋贤智女子的风采！

（二）"身无彩凤双飞翼，心有灵犀一点通"的妻妾形象

自古以来，爱情就是人们不懈追求的永恒话题，既有"只愿君心似我心，定不负相思意"的温柔誓言，也有"两情若是久长时，又岂在朝朝暮暮"的坚定信念，更有"曾经沧海难为水，除却巫山不是云"的爱而不得。不论是哪种情感，总惹得红尘男女为之倾心，只留给后人一首首延绵不绝的爱情之歌。

魏晋以降，"越名教而任自然"的士风不断冲击着男女之防、夫妇之别的堤坝，一些女性可以率性而动，主动表达自己的意愿。《世说新语·惑溺五》就讲述了贾充之女大胆剖白爱慕之情的故事。当她看到身为属官并且容貌秀美的韩寿后，立即被他的风度姿容吸引，于是主动发出爱情信号，"后婢往寿家，具述如此，并言女光丽。寿闻之心动，遂请婢潜修音问，及期往宿"①p935。完全不顾传统礼教的约束。发现女儿异常之后的贾充也没有像封建礼教中的严父那样，对她大加惩戒，而是"秘之，以女妻寿"，使得有情人终成眷属。在传统世俗礼教的约束下，一位闺阁女子敢于公开追求自己的爱情，未尝不是女性自我意识的觉醒和个人意志的彰显。

（三）"爱子心无尽，归家喜及辰"的母亲形象

《世说新语》中的母亲多以正面形象示人，她们以自己所信奉的道德标准和人生准则去教导孩子，关心他们的成长。

汉代清议运动兴起后，选拔人才的重要途径之一就是乡党清议。《世说新语·贤媛一九》中的陶母为了能让儿子在士子间得到美誉，毅然决定卖掉秀发来招待儿子的朋友，"卖得数斛米；斫诸屋柱，悉割半为薪；剉诸荐，以为马草"①p680，甚至连朋友的随从都受到妥善照料，为儿子"大获美誉"做足了前期工作。刘孝标注引《晋阳秋》曰："湛虔恭有智算，以陶氏贫贱，纺绩以资给侃，使交结胜己。"②由此可知，正是陶母克己忍苦的资助，才有了陶侃以后的平步青云。不仅如此，陶母还能在儿子犯错时，及时充当谏官，直言不讳地指出儿子的不当之处："汝为吏，以官物见饷，非唯不益，乃增吾忧也。"①p681在陶母看来，在朝为官，理应恪守职责、公私分明。因此余嘉锡先生曾评价道："有晋一代，唯陶母能教子，为有母仪，余多以才智著，于妇德鲜可称者。"③虽不乏夸大溢美，但由此可见陶母的德行及教育子女的方式确实令人佩服。

（四）"扫眉才子知多少，管领春风总不如"的"魔女"形象

虽然刘义庆是以男性的视角去描述《世说新语》中的有德妇，但作者赋予了"德"更广博和更新奇的含义，因而彰显出的女性魅力即使跨越千年仍具有令人念念不忘的巨大魔力。

在传统封建礼教的压迫下，一般要求女子遵守未嫁从父、既嫁从夫的准则，维护夫君的尊严，不可忤逆夫君，便是妻子的"职责"之一。可是在《世说新语·排调八》中，当王浑对妻子钟氏开心地说道"生儿如此，足慰人意"，钟氏却笑着回道："若使新妇得配参军，生儿故可不啻如此。"①p779像这类敏感禁忌的话题加上钟氏语出惊人的回答，想来一般丈夫很难忍受。清代的李慈铭就责难道："此即倡家荡妇，亦惭出此言！岂有京陵盛阀，太傅名家，乃复出此移语？"④或许钟氏笑着回答的言语，只是夫妻间的玩笑话，并不像李慈铭攻讦的那般属于"污言秽语"。同时，这也反映出在魏晋时代相对宽松的社会氛围下，女性意识的某种觉醒。

二、丰富多彩的人物描写

《世说新语》作为志人小说，虽然篇幅短小，却塑造了一批栩栩如生的人物，如着墨不多但个性十足的"贤媛"，当然更为人所称道的是其刻画人物形象的不同方式和多样化技巧。

（一）个性化的言行

《世说新语》在描写人物时往往只用三言两语，却能凭借个性化的言行凸显出人物的神韵气质。《世说新语·惑溺六》中王安丰的妻子公然以"卿"字称呼夫君，按照当时的礼法，为表示对丈夫的敬重，"卿"不适宜用。王安丰就告诫夫人不可如此，却见夫人连用八个"卿"字来反驳"亲卿爱卿，是以卿卿。我不卿卿，谁当卿卿"①p936。面对至真至情、娇憨可爱的妻子，王安丰也只好作罢。就这样作者在只言片语间便成功地塑造出王安丰妻子任性烂漫的形象。

《世说新语·贤媛六》通过简洁凝练的叙述语言也塑造出谢安夫人聪慧敏捷的形象，一句"恐伤盛德"既当面恭维了谢安，又机智地传达出是为了替你考虑故如此的意思，实在让人难以拒绝。

（二）多样化的对比

采用多样化的对比手法来刻画人物形象，在《世说新语》中比比皆是，魏晋之际的人们在人物品藻之风的影响下，乐于品评他人的优劣得失，也从多维度展现了人物的个性形象。

《世说新语·贤媛一三》在描写李氏出众的才华和刚直的个性形象时，首先通过贾充之语"彼刚介有才气"劝诫郭氏"卿往不如不去"，侧面凸显其形象。其次直接描写盛装打扮的郭氏在看到李氏后，"不觉脚自屈，因跪再拜"，正面塑造其逼人的气质形象。最后再以贾充"语卿道何物？"①p673收束全篇。虽然全文并无其他语言对李氏的姿容气质进行细节化的描述，但在对比手法的运用之下足以令人印象深刻，难以忘怀。

（三）形象化的细节

《世说新语》的作者十分注重对人物进行细节描写，既揭示出不同的人物形象，又能看出时代风气对人物形象塑造的影响。

《世说新语·贤媛一五》讲述了王汝南自求郝普女的故事，在民风相对自由的魏晋时期，即使没有传统意义上的父母之命和媒妁之言，王汝南也娶到了心仪的妻子，后来这位妇人成了王氏母仪。时人对此难以理解，就求问王汝南，只见他答道："尝见井上取水，举动容止不失常，未尝怍观。"①p675通篇没有多余的语言去描绘这位女子的姿容仪表，只通过其井上取水这一细节描写，就将她的形象呈现在众人面前，虽不可面见，却足以想象得到。

《世说新语·任诞八》通过描述"阮与王安丰常从妇饮酒，阮醉，便眠其妇侧"①p722的故事，为我们展现了追求个性解放的新女性形象。它既描绘了不顾世俗眼光自有竹林名士之风的阮籍形象，又通过细节化描写彰显出魏晋时期女子的独特风采，这个艳丽多姿的邻家妇并没有被围困在高墙深阁之中，她当炉沽酒，参与到日常交际中。尤其是"眠其妇侧"的细节叙述，将阮籍的放浪形骸与妇人的大胆开放描绘殆尽。

《世说新语》在刻画女性形象时，除了描写传统社会要求的德、容、言、工的美德及品质之外，还体现了具有特定时代内容的创新性。它既创造了许多具有魏晋风采的新女性形象，又塑造出一批具有叛逆性格的反传统女性形象，这些女性以另类的个人魅力在后世文学作品中得到了不同程度的彰显。

三、经久不衰的文本魅力

《世说新语》作为我国文学史上一部经典著作，不仅涵盖了魏晋时期思想政治和人文社会等方面的丰富内容，具有难以替代的史学价值，而且深刻影响了后世文学作品和时代社会风气。

（一）对文学作品的影响

刘熙载云："文章蹊径好尚，自《庄》《列》出而一变，佛书入中国又一变，《世说新语》成书又一变。此诸书，人鲜不读，读鲜不嗜，往往与之俱化。"⑤特别是《世说新语》塑造出的一批个性鲜明的女性，她们以自身非凡的魅力赢得了后世作家的青睐，从而在不少文学作品中留下了一抹明亮的色彩。

《世说新语》中描述的各类经典故事深刻启发了后世作家，他们从中拾取素材，并加以创造，将其在诗词歌赋等丰富的文学样式中发扬光大，尤以杂剧、传奇和戏曲居多。元代戏曲家关汉卿、马致远和秦简夫等人，都曾借用或化用过《世说新语》中的相关事例，并进行生发创造，塑造了更具时代特色的人物形象。关汉卿的杂剧《温太真玉镜台》、范文若的传奇《花筵赚》等作品都是取材于《世说新语·假谲九》温峤骗婚的故事，原本的故事凸显了刘氏女的率真可爱与温峤的狡黠奸诈。而关汉卿在创造这个故事时，特意加入了王府尹这样一个和事佬的角色，使故事不仅具有浓厚的市民气息，也增加了曲折性和幽默感，剧本语言还本色当行，富有文采，在众多作品中脱颖而出。当然，明代传奇作品《玉镜台》除了描写温峤与刘氏女的爱情之外，也结合时代背景，增加了一些新的元素，比如温峤为国征战，刘氏女坚贞守节等，将侧重点上升到国家的高度，也焕发出不一样的光芒。

《世说新语》采取以类相从、分门别类的编撰体例，并且在流传过程中逐渐形成了"世说体"文言笔记小说这样的文体模式，也深刻影响了后世作家。自唐代以后，续书仿作俯拾皆是，如唐代刘肃的《大唐新语》、宋代孔平仲的《续世说》、明代王世贞的《世说新语补》、清代章抚功的《汉世说》等。而且，《世说新语》中很多小故事逐渐凝练成为后世文学作品中的典故，这种征引典故的风气，甚至影响到蒙学读物。据统计，唐代李翰的《蒙求》一书涉及典故592个，在与魏晋有关的193个典故中，见于《世说新语》（含刘注）的就有131个，占魏晋典故的67%，占典故总数的22%⑥。

（二）对社会风气的影响

魏晋时期拉开了人性觉醒的序幕，《世说新语》中所记载的女性也不同于前代生存在父权社会中需要严格遵守伦理道德规范的女性那样被严格限制，她们或以才华出众、见识卓越、性情率真的形象，多方面影响了后世社会生活中的女性。

《世说新语》中的女性以自己超凡的才能与远见卓识的眼光参与到当时盛行的清议与品鉴活动中，留下了不少佳话。这种社会现象也影响到了后世的女性，尤其是生活在唐代的一些女性，她们不仅在文学方面大放异彩，在思想见识方面也得到了自由。唐代为诗歌发展提供了肥沃的土壤，女性自然不会落后，如鱼玄机、薛涛和上官婉儿等，她们以女性特有的视角参与到诗歌创作中来，并以工整秀丽、细腻婉约的特点，在唐代诗坛留下了不可磨灭的痕迹。而且唐代女性在参与政治生活方面，也是不容忽视的，她们上能替君主分忧、下能为百姓谋福祉。尤其是作为历史上唯一的女皇帝——武则天，在位期间以卓越的政治才干和敏锐的政治判断力为百姓带来了相对安定与平静的生活，她的一系列举措无疑不是对男权社会的有力抗争。

《世说新语》中的部分女性敢于大胆追求幸福，主动发出示好信号，这些举动也对后世女性在爱情、婚姻选择方面产生一定的影响。如唐代女性的婚姻生活就较为自由，她们不仅效仿贾充女主动追爱，还能再次选择自己的婚姻对象，史书记载的皇室公主再嫁、三嫁者众多。此外，唐代女子还可以要求离婚，在文献资料记载中已经出现了"离婚"二字，与此前男性话语体系下的"休"字相比，这不可不谓是一种进步。《旧唐书·武帝纪》曾记载："会昌六年，右庶子吕让进状：亡兄温女，太和七年嫁左卫兵曹萧敏，生二男。开成三年，敏心病乖忤，因而离婚。"⑦由此可知，在当时离婚是允许的。唐朝社会风气呈现多元化和开放的特点，并且以女性为主角的唐传奇广泛流传，也是受益于魏晋时期人性的自觉。宋代虽不再像大唐盛世那样具有开明的社会风气，人们却依然可以徜徉在魏晋时期人性觉醒的汪洋之中，可以主动去追求自我幸福与个性解放。

虽然《世说新语》一书带有野史杂说的特点，但正如宗白华先生所讲"至少在精神的传模方面，离真象不远"⑧。特别是其中对于女性言语神采、行动举止和精神意识等人格魅力的彰显与赞许，即使穿越千年，仍然对现代女性追求精神独立和人格自由，有一定的启示意义，也许这就是一个经典文本的价值所在。

注释【Notes】

①朱碧莲、沈海波译注：《世说新语》，中华书局出版社2011年版，第665页。以下只在文中标注页码，不再一一做注。

②张万起、刘尚慈主编：《世说新语译注》，中华书局2006年版，第67页。

③余嘉锡：《世说新语笺疏》，中华书局1983年版，第664页。

④魏风华：《魏晋〈世说新语〉另类解读》，山东画报出版社2008年版，第240页。

⑤刘熙载：《艺概（卷一）文概》，上海古籍出版社1987年版，第9页。

⑥李修建：《风尚——魏晋名士的生活美学》，人民出版社2010年版，第280页。

⑦刘昫：《旧唐书》，中华书局1982年版，第609页。

⑧宗白华：《论〈世说新语〉和晋人的美》，北京大学出版社1999年版，第118页。

谈《西厢记》教学过程中对红娘形象的解读

马嘉璐

内容提要： 元代王实甫的《西厢记》是中国古代戏剧文化中一颗璀璨夺目的宝石，以深邃的思想道德力量和精湛的艺术魅力风靡当时的剧坛。在《西厢记》的教学过程中，我们可以从红娘鲜明的性格——大胆泼辣、充满反叛精神入手，谈红娘不仅促成崔张二人的结合，而且勇敢地与老夫人进行斗争并取得了最后的胜利。在这一被自由思想所支配的婚姻里，红娘始终是主宰着斗争进程的主要角色。用问题带动学生深入思考，能够帮助学生深入理解和把握人物形象，同时也能让学生了解塑造人物对于文学作品的重要意义。

关键词：《西厢记》；红娘；形象分析；戏剧冲突；教学

作者简介： 马嘉璐，鞍山师范学院研究生，研究方向为学科教学语文。

Title: On the Interpretation of the Image of Hong Niang in the Teaching Process of *Romance of the Western Chamber*

Abstract: Wang Shifu's *Romance of the Western Chamber* of the Yuan Dynasty is a dazzling gem in ancient Chinese theatrical culture. *Romance of the Western Chamber* swept the theater world with its profound ideological and moral power and exquisite artistic charm. In the teaching process of *Romance of the Western Chamber*, we can start with Hong Niang's distinctive personality, bold and rebellious. Hong Niang not only facilitated the combination of Cui and Zhang, but also bravely fought against the old lady and achieved the final victory. In this marriage supported by free thinking, Hong Niang has always been the main role in controlling the struggle process. Using questions to drive students to think deeply can help them gain a deeper understanding and grasp of character images, and also help them understand the important significance of shaping characters in literary works.

Key Words: *Romance of the Western Chamber*; Hong Niang; image analysis; dramatic conflicts; teaching

About Author: Ma Jialu, Graduate student of Anshan Normal University, majoring in Chinese teaching.

元代王实甫是中国戏曲发展史上"文采派"最优秀的代表，他将唐诗宋词精美的语言与元代活泼多彩的口语化民间方言结合起来，形成了一套华丽的元曲用语。《西厢记》是他创作的一部大型杂剧，在中国古代戏剧文化中，以深厚的思想、深厚的道德感和超凡脱俗的艺术魅力，成为中国古代戏剧文化中一颗璀璨的宝石，在中国古代戏剧文化中独树一帜。笔者将《西厢记》中的人物形象作为重点进行分析讲授，侧重从人物情感的真实性和典型性入手，引导学生领略剧作超越时代的魅力。下面以分析红娘形象为例，阐述笔者在教学过程中的一些心得体会。

一、性格鲜明突出，极具人格特色

笔者在课堂上向学生提出问题：《西厢记》中的红娘有哪些性格特征？请学生找出相关的话语。笔者引导学生从细节上继续寻找答案。

（一）大胆泼辣，充满反叛精神

首先，红娘大胆泼辣。她是《西厢记》中一个身份低微却光芒万丈的角色。在相府里长大的她，知道老夫人为了保住"相国家谱"，绝对不会让张生与崔莺莺在一起，这也是她一开始没有帮张与崔的原因。后来，她渐渐为崔和张二人的真诚所感动，对老夫人的背信弃义感到愤慨，便主动替他们送信。

其次，红娘是一个充满反叛精神的人。这种性格在"赖婚"一节中尤其明显，对待老夫人赖婚如此难看的行为，义愤填膺、聪明机灵的红娘是怎么做的呢？

"见先生有囊琴一张，必善于此。俺小姐深慕于琴。今夕妾与小姐同至花园内烧夜香，但听咳嗽为令，先生动操。看小姐听得时，说甚么言语，却将先生之言达知。若有话说，明日妾来回报。这早晚怕夫人寻我，回去也。"①

此时，崔莺莺、张生、老夫人三人之间的矛盾已经到了白热化的地步，而红娘则充当了中间人的角色。她一要考虑到自家姑娘的情况，二要稳住张生，三要应付老夫人，这些是她心中的责任，而不是什么人情世故。在她看来，自家姑娘和张生正是天生一对，两情相悦，本该成为一对，老夫人却不守信用，强行将二人分开，这就很让人讨厌了。红娘性格豪爽，有一颗正义的心，无论发生什么事情，她都会勇敢去做，不求回报。在封建时代，一个下人若是得到了主人的青睐，那就是一份荣耀，所以阿谀巴结主人、与主人勾结的事情并不少见，红娘控诉老太太的说辞本质上就是对封建时代道德的一种批判和鄙夷。

崔和张两个人的婚事，在这个充满了封建伦理道德的时代，被认为是一桩大逆不道的事，但红娘却被一个老太太安排"看守"崔莺莺，她不但没有揭穿，也没有装聋作哑，还在旁边添砖加瓦，成就了这桩婚事。在封建的卫道人士眼里，红娘的形象是不好的，不光彩的，是一个败坏夫人家谱，有损小姐闺范，有损张生行德的"蠹贼"。但是，在"愿世上有情人终成眷属"的目标之下，红娘是美丽的象征，也是一段幸福婚姻的代表。在这段背信弃义的婚约里，红娘不怕被老太太训斥，三番五次穿梭于崔张二人中间，使两人可在月光下听曲，又在深夜里为二人奔波送信，以此来表达她对两人感情的拥护，用实际行动来表达她的反抗。

（二）有识人之明，聪慧、细心

红娘对崔张二人相识相知的洞察力，是促成二人相爱的根本原因，这种洞察力也是小说中的主要线索。戏一开场，红娘就以第一个形象登场了，可爱极了。老夫人让她向长老打听一下，什么时候能帮上忙，她一到长老那里就恭敬行礼，她问"长老万福"，举手投足间并无丝毫骄纵之态，言辞也恰到好处，张生也看出来她"胡伶渌老不寻常，偷眼望，眼挫里抹张郎"。她曾经见过张生一眼，此刻再见心里却多了一丝丝怀疑，目光偷偷地在张生身上扫来扫去，都说人的眼睛是心灵之窗，红娘心思的缜密就表现出来了，想要看出张生的一些端倪来。在与长老商议妥当之后，她便请长老将自己送到正堂，让自己见上张生一面，毕竟她是个聪明人，深得老夫人的信赖。这位媒婆自幼生长于崔家，对老夫人的脾气再了解不过，见张生自报家门，便顺口讲出了老夫人的"治家严肃"，讲到了"冰霜之操"。由于媒婆的工作就是服侍莺莺，监视莺莺，所以崔张私订亲事被老夫人知道后，就向她的介绍人表示怀疑。红娘先是埋怨"小姐连累了我"，责备小姐不注意保密，才会走漏风声；一想起老夫人对自己的呵斥，以及对自己的粗暴对待，就忍不住一阵唏嘘。红娘找到老夫人，老夫人却呵她为"小贱人"，当真拿出了早已准备好的木棍，在这样的情形之下，她倒也聪明，先推脱，后自认，再反咬一口，总算把老夫人治得服服帖帖，说了一声"您猜对了"，总算是保住了性命。由此我们可以看出，"红娘"能够逃脱，主要是因为她一直在细心地注意着老夫人的一举一动、一言一行，再加上她自己的"巧思"。不过，这也出于她对老夫人的了解，以及对老夫人的细心观察，才能得出这样的结果。

（三）善解人意、积极豁达

红娘很通情达理，乐观开朗。在崔莺莺与张生这门原本没有希望的亲事上，红娘一边要瞒着严厉、怀疑的老夫人，一边要勉励懦弱、经常手足无措的张生，还要对细心、多愁善感的莺莺姑娘保持谨慎。真可谓是"一颗红心，几处操心"。

面对张生的胆怯与愚蠢，红娘殷勤地为张生出主意，并以月夜抚琴，考验姑娘崔莺莺的心意。当张生想自杀的时候，她就用感情和道理来激励他，让他勇敢地活下去。当张生情绪低落时，她用温柔的话语，抚慰着他的伤痛。

在莺莺面前，红娘吃尽了苦头。她很清楚，自家大小姐对张生一往情深，但为了维护自己的颜面，做出了违背礼仪之事，欺骗了老夫人，所以才会如此狼狈，表面上一本正经，实际上却暗中给自己通风报信。在王实甫的杂剧中，红娘的很多人格特点都反映了作家的思想，红娘并不只是崔莺莺和张生之间自由婚姻的推动者。她是一个反对封建伦理道德的人，她的成功是取得虚幻的自由爱情的昭示，是对封建婚姻、封建父权斗争的成功。正如一位学者的评价：红娘是"中国文学上第一个成功的奴婢形象，以后数百年也无与伦比"。

二、深化故事主题，传达作者观念

红娘的形象是作者展现的，而红娘之所以是作者"理想的化身"，是因为她把张生与崔莺莺这朵在封建家庭制度下的爱情之花，催发到了一起。这朵娇嫩的花，在红娘的悉心照料下，终于打破了封建制度的束缚，敢于突破以老夫人为代表的陈规。《西厢记》通过三个典型形象的互相补充，表达了自由恋爱的主旨，可见作者完成"愿天下有情人都终成了眷属"必须要塑造一位红娘这样的形象。在引导学生分析红娘这一形象的深层主旨时，笔者设计了三个问题。

问题一：红娘的大胆泼辣性格是如何通过张生体现的？

在封建的父法制下，男重女卑的观念根深蒂固，男人们掌控一切。但是《西厢记》第一本第二折中红娘骂张生自作主张当自己的红娘，这把红娘大胆泼辣、伶牙俐齿的性格与形象体现出来。在第一本第一折中，张生是这样介绍自己的："[末云]小生姓张，名珙，字君瑞，本贯西洛人也。年方二十三岁，正月十七子时建生。并不曾娶妻……[红云]谁问你来？[末云]敢问小姐常出来吗？"①p25

这短短的一段文字，却将张生的身世说得清清楚楚。八字在古代是很关键的，张生也不拐弯抹角，直接对红娘说了，这代表着他和崔莺莺之间的感情很深，是他第一个想要与之婚配的人，希望能与崔莺莺有更多的进展。可是话还没有说完，就被红娘打断了，而张生正日思夜想着崔莺莺，心头炙热，并没有反应过来，继续问小姐会经常出来吗？这下把红娘惹恼了。

问题二：在与老夫人对话中是如何体现红娘形象的？

在第四本第二折中，老夫人突然反对张生与崔莺莺结婚，这是背信弃义的表现，红娘在这时挺身而出，凭借平时仔细的观察，抓住了老夫人的心理要害，把问题分析得头头是道，合情合理。这位老太太是一个忠实的封建主义者，对别人这般要求，自己却不遵守。而红娘，却是以牙还牙，以其人之道还治其人之身。崔相国死后，老夫人是崔家仅存的一家之长，身份尊贵，红娘彬彬有礼，忠厚老实，行侠仗义。这一点，原文表述如下：

[夫人云]这端事，都是你个小贱人![红云]非是张生，小姐，红娘之罪，乃是夫人之过也。[夫人云]这贱人到指下我来，怎么是我之过？[红云]信者，人之根本，人而无信不知其可也，大车无輗，小车无軏，其何以行之哉？

问题三：为什么刘彦君、廖奔曾说"所以人们都说，没有红娘就没有莺莺和张生之间的爱情，也就没有了《西厢记》"？

在第五本第三折中，老夫人答应了这门亲事，张生也中了进士，可是郑恒从中作梗，想要毁了张生和崔莺莺的婚约，因此红娘又一次站在了台上，在王公贵族面前，她丝毫不惧，为张生和崔莺莺扫清障碍，使张生与崔莺莺得以成婚。《西厢记》第五本亦提及，郑恒之父生前曾给他与崔莺莺订过亲。按照家族礼仪，郑恒迎娶崔莺莺也是合情合理，但崔莺莺与张生情投意合，而红娘反对封建礼教，提倡婚嫁自由，这种理想的场景与现实并不相符，约束和反叛的戏剧性矛盾正是观众所期望的。所以郑恒找了红娘说他们要找个好日子和崔莺莺成亲，谈话内容如下："[红云]这一节话再也休提。莺莺已与了别人了也。[净云]道不得'一马不跨双鞍'！可怎生父在时曾许了我，父丧之后母到悔亲？这个道理哪里有！[红云]却非如此说。当日孙飞虎将半万贼兵来时，哥哥你在那里？"①p218这是全书里她最大的反抗。郑恒问为什么要退亲？她说崔莺莺出事的时候，他不在，"救人的恩情胜过红颜知己"，这个观念与才子佳人的故事相吻合。英雄救美，又一次满足了观众对才子佳人剧情的幻想。郑恒见自己的婚事行不通，开始指责张生太穷，红娘看不过去，就讽刺郑恒说道：既然你这么有诚意，怎么不"执羔邀媒！献币帛问肯"。郑恒顿时哑口无言，便怀疑起了张生救崔莺莺是假的，但他的计谋没有成功，又谎称张生中了进士后另娶旁人，但红娘信任张生，最终所有的误解化解了，张生与小姐这对恋人重归于好。

三、中国人民大众与红娘

千百年来，"红娘"这个人物形象，既包含着王实甫的激情与理想，又包含着普通民众的情感与渴望，更能引起他们的强烈情感与渴望。中国人渴望的是才子佳人与大团圆的情节，因此，要想达到一个圆满的结果，必须要有这样一个"红娘"才行。她的帮忙让张生和莺莺都得到了他们的爱情和幸福，有了她，莺莺和张生就很难得到幸福，没有了她，他们就是死也活不了。即使是短暂的团聚，也会分开，也会导致悲剧的结局。汤显祖对红娘的评价是："二十分才，二十分识，二十分胆，有此军师，何攻不破，何战不克。"这个红娘原本只是一个普通的侍女，但到了王实甫的手里，就被塑造成了一个不惧强权的形象，不害怕封建社会的威胁。在教学过程中，笔者着重从红娘的形象、红娘形象与背后的主旨、红娘形象与中国人民大众这三个方面入手，用问题带动学生深入思考，进而深入理解和把握人物形象，同时也让学生了解塑造人物对于文学作品的重要意义。

注释【Notes】

①王实甫：《西厢记》，三秦出版社2020年版，第126页。以下只在文中注明页码，不再一一做注。

从单元视域下看贬谪类诗词中作者情感倾向的共性

凌　榕

内容提要：统编版教材九上第三单元为古代散文与诗歌单元。在这个单元里，不难发现诗人词人间都存在相似的被贬人生经历。在诗词学习中，为了探究这些被贬诗人所写诗词中相似的情感变化和情感经历，可以结合所用典故的走向和趋势来得到情感和命运的暗示，可以通过画面的变化揣测情感的变化，也可以通过知人论世揣摩人物最终的情感态度。

关键词：诗词；贬谪；情感变化；典故

作者简介：凌榕，上海市思源中学语文教师，上海大学文学院汉语国际教育硕士，主要从事中学语文教学研究。

Title: On the Commonality of Authors' Emotional Tendency in Exile Poems from the Perspective of Units

Abstract: The third unit of the ninth chapter of the unified textbook is the ancient prose and poetry unit. In this unit, it is not difficult to find that poets have similar life experiences of being relegated among themselves. In the study of poetry, in order to explore the similar emotional changes and experiences in the poems written by these poets, the direction and trend of the allusions used can be combined to obtain hints of emotions and fate, and the changes in emotions can be inferred through the changes in the images. It is also possible to infer the ultimate emotional attitude of a character by understanding others and discussing the world.

Key Words: poetry; relegate; emotional changes; allusion

About Author: Ling Rong, is a Chinese language teacher at Siyuan Middle School in Shanghai. She holds a Master's degree in Chinese International Education at the School of Literature, Shanghai University, and is mainly engaged in research on Chinese language teaching in middle schools.

　　九上第三单元涉及的历史文化名人有范仲淹、欧阳修、张岱、李白、刘禹锡、苏轼，编者将这六个文化名人放在同一单元，意图是什么呢？他们之间的人生经历有什么共性，他们之间的情感变化又是否有相似之处？基于这样的元认知，本文以单元视角切入，综合分析九上第三单元诗文意旨，通过多种途径分析先贤的言行心理，深层思辨先贤的精神意旨，培养学生的高阶思维。

　　我们不难发现，《岳阳楼记》中范仲淹被贬后仍然心系国家，勤政爱民，发出"先天下之忧而忧，后天下之乐而乐"①的感叹。《醉翁亭记》中欧阳修被贬滁州知州，但是依然有与民同乐的心境，看似寄情山水，实则坦然对待人生失意，达到

了与民同乐的境界。张岱的《湖心亭看雪》，以雪天一痕、一点、一芥、两三粒的淡雅描绘，表达异乡夜间独行看雪的雅兴，更以遇知音来表达自己孤独、思乡而又旷达的心绪。《行路难》李白更是以"长风破浪会有时，直挂云帆济沧海"①p59慨叹自己被赐金放还依旧积极进取的境界。《酬乐天扬州初逢席上见赠》中，刘禹锡被贬二十三年回到旧都物是人非，但依然发出"沉舟侧畔千帆过，病树前头万木春"①p60的感慨。《水调歌头》苏轼更是借月的阴晴圆缺的变化，表达自己被贬他乡，与亲人分离，依旧旷达的心境。②总之，他们都具有面对人生挫折与失意，依旧能保持积极乐观心态的共性，但是一个人是不可能在受挫之后立刻就会有乐

观与积极的心态的，那么他们是如何做到让自己的心态转变的呢？他们是如何通过诗词传达出自己的情感变化的呢？本文就以统编版九上14课的三首诗词为例，探究这一问题。

《行路难》中，李白的情感经历了几番大起大落，由第一二句被赐金放还的悲伤惋惜和不甘，到第三四句"停"杯、"投"箸、"拔"剑、四"顾"的茫然无措，由第五六句感慨人生仕途的艰难，到第七八句用典故暗示对被再次重用的期待，思想情感到达第一次高潮，然而回归现实，再次慨叹人生多艰难，道路多歧路。但是在面对人生困境，作者发出终将实现理想抱负的慨叹，情感到达第二次高潮。作者的情感起伏变化之大，更符合诗人面对人生挫折的真实心路历程。

《酬乐天扬州初逢席上见赠》中，"二十三年弃置身"[1]p60一句，饱含诗人无限的辛酸，也流露出他内心的愤懑不平。紧接着，诗人写自己归来的感触：老友已逝，只有无尽的怀念之情，人事全非，自己恍若隔世之人，无限悲痛怅惘之情油然而生。然而，在悲叹的层层深入中，情感发生了陡转，颈联本是感叹身世的愤激之语，但在客观上生动形象地揭示了新陈代谢的自然规律，蕴含着深刻的哲理，表现出积极进取的人生态度。尾联刘禹锡不仅感谢白居易的理解与支持，更是反向共勉好友。作者的情感可谓是大落大起。

《水调歌头》中，苏轼情感多次变化，在抑扬之间反复转换，有很强的感染力。"明月几时有？把酒问青天。"[1]p61中秋对月之时，苏轼产生了疑问，显露出词人对明月的赞美和向往。"不知天上宫阙，今夕是何年。"[1]p61体现了苏轼对宇宙和人生的哲理思考更进了一步，对明月的赞美向往之情更深了一层。然而真要飘然仙去，词人又在犹豫中不忍弃绝人世："起舞弄清影，何似在人间。"[1]p61接着的"不应有恨，何事长向别时圆？"[1]p61好像是对月有埋怨之意，其实是写亲人不能团聚的惆怅。"人有悲欢离合，月有阴晴圆缺，此事古难全。"[1]p61宕开一笔，表现了词人由心中有所郁结到心胸开阔。最后，水到渠成地唱出

了"但愿人长久，千里共婵娟"[1]p61的旷达慰藉之语。苏轼在向往天宫又留恋人间、在留恋人间又厌恶世态炎凉和官场争斗的种种矛盾中，甚至在与亲人分隔两地无法见面的孤独思念中进行自我慰藉，最终在月的阴晴圆缺变化中悟出人生哲理，表达美好祝愿，可见苏轼开阔旷达的心境。

由此可见，每一位诗词名人超然物外、乐观进取的心境，都不是直接能到达的，他们经历了情感的起伏变化，这种变化，暗藏在诗歌的巧妙设计中。

一、以典故暗示情感走向

在诗词中，作者有时为了表达复杂或不便直言的情感，囿于诗词语言的凝练性不能长篇大论地倾诉。因为典故语言精练，含义深厚隽永，表达的情感丰富，便赢得了诗人的青睐。诗人们就倾向于在诗作中采用典故，以此加强诗词的表现力和感染力，更重要的是，借助典故书写自己的情感抱负和人生追求，以典故中人物的人生经历，或正面或反面衬托、暗示自己的人生经历。

《行路难》借用了吕尚垂钓在碧溪被周文王重用、伊尹梦舟过日边后被商汤重用等典故[1]p59，寄寓了诗人渴望有朝一日也能像古人那样为统治者重用及实现建功立业的抱负。《酬乐天扬州初逢席上见赠》引用"闻笛赋"和"烂柯人"两个典故[1]p60表达出物是人非、时过境迁的感慨，刘禹锡被贬二十三年回到旧都，曾经的朋友、同朝共事的同袍都已经故去或离开，不由得感慨自己好不容易回到朝廷准备报效国家却物是人非的悲凉心情。《水调歌头》虽没有用典，但是开篇以李白的诗句作引，就已经暗示作者潇洒旷达的思想境界。

由此可见，典故本身就是作者的故意选择，作者之所以在万千故事中选择他需要的典故，必定是因为该典故对作者抒发当时的心情有最精练的概括，最直接的情感共通之处，所以揣摩典故的诗句，了解典故中主人公的人生经历和命运变化，不仅能体会作者蕴含其中的情感，而且能猜测作者引用典故之后的情感变化。

二、揣摩景物画面理解作者的情感

语文中经常谈到"借景抒情、寓情于景、情景交融"的手法，这些手法都把情感和景物联系了起来，久而久之，其中会产生一些固定的象征含义，比如说到秋景，不难联系到悲凉萧索的气氛，说到边塞，不难联系到孤寂情感等。但是有时一种新的景物，就难以用固定的思维去揣摩其背后的情感，这时候就必须联想出整幅画面，抓住画面中富有动态性的物体，从而体会作者的情感。

《行路难》中，作者描绘了几幅画面，第一幅画面是在一次满汉全席的宴席上，诗人并不饮酒吃宴，而是起身拔剑四顾，面带茫然惆怅。画面中，倒下的杯子、放下的筷子、拔出的宝剑、四顾的神态。从这些动态性的事物上就可以想象当时"落"的情感。第二幅画面中结冰的黄河，白雪皑皑的太行山，想过却过不去、想翻越却无法翻越的犹豫的动态画面，加剧了"落"的情感趋向，后面作者站在岔路口不知如何选择的画面依旧能感受到内心的茫然。第三幅动态画面，一艘扬帆起航的船，在大风大浪中颠簸前进，从中不难想象出作者要乘风破浪的决心、勇气和信心。

《酬乐天扬州初逢席上见赠》，从题目中就可以想象出刘禹锡与白居易好友会面，小酌几杯，彼此吐露心绪，相互宽慰的画面。其中第一句就描绘了作者在巴山楚水崇山峻岭中的孤独被贬的经历，然而颈联突然描绘出一幅新的充满生机的画面：虽然近处有一艘沉船，但是远处还是有不少扬帆起航的船只在破浪前进的；虽然近处有一棵枯藤老树，但是周围更多的是苍翠茂盛的树木，老枯木上甚至长出嫩芽。这些富有动态感的画面，无不暗含着作者的情感趋向。

《水调歌头》中，一位把酒问月的词人，或醉或醒，月下起舞，月光慢慢随时间流逝而移动，作者眼中似乎看到了天上月亮—月中的圆缺变化。这些画面感极强的想象，能帮助我们理解苏轼心情的起伏变化。

所以，通过对画面的整体想象，尤其是抓住画面中的动态变化，想象画面接下去会怎么进行，就能揣测作者的心情变化，这也是体会作者浪漫手法的突破口。

三、知人论世是了解作者情感的最准确方式

作者的人生经历往往会反映在他的作品中，现阶段的人生经历会影响现阶段的作品风格，下阶段人生经历的变化，也会影响作品中情感和风格的变化。如李清照前后期风格由闺阁哀怨转为家国情怀，艾青在抗战时期和改革开放时期写下的诗歌也是由心系国家命运转为积极光明。所以了解作者的人生经历和写作背景，也是掌握诗歌中情感变化的途径之一。

李白之所以被称为诗仙是因为他为人的洒脱豪迈，热情奔放，诗句的想象雄奇瑰丽，但从人生经历看，他早期初入长安，和其他诗人词人一样胸怀治国的抱负，而在朝廷不得重用，之后便被赐金放还，游历江湖，过着诗酒人生。本篇就是写于李白人生的转折点。在人生道路上，是选择在朝廷中继续通过仕途施展抱负，还是从此逍遥四海，李白在这首词中做出了很好的诠释。他在人生选择路口，感慨人生的艰难，不知是继续选择通过仕途施展抱负，还是通过别的渠道施展抱负，想要通过仕途施展抱负，却发现仕途艰难。但是不论是哪种方式，他都选择积极乐观地面对。尽管我们知道李白后来选择的是游历江湖，但在当时，他的内心是矛盾的，只是他的性格旷达，吟出了"长风破浪会有时，直挂云帆济沧海"[1]p59的千古名句。

而补充刘禹锡二十三年前如何在朝廷中得到重用，与韩愈、柳宗元一同为官，推行改革，治理国家，报效朝廷的经历，对他之后被贬的苦闷经历的理解也尤为重要。他在巴山楚水荒蛮之地不得重用，直至晚年才回到洛阳，此时再次回到洛阳，作者早已看淡官场名利，心境也更为成熟深刻。了解他的人生经历才能理解他为何回到朝廷却心中无限感慨的复杂情感。

苏轼与刘禹锡一样，早期也得到朝廷重用，二十岁左右才华出众，但是后来一贬再贬，在苦闷心情中逐渐产生淡然超脱的情感。因此苏轼后期的

作品，都有旷达洒脱的心境在里面，如《记承天寺夜游》。因此了解苏轼的人生经历，对比他同时期的作品，就能理解他在《水调歌头》里的由矛盾的心理最后转为旷达心境的变化。

"知人"是"论世"的前提，只有了解作者的人生经历，代入式体验他的人生心境，感其所感，想其所想，想象自己在当时矛盾处境中的抉择，才能真正体会到作者的心境变化和情感变化，由此便能由一篇文章转为对同类文章的融会贯通。

总之，想要体会诗词中作者的情感变化，需要从多方面入手，既要给足前备知识，又要在解读时关注描绘的画面的动态变化过程，还要关注作者借助外力来暗示自己情感走向的"典故"，更要考虑单篇诗歌背后作者情感的稳定性，如此便能迁移于同一作者同一时期的作品，举一反三。

注释【Notes】

①温儒敏：《义务教育教科书（五·四学制）语文九年级上册》，人民教育出版社2023年7月版，第52页。以下只在文中注明页码，不再一一做注。

②温儒敏、王本华：《义务教育教科书教师教学用书（五·四学制）语文九年级上册》，人民教育出版社2023年8月版，第150—153页。

回响于对话中的疗愈之声

——论迟子建《喝汤的声音》中的对话关系

王 蕊 王永奇

内容提要：《喝汤的声音》是迟子建的新作，结合巴赫金对话理论对其进行分析解读，可挖掘出小说中的多重对话关系及深层内涵。作者在叙事空间上架构一组对话关系，指涉民间的历史容受力与无意识遗忘问题，再通过叙事主体的对话关系，建构个人与集体的身份认同通道，实现族群身份的强化和稳固，最后在虚与实的叙事策略对话中，为边缘性历史记忆赋权，重塑社会文化权力关系。

关键词：对话；《喝汤的声音》；迟子建

作者简介：王蕊，宝鸡文理学院文学与新闻传播学院比较文学与世界文学专业在读硕士生。王永奇，宝鸡文理学院文学与新闻传播学院副教授，研究方向为比较文学、西方文学。

Title: The Sound of Healing in Dialogue — The Dialogue Relationship in Chi Zijian's "The Voice of Drinking Soup"

Abstract: "The Voice of Drinking Soup" is Chi Zijian's new work. The author constructs a set of dialogue relationships in the narrative space, and refers to the problem of historical tolerance and unconscious forgetting of the people, and then constructs the channels of individual and collective identity recognition by dialogue relationship of the narrative subject in the novel, so as to strengthen and steady the ethnic identity, and finally empower marginal historical memory and reshape social and cultural relations in the narrative strategies of fiction and reality.

Key Words: dialogue; "The Voice of Drinking Soup"; Chi Zijian

About Author: Wang Rui is a postgraduate student majoring in comparative and world literature at the College of Literature and Journalism at Baoji University of Arts and Sciences. **Wang Yongqi**, an associate Professor of the College of Literature and Journalism at Baoji University of Arts and Sciences, specializes in comparative literature and Western literature.

《喝汤的声音》是一部承载着厚重历史的作品，小说讲述了主人公"我"在缅怀亡妻时偶遇勾连历史记忆的"摆渡人"，随即便展开了一堆跨越历史的对话。所谓"对话关系"，是指巴赫金的对话理论，他在《小说理论》中谈道："对话关系不是存在于具体对话的话语之间，而是存在于各种声音之间、完整的形象之间、小说的完整层面之间，而同时在每一句话、每一个手势、每一次感受中，都有对话的回响。"①对话关系无处不在，在小说中主要体现为"大型对话"与"微型对话"两种样态。"大型对话"是指从小说整体视角而言，其中

的各个成分、各种思想之间的对话关系；"微型对话"主要表现在人物话语层面、心理层面的对话关系。当夹杂着不同思想的对话渗入小说的各个层次中时，小说的情味则变得复杂且具有深广的解读空间，体现在《喝汤的声音》中，就主要有三重对话关系：叙事空间对话关系、叙述者对话关系、叙事策略对话关系。

一、容受与遗忘的对位隐涉

迟子建采用故事嵌套的手法，将小说结构分为内外两层，外层故事被放置于鲜活喧闹的民间市

井中，内层故事被放置在苍凉凛冽的哈尔滨大黑河屯，内外两层故事在叙事空间上构成一组"大型对话"关系。小说外层故事的落脚处——江鲜小馆，热络活泛、自在自为，洋溢着鲜活蓬勃的民间传统。此层故事中，作者不惜笔力地写江鲜小馆的热闹环境，食客间的喧闹往来，店主的和善好客。而在描写"我"对已逝前妻的悼念时，仅仅是只言片语，甚至刚刚说完一句，"摆渡人"便飘然而至，打断了"我"的缅怀仪式。江鲜小馆店主迎来送往，尽管双腿残缺，但他摇动着轮椅，自如地穿行于餐桌过道。民间百态蕴藏离散悲苦，可痛苦早已隐匿于日复一日的生活之中。迟子建并不着意渲染悲苦的氛围，而是将镜头聚焦于生机与盎然，凸显民间百姓在日常生活中为抵抗苦难和绝望而生的忍耐力和容受力。"民间的传统意味着人类原始的生命力紧紧拥抱生活本身的过程"②，原始的生命力孕育了自在自为的疗愈系统，尽管在历史车轮的碾进中被揉进了尘土里，也依然开出鲜活的花。迟子建以充满温情的叙事美学，令人感怀地传达出店主、"我"甚至是民间千万平凡人在背负伤痛的生存环境中，根植于民族意识深处的顽强和坚忍。

而内层故事中，叙事空间移至哈尔滨大黑河屯，原有的喧闹适意之感消失，取而代之的是一段惨痛残缺的历史与丧失听众的记忆。海兰泡惨案的发生，让三千多名亡魂从此在黑龙江上飘摇，哈喇泊祖父与其两岁半的女儿惨死于俄军手下。从此哈喇泊家族不厌其烦地讲述这段历史惨案，可听众却一变再变。哈喇泊祖母讲述时，邻里街坊唏嘘不已；到了火磨这一代，人们早已厌烦，他只好絮絮叨叨地说给自己听；哈喇泊年轻时的听众只有航标船上为表感谢的工人和骗糖吃的孩子们；到最后，已垂垂老矣的哈喇泊仍然不舍讲述，可听众却成了狗、猪、奶牛。记忆是灵魂的安身之处，"关于过去的某种记忆，只有当它在一个熟悉的语境中通过交谈或语词交换而被呈现于当下的时候，才是活着的""一旦这样的活生生交流网络被破坏，集体记忆就消失了"。③咬碎的牙齿固然是哈喇泊家族对创痛的纪念，可这纪念仍然不够，他们不竭地讲述，妄图在人们心中种下记忆的种子，或是由于这

记忆已经所剩无几。哈喇泊如此有情有义，固守着家族记忆，而听众却由人变成了牲畜，交流网络的崩塌带来的是记忆的丧失，民间消受了历史，也遗忘了历史。

小说内外层故事相互牵涉，隐含民间的一体两面，外层故事承载着民间坚毅的历史容受力，内层故事影射社会现代化进程中民间的无意识遗忘问题，两者形成一种对位关系。在巴赫金对话理论中，这种反映出人类生活和思想的对话本质的对位性，是作品中"大型对话"的体现。迟子建基于民间立场，对民间的容受力表现出认同与赞美，但她透过历史的裂缝和现实的泥沼，洞悉到社会现代化进程中那些居于安定平稳的平凡百姓对于历史记忆的遗忘和漠然。"现代人注定忘记过去，因为现代人总是被快速的变化驱赶着"④，现代生活日新月异，新的信息潮流蜂拥而至，目不暇接，陈旧而惨痛的历史记忆逐渐被新鲜刺激的现代信息逐出场外，终至被蔑然、遗忘之结局。随遗忘而来的是身份认同的危机，正如迟子建所说："我们的脚步在不断拔起的摩天大楼的玻璃幕墙间变得机械和迟缓，我们的目光在形形色色的庆典的焰火中变得干涩和贫乏，我们的心灵在第一时间获得了发生在世界任何一个角落的新闻时却变得茫然和焦渴。"⑤过去隐于黑暗，现存事物频繁革新，人们的精神却陷入无依。哈喇泊如此崇拜国境线上的航标工人，义务做了航标维护工，唯恐自己也成了遗忘之人，忘记家族身份。哈喇泊如何喋喋不休地重复讲述，迟子建便如何苦心孤诣地劝诫：记忆触及我们灵魂深处，同时也关系到我们的生死存亡，在历史演进过程中，那些我们共同遭遇过的苦难、共同怀抱过的希望正是我们精神的真正落脚之处。

二、身份与认同的找寻建构

小说中"我"与"摆渡人"在话语层面形成一种"微型对话"关系，体现出叙事主体与他者在心理意识上交锋、冲突与共融，两者在对话交流中完成了自我身份认同。"我"作为一名考古工作者，基于求真务实的经验背景，对"摆渡人"的出现及其缥缈的故事持怀疑态度。"摆渡人"刚开始讲述，"我"便

打断了她，并对故事提出专业意见。故事讲到三分之一时，"我"已不敢插言，只奉上酒，此时"我"已被故事吸引，不再怀疑故事的真实性，从轻视转变为沉浸，最后沉醉难醒地念着乌苏里江畔上的那些英雄的魂灵，痛哭起来。"我"在与他者的对话中产生的反驳、疑问等现象正是"我"在寻找自我的过程，"正在进行言语和行动的个体主体的身份通常是在与他者和他异性的永久性对话中产生的"⑥，即个体的身份或存在的意义是在对话中不断建构的。"摆渡人"的徐徐讲述，将尘封的历史创痛带入"我"的意识视野，而我缘何能在对话中转变态度？"……创伤分享能起到和共同语言与共同背景一样的作用。即便当情感上的感觉与关怀能力变得麻木，这里依然存在着一种精神上的亲密关系，一种认同意识。"⑦"我"的痛哭是对创伤事件中受害者的怜悯、同情，是一种心理认同意识的激活，"对创伤的心理认同或情感认同是身份认同的必要基础与前提"。⑧"我"虽不是创伤的亲历者，但同为东北土地上的生灵，因这片土地上受伤的魂灵所产生的同情之心是一种核心的情感纽带，联结着"我"与"我们"，当"我"用筷子挑起汤面漂浮的一颗碧绿的香菜，立在汤碗中央时，群体身份已在我心中确立，"我"是那段苍凉往事的有缘人，而那段苍凉往事在无形中也成了"我"的"解铃人"。"我"在广大历史记忆中得到了安慰与释放，在情感认同之中得以实现群体身份的建构。

"摆渡人"作为内层故事的叙事主体，在对话前期处于一种被动状态，但在讲述中逐渐掌握了对话的主动性。她从探询地关注着"我"对于故事的感受和反馈，到对"我"勾手，和"我"一起熏腊肉。"摆渡人"在与"我"紧张的对话中期待着回答，甚至担心自己的故事不动人，多次主动打断故事，询问着"我"的反馈。如此渴望回应，只因"我"基于理解层面上的回答是"摆渡人"获得认同感的力量，回馈的力量在对话中建构了"摆渡人"自我存在的意义，得以完成她继承历史、唤醒记忆的使命。

"我"与"摆渡人"的叙事主体设置，同时也是作者内心声音的外化，正是在这两种意识的对

话中，作者才得以完成自我身份的建构。"小说里在语言和文意上具有一定独立性具有自己视角的那些主人公，他们的话语是用他人语言讲出的他人话语，但也同样可以折射反映作者的意向，因此在一定程度上能成为作者的第二语言。"①p55小说中的"我"沉醉于个人的悲伤，一如痛失爱人后将个体愁绪郁结于作品之中的作者。迟子建丈夫车祸离世后，她开始用哀婉伤痛的笔调在生死别离的故事中重复性地书写自己心中的悲痛，文本此时更多地承载着独属于迟子建的个体记忆。但迟子建的心中回响着更深处的声音，这个声音来自东北土地，来自那片土地上的英灵，于是她回眸凝注，承担起书写久远历史的责任。她在书写中衍生出对苦难和历史的体悟，回应着心中的声音。"对于我们，历史乃是回忆，这种回忆不仅是我们谙熟的，而且我们也是从那里生活过来的，倘若我们不想把自己消失在虚无迷惘之乡，而要为人性争得一席地位，那么这种对历史的回忆便是构成我们自身的一种基本成分。"⑨迟子建将个体记忆逐渐融入并转化为集体记忆，意图实现集体身份认同，而"集体身份认同反过来又进一步强化并巩固群体的心理认同或情感认同"⑩。她在创作中试图寻找对话历史、重构记忆的叙述通道，以文本作为钥匙，打开记忆的大门，在主体与他者的对话中建构身份认同通道，借以实现集体记忆与族群身份的强化和稳固。

三、真实与虚妄中疗愈伤痛

迟子建以真实的历史惨案为内核，为其包裹上想象的外壳，于内外之间形构一组叙事策略层面上的"大型对话"，在虚与实中勾连起个体与集体的创伤经验，重塑生命意义，积极疗愈创痛。海兰泡惨案是真实的历史事件，而小说主人公哈喇泊与作者在承接历史的方式上大异其趣，内涵的是真实历史与再现历史的对话。主人公哈喇泊不辞辛苦地重复真实的历史记忆，试图填平记忆与遗忘的落差，却走入无人问津的命运，作者选择构建虚实交织的文本继承历史，在不知不觉间将令人痛惜的往事渗入接受者的灵魂深处。迟子建与说话人哈喇泊的对话，构成巴赫金理论中所提到的作者与主人公的对

话关系，即是本文结构上体现出来的不同意识间的对话关系。海兰泡事件固然惨痛，可哈喇泊般习见的传统讲述早已无法对抗时代变更带来的漠然与遗忘，迟子建于是借缥缈虚妄的转述承接似是而非的往事，赋予尘封的历史以感官上的陌生体验，重建个体感知历史的有效通道。

建构虚实交织的记忆承载物以对抗听者的漠然是她承接历史的第一步，而对于这一使命，她有着更深广的考量。迟子建希冀借这一承载物勾连个体创伤与集体创伤，在叙事实践中疗愈创伤。"生命经验的分享与对话，激发参与主体之间的同理心和感情共鸣，不仅有助于打捞和挖掘他们的另类记忆，还对其表达关注和关心，并提供情感支持的力量。"⑩小说中麦小芽早已逝去而"我"的烟蒂却似被人吻过；哈喇泊生死不明，然而其气吞山河的喝汤声最终回响于天地。种种虚实间的对话，现在与历史的回望，是一种对悲苦的担当，消解了生命中不可承受之重，为历史真实里悬置的个体遗憾、恐惧、哀恸找到突围的出口，这摆渡的虚妄联结了此世前生，安妥了乌苏里江畔上受伤的魂灵，实现了生命的修复。

沉落为文本的叙事实践在修补个体心理层面的创伤时，通过对个体生命故事的见证和传播，也为那些处于边缘的个体和记忆赋权，试图重塑社会文化权力关系。"保罗·弗莱雷认为传播过程促进了赋权，通过对话过程提高批判性意识，形塑'变革的能动者'，赋权的基本原则是自由和开放的对话，权力中的转移使被边缘化的群体得以发声，为他们提供时间和空间来表达他们的焦虑，定义他们的问题，规划解决方案并且使之产生作用。"⑪p112在我们的生命中，一些故事由占主导地位的权力所塑造，它代表着我们生活中所长期拥有或应该拥有的身份与记忆，而另一些边缘的故事可能被排挤到记忆的边缘。属于东北土地上的个体记忆和历史创痛，或许曾经散落在历史的尘埃里，迟子建架构多重对话关系，不仅在文本内部实现人类思想、个体意识的对话，更将文本作为读者与作者的对话媒介，通过这种互动关系，试图动摇接受者被支配性权力塑造的心理基础，推动读者去关注主流视野外

那些边缘的个体与记忆，意图在这种对话中，促进主体批评意识的觉醒，反思社会遗忘性与个体身份焦虑的深层原因，积极投入问题解决。

四、结语

迟子建并不着墨波澜壮阔的历史画卷，而是慢条斯理地讲述民间的个体故事。市井陌巷的喧闹背后是沧桑的推动，是平凡百姓的忍耐和坚守，迟子建从历史裂缝中窥见他们内心的眼泪，将无数个体的创伤汇聚为独属于东北土地的群体的记忆。她痛惜社会现代性对原始文明及部分边缘性历史记忆的排挤和扼杀，不忍记忆的遗落，在回望与对话中疗愈创痛的魂灵，同时将文本作为沟通更广大群体的媒介，试图在微观层面上重塑社会意识。

注释【Notes】

①[俄]《巴赫金全集·卷三》，白春仁、晓何译，河北教育出版社1998年版，第366页。以下只在文中注明页码，不再一一做注。
②陈思和：《中国当代文学关键词十讲》，复旦大学出版社2002年版，第139页。
③阿莱达·阿斯曼、陶东风：《个体记忆、社会记忆、集体记忆与文化记忆》，载《文化研究》2020年第3期，第48—65页。
④王斑：《全球化阴影下的历史与记忆》，南京大学出版社2006年版，第3页。
⑤迟子建、柳三变：《是谁扼杀了哀愁》，载《中学生百科》2022年第30期。
⑥彼得·齐马、陈振鹏：《作为对话的主体性》，载《中国比较文学》2022年第4期。
⑦Kai Erikson. "Notes on Trauma and Community". in *Trauma: Explorations in Memory*. Cathy Caruth eds. Baltimore: The Johns Hopkins University Press, 1995, p.186.
⑧赵雪梅：《创伤记忆建构与文化身份认同——从文化记忆诗学视角看文化创伤的本质、目的与功能》，载《社会科学论坛》2022年第4期，第54页。
⑨汤因比等：《历史的话语——现代历史哲学译文集》，张文杰编，广西师范大学出版社2002年版，第15页。
⑩[加]斯蒂芬·麦迪根：《叙事疗法》，刘建鸿、王锦译，重庆大学出版社2017年版，第34页。
⑪袁梦倩：《重新讲述生命故事：叙事治疗、另类记忆与传播赋权》，载《南京社会科学》2019年第6期，第112页。以下只在文中注明页码，不再一一做注。

沈从文早期湘西小说中的地理景观①

陈治宏

内容提要： 作为一位"地理感知"极其强烈的"文体小说家"，沈从文早期湘西小说中含有丰富的地理景观，主要通过三种方式得以呈现：首先是通过绘画笔法来展示，借以抒发作者个人的"原乡情结"；其次是以线性时间为线索，在今昔对比中揭示地理景观的"常"与"变"；再次是以空间维度为脉络，选取了地理区域、性情气质和地理意象三个角度作定点透视，在还原湘西本相的基础上，见微知著，为湘西的地方重造提供路径来源。

关键词： 沈从文；早期湘西小说；地理景观

作者简介： 陈治宏，湖南理工学院现当代文学专业研究生，研究方向为中国现代文学。

Title: The Geographical Landscape in Shen Congwen's Early Novels on Xiangxi

Abstract: As a "literary novelist" with extremely strong "geographical perception", Shen Congwen's early novels on Xiangxi contained rich geographical landscapes, which were mainly presented in three ways. Firstly, through the use of painting techniques to express the author's personal "hometown complex". Secondly, using linear time as a clue, revealing the "constant" and "variable" of geographical landscapes in the comparison between the present and the past. Thirdly, taking the spatial dimension as the context, we selected three perspectives: geographical region, temperament, and geographical imagery as fixed points for perspective. On the basis of restoring the essence of Xiangxi, we gained insights and provided a path source for the local reconstruction of Xiangxi.

Key Words: Shen Congwen; early novels on Xiangxi; geographic landscape

About Author: Chen Zhihong, is a graduate student in modern and contemporary literature at Hunan institute of Science and Technology. Her research direction is modern Chinese literature.

　　沈从文是一位具有强烈地理感知的现代作家，有学者研究发现，沈从文20世纪30年代系列湘西散文（《湘行书简》《湘行散记》《湘西》）就"显示出沈从文对故土湘西的地理感知由'现场体验'到'想象重组'再到'知觉审美'的进阶之旅"②。与此相类，地理元素在沈从文的早期湘西小说中同样表现得非常明显，诸如方言土语的铺叙、风俗人情的呈现等，皆根植于湘西独特的地理景观之中。

　　沈从文曾自述其早期的小说创作只是"想写点我在这地面上二十年所过的日子，所见的人物，所听的声音，所嗅的气味"③。一个作家或艺术家，童年和少年时代所生存的自然山水环境对他日后的创作，往往有着重大而深刻的影响，④体现在沈从文身上就是一种"原乡情结"，表现在其早期湘西小说中即为可观可感的地理景观。值得注意的是，与湘西系列散文中更具"地图感"的地理景观相比，沈从文早期湘西小说中的地理景观更具象征意味。考察沈从文早期湘西小说中的地理景观，既有助于更准确地把握其早期湘西小说中情节的起承转合、人物丰富的内心经验世界，也对研究沈从文中后期小说中地理景观的动态演进规律具有启示意义。

一、绘画手法：萦绕于心的"原乡情结"

　　"地理景观"属地理影像中一种，是指文学

作品中存在的具物质性的风景描写，是作家审美创造的产物，作家本身的生活观念、艺术观念与美学观念在地理景观呈现中发挥至关重要的作用。⑤沈从文早期湘西小说中的地理景观成为透视作家审美心理时比较稳定的审视对象。在《〈第二个狒狒〉引》中沈从文将自己早期的创作方法概括为：用"一种很笨的、异常不艺术的文字，捉萤火那样去捕捉那些在我眼前闪过的逝去的一切"⑥。那些在作者眼前闪过的逝去的自然是熟悉的湘西地理景观，流露出一种"原乡情结"。

"原乡情结"是指引沈从文早期湘西小说创作的内在情感标准。投射到早期湘西小说写作中，最突出的即为注重绘画笔法，综合运用色彩、构图、布局等多种绘画技法，以"如画"之眼来审视湘西形式多姿的自然地理景观。就地理景物的描绘顺序而言，沈从文并不急于展示主要人事情节的生活背景，而是以某一固定地理景观为参照点，使其跟随笔下人物视点的变化移动，所有地理景观在此聚焦，静观远望、选材布局，最后诉诸笔端。如《槐化镇》中先将"我"置于一个固定的点——一条窄窄的大正街。围绕这条大街先是"我"最爱的小土丘；接着是土丘下低处的方井泉和位于土丘南边的"熔铁炉"；然后是更高处的铁炉顶和铁炉四周的风箱屋子。⑦由近及远、由低到高、由北及南，伴随着"我"视点的移动，以大正街为中心的自然地理景观尽收"我"眼底。《建设》从河街向四周展开，先是一排排逼仄的小平屋；接着是一家家卖船上器具的商铺；然后跟随叙述者来到了供船上人和众水手开心的妓院。⑧白天的吆喝声与晚上茶馆中的灯影全都分散在这条依水而建的河道两旁。依人物视点的移动来呈现湘西的地理景观，在建构一幅幅人地和谐的地理景观的同时也在行文中为读者刻画了独特的湘西印象。

沈从文在呈现地理景观时也十分注重色彩的描绘与声音的展示。着墨上以金黄、银红、深紫为主且富于变化，如《夜渔》里傍晚的彩霞做出了惊人的变化："倏而满天通黄，像一块其大无比的金黄锦缎；倏而又变成淡淡的银红色，稀薄到像一层蒙新娘子粉靥的面纱；倏而又成了许多碎锦似的杂

色小片，随着淡荡的微风向天尽头跑去。"⑨《传事兵》里军营早晨的天空渐渐由桃灰色变成了银红色，好似被镀上一层薄薄的金片。⑩《船上岸上》中夜幕将至时天空就剩下一些朱红色的霞光，从黄到红又到紫，不一会儿已成了深紫，水面"全为一种白色薄薄烟雾笼罩，天是呈青色，有月亮可以看得出了"，当夜幕完全来临时"月是更明了"。⑪天空、晚霞、烟雾、月色等地理景观独具物性的色彩美既呈现出一幅静态祥和的景观平面图，沈从文也通过地理景观色彩的变化暗示时序的更替、人事的发展。作家那些看似遵循自然客观原则的色彩语言实则用心良深。

同时，沈从文也捕捉到平静斑斓的地理景观背后容易被忽视却独具湘西情怀的声音世界，他旨在描摹出一幅幅动静相生、和谐有趣的自然地理场景。如《往事》中夜色下水车咿哩咿哩的喊声⑫；《夜渔》中的傍晚院坝四围传来"如雨的虫声"；《船上岸上》中夜幕河对岸渔鹭鸶轲格轲格的声音、岸边月下"桨的拍水声"、水上远处"摧撸的歌声"；《爹爹》中在立着"一段刨光了的柏木"的坟堆旁常年传着拉船人的吆喝声⑬，构成了一种静态死亡与张扬生命力的残酷对比；《三三》里在展示完磨坊外屋的青藤、葵花、枣树、树林后搭配着石磨盘发出的动情的声音、水车也不知疲倦地咿咿呀呀唱着含糊的歌、堡子里的锣鼓声⑭。热闹的声景和斑斓的色彩语言的搭配，无一不显示作者对地理景观的构思和布局，从而使地理场景的真实感增加了，一幅幅水边船上风俗画就跃然纸上。沈从文早期湘西小说中的地理情境构图呈现出形态各异的"如画"特征。

二、今昔对比：地方人事的"常"与"变"

沈从文早期湘西小说中自然和谐或呈动态演化的地理景观背后深蕴着沈从文对地方人事"命运"的思考。作者对地方人事的思索奠基于自身青少年时期真实的乡土生活经历，孕育于1923年后都市复杂流寓生活给予的经验中。沈从文不满足于借地理景观的审美捕捉来抒发个人的"原乡情结"，更从时间维度下辩证审视湘西地理景观的动态变化，暗

含着地方人事"常"与"变"的历史审美主题，这一主题主要从两个方面来延展。

一是地理景观的由盛转衰。在《阿黑小史·油坊》中沈从文首先对多年前湘西一隅独特的地理景观——"油坊"做了详尽描绘：荒僻多雨、瘴雾的自然地理位置；年代古雅悠久的历史文化、"本村关隘"的军事位置；生活平凡安定、行为思想庸碌的乡下人，终日守着那一段悬空的长木条，操作着如刽子手一样的职务，手干和脚步儿终日不停地转换着，腰杆钩着油槌围着磨子走来走去，总之彼时的"油坊"是稳定热闹的。如今的"油坊"却"只合让蛇住，让蝙蝠住，让野狗野猫衔小孩死尸来聚食，让鬼在此开会。地方坏到连讨饭的也不敢来住，所以地上已十分霉湿，且生了白毛，像《聊斋》中说的有鬼的荒庙了"。昔日精力十足的打油人毛阿伯如今"成天坐在家中成天捶草编打草鞋过日子"，昔日聪明机警的五明如今"像捉鸡的猫……一时唱，一时哭，一时又对天大笑"。⑮在油坊的"今""昔"对比中给人以历史般的兴衰感，也折射出沈从文对以"油坊"这一地理景观为代表的湘西人事前途命运的隐忧。

二是地理景观的"常"中有"变"。早期湘西小说中也透露出沈从文关于历史的理性思考，这一思索主要蕴含在对地理景观"常"与"变"的辩证审视之中。对自然地理景观"常"与"变"的辩证审视有时出现一篇文本内。如《夫妇》中依旧给人以清静之感的乡村，晚风的微声、吹笛声、天上桃红的霞，风光如诗。所以城里人"璜"才会选择来这乡下治病。但表面如常的乡村景观背后实则暗流涌动，从前倾心于"青天白日""稻草""山上的花"、风吹来的香气、雀儿的鸣叫声的乡下人，如今认为这好天气只适合打盹。⑯《丈夫》中春雨时节河中照常涨水，船上妇人依旧陪客烧酒，乡下种田挖园的人家照旧守着石磨同小牛。但离乡村越久的船上人却慢慢地变成了城市人，慢慢地学会了一些只有城里人才需要的恶德和习性。⑰这些皆暗示着"现代文明"对乡村美好人事的浸染和无声地破坏。

对地理景观"常"与"变"的审视也体现在不同小说文本的前后呼应中。同样是描写一处"河街"及周围人的生活方式、情感态度，在《船上岸上》时是"天呵，这是什么街！一共不到二十家铺子，听人说这算南街"，简朴河街对应的生活方式、情感态度也"皆有一种趣味"。⑪p13可至《建设》时河街有终日开着的烟馆和面馆，有卖缆绳和木筏的铺子，有杂货字号和新开的理发馆，有几家供船上人开心的吊脚楼妓院，更不缺少现代工程的介入，以往充满趣味的河街如今充斥商业习气，以往淡然生活的水边船上人，如今却只得在肮脏的方桌旁边喝茶谈天。⑧p147在人类漫长历史中所产生的传统因子即一些庄严的仪式、风尚及民俗，却在"现代文明"的步步紧逼和示威下，逐渐泯灭消亡。习惯了被"命运"支配的"乡下人"无法完全适应"现代文明"的节奏，"一个新的白日，所照的还是旧的世界"，潜藏着沈从文对"现代文明"步步紧逼下湘西边民未来生存境遇的隐忧。

三、定点透视：湘西的还原与重造

沈从文的《湘西》是"以地方志笔法对湘西的历史地域文化进行描述和推介，帮助他人更加准确地认识湘西，具有重要的现实意义"②p77-78。诚然如是，沈从文在早期湘西小说中就已尝试从地理区域、精神气质、地理意象三个层面对湘西做精当的定点透视，以见微知著的透视方式还原湘西本真面貌，也暗含着作家在20世纪三四十年代提出"地方重造"经典思想的重要路径来源。

"地理区域是我们了解一个地方的首要信息，具体包括地理位置和地域范围两个方面。"⑨在早期的湘西小说中沈从文并未直言所述地理区域即为"湘西"，主要是借"湘西"的自然地理环境来营造一种"边地情绪"。沈从文以湘西以外被大众熟知的思想言论、中心地域作为切入点，在凸显湘西地理景观独特性的基础上还原"湘西"的本真物性。如《船上岸上》里指示："从地形上看，比从故事上看方便了许多，所以人人都说这是十八湾"⑪p7，暗示了实际历史上的湘西地理景观与历史故事中湘西的地理景观是有出入的。《槐化镇》里也直言："这地方，虽然在地图上，指示你们一个小点，但实际上，是在你们北方人思想以外的。也正因其为远到许多北方人（还不止北方人）思想以外，所以我才说远！"接着才指明了："从南边湘西一个小商埠上去，花二十天的步行，就可以达到那个地方了。"⑦p107同时沈从文也选取外地人熟知的中心地域作为介入点，《旅店》中把中心南京作为介入点："向南走五千里，或者再多，因此到了一个异族聚居名为苗窠的内地去，这里是说那里某一天的情形的。"⑲《阿黑小史》里把江南地方作为介入点："有人不惮远，不怕荒僻，不嫌雨水瘴雾特别多，向南走，向西走，走三千里，可以到一个地方，是我在本文上所说的地方。"⑮p232从思想距离、实际距离两方面来还原湘西的地理位置。

沈从文还采用"使人事凸浮于西南特有明朗天时地理背景中"的手法⑳，将湘西稳定且独特的"人事"与承载它们的自然地理景观紧密编织在一起。这种在自然地理景观中孕育而生的生活方式、性情气质具地域性和稳定性，体现在男子身上为船上人的耐劳精神，体现在女子身上则为面对命运时的"沉默"面貌。《柏子》里的青年水手常年生活在落雨、刮风，江波吼哮如癫子的环境下㉑，船上生活使得他们更珍惜依靠辛勤劳动换取来的舒适的岸上生活。《黔小景》里的商人常年行走在山道中的官路上，春雨落过后的路上烂泥如膏，远山近树皆躲藏在烟雾里，各处树上都停留着挨饿后全身黑骏骏的老鸦。商人只得在这条官路上折磨两只脚，消磨个人的生命。㉒地理景观孕育了湘西边民独特的生活方式、性情气质，稳定独特的生活方式、精神气质与地方的自然地理景观彼此统一。

地理意象是沈从文早期湘西小说中定点透视的第三个维度。地理意象既承担着地方过去的人事又透视着地方未来的人事走向。"选择一个特定的空间，也就等于选择了这个特定空间中所包含那些过去的故事。"㉓为了暗示"城市"这一"异质文化空间"对地方人事未来发展走向的影响，沈从文借地理意象来暗示个人对"异质文化空间"的审视和反抗。表现在早期湘西小说中便是"山洞"这一地理意象。《槐化镇》中对"山洞"的描写，是对

记忆中地理景观的客观再现，尚未经过想象重组。《山鬼》开篇即说明这里的环境："四围远处全是高的山。"㉔不仅人物对话围绕"山洞"展开，"山洞"这一地理意象也呼应后文中"猫猫山"这一地理场景，沈从文以"山洞"来彰显笔下人物独特的生活方式及性情气质。至《七个野人与最后一个迎春节》时"山洞"成为少数人的"选择"：当湘西边民怀念旧俗时便跑到山洞聚会㉕。人们来到"山洞"不只是缘于生活趣味，而是对"一种自然，不悖乎人性"生命方式的坚守。再到《喽啰》时作者拟将"山洞"与城中的社会秩序做对比，现下的"山洞"已被"异质文化空间"同化，从而成为抽象的存在，㉖暗示到达"山洞"的路径已逐渐被人遗忘。

正如福克纳描画自己的故乡是一个"邮票般小小的地方"，小说中人物活动的地理场景大多在密西西比州一个县的疆界之内，其地理场景却有着无比广义的范围，超越了具体时间和空间的局限，是一种高度个性化、不可替代也不可重复的空间图景。㉗其笔下关于约克纳帕塔法的文学创作代表的是关于美国南部的传奇以及关于人性变化的故事和人类普遍价值的寓言。与之相类，沈从文早期湘西小说中的地理景观，何尝不是作者建构关于人性变化和人类普遍价值的寓言这一路径时的重要思想来源呢？正是有了沈从文的文学构筑，"湘西"才真正成了一个地方，一处乡土。㉘

四、结语

因与故乡在时间、空间上的长久隔阂引发的"乡愁"促使沈从文将故乡作为一种媒介和载体，将地理叙事作为一种书写策略。沈从文早期湘西小说中的地理景观书写既融会着绘画笔法，也对步步紧逼的"异质文化空间"做出了审美性反思和反抗，从而减少了因沉溺于自然地理景观书写而产生的具体地域限制。纵观沈从文20世纪20年代、30年代、40年代的文学创作，分布着一条具有共同特征的、艺术特色鲜明的脉络，这一共同特征可以阐释为"文学地域的相对固定性、文学描写的社会风俗

人情的地方性、文学表达的情感活动所具有的悲剧性"[29]。沈从文早期湘西小说中丰富的地理景观就初步呼应这一共同特征，从而为我们探讨自然地理景观的叙事性功能、探寻作家及作品的精神生成、孕育和演变缘由提供了参考路径。

注释【Notes】

①本文系2022年湖南省社科基金项目《沈从文"自我经典化"路径研究》（项目编号：22YBA171）和2023年度教育部人文社科青年基金项目《沈从文"自我经典化"研究》（项目编号：23YJC751008）的阶段性研究成果。

②蒋士美：《风景、人事与地方志——地理感知与沈从文20世纪30年代散文中的湘西书写》，载《成都理工大学学报（社会科学版）》2022年第5期，第74页。以下只在文中注明页码，不再一一做注。

③沈从文：《我所生长的地方》，见《沈从文全集（第13卷）》，北岳文艺出版社2002年版，第243页。

④邹建军、刘遥：《文学地理学研究的主要领域》，载《世界文学评论》2009年第1期，第42页。

⑤邹建军：《文学地理学批评的十个关键理论术语》，载《内江师范学院学报》2015年1期，第31页。

⑥沈从文：《〈第二个狒狒〉引》，见《沈从文全集（第16卷）》，北岳文艺出版社2002年版，第292页。

⑦沈从文：《槐化镇》，见《沈从文全集（第1卷），北岳文艺出版社2002年版，第106页。以下只在文中注明页码，不再一一做注。

⑧沈从文：《建设》，见《沈从文全集（第6卷）》，北岳文艺出版社2002年版，第145页。以下只在文中注明页码，不再一一做注。

⑨沈从文：《夜渔》，见《沈从文全集（第1卷）》，北岳文艺出版社2002年版，第78页。

⑩沈从文：《传事兵》，见《沈从文全集（第1卷）》，北岳文艺出版社2002年版，第320页。

⑪沈从文：《船上岸上》，见《沈从文全集（第2卷）》，北岳文艺出版社2002年版，第7页。以下只在文中注明页码，不再一一做注。

⑫沈从文：《往事》，见《沈从文全集（第1卷）》，北岳文艺出版社2002年版，第69页。

⑬沈从文：《爹爹》，见《沈从文全集（第2卷）》，北岳文艺出版社2002年版，第225页。

⑭沈从文：《三三》，见《沈从文全集（第9卷）》，北岳文艺出版社2002年版，第11页。

⑮沈从文：《阿黑小史》，见《沈从文全集（第7卷）》，北岳文艺出版社2002年版，第232页。以下只在文中注明页码，不再一一做注。

⑯沈从文：《夫妇》，见《沈从文全集（第9卷）》，北岳文艺出版社2002年版，第73页。

⑰沈从文：《丈夫》，见《沈从文全集（第9卷）》，北岳文艺出版社2002年版，第48页。

⑱邹建军、蒋士美：《沈从文湘西散文的地理叙事及其演变》，载《兰州大学学报（社会科学版）》2022年第2期，第137页。

⑲沈从文：《旅店》，见《沈从文全集（第4卷）》，北岳文艺出版社2002年版，第174页。

⑳沈从文：《沈从文全集（第17卷）》，北岳文艺出版社2002年版。

㉑沈从文：《柏子》，见《沈从文全集（第9卷）》，北岳文艺出版社2002年版。

㉒沈从文：《黔小景》，见《沈从文全集（第7卷）》，北岳文艺出版社2002年版，第69页。

㉓赵义华：《〈荒凉山庄〉中叙事空间的修辞效用》，载《世界文学评论》2009年第1期，第48页。

㉔沈从文：《山鬼》，见《沈从文全集（第3卷）》，北岳文艺出版社2002年版，第329页。

㉕沈从文：《七个野人与最后一个迎春节》，见《沈从文全集（第4卷）》，北岳文艺出版社2002年版，第191页。

㉖沈从文：《喽啰》，见《沈从文全集（第2卷）》，北岳文艺出版社2002年版，第195页。

㉗李文俊：《福克纳评论集》，中国社会科学出版社1980年版。

㉘李美容：《浪漫的救赎——沈从文小说的诗性研究》，湖南师范大学2016年博士学位论文。

㉙刘宁宁：《民族文化与身份认同——以夏多布里昂、福克纳、沈从文、莫言的地域书写为视角》，载《沈阳师范大学学报（社会科学版）》2020年第6期，第59页。

技术、动物与人类

——论《三体》中的技术符号隐喻与伦理反思①

朱雯熙　潘梓涵

内容提要：《三体》是刘慈欣创作的系列长篇科幻小说。面对现实生活的极度失望和地外文明的悄然而生，小说主人公展现出两种截然不同的应对态度：以叶文洁为首的人类选择接受外星文明的入侵，而以汪淼和史强为首的"虫子"科学家们则对三体文明积极抗争。本文将以《三体》中的"技术符号"为切入点，分析其中充满哲学、科学和文化冲突的宇宙世界及符号隐喻，并进而从技术伦理学视角对"技术"与"人文"的博弈进行反思。

关键词：《三体》；技术符号；伦理反思

作者简介：朱雯熙，大连外国语大学德语学院副教授，硕士研究生导师，伦理学博士，主要从事德语语言文学、德国科学技术伦理学、电影哲学研究。潘梓涵，大连外国语大学德语学院本科生，主要从事中德跨文化比较研究。

Title: Technology, Animals and Humans — On Techno-Symbolic Metaphors and Ethical Reflection in *The Three-Body Problem*

Abstract: *The Three-Body Problem* is a long series of science fiction novels written by Liu Cixin. In the face of extreme disappointment in real life and the quiet emergence of extraterrestrial civilization, the main characters in the novels show two very different attitudes: human beings led by Ye Wenjie choose to accept the invasion of extraterrestrial civilization, while scientists led by Wang Miao and Shi Qiang, the "bugs" scientists, actively fight against the three-body civilization. This paper will take the "technological symbols" in the novel as an entry point to analyze the cosmic world and its symbolic metaphors, which are full of philosophical, scientific and cultural conflicts, and then reflect on the game of "technology" and "humanism" from the perspective of techno-ethics.

Key Words: *The Three-Body Problem*; technological symbols; ethical reflection

About Author: Zhu Wenxi, Associate Professor, Germanic institute of Dalian University of Foreign Languages, Dr. of Ethics, mainly engaged in the research of German language and literature, German ethics of science and technology and philosophy of film. **Pan Zihan**, undergraduate student, Germanic institute of Dalian University of Foreign Languages, mainly engaged in Sino-German cross-cultural comparative research.

"三体"一词源于物理学中的三体问题，即三个质点在引力作用下形成的运动轨迹。作为小说的主题，"三体问题"不仅表达了人类对宇宙的探索和思考、对科学精神的体悟与诠释，更体现了对人与技术关系的批判和反思。

一、《三体》中的技术元素与符号隐喻

（一）自我沦陷的技术隐喻——宇宙世界

在亚里士多德学说中，"宇宙"被译为"universe"，它是对το ολου（整体/the whole）或το παν（全体/the all）的阐释。中国哲学中关于"宇"与"宙"的记载可追溯至"往古来今谓之宙，四方上下谓之宇"②，以万物在其囊括之下，表现了宇宙的广阔性与无限性。《三体》中的"宇宙"保留了无所不包、无限延伸的特点，但被赋予了科幻世界的种种特征。在意识到人类无法战胜三体人之后，人们想要通过思想钢印来引导人类逃出太阳系。而在宇宙中，暴露自身坐标就意味着被毁

灭，这也意味着即使技术远超人类的三体人，也无法逃脱被毁灭的命运。

可见，三体文明将绝对的寂静作为真正的秩序，而人类则希望通过科技的发展和文明的进步探索出宇宙的奥秘。在不断的探索中，宇宙成了"绝对智慧"的载体，它可以获得自我实现。面对浩瀚的宇宙，人类如同一辈子没有走出过山村的老人，在宇宙的生灭变化中，显得如此渺小。它仿佛是一个"信仰系统"，充斥着人类对于技术的依赖、崇拜，以及自我沦陷之感。

（二）自我觉醒的技术标志——昆虫

提及"昆虫"，我们的脑海中总会出现"软体动物"，往往也会引起人的不适。无论是小说提及的真实昆虫，抑或史强老家出现的蝗虫，再到三体人在视网膜上投射的"你们都是虫子"的文字，仿佛映射出昆虫即人类。在极具威慑力的科技面前，人类深感自身如蝼蚁般渺小，人人自危、人人自保之心在整个社会弥漫开来。当蝗虫在田野间肆虐，昆虫不仅成为贯穿故事始末的叙事线索，也是人在深陷绝望时的力量之源。当史强讲出"把人类看作虫子的三体人似乎忘记了一个事实；虫子从来就没有被真正战胜过"。以虫自喻的人类开始认识到自身的能量：宇宙浩瀚，天外有天；人力有限，不可傲慢。然而造化生我，又怎可妄自菲薄？当镜头随着蝗虫飞远，直至宇宙尽头，仿佛就是人类面向宇宙的自我觉醒和对未来寄予的无限憧憬与希望。

（三）自我控制的技术符号——三体人

面对技术的控制论，诺伯特·维纳（N. Wiener）曾提出要对其"可能给人类社会带来的威胁予以关注，并提高到道德的层次上认识"③。在形态学层面，三体人的意识可以不借助语言而依靠思维透明来直接交流和沟通，"所想"即"所说"。在社会学层面，三体人社会不顾及个体，所有个体价值都建立在能否对整体做出贡献上面。在文化学层面，三体人唯一要保存的文明就是"生存"。

可见，三个层面彰显了"三体人"极为严格的自我控制能力。生存环境与外部现实的极端残酷

让三体世界形成了苛刻的文明形态。为了实现对质子的变维度利用和对地球的监控，三体人试图利用宇宙中的尚未可以被人类利用的能量以实现星际航行，对地球实施星际侵略。换言之，对于三体人而言，面对生存，科技即为现实控制的效率，而把个体完全组织成为一个绝对统一的集体，才有可能实现最大效率。

二、《三体》中的技术理性批判与人性之思

马尔库塞曾于其《文化的肯定性质》一文中提出了"技术理性"概念，并强调科学技术与理性虽有区别，但不易分开而谈，因而可作为一种融合概念。他用"单向"一词形象地描绘出"技术理性"对人类思维模式的影响。《三体》以丰富的想象描绘出技术外表的科幻性与形式上的美，但"科幻"与"美"无法掩饰其残暴的内核，被诗意化的技术不再是人类的救赎：三体人以外表光滑无缺，极具造型美的"水滴"为武器，轻而易举攻破人类在宇宙中铸造的防线；高级文明中的"弹星者"仅靠薄如蝉翼的"二向箔"，就毁灭了整个太阳系。

与此同时，"技术发展"造成"思想的单向度性"，进而造成了人类主体的缺失性。"思想的单向度性"的个体主体组成了群体主体，并进一步反作用于个体主体，使得个体主体在创造力、对自由的渴求度、对幸福感的追求及人性的辨别上都有所减退甚至丧失。④《三体》中，生女后，叶文洁在大兴安岭村中的猎户和村民们的照顾中，脸上常常出现的笑容和对于星空的凝望，无不体现出，其实她本质上对于人性的好坏已经难以确定。在经历父亲受到迫害、母亲的无情、白沐霖的陷害之后，她开始对生活中所遇之人的人性做出"预设"，这种预设是符合她自身经验的，增加了她自己报复人类行为的合理性。

因此，人本身对人性的讨论，不过是人将自己的意志运用在尚未确定的事实上，形成的一个经历过自我经验洗礼过的心中的既定事实，这种事实服务于自我意志，既是个人人格的体现，又是技术理性所带来的必然结果。

三、《三体》中的伦理反思——"人"与"技术"的互融共生

受"技术理性"思潮的影响，当代科幻小说对宇宙探索与地外文明的思考正悄然发生着改变，曾经乐观的开拓之心变成了略显悲观的反思，曾经幻想的金色宇宙世界慢慢转变为"黑暗的森林"。基于对科技发展的不确定性，乐观主义思维正向着怀疑与忧虑迈进。在大多数人看来，科学技术的滥用带来的绝非人类的幸福感，而可能是人性和道德的崩塌。然而，不同于诸多科幻小说着眼于科技对社会的异化，"科学主义者"刘慈欣认为科技能够解决一切问题，"人"与"技术"可以互融共生。"共生"有两方面的意蕴："天人合一"与"和谐"。一方面，将天、地、人作为统一整体来考虑，既要注意发挥人的主观能动性，改造自然和利用自然，又要尊重自然界的客观规律，在保证不破坏自然环境的前提下进行人类的生产活动。另一方面，在处理家国关系、人际关系上要追求"和"与"大同"；在心理状态上，需正确处理欲望和理性的关系。

在《三体》中，"功利主义"与"道德"成为智慧生命在末日来临前的选项。对此，"三体"生命选择了前者。他们感情匮乏，无所谓爱恨；他们的社会极端专制，无所谓人权与民主。相较而言，人类的人性则始终以"道德"为基石，从而在对人性的思考、形而上学的探讨以及与科学之间，形成了一种平衡，成就了一种独特的人文魅力。在小说结尾处，作为描绘了时空的无限性，宇宙在恒久膨胀中走向毁灭，而人类文明的火种却在宇宙一隅保留、发展。

可见，在技术的发展中，"人类必须牢记任何科学选择必须尊重人类的主体性、维护人是目的的价值体系、实践人类的伦理道德，以伦理和理性为前提，以'人之所以为人'为根本原则，而不是迷恋或依赖于技术本身，否则人类终将沦为技术的奴隶。"[⑤]

注释【Notes】

①本文系2023年度辽宁省教育厅基本科研项目"近现代德语文学中的动物书写研究"（项目编号：JYTMS20230534）的阶段性成果。

②李德山：《文子译注》，黑龙江人民出版社2004年版，第199页。

③[美]维纳：《人有人的用处》，陈步译，北京大学出版社2010年版，第152页。

④朱雯熙、王国豫：《德国媒体在技术伦理传播中的作用——以人工智能伦理传播为例》，载《科学与社会》2022年第4期，第120—133页。

⑤宋睿雪晴：《论刘慈欣小说〈三体〉中的"人性"复杂性》，载《齐齐哈尔大学学报（哲学社会科学版）》2020年第12期，第107—110页。

于临界处转型：《为中国寻找现代之路：中国留学生在美国（1900—1927）（第二版）》中的戏仿实践、混合地带与性别重塑

王元江

内容提要： 叶维丽的《为中国寻找现代之路：中国留学生在美国（1900—1927）（第二版）》将美国社会的种族与族裔、性别、阶级、宗教等元素结合考量，呈现出1900—1927年间中国留美学生群体在多重临界状态下的转型。留美学生们处于传统与现代的交界：他们的社团初创、政治假设、身份建构，都是以中国的真实政治处境与文化状况为基准的一场精神挪移。他们处于身份割裂与融入的临界：学生们无法参与华工共同体，却也难以被美国主流社会完全接纳。他们亦处于性别角色与意识的转型夹缝：男学生们在列强入侵中国的集体性创伤中形成对力量的深刻认同，不断重塑传统中国男性气概的时代新内涵；女学生们在由私人领域迈进公共地带的过程中，形成内心空间私人性与公共性兼备的混同特征。戏仿的政治实践、两难的身份认同、复杂交融的性别意识更迭共同体现出处于局势异变之下的中国留美学生们在他乡经历的边缘性转型。

关键词： 美国；中国留学生；叶维丽；现代；历史

作者简介： 王元江，北京外国语大学英语学院在读学术硕士，研究方向为英语文学、美国文化、跨文化研究。

Title: Transition at the Borderlands: Parodic Practice, Mixed Zone, and Rebranding of Gender Roles in *Seeking Modernity in China's Name: Chinese Students in the United States, 1900-1927*

Abstract: In *Seeking Modernity in China's Name: Chinese Students in the United States, 1900-1927*, Weili Ye delves into the race and ethnicity, gender, class, and religion in American context, and thus revealing the transition at multiple borderlands of Chinese overseas students in the United States from 1900 to 1927. The overseas students were at the frontier of tradition and modernity: their founding of societies, political hypotheses, and construction of identities, together constituted an imitation based upon the circumstances in the mother country China. They were at the borderlands of marginalization and assimilation: they could neither integrate into the community of migrant workers, nor become acclimatized to the mainstream. They were also trapped in the shift of gender roles and consciousness: male students admired and identified with strength to rebrand connotations of Chinese masculinity due to the invasions of foreign powers; female students shaped a mixed zone with both private and public features in the process of stepping into the public sphere from home space. In conclusion, the transition at the borderlands by Chinese overseas students in the United States is shown by the parodic practice, the identity crisis, and the intertwined gender consciousness under the great changes of the time.

Key Words: United States; Chinese overseas students; Weili Ye; modernity; history

About Author: Wang Yuanjiang is a postgraduate student at School of English and International Studies, Beijing Foreign Studies University. Her research interests include English literature, American cultural studies and transcultural studies.

一、引言

在《为中国寻找现代之路：中国留学生在美国（1900—1927）（第二版）》中，叶维丽认为，研究留学历史不能只关注教育史或是中美人文交流

史，还要去关注历史之中活生生的"人"——他们是在两种文化交融和碰撞下的留美中国学生。他们在政治、科技、文化等方面不断学习、追求现代化的理念，筹办留学生社团，活跃在体育与戏剧活动中。然而，他们也是各种意义上的边缘人、"局外人"：他们既面对着美国主流社会的种族歧视，也无法真正融入华工圈层；他们在爱情、婚姻、性别等多个议题上都遭遇了传统与现代、东方与西方的理念矛盾和冲突。

叶维丽重点关注第二波留学浪潮即庚款留美浪潮下的学生群体：1910年去往哈佛大学、康奈尔大学、哥伦比亚大学的胡适、竺可桢等人；1922年以清华学校（Tsinghua College）毕业生为主体的闻一多、梁实秋等人。叶维丽认为，不能将庚款留美视为纯粹的文化剥削与侵略，并对其全然批判，却忽视它对中国科技、文化进程的助推作用，同时亦不能将其褒奖为友好的文化交流和互助活动，而忘记其底色是"耻"，遗忘深层次的不平等关系和其他地缘政治策略的影响因素。

钱钢、胡劲草的《留美幼童：中国最早的官派留学生》以清同治年间一张上海的照片为起始，重点关注1872年从上海出发抵达旧金山港以后的四批共一百二十名留美幼童及其导师容闳的"留美幼童教育计划"。张洁的《中国现代历史学教育构建研究（1910—1937）——以留美归国学人为考察重心》研究了20世纪前期留美热潮的原因、表现、成效，以及史学、史观、方法在西方思潮影响下的变迁。与之前及之后的学术研究比对，叶维丽的《为中国寻找现代之路：中国留学生在美国（1900—1927）（第二版）》有其独特之处。叶维丽将研究的群体基本限定为1900—1927年的留美学生，用细节化的生命叙事重现个体生动而真实的生活经历。并且，叶维丽选择将留美男学生和女学生的问题分开探讨。此举并不是为了人为制造性别的分隔和对立，而是为了更好地印证和说明中国留学生的性别意识和角色在美国现代性思想文化中受到的影响与形成的不同方向、层次的改变。

二、以中国为镜像的模拟公共试验：社团精神、专业身份、戏仿映照

20世纪初，国内外的中国人都以强国为目标不断追寻救国之路。留美学生社团有着丰富的政治哲学内涵。他们遵照并践行马克斯·韦伯（Max Weber）的"理性法律权威（a rational-legal authority）"与哈贝马斯（Jürgen Habermas）的"公民社会（civil society）"的理念与精神。[1]但是，模拟试验即学生社团活动是作为母国实际状况的镜像式反映而存在的。因此，当国内的改革式微，短短十年，学生们"由（清末）想象中的中国改革参与者变成了军阀时代失望的旁观者"[1]p49。以祖国真实境况为依托的模拟性社团实践为留学生们提供了宝贵的平台来验证其社会理想与假设。但是，当故土的真实处境不再给予留学生们新的希望时，作为镜面倒影的社团初创的热情也会随着主体的消逝而消失。因此，这一社团试验具有进步性的同时，也带有脆弱性和不稳定性的特质。

中国留学生们在美国这一远离故土之地，实现了新的身份认同与自我建构。无奈的是，他们依赖西方的语言，通过将英语作为夏季会议的官方语言，"来达到强化中国人民族认同的目的"[1]p33。留美学生归国之后，使他们得以成为现代专业人员的，不仅仅是他们接受的现代化教育，受到的美国"专业主义（professionalism）"文化熏陶，更是其自身的"专业身份认同"[1]p57。传统科举考试以及面向留学生开设的"新瓶装旧酒"式的开科考试的两次废除，最终使得知识阶层和先前朝廷政权的关系得到根本改写。因此，专业身份认同的建立也成为可能。留美学生怀揣深切的报国之心——1937年《清华同学录》记载了1131位留美归国者，显示出超过98%的回国率。[2]留美归国学生们想要扭转士大夫阶层内长期存在的"业余化（amateurism）"[1]p65思维模式，他们带给中国的，并非是在中国传统哲学中隐而不显的实用主义，而是前所未有的对专业化（professional specialization）的推崇。后来，他们建立起越来越多依照专业行规运转的学术团体，促进了公众领域

（public sphere）及黄宗智（Philip Huang）所述的第三领域（third realm）的形成。[①p78]

在国内环境的变幻和起伏下，留学生们的政治理想也在澎湃激昂与丧失殆尽间轮回辗转，他们陷入不息的矛盾、冲突与自我质疑。因此，留美学生们看似在新地带展开探索，在社团活动中借由语言的变更实现了身份的转换，步入充斥现代性、国际性的崭新意识领域；实际上，他们因母国短暂性的自由或封闭、前进或后退，展现出波动的心绪。

此种在跨国移动中促进本国意识建构的实践在文学、历史中都可寻到大量踪迹。在海明威（Ernest M. Hemingway）《流动的盛宴》（*The Moveable Feast*）及格特鲁德·斯坦因（Gertrude Stein）《艾丽丝自传》（*The Autobiography of Alice B. Toklas*）中，从美国漂泊至巴黎的侨居者们，在一战的巨大失落与恐慌下，在对美国现代艺术进程的不满下，在巴黎左岸建立文学绿洲与"飞地"。在以离开为名的行动中，他们反而能够以外部角度反观自身，促进美国现代主义的创新性探索，实现以母国为映照的艺术追寻。然而，他们终究是受到对战争的怠惰或厌恶心理的驱使而出走。留美学生群体们则是在国仇家恨、饱受屈辱的复杂情感交织中远行。因此，这两场"戏仿"的底色终究是不同的。

三、留美学生与华工间的微妙关系：种族与阶级元素交织的混合地带

留美中国学生们面对精神层面的诸多矛盾。一方面，他们作为接受高等教育的留学生，在大多情况下被美国社会平等对待，甚至不必受到排华法案（Chinese Exclusion Act）的过多波及。他们努力给美国社会留下崭新的、有教养的中国人新形象。例如，留美西洋史学人奋发图强，在语言与文化的阻碍下，依然选择了以美国人更为擅长的主题作为自己的研究对象，顺利完成了学业，并受到学界的认可。[③]在学术研究中，中国留美学生们关注的话题涵盖西方历史文化与社会发展，也关注中国的现实处境和未来改进的可能措施。他们从多种视角、

方面切入，迫切为中国寻求走出艰难现状的有效路径，也积极构想着理想中祖国的远大前程。

留学生们对部分华工们展现出的旧社会的旧形象感到可悲、羞愤、不满。但另一方面，即便从文化、经济层面上，他们能够做到与华工们"割席"，在种族层面上，他们的命运却与华工们凄楚的命运紧紧相连。如此，留美学生们卡在了沟壑之中，他们既想与来自祖国的华工们彻底分离，亦同耻辱的历史割裂，又一刻不停地被华工们真实生活中的苦难"侵扰"，为他们感到忧虑，与他们休戚相关。他们组成了一个并无太多联结的、无比松散的非自愿共同体。留美学生们为提升中国在西方种族等级秩序中的地位而奔走呼号，不断增加关注度。根据论文研究选题示例，留美学生们探寻《美国棉纱厂及中国仿效之办法》《英美铁路体系在中国的适用性》等西学中用的话题，也不断深入《中国宪政展望概论》《中国妇女的地位》等解决中国社会现实问题的研究。[④]同时，他们对于中下层移民们的生活境遇与人生命运的实地接触与实际交流依然较少。留美学生们对华工的情感纠葛是复杂的。他们将华工看作同胞，怀有与其交际和亲近的认同渴求；但是，他们又恐惧与华工的亲密会使得自己建设中国人清洁、敏捷新形象的努力功亏一篑。他们急于为华工的地位发声，想要提升在美中国人的待遇，改善其处境；但是，他们的论述主要停留在空中楼阁般的理论层面。由于缺乏与华工长期共同生活的经历，有时留学生们的诉求与华工真实的需要并不完全符合。

略显讽刺的是，知识精英阶层中的部分人，将华工视为和自己不同的人，将他视为愚昧的苦力（coolie）、与现代主义潮流背道而驰的人，这一印象和主流社会对于中国人整体的刻板印象重合了。留美学生们想要通过撇清联结，来证明中国人亦可以是健壮、整洁、聪慧、富有感情、擅长社交的。然而，此刻意之举无济于事，美国人仍将学生和华工看作别无二致的种族整体。并且，留美学生们意图丢弃的这些特质，在主流社会针对中国人"一言以蔽之"的整体性印象中，又全部被

返还回来，成为学生们想要抛却，却又粘连于身的偏见性特质。中国人的形象只不过是作为母国的中国在那时的国际地位、综合实力、整体面貌的折射与缩影。割裂的行为并不能使学生们独善其身，亦不能使中国人的国际形象趋于好转。在种族这一议题上，他们与在美华工注定一脉相连、唇亡齿寒。然而，叶维丽提到，亦不乏温暖的例外。谢冰心等人于1923年乘"杰克逊总统号"赴美路途中发生的际遇显得可贵、动人。留学生们为避免被认作苦力而难以入境，全部订购了头等舱。在邮轮上做服务生的中国广东劳工们显得异常惊喜，因为他们从没在自己工作的头等舱中见过如此多的同胞。他们十分关心这些学生们是否受到美国人的尊重，并且还留信给他们，坦诚自己受到歧视的工作经历，并安慰、勉励他们用心学习，建设中国。同样，留学生们亦给予了诚恳、认真的回信。

四、中国留美学生群体的性别气质认同和性别角色转型

叶维丽探讨了"造就男人（making men）"及男子气概（masculinity）的重新定义问题。中国人对男子气概的定位转型，是在受到列强侵略、恃强凌弱、仰仗力量的大背景下形成的。梁启超对斯巴达人的骁勇善战予以赞扬与认可；谭嗣同贬低"静"，转去赞扬"动"；杨铨将美国人与中国人比作敦实的树干与瘦弱的小草；郝更生放弃了原有的专业工程，转去修习体育。①p212 一定程度上，中国在列强入侵的过程中因国力微弱而落败的集体性创伤，使得留美学生群体们生成对个人力量的欣赏和追寻。中国女留学生代群（generational cohorts）主要分为三个组别。第一代群是19世纪80—90年代从美国医学院毕业的女留学生们：金韵梅、许金訇、石美玉、康爱德。她们用自身经历与学习成果证明，女人亦可通过接受现代教育成为帮助振兴中华的中流砥柱。第二代群是1900—1915年的新式女子教育的接受者。她们主张在教育领域实现男女平等，并倡导新式家庭的运作模式。但她们也是在传统与现代、家庭女

性与职业女性间最为犹疑徘徊的一代。她们通过实现公共领域的"家庭化（domestication）"①p153 来自我激励，勇于参与公共事业。第三代群指五四运动时期及之后赴美的女留学生们。她们立志击破唯有男子可独享，女人却不可涉足的学业与事业的多重"禁区"。她们受到彼时美国女权运动潮流的影响，以更为彻底的方式争取女性权利。然而，她们与前辈一样，仍面临着事业与婚姻之间的艰难抉择。叶维丽将其归类为："医生们""新时代的贤妻良母""五四一代"①p127。第三代群的归国留美女学生们借助于她们在美国感受到的职业发展的信心，塑造出中国女性追求人格独立、经济自由与自我认同的女性意识。这一意识在五四运动后持续的思想革新中发挥作用。①p159 女留学生与男留学生的性别角色转型产生差异。对于留美女学生，尤其是第三代群来说，她们清楚地意识到，女性的生存境遇无法与男留学生们的期许与梦想完全吻合。再者，即便是女性群体内部，也拥有不同见解。

第一代群中的金韵梅、康爱德深刻受到"美国在华女传教士亚文化（the missionary female subculture）"的熏陶，非常认同传统价值。她们的观点与积极参与推翻清廷活动的留日学生秋瑾女士的观点，以及与1912之际在民国革命罅隙中争取女性参政权利的女性的观点，都是不同的。①p139 但在一定程度上，第一代群依然实现了对亚文化宣扬的奉献及"无我"概念的改造、超越。从家庭角度来看，石美玉、康爱德、许金訇都构建起别样的家庭模式：石美玉与好友美国传教士珍妮·休斯共度余生；康爱德与美国传教士吴格珠如同母女般生活；许金訇收养两个孩子，独自抚育他们长大。亚文化给第一代群的留美女学生们同时带来了自由的释放和另类的枷锁：一方面，她们比起相夫教子的传统女性，获得精神、教育、知识、生活等方面的诸多自由空间；另一方面，她们却落入迎合传统女性道德的另一种模式，并从内心深处反对激进的女权主义改革。她们在思想上实现了传统与现代的"一体两面"。第二代

群的留美女学生们既表达女性的禀赋天资与男性并无二致，又不断鼓吹对"天然的"性别角色分配的顺从，即女性最佳的场所仍是家庭。她们相信，女性应发挥所学，运用与生俱来的柔情，成为传统家庭之中的新式精神核心。胡彬夏在美期间，在麻省纳蒂克（Natick）胡桃山学习。[①p150]她知晓了争取妇女选举权运动的发展及女权主义者对禁酒运动（Prohibition）的参与，并受到职业女性现代化生活模式的浸染。美国禁酒令期间，人们既能够在私酒走私商（smuggler）中看见女性的出场，也能够见证女性抓捕者（hunter）的存在。同时，许多女性将对于禁酒令的违逆当作是对权利争取的加强，她们利用更广泛的文化叛乱，力图反抗一切道德的征服。[⑤]但是，胡彬夏内心深处仍然保持怀疑和抵触，无法真正说服自己抛弃以家庭为重心的美德。第三代群的留美中国学生与她们的前辈不同。五四运动赋予了她们思维的革新。她们终于可以不再痛苦于家庭与学业、事业的两难处境，得以更直观、更坦率地表达自己理想中的人生规划。在专业选择上，她们显得无拘无束。因此，这个代群选择了一向被认为唯有男子可以修习和从事的政治学、经济学、金融学、新闻学等学科和相关工作。

第二代群、第三代群留美女学生们的生活经历、生命境遇与她们留美时期美国的女权主义潮流有着深切联系。20世纪初，美国女权主义运动与广泛的政治和社会改革密切联系，并关注劳工、公共不道德行为等问题，希望结束城市对于劳动妇女的性剥削。[⑥]妇女联盟的组建满足了女性的教育和经济需要。1908年，多本妇女杂志深入报道争取选举权的运动详情。到1911年，一些州已经给予了女性选举权利。[⑦]选举权运动成为进步时代劳工史、改革史和阶级关系的一部分，产生了跨领域的互动。[⑧]1890年，斯坦顿、苏珊·安东尼引导的全国妇女选举权协会与露西·斯通创设的美国妇女选举权协会合并为美国全国妇女选举权协会；1920年，第十九条宪法修正案在国会得到的批准意味着美国女性最终获得了正式的选举权利——漫长年月中，

美国女性在抗议游行、宣传资料、请愿签名等方面做出了锲而不舍的尝试。[⑨]美国女权主义运动对女学生代群的性别意识生成、女性气质（femininity）定义，都有重要影响。大多数留美女学生并未直接参与女权主义运动，也未全盘接受运动中宣扬的理念和指导意见。但是，这些间接的见证和环境的熏陶推动了她们对于女性问题的重新思考。在反思和回观之下，许多女学生形成了与传统中国女性性别观及西方现代主义女权思想均不同的独特视野。

女学生们正实现由传统女性的私人空间即家，向现代职业女性的公共领域即职业场所的转换与变更。囿于传统美德的内化，变更并不是泾渭分明的。南希·弗雷泽对哈贝马斯的公共空间结构转型的批判指出，原理论的性别盲点（gender blindness）使得女性参与公共领域的作用和价值被忽视；因此，一种新的女性公共模型应该被设计。虽然这一建构由于对女性共同体和公共领域现代性意义的双重消解而面临多元化分裂的风险和危机[⑩]，但它仍具有启发意义。对于留美女学生来说，家与公共领域间有所重叠，彼此牵连、互动，实现特殊的私人性与公共性的混同、兼具。中国留美女学生的空间转型不仅是物质的，更是心理的。最早的代群中，女学生们通过公共领域的"家庭化"来将公共事务的需求合理化，因为她们还无法直接地表达自己想要跳脱私人领域的愿望。后来，她们越发实现了对于私人性和公共性的超越、消融。对于传统中国女性来说象征着抚育子女、照顾家人的家庭空间，渐渐超过私人属性，具备了公共领域的特质，为女性开放出混合的心理空间。

五、结语

在河北举办的12期农村合作讲习所中，竺可桢为农民们讲授天气预测方法；梅贻琦讲农人的物理常识；赵元任讲阳历与阴历；陈衡哲讲美术与人民。为中国农学做出不可估量的贡献的邹秉文，临终前留下"蚊蚊负山，尽其在我"的语句。比起前篇章节，在最后的"余论"中，叶维丽得以释放更多的个人思绪与主观情感；聚焦视角也得以进一步

细化，让读者能够近距离观察鲜活的归国留美学生们的生活踪迹。留美学生们面临着国家的巨变、世界的冲击，他们走出国门，体验了完全不同的文化环境。他们怀着振兴国家的心，带着力图改变中国人固有形象的热血情怀，发奋学习。归国之后，看过繁华烟云的他们，依旧愿意回归乡土，回归人民，以周遭平凡市井的苦乐为己任。在恍然拉近的距离下，农村讲习所的故事，还有邹秉文生前的书写，生动印证了何为"已识乾坤大，犹怜草木青。长空送鸟印，留幻与人灵"。

在社会转型变革的背景和救国的强烈愿景下，留美中国学生们完成了多重意义上的临界性转型。在《为中国寻找现代之路：中国留学生在美国（1900—1927）（第二版）》中，叶维丽通过留美学生们以母国为镜像的他乡实践，展示出他们于传统与现代、东方与西方之间的寻觅；通过学生们与华工间的非自愿共同体的缔结，分析了他们身份认同的混合地带；重写中国男子气概的意图与留美女学生们在私人领域和公共空间中的抉择，折射出留美学生们性别角色转型中的交融特质。叶维丽以人的微观历史作为视角，生动书写了留美学生们模仿性的脆弱社会政治试验、难以靠岸的身份认同感之舟、摇摆和转折中的性别意识。这三个重要的维度使得留美学生们同时处于多重的边缘、临界、模糊地带。然而，即便是在这样的不确定性下，留美学生们依旧习得现代文化与技术、为祖国搭设进步之出路、参与体育与戏剧事务、力图重写种族刻板印象。留美学生们临界中的艰难转折与攀登正是逐步渴求发展和前行的中国的微观缩影。

注释【Notes】

①[美]叶维丽：《为中国寻找现代之路：中国留学生在美国（1900—1927）（第二版）》，周子平译，北京大学出版社2017年版，第25页。以下只在文中注明页码，不再一一做注。

②元青：《民国时期的留美学生与中美文化交流》，载《南开学报》2000年第5期，第65页。

③杨钊：《民国时期留美西洋史学者与美国的西洋史学术传统——以博士论文为中心的考察》，载《史学理论研究》2020年第2期，第117页、第119页。

④林晓雯：《1902—1928中国留美学生学位论文选题分析》，载《江苏社会科学》2013年第3期，第217页。

⑤Slayton, Robert. "On Prohibition". in *Reviews in American History* (Vol. 44). 2016(3), pp. 478-483, 480.

⑥Lui, Mary Ting Yi. "Saving Young Girls from Chinatown: White Slavery and Woman Suffrage, 1910—1920". in *Journal of the History of Sexuality* (Vol. 18). 2009(3), pp. 393-417, 397.

⑦Cohen, Michael David. "School for Suffrage: The American Woman's Republic". in *The Good Society* (Vol. 25). 2016(2), pp. 209-230, 217.

⑧Sklar, Kathryn Kish. "Reinventing Woman Suffrage". in *Reviews in American History* (Vol. 27). 1999(2), pp. 243-249, 244.

⑨金莉：《美国女权运动·女性文学·女权批评》，载《美国研究》2009年第1期，第64页。

⑩战洋：《女性公共领域是否可能——以弗雷泽对哈贝马斯公共领域概念批判为例》，载《天津社会科学》2006年第6期，第110页。

学科演进与观念变迁：重审20世纪80年代中国的世界文学观①

张　珂

内容提要： 世界文学观自20世纪80年代在中国的演进既是新时期以来时代文化心理诉求的一种表征，又是中国文学与世界对话过程中产生的问题意识的必然反映。从学术史层面来看，这与比较文学作为一种学科建制和研究范式在中国的设置和发展有着密切关联。它所表征的"世界文学热"也直接影响了21世纪以来我们对世界文学的理解和思考。从比较文学的学科视角出发，联系当今的世界文学理论热潮，聚焦和反思20世纪80年代中国语境中的世界文学观，可以更好地理解世界文学观在当代中国的演进历程及其与世界的对话关系。

关键词： 世界文学观；比较文学学科；20世纪80年代；中国语境

作者简介： 张珂，中央民族大学外国语学院教授，文学博士。研究方向：比较文学、外国文学学术史。

Title: Discipline Evolution and Conceptual Change: On the View of World Literature in the 1980s

Abstract: The evolution of the view of world literature in the 1980s is not only a representation of the cultural psychological appeal since the new period, but also an inevitable reflection of the problem consciousness generated in the process of dialogue between Chinese literature and the world. From the perspective of academic history, it is closely related to the establishment and development of comparative literature as a disciplinary institution and research paradigm in China. The enthusiasm for world literature it represents has also directly affected our understanding and thinking of world literature since the 21st century. From the disciplinary perspective of comparative literature, this paper studies and reflects on the view of world literature in the context of China in the 1980s, in order to better understand the evolution of the view of world literature in China and its dialogue with the world.

Key Words: the view of world literature; comparative literature as a discipline; 1980s; Chinese context

About Author: Zhang Ke, Professor, School of Foreign Studies, Minzu University of China. Her main research interests include comparative literature and Chinese academic history of foreign literature.

近年来，全球化时代的世界文学定义、世界文学的评价标准、世界文学与翻译的关系、世界文学与中国等前沿话题引起了国内外学术界的广泛讨论。西方学者丹穆若什、卡萨诺瓦、莫莱蒂等人的世界文学观在中国大行其道，关注者甚多。对于中国自身世界文学观念与实践的历史回溯和理论反思则相对较少，而这一问题不仅是厘清世界文学与中国这一话题的重要理论基础，也是中国学者在这股讨论热潮中能够贡献于世界文学的宝贵经验。20世纪80年代是世界文学观在中国演进的一个极其重要和具有标志性意义的年代。从学术史层面来看，这一时期的"世界文学"观的形成与兴起，与比较文学作为一种学科建制和研究范式在中国大陆的设置和发展有着密切关联，由此传播的比较文学与世界文学观念也成为某种程度上的公众知识。它所表征的"世界文学热"也直接影响了21世纪以来我们对世界文学的理解和思考。

一、比较文学学科的提倡与"世界文学"话语

作为一种跨越国别或语言的文学研究，比较文学在国际范围的兴起本就与世界文学有着密切关

系。从比较文学在欧洲的历史来看，近代世界意识的出现和世界文学观念的产生是比较文学学科萌芽的重要前提。世界文学概念的主要创制者歌德也被认为是比较文学的远祖。比较文学从诞生起就承担了不同民族与国家之间文学交往与联系、沟通与对话的使命。20世纪初，中国比较文学学术意识的萌生也与近代以来知识分子世界文学观的获得密不可分。在西学东渐的历史背景下，民国时期已有部分知识分子从中外文化、文学交流的角度运用和阐释世界文学观念，作为知识的比较文学也获得了初步的传播，个别高校甚至开设了比较文学性质的课程。

新中国成立后，在1978年召开的全国外国文学研究工作规划会议上，杨周翰提出外国文学研究要进行"有意识的、系统的、科学的比较"②，这应该是中国大陆重新提倡比较文学研究的较早呼声，也是中国学者以比较视野主动研究世界文学的一种立场和态度的见证。朱光潜在20世纪80年代末翻译《歌德谈话录》，出版《西方美学史》，率先对歌德的世界文学观进行了深入阐释。这不仅开启了20世纪80年代世界文学讨论的先河，也为此后比较文学的学科建设提供了重要理论基础。1980年，赵毅衡在《读书》杂志发表《是该设立比较文学学科的时候了》，提倡建立比较文学学科，呼应世界文学提倡者歌德的理想。伴随着文学研究领域里的"改革开放"，中国学界尤其是人文学科领域发生了一种"向外看"的知识转向。这种现象的出现与比较文学在这一时期被大力提倡和呼吁有不可忽视的关联。即使是国别文学研究领域，比较文学观念和方法的引入也带来了新的气象。陈平原在研究中国小说史时谈到，20世纪80年代海外中国学的研究成果令人大开眼界，这一现象的出现很大程度上是因为比较文学在其中"扮演了开路先锋的角色"③，肯定了比较文学知识的兴起对于学界打破僵局和解放思想所起到的无可替代的积极作用。钱念孙在20世纪80年代末即主张应用系统方法，建立"世界文学学"，研究世界文学史和世界文学理论，并预测"21世纪将是诞生世界文学史和世界文学理论的世

纪"。④正是在这种语境下，作为文学概念或术语的"世界文学"开始获得更为理论化的学术品格，获得了更为充分的讨论，世界文学观念也伴随着比较文学知识和方法的普及获得了更具学术意义的传播。

1985年，中国比较文学学会成立，标志着比较文学学科在中国全面复兴。国外的重要比较文学论著陆续被译介至国内，中国学者也开始自己编写比较文学教材。这些著作大多都对"世界文学"的含义做出专节论述，并且尤为重视比较文学与世界文学的关系问题。如乐黛云强调："比较文学的出现不仅要有民族文学的确立，而且要有世界文学意识的觉醒。……比较文学就是适应世界文学时代的要求，在各民族文学相互往来，相互影响不断加强的情况下发展起来的。"⑤正是由于比较文学学科带来了视野和方法上的更新，人们对中国文学与世界文学的关系、世界文学的含义等问题进行了更加深入和自觉的理论思考。在借鉴和吸收国外学者观点的基础上，国内学界逐渐形成了作为"全人类文学作品的总和"、作为"具有世界声誉的优秀作品"以及"人类文学广泛的联系性"这样三条"世界文学"基本含义。但正如比较文学的定义充满争议性，难以取得一个一致的意见，20世纪80年代以来多数比较文学论著对世界文学含义的论述也是探讨性质的，并非追求其严格的本质意义。这种处理带有一点模糊化的倾向，也影响到了此后学界对于世界文学概念的使用。由于这一时期中国比较文学的重心在于清理中外文学关系，尤其是中国现代文学与外国文学之间的关系，世界文学作为比较文学学科中的一个关键词，更多的是作为一种"重要的术语"存在的，其在学科建设中的应有作用并没有完全体现出来。

二、"走向世界"与世界文学观的演进

比较文学学科对世界文学概念的引入，由它而生发的世界文学的理想图景，加之中国文学自身发展的强烈渴求，给了中国学界极大的渴望与期许，人们充满希望地接受歌德和马克思的世界文学

预言。20世纪80年代，有两个出版事件最能反映当时的"世界文学热"：一是钟叔河主编的"走向世界丛书"陆续出版（1980—1983）；二是曾小逸主编的《走向世界文学——中国现代作家与外国文学》（1985）出版。这两套书在学界和读者中产生了极大的影响。这一时期人们欢迎世界文学，拥抱世界文学的感情是真诚的、热烈的、主动的。人们相信，中国走向世界的过程，也是世界走向中国的过程。"走向世界"既是"世界文学时代"来临的必然要求，也是中国语境下基于民族文学历史发展得到的宝贵经验，当时经历了长期文化隔绝的知识分子对此更是体会颇深。"走向世界"成为联结历史和现实的一种时代呼声，反映了中国急欲融入世界、追赶西方先进潮流的渴望，凸显了中国社会对冲出自我封闭、迈进当代世界文明的诉求，反映了当时人们接受世界文学话语的心理背景。

围绕"走向世界"这一话题，不同学科背景、不同学术立场的学者纷纷以极大热情参与讨论，其中不乏真知灼见。中国学者在讨论中普遍主张文学之间的平等对话，认为中国文学与世界文学的关系应该是双向的交流互动关系。人们看到，一方面，由于文化和语言、政治差异，走向世界的过程必然是漫长的、曲折的；另一方面，走向世界必须以对世界和人类命运的关心为前提，必须以具备和世界及其文学进行平等对话的能力为前提。"走向世界"不仅包含着把外国文学介绍到中国，也包括让中国文学走到国外。因此，对于研究者而言，既要研究本国文学接受外国文学影响的现象，也要研究本国文学影响外国文学的现象。这些观点在今天看来仍具有重要的理论价值和现实意义。在世界文学的话语热潮中，还诞生了对中国文学发展历程的新的认识。陈思和《中国新文学整体观》（1987），黄子平、陈平原、钱理群《二十世纪中国文学三人谈》（1988）等对此后中国文学研究影响深远的著作都将世界文学作为谈论中国文学发展不可或缺的一种视野。中国新文学作为一个整体不仅在世界文学框架的观照下被激发出了新的生机与活力，20世纪的中国文学也被理解为走向并汇入世界的一个历

史进程。人们对世界文学的重视与五四时期的世界文学热遥相呼应，世界文学所带给人们的整体性思维和系统性方法不断更新着人们对中国文学的认识。至此，世界文学观念在中国的接受可以说达到了前所未有的深入程度。

近年来，美国学者丹穆若什的世界文学观点被学界广为传播，他指出世界文学是在翻译中受益的作品。世界文学与翻译也是今天世界文学热潮中的重要问题之一。的确，由于政治地位与经济状况等因素的差异，中国文学与西方文学不仅存在着评价标准的差异，语言差异带来的翻译问题也是中国文学走向世界亟须考量的问题。很多人也许没有注意到，翻译在世界文学中的作用自20世纪80年代以来就是中国学者相当重视的一个话题。人们已经意识到，翻译不仅是一个作家走向世界的前提之一，也是民族文学走向世界的前提之一。离开翻译，再优秀的文学也无法被广大异域读者所感知。大量的实例被用以证明翻译是民族文学走向世界文学的桥梁。翻译的好坏甚至能直接决定作品在外国的命运。因此，我们不仅在实践中有必要培养和建立高水平的翻译队伍，在思想认识上也要有主动走出去的意识，不能完全被动地等待外国翻译家翻译中国当代的文学作品。中国作家不应该仅仅满足本国读者，还要争取世界读者，应该主动为"世界人民"服务。这些讨论与21世纪以来对世界文学与翻译问题的讨论遥相呼应，是倡导中国文学走出去的一种先声，也是比较文学亟须重视与挖掘的学术史资源。

在走向世界的话语热潮中，争议与反思并存，其关切焦点在于：走向哪个世界？文学走向世界的具体标准是什么？中国文学应该如何走向世界？相关讨论一直延续至当下。不少学者开始反思"走向世界文学"这一说法中可能存在的西方中心主义倾向，认为中西方之间不存在谁走向谁的问题，在文化渗透的世界建设自己更为重要，中国文学的理想目标是实现与世界文学的对话。将世界文学作为一种新的价值尺度也有其偏执的一面，恰恰反映了当代中国文化心理的不成熟性和追求大一统价值尺度

的传统性，会使世界文学沾满实用主义的污泥。只有主动参与和解释世界历史进程中和世界文学进程中的重要方面，才有可能走向世界，才有可能让世界走来。这些见解充分显示出彼时中国学者在思考民族文学与世界文学关系时的主体意识，归根结底反映了建设富有中国文化精神、鲜明民族意识和独立审美价值的现代文学体系的迫切诉求，体现了中华民族独特的心理结构和思维模式，反映了这一时期世界文学观在中国的时代演进。

三、比较文学学科与全球化时代的世界文学观

比较文学学科的提倡与世界文学观的演进已为20世纪80年代的中国学术话语所验证，显示出比较文学观念与方法极强的理论辐射力和渗透力。不管讨论具体内容如何，这种讨论或行为本身的意义实质上再次证明了中国文学与世界文学早已形成了离开彼此就无法完整言说的话语格局。20世纪80年代以后，世界范围内全球化进程加快，世界文学逐渐成为国际学术前沿话题之一，学界对此前走向世界文学的讨论和反思也显示出新的价值和意义。

王一川在20世纪末发文指出，"走向世界"这个口号实际上反映了中国人特有的文化无意识即"文化中心主义"。无论其意义是走向西方中心，还是走向或重建中国中心，两者都以为被西方承认和容纳为主要标志。随着我们身处其中的世界格局的变化，"世界"与"中国"的形象也在变幻着外表与内涵，"世界"不再是梦中的"神圣幻象"，而就是文化交往中的平常对象和环境。因此，中国文学与西方文学之间的差异问题才是具有根本性意义的问题。在世界文学的格局中，中国文学需要的是在文学交往过程中保持和发展自身的文化审美特性，为世界文学的多样性和丰富性做出自己的贡献，承担相应的责任。⑥这一反思是相当有见地的，有利于从自身民族特点出发认识世界文学热的来由与根源，并表达出一种与时俱进的世界意识与主体担当。越来越多的人认识到，世界文学应该是相互交流、互动复合的良性循环系统，中国文学

走向世界的前提是具有与世界平等对话的素质和能力。中国文学走向世界的道路是漫长的，不能以功利主义的眼光（如是否获得诺贝尔文学奖）简单视之。全国权、徐东日两位学者认为对中国文学来说更有建设意义的是将"世界文学走向中国"与"中国文学走向世界"结合起来，创造"世界中的中国文学"这一氤氲完美的文化世界。⑦这里所提出的"世界中的中国文学"这一说法虽然有一定的限定性，在全球化时代的今天看来，它却有意无意指向了一个更为广阔的世界文学空间。与这一思路形成对照的是，近年来，海外学界王德威借用海德格尔"世界中（worlding）"这一术语反思作为跨国、跨语言与文化的中国文学，重新思考"世界中"的中国文学。2017年哈佛大学出版的《新编中国现代文学史》长篇导言正是由主编王德威撰写的《"世界中"的中国文学》。该书以编者提出的"华语语系文学"为比较视野，实质上将传统意义上中国文学的内涵与外延推向了更广阔的时空领域，提供了一种新的世界文学视角。⑧在世界文学观念的不断更新下，世界文学的发展演变不仅有历时性的一面，也有其空间层面的意义。随着全球化进程的加快、跨国文学流动的加强，世界文学的这种空间性特征越来越引发人们的关注。

就比较文学而言，比较文学学科在世界范围内的发展经历了从单一文化内部文学影响关系的研究，到无影响关系的平行研究，再到跨越异质文明的比较研究。中国比较文学是推动世界比较文学进程、化解比较文学学科危机的重要力量。如今，中国比较文学的发展已经迈向一个全新的历史阶段。在文化自信与人类命运共同体等具有新时代中国特色理论视域下，比较文学中国学派的倡导与建立越来越为世界所瞩目。中国比较文学不仅在影响研究、平行研究、跨学科研究等传统学科领域取得了显著成绩，而且在比较文学学科理论领域实现了重大突破与创新。对跨文化研究、阐发研究、比较文学变异学等核心理论和问题的讨论，不仅是比较文学学科意识走向自觉和成熟的体现，也形成了比较文学中国学派的鲜明特征。中国比较文学更加注重

东西方文学的沟通与对话，注重异质性与互补性，为打破西方中心主义，构建和谐共生的世界文学作出了重大贡献。无论是20世纪80年代还是今天，中国比较文学学者对世界文学的思考始终以中国的具体国情和中国文学的发展为立足点，探讨世界文学概念对中国的积极意义，思考界定世界文学的标准，力图重构世界文学的中国版图。如果说20世纪80年代的"走向世界文学"更多追求文学的共通性、同一性、一体性、人类性等内涵，伴随着比较文学学科在中国的新发展，全球化语境中对世界文学的理解则又增添了差异性、多样性、动态性、变异性、过程性、空间性等色彩。今天的中国，与其说走向世界文学，毋宁说应以更自信和主动的姿态引领和推进世界文学的互动。

不难看到，随着东西方物质文明与精神文明交流的日益深入和广泛，中国文化软实力和世界影响力的增强，今天的世界文学热，其时代语境早已与20世纪80年代不可同日而语。今天，世界文学更多时候被认为是一个具有导向性的问题概念。王宁教授指出，中国学者应借助世界文学概念的讨论，"从中国的立场和视角出发重新审视世界文学的既有地图，为世界文学的重新绘图注入中国的元素并提供中国的解决方案"[9]。在全球化的语境下，如何看待中国文学与世界文学的关系、如何处理传统文化与外来文化之间的关系，如何实现真正的文化交流与文明互鉴，这些问题既是新时代思想文化建设的重要关切所在，其实质也关乎中国面临的世界文学问题的新演化。比较文学作为一门具有国际性的人文学科，在发挥与世界文学的对话方面仍然有它不可替代的作用与价值。随着国际上更多的世界文学理论的兴起，中国比较文学学者理应更加积极地参与到世界文学的理论对话中来，并在这一过程中主动作为。

注释【Notes】

①本文系作者主持的国家社科基金一般项目"百年来中国的世界意识与世界文学观念互动关系研究"（项目编号：22BZW007）阶段性成果。

②杨周翰：《攻玉集·镜子与七巧板》，上海人民出版社2016年版，第18页。

③陈平原：《中国学家的小说史研究——以中国人的接受为中心》，载葛兆龙主编：《清华汉学研究》（第3辑），清华大学出版社2000年版，第103—110页。

④钱念孙：《文学横向发展论》，上海文艺出版社1989年版，第397—402页。

⑤乐黛云：《中西比较文学教程》，高等教育出版社1988年版，第21页。

⑥王一川：《与其"走向世界"，何妨"走在世界"》，载《世界文学》1998年第1期。

⑦全国权、徐东日：《"中国文学走向世界"之质疑》，载《延边大学学报（哲学社会科学版）》1995年第1期。

⑧王德威：《"世界中"的中国文学》，载《南方文坛》2017年第5期。

⑨王宁：《作为问题导向的世界文学概念》，载《外国文学研究》2018年第5期。

英加登文学作品结构观的意向性分析

魏 汉

内容提要： 被韦勒克誉为"西方四大批评家"之一的波兰美学家英加登，运用胡塞尔的意向性理论与现象学还原等方法，构建了一个包含本体论、认识论和价值论三个领域的庞大现象学美学体系，这一体系奠定了英加登在西方美学史上的重要地位。虽然国内外学者对英加登的研究已经比较全面深刻，但是在一些影响力广泛的文学理论著作中却仍存在常见的"误解"。本文围绕英加登文学作品结构观展开，从胡塞尔的意向性理论出发，详细说明英加登如何将意向性理论应用于其文学作品复调式的四层次结构理论构建中，从而形成对其文学作品结构观的全面认识。同时这一系列说明可以纠正国内外研究对英加登研究的常见"误解"。最后提出英加登文学作品层次结构理论的意义与阅读分析文学作品的启示。

关键词： 英加登；意向性；层次结构

作者简介： 魏汉，深圳大学人文学院硕士研究生，研究方向为中国语言文学专业文艺学。

Title: Analyzing the Structural View of Ingarden's Literary Works from the Perspective of Intentionality

Abstract: The Polish aesthetician Ingarden, praised by Wellek as one of the "four western critics", used Husserl's theory of intentionality and phenomenological reduction methods to construct a phenomenological aesthetic system including ontology, epistemology and axiology. This system established Ingarden's important position in the history of western aesthetics. Although scholars at home and abroad have studied Ingarden comprehensively and profoundly, there are still common "misunderstandings" in some influential literary theories. Based on Husserl's theory of intentionality, this paper elaborates how Ingarden applied the theory of intentionality to the construction of his four-level structure theory of polyphonic literary works, so as to form a comprehensive understanding of his structural view of literary works. At the same time, this series of explanations can correct the common "misunderstanding" of Ingarden's research in domestic and foreign researches. Finally, the significance of Ingarden's theory of hierarchical structure of literary works and the enlightenment of reading and analyzing literary works are put forward.

Key Words: Ingarden; intentionality; hierarchical structure

About Author: Wei Han is a master student at the School of Humanities, Shenzhen University, majoring in Chinese language and literature.

一、绪论

（一）英加登及其文学作品结构观

同样作为德国现象学哲学家胡塞尔的优秀学生，英加登与海德格尔相比，其在中国学术界未能产生强烈的吸引力，一提起现象学，人们脑海中首先浮现的是海德格尔的形象。海德格尔的《存在与时间》用现象学的方法解构传统形而上学，引发了当代西方哲学思想的革命，甚至对哲学以外的领域产生了巨大影响。但是在现象学美学领域，二人对现象学其实都有自己独特的理解，他们都构建了完整的体系。尤其是英加登，对现象学美学作出了巨大的贡献，他构建了一个包含本体论、认识论和价值三个领域的庞大美学体系，其理论思想主要在《论文学作品》《对文学的艺术作品的认识》《艺术本体论研究》和《经验、艺术作品与价值》四部著作中。

在《论文学作品》一书中英加登将现象学的方法运用到文艺学研究中，形成了自己的文学作品结构观。他认为文学作品是"纯意向性客体"，文学作品的本质与存在方式是文学作品的本质结构。他将文学作品划分为语音造体层、意义单元层、图式观相层和再现客体层四个基本层次，每一个层次都与其他层次相互联系，又具有各自独特的作用，从而形成"复调和谐"的特性。阅读文学作品，读者需要沿着作者事先规定的"图式观相"框架，对作品进行"具体化"的填充，而作品的审美价值也是在读者的"具体化"中得以显现。

（二）国内外对英加登的"误解"

迄今为止，中国学者对英加登的著作翻译与研究已经持续了三十多年，可是在提及英加登时，往往是在接受美学、现象学领域顺带提及，或者作为对照人物出现。即使是介绍其文学作品结构层次理论等观点时，也是总体介绍而研究不深，很少有人会详细阐述每个层次是如何划分的，层次之间的区别究竟在哪里，以及他如何将胡塞尔的意向性应用在自己的文学作品层次结构中等问题。因为他给文学作品划分的层次似乎平淡无奇，在国内即使是一本通识性的文学理论教材也会给文学作品划分层次。所以在学术界也出现了这种错觉，即认为英加登的理论并没有什么太高的价值。

国内早期确实出现了对英加登的研究不深等现象。首先，这与对英加登著作的翻译晚有很大关系，英加登最重要的著作《论文学作品》是在2008年才翻译的，国内对他的研究，多是翻译与转述，还没有深层次的交流与理解。其次，这也与英加登自身有关，与海德格尔那天才式的灵感迸发相比，英加登总是冷静、理智的沉思，在著作中不厌其烦地对一个个问题进行繁复的讨论，造成研究理解的困难。所以在早期国内研究者往往对英加登都存在许多"误解"，如中国学者童庆炳谈及文学观念时说："英加登的作品层次说有其合理性，但由于它仅限于作品，没有包括整个文学活动的各个方面，所以又有局限性。我们认为真正意义上的文学是人类的一种精神活动，单有作品不能构成文学的完整

活动，文学的完整活动必须考虑到作家、生活、作品、读者及其这几个方面的联系。"[1]因为英加登是将现象学还原方法应用到文学作品中，所以会去详细地构建文学作品的层次，但是这并不代表英加登只关注文学作品本身。而童庆炳却只看到了表面现象，误认为英加登的作品层次说仅仅关注作品而忽略作家、生活与读者其他三个因素，并没有包括整个文学活动，是片面的。另外他在主编的《文学理论教程》中又提出："他把'声音'单列一个层面，似无必要，一般在文学中字音和意义是无法剥离的。"[2]即认为语音造体层与意义单元层没有必要分开。但实际上英加登认为语音与意义作为语言结构的两个部分，虽然二者联系紧密，但是语音的主要功能是确定其意义，语音造体层是意义单元层的基础与条件，两个层次是必须分开的，不能混为一谈。

当今国内对英加登的研究已经比较全面，如郭勇建的博士后出站报告《文学现象学——英加登〈论文学作品〉研究》在本体论领域对英加登的理论进行全面分析，再如张永清的《问题与思考：英加登文论研究三十年》对英加登理论在中国的传播接受情况进行详细研究，将英加登的层次结构理论应用到小说与诗歌分析中的论文更是不计其数。他们虽然对英加登的理论分析得很全面精确，但对于国内曾经的"误解"却很少指出并澄清。而如童庆炳学者编写的教材影响比较大，其理论著作经常会作为通识性教材，所以很多人仍是停留在早期的"误解"中。

不仅在国内，世界上其他国家的学者也对英加登存在"误解"，如德国美学家伊瑟尔在《怎样做理论》中谈道："英加登理论分层模式中层次与层次之间的关系绝不是一种复调和谐。恰恰相反，我们在层次之间看到了冲突、差异与不和谐，甚至一个层次内部也存在许多悖论、矛盾、否定、困惑以及不一致。"[3]他认为英加登的四个层次并非构成复调和谐，而是存在冲突矛盾。事实上四个层次是不断递进的，而且有各自独特的作用，最后共同构成了复调和谐的全新整体。又如韦勒克在

借鉴英加登对文学作品的多层次划分理论时谈道："英加登还另外增加了两个层面。我们认为，这两个层面似乎不一定非要划分出来。世界的'层面'是从一个特定的观点看出来的，但这个观点未必非要说明，可以暗含其中……最后，英加登还提出了'形而上性质'的层面，通过这一层面艺术可以引人深思。"④韦勒克在这段话中认为图示观相层与再现客体层没有必要分开，二者可以归于"世界"层面，此外还提出可以单独划分"形而上性质"层面。韦勒克说图式观相层与再现客体层都属于"世界"层面是正确的，但是他并不理解二者的区别，图式观相层相当于文学作品的骨架，而再现客体层要在这个骨架上展开，图式观相层为再现客体层的构建指明了方向，所以两个层次也是必然要分开的。而"形而上性质"也只是再现客体层中的特殊性质，同样不能单独划分。

针对以上举例的国内外对英加登研究的常见"误解"，本文将从胡塞尔的意向性理论出发，详细说明英加登如何将意向性理论应用于其文学作品复调式的四层次结构理论构建中，从而形成对其文学作品结构观的全面认识。同时这一系列说明可以纠正国内外研究对英加登研究的常见"误解"。最后提出英加登文学作品层次结构理论的意义与对今天我们阅读分析文学作品的启示。

二、英加登文学作品结构观的理论基础

（一）现象学的钥匙——意向性

意向性作为胡塞尔现象学的一个核心概念，是进入现象学大门的一把钥匙。对于意向性的概念，胡塞尔在《纯粹现象学通论》中直接给出了定义："我们把意向性理解为作一个体验的特性，即'作为对某物的意识'。"⑤意识总是关于某物的意识，这就是意向性的含义。也就是说我们的意向对象就是事物本身，并不存在意向对象之外的物自体。世界并不是单独的存在，当我们提到世界时，它已经过我们的意识解释。虽然意向性的定义非常简单，但要理解胡塞尔现象学与英加登的文学作品结构理论，意向性是必不可少的。

为了进一步理解意向性，还需要对现象学有初步的认识。胡塞尔提出"现象学：它标志着一门科学，一种诸科学学科之间的联系，但现象学同时并且首先标志着一种方法和思维态度：特殊的哲学思维态度和特殊的哲学方法"⑥。这种哲学方法就是本质直观。以往哲学认为本质和现象是分开的，本质作为一般之物不能直接看到，如经验主义是通过归纳来认识本质，而直观只能把握个别现象。但是胡塞尔现象学认为本质就在现象中，不必通过归纳或演绎方法来看到本质，直观就可以把握本质，直观在这里与"认识"的含义接近。本质能够直观，这看起来是矛盾的，但正是意向性的概念使本质直观成为可能。本质其实是意向性行为构造出的观念，是一种以"现象"的方式存在的观念。不同于经验主义的观念，也不同于柏拉图式的观念，既非主观之物，也非客观之物。所以本质才能够直观，或者理解为观念可以认识。

（二）意向性的应用——纯意向性客体

英加登在继承老师胡塞尔的意向性理论后，将现象学还原方法应用到文学作品研究，从而提出了文学作品的本质结构问题。英加登提到"绝大多数研究家都很努力地研究了各种不同的——具体问题，但他们却没有注意到，如果不把中心问题，也就是文学作品的本质问题提出来，并把它说清楚，他们研究的那些具体问题是不能完全解决的"⑦。英加登并没有说文学是什么，文学的概念是什么，而是说文学作品的本质是什么。他直接指向文学作品本身，所以探求的是文学作品的本质结构，如同本质还原，抛弃了现象和本质相分离的观念，回到文学作品本身，本质就在现象中。英加登在《论文学作品》中提出文学作品是"纯意向性客体"，对于"纯意向性客体"的概念，应从下面两个方面来理解。

第一，文学作品是"意向性客体"，即文学作品应是具有物理基础的精神性存在。文学作品既不同于实在的客体，如山川、茶水，实在的客体无人的精神活动，文学作品是有作家精神活动过程的。文学作品也不同于观念的客体，如数学公式、几何

图形，文学作品并非永恒不变，人们每次在欣赏文学作品时都有独特的新鲜的体验感。英加登还继承了老师胡塞尔对心理主义的反对立场，认为文学作品既非作者的心理体验，也非读者的心理体验。因为如果文学作品是作者的心理体验，作者在创作时心理是千变万化的，而读者无法完全把握作者的心理体验，那么理解文学作品就变成了空谈。同时如果文学作品是读者的心理体验，那么会造成一千个人有一千个哈姆雷特的情况，也就丧失了同一性的本质。

第二，文学作品是"纯意向性客体"，这里是英加登不同意胡塞尔先验唯心的看法，他否定胡塞尔关于有独立于主体意识的客观对象的观点，他在《对文学的艺术作品的认识》一书对文学作品的基本结构进行了归纳，其中第九个观点明确指出其概念："文学作品是一个纯粹意向性构成，它存在的根源是作家意识的创作活动，它存在的物理基础是以书面形式记录的文本或其他可能的物理手段。由于其语言具有双重层次性，它既是主体间际可接近的，又是可以复制的，所以作品成为主体间际的意向客体，同一个读者社会相联系。这样它就不是一种心理现象，而是超越所有的意识经验。"⑧这个概念的含义是说文学作品虽然是作家意识的创造物，但是要经过读者的"具体化"完成，也就是重构文学作品，是作家与读者双重意向行为，同时以文字声音等物理基础来负载形而上性质的东西。从这一点上可以发现英加登并不只限制于作品本身，艾布拉姆斯在《镜与灯》中提到："尽管任何像样的理论多少都考虑到了所有这四个要素，然而我们将看到，几乎所有的理论都只明显地倾向于一个要素。"⑨英加登将世界、作家、作品与读者连接起来，考虑到了四个要素，无疑是一个伟大的文艺理论家。"纯意向性客体"的概念证明了中国学者童庆炳对英加登存在"误解"——认为英加登划分作品层次只是仅仅关注作品，而忽略作者、生活与作品等其他因素。

三、文学作品复调式的多层次结构

英加登在应用意向性理论提出文学作品是"纯意向性客体"后，进一步分析其基本层次结构。英加登认为文学作品具有四个必不可少的层次："1.字音和建立在字音基础上的更高级的语音造体的层次。2.不同等级的意义单元或整体的层次。3.不同类型的图式的观相、观相的连续或系列观相的层次。4.文学作品中再现客体和它们的命运的层次。"⑦p49按照学术界的通行简化，四个层次就是"语音造体层次""意义单元层次""图式观相层次"和"再现客体层次"。

的确，英加登给文学作品划分的层次平淡无奇，但是英加登却以意向性理论为出发点，给文学作品构建了一个完整的复调式多层次结构，这就是与众不同的地方，也是英加登的杰出贡献。每个层次的划分都有确定的依据，每个层次都是必不可少的。层次与层次之间不但相互联系、互为条件，而且共同发挥作用，构成"复调"整体。很少甚至可以说没有学者能像英加登这样完全看清文学作品的本质结构属性。下面将详细说明四个层次如何划分，为何四个层次必不可少以及英加登是怎样应用意向性理论来构建四个层次的。这同时也是对导论中提到的童庆炳和韦勒克对英加登的"误解"的纠正。

（一）文学作品的层次性结构

1.语音造体层次

为了更加清晰地说明语音造体层的内容，这里需要先对"造体"一词进行解释。语音造体层的英文是word sounds and phonetic formations of higher order，张振辉在翻译英加登的《论文学作品》时将formations这个词译为"造体"，但实际上他的翻译使人不明所以，学术界的其他翻译版本是"语音组合层"与"语音构造层"，这两个翻译更加明晰，但为了与中文版《论文学作品》各层次名称保持一致，这里仍使用"语音造体层"这个翻译。

英加登将语音造体层划分为第一个也是最基础的层次是有依据的，在阅读文学作品时，我们的意识首先指向的是文学作品本身，语言是文学作品存在的媒介，所以语言是最先指向的对象。语言是由语音和意义两部分组成，当我们在看文学作品时，首先看到的是语音，因此语音造体层是最基础的层次。这里可能有疑问：为什么我们最先看到的不是文字而是语音？这里应先把语言和文字分开，没有语言，文学作品就不存在了，因为语言是文学作品存在的媒介，而文字是我们保存、传播文学作品的一种工具，毫无疑问文字非常重要，可是工具不止一种，比如说录音依然可以保存文学作品，只是不方便而已。

当然我们在看书时，上面的确是文字符号，可是我们真的是在观看每个文字符号的形体吗？我们与其说是看文学作品，不如说是读文学作品，在阅读文字时涌入脑海的是其字音，连续的字音使我们产生了可感的形象。英加登已经明确阐明了这个问题，他说："在具体阅读一本印刷书的时候，有一个我们实际感知和必须感知个别的书页和个别的油墨斑点本身的程度问题。我们难道不是立即就理解了印刷的'词'典型形式或典型的语词声音，而没有意识到各个书写符号看上去是什么样子吗？"⑧p185

（1）语词的发音

英加登在语音造体层首先讨论的是最简单的语言造体——语词，他首先区分了语词两种不同的发音，"语音的典型形象"和"具体的语音材料"，其中"语音的典型形象"才是语词的发音。"具体的语音材料"的含义是在一个语言系统中，如每个人因自身生理器官，或地域，或心理状态的不同等因素，对同一个语词的发音有差异（如音调、响度、音色的差异）。比如普通话中"现象学"这个词的发音，孩子的发音会更尖厉，而成年人的发音会更低沉；再比如高兴于论文有写作思路时和苦恼烦躁于论文无从下笔时对"现象学"这个词的发音也不同。

"语音的典型形象"是在"具体的语音材料"基础之上形成的，是具有一般标准的语词发音，这个才是文学作品的语音，就如标准的普通话的发音是固定的，"语音的典型形象"可以理解为语词的发音能为其意义指明方向。

为明确英加登将语词发音划分为两种发音的原因，需要理解他仍是继承胡塞尔运用意向性理论，进行本质还原的结果。胡塞尔在《逻辑研究》第一

研究中，提出符号概念分为"表述"与"指号"两种含义，对于表述的含义，他说"我们从指示性的符号中划分出有含义的符号，即各种表达""我们首先设定，每句话语、话语的每个部分，以及每个本质上同类的符号都是表达，而此话语是否被说出，就是说，此话语是否在交往的意图中朝向某些人，这是无关紧要的"。⑩对于指号，他认为："在本真的意义上，一个东西只有在当它确实作为对某物的指示而服务于一个思维者的生物时，它才能被称作为指号。"⑩p333简单的理解就是"表述"有含义，客观上不因人而异。"指号"不具有含义，但有意义，意义在于指示。胡塞尔区分二者就是将现象学还原应用于符号学，在符号概念研究中，悬搁"指号"还原本质"表述"，英加登仍是沿着这种思路进行，因为意向行为指向文学作品的语音，本质是具有同一性的，因此文学作品的语音是"语音的典型形象"而非"具体的语音材料"。

（2）语句的发音

在讨论语词的发音后，英加登进一步提出"更高级的语言造体"——语句。英加登说："真正独立的语言造体不是某个语词，而是语句。"⑦p66语句的发音不等于"语句发音"，这是一个完整的意义，语句的发音不是语词相连后，语词语音的相连。这是一种语词按某种特定顺序后形成的特殊美感语音效果。英加登在语句的发音中提出其包含节奏与乐调等现象。如唐诗在朗诵时的平仄押韵给人以生命力，这就是节奏。再如宋词歌唱时就是乐调的作用。

语音造体层作为最基础的层次讨论后，因为语言是由语音和意义两部分组成，那么接下来就是构建意义单元层次，英加登也说："一个语词的发音的基本的和主要的功能都表现在确定这个语词的意义上。"⑦p62意义必然和发音相连接，语音造体层为下一个层次——意义单元层次提供了基础和条件。同时这说明语音与意义虽然有紧密的联系，但是二者并不是处于同一个层面，二者是各自独立的，那么绪论里中国学者童庆炳认为语音造体层与意义单元层没有必要分开的观点无疑是一种"误解"。另外，通过语音文学作品中人物的心理活动

与状况也能表现出来，语音造体层对再现客体层的构建也有影响作用。

2. 意义单元层次

在四个层次中，意义单元层次是最核心的层次，它与其他三个层次都有联系，英加登对意义单元层的论述占据了大量的篇幅，他在意义单元层的构建中已经跨出了文学理论的范围，在语言学，逻辑学领域都有涉猎。在意义单元层的构建中，如语音造体层构建方法一样，英加登同样是由简单到复杂，由语词开始，到语句，再到句群，一步步进行更高级的构建。

（1）语词的意义

意义单元层之所以重要，是因为其关系到文学作品的同一性问题。英加登从两个方面考察语词的意义，分别是将其作为句子的成分和作为孤立的词进行考察。英加登为了研究的便利，暂时将单个语词从文学作品中独立出来，作为孤立的词进行单独考察，这里对于作为孤立的词不做论述。

从语词作为句子成分来看，语词不是孤立的存在，它的意义是人共同承认的，是语言系统中的组成部分。举例说明就是我们在阅读文言文时，对于一些词虽然我们并不懂它们的意思，但是根据上下文我们可以顺接，直接理解整句话的意思。又如我们写作时，总会按照某种规则进行写作，对于词的意义我们不会细想每个词的含义，但是我们却可以自然地将词语组合成句。可能的疑问是我们在实际生活中，会发现同一个语词在句子中意义是会变化的，这是因为其在句子中功能性成分发生变化而造成意义不同。

英加登在这里对于语词意义的解释很难理解，要想弄清意义变与不变这看似矛盾的解释，还要回归意向性理论。根据胡塞尔的观点，意义是意向性"授予"语词的，意义和意向性行为的关系非常密切。吴增定在对胡塞尔意义学说的研究中，阐明了胡塞尔自己在《逻辑研究》中对意义的看法："在胡塞尔看来，意义本身构成了一类特殊的对象。胡塞尔名之为'理想对象'。作为理想对象，它和其他的理想对象如'红'等一样，可以在个别对象，也就是在意向性行为中被个别化。反过来说，意义

是意向性行为的'属'或本质。它是对众多具体意指行为'本质直观'的结果，正如本质'红'是众多具体的红色物体本质直观之产物一样。"⑪从这段话中，可以发现英加登仍继承了老师胡塞尔的观点，认为语词的意义是意向性行为的本质，构成意向是先于个人经验的，是进行现象学还原的结果，因此具有同一性。而语词在句子中的意义发生变化是因为在使用语词时，具体的意向行为不同。

（2）语句的意义

虽然英加登对语词的意义的解释是从作为句子的成分和作为孤立的词两个方面进行考察，但是他自己也指明，语词在孤立状态中意义是封闭的，这使语词自己与其他语词相区分，但是当我们在理解文学作品时，不可能完全孤立地去理解每个语词的意义，语词终究是语言系统的一部分，必须将语词放在句子中研究。因此英加登在语词的意义基础之上，提出了意义单元——语句，语句是由几个语词的意义共同构建的意义单元。语句的意义如语音造体层中语句的发音概念一样，是一个整体。因为语句同语词一样，它们的意义都是意向性"授予"的，但是又有所区别，语词的意义是人们共同命名的，而语句的创造，不是语词的意义进行简单的叠加，而是使每个语词的意义服务于创造句子这整个行动，最终形成一个新的整体。

（3）句群的意义

在语句的意义之上，英加登又构建了更高级的意义单元——句群，句群与语句的关系，如语句同语词的关系一般，句群是语句按照某种内在联系构成的更高级的整体，并不是语句按照先后顺序进行的无关联排列。

从语词开始，到语句，再到句群，英加登一步步构建了意义单元层次，但是意义本身不是目的，英加登明确提出："意义只是人们为了达到意指对象所经过的通道……如果我们积极地思考一个句子，我们所注意的就不是意义，而是通过它或在它之中所确定所思考的东西。"⑧p39这种所确定所思考的东西被英加登称为"意向关联物"。也就是说，读者在阅读文学作品时，虽然要理解语句的意

思，但是并不意味着要止步于仅理解语句的意思，而要指向意义所对应的事物。语句以某种方式连为句群，句群这种更高级的意义单元最终构成了整部文学作品，最终指向的是作品中描绘的"世界"，也就是下一个层次再现客体层。

3.图式观相层次

理论上讲，当理解语句、句群意义的意向以后，阅读文学作品时我们首先见到的是客体，或者说是作品描绘的"世界"，那么的确，在意义单元层之后，应该是再现客体层而不是图式观相层。另外如绪论中提到韦勒克对英加登的"误解"——认为图式观相层与再现客体层同属"世界"，再现客体层中含有图式，所以图式观相层是多余的吗？其实，构建图式观相层正是英加登的天才之处，这个层次不但有必要位于再现客体层之前，而且必须是一个单独的层次。英加登认为"文学作品中的观相的第一个也是最重要的功能表现在它能使再现客体以作品的本身事先确定的方式明显地展现出来。假如一部作品里根本没有观相……再现客体乃是一些空洞的和纯'概念'的图示"[⑦p271]。这说明了图式观相层的重要性。

（1）观相

理解图式观相层的第一步，需要明确观相的含义。观相一词的波兰文是Aspekty，这个词可以溯源到拉丁语aspectus一词，其意思有很多，包括"去看；面容；外观"（a seeing, looking at, sight, view; countenance; appearance）三个意思。在14世纪晚期，这个词被作为一个占星学术语使用，表示"行星从地球上出现时的相对位置"（即它们如何"看"彼此），也可以表示"看事物的方式之一"。英加登在这里使用的意思就是"看事物的方式"，指的是客观存在的事物在被我们的意识投射后展示出来的形态，是客体向主体显现的方式。英加登对观相的解释，是通过与被洞见的事物，也就是客体进行比较而阐明的。

首先，从观相的存在方式来看，英加登以球进行举例："观相并不是球的本身，但球是通过观相显现出来的。"[⑦p253]球这个实在的客体并不是观相，但是当我们把握了球这个实在客体的外部特征

后，比如说圆形的、不透明的，我们的意识里出现的不是球这个客体，而是一个圆形的、不透明的东西。观相仍是意向性的产物，它的存在依靠主体的意向行为，正是主体的主观投射使观相显现。

其次，从观相的内容来看，观相与客体的区别，是观相的内容中总有"未被填充的质"这种特性，以一本书为例，我们在一本书的正面可以观看到书的封面，但是我们此时的视角是固定的，无法直接看到书的背面、侧面，但是在正面看到这个书后，我们仍然会意识到书还有背面和侧面，这个不是我们推断出来的，而是书的正面、背面与侧面一起给予的。现象学要"回到事情本身"，观相就是书本身的显现，一个观相可以提供书的一个面，看到书的正面，是正面观相提供的，但是视角有限，不能同时看到背面，可是背面观相随时可以直观。

（2）图式观相

在明确观相的含义后，英加登进一步区分图式观相与具体观相，指出文学作品中的观相是图式观相。图式观相的波兰文是Schematyzowane aspekty，其中Schematyzowane一词来自希腊语skhema，这个词也有三个意思，分别是"图形；外观；事物的本质"（figure; appearance; the nature of a thing）。那么不难发现，在这里Schematyzowane一词的意思是事物的本质。对Schematyzowane aspekty一词的直接翻译就是"事物本质的显现"。事物的显现方式可以不同，以至每个人对事物的认识不同，但是事物是确定的，具有同一性。文学作品是特殊的存在，是一个"纯意向性客体"，文学作品中的"世界"对于读者而言因经历、年龄差异等因素而显现不同，但是其本质还是由作者事先规定的，具有同一性，是不变的。因此Schematyzowane aspekty一词在这里可以翻译为"一个事先规定的，具有同一性事物的显现"。另外这个词在今天的常用意义是"原理图"，这与"图形，外观，事物的本质"三个意义都有关联，所以这个词最终被翻译为"图式观相"。朱立元主编的《艺术美学词典》中对图式观相有更明确详细的解释，是指存在于作品本身的"某种先验图式在知觉的变化中保持不变的结构"。

因为观相依赖于主体的意向行为，所以观相是不断被变化的，因主体的差异、经历的差异而不同，我们所感知的是一个个具体的观相。每一个具体观相自身的内容与感知的方法各式各样，但是英加登提出具体观相的图式是一样的，"任何一个事物的要素都可以确定许多图式的观相，它们就是那些具体的观相中的骨架"⑦p258。图式观相是具体观相中的可以确定不变的东西，是具体观相的骨架。这里的图式观相不能理解为观念或概念的东西，观相是事物的显现方式，因人因时的差异而不同，而正是图式观相才使事物保持同一性。

图式观相的含义看似简单，但是要理解图式观相，需要回归意向性理论来研究。图式观相是英加登继承老师胡塞尔的"图像意识"理论后提出的，借用倪梁康先生对胡塞尔的"图像意识"三重客体研究："在图像意识中有三个客体，它们以这样的逻辑顺序出现：（1）图像事物；（2）图像客体；（3）图像主题。胡塞尔这样来阐述它们的前后顺序：物理图像唤起精神图像，而精神图像又表象着另一个图像：图像主题。"⑫以梵高的《向日葵》为例，图像事物就是画的颜色、尺寸、黄色的物体等物理事物；图像客体就是《向日葵》所展示的图像，生机勃勃的向日葵；图像主题就是实在的向日葵。将感知到的《向日葵》画中的图像事物，想象成图像客体，再表象为图像主题，根据胡塞尔的观点，三个客体立义的内在统一为完整的图像意识，这里的立义就是指一个赋予含义或给予意义的意识活动。其中，图像客体与图像主题二者立义的统一的关键就是模像。耿涛在《图像与本质》一书中对于模像提出了精辟的见解："它是图像客体与图像主题的具有特殊性的关联方式，它本己地显身于图像意识的发生过程的内部……我们总是只有一个显现（图像客体的显现），通过这个模像性，那不显现的图像主题就被内在地交织在图像客体立义的过程之中。"⑬

英加登提出的图式观相层也是沿着胡塞尔的"图像意识"理论继续前进的，将三重客体应用于文学作品的层次，语音造体层中语词和语句的发音对应图像事物，意义单元层中语句和句群的意义对应图像客体，意义连接着意向关联物，所以再现客体层对应着图像主题，那么图式观相就类似"模像"。因为文学作品是"纯意向性客体"，再现客体层中的"世界"是一个虚拟的世界，并不是真正的实在世界，要和图像主题对应，图式观相就是一个必要的条件。也就是说，文学作品是作者用语言符号呈现在有限时空中的事物的某些方面，而且这些事物的呈现只能是作者图式化的"再现"。图式观相使再现客体明见性地呈现，为再现客体层的构建做准备，同时为读者的"具体化"进行了前提确定。总之，如果没有观相，我们无法在阅读时与文学作品中的"世界"产生内心的共鸣，文学作品就失去了生命力。

4.再现客体层次

再现客体层作为英加登文学作品四层次结构理论中的最后一个层次，是在前面三个层次的基础上提出的，同时这个层次也是任何读者在阅读时都会见到的层次，只要读者能够理解文学作品语句、句群的意义，那么就能够见到客体。英加登对再现客体的理解是从广义的角度进行解释："它包括名称'设计'的一切……这个再现层次也包括非名称意向，特别是纯动词所创造出来的东西。"⑦p221所有再现的东西，都被英加登称为"再现客体"，包括文学作品中的人物、情节、环境、心理、情感等一系列客体。明确"再现客体"的含义后，再看英加登对再现客体层的构建，对于一般读者而言，阅读文学作品时注意到的只是客体的内容而非形式，总是会将现实的客体的特性加在再现客体中，以审美的观点来进行升华，陷入心理主义的泥潭中。英加登也是从再现客体的内容方面来构建这个层次，但是他运用现象学本质还原的方法，先悬搁内容，所有内容包括人物、情节、环境、心理、事件等被悬搁后，作品中描绘的"世界"只剩下时间和空间形式，所以从时间、空间入手来呈现内容。

（1）再现空间

英加登对于再现空间的定义，是与其他类型的空间进行比较得出的。首先，再现空间不等于现实空间，它是我们在阅读文学作品时最先看见的东西，也就是说每一部文学作品都有自己的独特空间，而现实空间是我们生活的这个空间，不依赖于人的意志，是唯一的空间。这里英加登已经提出"未定域"的现象，空间是具有延续性的，现实空间的延续性是毋庸置疑的，但是文学作品是"纯意向性客体"，它的物理基础是语言符号，而语词、语句不可能事无巨细地将所有空间都描述出来，所以就出现了"空白"，要保持空间的延续性，就需要读者根据上下文，发挥想象来保持。其次，再现空间不等于几何空间，几何空间是抽象出来的空间图形，再现空间明显不是抽象的产物。最后，再现空间也不同于想象空间。想象空间的存在依靠想象活动，是想象这种心理活动的一部分，举例来说，将我们想象的东西比喻为空气中飘浮的尘土，那么想象空间就是空气，依然是一个存在的空间，虽然我们看不到。而再现空间的存在与想象活动有关，它是想象活动所指向的意向关联物，通过想象我们可以进入再现空间。

（2）再现的时间

英加登认为再现的时间是交互主体和主体的时间。一方面，它不同于客观时间，客观时间是我们在生活中经历的时间，太阳的东升西落、白天和黑夜的交替出现，为量化时间，人们把一天划分为24小时。而再现的时间是主体的时间，受主体感知影响，如古诗十九首中："昼短苦夜长，何不秉烛游。为乐当及时，何能待来兹？"同样是面对流逝的时间，有的人长吁短叹，有的人却乐在其中。此外，客观时间是不断向前的，人只能活在现实中，过去已经发生，未来只能期待，而文学作品中再现的时间虽然有过去、现在和未来，但这只是一种时间的前后顺序，文学作品中再现的时间永远是过去的。这里英加登再次提出"未定域"的现象，和空间一样，时间也是延续性的，文学作品中要靠事件来体现某个时间段，但是事件与事件之间依然有时间的"空白"，作者无法穷尽整个时间段，保持时间的延续性依然需要读者的填充。

另一方面，再现的时间也不同于主观时间，主观时间是我们对时间的流逝都有自己独特的感觉，专注于读书时会感觉时间飞逝，厌恶读书时会感觉时间像蜗牛爬行一样慢。再现的时间是交互主体的

时间，受主体的意向行为影响而不同，但是的确具有同一性，唐代诗人张九龄的那句"海上生明月，天涯共此时"表现的就是交互主体的时间。

（3）未定域

英加登从时间、空间形式因素分析再现客体的内容后，进一步分析再现客体的内容本身，提出再现客体的内容中含有"未定域"。再现空间和再现的时间中已经出现了"未定域"现象——"空白"，英加登对于"未定域"的概念有明确的定义："我们把再现客体没有被本文特别确定的方面或成分叫作'不定点'。文学作品描绘的每一个对象、人物、事件等等，都包含着许多不定点。"⑧p50文学作品中的"世界"是作者用有限的语词和语句来呈现的，意义单元层中已经指出语词、语句再到句群的意义最终指向意向关联物，在作品中呈现的是有限时空中的事物的某些方面，不可能穷尽一切，而且在图式观相层中已经说明这些事物的呈现只是作者图式化的"再现"，所以再现客体的内容中必然存在"未定域"。读者顺利体验再现客体层中的"世界"，需要依靠上下文、想象、自身的经验等来填充"未定域"，英加登称之为"具体化"过程，不过要注意的是不能天马行空般随意想象，图式观相的存在要求读者的"具体化"也要符合作品的预先规定，进行恰当的"具体化"。

（4）形而上学质

英加登在阐述再现客体层的内容后，也就是文学作品的"世界"后，进一步提出"形而上学质"概念，所谓的"形而上学质"是一种特殊的审美价值，绪论中提到韦勒克对英加登的"误解"——认为应该将形而上学质单独划分为一个层次，就是因为不理解形而上学质的概念。对于形而上学质的概念应从两个方面来理解。

一方面，形而上学质是再现客体层中的特殊性质，与前面四个层次相比，形而上学质是一种积极的作用而非意向性的存在，所以毫无疑问形而上学质不能划分为独立的层次。当读者在阅读文学作品时，往往在看到文学作品中的"世界"后，会产生共鸣，有可能受某一句话、某一个人物、某一个

事件影响而感同身受或有所体悟。这就是再现客体层中的形而上学质所产生的作用，如古希腊的亚里士多德提出：悲剧能陶冶人的情感，让情感得到净化，从而使人获得心灵的宁静。这种只可意会不可言传的东西就是形而上学质。另一方面，并非所有的文学作品都含有形而上学质，如古罗马的朗吉努斯曾提出：具有庄严伟大思想与慷慨激昂热情的人才能创造出伟大的作品，给人以崇高感。优秀的作品才含有形而上学质，一本读起来索然无味、令人昏昏欲睡的文学作品很难会有形而上学质。这也从侧面反映出形而上学质不能划分为独立的层次，前面构建的四个层次是所有文学作品都共有的，而形而上学质并非所有文学作品都有，从本体论角度其无法单独划分为一个层次。

（二）复调和谐

从语音造体层开始，到意义单元层，再到图式观相层，最终到再现客体层，对这四个层次一步步详细的分析已经体现出了文学作品复调和谐的四层次结构，为了进一步明确四层次结构的复调和谐特征，这里进行简短归纳。"复调"一词最初是作为音乐术语使用的，将这个词用于文学理论与批评的人是苏联文艺学家巴赫金，他提出复调的概念对于理解英加登的复调式的多层次性结构理论是有帮助的，巴赫金是在分析陀思妥耶夫斯基的《罪与罚》时提出"复调"概念的："有着众多的各自独立而不相融合的声音和意识由具有充分价值的不同声音组成真正的复调。"⑩复调就是众多意识各自独立且平等进行对话，并统一于某个事件。

英加登的"复调和谐"和巴赫金的并不完全相同。首先，文学作品四个层次是从低到高一步步构建的，前一个层次是后一个层次的基础，语音造体层是最基础的层次，语音的功能体现在确定意义上，因此第二个层次是意义单元层，也是最核心的层次，意义指向意向关联物，即应是再现客体层，但是指向的意向关联物并不是完全确定的，是图式的，所以第三个层次是图式观相层，最后再现的客体是在"图式"框架基础上由读者"具体化"完成，再现客体层是最后完成的层次。其次，虽然四个层次是从低到高构建的，前一个层次是后一

个层次的基础，但是每个层次与其他三个层次都是相互联系的。例如语音造体层中语音可以表现文学作品中人物的图式化的心理状况，对图式观相层的构建有影响作用，同时使再现客体在读者面前显现出来。意义单元层中的意义与其他三个层次的联系更是毋庸置疑。最后，每个层次都有自己独特的作用。如语音造体层中提到的节奏、乐调可以给文学作品声音美感，意义单元层中语词、语句排列后意义可以形成文学作品的语言风格，图式观相层给文学作品以生动的生命力，再现客体层有独特的创造功能。

总之，以上三个方面的文学作品的层次关系最终构成了"复调和谐"，每个层次都是下一个层次的基础，每个层次与其他三个层次都有联系，每个层次自身也有独特的作用与审美价值，四个层次都贡献自己的力量。相互交织，构成了一个全新的整体。就如同一部多声部的乐章，演奏时获得了更高的美感，不妨将这个复调和谐的四层次结构看作一个全新的、完整的意向性客体。所以绪论中提到的伊瑟尔认为英加登的四个层次并非复调和谐，而是冲突矛盾，这个观点无疑是不正确的。

四、英加登层次结构理论的启示与意义

第一，英加登以意向性理论作为出发点，将现象学还原方法应用到文学理论中，形成了全新的文学作品层次结构理论，这是对传统文学文本观念的革新。英加登在构建文学作品层次结构第一步时，已经明确指出文学作品的本质，即文学作品的存在方式——文学作品是纯意向性客体。这说明他将文学作品看作一种动态的存在，文学作品以表达主体与主体间意向关系的语言为基础，经过作者意向投射，最终由读者意向重构完成。可见文学作品是一种动态的存在，并不是一个静止的存在。

以往的文学理论如艾布拉姆斯在《镜与灯》中提到的那样，都只是倾向于世界、作家、作品与读者四要素中的某一个要素。如实证主义和社会学，都试图从外部研究作家的创造天才，以对作家道德修养和处世方式的评价来代替对其创作才能和艺术成就的评价。这种方法忽视了对文学作品的深

入解读，无法准确地把握作品的艺术价值，反过来又影响了对作家的评价。再如俄国形式主义与英美新批评，只关注文学作品本身，甚至可以说只关注文学作品中语言的形式，不仅忽略作者与读者，只关注语言形式，也无法完全把握作品的艺术价值。英加登从意向性出发形成的文学作品结构观中，作者、作品、读者不是各自孤立的，而是相互交流沟通的，以意向形式互存，既避免了只倾向于一个要素，又避免了文学作品形式与内容的分离。

英加登用现象学还原方法回归文学作品本身，但不代表只研究文学作品，如同现象学家的口号"回到事物本身"，回到文学作品，才能认清其本质，对世界、作家、作品与读者的关系有清晰的认识。这在文学作品具体的四层次结构中也有体现，如图式观相层中的图式观相是作家的预先规定，再现客体层中读者要以图式观相为骨架，对"未定域"进行填充。另外，文学作品是由作家创作，作家是生活在现实世界，所以再现客体层中的"世界"与现实世界也有关联是毋庸置疑的。英加登对文学文本观念的认识具有开创性，对以后伊瑟尔的读者接受论的产生有直接影响，启迪以后的文艺学家将读者因素纳入文学批评活动中。

第二，英加登关于文学作品复调式的四层次结构理论提供给我们一种积极有效的阅读与研究方法。读者可以根据文学作品的四个层次逐层深入阅读与分析，在阅读时先从语词、语句等出发，但是不能孤立地看待它们的关系，对语词、语句进行前后机械的排列，而要从整体角度理解其意义，因为从语词，到语句，再到句群，每一个部分都是一个完整的、新的概念，所以要综合理解。同时不能止步于语词、语句，西方哲学传统中的逻各斯中心主义就是以语言或者说语音为中心，但是英加登却给我们新的启示，由语句到句群，理解其意义后，要关注意义的意向关联物——"世界"，我们应沿着作者事先规定的"图式观相"框架，用经验与想象进行恰当的"具体化"，填充"未定域"。总之，运用英加登复调式的四层次结构理论要充分发挥主观能动性，不能僵化地套用四个层次，要在每个层次、层次与层次之间中挖掘文学作品的审美艺术价值。

注释【Notes】

①童庆炳：《童庆炳谈文学观念》，河南大学出版社2008年版，第4页。

②童庆炳主编：《文学理论教程》，高等教育出版社2006年版，第207页。

③沃尔夫冈·伊瑟尔：《怎样做理论》，南京大学出版社2008年版，第31页。

④勒内·韦勒克、奥斯汀·沃伦：《文学理论》，浙江人民出版社2017年版，第140页。

⑤埃德蒙德·胡塞尔：《纯粹现象学通论：纯粹现象学和现象学哲学的观念，第一卷》，商务印书馆1992年版，第210页。

⑥埃德蒙德·胡塞尔：《现象学的观念》，商务印书馆2018年版，第33页。

⑦罗曼·英加登：《论文学作品》，河南大学出版社2008年版，第27页。以下只在文中标注页码，不再一一做注。

⑧罗曼·英加登：《对文学的艺术作品的认识》，中国文联出版公司1988年版，第12页。以下只在文中标注页码，不再一一做注。

⑨M.H.艾布拉姆斯：《镜与灯：浪漫主义文论及批评传统》，北京大学出版社1989年版，第6页。

⑩埃德蒙德·胡塞尔：《逻辑研究·第二卷第一部分》，商务印书馆2015年版，第339页。以下只在文中标注页码，不再一一做注。

⑪吴增定：《意义与意向性——胡塞尔的意义学说研究》，载《哲学研究》1999年第4期，第67—74页。

⑫倪梁康：《图像意识的现象学》，载《南京大学学报（哲学·人文科学·社会科学）》2001年第1期，第32—40页。

⑬耿涛：《图像与本质——胡塞尔图像意识现象学辨证》，湖南教育出版社2010年版，第40页。

⑭巴赫金：《巴赫金全集》，河北教育出版社1998年版，第5页。

如画美·风景媒介·感知风景：风景美学的研究转向①

刘 佳

内容提要： 风景美学的研究发轫于18世纪英国的"如画美"研究，这种研究方法将风景视为客观静止之物，揭示人类对其进行改善或者将其与艺术作品进行比照的活动。W.J.T.米切尔在20世纪风景阐释学的基础上提出，风景是动态的媒介，塑造身份、制造记忆、创建秩序、激发情感等活动都可以经由风景媒介来实现。段义孚与行走人类学的风景美学从人的主观知觉和情感出发，强调人对自然的感知和人与风景的融合共生。由此观之，风景美学研究经历了将风景视作客体—中介—人与风景共在的演变过程。

关键词： 风景美学；如画美；风景媒介；感知风景；研究转向

作者简介： 刘佳，西安外国语大学博士研究生，主要从事比较文学、西方文论研究。

Title: Scenic Beauty, Landscape as Medium, Perceiving the Landscape: A Shift in Landscape Aesthetics Research

Abstract: The study of landscape aesthetics began with the 18th-century English research on "scenic beauty", which considered landscapes as objective entities and uncovered human activities related to enhancing them or comparing them to works of art. W. J. T. Mitchell proposed on the basis of 20th century landscape hermeneutics that scenery is a dynamic medium. Landscapes could shape identity, create memories, establish order, and evoke emotions through the medium of landscapes. The landscape aesthetics of Duan Yifu and the Landscape Aesthetics of Walking Anthropology started from the subjective perception and emotions of people, emphasizing human perception and attachment to nature. Thus, the study of landscape aesthetics has gone through an evolution, considering landscapes as objects, intermediaries, and shared experiences between humans and landscapes.

Key Words: landscape aesthetics; scenic beauty; landscape as medium; perceiving the landscape, shift in research

About Author: Liu Jia, Ph.D. of Xi'an International Studies University, mainly engaged in research on comparative literature and western literary theory.

风景美学在西方发端于绘画和田园诗歌，近年来还覆盖了文艺理论、小说、旅行文学、地理学和园艺学等领域，其研究范式日益多元化。1712年英国作家约瑟夫·艾迪生在《观察家》发表了大自然的作品越能令人愉悦，它们就越与艺术作品相若的观点，随后威廉·吉尔平确立了"画境游"（picturesque tourism）风尚。1794年尤维戴尔·普赖斯在其《论如画美》中将"如画美"作为一个美学概念正式提出。如画美的美学理念中隐含着英国人将诗性艺术现实化的本能，这主要来自西方文学的田园牧歌传统。18世纪英国的清教徒文学和

感伤主义文学中均有大量的风景描写，到了19世纪浪漫主义时期，英国的自然诗歌更是蔚为大观。不可否认，英国文学经过这两个阶段的风景描写与审美，已经形成了风景美学的诗学传统。到了20世纪，风景阐释学理论不断涌现，W.J.T.米切尔基于此，在20世纪末提出风景是一个动态的媒介，是人与自然、自我与他者之间交换的媒介，风景由此不再被看作一种艺术类型或视觉图像，而是一种需要解码的文化实践和媒介。近年来，段义孚从人与空间互动关系的视角审视风景，使风景美学转向一种感知研究，风景不再是视觉的产物，而应该从人

具身性的感受出发，去体验人置身于风景之中的感受。

一、如画美的风景

"如画美"（Picturesque）在18世纪西方欣赏趣味发展史上具有重要的地位和意义，"如画美"的欣赏趣味与18世纪的"画境游"风尚以及风景画派密切相关。"画境游"的内涵主要是将想象的物象转化为眼睛感觉的物象，并使之形成习惯。"画境游"在西方的实践表征为18世纪的英国人在观看风景前习惯于在头脑中预设一个艺术作品中的田园牧歌景象，然后将自己所身处环境中的自然风景与头脑中的预设进行比照，欣赏风景的主体和风景之间就悬浮着关于风景的文学作品或绘画作品，于是风景的观赏者对自然风景的向往与"如画美"的趣味交织在了一起。

18世纪英国诗人在诗歌创作中将古典诗人笔下的想象性风景置换为眼前现实的英国风景，为"如画美"的文学实践做了铺垫。英国诗人威廉·梅森将画家克劳德和杜埃的绘画结构和原则按视觉引导法编成诗歌，概括起来，"如画美"的构图范式是以透视技法框定景色，布局边屏和背景，精选距离，涂暗前景，距离越近颜色越淡，将观众的视线导向中央，两侧的山画得很高，并层层后缩。18世纪英国的风景画派经历了线条绘画、薄彩描图、水彩绘画的发展历程，这一演变反映了人对自然风景的态度转变，即由最初的客观记录自然风景发展为倾注审美情感的风景表达。

18世纪早期，"如画美"的趣味表现为感伤的和道德的，18世纪英国古典主义诗人蒲柏认为园林之美应该既传递出道德品质（设计节俭、实用，不铺张浪费）又体现出审美价值，园林中的附属景物诸如骨灰陶瓮、情人长凳等渲染了感伤情调。他在自己的叙事诗《温莎林》中就体现了这样的风景美学趣味。18世纪中期，英国"画境游"的游客们为废墟风景而着迷，"如画美"的趣味转变为令人既愉悦又恐惧的崇高美。在18世纪90年代，吉尔平、申斯通和普赖斯继续发展了"如画美"美学，

这时，"如画美"不仅抛弃了对实用性和比例的追求，还开始青睐粗糙、古旧和参差多态。反实用的倾向则导致了如画美运动对于废墟、茅舍、吉卜赛人和乞丐的偏爱。②因此，和实用无关的人和事物才具有了"如画美"。所有这些外表褴褛、形体嶙峋的事物持续吸引着人们的注意，激发他们的欣赏之情。②p82吉尔平认为现实中的景物是以优美、整洁来突显其美，而再现的"如画美"则是通过粗糙、崎岖、荒芜来突显其美。"如画美"的反实用性理念决定了在农场和田地里工作的劳工和牧人的工作并不是他们喜爱表现的对象，无论是风景画还是风景诗都会舍弃这类景象。普赖斯的"如画美"理念强调田园风光的原始性与千姿百态的融合。

对于"如画美"的寻找，无论画家还是诗人，都追求一种新奇的、另类的、荒野的风景。18世纪的英国作家简·奥斯汀是"如画美"的狂热崇拜者，她的《诺桑觉寺》等小说都按照"如画美"的原则书写，就连19世纪英国浪漫主义诗人笔下废墟荒野风景中的感伤趣味也与"如画美"美学一脉相承。华兹华斯在《远足》中写了荒僻城垛和塔楼的感伤之美，拜伦也在《恰尔德·哈洛尔德游记》第四章的第78节写出了废墟和荒原的感伤美：万邦的尼俄柏！哦，她站在废墟中/失掉了王冠，没有儿女，默默地悲伤/她干瘪的手拿着一只空的尸灰甑/那神圣的灰尘早已随着风儿飘扬/西庇阿的墓穴里现在还留下什么/还有那许多屹立的石墓，也已没有/英雄们在里面居住：啊，古老的台伯河/你可要在大理石的荒原中奔流/扬起你黄色的波涛吧，覆盖起她的哀愁。③总体来看，"如画美"的模式将风景当作了静止的视觉凝视对象，先验地用一套审美趣味的标准将活生生的自然风景进行了标准化的框定，其摒弃实用性的审美趣味在本质上体现出人与风景和土地的疏离。

二、作为符号与媒介的风景

"如画美"将风景看作一个供观看的物体，是一个静止的名词对象，米切尔在《风景与权力》中提出，他要把"风景"从名词变为动词，他说风

景是一个动态的过程，社会和主体性身份在这个过程中形成。米切尔在《帝国的风景》中说："我一直主张把风景理解为一种文化表述的媒介，而不是一种绘画或者美术类别。"④米切尔指出风景画、戏剧场景、电影、摄影、写作、言谈等都是风景的二级再现，因为风景本身就是物质的、多感受的媒介，风景本身就是多种文化意义和价值的再现，是内涵最为丰富的媒介。在物质价值层面，风景在房地产和旅游中的媒介意义隐藏在风景毫无使用价值当中；在精神层面，风景中隐匿着传统、陈规旧俗等，但是风景背后的文化内涵往往会被风景的隐藏艺术擦除，从而使一切都呈现出风景自然化的假象。

米歇尔·德·塞图提出空间是被实践的地方，由城市规划用几何学限定的街道通过行人变成了一个空间，就像一个写作文本由一套符号构成了一个地方，经由人的阅读实践产生了一个空间一样。米歇尔的观点即空间是一个动态的术语，其中包孕着很多内涵丰富的符号，需要阐释和解读。列斐伏尔在其《空间的生产》中，提出自己的三元空间：感知的空间（隐匿了日常活动和行为的空间）、构想的空间（由工程师、建筑师、城市规划师和管理者在意识上建构的空间）和再现的空间（艺术家将想象倾注符号和图像再现的空间），米切尔在他的理论的基础上提出地方、空间、风景的三一体概念结构，它们分别对应列斐伏尔的感知空间、构想空间和再现空间。他认为应该将空间、地方、风景看成一个统一的复合体问题和一个动态的辩证过程。米切尔说："风景中权力的表达是一种法则、禁令、规则、控制的表现—拉康所说的'象征域'"。④p5他提出风景是一种隐匿真实自身的存在，将自身自然化，但其中又内含着一种悖论和自反的机制，也即风景所隐匿的自身可读性是可以被追溯的。米切尔以新西兰为例，提出了风景以及风景画中隐藏的帝国话语，蒲柏的《温莎林》中的橡树林也被他解读为象征不列颠商业和海军力量的风景，随着风景美学研究的转向，温莎森林中如画的橡树林转变为一种装饰帝国领地的媒介。

因此，在米切尔的风景美学理论中，风景是被构建的，风景看上去是自然的东西，实际上都是人为的自然化产物，是一种话语的空间实践，在这种风景的隐匿机制中，权力的合法化才得以有效运行。雷蒙·威廉斯在《乡村与城市》中也指出："生产的事实被从中驱除了：道路和通道被树木巧妙地遮蔽，于是，交通在视觉上遭到了压制；不协调的谷仓和磨坊被清除出了视野……"⑤他也认为风景是人为操纵的结果。

风景的媒介特性还表现在建立身份认同、构建记忆上，安·简森·亚当斯在《"欧洲大沼泽"中的竞争共同体：身份认同与17世纪荷兰风景画》中以多幅风景画为例，论述了风景引发的各种联系使观看者产生与他者相连或相异的感觉，他指出："更重要的是，这些荷兰风景画揭示了一些社会地点和社会问题，围绕着它们，身份认同得以建立。"④p69爱德华·W.萨义德在《虚构、记忆和地方》中论述了犹太国家的树木风景便是以色列人构建回归故土记忆的媒介表征。

三、人与风景的互动与共在

"如画美"的理论家侧重从视觉的角度对风景进行感知和研究，而段义孚反对用单一的感觉把握风景，他提倡调动多种感官，以人与环境、风景的互动关系取代视觉的凝视，人与风景的关系不再是"如画美"模式中的一种疏离状态，而是人与风景的融合与共在的状态。

段义孚正是从感知觉、记忆、经验、身份、性别以及文化的视角来阐释空间和风景，他反对对风景进行死板的记录，推崇用丰富的感知觉将人类的风景认知与结果结合起来，并将人文精神与环境、风景相融合。在《恋地情结》中，段义孚对人的感知觉进行了详细地论述和分析，感知环境和风景的不仅仅有各种感官，还有童年时期的记忆和后来的经验。"如画美"的风景美学与段义孚的人文地理学的风景感知都青睐废墟和荒野，但是"如画美"追求的是废墟视觉上的新奇感和崇高感，而段义孚则是从人的情感和知觉的角度，阐释了人在感受废墟时，废墟和荒野带给人的庇护与安慰以及眷恋。

与"如画美"把风景看成客观凝视对象不同的是，段义孚在阐述风景和环境时，特别注重人在风景和环境中的感觉，在《空间与地方·经验的视角》中，他提出空间既有主观形式，又有客观形式。主观空间属于心理王国，它象征着事物的心脏，属于经验的内部方面……⑥他在书中讲道，年代久远的美国西部的地质遗迹对旅行者而言，有进入过去时空的感觉，但对于西部的移民来说，他们会感觉自己来到了处女地上，从而拥有了未来。面对同样的风景，因为人身份的不同，人们从风景中所感知到的时空也大不相同。

段义孚的风景感知主张回归到环境中的日常生活和风景本身。那就是对于"环境"或"周围世界"作为一种相遇或遭遇的认识："环境"或"周围世界"是派生的，而"世界"才是本源的。⑦他反对将风景对象化、神圣化或给风景派生出更多幻想，主张感知敞开的原初风景，从这一点来看，这些风景美学观念与米切尔的风景媒介研究模式也有很大不同。风景媒介的研究范式赋予风景多种象征意义，追溯其符号内涵，段义孚的研究范式则开启了新的风景美学研究转向，那便是以人文精神和人文情感拥抱敞开澄明的风景本身，与其融合共在，探究自然风景给人带来的各种微妙的感觉变化。

20世纪末期，美国人类学家温迪·达比提出用眼、口、脚多种感觉并用的动态行走方式，感知人在自然中的情感变化。在《风景与认同》中，他指出在大自然中徒步是现代人情感和精神的康复治疗过程，与米切尔的风景构建身份认同不同的是，温迪·达比提出行走于风景中，人会在情感上消弭身份群体之间的界限，风景会让徒步群体产生一种共同感和人类彼此平等的关系体验。这种共同感是世界主义的，有别于某个群体的身份认同。值得注意的是，温迪·达比的风景美学理论中还提及了风景区的环境保护，使风景美学研究走向一种有别于历史上纯粹注重审美趣味的实用研究范式。段义孚提出风景是可见的个人史和部落史，他从人对土地的感情出发考察风景对了解民族生存史的重要作用，温迪·达比提出人在行走于自然中的共同体感受，有利于通过风景实现世界审美共同体的建构，解决全人类共同面临的生态问题。

注释【 Notes 】

①本文系2019年陕西省社会科学基金项目《文学人类学中国范式与中国经验研究》（项目编号：2019J018）的阶段性研究成果。
②[英]马尔科姆·安德鲁斯：《寻找如画美》，张箭飞、韦照周译，译林出版社2014年版，第78页。以下只在文中注明页码，不再一一做注。
③[英]拜伦：《拜伦诗歌精选》，杨德豫、查良铮译，北岳文艺出版社2010年版，第147页。
④[美]W.J.T.米切尔：《风景与权力》，杨丽、万信琼译，译林出版社2014年版，第15页。以下只在文中注明页码，不再一一做注。
⑤[英]雷蒙·威廉斯：《乡村与城市》，韩子满、刘戈、徐珊珊译，商务印书馆2013年版，第173页。
⑥段义孚：《空间与地方：经验的视角》，王志标译，中国人民大学出版社2017年版，第98页。
⑦张骁鸣：《论段义孚早期的环境经验研究及其现象学态度》，载《人文地理》2016年第3期，第43页。

兴与隐：意象中的诗性智慧探寻

胡静思

内容提要： 意象作为中西方诗学的交汇点，其中的诗性智慧虽然不同，但在一定程度上有相通之处，二者可相互借鉴。通过对中西方意象生成语境、意象的隐喻内涵、中西方诗性智慧的异同的分析，中西方的意象在创造性、想象力、映射人类生活与思维上存在一定的互通性，或许可为现代中国的文化艺术中对意象的使用，探寻出新的发展空间。

关键词： 比较诗学；意象；诗性智慧

作者简介： 胡静思，宝鸡文理学院硕士研究生，研究方向为比较诗学、文学理论。

Title: Prosperity and Seclusion: The Exploration of Poetic Wisdom in Images

Abstract: Image, as the intersection of Chinese and Western poetics, has similarities and differences in poetic wisdom. Through an analysis of the context of image generation, the metaphorical connotation of images, and the similarities and differences between Chinese and Western poetic wisdom, there is a certain degree of interoperability in creativity, imagination, mapping human life and thinking. It's possible to explore new development space to use images in modern Chinese culture and art.

Key Words: comparative poetics; images; poetic wisdom

About Author: Hu Jingsi, a postgraduate student from Baoji University of Arts and Sciences, her research fields include comparative poetics and literary theory.

　　在中西方诗学中，"意象"是一个十分常见的范畴。在中国，意象经过历代文人、学者从社会、哲学、文学与艺术等层面不断阐释、补充后已有了丰富的历史积淀。直至今天，我们仍能从意象中感受到古典中式韵味与充满艺术智慧的生命式体验。在西方，意象从最开始的形象化表达、隐喻研究中逐渐被人重视，意象是生成隐喻或象征的存在，归属语义、修辞领域，它构成的隐喻语言也不断发展成为一种诗性语言，形成一种超越理性的认识世界本质的方式。意象作为中西方诗学的交汇点，其中的诗性智慧虽不同，但在一定程度上有互通之处，二者相互借鉴，可为现代中国文化艺术对意象的使用探寻出新的发展空间。

一、中西方意象的生成语境

　　中国的"意象"一词是经过不断演变后形成的。从对"象"的玄理、人文的发现，到"象与意"的思辨，再到"意象"与"兴"融合的一种审美艺术体现。典籍中有《尚书》"梦中之象"、《左传》"铸鼎象物"等艺术形象的记载，并且还涉及了哲学的范畴，老子提出"犹大道之法象也"，这是超越视听言语、表层感性的想象形态，遵从自然规律，又超越具体物象生发出的一种体悟之"大象"。荀子也提出富含教化功能、注重现实人生导向的"乐象说"①。后来学者专注于"意象论"的理论基础发展，"意"与"象"的相连来自人们的生活，汉代王充的《论衡·乱龙》记载了用来求雨的土龙、抵御凶险的桃人等。②三国时期，王弼认为无象不能尽意，无言不足以立象，将三者先后关系绝对放置，虽然此观点有失偏颇，但一定程度推动了意象论发展。随着人类意识的不断觉醒和文学的独立，一方面在文学创作理论中，陆机的

《文赋》将意象从赋体文学推广至整个文学创作，刘勰的《文心雕龙》中神思篇将意象推到了文学创作的核心地位。另一方面，这种意象所表达的不是象征式的内容，而是一种内在的生命情趣。无论是对于表达者或接受者来说，都是一种极具色彩的生命活动和审美体验。

在西方，对"意象"的解释从词义上翻译为Image，同时也可译为"形象""图像"等，可追溯到古希腊、古罗马时期中柏拉图的模仿论和洞穴理论。朗加纳斯在《论崇高》中认为伟大的思想与强烈的情感表达需要依靠想象，想象以现实为基础形成意象。在中世纪，意象被装进神学的框架进而被视为实现神学统治的工具。在近代西方，意象是实现一种认知的媒介。康德的《判断力批判》提出主客观融合的"审美意象"。在现代西方，直觉主义认为直觉是抒情的直觉，直觉就是表象，表象就是意象。浪漫主义认为想象力中形成的意象才是诗人情感的自然表达。象征主义将意象与哲学联系起来，认为象征手法所形成的意象可揭示出物质世界的本质和哲思。20世纪欧美掀起了一场关于"意象主义"的运动，该运动在一定程度受到了中国古典诗歌的影响，认为"意象"是理智与感情的复杂经验，是各种根本不同的观念的联合。在后来的发展中还出现了原型批评中的意象观，符号学中对意象的阐释还增加了符号性的特点。

二、中西方意象的隐喻内涵

中西方对意象的内涵有不同的解释。在中国，情志的表达和呈现必须附以物化的形态转化为"意象"，借助意象达到心物、情志的融合从而形成一种意境，这是一种诗性艺术生命的发动。在魏晋南北朝时期这种诗性生命的思维表现尤为突出，文化艺术脱离政权制度的束缚和意识形态上的桎梏，"人的自觉"与"文的自觉"同步出场，在话语表现上脱离政教现实，融入个人情思和生命体验，成为一种独特的审美形式，是一种生命力的宣泄与寄托。随着意象论的不断发展，意象从文学领域中外延到了各种领域的艺术创作中去。魏晋之后，随着意象思维的发展，意境的呈现也有了更加广阔的空

间，打通了"象外"和"象内"的延伸通道，心物交感，主客相融，使意象从封闭的、实体的转化成了虚实相融的开放性结构。[1]p161从情志到意象再到意境，形成了一个完整的、超脱功利、打破小我的诗性艺术生命流程，是对于普遍生命的一种认识与超越。

在西方，意象的作用和内涵在不同时期发生了不同程度的改变。从宏观上看，意象大体经历了从非理性到理性、从直觉到一种科学认知、从主观到客观，再到主观中的理性与感性的结合。在哲学层面上，西方意象在认知科学、逻辑推理演绎、多元化领域的加持下，于相对理性中去探求世界本质，实现对自身理性的一种超越。在艺术相关的理论层面上，因带有强烈的象征与隐喻的意蕴，意象也成了对语言空间重塑和理解的关键媒介，并表现出它的多样态。在西方文论中，相较于"意象"，创作者更重视的是"形象"，期望文艺作品借助形象的描绘来进入对象世界的本质。[1]p163随着二十世纪语言学转向和认知科学兴起，隐喻跨越了多个领域和学科，内涵与外延不断扩大，其中对隐喻中的诗性智慧的研究，则开启了对于人类本身思维方式与精神世界的一种新思考。

三、兴与隐的交汇

在中西诗学的发展与溯源中能看到，意象是中西诗学的一个交汇点，中国的意象偏重一种情感体验与寄托，继而升华到对人生命本真认识的境界中去；西方的意象偏重修辞语义，带有理性认知工具的目的，但中西方的意象在创造性、想象力、映射人类生活与思维上存在一定的互通性。从时间上看，二者都可溯源到早期人类的文化生活，原始的思维是中西方民族最早的一种生命意识的体现。在中国，"兴"是具有中华民族特色的一种艺术思维方式，中国古人将自然界看作是体验的世界，蕴含先民早期对狂热生命的本能冲动，但由于认知的匮乏与非理智的盲从，常体现为一种宗教图腾情节或是法天取象之法，并受到基本的生活功利观影响体现为不同的态度和评判。在杂糅了神秘、直观的感受和强烈的生命欲望的撞击下，这种生命体验与意

识通过宗教、艺术的活动宣泄出来。③在历史的不断发展过程中，各种社会政治变革也使这种生命体验与生命意识不断经受打磨，褪去物质世俗的外壳，保留下来具有独特生命体验和生命思维本质的一种艺术审美范畴。在西方，隐喻与人类思维在二十世纪后半叶逐渐引起人们的重视，在研究中也回到了早期人类这个主体上来。维柯的《新科学》认为，隐喻当中含有"诗性智慧"，这是人类早期的一种认识世界的思维方式，是精神形态的一种体现。在维柯看来，神话就是对客观世界的一种诗意阐释，神话就是隐喻，每一个隐喻又是一个具体而微的寓言故事。④并且，原始的那种直观的、非经验式的、非逻辑化的对客观世界认识的表达，通常与人类的根文化产生联系，引导人们去思考思维的本质问题。诗性隐喻的话语最终指向回到人这个主体中，是对人的存在与生活的一种能动性思考，是对人类思维方式的本体观照。

四、中国文学意象中诗性智慧现状与展望

　　五四之后，中国白话运动对诗文的影响是巨大的，新诗、白话散文与小说都在不断地摸索，国门大开时，中西方学理产生激烈碰撞，对中国古典诗性的继承与发展也是值得思考的问题。朱光潜在《诗论》中提到，现代人做诗文，入诗的情思需要经过一番洗练，语言与意境都很重要。⑤语言与意境的媒介是意象，对意象的使用既是一种寄托情感的修辞方式，也是一种独特的思维方式。五四以来，意象在继承中国古典意象内涵的同时，汲取了西方文化的思维方法，意象的类型变得多样，例如：自然意象、民俗意象、空间意象、疾病意象等。自然意象涉及天地日月、山川河海、草木虫鱼，其中以动物为意象进行叙事具有一种原始、质朴、纯真的生命感知，带有精神文化意蕴。在新诗里，冯至的《蛇》以"蛇"为题，在诗中直接道破意象内涵，从具体逐渐变得抽象，表现出时代的精神特征。在小说里，萧红的《生死场》将人动物化、动物人化，同质化进行观察，洞察人性、人情。莫言的小说《生死疲劳》《蛙》等多部作品都

涉及以动物为意象，抒发对现代社会人性的隐忧。民俗意象中承载着浓厚的社会文化和地域性特点，具有独特的文化价值取向。如鲁迅《祝福》里的祭祀、《风波》中的辫子、《社戏》里的归省等，对人物的刻画及其精神的表现更容易引起人们对传统文化的反思。空间意象是由作者融合主观和社会现实塑造出来的精神世界，带有对现实和时代发展的责任感，展现出人的一种变化性和矛盾性。如沈从文的湘西世界，承载人性的真、善、美和复杂的情感交织；毕飞宇作品中以水乡为主的乡村意象和将都市视为孤岛的城市意象，对社会发展与变革中人的异化进行一种反思。可以发现，自近现代以来，中国的意象是随着时代变化而变化的，并始终保有活力，其诗性智慧结合了理性与感性，现实与历史，以及对人性、精神、思维的一种探寻。在未来的发展当中，随着科技发展和人文变化，人对生命本真与生命意识的不断发现，会让意象的内涵更富有时代精神特征和诗性的生命审美观。

五、结语

　　通过对中西方意象的生成语境、内涵分析可以看到二者存在差异，却又互通互融，中西方意象的诗性智慧有交汇之处，在中西方文化交流愈加频繁的今天，意象的发展也应当是继承传统优秀文化之精髓，汲取优秀外来方式方法，在社会现实与实践中回归到对人的本真、思维、精神与生命的反思上来。

注释【Notes】

①陈伯海：《中国诗学之现代观》，上海古籍出版社2006年版，第146页。
②张蓉：《中国古代诗学范畴考辨》，中国社会科学出版社2014年版，第110页。
③袁济喜：《兴，艺术生命的激活》，百花洲文艺出版社2009年版，第128页。
④维柯：《新科学》，朱光潜译，商务印书馆1989年6月版，第200页。
⑤朱光潜：《诗论》，北京出版社2018年版，第123页。

《吉尔伽美什》与《荷马史诗》生死观比较
——从主人公与亡魂对谈出发

姜子瑜

内容提要：《吉尔伽美什》与《荷马史诗》与亡魂对谈的情节皆展现出原始时期先民们对于彼岸世界的想象和对生命的思考。面对死亡，《吉尔伽美什》中通过恩奇都的亡魂，讲述了彼岸世界的情形，表现出对于死亡的惶恐。而《荷马史诗》中通过奥德修斯与诸多亡魂的对谈，表现出古希腊人对于生命价值的重视和对死亡的坦然。面对生命，《吉尔伽美什》通过认知与探索得出死亡的必然性。而《荷马史诗》认为个体价值的彰显是达到永恒的方式，英雄们都在践行这一观念。总的来说，《吉尔伽美什》中的生死观表现出对于生与死对立同体的思考，是人与自然初步分离时期朦胧的自我意识的觉醒。而《荷马史诗》中的生死观则表现出古希腊人更为强烈的主体意识。

关键词：《吉尔伽美什》；《荷马史诗》；生死观；亡魂对谈
作者简介：姜子瑜，三峡大学文学与传媒学院在读研究生。

Title: A Comparison Between *Gilgamesh* and *Homer Epic* Views on Life and Death — From the Conversations with the Dead

Abstract: The plots of *Gilgamesh* and *Homer Epic* talking with the dead both show the imagination of the ancestors for the other world and their thoughts on life in the primitive period. In the face of death, *Gilgamesh* tells the situation of the other world through the ghost of Enkidu, showing the fear of death. In *Homer Epic*, Odysseus talks with many dead souls, showing that the ancient Greeks attach importance to the value of life and calm to death. Facing life, *Gilgamesh* draws the inevitability of death through cognition and exploration. *Homer Epic*, on the other hand, believes that the manifestation of individual worth is the way to eternity, and the heroes practice this idea. In general, the view of life and death in *Gilgamesh* reflects the reflection on the opposites of birth and death, which is the awakening of hazy self-consciousness in the initial separation period between man and nature. The view of life and death in *Homer Epic* showed the Greeks' stronger subject consciousness.

Key Words: *Gilgamesh*; *Homer Epic*; views of life and death; conversations with the dead
About Author: **Jiang Ziyu,** graduate student, School of Literature and Communication, China Three Gorges University.

作为东西方现存最早时期的史诗，《吉尔伽美什》与《荷马史诗》都各自代表了其民族的原始精神。本文试从主人公与亡魂对谈这一角度出发，运用类型学的研究方法，分析比较《吉尔伽美什》和《荷马史诗》中体现的生死观。

《吉尔伽美什》史诗的第十二块泥板与《奥德赛》的第十一卷，都共同描绘了主人公与亡魂对谈的情节。这一情节的意味是十分丰富的，是最能体现人类祖先生死观的情节。亡魂是连通此岸世界与彼岸世界的媒介，他们是已死之人的灵魂，因而可以带着此岸世界的视角描述彼岸的情形。本文将从两部史诗中，主人公与亡魂对谈这一情节出发，对比分析两部史诗对彼岸世界的描绘，阐明东西方人类祖先对死亡的不同态度，以及在生命价值上不同的理念。两部史诗在相同的情节下，却呈现出不同的生死观，其背后不仅有东西方民族文化的差异，更展现了人类祖先在面对与自然分离这一过程时的不同状态。

一、对死亡的想象：惶恐与坦然

《吉尔伽美什》与《荷马史诗》中亡魂对谈的情节，皆显示出黎明时期的人类对死亡的想象与认识。其中，《吉尔伽美什》史诗借吉尔伽美什与恩奇都的亡魂对谈，描绘出古巴比伦人对于死后世界的想象，展示出其对生命有限性感到惶恐的情绪。而《荷马史诗》对死亡却有着较为清晰的认知，其中的英雄都能够坦然面对死亡。

《吉尔伽美什》中对死亡的想象，充斥着对于未知和终结的惶恐。因此对于死亡，主人公更多采取的是一种规避的态度，并且希望能够获得生命的延续。《吉尔伽美什》对于彼岸世界的描述集中于第十二块泥板上，恩奇都入冥府为吉尔伽美什寻找女神做的玩具，然而却因不听劝告永远留在了冥府。父神埃阿同情因恩奇都的死而痛不欲生的吉尔伽美什，于是让死神涅伽尔将恩奇都的灵魂从冥府放出。其中，通过吉尔伽美什与恩奇都的亡魂对谈，我们能将史诗中所描绘的彼岸情形归为如下几点：后代越多的人在彼岸世界活得越好，非自然死亡的人死后的魂灵是游荡状态，自然死亡的人躺在众神的床上饮着洁净的水①，战死沙场的人获得荣光，横尸于野外和没有进行葬礼的人不得安息。这些对于死亡的想象画面，展示了当时人类的生存方式。当吉尔伽美什询问恩奇都冥界情形时，恩奇都一开始的回应是："我不想告诉你，我不想告诉你！[不过]，假如我告诉你，我曾见到的冥府的秩序，就会使你坐下来哭泣！"②由此可见，恩奇都认为死亡这件事是会让生者吉尔伽美什"哭泣"的，包含着其对生命有限性的惶恐。再联系第七块泥板到第十一块泥板，吉尔伽美什因为恩奇都的死踏上了寻找永生的路途，这也是对于必然的死亡感到惶恐的表现。

在《荷马史诗》的世界观中，死亡即是终点，并且会在此对人的一生进行审判。由于对死亡有了较为清晰的认知，其中的英雄对于死亡都持坦然的态度。《荷马史诗》中对于彼岸世界的描述主要集中在《奥德赛》第十一卷中。奥德修斯经过基尔克神女的指点，前往冥府寻找预言家特瑞西阿斯的灵

魂，由此得到返乡的方向、道路和远近的信息。在给所有的亡灵举行祭奠仪式后，奥德修斯相继遇见了许多亡魂。对于彼岸世界的描绘部分由奥德修斯母亲的亡魂道出，她对奥德修斯说："我的孩子，你怎么仍然活着便来到这幽冥的阴间？活人很难见到这一切。中间有巨大的河流和可怖的急流相隔，首先是奥克阿诺斯，任何人都不可能徒步把它涉过，除非他有精造的船舶。"③由此可见古希腊人对于此岸与彼岸的临界点已经有了具象化的想象。除了奥德修斯母亲的描述外，奥德修斯本人也看见了一些彼岸世界的场景：其中阿喀琉斯统治着众亡魂，宙斯之子弥诺斯在为亡魂们宣判，渎神者提梯奥斯、坦塔罗斯、西绪福斯都受到了相应的惩罚，勇敢的赫拉克勒斯在不死的神明们中间……由此来看，古希腊人认为，彼岸世界会对一个人的生前进行审判，且勇者即使死亡也会得到神的奖赏。也就是说，古希腊人并不在乎死本身，而更在乎如何死。所以当阿喀琉斯面临选择时："有两种命运引导我走向死亡的终点。要是我留在这里，在特洛亚城外作战，我就会丧失回家的机会，但名声将不朽；要是我回家，到达亲爱的故邦土地，我就会失去美好名声，性命却长久，死亡的终点不会很快来到我这里。"④他毫不犹豫地选择了前者的命运。

由此来看，《吉尔伽美什》与《荷马史诗》中通过亡魂对谈的方式分别展现出对于彼岸世界不同的描绘，也传达出两者对于死亡的不同态度。《吉尔伽美什》的创作时间更早，因而对于死亡的态度还处在惶恐的探索时期。而《荷马史诗》已经充分认识到死亡的必然，所以把目光更多地投向现世世界。

二、对永恒的追求：认知与践行

死亡带给人们的认知——生命是有限的。因而对死亡的恐惧，事实上便暗含着对其对立面永恒的追求。《吉尔伽美什》对于永恒的追求是一场不断认知的过程，其结果证明人是永远没有办法寻找到长生之法的，并将目光投向了现世。而在《荷马史诗》中，荣誉能够给人带来永恒成了共识，英雄们在现实世界中践行着这一观点。

《吉尔伽美什》中主人公对永恒的追求源于他挚友恩奇都的死亡，面对生命的有限性，吉尔伽美什开始了对于生命永恒的认知与探索。恩奇都在死之前做了两个梦，其一是梦见天神们聚集在一起宣判他的末日，其二是梦见自己被死亡使者拖入冥府，看到了冥府的情景。在原始时期，灵魂之说源于人们对于梦的不理解，因而认为人的身体和灵魂是可以分开的，灵魂可以抽离肉体，产生梦境，人死后，灵魂则会永远离开肉体继续存在。因而恩奇都的梦境事实上也是他亡魂的写照。恩奇都梦境中的冥府是痛苦的，这也是促使吉尔伽美什前往寻找长生的导火索。吉尔伽美什的寻找长生之旅是失败的，且在寻找过程中，他也不如以往那样光鲜亮丽了，当他遇见狮子、蝎人之类便"连连颤抖"，"现出一副惊恐失色的脸"。他没有办法抵挡睡眠，完成乌特纳庇什提牟的考验。当他好不容易寻找到长生的仙草，蛇却趁他洗澡时将其偷走。这充分展现出人在各种意义上的有限。事实上，在吉尔伽美什寻找的路途中，酒馆女主人已经道出了他此行的结局："吉尔伽美什哟，你要流浪到哪里？你所探求的生命将无处寻觅。自从诸神把人创造，就把死给人派定无疑，生命就保留在他们自己的手里！"②p70这句话是极具启示意义的，不仅揭示了即使是拥有三分之二神的血统的吉尔伽美什也无法逃脱死亡的宿命，同时也道出：生命的长短是人无法掌控的，但生命的价值是人可以掌控的，而对于生命价值的掌控就是人能够达到永恒的方式。在史诗中，虽然吉尔伽美什寻找长生的旅途失败了，但吉尔伽美什却以另外一种方式使生命得到了延续："他把一切的艰辛全都[刻]上了碑石。他修筑起拥有环城的乌鲁克的城墙。"②p3乌鲁克城墙象征着吉尔伽美什生命的延续，不仅如此，他寻找长生的实验也在亚述学家的努力下展现在世人面前。吉尔伽美什对于永恒的探索至今看来在某种程度上是成功的。

《荷马史诗》中所展现的对永恒的追求更多集中于对荣誉的追求上，并且英雄们皆毫不犹豫地付诸实践。在《奥德赛》第十一卷中，奥德修斯见到了许多英雄的亡魂。其中当他看见阿喀琉斯的亡魂时，他道："阿喀琉斯，过去未来无人比你更幸运，你生时我们阿尔戈斯人敬你如神明，现在你在这里又威武地统治着众亡灵，阿喀琉斯啊，你纵然辞世也不应该伤心。"③p213再联系阿喀琉斯已知自己前往特洛亚战场会早逝，但他依旧愿意为了荣誉而上战场。可见比起面对死亡时战战兢兢，古希腊的英雄们更愿意在战争中实现自己的生命价值。当阿喀琉斯听到自己的儿子也在战场上所向披靡，争取属于自己的荣誉时，他的魂灵"迈开大步，沿常青的草地离去，听说儿子很出众，心中充满了喜悦。"③p215死亡对于古希腊英雄来说只是终止了他们继续以活着的姿态创造更多永恒的价值。但是比起碌碌无为地活着，他们更重视个体价值的实现。正如特洛伊英雄赫克托耳明知道自己无法打败希腊联军，面对妻子泣涕涟涟的挽留，他回答道："要是我像个胆怯的人逃避战争。我的心也无法逃避，我一向习惯于勇敢杀敌，同特洛伊人并肩打头阵，为父亲和我自己赢得莫大的荣誉。"④p160这便是荷马时代的风尚，对于永恒的追求体现在对于个体价值的追求。

《吉尔伽美什》与《荷马史诗》都共同认识到了死亡的必然，并且都认为个人的价值是实现永恒的一种方式。只是前者是在探寻永生的认知过程中得出的，且个体意识的觉醒还处在朦胧的状态。而后者几乎以此为风尚，史诗中每一位值得称赞的英雄基本都实践了这一观念。

三、生死观异同及其背后

无论是《吉尔伽美什》还是《荷马史诗》，都是从与亡魂对谈出发，连通了生与死的鸿沟，从而将落脚点放置于现世的世界当中。但是《吉尔伽美什》的生死观展现更多的是对于生与死对立同体的思考，反映出当时人们正处在个体意识朦胧出现的时期。而《荷马史诗》则描绘出人在与命运的冲突中表现出的强烈抗争，反映出古希腊人在人与自然分离后对自然强烈的探索精神以及个体本位观念。

《吉尔伽美什》显示出苏美尔—巴比伦人对立同体的天命观。首先，吉尔伽美什是"神人"同体，因为他有三分之二神的血统和三分之一人的血统。其次他是"善恶"同体，他对人民有荒淫无道的一面，亦为人民修建乌鲁克城墙抵御外敌。最后他是"美丑"同体，在史诗的开始，吉尔伽美什仪表不凡，但当他寻找永生的秘密后，形象便开始变得丑陋。因而，史诗对于生与死的认识也是用这样对立同体的观念展现的。生与死是对立而存在的，而吉尔伽美什对于永生的追求相当于是想消灭死。吉尔伽美什追求永生的失败反映了当时民众心中有生便有死这一神圣的自然规律。但是吉尔伽美什追求永生这一行为又暗含着对自然规律的挑战和对生命奥秘的探索：既然死亡已经成了既定的事实，我要如何才能证明我活过？活着的意义又是什么？这种早期对本体之谜与未知世界的探索，反映出人与自然在一定程度上的分离，吉尔伽美什身为半人半神却能成为故事的主角，也是这种分离的反映。吉尔伽美什是从神到人转变时期的过渡形象，他代表着古巴比伦人希望能够凭借自己的力量改造自然、造福人类。

《荷马史诗》中展现出的主体意识则比《吉尔伽美什》更为强烈。重视个体的人的价值的实现，强调人在自己的对立物——自然与社会——面前的主观能动性，崇尚人的智慧和在智慧引导下的自由，肯定人的原始欲望的合理性，是古希腊文化的本质特征⑤。《荷马史诗》中的死亡大多是由命运所驱动的，且就算是神也没有办法违背命运的运行轨迹。即使如此，古希腊英雄们也不消极地屈从于命运。在《伊利亚特》中，战争是由诸神主导的，主神宙斯通过天秤来决定战争的胜负，且每次战争都会有神的预言。但即使如此，英雄们仍旧靠自己的力量去夺取胜利。在《奥德赛》中，尽管有女神雅典娜的帮助，奥德修斯仍旧靠的是自己顽强的意志返回故里。从这两部史诗中可以看出，人绝对不仅仅是神的奴隶，人对于自身的奥秘和对外界的探索有着极强的主观能动性。因而人们便将更多的注意力放在现世世界中，而较少关注彼岸世界。因为他们认为一个人在现世有足够的成就，那么他在彼岸世界会得到好的对待。

总而言之，《吉尔伽美什》与《荷马史诗》中的亡魂对谈所展现出的古巴比伦与古希腊的生死观，都反映出黎明时期的人类在早期对于终极问题的探索，这是人类早期个体意识的觉醒。这两部史诗对于后世的影响都是巨大的，在后世的文学作品中，这两部史诗的内容都曾以不同的形式出现，成为世界文学共同的宝库，同时也对现代人类的存在方式有着莫大的启发。

注释【Notes】

①李晶：《〈吉尔伽美什史诗〉译释》，厦门大学2008年硕士论文，第139页。

②《吉尔伽美什——巴比伦史诗与神话》，赵乐甡译，译林出版社1999年版，第92页。以下只在文中注明页码，不再一一做注。

③荷马：《荷马史诗 奥德赛》，王焕生译，人民文学出版社2003年版，第200页。以下只在文中注明页码，不再一一做注。

④荷马：《罗念生全集 第五卷：伊利亚特》，罗念生译，上海人民出版社2007年版，第221页。以下只在文中注明页码，不再一一做注。

⑤郑克鲁、蒋承勇等：《外国文学史（上）》，高等教育出版社2015年版，第4页。

卡森·麦卡勒斯在中国

——以译本为中心的考察（1979—2022）^①

陈　浩

内容提要： 按照译本出版频率与出版时间，麦卡勒斯作品在内地的出版史可大致分为四个时期："萌芽期"（1978—2004）、"繁荣期"（2005—2007）、"沉寂期"（2007—2016）与"复兴期"（2017—2022）。梳理麦卡勒斯作品在内地的翻译、出版历史，既可以廓清麦卡勒斯其人其作在我国的传播和接受情况，同时也能照见目前在麦卡勒斯作品引进、出版方面存在的问题。

关键词： 麦卡勒斯；中译本；出版史

作者简介： 陈浩，扬州工业职业技术学院基础科学部讲师，硕士。主要从事英美文学、英语教学以及文化研究。

Title: Carson McCullers in China — An Investigation Centered on Chinese Translation of Her Works (1979-2022)

Abstract: According to the publication frequency and time, the publication history of McCullers' works in China consists of 4 periods: Budding (1978-2004), Booming (2005-2007), Silence (2007-2016) and Revival (2017-2022). By exploring the publication history of McCullers' works, we can grasp the reception status of McCullers and her works in mainland China, revealing the current problems in the introduction and publication of McCullers' works.

Key Words: McCullers; Chinese translation; publication history

About Author: Chen Hao, Master of Literature, is a lecturer at the Department of Basic Courses of Yangzhou Polytechnic Institute, mainly engaged in research on British and American Literature, English teaching and Culture Study.

2021年6月，孟京辉执导的新剧《伤心咖啡馆之歌》在阿那亚戏剧节进行了首演，这是卡森·麦卡勒斯（Carson McCullers，1917—1967）的作品第一次被搬上中国的戏剧舞台。此时，距离原著小说 *The Ballad of the Sad Café* 出版已经过去60年，距小说中文版的首次发表也过去了40多年。按照体裁分类，麦卡勒斯一生创作的作品包括5部中长篇小说，20部短篇小说，2部剧作，约24篇随笔、散文和文评，1部儿童诗歌集和一些零散的诗歌作品，以及一部未完成的自传。目前，麦卡勒斯的主要作品都已被翻译为中文，特别是她的几部小说代表作都已拥有多个中文译本。近年来，中文学界对麦卡勒斯的关注也呈明显的上升趋势，无论是在研究主题的多元化和相关论文、论著的数量与质量上都有所提升。但截至目前，学界对于麦卡勒斯作品在中文世界中的具体译介情况的关注度尚显不高。本文按照时间脉络，以麦卡勒斯作品的中文译本为中心，梳理麦卡勒斯作品在我国的翻译、出版历史，尝试廓清麦卡勒斯其人其作在我国的传播和接受情况，进而照见目前国内在麦卡勒斯作品引进、出版方面存在的客观问题。

一、历史与现状

按照译本出版频率与出版时间，麦卡勒斯作品在内地的出版史可大致分为四个时期："萌芽期"（1978—2004）、"繁荣期"（2005—2007）、

"沉寂期"（2007—2016）与"复兴期"（2017—2022）。

1979年，《外国文艺》创刊号上发布了李文俊翻译的《伤心咖啡馆之歌》（同名中篇小说），开启了麦卡勒斯在我国的阅读与接受史。同年，上海译文出版社出版《当代美国短篇小说集》，收录了该译本。许多我国读者知晓麦卡勒斯的名字往往都是从阅读《伤心咖啡馆之歌》开始的。1983年《外国文学》刊载了由刘亚伟翻译的短篇小说《萨克》（Sucker）。同年，李文俊翻译的另一篇麦卡勒斯短篇小说《家庭矛盾》（A Domestic Dilemma）被收录进中国社会科学出版社出版的《美国女作家短篇小说选》中。之后将近10年，麦卡勒斯似乎从内地读者的视线里消失了。直到1995年、1996年，《世界当代中短篇小说精选》（团结出版社）和《世界中篇小说经典文库》（春风文艺出版社）两套丛书再次收录李文俊翻译的《伤心咖啡馆之歌》。随后在2002年和2005年，经济日报出版社和中国和平出版社出版了《伤心咖啡馆之歌》的同名中篇小说单行本，依旧采用李文俊的译本。总的来说，在1978年至2004年这二十多年间，国内出版界对于麦卡勒斯作品的引进一直处于"萌芽"状态，只有寥寥几篇中短篇小说被译介，且每篇只有一个译本。

2000年以来，英文出版界里出现了一股"麦卡勒斯复兴"的浪潮。2001年美国文库出版了麦卡勒斯的小说集，并于2004年第二次印刷。企鹅、霍顿·米夫林、水手图书和现代文库等主流出版社先后再版了麦卡勒斯的小说作品。2004年，《心是孤独的猎手》（The Heart is a Lonely Hunter）成为"奥普拉读书俱乐部"推荐图书，麦卡勒斯再次成为读者关注的焦点。借着这股东风，国内也加快了对麦卡勒斯作品的译介工作。2005年至2007年间，上海三联书店推出"三联艺文馆卡森·麦卡勒斯丛书"系列，陆续出版了麦卡勒斯的5部主要小说作品以及弗吉尼亚·斯潘塞·卡尔写的麦卡勒斯传记——《孤独的猎手：卡森·麦卡勒斯传》（The Lonely Hunter: A Biography of Carson McCullers, 1975）。随着这一系列作品的推出，国内掀起了一阵"麦卡勒斯热"。一时间，麦卡勒斯的名字在中国文艺青年群体中颇为响亮，成为和玛格丽特·杜拉斯、弗朗索瓦丝·萨冈齐名的"文艺教母"。阅读麦卡勒斯甚至成为一种"小资情调"的行为。然而必须指出的是，这一时期，内地仅有上海三联书店一家出版社引进、出版麦卡勒斯的作品，译本数量并不丰富。此后，麦卡勒斯在内地出版界经历了近10年的"沉寂"时期，仅有上海三联书店在2012年至2015年陆续再版此前的译本，并做了重新装帧。

2017年既是麦卡勒斯诞生100周年，也是她离世50周年。2016年，人民文学出版社签下了麦卡勒斯作品的独家版权，并从2017年8月开始陆续推出麦卡勒斯作品系列，其中包括此前未被引进的麦氏的自传和遗作集。2017年12月31日，麦卡勒斯的作品在国内正式进入公版。在这样的大背景下，自2017年开始，国内出版界出现了"麦卡勒斯复兴"的趋势。2017年至2022年间，人民文学、湖南文艺、华东师范大学、上海译文等多家出版社集中运作，陆续推出麦卡勒斯作品的新译本。这些译本基本涵盖了她的全部或最主要的小说作品，"大大地促进了麦卡勒斯在中国的接受与传播"。[2]2022年上海译文出版社以最新的美国文库版《麦卡勒斯全集》（Carson McCullers: Complete Novels, 2001）为底本，推出"麦卡勒斯文集"丛书。丛书几乎囊括了麦卡勒斯的全部小说作品，并且都是新译本。随着一系列新译本的出现，麦卡勒斯在中国的译介之路打开了新的局面。

二、小说译介："全面开花"

麦卡勒斯以小说家的身份闻名于世。她的主要小说作品包括四部长篇小说《心是孤独的猎手》（The Heart is a Lonely Hunter, 1940）、《金色眼睛的映像》（Reflections in a Golden Eye, 1941）、《婚礼的成员》（The Member of the Wedding, 1946）、《没有指针的钟》（Clock without Hands, 1961），以及一部短篇小说集《伤心咖啡馆之歌》（The Ballad of the Sad Café, 1951）。目前麦卡勒斯所有的小说作品均已被引进，译本数量丰富。

（一）《心是孤独的猎手》

《心是孤独的猎手》是麦卡勒斯的第一部长篇小说，也是她最负盛名的代表作。1940年，此书一出版即成为畅销书，令时年23岁的她一跃成为当时"纽约文学界的新宠"。③在美国兰登书屋"现代文库20世纪百佳英文小说"榜单上，这部小说高居第17位。作为麦卡勒斯的代表作，这部作品自然获得了多家出版社的"重点关注"。在所有的麦卡勒斯作品中，这部小说的中文译本数量最多。据统计，目前该书至少已经有来自18家内地出版社的16个中文译本。2005年，上海三联书店最早引进《心是孤独的猎手》，译者是陈笑黎。陈笑黎的译本也是目前传播范围最广的一个。上海三联书店在2012年、2014年，陕西师范大学出版社在2019年再版该译本。2017年至2018年间，市场上出现了13个《心是孤独的猎手》的新译本，译者包括楼武挺、姚瑶、刘勇军、王金娥、黄健人、梁小曼等人。除了陈译本之外，秦传安和文泽尔的译本亦较为知名，均多次再版。

（二）《金色眼睛的映像》

出版于1941年的《金色眼睛的映像》是麦卡勒斯的另一部长篇代表作，其时距她的长篇处女作大放光彩还不过一年。麦卡勒斯自称《金色眼睛的映像》是"她的'童话故事'"③p91。小说展示的是所有麦卡勒斯作品中一再涉及的标志性主题：情感疏离与爱之无力。相比《心是孤独的猎手》中文译本的全面开花，《金色眼睛的映像》的中文译本数量相对较少，目前只有4家出版社的4个译本。《金色眼睛的映像》最早是在2007年，由上海三联书店引进出版，译者为陈黎（陈黎即是陈笑黎）。2012年上海三联书店又再次推出该译本（译者署名"陈笑黎"）。2017年麦卡勒斯基金会授权人民文学出版社，推出新译本，译者为常晓梅。一年后，又推出精装版。2017年江苏凤凰文艺出版社推出苏伊达翻译的版本。2022年上海译文出版社推出孙胜忠译本，这也是这部小说的最新译本。

（三）《婚礼的成员》

1946年，时年29岁的麦卡勒斯出版了她的第三部长篇小说：《婚礼的成员》。这部小说集麦卡勒斯风格之大成，被评论者称赞为其写作生涯中"最成熟的作品"，是"不能增减一字的小书"。④田纳西·威廉姆斯在第一次读完小说后，深受触动，"彻夜未眠，一直在擦拭泪水"。③p271目前这部小说有来自5家出版社的4个中文译本。2005年，上海三联书店率先引进此书，译者为周玉军。此后在2013年，上海三联书店再版该译本。2017年、2018年，人民文学出版社先后推出平装和精装版本的《婚礼的成员》，同样采用周玉军的译本。2017年，江苏凤凰文艺出版社推出周钱译本。2022年，广西师范大学出版社推出斯钦译本，上海译文出版社推出卢肖慧译本。

（四）《伤心咖啡馆之歌》

1951年，34岁的麦卡勒斯出版了生前唯一一部中短篇小说集《伤心咖啡馆之歌》，收录同名中篇小说以及她19岁发表的第一篇作品《神童》（*The Wunderkind*）在内的六部短篇小说。"从纯粹讽喻或寓言的角度来说，《伤心咖啡馆之歌》是麦卡勒斯最成功的小说"。⑤《伤心咖啡馆之歌》是内地读者最早接触到的麦卡勒斯的作品。早在1978年，由李文俊翻译的同名中篇小说就已经进入内地读者视野。此后20年间，该译本被多次收录到各类英美小说选集或出版的单行本中。但直到2007年，由李文俊翻译的原著全部内容才由上海三联书店首次推出。就中译本数量而言，《伤心咖啡馆之歌》仅次于《心是孤独的猎手》。据统计，截至2022年，已有18家出版社推出11个中文译本。特别是在2017年至2018年间，市场上出现了多个译本，译者主要有小二（汤伟）、陈东飚、张文明、斯钦、卢肖慧等。诸多译本中，李文俊的译本行文流畅、语感细腻，颇为忠实地还原了麦卡勒斯的文风，自出版以来已经成为经典译本，且多次再版。除了李氏译本外，小二和卢肖慧的译本亦流传较广。

（五）《没有指针的钟》

1961年，44岁的麦卡勒斯在《伤心咖啡馆之歌》出版10年之后，出版了她的第四部也是最后一部长篇小说《没有指针的钟》。这部小说再现了20世纪50年代美国南方复杂而紧张的种族政治和历史。评论界对于这部小说"毁誉参半，分歧远胜过对她以前所有作品的评论"。③p494目前，该作在内地有5家出版社出版的5个不同译本。2007年，上海三联书店推出金绍禹翻译的版本，并于2012年再版。2017年，人民文学出版社出版了由李翼翻译的新译本，并在2018年推出精装版。2018年，现代出版社出版了枫雨翻译的版本。2020年，民主与建设出版社推出吴艳晖译本。目前《没有指针的钟》的最新中译本是2022年上海译文出版社出版的孙胜忠译本。

三、自传、遗作的译介："孤独"与"冷清"

1967年9月，麦卡勒斯突发脑出血去世，年仅50岁，未能完成自传*Illumination and Night Glare*的写作。麦卡勒斯生前对这部作品极为重视，在去世前一个月还在通过口述等方式，艰辛地写作其中部分章节。1999年，在麦卡勒斯去世32年之后，威斯康星大学出版社终于出版了这部未竟之作，并于2002年再版。2019年，99读书人与人民文学出版社合作出版了这部作品的首个简体中文版本《启与魅：卡森·麦卡勒斯自传》，译者是杨晓荣。目前中文世界里只有这一个译本，原因有英文世界里麦卡勒斯自传的出版本就拖延了30多年，中文译本要跟上自然有一个时间差的问题。另外，如前所述，这部自传毕竟是未竟之作，突如其来的脑出血剥夺了麦卡勒斯完成这部作品的机会。对于普通读者而言，一部"未完成"作品的吸引力有限，出版社基于成本与利益考量，对于此类作品的引进、出版自然也是顾虑重重。1971年，距麦卡勒斯去世4年后，她的妹妹玛格丽特·史密斯整理、编辑了一部麦卡勒斯的遗作文集《抵押出去的心》（*The Mortgaged Heart*），交由霍顿·米夫林出版公司出版。书中收录了麦卡勒斯写作生涯早期和后期的若干短篇小说、随笔与散文、评论文章和诗歌作品。编选者指出，这部遗作文集旨在"甄选那些可以展示麦卡勒斯创作历程与才能发展轨迹的作品"⑥，因而书中收录了卡森·麦卡勒斯创作生涯的第一篇小说，她16岁时完成的《傻瓜》（*Sucker*），并

再次收入麦卡勒斯19岁时发表的第一部作品《神童》，以及她的长篇处女作《心是孤独的猎手》的"前身"《哑巴》（*The Mute*）。该书收录内容较为驳杂，而且部分作品具有一定的"习作"气质，质量上参差不一，是以对于除了麦卡勒斯忠实粉丝或研究者之外的普通读者而言吸引力一般。《抵押出去的心》最早由2012年人民文学出版社引进出版，并于2017年、2018年再版，译者是文泽尔。目前，该书在内地只有这一个译本，且该译本还存在一定的删减情况。英文原著中的小说部分一共14篇，2012年的中译本只收录了8篇。原著中的诗歌部分在2012年的中译本中也被删去。2017年和2018年再版的中译本增加了一篇前期小说《吸管》（*Sucker*，此前译为《傻瓜》《萨克》），重新收录了之前删去的5首诗歌，但仍然有5篇小说未能收录到中译本中。

总之，相比麦卡勒斯小说作品在翻译、出版上的风生水起，她的自传与遗作文集在中文图书市场上无疑遭遇了冷清。目前仅有人民文学出版社一家引进出版这两部作品。两部作品也都仅有一个译本，颇为"孤独"，且《抵押出去的心》一书还存在内容删减的情况。

四、结语：未完成的译介之路

通过以上梳理，可以发现，内地在麦卡勒斯作品的引进、出版方面，存在以下几大特点。首先，各家出版社大都将焦点集中在麦卡勒斯的小说引进上。麦氏作品中，《心是孤独的猎手》和《伤心咖啡馆之歌》得到了一众出版社的最高重视。尤其是在麦卡勒斯作品进入公版领域之后，这两部小说的中文译本数量更是迎来了"全面开花"。书名中的"孤独""伤心"成为一众出版社在推广小说时频频提及的关键词。相比而言，麦氏其他三部长篇小说无论是在译本的数量上还有出版的频率上都大为不足。此外，国内出版界对麦卡勒斯的自传和遗作集热情不高，不仅引进时间较滞后，译本数量也过于单一。目前仅有人民文学出版社出版了包括小说、自传、遗作集在内的麦卡勒斯的作品。最

后，需要指出的是，对于麦卡勒斯剧作和诗集引进出版方面，未来还具有相当大的开拓空间。麦卡勒斯不仅只是一个小说家，而且深深介入了她所处时代的文学和文化活动中。1951年，由她本人改编的小说同名剧作《婚礼的成员》（*The Member of the Wedding: A Play*, 1951）曾在百老汇连续上演500多场，取得巨大成功。中文世界里，麦卡勒斯作为小说家的身份或多或少地遮蔽了她在戏剧和诗歌创作上的成就。截至目前，麦卡勒斯生前的两部剧作《婚礼的成员》和《美妙的平方根》（*The Square Root of Wonderful*, 1958）以及麦卡勒斯生前最后一部诗歌集《甜如咸菜，干净如猪》（*Sweet as a Pickle and Clean as a Pig*, 1964）都还没有中译本。因而，若要更深入地认识麦卡勒斯其人其作，加强对她小说以外的作品的译介是非常有必要的。

麦卡勒斯的作品极具艺术价值，又具有很强的当下性。无论是残障书写、酷儿景观，还是成长困境、精神隔绝，麦卡勒斯笔下涉及的诸多内容、主题在当下这个复杂变幻的世界并不过时，依然能够跨越时间、地域的限制，触碰、打动那些身处现代文明中的敏感、焦虑的个体。村上春树在《心是孤独的猎手》日文版译后记中指出："她那种敏锐的观察力和笔力，放在当代也保持着不变的有效性。"[7]在这个意义上，麦卡勒斯依然是我们的"同时代人"，而我们对麦卡勒斯作品的译介之路还远未结束。

注释【Notes】

①本文系2023年度扬州工业职业技术学院党建思政课题"文化自信视域下'中国故事'融入大学英语课程思政建设的实践探索研究"（课题编号：2023DJSZ017）的阶段性成果。
②田颖：《南方"旅居者"：卡森·麦卡勒斯小说研究》，浙江大学出版社2022年版，第180页。
③Virginia Spencer Carr. *The Lonely Hunter: A Biography of Carson McCullers*. Athens: University of Georgia Press, 2003, p.97.以下只在文中注明页码，不再一一做注。
④Lawrence Graver. *Carson McCullers*. London: University of Minnesota, 1969, p.41.
⑤[美]卡森·麦卡勒斯：《没有指针的钟》，孙胜忠译，上海译文出版社2022年版，第5页。
⑥Carson McCullers. *The Mortgaged Heart*. Boston: Houghton Mifflin, 1971, p.16.
⑦澎湃湃客文学报：《村上春树译〈心是孤独的猎手〉：以同情扫描裂痕世界》.[2020-09-23]. https://m.thepaper.cn/baijiahao_9319824.

媒介控制下的拟态环境
——回顾经典电影《楚门的世界》

任　静　侯　旭

内容提要：《楚门的世界》讲述的是主人公楚门在不知情的情况下，从出生起就生活在媒体控制下的拟态环境里，多年后发现自己身边的人以及环境都是"假"的，楚门由不能接受到选择反抗。最终他拒绝导演的请求，毅然决然地走出这个虚假的环境并且开始新的生活。影片投射到现实生活，折射出各种媒介无时无刻不在充斥着人们的生活，给大众带来便利和消遣的同时，也消费了大众的时间与金钱，且在媒介所构造的虚拟环境中，大部分受众无意识地被各种媒介驱使着控制着。文章通过媒介控制下的拟态环境理论来解析电影《楚门的世界》，希望能给媒介参与者一些提示。

关键词：《楚门的世界》；拟态环境；媒介控制；异化

作者简介：任静，吉林外国语大学国际传媒学院编辑出版学专业本科生，主要研究影视传播方向。侯旭，吉林外国语大学国际传媒学院副教授。

Title: Mimicry Environment under Media Control — A Review of the Classic Movie *The Truman Show*

Abstract: *The Truman Show* tells the story of Truman, the hero, who unknowingly lives in the simulated environment controlled by the media since he was born. After many years, he finds that the people around him and the environment are "fake", and Truman chooses to resist from not being able to accept it. Finally, he refused the director's request and resolutely walked out of this false environment and started a new life. The film is projected into real life, reflecting that various media fill people's lives all the time. While bringing convenience and entertainment to the public, they also consume the public's time and money. In the virtual environment constructed by media, most audiences are unconsciously driven and controlled by various media. This paper analyzes the film *The Truman Show* through the theory of mimicry environment under media control, hoping to give some hints to the media participants.

Key Words: *The Truman Show*; simulated environment; media control; alienation

About Author: Ren Jing is an undergraduate majoring in editing and publishing at the International Media College of Jilin International Studies University. Her major is film and television communication. **Hou Xu** is an associate professor at the School of International Media, Jilin University of Foreign Studies.

当代社会，各种大众传播媒介已经成为我们生活中的一部分。我们通过这些媒介来满足日常生活学习方面的需求。信息环境成为人对于环境的认知以及环境反馈给人的信息过程中的重要环节。构成信息环境的基本要素是具有特定含义的语言、文字、声音、图画、影像等信息符号[①]。当这些组合排列成信息传播到受众那里时，就会让我们陷入媒介控制的拟态环境中。受众在享受足不出户就能知晓天下事的同时，在不知不觉地被媒介所驱使着控制着。

一、拟态环境的含义

"拟态环境"就是我们所说的信息环境。"拟态环境"并不是现实环境的镜子式的再现，而是传播媒介通过对象征事件或信息进行选择和加工、重新加以结构化后向人们提示的环境[①p113]。日常生活中我们每天所看到的新闻，都是由记者从社会生活中获得信息符号，然后将它们组合排列成文章，最终呈现到我们面前的。拟态环境在电影中的具体表现为楚门所生活的小镇的场景都是搭设而成，例如天空是由无数个灯组成，天气由导演控制。围绕楚门身边的人都是一群演员。导演构建这个平台，将楚门的生活环境虚拟化，然后通过电视向受众直播这一实时的"拟态环境"。

李普曼认为当代社会的人们生活在"真实环境"和"拟态环境"的叠合空间中。二者真实存在，泾渭分明。就好像一提到贵州，我们便想到那片土地是由来已久的贫困，然而事实上该地已经迈出贫困的窘境向着特色经济进发。在这里是我们的狭窄认知形成了对贵州"拟态环境"的偏见。

二、媒介拟态环境下人的异化

（一）楚门的异化

从小生活在导演控制下的楚门失去了对自己把控的平衡，在由媒介建构的"拟态"世界里生活了三十年，身边围绕的朋友、妻子，甚至路人都是演员。每天约有5000台摄影机器24小时无间断地记录着他的生活。对于楚门而言，在自己未知的情况下，自由、隐私以及尊严都被毫无保留地控制着，一丝不挂地展现给众人，成为大家日常的"消费产品"。

在这样的背景下，尽管电影中的导演克里斯托弗为楚门营造了一个极其逼真的"真实世界"，但是对楚门无处不在的控制让这个节目本身烙上导演的个人意识形态，在资本的操纵下楚门异化成为受众的"消费产品"。

（二）环境建造者的异化

环境建构者不单单指的是导演克里斯托弗，更是指围绕在楚门身边的演员，还有为这个节目工作的人员。在这个节目中，他们的意义就是充当楚门人生里的配角，日复一日地在影棚里按部就班地生活，听从导演的安排，失去了原本正常人的生活。有在影棚中逝去的长者，还有出生的孩子。试想倘若楚门没有发现真相，或是发现真相后安于现状，这些人不就要荒废在这种毫无意义的机械生活里？

作为这场"游戏"的主导者，导演站在上帝的视角俯瞰楚门的生活，将自己全部的心血付诸，从而忘记了作为媒体人的真正职责是真实、准确、全面和客观地传播新闻，而不是凌驾于他人之上后随意摆弄着别人的人生。影片中，环境建造者——留下来为真人秀工作的人们逐渐异化成为没有自我思想而只会劳动的"机器"。

（三）受众的异化

电视面前的观众看着楚门出生、学习、成长、结婚，无形中参与到了他的每个人生阶段。于是在楚门走出那扇门后，所有人都是欢欣鼓舞地为他高兴，却在节目宣告结束后陷入迷茫中，不知道除了这个节目外还要看些什么。

从电影反映出的社会中部分人处于不满足现状的状态：空虚着的，需要观察自我以外的人来消遣；自卑着的，需要从他人身上寻求自我平衡；更有扭曲着的，需要从窥视中寻找龌龊；当然，也有乐观但彷徨着的，需要从他人身上看到方法和勇气[2]。在这里，大部分观众是因为内心空虚想通过看楚门的生活来达到消遣的目的，同时节目的制作方式让大家有种偷窥到别人生活的快感，进而能够消弭掉内心的空虚感。沉浸在别人的生活中，观众会逐渐忘记自我的存在和意义，在人与人之间的关系维持上逐渐异化。现代社会的观众也依旧存在着这种现象，影视综艺等节目铺天盖地覆盖了我们的生活，我们观看时的愉悦感最终会消磨成一种对现实无力的空虚。

三、媒介控制在电影中的表现

媒介控制是指通过某种方式或手段对传播媒介实行管理规范和监督控制。通常包括国家和政府的政治控制，利益群体和经济势力的控制，广大受众的社会监督控制，传媒的内容控制等[1]p136。在影片中体现在以导演为主及其背后的利益群体通过合力打造一个拟态环境真人秀并且实现了对该环境内大众传播事业的垄断。什么样的信息可以在这个环境里传播都受到这个环境控制者——导演的安排。影片中，媒介控制者通过各自的力量共同打造这个拟态环境——世外桃源，反过来拟态环境的封闭特征为媒介控制者对该环境的控制提供了温床。

（一）媒介掌控者的隐喻

电影中人物的名字也有着丰富的含义，例如主人公楚门：Trueman，将单词拆解开来就是由true和man两个英语单词组合而成。其中true的意思是真实的，而man的意思则是男人，所以在这里Trueman通过单词的表面意思可以解释为真实的人。电影中在导演打造的拟态环境中，楚门是这个"虚假"环境里唯一可以展现自我的人。其次电影导演克里斯托弗：Christ，意思为基督，这就是讽刺电影中作为媒介控制者的导演自以为救世主般的存在，对楚门有绝对的把控权。

作为楚门前三十年生活的"最大参与者"，导演的温情独属于他，但同样导演在楚门想要离开时给予打击阻断的冷酷。和楚门最终的谈话中，他将自己的行为美化成对楚门的一种保护。导演是电影中媒介控制者的隐喻，他隐藏于幕后，将所有人掌控在自己的手心，不允许背叛，有着极强的控制欲。

（二）媒介控制手段的多样

在电影中，楚门无时无刻不生活在镜头的聚光灯下，从摄影机到剧中妻子所戴的项链都是镜头。导演甚至为了满足观众的恶趣味，要将楚门和妻子的性爱过程进行全球直播。看似自由自在的楚门却像是在监狱里生活般毫无隐私可言。

在现实生活中，自媒体成为现代社会流行的话题之一。人人都是自媒体的持有者，通过一部手机，可以实时地将发生在自己身边的事发布在网络上，供所有人观看。网络可以为人"主持公道"，但同样也有可能导致"冤假错案"的发生。

（三）媒介控制结果的难测

全媒介生存环境指的是以媒介技术为支撑构造出的人类生存空间。人们在"全媒介环境"下，无意识地去依赖媒介，生活也围绕着媒介展开，而没有了自己的生活③。在电影中，这种现象被展现得淋漓尽致。真人秀演员以及工作者看似在主导楚门的生活，但事实上也是身不由己，他们听从导演的指挥，按照导演的吩咐去做。尽管在导演下令要掀翻楚门的船时有过争议，但最终也依然按照导演的要求做了。真人秀中的所有人都受到媒介控制者——导演的控制。

同样，观众也受到媒介控制的影响，他们跟随着楚门或哭或笑，感受着类似的情绪，并且这成为他们日常生活中的一部分。因此，在节目停播后，随之而来的更多是茫然无措，观众已经对真人秀产生一定的依赖性。

四、媒介控制的问题

（一）商品经济的移植

我们日常生活中，各式各样的广告驾驭了各个媒介，成为媒介发展的驱动之一。并且在有"记忆"的互联网之下，关于媒介的一切都被记录保存下来，方便商品经济实现精准定位，继而秘密劝服受众消费。

电影中真人秀的收益异常可观，因为在节目中出现的物品都是可售卖的。楚门甚至就是节目为消费而塑造的明星。在当今社会，流量明星已经成为促进媒介发展和发行的重要保障，对偶像明星的追捧促进经济的不断增长。当然，这也容易造就不理智消费的出现。影片中楚门正是传媒商业化进程中应运而生的"消费偶像"：作为明星，其既"被消费"又促进消费④。荧屏上，楚门在不知情下被身边人拉着实时"直播带货"，每次导演也配合地将和楚门有关的物品展示在镜头之下，方便痴迷节目的人去消费。

（二）情感表达能力的丧失

影片中，有一群人是"楚门秀"的忠实看客，跟随楚门情感的波动，不知疲倦地偷窥着楚门的生活。无形之中，追剧偷窃了他们的时间，但他们不以为意，甚至在节目结束后为接下来看什么节目而发愁。影片中的场景就是当时美国的一个小小缩影。所以观众为楚门打破掣肘、走出牢笼而感到欢呼，因为这是他们想做却做不了的事情。

反映到现在则是人们已经过度依赖于媒体，逐渐将媒介所呈现的拟态环境当作真实的环境对待。在虚拟的媒介内畅所欲言，敢想敢为，而在现实生活中却畏畏缩缩，不敢与人接触，网络流行词"社恐"便是来源于此。当长时间沉溺在网络的"温柔乡"内，最终会导致受众逐渐退化，具体表现为情感表达能力的丧失。

（三）媒体暴力

媒体暴力有三种含义。一是真正的暴力，指媒体对各种暴力案件的报道。二是想象中的暴力，即在一些电影和娱乐节目中存在暴力场面。三是指媒体对于现实生活的一种强迫渗透⑤。在这里强调的是第三种媒体暴力，大众传播媒介由最初的文字形式逐渐变成如今的影像模式，在历经多年的演变逐渐渗透到我们生活的方方面面。表面上，它拉近了人与人之间的距离，但是容易暴露个人信息的媒介性质让人们之间心灵距离逐渐疏远，并且多了防备。

影片中导演打造的真人秀节目就是以媒介手段，实现了其对现实生活的强迫渗透。在他的操作运营下，真人秀节目获得观众的大力追捧。导演利用大众对于该节目的喜爱，在节目里通过楚门投放大量的广告，上到楚门的住宅，下到生活中的厨房用具等。只要节目中能够看到的，现实世界中都有同款售卖，对受众秘密劝服以达到促进消费的目的。

五、反思媒介责任

（一）媒介需要把关人

卢因在他的论文《群体生活的渠道》中提出"守门行为"和"守门人"概念，他认为信息在传播过程中总是沿着包含检查点即"门区"或关卡的某些渠道流动，那些能够允许信息通过或不许信息流通的人或机构，即为"守门人"。"守门人"的作用就是选择和过滤他接收到的信息。这里的"守门人"指的就是把关人。在信息冗杂的今天，就更加需要严格的把关人为受众筛选、过滤出有价值的信息，但这些信息或多或少带有个人的态度和意识。因而受众需要学会甄别信息内容好坏的同时，不断提升自身的能力。

人们在现实生活中遇到没有经历过的事总是会寻求媒介的帮助，将网络拟态环境中所获得的信息直接嫁接到现实经验当中去。在自媒体盛行的今天，上传的视频、音频与文字都要经过上传平台的审核，那么审核人就充当着把关人的角色。

（二）媒介发挥正向功能

美国学者赖特曾在作品《大众传播：功能的探讨》提出"四功能说"，分别是：环境监视、解释与规定、社会化功能以及提供娱乐。其中在现代社会最突出的就是提供娱乐功能。事实上，媒介本身没有对错之分，关键在于使用以及创造的人如何把握媒介。

就像在电影中，楚门生活在一个拟态环境中，但是楚门在这里健康地成长，对于社会以及世界的认知并未因此发生退化。尽管在导演的一次又一次恐吓中有过退缩，但是最终还是尊崇自我的想法，勇于冲破牢笼。在新媒体环境下的我们是伴随着媒介的生长变化逐渐成长起来的，对于媒介的影响我们更是深有体会。媒体在发挥诸多功能的同时也要注意积极发挥正能量方面，提高自身的协调功能。

六、结语

《楚门的世界》向我们展示一个极端的案例，导演通过打造一个世外桃源般的拟态环境并对这个环境及生活其中的人们进行媒介控制，以便这个真人秀能够一直持续地出现在观众的面前。影片最终楚门触碰到了自己认识到的世界边缘并打开隐藏着的那扇门，最后一次向镜头打招呼然后打开门走了出去，圆满的结局让观众欢呼。当今社会由各种媒介信息构成的拟态环境很容易成为媒介控制受众的方式。在信息拟态环境下，媒介可以是保护个人权益的武器，同时也可能是伤害别人的利器。

注释【Notes】

①郭庆光：《传播学教程》，中国人民大学出版社2011年版，第112页。以下只在文中标明页码。

②边剑：《从〈楚门的世界〉看媒介拟态环境下的失衡》，载《电影评价》2008年第2期。

③方颖：《浅析〈楚门的世界〉中的"媒介控制论"》，载《今传媒》2019年第11期。

④刘莉华：《消费主义文化视域下的〈楚门的世界〉》，载《电影评价》2015年第3期。

⑤何恺宇：《从〈楚门的世界〉看一个被媒体强控的社会》，载《大众文艺》2017年第3期。

短视频时代主旋律影视传播特征及其对大学生德育的启示①

鲁婷婷 徐 菁 袁 帅

内容提要： 近年来，随着短视频技术的不断发展，主旋律影视作品逐渐进入大众视野，成为传播主流文化的重要平台，也是进行德育教育的新形式。主旋律影视作品在平衡娱乐性与教育性关系的基础上，通过多样化传播潜移默化地影响着当代大学生，并对其价值观产生了深远的影响。鉴于此，本文从短视频、主旋律影视作品、大学生这三个方面着手，探究短视频时代主旋律影视传播特征及其对大学生德育的启示，从而推动短视频平台的改革、促进主旋律影视的发展、加强大学生的德育教育。

关键词： 短视频；主旋律影视；大学生德育

作者简介： 鲁婷婷，徐菁，袁帅，武汉理工大学学生，研究方向为汉语国际教育。

Title: The Characteristics of the Theme Film and Television Communication in the Short Video Era and Its Enlightenment on College Students' Moral Education

Abstract: In recent years, with the continuous development of short video technology, the theme film and television works have gradually entered the public view, and become an important platform for the dissemination of mainstream culture and a new form of moral education. On the basis of balancing the relationship between entertainment and education, the theme film and television works have a subtle impact on contemporary university students through diversified dissemination and have a profound impact on their values. In view of this, this paper starts from three aspects: short video, the theme film and television works, and university students to explore the characteristics of the theme film and television transmission in the short video era and its enlightenment on university students' moral education, so as to promote the reform of the short video platform, promote the development of the theme film and television, and strengthen the moral education of university students.

Key Words: short video; theme film and television; moral education of university students

About Author: Lu Tingting, Xu Jing, Yuan Shuai, students of Wuhan University of Technology, majoring in international education of Chinese.

近年来，随着国家对意识形态教育的重视程度不断提高和短视频时代下信息技术的不断进步，主旋律影视作品发展迅猛，例如《流浪地球》《觉醒年代》《人民的名义》等作品在各大平台的关注率较高，其中短视频平台的传播尤为突出，丰富了红色文化传播渠道。主旋律影视作品以媒介融合的方式传播红色力量，实现了电视频道、电影荧幕、网站视频、手机客户端等多样化渠道的广泛传播。短视频时代下主旋律影视作品对大学生群体产生正向价值引领的现状和实现机制是怎样的？本文对短视频时代下主旋律影视作品的特征、对大学生产生正向引导的表现、原因展开研究，随后对高校如何引导大学生提出建设性意见。

一、短视频时代主旋律影视作品的特征

（一）内容短小精悍

短视频时长较短，一般控制在5分钟以内，要想在如此短的时间内完整地叙述故事是不现实的，

因此短视频通常采取压缩叙事的传播模式。为了能在短时间内抓住用户眼球，短视频会摘取主旋律影视作品中最具代表性的片段进行传播，这些被选取的片段往往会创设沉浸式的情景，放大场景中的细节，从而极具感染力、冲击力、戏剧性，能够突出展现故事的核心思想，带给受众最直接的震撼。

（二）传播速度快

一则短视频，长则几分钟，短则几秒钟。较短的播放时长、浓缩的内容叙事可以利用最短的时间传递最多的信息，迎合了当下人们快节奏的阅读习惯，满足了人们对碎片化阅读的需要。主旋律短视频的碎片化、轻量化、快餐化传播，加之短视频平台提供的便捷简易的视频发布技术，使得信息传播强度增加，传播速度提升。

（三）传播范围广泛

相较于传统长视频的制作成本高、周期长等特点，短视频的生产过程较为简易，制作门槛较低，可以实现随时随地随手拍，拍摄、剪辑、发布等操作也可一气呵成。顺畅的用户体验吸引越来越多的人参与创作，上至老人，下至儿童，人人都可以进行短视频创作，从信息的接收者转变为信息的制作者及传播者。短视频平台庞大的用户基数、多元的用户群体，意味着主旋律影视作品可以借助短视频的形式打破圈层局限，得到更广泛的传播。

随着短视频平台的社交化，用户可以自由地进行互动。创作者发布视频后，大数据会把视频推荐给相关用户，观看者可以通过点赞、评论和创作者进行互动，从而形成交流效应，拉近用户距离，优化传播效果。此外，用户可以将自己感兴趣的视频分享给亲朋好友，扩大传播范围。

（四）题材展现多样性与正面性

主旋律影视作品题材丰富多样，覆盖面广，包括：革命历史题材，如《八佰》《长津湖》《觉醒年代》等；弘扬民族精神的爱国主义题材，如《战狼》《红海行动》《湄公河行动》等；各个领域的杰出人物传记题材《任长霞》《中国机长》《烈火英雄》等；弘扬正能量的现实主义题材，如写扶贫脱困的《山海情》，写反腐倡廉的《人民的名义》，反映改革开放的《大江大河》，弘扬伟

大"抗疫精神"的《中国医生》等。②数据显示，有82.6%的大学生倾向于观看弘扬民族精神、传递社会正能量的题材，这类题材的作品以弘扬民族精神、时代精神为宗旨，传递积极向上的价值观，具有正面价值引导作用。同时，每类题材的作品都以弘扬民族精神、时代精神为宗旨，传递积极向上的价值观，具有正面价值引导作用。短视频在主旋律影视作品的基础上，通过剪辑、配乐等手段生成新的依托于影片母体的片段，进行多元化传播，使受众在产生情感共鸣的同时接受短视频中所蕴含的价值观，推动主旋律影视的意识形态传播。

二、短视频时代主旋律影视对大学生德育产生正向引导的表现

（一）政治价值观：坚定政治信仰

调查显示，大学生群体对于主旋律影视作品的观看方式主要通过电影院（50.6%）、视频网站（49.7%）、手机客户端（42.3%）。我们可以得知，大学生使用手机客户端进行观看的占比较大，手机客户端能使大学生快速便捷地获取碎片化信息。当今短视频时代，各大短视频APP充斥着娱乐至上的风气，而对于政治话题的关注较少，而主旋律影视作品的出现恰好填补这一部分的空缺。近年来，国家注重宣传阵地的建设，各大主流媒体宣传主旋律影视作品，其中以《人民的名义》《觉醒年代》等优秀的主旋律影视作品为例，在抖音、B站等短视频APP上进行大量宣传，其相关视频的点赞量、观看量不下百万，可见主旋律影视对于大学生群体起到正向引导作用，即引导大学生群体在娱乐至上、流量为王的短视频时代坚定共产主义的政治信仰。主旋律影视作品中演绎的都是国家历史上的重大革命事件或是政治生活，紧密围绕我国的政治生活、社会生活，其中人物的正确政治选择对大学生的政治信仰起到正向引导作用，激发大学生的爱国情怀，提高大学生对于政治话题的关注度，激发政治热情，坚定大学生的政治认同，从内心深处感受共产党理想信念教育的伟大。

（二）文化价值观：审美观，主流文化认同

（1）审美观：提升审美情趣。身处短视频时

代的大学生不可避免地受到大众审美的影响，大众文化中出现的审丑化、低俗化、肤浅单一化等倾向一定程度上影响了大学生的审美标准，精神维度的崇高审美逐渐边缘化，导致一些内涵丰富、审美高雅的红色影视作品被埋没。此外，审美观的建设需要大学生主动地对信息进行挖掘和鉴赏，当前大学生的背景知识与审美能力较为缺乏，因此极具深刻性与审美感染力的主旋律影视作品是提高大学生审美情趣的重要途径。

主旋律影视作品中所传递的思想美能够提升大学生的思想水平，促进大学生对于美的认知更加深刻，改善"审丑化"的倾向，提升对于主旋律影视作品中传达的思想性和艺术性的关注，培养大学生群体对文化的基本判断能力和鉴赏能力，帮助大学生树立正确的审美价值观。

（2）主流文化认同。习近平总书记指出："文化认同是最深层次的认同，是民族团结之根、民族和睦之魂。"主流文化的认同是一个民族能够长期屹立于世界之林的重要因素，是民族凝聚力经久不衰和一脉相承的重要精神力量。调查显示，大学生对于主旋律影视作品的认知主要基于三个方面：①历史性强，了解过去（34.1%）；②爱国教育，提升觉悟（26.8%）；③知识丰富，利于学习（24.5%）。不难看出，大学生群体认为主旋律影视作品中传递的文化知识性强、思想性强，主旋律影视作品的传播能够帮助大学生群体加深对主流文化的认知。结合短视频短小精悍的特征，主旋律影视作品中的高光部分通常会被剪辑后进行传播，这在一定程度上能够吸引大学生观看，从而促进他们对主流文化的认同。

（三）人生价值观

（1）提升道德水平。习近平总书记指出："精神的力量是无穷的，道德的力量也是无穷的。中华文明源远流长，孕育了中华民族的宝贵精神品格，培育了中国人民的崇高价值追求。"社会道德规范是群体顺利进行生产生活的根基，是社会价值观的重要组成部分。主旋律影视作品注重构建道德体系，将人物的真善美特性表现得尤为突出，人物

所传递出的道德观能够正确地引导大学生遵守社会道德规范，用正确的道德约束个人言行，提升自身道德水平。

另一方面，正确认知社会道德对于大学生的成长之路起到至关重要的作用。然而在短视频中存在不遵守道德底线的内容，例如一味地恶搞他人、不尊重他人创作作品著作权等。主旋律影视作品所推崇的社会道德规范是改善这些乱象的重要途径，对于大学生群体起到正向引导作用，倡导大学生坚定道德立场，坚决抵制触犯道德底线的行为。

（2）树立正确就业观。近年来，国家相继出台多种政策鼓励大学生创新创业，优化大学生的创业环境，提升大学生的创新创业能力。这为当代大学生的就业提供了极大的帮助，及时帮助大学生解决实际问题。主旋律影视作品中同样也有大学生创业的内容，例如2013年中央电视台推出的讲述大学生就业的电视连续剧《青春旋律》，剧中的主人公大学毕业时未能找到合适的工作，随后决定自己创业，坚持不懈地奋斗，最终获得了成功。剧中毕业生的就业出路大多是考研、考公、创业等等，其中遇到的种种问题，例如家庭压力、与自身兴趣不符、盲目冲向大城市等，都是大学生就业问题的侧面反映，使得当下的大学生反思自身就业观念，根据实际情况的需要来转变就业选择，摆正心态，不随波逐流。

大学生的就业选择不应局限于扎根大城市，而应该趋向多元化，应该深挖自身的优势因素，将个人梦与国家命运相结合，积极投身到社会主义的建设当中。《山海情》中所讲述的青年干部建设乡村，积极投入到乡村脱贫攻坚战中的故事，真切地展现了当代青年人积极向上、踏实肯干的风貌，鼓励当代大学生建设家乡，振兴乡村，为社会主义事业的建设献出一份力量。

（四）经济价值观

（1）勤俭节约的消费观。短视频时代大学生群体能够接触到的信息更加繁杂，铺天盖地的视频商业广告和近年掀起的"直播热"使得大学生出现了超前消费、跟风消费的不理性消费观念，攀比心

理愈来愈严重，许多大学生成为资本支配下的"月光族"，这些都极大地损害了大学生的健康消费观和正常生活。主旋律影视作品中的主要人物穿着大多朴素，不看重物质满足，而追求精神富足，他们深知劳动的不易，严格要求自己不乱消费，养成勤俭节约的优良习惯。主旋律影视作品提倡理性消费，摒弃金钱主义，倡导大学生追求精神境界的提升，达到消费观上的"觉醒"，而并不是一味地追求物质满足。

（2）以集体利益为重。主旋律影视作品中表达的以集体利益为重的观念有助于大学生养成积极向上的性格特质，正确看待个人与集体的关系，认识到个人的利益与集体的利益是统一体，个人应以集体的利益为重。《觉醒年代》中的延乔兄弟就是以集体利益为重的优秀青年代表，他们为了革命事业英勇献身，始终以集体利益为重，将个人利益置于身后，用一生践行"让子孙后代享受前人披荆斩棘的幸福吧！"的名言。这些人物以集体利益为重的优秀精神品格能在潜移默化中影响当代大学生，引导青年大学生要时刻牢记祖国事业来之不易，要时刻以集体利益为重，不可谋私利而损害集体利益，要有为社会主义事业贡献的勇气和决心。

三、短视频时代主旋律影视作品对大学生德育产生引导作用的原因

（一）大学生自身

随着手机技术的发达以及无线网络的普及，集"音乐、视频、社交"于一体的短视频迅速蹿红，渗透到大学生生活的方方面面。调查显示，近83.4%的大学生认为观看主旋律影视作品及其衍生的短视频作品会对自己的学习生活产生影响。无论是知识获取，还是娱乐社交，大学生都可能会接触到短视频，从而在潜移默化中接受视频中所传递的价值观念。

大学生虽已成年，但价值观并未完全形成，对外界事物不能进行正确独立的判断，容易受外部因素的影响。另外，大学生群体年轻富有活力，追求自我意识的呈现和情感的充分倾诉，易于接受新事物、新观点，而开放包容、交互性强的短视频刚好迎合了大学生的心理特质。由于接受过高等教育，拥有较高的文化水平，大学生可以更加娴熟地使用短视频平台，搜集到更多的信息资源。作为大学生休闲娱乐的主要方式，短视频媒体在其心中占据重要位置，影响着大学生的价值塑造。

（二）影视作品内容

（1）坚持正确政治导向。主旋律影视作品通常反映社会政治、经济、文化等状况，传递社会主义核心价值观，弘扬艰苦奋斗的民族精神及与时俱进的时代精神。大学生通过观看主旋律影视作品，可以了解党的路线、方针、政策，抽象的理论变为生动形象的图像，学生更容易接受党的指导思想，坚持正确的政治导向。

（2）传承弘扬先进文化。主旋律影视作品蕴含着中华优秀传统文化、革命文化、先进文化。大学生通过观看主旋律影视作品，可以感受到中华历史文化的源远流长和博大精深，革命文化的激昂慷慨，从而增强民族认同感、自豪感和自信心，增强文化自信，树立正确的文化观，成为中华优秀文化的传承者。

（3）提升思想道德高度。主旋律影视作品塑造了无数的英雄榜样，他们往往具备高度的爱国情怀、过硬的专业本领及可贵的优良品质。主旋律影视作品塑造的榜样真实动人，能够引发大学生的情感共鸣，使其在潜移默化中学习楷模精神，并内化为个人优秀的道德品德。

（4）丰富审美情趣。主旋律影视作品弘扬社会主义核心价值观，倡导内在美，纠正"以貌取人"的极端审美观，引导学生思考感受精神层面的真善美，辨别人性的善与恶，提高大学生的审美情趣。

（三）媒体宣传

传统的主旋律影视剧的宣传阵地主要集中在报纸、电视等传统媒体，宣传形式较为正式，多以文字评论为主，单调严肃的宣传形式并不能引起年轻受众的兴趣，宣传效果大打折扣。5G时代的到来为影视作品的传播提供了更多的渠道和方式，短视频

传播方式的流行打破了主旋律影视剧传统传播方式的局限。一方面，短视频精简短小，虽然不能叙述清楚故事的来龙去脉，但能够使主旋律影视剧的传播省去烦琐的情节铺垫，聚焦故事的高潮部分，以极强的戏剧性、感染力直击受众内心，使受众获得直接集中的情感共鸣。例如受众在观看影视剧的片段过程中对影视剧产生兴趣，从而发生观看行为。另一方面，短视频互动性强的传播特点使受众最大限度参与到对影视剧的宣传中，调查发现，54.4%的大学生观看完与主旋律作品相关的短视频会点赞、评论、发弹幕及分享转发，积极参与互动。许多观众会在短视频平台对影视剧进行"二次创作"，"二次创作"的片段会继续传播，为主旋律影视剧创造更广泛的传播空间。

《觉醒年代》热播，剧中历史人物英勇无畏的爱国精神感动了无数观众，许多观众基于电视剧进行"二次创作"。其中，陈延年、陈乔年两兄弟慷慨就义的片段火速"出圈"，播放量高达千万。很多人看到这组视频后深受震撼，在社交平台上积极分享自己的体会，表达自己的爱国情。这个例子可以说明以短视频为依托的主旋律影视作品的传播能够积极发挥思想政治教育功能，弘扬正能量，唱响时代主旋律。

（四）国家政策

新中国成立以来，党和国家高度重视我国文化事业和文化产业的发展，鼓励打造专业化的人民艺术家队伍，创造人民大众喜闻乐见的文艺作品，推动中国特色社会主义文艺事业的繁荣发展。主旋律影视作品承载着为人民服务、立德树人、培育和弘扬社会主义核心价值观的重任。为鼓励主旋律影视作品的创作、激发影视行业工作者创作的积极性和创造力，国家相关部门特地成立了系列奖项，在评选中有意识给予主旋律作品政策倾斜。此外，国家会通过宏观调控在融资、创作、发行、放映等环节对主旋律作品进行扶持，例如各大主旋律电影上映之际，会有相关部门、学校组织包场集体观看影片。党和国家在思想、政策、方针上的大力支持为主旋律影视作品发挥德育功能、实现价值引领创造

了良好的政治环境，主旋律影视市场呈现出蓬勃的发展生机。伴随主旋律影视作品的蓬勃发展，相关内容的短视频也广泛传播、引发热议，激励大学生树立正确的价值观，成长为担当民族大任的时代新人。

四、短视频时代主旋律影视作品对大学生德育发挥正向价值引导的实现路径

自党的十八大召开以来，以习近平同志为核心的党中央高度重视思想政治教育，围绕进一步加强和改进新时代思想政治教育采取一系列重大举措。思想政治教育得以快速发展，在大学生的学习生活中也占据着举足轻重的地位。与此同时，短视频发展如火如荼，对大学生的影响力与日俱增。如何利用短视频平台传播主旋律影视作品，进而对大学生产生正面的价值引导，助力大学生德育教育顺利开展？这是需要我们思考和解决的问题。

结合短视频时代主旋律影视作品的传播特征，针对上文短视频时代主旋律影视作品对大学生德育产生引导作用的原因进行分析，我们认为高校是开展大学生思政教育的主阵地，大学生是思政教育的主体，政府是思政教育的引领者和监督者，影视从业者是思政教育材料的产出者。要想将主旋律影视嵌入大学生思政教育中，需要从高校、大学生、政府、影视从业者这四个方面着手。

（一）高校层面

高校作为开展大学生思政教育的主阵地，应结合"互联网+思政"的模式，积极探索思政教学新路径——从理论教学、课外实践、平台宣传三个方面将主旋律影视作品渗入大学生日常思想政治教育。

首先，高校可以借助短视频的形式，将优秀的主旋律影视作品引入课堂教学中，作为课堂教学的素材。这一方面能活跃思政课的氛围，另一方面能提高学生学习思政课的兴趣，带来好的教学效果。除此之外，高校也可以开设主旋律影视作品相关的个性课程，引导学生自主鉴赏作品、体悟精神，提高学生的审美水平。

其次，在谈及对主旋律影视作品观看的原因时，30.25%的学生表示是高校组织观看的，说明高校在思政教育上有其特有的便捷性和潜力。因此，高校可以组织开展课外活动和实践训练，例如举办主旋律影视作品分享会、举办红色主题演讲比赛和讲好思政课大赛、组织主旋律影视作品观影会、在纪念日带领学生参观相关的教育基地和文化纪念馆等。通过这些措施，加强大学生对主旋律影视作品所传播价值观更深层的理解和认同感，在潜移默化中对大学生进行正向的价值引导。

最后，高校还可以借助互联网传播平台，在高校的微博、公众号等网络平台上，设立主旋律影视作品的专栏，搭建主旋律影视作品的学习交流平台，并发布相关的主题短视频和影视作品解析等，丰富主旋律影视作品的传播渠道，让学生在不知不觉中接受主流意识的熏陶，加强价值引领。

（二）大学生层面

大学生作为短视频平台的使用者，既能够观看、浏览短视频，又能够制作、传播短视频。调查显示，有92.36%的大学生认为主旋律影视作品表达的价值观会对大学生产生影响。要利用主旋律影视作品对大学生德育产生正向引导，首要任务就是端正大学生的观影态度，提高大学生的自我教育意识，坚守创作的价值底线，引导大学生对主旋律影视作品形成正确的认知，进而提高审美鉴赏能力、自觉传播主流价值观。

在娱乐至死社会心态的影响下，大学生观看短视频主要是为了娱乐身心、消遣时间。一些资本力量只求经济利益而忽略社会利益，产出了大量狗血、低俗、浮夸、虚假的短视频博人眼球。在这种情况下，作为当代大学生更应该注意甄别短视频质量的好坏，可以通过主动地修习影视鉴赏类课程、参加审美素养讲座，提高影视剧赏析能力，学会分辨错误的内容，学习正确的价值观。同时，大学生还应主动观看与具有正向价值导向的主旋律影视作品相关的短视频，积极参与朋辈交流活动，共同研讨主旋律影视作品的精神内核，自觉地进行自我教育。

在短视频创作与发布上，大学生应发布内容健康、积极向上、具有正能量和一定思想深度的短视频，避免无意义、低俗化的发布行为。同时，大学生应保证内容的原创性和真实性，不得出现抄袭行为，从而在网络空间正确地传播积极向上的价值观，对其他大学生甚至社会面产生积极的价值引导。

（三）政府层面

政府在思政教育中发挥着领导和监督的作用，能够有效地引导对主旋律影视作品的传播，进而产生积极正向的价值引导。

首先，政府要健全网络法律规范，加强网络环境监管。当被问及大学生观看主旋律影视作品的方式时，49.68%的大学生表示从视频网站进行观看，42.26%的大学生表示从手机客户端进行观看，这恰恰证明了政府进行网络监管的重要性。要遏制短视频平台中利己主义、享乐主义、封建迷信等价值观的传播，就必须健全网络相关法律制度，进一步明确低俗内容、消极文化的评判标准，同时加大对网络环境的监察，确保执法者能够依法查处网络违法犯罪行为，营造清朗的网络环境。

其次，要构建多方合力协同的治理体系。政府部门应与高校、短视频平台、影视作品创作者携手共建正向价值观传播的共同体。通过政府的宏观调控，高校、短视频平台、影视作品创作者的积极配合与精准落实，引导和塑造大学生形成正确的价值观、人生观。

最后，政府应积极完善相关政策，为主旋律影视作品的发展、短视频平台的优化、高校的思政教育提供相关支持和服务。政府应利用好短视频在传播上特有的优势，推进"互联网+思政"的建设，加快主流价值观的传播和普及，让社会主义核心价值观更加深入人心。

（四）影视从业者层面

要发挥主旋律影视作品对大学生正向的价值引导作用，主旋律影视作品从业者要从创作主题和思想价值两方面进行创新性发展，坚持主旋律影视作品向着精品化方向发展。

当被问及对于过去主旋律影视作品的印象时，34.08%的大学生表示是"历史性强，了解过去"，26.75%的大学生表示是"爱国教育，提升觉悟"。长期以来，主旋律影视作品的主题内容多以展示爱国主义、集体主义、英雄人物及革命历史题材为主，相对较为狭隘，较少存在创新。要想抓住观众眼球，通过主旋律影视作品传播正向价值观，影视从业者应该在尊重历史事实的基础上，遵循艺术创作规律，对主旋律影视作品的主题和选材进行延展和丰富。调查显示，有44.9%的大学生表示对主旋律影视作品的观看倾向为"弘扬正能量的现实主义题材"，因此，影视从业者可以通过展现社会进步、讴歌人性人生，在现代生活中挖掘新故事，缓解观众的审美疲劳。

当被问及对于主旋律影视作品的观看原因时，53.5%的大学生表示是因为"影视作品口碑好"。"文章合为时而著，歌诗合为事而作"，在主流思想内涵不断丰富发展的今天，主旋律影视作品也应与时俱进，彰显时代精神，紧跟时代进步的潮流。与此同时，影视从业者应牢牢把握社会主义核心价值观，深度挖掘、创新解读，不断提升主旋律影视作品的思想内涵。通过生动的演绎和感人的故事，主旋律影视作品可以引发大学生的思考和共鸣，使其真真切切地体会到时代精神的内核，加深对社会主义核心价值观的认同感。

五、结语

当今世界正经历新一轮的大发展大变革，大国

战略博弈全面加剧，意识形态领域内的斗争层出不穷。随着国家对意识形态领域重视的加强，在科技日新月异的新时代，我国的影视产业转型和改革为影视作品的快速发展带来了机遇，催生了一大批主旋律影视作品。与此同时，自媒体行业迅速发展，一大批短视频平台应运而生，为主流价值观的传播提供了独特的载体，为德育教育的实施提供了新的思路。

在当前这种发展态势下，处在世界观、人生观、价值观形成的关键阶段的大学生坚定政治立场，树立正确的价值观，加强德育教育刻不容缓。我们应借助一切有效力量，合理利用短视频在传播上的特有优势和主旋律影视作品在教育上的独特效果，通过高校、学生、政府、影视从业者等多方面力量的合作，不断创新思政工作，为大学生带来正确的价值引领。这不只是高校思政教育面临的新课题，也是全社会共同面临的机遇和挑战。

注释【Notes】

① 本文系武汉理工大学自主创新研究基金项目"融媒体时代主旋律影视作品对大学生群体的价值引导研究"（项目编号：226820009）的研究成果。
② 数据来源于武汉理工大学自主创新研究基金项目"融媒体时代主旋律影视作品对大学生群体的价值引导研究"（项目编号：226820009），文中其他数据也来源于此，不再一一做注。

16世纪英国幻想中的中国形象

周志国

内容提要： 比较文学中的"他者"，即异国形象的塑造历来不是按照他国的真实样貌进行构建的，而是本国某时期自我欲望的反映。16世纪的英国正处于国家变革期，在社会的高速运转下，它急需摆脱其他欧洲国家，独立开拓贸易路线以提升国家整体实力。而当时中国的政治与经济的大一统形象，则完全符合英国变革中的乌托邦形象。据文献所载，英国在探索中所构建的中国形象完全是以自身为蓝本来进行虚构的，而这种幻想恰恰是最能反映16世纪英国的真实生活。

关键词： 中国形象；英国；东方乌托邦；他者

作者简介： 周志国，西华师范大学文学院比较文学与世界文学专业研究生，主要从事外国文学研究，研究方向：比较文学，世界文学。

Title: Images of China in 16th Century English Fantasy

Abstract: The "other" in comparative literature, i.e. the image of a foreign country, is not constructed according to the real appearance of the other country, but is a reflection of the desire of the self of the country at a certain period of time. 16th century England was in a period of national transformation, and under the high speed of the society, it urgently needed to get rid of the other European countries, and to open up the trade routes independently in order to enhance the overall strength of the country. It needed to get rid of other European countries and open up trade routes independently in order to enhance its overall strength. The image of China's political and economic unity at that time was perfectly in line with the utopian image of England's transformation. According to the literature, the image of China constructed by Britain in its exploration was entirely fictionalised based on itself, and this fantasy was precisely the most reflective of the real life of Britain in the 16th century.

Key Words: images of China; Britain; Eastern Utopia; the other

About Author: **Zhou Zhiguo**, a postgraduate student of School of Literature, China West Normal University, mainly engaged in foreign literature research, research interests: Comparative Literature and World Literature.

一国被他国所塑造的形象并不取决于本国的成就与作为，而是取决于他国在某些历史时刻所展现的现实情景。尽管地处欧亚大陆东西两端的中国与欧洲拥有不同的文化机制，但随着大航海时代贸易与交流的不断拓展，二者对彼此有了最初的认识。纵观西方文学中对中国形象的塑造，由于政治、文化、经济等多方面的因素，身处东方的中国在西方文学中所扮演的一直是对立角色。作为"他者"的角色，这其中所蕴含的定然是非真实的中国，是西方国家根据自身现实的政治环境所塑造出的虚幻的中国形象。

一、中国形象幻想的缘起

以16世纪为分界线，在此之前，西方对中国的形象认识一直处于虚幻与真实的交错之间。

14世纪，曼德维尔根据马可·波罗和鲁布鲁克在中国游记的历程，撰写了后世闻名的《曼德维尔游记》。在作品中曼德维尔认为："中国是世界上最美好的国家，那里富庶瑰丽，世间的珍奇无所不有。"①可以说，英国对于中国的幻想是从这里开始的。

16世纪,尽管中英两国尚未有正式的直接接触,但英国早已从荷兰与西班牙等强大的海上贸易国那里间接地获取了关于中国地理位置、文化政治和商业贸易信息。对那时的英国而言,"中国"一词并不陌生:在"1864年,英国女王文书局正式出版的《国事日志》"②中多次出现关于16世纪中国的记录,并且"还成为当时航海、外交等一系列社会和国家活动的关联主体"②p62。根据《国事日志》所呈现的内容,这时的英国对中国抱有极大的热情,一边从其他欧洲国家上层贵族、旅行家、传教者手中搜罗中国的信息,一边从国家内部派遣船队探索到达中国的航道。在《国事日志》中,葡萄牙国王曼努埃尔一世于1513年给教皇的一封信中首次提到中国,信中大致描述了军队在印度的经历与在东亚地区的贸易活动,其中就包括中国。

16世纪中期以后,由于资产阶级的兴起,英国国家实力提升了。为了全面摆脱自身作为中间贸易角色的窘境,英国迫切需要进一步探寻自己的外贸出口通道。西班牙、葡萄牙等国家通过海上贸易所获取的巨额财富,还极大激发了英国航海家与商人独立探索东方航道的热情,而尚未成为任何国家殖民地的中国自然成了其海上探索的首要选择。当然以上只是部分因素,更为重要的是"葡萄牙商队对亚洲的描述以及他们从东亚带回的精美的瓷器、纺织品、香料的不断增加"②p63,这间接激发了英国想要探索中国的欲望。正如门多萨在《中华大帝国史》中所描写的那样:"中国,这个大帝国成为当今全世界已知管理最佳的一个国家。"③尽管门多萨有意以一种全然积极的态度来将中国浪漫化,但是我们依然能够窥见,在16世纪,包括英国在内的欧洲国家对中国形象的认知是一种乌托邦式的幻想。而这种幻想并非真实的中国,而是自身欲望的投射。因为就英国而言,葡萄牙与西班牙在殖民贸易中所获取的巨大利益自然会激发其探索欲望,而且自身的实力提升也使其有实力在巨大的利益市场中分一杯羹。这种对于中国的乌托邦式的想象只是

由于自身所需罢了。

1588年英西海战以后,西班牙作为海上霸主被英国取代,英国的实力取得了巨大的提升,这意味着英国需要通过海洋贸易来彰显自身的国力,而地处东方且具有巨大贸易潜力的中国也就成为其必须要探索的对象。这个时期的各种相关文献都有记载英国在航海方面探索中国的事迹。1580年的一份航行路线讨论纪要中记载着英国船队想要从亚洲北部到达中国北方,并且"在冬天船队可以在此停泊,上岸收集中国印刷和制作的地图以及语言书籍等"。②p631582年莱斯特伯爵在给爱德华·芬顿的信中写道:"船长和将军回国后,非常有必要让一部分合适的人继续留在中国,让他们了解和适应当地的语言、环境、物产。"②p631596年阿伦德尔在给他的表兄的信中便提到中国是一个"能够调遣十万军队的伟大国家"。②p63对于16世纪的英国而言,中国就像一把量尺——通过幻想的中国形象来衡量本国的各种现实。在这种环境的熏陶下,16世纪的英国逐渐对中国产生了一种仰慕感。但这种仰慕只是书斋式的幻想,并非真正的实地到达过中国,更确切地说,这种幻想只是基于自身现状,激发自身变强欲望的一种投射。

在海上实力变强的同时,英国内部也在进行着权力的改革。16世纪30年代,亨利八世推动英国全面进入资本主义的变革。这使得英国资产阶级能够迅速在国内政治环境中站稳脚跟。尽管有许多学者认为这一场变革是"不彻底"的,但其确实对英国产生了极其重要的政治意义与经济利益,尤其是剥夺了传统罗马教会的控制权,这一举动对日后数百年的英国政治逻辑产生了深远影响。变革带来的是英国自身的国力不断增强,这也意味着英国需要一个外在的"他者"来彰显实力。而东方的大国——中国,是一个非常理想的例子。

正如巴柔所说:"形象学所研究的绝不是形象真伪的程度,而是言说者、注视者社会与被注视者社会之间的这种关系主要具有反思性、理想性,而较少具有确实性。"④由于16世纪的英国还并未真正到过中国,其对中国的印象大多来自其他欧洲国

家，并且中国统一的政治制度、强大的贸易价值、深厚的文化底蕴也给处于变革中的英国带来希望，所以作为"被注视者"中国其本身的真实性已然不重要，重要的是身为"注视者与言说者"的英国需要一个外在的理想形象来全方位变革自身的赢弱。

二、中国形象的欲望基础

洛克指出，经验是"所有知识之源，一切盖莫出乎于实践"。⑤而作为一个以经验主义哲学为主的国家，尽管英国对于中国的印象来自其他欧洲国家，但中国先进的体制与深厚的文明对正处于政治变革期的英国现有思维带去了极强的冲击力。

出版于13世纪的《马可·波罗行纪》记录了马可·波罗游历中国时的景象，书中对中国的方方面面都做了阐述，这为西方世界打开了一扇观望中国形象的窗户。15世纪末，哥伦布便在寻找马可·波罗心中的"大汉之地"。由于《马可·波罗行纪》的记载，哥伦布认为这片土地带有无尽的财富。哥伦布日记中的财富之地很有可能就是中国，因为其日记中对Gran Can、Cathay、Zayto和Guinsay的提及大概来自《马可·波罗行纪》。一定程度上来说，《马可·波罗行纪》中所展示的中国富裕形象激发了哥伦布寻找中国的欲望。

由于哥伦布对中国印象的强化，同样深处欧洲的英国对这个远在东方的"他者"产生了浓厚的兴趣。有文献记载："1497年，亨利七世鼓励卡伯特寻找通往中国的西北通道。1517年，约翰·拉斯特尔在他写的一部戏剧中提到了通往中国的西北通道。"⑥1549年，葡萄牙人佩雷拉在中国因从事非法贸易而被捕。出狱后，他详细记录了自己在中国锒铛入狱的经历，并于1561年在果阿抄写并转发到罗马，然后再由罗马转译传播到欧洲各国。1577年，威利斯出版了《佩雷拉》的英文译本。1548年，葡萄牙多米尼加传教士加斯帕尔·达·克鲁兹率领一批传教士前往东南亚宣扬基督教，并在1556年的冬天，前往广州进行了几个月的传教活动。1569年返回祖国后，他用葡萄牙语写了一本完全记录自己在中国传教活动及所见所闻的书，即《广州

葡囚书简》，这是欧洲第一本完全介绍中国的印刷书籍，且其英文译本于1625年出版了。欧洲第二本关于中国的书是贝尔纳尔迪诺·德·埃斯卡兰所著的《论葡萄牙人东方各国各省航海和中国奇观消息》，尽管他未曾踏上过中国的土地，但他以《广州葡囚书简》为基础，又充分访问了去过中国的人，写出了此书。1579年由旅居西班牙的英国商人约翰·弗兰普顿翻译成英文，并在英国广为流传。而"英国人写的第一本大量涉及中国的英文著作，当时被称为'卡塔亚'，是汉弗莱·吉尔伯特爵士所著的《卡塔亚新通道发现的论述》"。⑥p157年轻时候的吉尔伯特便痴迷于研究通往亚洲的西北通道。1565年，年仅25岁的吉尔伯特就在女王面前提出请求，要求为"卡塔亚"（中国）给予专有名称。也是这一年，吉尔伯特在宫廷里与参与俄罗斯贸易的安东尼·詹金森进行辩论，论及通过西北通道前往中国的可行性。最终他获得了王室的支持，与詹金森合力制订寻找西北通道的计划。同时，吉尔伯特在给他兄弟的信中也提到中国的形象早已得到了众多地理学家的认可，并且在最后一段说"卡塔亚"是一个拥有"美妙的财富和商品"以及"丰富的财富和宝藏"的地方。对英国而言，尽管此时的中国在地理位置上尚不明确，但吉尔伯特却对探索中国抱有极大的兴趣。

从众多文献中都能看到：16世纪的英国迫切地想要对外拓展贸易。这是因为正处于变革期的英国经济从一个相对稳定的状态进入了一个极度不稳定的阶段。英国国内生产了太多的布料，却没有良好的渠道可以出售它们。因此，探寻新航线、打通新贸易新渠道成为当时英国的首要选择，而作为具有巨大的贸易市场与政治稳定的中国，其对于当时的英国来说确乎是一种乌托邦的形象，具有巨大的吸引力。

三、他者形象塑造的根源

从现有的文献资料来看，在16世纪的英国，中国从来不是以一个独立真实的形象存在，而更多的是作为英国人幻想的他者而存在的。正如姜智芹所

言："18世纪以前，英国人对中国的知识很有限，绝大部分是想象，英国人把中国当作补偿自己缺憾的理想国。"①p120当英国自身的政治需要变革、贸易需要扩大时，便会有意识地寻找一个在这两方面都能够满足的参照物来激发自身，而中国恰恰满足这些条件。英国从其他欧洲国家听取到有关于中国的一切信息，最终会变成一种投射到中国形象中的"自我意识"，从而表达自身的愿望与追求，即幻想从中国这个富足强大的国家中汲取到某种可以改变自身国家的现实力量。

相对于中世纪晚期以来就一直贫困羸弱的英国来说，古代中国无疑是人间伊甸园。处于变革关键期的英国非常渴求一个异域形象，来获取一种摆脱自身政治旋涡与文化困境的启示。由此可见，一个国家的文化底蕴、政治体制、经济实力在他国进行形象塑造时，发挥着重要作用。在塑造者弱于被塑造者的情况下，被塑造者总是会被置入本国的视野中心，并且塑造者会以仰慕的姿态来看待对方，用溢美之词来将对方包裹，同时给予被塑造者先进强大的乌托邦形象。

巴柔认为某种文明在塑造"他者"文明时，存在着三种形式："'狂热'，即异国现实绝对优于本土文化；'憎恶'，与本土文化相比，异国现实被视为落后的；'亲善'，异国现实被看成是正面的，并被纳入本土文化，作为对本土文化的补充。"④p52而反观16世纪期间英国对中国的塑造显然是属于"狂热"这一种形式。在这一时期，不少英国文献中都将中国塑造成一个富庶、强大、开明的国度，但这种形象构建的最终目的是以此来改造本国的落后。

四、结语

综上，文学中所塑造的异国形象并非异国的客观面目，而是本国对异国的想象性制作，是按照自身现实对他者形象所完成的非客观化虚构，换言之，是本国欲望的展现。尽管16世纪英国人笔下的中国是一个繁荣强大的国度，但毕竟在这个时期的英国人本身也未曾见过中国真实的样貌，他们所构建的中国样貌是源于其他欧洲国家的文献，并非真实的中国，而是英国作家根据本国现实所投射出的他者形象。

注释【Notes】

①姜智芹：《非我与他者：英国文人视野中的中国形象》，载《东岳论丛》2005年第5期，第118页。以下只在文中注明页码，不再一一做注。

②王润珏：《探索与想象：16世纪英国国家记忆中的中国形象》，载《现代传播：中国传媒大学学报》2020年第42卷第4期，第62页。以下只在文中注明页码，不再一一做注。

③[西班牙]门多萨：《中华大帝国史》，何高济译，中华书局1998版，第65页。

④姜智芹：《变异学视域下的西方之中国形象》，载《中外文化与文论》2018年第1期，第47页。以下只在文中注明页码，不再一一做注。

⑤姜智芹：《中国：英国的典范——17—18世纪英国文人眼中的中国》，载《国外文学》2008年第3期，第58页。

⑥康士林：《形象与行动：16世纪英国对通向中国的西北通道的寻找》，载《中世纪与文艺复兴研究》2019年第1期，第156页。以下只在文中注明页码，不再一一做注。

历史长河中的一架文学桥梁

——评古远清《海峡两岸文学关系史》

徐洋博

内容提要： 古远清教授于2010年出版的《海峡两岸文学关系史》可以看作是在历史湍流中连接两岸的一座文学之桥。首先，从写作视角上看，古远清教授既站在了历史宏观高度俯瞰两岸文学史发展全局，又从微小事件和人物上以点及面，从而使整部著作形成了完整严密的逻辑网络。其次，从著作内容上看，独特的年鉴方式带领读者们回顾了两岸六十多年来的政治风云、文学争论，每章每节都既可以独立成篇，又能够构成整体，为文本增强了整体可读性。最后，从创作宗旨上看，古远清教授沿袭了史学大家一贯的钻研精神，同时将个性思维注入其中，既承前人之遗泽，又闪耀着独立之光辉，使此书在两岸文学史上留下了浓墨重彩的一笔。

关键词： 古远清；台湾文学研究；当代文学；文学关系

作者简介： 徐洋博，三峡大学文学与传媒学院研究生，研究方向为文学地理学。

Title: A Literary Bridge in the Long River of History — A Review of *A History of Cross-Strait Literary Relations* by Gu Yuanqing

Abstract: *A History of Cross-Strait Literary Relations,* published by Professor Gu Yuanqing in 2010, can be regarded as a literary bridge connecting the two sides in the historical turbulence. First of all, from the perspective of writing, Professor Gu Yuanqing not only stood on the historical macro-level overlooking the overall development of cross-strait literary history, but also from the small events and characters and point to face, so that the whole book formed a complete and strict logical network. Secondly, from the content of the book, the unique yearbook style leads readers to review the political and literary debates in the past 60-odd years on both sides of the strait. Each chapter and section can be either an independent part or a whole, adds overall readability to the text. Finally, from the perspective of creative purpose, Professor Gu Yuanqing inherited the studying spirit of the historians, and put his individual thinking in the book, which both inherited the legacy of predecessors, but also shining the glory of independence, so that the book in the history of cross-strait literature left a heavy mark.

Key Words: Gu Yuanqing; Taiwan literature studies; contemporary literature; literary relations

About Author: Xu Yangbo, a graduate student at the School of Literature and Communication, China Three Gorges University, majoring in literary geography.

《海峡两岸文学关系史》（以下简称《海》）并不像众多当代文学史那样，简单地将台湾文学当作大陆文学史的尾巴或附庸浅浅带过，而是尝试用整合的方式将两岸文学融合在一起。古远清在六十多年的学术研究生涯中不断开拓发展，又在告别杏坛后重新着手写出这样一部锐意进取的著作，这种旺盛的学术热情可以说是与他本人的人生道路分不开的。同时，从他的人生道路里，我们可以对他能写出这样一部"差异性"和"融合性"和谐共存著作的原因探知一二。首先是成长环境的独特，作为一名出生于矿工家庭却被地主收养的孩子，古远清既有着工农民众踏实勤恳的天性，又因接触到大量的当代文学知识而增添了先锋的思想武器，这两种环境带来的巨大差异随着他进入梅州中学和武汉大

学学习并不断担任校文学杂志主编而神奇地互相融合了。其次，在国内大学任教和去往其他地区交流的经验同样为古远清深耕海峡两岸文学研究提供了机会，后来他发表的大量论文与图书，都与这段宝贵的经历密不可分。最后，儒家中修身、齐家、治国、平天下的建功立业思想和对经济利益的正视让他能够清醒地看待理想和现实，并成功地使其达到平衡。由此可见，古远清的人生本身就充满了各种复杂因素，而他凭借自身的积极探索在众多岔路口中找到了一条融会贯通之路。正是这种经历，让他能够以求同存异的眼光看待两岸文学交流与发展，通过撰写《海》，在两岸的海峡间架起一座文学史的桥梁。

一、写作视角：宏观概括与见微知著

为什么会写一部"关系史"，而不是写一本将海峡两岸暨香港的文论打通的《中华当代文学理论批评史》或在文论、诗论的基础上写一部《台湾文学史》？这一点古远清在此书的开篇即进行了说明：想要写一本更有新意的书。一本史书，何来"新意"？他并没有简单地将其写成两岸文学大事件汇编，而是在写作视角上将宏观性和微观性结合，使宏观上两岸六十年来的文学大变革，与历史洪流中微小人物产生的蝴蝶效应相结合，创作出了这样一部非典型、多视野、多角度的文学史著作。

（一）宏观概括：建历史穹顶归拢纷繁史料

作为一部史学著作，宏观性是其中必不可少的要素。古远清作为20世纪80年代"重写文学史"风潮的亲历者，却并没有局限于"重写"，而是更多地投入到了"初写"的实验中。从最早的《台港朦胧诗赏析》（花城出版社，1989年）、《海峡两岸朦胧诗品赏》（长江文艺出版社，1991年）和《台港现代诗赏析》（河南人民出版社，1991年）三部台港诗歌的赏析作品，到《当今台湾文学风貌》（江西高校出版社，2004年）和《世纪末台湾文学地图》（台北扬智文化事业出版公司，2005年）与《分裂的台湾文学》（海峡学术出版社，2005年）等对地区性文化的研究，再到形成体例的《台湾当

代新诗史》（台北文津出版社，2008年）和《香港当代新诗史》（香港人民出版社，2008年），之后汇聚于《海峡两岸文学关系史》（福建人民出版社，2010年），其研究历程以港台新诗为起点，扩展到整个港澳台文学，再集中对整个港澳台文学史的研究。这一条长达二十年的研究路途，使他能够对我国文学史中的重大事件、代表人物了如指掌，同时拥有独特的切入点和分析视角。尽管宏观概括是20世纪80年代以来众多"概论""概述""发展史""文学史"具有的共同特点，但古远清显然构建得更为完整。

在《海》中，古远清主要将两岸文学与政治发展情况相联系，将两岸多年来的文学发展历程分为四个时期：军事主宰时期，两岸文学关系的对抗与隔绝（1949—1979年）；和平对峙时期，两岸文学交流的开启与曲折（1980—1987年）；民间交流时期，两岸文学的互动与冲突（1988—1999年）；新世纪，两岸文学关系的封锁与突破（2000—2006年）。四个时期分别对应正文四章的内容，每一章中都对所属时间线中的重大事件、代表人物和文化潮流进行了逻辑梳理和详细叙述，从而使整本书的结构与内容都达到了非常完整饱满的状态。如在第一章"军事主宰时期两岸文学关系的对抗与隔绝"中，古远清将两岸三十年对抗时期的文学史事件用简洁明了的四节内容进行叙述。由于时代的特殊性，这一时期的两岸文学互相敌视，视彼此为仇敌，作者评价这一阶段的两岸文学为"处于'老死不相往来'的状态"[①]，他站在宏观视角上用一句话就评定了两岸文学界势同水火的关系。

史学著作的性质决定了其必须具有宏观性的研究特点。所谓宏观性的研究，应是在众多纷繁的现象中，发现其共同的、本质的要素，探究其在不同时期的不同形态，勾勒其发展的轮廓和线索。[②]古老正是站在宏观高度构建起自己的史学穹顶，归拢整合两岸六十多年的众多事件，并从中抽丝剥茧，总结概括其中隐含的共同特征，使整部著作显得翔实严密。

（二）见微知著：由史料分子探视历史格局

尽管《海》横跨六十年风云巨变，但古远清在大框架的宏观历史概括之外，并没有忽视其中的"小细节"对于"大格局"的重要影响，充分体现了该著"见微知著"的特点。爱德华·洛伦兹在美国科学发展学会第139次会议中做出论断："一只南美洲亚马孙河流域热带雨林中的蝴蝶，偶尔扇动几下翅膀，可以在两周以后引起美国得克萨斯州的一场龙卷风。"恰如此言，在海峡两岸文学交流历史中，众多人物在当时的某一举动，就可能是影响两岸文学交流甚至政治走向的关键点。

"春江水暖鸭先知"章节中，古远清记述了章士钊、曹聚仁两者充当秘密使节期间的所作所为对大陆与台湾间的文化论战、政治交流产生了极为深远的影响之事。"密使给对方放的是一个试探性的政治气球，系作为传话的特殊通道而派遣，有时则可能是给对方布迷魂阵所下的一招险棋。之所以险，是因为弄不好轻则会让对方产生误会，重则会强化敌意，有时还可能赔了夫人又折兵，密使被对方作为暗探、奸细囚禁起来。"①p59文中对于密使的叙述，说明了密使身份的特殊性、工作的危险性，并暗示出密使的所作所为对于当下政局乃至两地未来发展的深远影响。章士钊信仰君子不党的古训，因此能够作为与国共双方都密切交往的无党派人士被派去香港推动国共第三次合作，但1956年的行动最终以失败告终；1958年、1962年，章士钊再赴香港，仍失望而归；1970年章士钊以92岁高龄最后一次前往香港欲与台湾方面接触，未果，病逝于异乡。而对于曹聚仁，虽然左右翼文人均有不同评价，但古教授仍能够正视其得失，虽称呼他为"天真的书生政治家"①p62，但仍赞同其为两岸消除敌意、弥合伤痕作出的突出贡献。书中只陈述了章、曹二人在两岸对抗期间完成政治任务的事件，但实际上，两人的性格已经从中显现出来，并且站在今人的角度，能显著察觉到密使的性格特征、任务的成功与否对于历史走向的影响。正所谓"春江水暖鸭先知"，当春天的江河水刚刚解冻之时，尽管寒意尚未消尽，但鸭子能够先敏锐地感觉到环境的变化。看似是整体统率着部分，然而整体也是由部分构成的，因此从"小零件"的转动中，往往能勘探到历史车轮前进方向的转变，这就是古远清带领读者领略的见微而知著。

《海》既站在历史发展历程的高度俯瞰两岸文学六十年来的重要节点，又能够将主流文学忽视的某些史实或因追求大而全而摒弃的小事件发掘出来，将宏观概括与见微知著组合起来，读者不会因为细节叙述感觉妨碍对全局的了解，也不会因顾虑广度而忽视深度，这样才能够真正"使两岸文学史真正成为一部多视野、多角度的多元共生的文学史"③。

二、写作内容：独立成篇与彼此相连

古远清在安排此书的具体内容时，明显有自己的逻辑标准。大部分中国现代文学史书，均是以线性时间为脉络，将不同时段的小说、散文、戏剧、诗歌组合成多个部分，再将这些部分按时间累积成一个整体。而古远清著文学史，在借鉴常见文学史写作体例的基础上有所突破：线性逻辑的大框架下以现象牵动史的发展。④《海》不以名篇分析为重，而是用年鉴的方式，带领读者们以宏观视野回顾两岸六十多年来的政治风云、文学争论，这使得书中的每章每节既可以独立成篇，充满短篇可读性，又能够构成整体，颇有内容连续性。

（一）独立成篇：以年鉴形式记录重要节点

《海》主要以海峡两岸1949—2007年半个多世纪中的文学史重要事件和重要人物为线索串联起整本书。独特的年鉴形式，全面、系统、准确地记述了海峡两岸文学发展状况，汇集了六十多年间的文学史重点事件、代表人物和转向节点，正文四章以两岸政治关系为经，以作家作品为纬，构架清晰，简洁合理，方便读者理解查阅。每一节中的内容同样精确翔实，甚至能够当作独立的历史传记阅读。

1988—1999年是两岸结束"动员戡乱时期"后的新发展阶段，两岸文学界迎来了解冻后的春天，作者在第三章"民间交流时期两岸文学的互动和交流（1988—1999）"的三个小节里，记载了多位文人在推动两岸文学发展中所做的影响和贡献，其中，胡秋原被古远清称为"两岸破冰第一人"，为海峡两岸的互动交流留下了不可磨灭的印记。尽管经常身处舆论旋涡、遭到口诛笔伐，但为了国家人民的千秋利益和中华民族的统一大业，胡秋原不断泼洒笔墨，共写了2000多万字的文章，出书一百多种。这位将写文章称作"一人麻将"的文将，于1995年托人赠予古远清一张手写七律条幅，其中"抱投肝胆护危亡，辛苦初忘力短长。同室操戈元海笑，红巾揾泪稼轩伤。"两联，[①p219]尤显胡秋原为国民计之深远的伟大情怀。无论是将胡秋原这一人物看作宏观历史下的"解冻剂"，还是将这一节当作独立的人物传记，都具有舒适的阅读感受。

年鉴不应该只是年度资料的汇编，也是研究者心灵史的记录，古远清"试图建构一个更加丰富多元的个性化文学年鉴形态，为推进有个人锋芒和学术风格的研究作出贡献"[⑤]。年鉴所具有的信息密集性特点，使得两岸多年间的重要争鸣、对话、资料、刊物、会议等均被翔实收录，全方位展示了文学交流发展概况，资料性与学术性并重。同时，作者在记述人物时所附上的个人情感和温度，给年鉴的刻板形式注入了温柔敦厚的人文内涵。

（二）彼此相连：从政治语境显示个体联系

《海》全书由导论的两岸关系解读、正文的两岸关系发展历程、结束语的两岸关系前景三部分组成。在关系解读和关系前景首尾两部分中，古远清简明描绘出台湾文学的历史来源、两岸文学交流的深远渊源，分析了其特征、经验和问题。由于他多年来深耕国内文学发展，出版多部著作，所以在整合资料、撰写书籍时显得尤为得心应手，此为整本书的联系性和连续性打下了坚实的基础。同时，海峡两岸间的复杂政治联系，使得文学界在其中受到了相当深远的影响。

《海》着重思考了政治环境之于文学界的作用。"反共复国"方针与"台独思潮"是多年来海峡两岸关系变化的重要影响因素，两者的肆虐或平息对于文学界的风向改变在书中多有展现。古远清将身处于不同阵营、秉持相异理念的作家们安排进

文本各节中，虽然表面上看每个人都是独立的个体，但实际上每一个阶段的宏观政治走向都或多或少影响着个人选择，特殊的时代大环境将众人连成整体，组成了一个纵横交错的宏大网络。同时，整本书所记述的事件，除文学大家在两岸的境遇，如鲁迅精神在台湾的传承外，几乎各章都有被忽略或较少提及的作家入选。这种设置方式既凸显出古远清在文本总体设计上的广阔视野，也使看似相互独立的事件在政治影响下的联系被显现出来，从而增添了整本书的阅读连贯性。

尽管作者在前言中说明《海》的鲜明特色在于以年鉴形式写成，但因其写作视角的宏观性，以及特殊的政治大环境对两岸文学界的影响的深入性，让看似独立内容之间的隐秘关联浮出水面，彼此结合形成整体。

三、写作宗旨：承前遗泽与特立独行

古远清在撰写《海》时，曾数次前往台湾、香港和澳门等地采购资料，甚至于2007年秋天一掷万金买了几箱台湾出版的图书用于研究。多年的博览群书和磨砥刻厉使他充分汲取了前人对历史的研究之精华，在史书编写时更加得心应手。而《海》之所以被称为一部"非传统型的文学史"，除了其承前人之遗泽外，更在于其闪耀着独立之光辉。史学大家之"大"，不在于史料量之"大"，而在于处理史料的匠心之"大"。史料譬如一座宝山，如果缺乏登山门径，只能望山兴叹，无法置身登高山绝顶。[④p94]《海》即是古远清取史料为材，独凿"登山门径"后，矗立山巅的丰碑。这部著作的诞生，既沿袭了传统史学家的正统精神，又彰显了个人研究之特立独行。

（一）承前遗泽：携前人成果探索研究进路

第二章第五节"风貌各异的文学研究"，尤其凸显了古远清对于各项史料研究的了如指掌以及理性评析。此作也正是在辩证吸收前人史学成果的基础上产生的。

在"大陆的台湾文学研究"一节中，古远清着重记述了大陆在台湾文学研究方面的转变——主

要由重视政治功利转为深究美学价值，由微观透视拓展到宏观把握。初期进入台湾文学研究领域的大陆作家，大多具有抬高乡土文学而压低现代派文学的弊病，部分文学史和专著甚至将乡土文学作为台湾文学发展主线贯通全书，如1987年辽宁文学出版社出版的《现代台湾文学史》突出介绍乡土派作家叶石涛和尉天骢而完全忽略大批评家夏济安和颜元叔。但这种完全以政治阵营决定文学态度的做法无疑是不可取的，后期台湾文学研究由此产生了重大变化，回到了文学研究本身的道路上来。这一时期涌现了众多深耕领域的学者，他们以历史理性眼光看待两岸关系，全面系统地考察台湾各文学流派、创作题材、学术作品、科研价值，客观科学地总结台湾文学发展规律与经验教训。在微观研究阶段，封祖盛的《台湾小说主要流派初探》当属新意代表，虽然没有跳出思维局限，但已为后继研究打开一条综合研究之路。古继堂充分利用资料充分性，接连写出《台湾新诗发展史》《台湾小说发展史》，独家治史。1980年代末，台湾文学研究在全国遍地开花，研究队伍扩大、新兴视角进驻，使台湾文学研究在大陆广阔肥沃的土地上开出了丰硕的花朵。

尽管初期台湾文学研究面临众多困难，但大陆学者不惧风雨，以史学家的气魄和态度，对各种史料进行了初步科学化系统化的整理，为后人继承衣钵打下了坚实的基础，而《海》也正是在前人光辉照耀下，建立起的两岸文学历史中的一架坚实的沟通之桥。

（二）特立独行：以一己之力独攀创新险峰

古远清在多年的研究历程中，从未故步自封，而是以客观的眼光看待大陆在台湾文学研究中的优势和缺憾。有台湾"鲁迅"之称的陈映真，曾称古远清为"独行侠"，⑥并说研究台湾文学，一定要读"两古"即古继堂、古远清的书。陈映真所谓之"独"，除了独立思考的学术品格外，还可以指"私家治史"的"孤独"与"独创"。作为台港文学史家的古远清，其治史风格个性鲜明。早在20世纪80年代，古远清就已萌生并初步实践学术研究

的创新意识，1988年他出版了145万字的《文艺新学科手册》一书，共收录有高达145门文艺学、美学方面的内容。从那时起，"重视创新"的种子就已经根植在了古老的心底，开始逐渐生根发芽。初写、试写性质的《台湾文学史》和《台湾当代文学理论批评史》就已经初现与以往大陆的文学史写作不同之处。21世纪以来，他在研究台湾文学方面取得了更为丰硕的成果，从《当今台湾文学风貌》《世纪末台湾文学地图》与《分裂的台湾文学》等对地区性文化的研究著作，再到形成体例的《台湾当代新诗史》，直至《海》这部集大成之作，古远清更是在前言部分直言此书"不为作品作家定位，不以作品作家分析为主，不以构建律例为目标"的叛逆性，①p2为重建文学史的政治维度贡献出自己多年来的学术硕果与实践结晶。

在"导论"部分中，古教授力求用今人视野俯瞰历史意识，回顾并解读了两岸文学关系，针对两岸历史渊源对文学观念的奠基、政治形势对文学界的发展、发展历程对文学价值的定位做了客观评价。他坚决反对分离主义的思考方式，秉持"两岸民间的文学交流不必过早步入'政治对话'层次，应逐渐积累相互的信任，降低对方的敌意。也就是说，应坚持沟通、对话，应坚持一个中国原则，应合而不离、分而不弃"①p18的观念。在"两岸文学的'互文'问题"中，他尝试将问题意识与比较方法相结合。法国批评家克里斯特瓦和热奈特原将"互文"界定为"不同文本之间的转换派生关系、临近关系以及由此产生的'次文本'"，而古远清借转换关系之意探讨两岸文学社团的同质性，以及赴台作家创作的连续性。⑦针对敏感问题的争论，如张爱玲的著作权所属、两岸文学成就高低、简体字与繁体字孰优孰劣等问题，古老都提出了自己的见解，但同时欢迎读者、学者的争鸣。

《海峡两岸文学关系史》课题的申报与完成都发生在古远清教授退休之后，彼时面对无学术资源甚至学校未成立中文系的状况，这位笑称自己应该"回家卖红薯"的学者，仍然凭一己之力、以史学为介，用笔墨作钉锤凿建出了两岸文学洪流之间

又一座坚实的桥梁。他在前言部分写道："我不敢
奢言这部书稿如同火炉中熔炼成的钢锭，但它至少
是一块小铁片。它说不上沉甸甸，但也绝非轻如鸿
毛。这当然不能归功于自然界的高温，而只能归之
于笔者写当代文学专题史有火一般的热情……我虽
然不是这些历史事实的全部亲历者，但凭着丰富的
史料我可以对历史发言，希望这部两岸文学关系史
可以填补当代文学研究的空白，推动中国当代文学
史及其分支学科——台湾文学史的研究。"①p4古远
清教授通过《海》，讲述两岸从隔绝到汇通的文学
流变的表层意态，表达出时空的差距面对历史的意
志力是无奈的这一坚定信念。大陆与台湾尽管处于
不同的社会语境、有不同的价值取向，但在同一母
体文化和同一历史渊源的前提下，必定将跨越浅浅
的海峡，通过文化交流的桥梁紧紧相连。

注释【Notes】

①古远清：《海峡两岸文学关系史》，福州人民出版社2010
年版，第4页。以下只在文中注明页码，不再一一做注。

②章培恒：《关于中国文学史的宏观与微观研究》，载《复
旦学报：社会科学版》1999年第1期。

③胡朝霞：《台港文学研究的出新和诠释权的"争夺"——
古远清教授访谈录》，见《世界文学评论　第17辑》，世界
图书出版广东有限公司2013年12月版，第3页。

④冯军：《作为台港文学史家的古远清》，载《长江文艺评
论》2018年第5期，第95页。

⑤陈铎：《古远清：耕耘在华文文学田野》，载《世界华文
文学论坛》2022年第3期，第64页。

⑥肖画：《绘制世界华文文学史论版图的独行侠——古远清
当代文学史著作述评》，载《华文文学》2013年第3期。

⑦古远清：《两岸文学的"互文问题"》，载《华文文学》
2008年第3期。

地理视野、理论创新与批评实践
——读《文学地理学批评引论》

冯 莉

内容提要：《文学地理学批评引论》是邹建军教授在文学地理学理论建构与批评实践领域的又一部新著。作者从地理视野出发，讨论了文学地理学研究中的前沿问题以及文学地理学学科发展中必须面对的问题，对于有关文学、自然、人类社会的一些重要现象，进行了重新审视与研究。这些理论术语、核心问题、批评方法，对于文学地理学学科体系的建设，乃至中国文论话语体系的建构都是具有开创性的，是中国学者对于世界文学理论和世界文学史研究的重要贡献。

关键词：邹建军；《文学地理学批评引论》；地理视野；理论创新

作者简介：冯莉，华中师范大学文学院研究生，研究方向为中国民间文学与比较文学。

Title: Geographical Vision, Theoretical Innovation and Critical Practice — On *Introduction to Literary Geography Criticism*

Abstract: *Introduction to Literary Geography Criticism* is another new work by Prof. Zou Jianjun in the field of theoretical construction and critical practice of literary geography criticism. Starting from a geographical perspective, Prof. Zou discusses the frontier issues in the study of literary geography and the problems that must be faced in the development of the discipline of literary geography. He also re-examines and rethinks some important phenomena related to literature, nature and human society. These theoretical terms, core issues, and critical methods are very groundbreaking for the construction of the discipline system of literary geography and even the construction of the discourse system of Chinese literary theory, reflecting the important contributions of Chinese scholars to the study of world literature theory and world literature history.

Key Words: Zou Jianjun; *Introduction to Literary Geography Criticism*; geographical vision; theoretical innovation

About Author: Feng Li is from the School of Chinese Language and Literature, Central China Normal University, specializing in Chinese Folk Literature.

文学地理学是由中国学者提出并发展起来的一门学科，也是在中国文学传统的影响下形成和发展起来的一种独立的、具有中国本土化色彩的文学批评方法。从梁启超在《中国地理大势论》中首次提出了"文学地理"的概念开始，到后来刘师培、金克木、袁行霈以及杨义、曾大兴、邹建军、梅新林等一批学者们，相继进行了多年的探索，文学地理学在基础理论、学科体系、批评方法和批评实践等方面，已经产生了一系列重要的成果。但是，一门学科的建立往往需要一段漫长的历史进程和几代人的共同努力，作为一门学科的文学地理学还处于

不断丰富和发展的过程之中，还有许多问题需要提出和解决，对此，我们必须做出全面的、有力的、科学的回答。邹建军教授的《文学地理学批评引论》，涵盖了其近年来在文学地理学理论建构及批评实践等方面的学术研究成果，旨在讨论文学地理学研究中的一些前沿问题，以及文学地理学学科发展中必须面对的问题，以建构和完善文学地理学的学科体系。

一、《文学地理学批评引论》的理论框架

问题意识是《文学地理学批评引论》全书框

架搭建的核心，作者以"文学地理学要回答什么问题""文学地理学能够解决什么问题""文学地理学研究存在什么问题"三个方面构成本书的理论框架。围绕这三个问题，共分为十二章，每章提出一个重要问题，并给出自己独到的见解，以期得出一些有意义和有价值的结论。

邹建军教授提出了作为一门学科的文学地理学、一种批评方法的文学地理学、一种文学理论的文学地理学，都不得不关注的一些基础性的问题，更进一步提出的是前沿性的问题。主要涉及以下九个方面：作为一门学科的文学地理学为什么会在中国产生？文学地理学可以解决什么问题？作为一种批评方法的文学地理学有什么样的特点和优势，是否形成了自己独立的方法论或方法论体系？作为一门学科的文学地理学是如何产生和构成的？文学地理学对现有的文学理论具有什么样的贡献？文学地理学对文学创作产生了何种影响？世界自然文学传统是如何形成的？文学地理学的内部研究与外部研究之间的关系是什么？全球化时代我们应如何看待世界文学与地方文学问题？以上诸方面的问题，讨论的重点和方向不一，但围绕的是一个中心——"天地之物"，亦即自然地理。过去人们关注的往往是时间维度以及人类主体，对自然地理知之甚少。然而，人生活于天地之间，文学必然也创作于天地之间，描写天地之物。"文学地理学是一门很大的学问，是一门很大的学科，穷尽一生都不一定能穷尽其本相。"①文学与地理之间存在着曲折复杂的结构关系，也因此有着讨论不尽的问题。讨论文学地理学的相关问题，其意义价值不只局限于文学领域，对天地之间的其他事象同样具有重要而深远的意义。

在提出文学地理学学科建设所不能回避的九个问题之后，作者就文学地理学作为一种新的文学批评方法、一门新兴学科，究竟可以解决哪些问题，具有何种功能与意义，提出了自己的见解，以探讨文学地理学的可能性问题。从前我们对于文学的研究，往往是从时间的角度进行，而从空间角度进行的研究则存在明显的不足。刘勰在《文心雕龙·物色》中说："若乃山林皋壤，实文思之奥府……然

则屈平所以能洞监《风》《骚》之情者，抑亦江山之助乎？"②其中的"江山之助"就是强调自然山水景物可以给人灵感，使人文思泉涌，创造出优秀的作品。空间无论是对于作家而言还是对于作品而言，都是不可或缺的。从地理空间的角度出发，可以帮助我们回答关于文学的发生、文学的产生、文学的发展、文学的传播、文学的批评、文学的阅读、文学的教育、文学史的建设等方面的问题，作为一种批评方法还可以帮助我们对现有的文学现象作出新的认识和阐释。具体表现在：文学地理学可以重新解释文学的起源、文学的来源、文学作品的形态、文学与艺术的本质，在此意义上文学不仅仅是"人学"，也是审美的自然之学；此外，从"文学区"的概念出发，可以重新建构文学史的叙述框架；从自然地理角度，可以重新审视文学的传播方式；最终建立起一门与文学史相提并论的新学科，为文学研究提供一种新的方法、为地方文化研究提供强大的理论支持、为解读乡村空间和城市空间提供助力。

目前的文学地理学研究存在哪些问题？在中外文学史上，一门新兴学科的建设过程总是需要耗费几代人的心血，尤其文学地理学是一个体大虑周的文学理论体系，在摸索过程中也难免存在一些问题，其中一个需要加以辨析和讨论的问题，就是文学地理学的内部研究与外部研究如何结合的问题。近些年来，有大部分的中国文学地理学研究学者热衷于外部研究，而相对忽略了内部研究。文学地理学的内部研究主要以作品和作家为主要研究对象，研究的内容例如地理环境对作家、作品的影响问题，文学作品中的地理意象、地理空间、地理叙事等问题，作家身上的地理基因问题，文学作品中的空间建构与时间叙述问题等等。内部研究需要研究者耐心、细致地针对作家创作的文学作品进行文本细读，然而受到功利的学术环境以及浮躁的社会风气影响，有很大一批学者不愿花大量时间去真正"做学问"。除此之外，部分学者对文学地理学的认识也不到位，认为文学地理学仅仅局限于作家所处的地理环境、地域文化对作家的影响、不同时代文学中心的转移等外部问题。这一问题如果长期得

不到重视与解决，势必会阻碍文学地理学学科未来的发展。对文学性与艺术性回归的呼唤，不仅仅是文学地理学这一门学科建设的需要，更是整个文学研究所需要的。在民间文学领域，"故事诗学"概念的提出，就是倡导民间故事研究要回归文学、回归文艺美学，关注文学作品的审美品格。所以，在具体的文学批评实践中，外部研究和内部研究理应结合起来，只有两者有机地结合，文学地理学研究才能得到丰富，文学地理学学科才可以得到发展。

二、《文学地理学批评引论》的理论创新

文学地理学批评理论具有理论与实践上的双重意义与价值，不仅可以用来研究中外文学史上所有的作家和作品、所有文学现象（包括文学流派、文学思潮、文学社团、文学运动、文学传播），还可以用来研究、评价和完善目前通用的文学史系列教材和文学理论系列教材，对于一些重要的文学现象，可以重新进行审视，从而得出新的认识。《文学地理学批评引论》对此进行了详尽的论述，以期在未来进行更全面和深入的讨论。

（一）对文学起源论的重新修正

从前的文学研究往往是从时间的角度进行，其实空间对于人类的影响在某种程度上甚至高于时间，这种对空间研究的不足，严重影响了文学理论中对文学来源、文学发生、文学产生问题的认识。在中国现有的文学理论体系中，基本都认为文学起源于人类的劳动，来源于人类的社会生活，比较有代表性的两个观点是"劳动说"和"游戏说"。然而，如果我们掌握了文学地理学的相关理论、视角、方法就会发现，自然物色常常构成了作家生活经验中最具诗情也最具哲理的内涵。

所谓"文学起源于劳动"，通常意义是说文学来源于劳动、文学是劳动的产物，它伴随着劳动而产生。"劳动说"的基本观点，主要集中在恩格斯《自然辩证法》中的《劳动从猿到人的转变中的作用》一文中，其他重要文献还有《资本论》《哥达纲领批判》《1844年经济学哲学手稿》。"文学起源以人类起源为前提条件，而人类起源的关键是劳动"的观点在我国文艺理论界影响最大，具有绝

对权威性，长期以来国内很少有人提出不同的意见，甚至也少有人怀疑过它的正确性与科学性。以群主编的《文学的基本原理》，马工程教材《文学理论》，刘安海、孙文宪主编的《文学理论》，童庆炳主编的《文学理论教程》等目前几本主要的文艺理论教科书，几乎是千篇一律地批判其他学说而肯定"劳动说"，普遍没有涉及文学产生的重要因素——地理环境。我们考察文学史和人类文明发展史就会发现，许多人类古老的文学作品，例如神话、传说、史诗抑或是散文、诗歌，其内容与人类的"劳动""游戏"并没有什么联系。在《山海经》《淮南子》《水经注》《诗经》等文学作品之中，对自然的描写占了相当大的比重，甚至就是以自然作为描写对象的，人类各民族文学中对于自然万物的表现是文学最为古老的主题。

"劳动"只是人类生活的一个方面，人类的生活内容并不总是在劳动，劳动也不是人类生活于世的唯一活动方式。如果人类文学只起源于劳动，来源于社会生活，那人类的生活该有多枯燥乏味？文学表现的内容又该有多千篇一律？相比之下，星辰大海、风雨雷电、山川湖泊、鸟兽虫鱼、花草树木，天地之物绚烂多彩，理当成为人类情感抒发的对象、成为文学表现的主题。最初的文学主要产生于人类对于自然的认识、对于人的认识以及对于自我的认识，而首先是对于自然的认识，尤其是对于天地之物的认识。早在中国古代文论之中，就有强调大自然的山林水域是诗人文思的渊薮和宝库的"感物说"的文学观。刘勰曾言："岁有其物，物有其容；情以物迁，辞以情发。一叶且或迎意，虫声有足引心。况清风与明月同夜，白日与春林共朝哉。"②p414在自然物色当中，不仅仅有微虫入感、四时动物，更有宇宙的浩渺、生命的律动。因此，不管是"地理环境决定论"还是"地理环境制约论"，都不能否定的是地理因素对作家、对文学的影响是极其深刻和基础性的，因为作家不可能脱离自然环境而生存，作品也不可能在真空中创作出来，自然物色常常构成了作家生活经验中最具诗情也最具哲理的内涵。文学的发生和起源是一个复杂的问题，然而对于"劳动说"与"游戏说"这个过

去很少有人质疑其正确性与科学性的观点，文学地理学给出了新的可能性，即"文学发生于特定的自然地理环境与人文地理环境""真正的文学作品来自作家的地理感知"。

（二）对文学史叙述框架的重新建构

现有的文学理论体系中基本不存在文学地理学的相关论述，也没有给予文学地理学以相应的关注和学科地位。这一缺憾不仅表现在文学理论的主流话语体系之中，在我们的文学史叙述框架与方式上亦如此。一百年以来，在我们中国的文学史叙述中，长久以来都是强调时间因素而不关注空间因素，关于"文学区"的概念自然也就是缺失的，由此造成了文学史叙述混乱、平面与残缺的问题，也没有能够建立起真正的文学史框架。因此，将文学地理学批评理论与视角引入文学史叙述，可以为文学史叙述做出补充与修正，对中国文学史和世界文学史的编写来说，有着重大的理论意义与实践价值。

"文学区"的概念是最能体现文学地理学研究之特色的概念术语之一，曾大兴在其《文学地理学概论》一书中做出了解释："所谓文学区，就是根据不同地区呈现的文学特征的差异而划分的一种空间单位……它是以相对稳定的自然和人文地理环境为依托，由一定数量的在特征上比较接近或相似的文学要素（包括文学家、文学作品、文学接受者和文学景观）所形成的一个分布范围。"③他将中国境内的文学区分为了东北文学区、秦陇文学区、三晋文学区、中原文学区、燕赵文学区、齐鲁文学区、巴蜀文学区、荆楚文学区、吴越文学区、闽台文学区和岭南文学区，共11个文学区。邹建军教授在此基础上，又增添了关中文学区、云贵文学区、西域文学区、草原文学区、湖湘文学区、港澳文学区6个文学区。文学区之所以存在是因为地理的共同性、文化的共同性、文学的共同性和美学的共同性而发生的，从地理的角度来研究文学的构成是符合逻辑的、客观的与科学的。从现有的中国学者编写的文学史教材来看都普遍存在一个问题，即都是以国别文学来进行叙述的。

《外国文学史》（四卷本，华中师范大学出版

社2010年版）以时间为序，第一本讲述从古代到16世纪的外国文学，第二本讲述17世纪到19世纪初期的文学，第三本讲述19世纪中后期文学，第四本讲述20世纪文学。每一段历史时期之下又以国家作为划分具体章节的依据，国别之下又再具体介绍一些有代表性的作家、作品、文学流派等。第三编"文艺复兴时期文学"，分为了意大利文学、法国文学、西班牙文学、英国文学四个章节，英国文学之下又具体讲述了诗歌、小说、戏剧三种文学类型，又将莎士比亚及其作品单独列出来作为一节详细介绍。第五编"18世纪文学"则分为法国文学、德国文学、英国文学三个章节，其中的德国文学一章只具体介绍了莱辛、席勒、歌德三位大家及其作品。由此可见，整个叙述并没有建立起文学区的整体框架，选取的国别仅仅是一些比较有代表性的国家，通常是欧洲国家，介绍的作品也通常是在世界文学史中比较有代表性的作家写作的比较有代表性的作品，这样的问题在几本中国学者编写的外国文学史教材中普遍存在。但是，世界上有那么多的国家，每个国家的不同历史时期又有那么多的作家，那么多的文学作品，这样的划分和选择明显是有缺失的。不同文学区内的文学是多种多样的，都有自己独特的色彩，而我们目前所接受和学习的文学史教材总是以国别文学进行叙述，就会掩盖和消除这种不同性，从而可能忽略很多具有独特风格和价值的作家及其作品。

此外，还有两个需要注意的问题。第一个是所谓的"文学的残缺性"问题，有部分学者认为"世界文学"是在历史上有声誉、有地位的文学作家作品之集合，只是选取其中优秀的部分进行介绍即可，因为只有它们才可以进入真正的世界历史。但是在很多国家和地区，就算没有产生流传于世的经典作品，但也一定存在民间文学、民歌民谣、文人创作等，我们不能因为一个国家、地区、作家在世界范围内的知名度不高，就否定其文学作品的存在和价值以及对世界文学的贡献。文学史的叙述和划分并没有一个统一的标准，我们还是要考虑地区的平衡性，每一个国家或主要的国家都要有自己的作家作品，在文学史上要占有同样的地位。如何处

理这种残缺性的文学史现象，也是文学分区中需要思考的重要问题。第二个是"文学史的实用性"问题，即我们不能以实用性来框定文学史的叙述，从而取舍文学史叙述中的作家与作品，也不能因为我们的教学需要还是不需要、我们的时间够还是不够来选择性地讲述文学史。再以华中师范大学的外国文学课程为例，对于课堂教学、课程考试甚至考研出题来说，重点主要都是一些有代表性的欧洲国家文学史，亚非地区的内容往往不做考察，还有像美国文学专题研究这样的课程也是作为选修课教授的，在外国文学必修课程中讲述不多。很明显，这样的文学史编写与教学都是不够科学、客观和全面的。引入文学地理学理论进行划分，在文学区下面分国家或语种，国家与语种之下再分作家与作品，比如按照自然地理的划分，把亚洲文学分成五个区域，把非洲文学分成四个区域，把欧洲文学分成四个区域，把美洲文学分成两个区域，再加上澳新文学区，把思潮与作家放在不同的文学区里进行叙述，这样每一个地区与每一个国家都会有文学的存在，每一种文学都会在《世界文学史》里有一席之地。这种划分方法，无疑是为现有的文学史叙述框架提供了一种全新的视角，这样既相当清楚，也十分丰富，让文学史叙述既有逻辑性、丰富性、变动性，同时也有科学性。由此我们可以说，从地理的角度来研究文学的构成是符合逻辑的、客观的与科学的。

（三）对文学与艺术本质的重新认识

在中国现有的文学观念中，似乎都认为文学是作家审美创造的结果，"文学是人学"成为现当代中国文学最重要的命题之一。但是，文学的意义绝不仅限于此，如果我们仅仅是认为"文学就是人学"，明显是把文学的意义和价值都过度窄化了。如果我们能从文学地理学理论的角度出发去重新审视这一命题就会发现，文学的本质不只是由一个维度构成的，正如人在天地之间生存和发展并不只是有时间一个维度一样，空间维度更是不能被忽视的。只关注人类自我而不重视人类生存所在的自然世界，将会带来严重的失误与缺陷。因此，从文学地理学的角度，可以重新认识文学的本质问题——

文学的本质是审美的人学，也是审美的自然之学。

关于"文学是人学"的观点，在刘安海和孙文宪所主编的《文学理论》一书中专门进行了论述。作为一本文学理论教材，在第一章"文学观念与文学本体"中有写道"社会实践改变了人与大自然的关系，从而使这种关系的变化也成为人的本质力量的一种显现"[④]，成为一种"人化的自然"，里面还写道："在人类社会初期，由于农业劳动的需要，人们就开始观察太阳、月亮、星辰的运动与四季以及气候的关系了，并借助于对天体的观察结果确定了播种、灌溉、收获的时间……从此，这些自然物便不再是与人无关的外在之物了"[④p10]。但是，如果我们从文学地理学的角度来看，难道人与自然的关系只产生在劳动产生之后吗？在没有劳动实践的时候、在休息的时候，人类就不会躺在草地上，抬头欣赏天上的星辰和月亮吗？人自始至终都是生活在天地之间的，不可能脱离自然环境而生存和发展，人与自然的关系应该是最为基础的，对于没有网络、没有其他娱乐设施的早期人类社会来说，自然界与他们的关系应该比今天更为密切，所以对自然界，尤其是对天地之物的观察、感受与认识，才应该是文学表现的本质所在。"以审美为价值取向，形成了文学在把握人生和艺术表现上的一个重要特点，即人们常说的'文学是人学'"[④p12]，"文学是人学"的第一层含义是就文学的审美性而言的，即文学对生活的反映具有超越生活现象、追求人生意蕴、表现人的价值的特点。书中对这个层面的含义进行了解释，即"故事情节和自然景观在文学世界里似乎并不具有独立的意义，即使是在描绘自然景观的文学作品里，文学也并不以描绘单纯的自然现象为目的，而是为了表现人的感情，寄托人的思绪，也就是'一切景语皆情语'"[④p13]。"文学是人学"的另一层含义是就文学以人为对象来说的，它揭示了文学对人的表现和思考具有不同于其他意识形态的特点，从而展现了唯有文学才能表现的生活经验和人的世界。

然而，在文学地理学批评者看来，这样的认识并不一定符合历史的本原形态。首先，文学的表现对象并不一定是人，例如从中国最早的诗集《诗经》中可以看出，表现自然的诗篇占了很大的比重；其次，并不是所有的文学作品都要表现人的价值，中国古代山水诗、田园诗都相当发达，诸如陶渊明、李白、王维、孟浩然、柳宗元等诗人和作家，他们创作的许多文学作品比较着重于对自然山水的观察与感悟，所以我们说文学不只是关于人的学问，这样的表述是有局限的，自然与人都是文学的表现对象。但是，进入20世纪之后，现代主义、后现代主义文学思潮兴起，我们的作家越来越关注自我，文学作品越来越向内转，与大自然越来越远离。文学创作切除了与自然地理之间的联系，让文学走向了一条偏远的、偏执的、狭小的道路。文学作品如果只关注自我，关注渺小的人类个体，而不关注浩瀚的宇宙和世间万物，就会失去生气与根基，而变得狭小苍白。除此之外，当今世界也存在着严重的生态问题，这与人类中心主义思想也存在着直接的关系。在这样的背景下，或许文学地理学可以给作家提供一种新的创作思路，在文学作品中更多地、更广泛地关注自然，从而形成一种新的自然主义文学思潮或者地理主义文学思潮，不仅在文学界同时也在全社会重新形成一种人与自然和谐共处的生活观念，让文学回归文学本位，让人类重归美好自然。

三、《文学地理学批评引论》的理论启发

20世纪初期以来，在中国流行的现代意义上的学科和批评方法都是从西方引进的，中国文论话语体系一直在西方文论的压制下患上了"失语症"。至20世纪初引进"文学批评"这一概念，之后的中国文学理论史撰写、话语体系和知识体系建构与梳理，其基本路数大多借鉴、运用近代欧洲的文学批评史观与思想方法，始终脱离不开西方的话语桎梏。因此，面对中国当代文学理论研究中理论与思想的原创性缺失问题，建立起具有中国特色的文论话语体系已基本成为学界的共同吁求。这种话语体系的建构曾经有两种典型的路径倾向，一是回到古典，二是学步西方。然而，从长期的理论研究与批评实践中看，单纯依靠这两种路径是行不通的。中

国文论话语体系的构建既要强调本土理论，又要面向当代积累"中国经验"。

在中国产生的文学地理学是中国文学传统的自然延续，文学地理学批评不只是一种批评方法，更是一种具有独立性和原创性的思想体系。正如曾大兴教授所说，"文学地理学是在中国本土建构的一个新兴学科，它的理论体系和知识体系是中国式的，它用来表达这个理论体系和知识体系的概念也是中国式的"⑤。基于此，我们可以把文学地理学当成中国文论话语体系建设的重要路径，当成中国传统文化"走出去"战略的重要方式。然而在一个较长的历史阶段，不管是文学理论研究、文学创作还是教材编写，或者高校课程教学，都忽略了空间或者地理的可能性和价值。事实上，从文学地理学的角度研究文学，不仅可以拓展文学研究的范围与视角，丰富文学研究的内容与方法，还可以极大改变文学研究与文学批评的格局与方向。因此，我们在研究文学现象或是思考生活问题的过程中，都可以将文学地理学作为一种工具、一种观念、一种思想来运用，以提高我们思维的逻辑性、创新性、科学性。

要做到将文学地理学建构成为一门与文学史双峰并峙的二级学科，并作为中国文论话语体系建设的重要路径之一，首先要重视理论创新。理论创新问题是文学地理学学科建设中的核心问题，文学地理学批评理论中的许多概念与术语，在国外的文学理论著作中都是找不到的，在从前的文学理论术语体系中也是不存在的，例如"地理基因""地理叙事""地理诗学""本籍文化""客籍文化""系地法""现地研究法""文学区"等概念，都是中国学者的原创，蕴含着中国的文学传统。邹建军教授基于自我的经历与经验出发，对文学地理学理论与文学地理学批评实践提出了很多创见，在其《文学地理学批评的十个关键词》⑥一文中，他提出了文学地理学批评建设需要关注的诸如"文学的地理基础""文学的地理批评""文学的地理性""文学的地理空间"等十个关键词；经过八年的反复思考与探索，在随后的《文学地理学关键词

研究》⑦一文中，提出了包括"地理感知""地理记忆""地理根系""地理思维"在内的四个新术语。这些理论术语、核心问题、批评方法，对于文学地理学理论体系，乃至中国文学理论体系而言都是十分具有开创性的，体现了中国学者对于世界文学理论和世界文学史研究的重要贡献。

其次在文学地理学学科体系的建设中，理论建构与批评实践是同生共在的，当代文论话语体系建构要面向当代，不能只是空洞理论的纯理论性建构，还应走向具体的批评实践。只有在批评中，中国文学的经验，特别是当代文学发展中的经验才能够为话语方式和话语体系提供直接的参照及批评言说的动力，当代中国文论话语构建才会落到实处，使文学地理学研究回归具体文学事实，更加有效，更加"接地气"，为当下社会诸多现实问题的解决提供地理视角和地理方法。"理论不能建筑在语录之上，而应该建筑在现实的实践之上"⑧。《文学地理学批评引论》所讨论的问题涉及了文学、艺术甚至我们今天的社会问题、时代背景等方面，对人、自然、文学三者之间的关系进行了文学地理学角度的重新观照和思考，也因此得出了一些和前人不一样的结论。不仅对于文学的起源、文学的来源、文学与艺术的本质等历来备受关注的文学问题做出了重新的审视；同时，也关注到了文学地理学的内部研究与外部研究问题，全球化时代的背景下，世界文学与地方文学的关系问题；更重要的是，文学地理学关注人类所面对的种种问题，在生态问题与环境问题愈发严重的形态下，面对现代主义文学"向内转"的倾向和"人类中心主义"，文学地理学与人类的未来命运联系了起来，具有了方法论的意义，呼吁人们更多关注"人地关系"，让文学回归本位。

由我们中国学者提出和发展起来的文学地理学，不仅是作为一种批评方法，还是一门学科，最近十年来已经有了很大的进步，在基础理论、学科体系、批评方法和批评实践等方面产生了一系列重要的成果。文学地理学作为一种批评方法已经经过反复实践被证明是有效的和科学的，可发挥出其他批评方法所不可替代的作用。然而，正如西方文学史研究传入中国后历经了一百多年的本土化过程，文学地理学作为一种由中国学者提出和发展起来的批评方法，它虽然不存在本土化问题，但也面临一个国际化的问题，其理论体系的建构、相关概念和术语的提出和阐释、批评方法的实际应用，以及走向世界、为国际学术界所承认与接受都需要很长的一段时间。由此可见，中国文学地理学的理论建构与批评实践，仍有向深处拓展的空间，不仅需要大量的理论著述，也需要大量对于作家作品的研究。

注释【Notes】

①邹建军：《文学地理学批评引论》，武汉大学出版社2023版，第243页。

②周振甫：《文心雕龙今译（附词语简释）》，中华书局2013版，第417页。以下只在文中注明页码，不再一一做注。

③曾大兴：《文学地理学概论》，商务印书馆2017版，第257页。

④刘安海、孙文宪：《文学理论》，华中师范大学出版社2004版，第10页。以下只在文中注明页码，不再一一做注。

⑤曾大兴：《文学地理学的学科建构》，载《美学与艺术评论》2019年第2期。

⑥邹建军、周亚芬：《文学地理学批评的十个关键词》，载《安徽大学学报（哲学社会科学版）》2010年第34卷第2期。

⑦邹建军：《文学地理学关键词研究》，载《当代文坛》2018年第5期。

⑧高建平：《理论的理论品格与接地性》，载《文艺争鸣》2012年第1期。

写作意识的建构与实践
——读《文学地理学批评引论》

黎骄阳

内容提要：《文学地理学批评引论》是邹建军教授五年磨一剑的著作，是国内第一部文学地理学批评引论著作，包含了作者对文学地理学研究的真实体会、独到理解和深刻思考，为文学地理学的发展注入了新鲜活力。该书体现出邹建军教授的三大创作意识——问题意识、总结意识、发展意识，并提出了文学地理学研究的路径和方向。

关键词：《文学地理学批评引论》；写作意识；理论创新；思考启发

作者简介： 黎骄阳，华中师范大学文学院研究生，主要研究中国民间文学、民俗学和文学地理学。

Title: The Construction and Practice of Writing Consciousness — On *Introduction to Literary Geography Criticism*

Abstract: *Introduction to Literary Geography Criticism* is the book of Prof. Zou Jianjun that took five years to write and it is the first introductory work on Literary Geography Criticism in the country. The book contains the author's real experience, unique understanding and profound reflection on the study of Literary Geography, which energizes its development. The book reflects Professor Zou's three major writing awareness: problem consciousness, summary consciousness and development consciousness. And it suggests paths and directions for the study of Literary Geography.

Key Words: *Introduction to Literary Geography Criticism*; writing awareness; theoretical innovation; thinking inspiration

About Author: Li Jiaoyang is from the School of Chinese Language and Literature, Central China Normal University, specializing in Chinese Folk Literature and Literary Geography.

文学地理学，是以文学与地理环境之间的关系为研究对象的一门学科，是探讨文学与地理之间的关系的一种批评方法。文学地理学是一门接地气的学科，一个接地气的批评方法，可以说是以文学批评的方式直接地气、直通底层、直击当下。之所以可以这样说，主要有以下两个原因：一是任何作家作品、文学流派、文学思潮、文学史和文学理论的存在和发展，都是以地理要素为基础的，任何作家的作品乃至于所有的文学现象，都是生存于特定的地域。每一个地域都有各自特殊的地貌、地形、地质，也只有在此基础上，每一个地方才有可能形成特殊的地域文化、地域历史和地域传统。因此，我们研究中外文学史上的任何现象，从地理的角度出发、采取文学地理学的批评方法，就能够更为准确地透视文学的本质，探讨文学存在和发展的状态以及所有文学现象所产生的根本成因。二是地理及其构成要素是人类生存和发展的基本前提和全部基础，文学总是基于特定的地域环境和特定的地域文化产生的。正是由于这种人与环境之间的复杂关系，文学地理学批评方法才有自己的基本立场。文学地理学要求我们站在大地之上，来理解和研究所有的文学现象，并且可以得出有意义和价值的结论。

一、《文学地理学批评引论》的写作意识

所谓写作意识就是指作家或学者的创作意识，

是作者把材料组织成文章的方法，包括写什么、如何写，具体体现在如何谋篇布局。作者在进行创作的时候，一般不会都有明确成文的写作方法，其写作意识体现在字里行间和篇章结构中，并且作者自己的写作意识，与读者体会到的写作意识，会存在比较大的差异。《文学地理学批评引论》具有内容清晰、结构严谨的特点，与作者的写作意识密不可分。作者的问题意识体现出作者研精致思的批判精神，作者的总结意识体现出作者广博深厚的学术积累，作者的发展意识体现出作者开拓创新的大家风范。以下试具体分析之。

（一）问题意识

清代散文家刘开在《问说》中认为"非问，无以广识"，《文学地理学批评引论》的显著特点之一就是具有强烈的问题意识，以问作引，以问行文，以问促思。邹建军教授从自己的学术积累和学科理论的建构出发，敏锐地在"绪论"部分对作为一门学科的文学地理学、作为一种批评方法的文学地理学连续发问：第一，作为一门学科的文学地理学为什么会在中国产生，而不是在西方国家产生，也不是在东方其他国家产生？第二，文学地理学到底可以解决什么问题？第三，作为一种批评方法的文学地理学在方法上具有什么样的特点与优势，是不是形成了自己独立的方法论，或者方法论体系？第四，作为一门学科的文学地理学是如何产生和构成的？文学地理学是不是可以成为一门学科？第五，文学地理学对现有的文学理论具有什么样的贡献？文学地理学作为一种新的文学理论，和已成型的文学理论相比，具有哪些新的见解？第六，文学地理学不仅可以用来解释文学现象，并且可以反过来对文学创作产生重要的影响。第七，世界自然文学传统是如何形成的？自然文学传统的重要意义何在？第八，文学地理学的内部研究与外部研究的关系问题。第九，全球化时代的世界文学与地方文学问题，也成为人们比较关心的重要问题。在人类历史上，世界文学是如何形成的？世界文学的结构形态是如何构成的？世界文学是如何发展的？地方文学与世界文学之间是一种什么样的关系？民族

文学、国别文学与世界文学之间是一种什么样的关系？以上对个别问题的探讨作者是采取边问边答的方式，如问题一，作者通过比较中西方地理环境、历史时代的差异以及中西方学者的思考方式，得出文学地理学在中国产生的原因。其余多数问题的探讨在其后分章进行了全面的展开，作者阐述了自己对这些问题的认识。读者一翻开本书看到这些问题时，也会不由自主地进行思考并产生新的疑问，比如：如何区分静态的文学现象和动态的文学现象？文学地理学的哲学与美学背景是什么？文学地理学的方法论是什么以及如何应用？怎么从外部研究的视角来从事文学的内部研究？等等。

除了"绪论"由九个问题所组成外，章标题"文学地理学可以解决什么问题"、节标题"如何才能建立一门真正的学科"以及论述主体中的内容"如果说文学起源于劳动，那自然世界中的许多动物为了生存也是需要劳动并且也是一直在劳动的，它们创造了自己的文学或文化吗？文学怎么可能起源于劳动呢？难道最早的文学是起源于对劳动的描写吗？文学又怎么可能起源于游戏呢？很少有证据能证明文学是在游戏中产生的。文学怎么可能起源于模仿呢？对现实世界的一种模仿并不一定可以构成文学"，作者就是通过这样的提问和反问引导读者进行思考的，从而引出自己的观点，提出了新的理论。这样的论述方式增强了阅读的交互性和趣味性，具有很强的启发性和思辨性。《文学地理学批评引论》立论、驳论和论证的过程，也为学术论文的写作提供了良好的范例。学术论文的写作，就是要发现问题、解决问题，并且有逻辑地展开论证，从而得出自己的结论。

（二）总结意识

刘开在《问说》中，也提出了这样的观点："非学，无以致疑"。邹建军教授从事文学地理学研究十五年，将自己的积累与反思写进本书中，总结性地提出了文学地理学现有的理论内涵、学科框架以及如何在学术写作中进行全面而独到的应用。没有长期的积累、刻苦的钻研、深刻的思考，是不可能对这门新兴学科、新兴批评方法有如此全面

而独到的把握的。总结意识主要体现在以下几个方面。

一是对批评方法的总结。文学地理学作为一种批评方法，在古代已经初具雏形，有刘勰、钟嵘和陆机等人关于人与自然的关系、文学创作与对于自然感知之间的关系的论述。刘勰在《文心雕龙》"神思篇"中说："古人云：形在江海之上，心存魏阙之下，神思之谓也。文之思也，其神远矣。故寂然凝虑，思接千载；悄然动容，视通万里；吟咏之间，吐纳珠玉之声；眉睫之前，卷舒风云之色；其思理之致乎。故思理为妙，神与物游"①。但是在中国的历史上，没有人明确地提出过文学地理学是一种文学批评方法。作者在该书中明确地提出了文学地理学批评方法，包括以下四点内容：第一，文学地理学批评特别注重对文学文本空间形态中的地理要素及其来源、构成和价值的研究。所谓的"文学文本空间"，指的是文学作品中所存在的艺术空间、想象空间和美学空间以及上述三个方面的综合，这些都与文学作品产生的特定地理空间、作家所要创造的地理空间息息相关。第二，文学地理学批评可以关注作家的出生地、成长地、流放地、流亡地、旅居地和作品的写作地，对作家作为生命的个体进行一种综合性的考察。第三，文学地理学批评注重以地图的方式直观地呈现文学的历史、文学的文化传统以及作家的心理、情感、思想和美学系统。在研究文学论文和著作里，除了具有逻辑性的语言表述之外，可以制作一系列具有创意的图表，绘出一些有关作品和作家的地图，以直观和形象的方式体现文学地理学批评的优势。如杨义先生主编的《重绘中国文学地图》中的一些图表、邹建军等著《李魁贤诗歌艺术通论》中的八幅图表。第四，文学地理学作为一种新的批评方法，在运用过程中要特别注重运用一些新的术语和概念来解释文学现象，力图构建完整的批评理论体系。邹建军教授提出了"地理基因""文学景观""地理空间"等新的术语。文学地理学批评理论的核心问题，主要涉及以下三个方面：作为文学来源的人地关系；作为文学哲思的神地关系；作为文学根基的文地关系。"人地关系"与"神地关系"的问题是文学作品中"文地关系"的基础，"神地关系"和"文地关系"是"人地关系"的表现形式或某一个层面。只有对以上三个问题重新进行解释，作为一门学科的文学地理学才有可能最终得到完整的建立。

二是对学科史的总结。中国自古以来就有文学地理学研究，只不过没有明确的文学地理学学科意识。文学地理学学科建设始于近代学者梁启超《中国地理大势论》，梁启超从地理的角度来研究文学，对中国古代文学的构成与发展得出了独特的结论。改革开放以后，文学地理学要建成一门学科的观点是曾大兴教授提出来的，也有很多学者投入这门学科的建设中。邹建军教授在华中师范大学面向民间文学教研室的硕士研究生开设了"文化地理学"一课。一门学科想要建立，需要具备学术史、学术实践和具有标志性的学者等。作者在第三章"作为一门新兴学科的文学地理学"中，先是论述了文学地理学为何是一门和文学史并列的二级学科，接着从三个方面展开说明"文学地理学何以成为一门学科"：一是文学地理学有特定的研究对象——文学作品里面存在的地理要素、作家身上的地理要素、地域文学中的地理要素、文学史中所存在的地理要素。二是文学地理学本身具有强大的实践倾向。作为一门学科的文学地理学，在中外文学批评史上已经有了大量的、丰富的批评实践，可以作为学科的强大支撑。自古以来，中国和外国都有许多学者，从地理的角度来研究文学或者从文学地理学的角度来研究文学，取得了相当丰硕的成果。在西方包括了法国的斯达尔夫人、丹纳，英国的迈克·克朗，美国的地理批评学者等。在中国，从班固《汉书·地理志》开始，到刘勰、陆机、朱熹（"以诗证地"和"以地证诗"）和王国维等人，都曾经做过这个方面的研究。在近代中国有梁启超、刘师培等学者，在现代中国有汪辟疆、金克木、袁行霈、杨义等学者，他们也曾经从地理的角度来研究文学。只是西方学者没有提出过文学地理学，而中国学者提出并发展起来了作为一门学科的文学地理学。三是文学地理学所要研究的文学及其所有的文学现象，是以"天地之物"为土壤和根基而成长起来和发展起来的。首先，地理是文学的土壤，地理自古以来就是文学的来源和根本，文学和地理的关系是通过人类中富有敏锐观察力和丰富想象力的作家联系起来的，"天地之物"是文学表现的主要对象和文学审美的基本内容。其次，在学术实践方面，文学地理学学者所做的研究比较庞杂，几乎所有文学学科与非文学学科的学者，包括古代文学、现代文学、当代文学、民间文学等学科的学者，也包括一些研究水文、气候、地理、空间批评和生态批评的学者，都可以参与到文学地理学研究之中来，并且已经撰写了大量的论文。该书以《老水手行》《瓦尔登湖》《咱们死人醒来的时候》《沉没之鱼》四本书为例，从文学地理学的角度来分析发现人类对自然文学传统的建立和探索。在中国知网中，以"文学地理学"为关键词进行主题检索，可查找到千余条结果。此外，文学地理学每一年还会召开相当规模的年会，而且相当数量的学术著作已经正式出版，一批又一批国家社科基金项目获批了，中国文学地理学会的各种学术活动等，都说明文学地理学学科的存在与发展是一种历史的事实。可见，文学地理学有自己的实践成果，不是只有理论的空中楼阁。

三是对文学地理学理论应用的总结。文学地理学是一门学科，更是一种方法，作为方法的文学地理学早就存在，并且一直得到运用，体现了文学地理学强大的实用性和丰富的实践性，让更多的人可以认识到文学地理学的重要意义和重大价值。邹建军曾在《江山之助——邹建军教授讲文学地理学》一书中，探讨了我们应当如何展开对文学地理学的研究：一是从自己所熟悉与了解的文学现象开始；二是从对具体作家作品的分析入手；三是将科学研究方法与审美批评方法结合起来。具体来说，首先是要选取与自然山水关系比较密切的一个作家或者一部作品，如李白、苏东坡的作品，《西游记》《红楼梦》等，以及华兹华斯、柯勒律治、易卜生、安徒生等诗人和作家的作品。对于作家的文学地理学分析来说，主要研究两个方面：一是作家从

小所生活的自然山水环境对其人格精神所产生的影响，二是作家在文学作品里建构了什么样的地理空间系列、这些地理空间意象具有什么样的思想与艺术意义？对于作品的文学地理学分析来说，主要研究以下三个方面的问题：一是对作品中存在的自然景观的分析，看一看它具有什么样的特点与意义；二是对作品中地理环境的描写进行评估，看一看它对于作品里的人物形象与思想主题具有什么样的意义；三是对作品中所建构的空间结构进行分析，看一看作家在作品里建立了一种什么样的空间形式、作家为什么要建立这样的空间形式。初学者按照这个步骤对文学地理学理论进行应用，就比较好展开，并取得自己的结论。颜红菲的《薇拉·凯瑟小说中的地理叙事研究》、杜雪琴的《易卜生戏剧地理诗学问题研究》、张琼的《劳伦斯长篇小说"矿乡"空间研究》、陈富瑞的《汤亭亭小说中的家园空间研究》、覃莉的《华兹华斯长诗〈序曲〉的地理书写研究》等博士论文，则提供了多种多样的文学地理学的研究范式，走出了一条宽广的文学地理学批评方法的应用之路。

（三）发展意识

《文学地理学批评引论》既是对文学地理学以往研究的总结，也是为文学地理学研究的发展提出问题、指出方向，期待有更多学者和作家的加入。文学地理学学科和文学地理学批评方法两者的建设是相辅相成的。邹建军教授认为把文学地理学设为一门学科很重要，甚至比把文学地理学当成一种批评方法更重要；然而，作为一种新的批评方法的文学地理学，如果要进一步引起大家的重视，并发挥出历史性的作用，首先还是要作为一门学科提出来，因为只有这样才可以让文学批评方法有所依附、有所扩大、有所发展。方法绝对不只是一个角度的选择，也不是一种工具的运用，而是一种新观念和新的思想的体现；而没有学科理论的支撑，一种新的文学批评方法及其理论体系是建立不起来的，邹建军教授由此提出了要重视地方志等基础文献的收集与整理工作、重视理论创新等问题，为作为一门学科的文学地理学提供了建设性的重要

意见。另外，邹建军教授还开创性地列出来文学地理学的16个分支学科：文学环境学、作家分布学、文学感知学、文学基因学、文学地名学、文学流变学、文学家族学、文学空间学、文学气候学、文学物候学、文学天文学、文学灾害学、文学地图学、文学景观学、文学区域学和文学生态学。在邹建军教授之前，这16个分支学科可以说都是一片荒草地，是作者提供给年轻学者的多个方面的研究方向，如果更多的学者加入文学地理学的研究，一定会大有作为。其次，文学地理学的几个关键术语——地理意象、地理影像、地理景观、地理空间、地理叙事、地理思维、地理基因、文学景观、文学区等，在理论定义和实践应用方面都存在较大空白，所以他再次进行阐释与分析，极大地推进了此方面的研究。文学地理学可以划分为内部研究和外部研究，目前学界的研究中，外部研究居多，内部研究缺乏，并且内部研究与外部研究的结合是最大的问题。外部研究是文学地理学研究的基础，内部研究是文学地理学研究的重点，只有两者有机的结合，文学地理学研究才能得到丰富，文学地理学学科才可以得到发展。只是从外部研究入手来从事文学地理学研究是不够的，需要我们注重内部研究来进行补充；从地理的角度对文学文本进行的研究，就是属于文学地理学的内部研究，是大有可为的一片天地。

除了理论的应用外，作者还提到了如何进行文学地理学的具体研究与相关的创作：第一，要挖掘自己的童年记忆和少年记忆，这是必不可少的创作之源，因为每个人都出生于特定的地方或地域。第二，要注重观察自己所生活地方的自然山水，对你所生活的这一带地域的鲜明特点，通过自我的方式把这里的特点与风韵创造出来，以文学的方式与家乡的自然山水进行全方位的对话。第三，要对地方的文化、民俗风情以及地域文化传统进行研究，比如对于地方志、民间传说、民间故事和歌谣的搜集与阅读，这些都会成为创作的重要土壤。第四，还要注重接受更广博的外来文化和文学，吸收它们的养分，才能使你的思维更加开阔，观念更加前卫，

才可能创造出更加优秀的文学作品。这四点都包含着地理环境、人生经历对文学创作的影响，从另一个方面证明文学地理学存在其理论价值，批评者能够在作家和作品上找到自己的分析切入点和学术生长点。

邹建军教授提出了很多文学地理学的发展方向，从前的文学理论和文学研究为它的完善提供了某些基础，然而这样的基础还比较弱小，文学地理学学科建设和批评理论还处于不断完善之中。由于文学地理学本身的合理性、逻辑性与科学性，正在吸引越来越多的学者参与其中。

二、《文学地理学批评引论》给读者的思考与启发

邹建军教授在"绪论"部分提出，《文学地理学批评引论》主要讨论了文学地理学研究中的一些前沿问题，以及文学地理学学科发展中必须面对的问题。那么笔者针对部分前沿问题谈谈自己的理解。

（一）文学地理学的内部研究和外部研究

在过去一百年中，我国学者所做的文学地理学研究，基本上属于外部研究，而不属于内部研究。外部研究是文学地理学研究的基础，内部研究是文学地理学研究的重点，两者有机的结合是最大的问题。内部研究和外部研究如何结合？一是以作品为基础，从社会学、历史学、伦理学或者作家的生平经历等"非作品"角度切入，探讨作品中的空间、人物、事件形成的原因及其特点。在《毛泽东诗词中自然景观的五种形态——以山的意象为中心》一文中，毛泽东从早年在长沙与北大的求学经历，到第一次国内革命战争时期、第二次国内革命战争时期，从红军长征到陕北边区，从人民解放军占领南京到中华人民共和国的建立，从回韶山到上庐山，再到重上井冈山，以及多次来到武汉段的长江游泳，其足迹所到之处，都留下了优美的诗篇，其诗词里的地理景观不仅是十分丰富的，并且是相当突出与显著的。该文运用文学地理学批评方法，以"山"的意象为中心，

探讨毛泽东诗词里自我与他者、主体与客体、自我与自然、自我与文化之间的关系，发现其诗词中地理景观的存在有五种不同的情况，或者说以山为中心的地理景观存在五种不同的形态，并以此透视毛泽东诗词的主体精神建构，以及在此基础上所进行的艺术选择。二是从外部角度切入，研究文学作品的审美问题与地理之间的联系，包括对于文学作品的审美过程、审美方式、审美阅读等内容与地理之间关系。例如通过研究不同地区读者的阅读期待，讨论不同文本中大禹审美形象及其地域特点。以具体文学作品来说，李白怎样在《蜀道难》建构出"难于上青天"的蜀道，引入其人生经历？李白因见过秦蜀道路上奇丽惊险的山川，适当地生发联想，从而构建了奇丽惊险、不可凌越的蜀道空间。由此可见，自然山水对诗人创作的影响。《蜀道难》也从侧面印证了古代蜀道逶迤、峥嵘、高峻、崎岖的特点。那么，"以诗证史，以史证诗"就是文学地理学内部研究和外部研究相结合很好的写照。

不仅是文学地理学面临文学的内部研究和外部研究不平衡问题，半个多世纪以来对文学审美的研究、对文学内部问题的研究以及对文学之艺术性与文学性的研究是较为忽略的，甚至于用理论套文学作品，过于标新立异。面对这样的学术发展趋势，刘守华教授对中国故事学研究进行反思，提出了中国故事学"走向故事诗学"的学科展望，期待借助新的学科概念来纠正中国故事学的发展偏向。回归民间故事的文学性，重申故事文本的诗学价值及其审美品格，彰显民间故事瑰丽神奇的想象力与蕴意悠远的美学趣味，就是民间故事文艺学的内部研究。民间故事是活态的故事，其魅力不只体现在故事讲述者的艺术造诣上，更应该体现在故事本身的审美特征上。缺少文本细读的文学研究根本谈不上文学批评，只有深耕文学作品，才能理解到作者遣词造句的意图，体会地理环境对作家作品的滋养，感受文本的魅力。重视文学地理学内部研究，是回归文学、推动学科长远发展的应有之义。

（二）文学地理学与世界文学

1827年歌德提出"世界文学的时代已快来临"，世界文学成了全球文化共同体的集体想象。歌德虽提出"世界文学"概念，却没有给"世界文学"一个明确的定义，至今人们对于"世界文学"的理解也同样如此。人类已经进入全球化时代，经济全球化、政治多极化、文化多元化，文学作品也成为全世界人民所共享的文化产品，那么是否存在同质而统一的文学范式，是否存在所谓的"世界文学"？我的答案也是否定的。

艾布拉姆斯在《镜与灯——浪漫主义文论及批评传统》中提出文学活动的四个要素：世界、作者、作品、读者。从创作者的角度来说，各地作者有不同的生活环境、学历背景、思考方式，其创作意图、创作个性、创作方法、创作风格肯定是不同的。以京派作家、海派作家为例，"京派"是指以北京为代表的大陆地带文化，吸收和保留传统文化比较多；"海派"则是以上海为代表的沿海地带的文化，吸收外来文化比较多。杨义在《京派海派综论》中，以形象的笔调来表现两者的区别："一方是山水的灵感，一方是性感的肉感；一方是生命的信仰，一方是自我的危机；一方是处女地的气息，一方是摩托车的速率；一方是渺若云烟的美神的梦，一方是光怪陆离的酒神的梦。"[②]从接受者的角度来说，世界各地读者的阅读期待受地理环境、生活经历、身份地位的影响是不同的，即便是生活在同一个地方的群体内部，阅读喜好也会有所差异，比如生活在桂子山上的武昌人，有的会喜欢普鲁斯特的意识流小说《追忆似水年华》，而有的就会认为其晦涩、深奥而拒绝阅读。另外，从文化传播来看，受出版社、市场资本、政治话语的影响，各地文学有不同的发展条件和发展空间，传播速度和传播范围也会各有差异。所以，从文学活动的四要素也可以说明，文学是地方的而不是世界的，"世界文学"是一个"伪命题"。或许在将来，随着全球化的深入以及科学技术的进步，世界各地的经济基础和上层建筑会越来越趋于同质化，也许我们就可以再展开讨论"世界文学"的问题。总之，君子和而不同，小人同而不和，美美与共，和合其美，才能实现和合致远、天下大同的伟大目标。中华民族文化正以昂扬的姿态走向世界，我们不能一味媚外，而忽视地方文学的发展，必须根植中华大地，建立自己独立而独特的文学批评话语体系。

《文学地理学批评引论》是中国文学地理学研究的重要收获，在诸多方面都取得了重要的进展。它是对中国文学地理学研究的回顾，亦是对中国文学地理学研究的反思，说明了作为一门新学科的文学地理学是大有可为的。邹建军教授常说，文学地理学是一门很大的学问，文学地理学是一个很大的学科。相信在一代又一代学者的努力下，文学地理学研究会有更加重要的成果问世！

注释【Notes】

①范文澜：《文心雕龙注》，人民文学出版社1958年版，第60页。
②杨义：《京派海派综论》，中国社会科学出版社2003年版，第138页。

琳恩·诺塔奇戏剧研究综述①

李昕苗　孔　瑞

内容提要：琳恩·诺塔奇是21世纪美国首位两次荣获普利策戏剧奖的非裔女性剧作家，笔耕不辍、佳作迭出，吸引了国内外学者广泛关注。本文梳理国内外近二十年诺塔奇剧作研究文献，从整体性研究、比较研究、主要剧作研究等方面总结归纳国外研究现状，运用女性主义、后现代主义、社会学批评及戏剧艺术等研究视角对国内研究现状进行阐发，旨在总结和评述近二十年诺塔奇戏剧研究现状，为拓展其研究提供参考。

关键词：琳恩·诺塔奇；戏剧；综述

作者简介：李昕苗，山西师范大学外国语学院英语语言文学在读硕士。孔瑞，博士，山西师范大学外国语学院教授，研究方向：美国戏剧。

Title: A Literature Review of Lynn Nottage's Plays

Abstract: Lynn Nottage is the first African-American female playwright who won Pulitzer Prize for Drama twice in the 21st century, with incessant writing and excellent works, attracting extensive attention from scholars both domestically and internationally. This paper studies research data on Lynn Nottage's plays in the past two decades at home and abroad, and summarizes the current status of abroad research from the holistic, comparative research and major plays. The domestic researches are in terms of feminism, postmodernism, sociological perspective and artistic skills, aiming to summarize and evaluate the status of Nottage's plays study and offer references for extension of studies.

Key Words: Lynn Nottage; plays; literature review

About Author: Li Xinmiao, Postgraduate of the School of Foreign Language, Shanxi Normal University. **Kong Rui,** Professor of the School of Foreign Language, Shanxi Normal University, specializing in American Drama.

一、引言

琳恩·诺塔奇（Lynn Nottage，也被学者们译作林恩·诺塔奇，1964—　）是21世纪美国首位两度荣膺普利策戏剧奖的非裔女性剧作家，戏剧主题具有"历史、流散和身份"②等特征。诺塔奇创作生涯始于20世纪80年代的《维罗纳黑暗的一面》（*The Darker Side of Verona*，1982），剧作主要有《噗！》（*Poof!*，1993）、《波诺克斯》（*Por'Knockers*，1995）、《快乐餐桌上的碎屑》（*Crumbs from the Table of Joy*，1995）、《泥、河、石》（*Mud, River, Stone*，1997）、《穿越时光》（*A Walk Through Time*，2000）、《宫娥》（*Las Meninas*，2002）、《成为美国人》（*Becoming American*，2002）、《内衣》（*Intimate Apparel*，2003）、《虚构故事：昂丁的再教育》（*Fabulation, or the Re-Education of Undine*，2004）、《毁灭》（*Ruined*，2008）、《顺便见一见薇拉·斯塔克》（*By the Way, Meet Vera Stark*，2011）、《汗水》（*Sweat*，2015）和《MJ：音乐剧》（*MJ: the Musical*，2021）、《克莱德餐厅》（*Clyde's*，2021）等。近年来诺塔奇处于创作高峰期，佳作迭出，多次荣获奥比奖和纽约剧评人奖等，国内外学界关于诺塔奇戏剧的研究也

随之不断深入。本文归纳总结21世纪以来与诺塔奇相关的文献，分析国内外研究现状，以期进一步拓展研究空间。

二、国外诺塔奇研究

随着诺塔奇及其剧作声名鹊起，国外研究专著、学术论文及期刊文献等研究成果日益丰富。基于Google scholar、Wiley、Springer、Proquest、Project、Dbpia等外文数据库统计数据，基于剧作研究内容，本文从整体研究、比较研究和主要剧作研究三方面分析国外诺塔奇研究状况。

（一）整体性研究

该类研究以论文集、专著的形式对诺塔奇创作进行整体评价，柯林·菲利普（Kolin C Philip）《当代非裔美国剧作家：案例书》（*Contemporary African American Playwrights: A Casebook*，2007）是诺塔奇研究的代表性专著，详细介绍剧作并重点分析风格。乔斯林·巴克纳（Jocelyn Buckner）的论文集 *A Critical Companion to Lynn Nottage* 汇编十余篇论文，剧作研究涵盖《毁灭》《快乐餐桌上的碎屑》《泥、河、石》《宫娥》《内衣》《虚构故事：昂丁的再教育》《顺便见一见薇拉·斯塔克》等，从戏剧理论、非裔研究、文化研究、女权主义等多维度深度分析，解析诺塔奇戏剧的复杂性和跨界性。

（二）比较研究

随着诺塔奇剧作日益丰富，其风格技巧多样驳杂，学者们进行了诺塔奇剧作对比研究以探讨戏剧背后的政治性。罗马尼亚奥维迪乌斯大学卢德米拉·马尔塔诺夫斯基教授（Ludmila Martanovschi）《琳恩·诺塔奇四部剧中的政治参与》（"Political Engagement in Four Plays by Lynn Nottage"，2018）采用莎伦·哈里斯政治文学思想研究《欢乐桌上的碎片》《泥、河、石》《内衣》《毁灭》中的政治主题，认为"政治文学是承认政治和社会动态关系的文学"，并阐述社会政治问题对个人生活的影响；韩国诚信女子大学全妍熙教授（Chun Yon hee）《琳恩·诺塔奇戏剧的世界

主义哲学：〈内衣〉〈宫娥〉〈虚构〉〈毁灭〉〈汗水〉》（"Philosophy of Cosmopolitanism in the Plays of Lynn Nottage: *Intimate Apparel*, *Las Meninas*, *Fabulation*, *Ruined*, and *Sweat*"，2019）通过21世纪美国社会政治经济状况分析政治学和戏剧舞台的互文性；《琳恩·诺塔奇戏剧的空间（性）和认识再转喻：以〈毁灭〉〈内衣〉〈汗水〉为例》（"Space and Re-appropriation of Perception in the Plays of Lynn Nottage: *Ruined*, *Intimate Apparel*, and *Sweat*"，2019）对比不同空间属性，解构父权权威以及社会政治意识形态之外的权力；朱莉·伯勒尔（Julie Burrell）《当代黑人女权主义戏剧中的后工业时代：琳恩·诺塔奇〈汗水〉、多米尼克·莫里索〈骷髅队〉和丽莎·兰福德〈渴望的艺术〉》（"Postindustrial Futurities in Contemporary Black Feminist Theater: Lynn Nottage's *Sweat*, Dominique Morisseau's *Skeleton Crew* and Lisa Langford's *The Art of Longing*"，2021）认为诺塔奇以黑人女性戏剧种族化叙事对抗美国去工业化。

（三）主要剧作研究

1.《毁灭》相关研究

诺塔奇的首部普利策戏剧奖剧作《毁灭》研究成果丰富、视角多维。第一类学者从政治哲学视角探讨剧作家的人文主义关怀。美国路易斯维尔大学教授拉塞尔·范登布鲁克（Russell Vandenbroucke）和韩国建国大学姜亨民教授（Kang Hyeong-min）从不同维度分析戏剧的政治主题，研究其对社会结构、文化和价值观的影响。第二类学者关注"身体政治"主题。安福克斯（Ann Fox）的《身体斗争：琳恩·诺塔奇〈毁灭〉的残疾书写》（"Battles on the Body: Disability, Interpreting Dramatic Literature, and the Case of Lynn Nottage's *Ruined*"，2011）将"残疾书写"作为多重意义点投射到《毁灭》的意义研究中，认为"《毁灭》包含身体、情感和领土'毁灭'等多种含义"；全妍熙《琳恩·诺塔奇〈毁灭〉中领土、性别与身体政治》（"Territory, Gender, and Body Politics: Lynn Nottage's *Ruined*"，2013）揭

露性别政治和父权意识对女性身体、情感及心理的影响。第三类是"女性主义"视角研究，从诺塔奇女性主义思想出发结合社会学批评视野进行研究。菲丽莎·德罗泽（Phyllisa S Deroze）博士论文《女性主义戏剧：当代黑人女性剧作家笔下的共同体和治愈》（"Womanist Restorative Drama: Violence, Community, and Healing by Contemporary Black Women Playwrights"，2010）阐明女性主义戏剧的起源和发展历史，分析女性共同体的形成原因及治愈能力；而朴富顺（Busoon Park）《琳恩·诺塔奇〈毁灭〉的生态女权主义研究》（"A Study on Ecofeminism in Lynn Nottage's *Ruined*"，2022）从生态女性主义视角分析女性个体走向女性共同体的必要性。

2.《汗水》相关研究

作为诺塔奇的第二部普利策戏剧奖剧作《汗水》为后工业时代的产物，相关研究的视角极其丰富，第一类运用后工业批评视角并结合鲜明的历史和文化特征进行研究。埃米内·费斯克（Emine Fisek）《琳恩·诺塔奇的〈汗水〉：去工业化的一代：记忆、传记和身体》（"The Deindustrial Generation: Memory, Biography and the Body in Lynn Nottage's *Sweat*"，2019）和姜亨民《琳恩·诺塔奇〈汗水〉中美国新自由主义资本主义下劳工危机及价值观崩溃》（"The Crisis of Labor and Collapse of American Values in Neoliberal Capitalism in Lynn Nottage's *Sweat*"，2019）研究新自由资本主义经济政策对工人记忆、身体和价值观产生的负面影响。第二类是从政治经济学角度研究，全妍熙《怀旧是一种疾病！琳恩·诺塔奇〈汗水〉的21世纪美国地理学》（"Nostalgia is a Disease: Geography of 21st Century America in Lynn Nottage's *Sweat*"，2018）从蓝领工人失业分布状况研究21世纪美国政治经济地理学。

3.《内衣》相关研究

《内衣》荣获纽约剧评人奖、弗朗西斯卡普利姆斯奖、斯坦伯格新剧奖等，同样引起学术界和戏剧界的关注。第一类关注戏剧舞台灯光布局及服装设计。马克斯·杜利特尔（Max M Doolittle）硕士学位论文《〈内衣〉灯光设计》（"*Intimate Apparel*: A Lighting Design"，2016）分析不同场景下舞台灯光设计对戏剧表演的促进性；伊丽莎白·克拉克（Elizabeth N Clark）硕士学位论文《〈内衣〉的服装设计》（"Laced in: The Costume Design for *Intimate Apparel*"，2010）从人物服装设计方面探讨历史背景下社会变化对服装设计发展的影响。第二类以女性主义视角并结合性别政治、种族身份等批评视野进行研究。阿斯玛·萨利赫（Asmaa M Saleh）《琳恩·诺塔奇〈内衣〉的女性限制》（"Women's Confinements in Lynn Nottage's *Intimate Apparel*"，2016）从女性人物形象、人物经验出发，通过其所受限制揭露女性经历的社会压迫；全妍熙《诺塔奇〈内衣〉中服装政治与沟通美学》（"Politics of Clothes and Aesthetics of Communication in Lynn Nottage's *Intimate Apparel*"，2016）从服装政治学和沟通美学角度探讨"内衣"的表征及内涵意义并分析剧中人物间亲密感形成方式。第三类是从社会学角度。阿德里·布拉科尼（Adrienne M Braconi）《私人空间/公共场所：〈内衣〉中迁移、连接和身份》（"Intimate Spaces/Public Places: Locating Sites of Migration, Connection, and Identity in *Intimate Apparel*"，2016）从唯物主义和现象学视角剖析私密空间和公共空间如何体现人物身份与地点的关系。

综上可见，国外对琳恩·诺塔奇戏剧的研究视野开阔，且重复性较低，整体宏观视角和微观剧作的特征主题、剧情阐释和演出形式等方面的研究成果丰硕，但叙事学研究、传播与读者接受、剧作影响研究等方面的研究仍然亟待拓展。

三、国内诺塔奇研究

国内的诺塔奇研究相比国外较晚，《毁灭》2009年获得普利策戏剧奖，许诗焱教授在《外国文学动态》发表《后现代时期的当代剧作家——评琳恩·诺塔奇和她的〈毁灭〉》（2010），首次介绍琳恩·诺塔奇及其作品的写作背景，剖析《毁灭》主题和主要人物③。陈爱敏教授在《当代美国戏剧研究专栏》（2013）评价诺塔奇等美国女性剧作家，"在美国戏剧界，非裔美国人戏剧在过去三十多年里取得了巨大的成就"④，继而在《英美文学研究论丛》发文《20世纪80年代以来的非裔美国戏剧概览》（2014）介绍美国戏剧文学中诺塔奇的重要贡献，分析剧作中女性身体和精神创伤主题。

近年来，诺塔奇愈来愈引起国内学者关注，截至2023年9月1日，笔者以"诺塔奇"为关键词检索中国知网、国家图书馆硕博论文库、万方数据、维普资讯、超星图书等资源库，剔除重复研究、篇幅短小等学术价值不高的文献，论文研究总数有30余篇，其中硕士学位论文有12篇，学术期刊、辑刊论文有19篇。研究按照女性主义、后现代主义、身份研究、社会学批评及艺术技巧等角度剖析人物形象、思想主题、叙事策略及创作技巧。

（一）女性主义视角

诺塔奇剧中的女性形象、女性经验一直受到学界及评论界关注，研究者将女性主义批评多与创伤视角结合。朱丹《战争的毁灭与人性的救赎——2009年普利策戏剧奖获得者琳恩·诺塔奇戏剧〈毁灭〉评介》（2013）揭露妇女的残酷遭遇和自我救赎；吴立昕《林恩·诺塔奇戏剧创作中对当代黑人女性世界的关照》（2018）以《快乐餐桌上的碎屑》《内衣》《毁灭》分析诺塔奇女性人物创作的双面性，"痛苦和乐观共存"⑤；闫晓芳硕士学位论文《创伤的复原之路：创伤理论视角下对林恩·诺塔奇的〈毁灭〉中女性角色的分析》（2019）借助朱迪斯·赫尔曼理论分析女性创伤并揭露创伤原因；郭夏迪《女性的压迫与反抗：〈毁灭〉中黑人女性的属下地位解读》（2020）借助属下理论分析内战中黑人女性被迫"失声"与"发声"遭遇；张颖歌硕士学位论文《〈毁灭〉和〈内衣〉中的身体政治与女性主体性建构》（2022）从身体视角分析女性压迫、意识觉醒以及争取解放的历程，探讨当代女性主体性建构过程。

（二）后现代主义批评

研究者结合后现代理论与历史文化进行分析

研究。赵承运《后工业时代的受害者——评2017年美国普利策戏剧奖剧作〈汗水〉》（2021）从美国经济全球化分析后工业时代工人受害原因，硕士学位论文《轴心外的受害者：后工业批评视域下的琳恩·诺塔奇〈汗水〉研究》（2021）借助后工业理论、物化理论、空间政治理论以及舞台调度相关理论揭露美国中下层劳工所受的伤害；何星莹《普利策戏剧奖获奖作品〈汗水〉奏响的"蓝色"悲歌》（2021）从美国社会经济与权力的共生关系分析资本扩张和消费；王晓硕士学位论文《琳恩·诺塔奇的左翼戏剧〈汗水〉研究》（2022）从主题、形式以及创作意图研究左翼戏剧的反叛性。

（三）身份研究

学者将身份问题与空间批评理论相结合。刘蓓蓓和龙娟《〈虚构故事：昂丁的再教育〉中的城市空间与身份认同》（2020）分析人物"逃离"与"回归"布鲁克林黑人社区身份解构与建构过程。孙丽硕士学位论文《琳恩·诺塔奇非洲书写的阈限性研究》（2021）从空间、象征及身份探讨《毁灭》和《泥、河、石》的阈限性，分析民族意识在困境中生存的重要性。吕春媚等《琳恩·诺塔奇〈毁灭〉中的文化记忆与黑人身份意识流变》（2021）通过身体记忆、地点记忆和交往记忆等建构文化记忆，分析黑人身份意识流变中记忆的重要性。李骄阳硕士学位论文《〈顺便见一见薇拉·斯塔克〉中的种族操演性研究》（2022）分析"黑扮白装""黑扮黑装"种族身份操演现象以研究当代美国社会种族身份问题。孔瑞教授和笔者《压迫、顺从与反抗——琳恩·诺塔奇〈内衣〉的空间话语》（2023）借助列斐伏尔空间理论分析不同空间表征下美国社会边缘化人群生存困境⑥。

（四）社会学研究

国内学者从社会学角度对诺塔奇作品进行的分析中，共同体研究成为研究焦点。吕春媚教授《琳恩·诺塔奇〈泥、河、石〉中的共同体书写》（2022）研究"地缘共同体、文化共同体以及精神共同体"⑦的复杂性并借此批判殖民主义、种族主义；龙芃君硕士学位论文《诺塔奇〈汗水〉中的共同体研究》（2021）分析血缘共同体、地缘共同体和精神共同体的形成原因，《诺塔奇剧作〈汗水〉中的酒吧共同体解体与重构》（2021）一文引入社会学、移民史、劳工史视角分析"酒吧共同体"解体原因；贺泼硕士学位论文《琳恩·诺塔奇剧作〈毁灭〉中的共同体书写》（2018）运用费迪南·滕尼斯共同体观点研究战时困境下建构"国家共同体""地缘共同体""精神共同体"的重要性。

（五）戏剧艺术研究

戏剧艺术研究是对诺塔奇戏剧艺术技巧包括舞台艺术、剧作结构、话语分析、叙事手法等的研究。陈爱敏等在《〈毁灭〉的布莱希特戏剧艺术特色》（2013）分析战争与人的命运、人物双重性格、开放式结局等布莱希特戏剧艺术特色；吴若愚《〈毁灭〉中的权力与话语研究》（2019）挖掘多重权力关系，研究话语在权力关系的建立、维系及颠覆中的重要作用；吕春媚等《琳恩·诺塔奇〈汗水〉中的陌生化与政治编码》（2021）借助事件历史化、反传统戏剧叙事以及开放性结局等陌生化手法探究其政治编码，揭示戏剧的政治性；庞玉婷、吕春媚《琳恩·诺塔奇〈宫娥〉中的多重个体叙事和历史重现》（2021）从新叙事话语角度并结合历史学理论，以多重个体叙述肯定历史叙述中黑人女性的重要性；孔瑞教授和笔者《琳恩·诺塔奇〈汗水〉的危机叙事》（2022）从危机叙事角度分析美国后工业时代遭遇的种种危机，揭示美国社会"劳资对立、种族矛盾及文化沉疴"[8]。

总体而言，国内琳恩·诺塔奇研究从女性主义、空间与身份研究、后现代批评研究和社会学研究等方面较为充分地阐释了诺塔奇剧作的艺术性和思想性，开拓了创新研究视角如共同体探讨、文化批评及创作技巧研究等。然而，国内研究选题重复现象较为突出，多着眼于普利策戏剧获奖作品《毁灭》和《汗水》，其他剧作的分析与阐释有待深入和拓展研究。

四、结语

总体看来，21世纪以来与诺塔奇相关的研究文献迅速丰富，研究视角和方法更加全面和多元化。国内外学者结合前沿热点理论、当代西方文学戏剧批评方法分析诺塔奇的作品，如女性主义批评、身份研究、后现代视角与美学研究等拓宽研究领域，但在诺塔奇纵向创作脉络、横向比较研究、文化诗学等角度还可进一步拓展空间。迄今为止，国内外诺塔奇研究热度不减，研究成果层出不穷，诺塔奇一直笔耕不辍，国内外学界关于诺塔奇及其剧作的研究仍在不断创新。

注释【Notes】

①本文系2022年度山西省研究生教育创新计划项目《疫疾视域下女性话语权建构研究》（项目编号：2022Y469）、2019年度国家社科基金艺术学重大项目《当代欧美戏剧研究》（项目编号：19ZD10）、2022年度山西师范大学研究生课程思政示范课程《美国当代戏剧》（项目编号：2022YJSKCSZSFK-08）、2022年山西省重点智库"党的二十大精神研究"专项课题《高校英语教学中强化主流意识形态路径研究》（项目编号：ESD-17）的阶段性成果。

②Buckner, Jocelyn L. *A Critical Companion to Lynn Nottage*. London: Taylor and Francis, 2016, p.23.

③许诗焱：《后现代时期的当代剧作家——评琳恩·诺塔奇和她的〈毁灭〉》，载《外国文学动态》2010年第1期，第15页。

④陈爱敏：《当代美国戏剧研究专栏》，载《南京工程学院学报（社会科学版）》2013年第4期，第1页。

⑤吴立昕：《林恩·诺塔奇戏剧创作中对当代黑人女性世界的关照》，载《戏剧文学》2018年第3期，第76页。

⑥李昕苗、孔瑞：《压迫、顺从与反抗——琳恩·诺塔奇〈内衣〉的空间话语》，载《剧作家》2023年第4期，第91页。

⑦吕春媚：《琳恩·诺塔奇〈泥、河、石〉中的共同体书写》，载《英美文学研究论丛》2022年第1期，第318页。

⑧李昕苗、孔瑞：《琳恩·诺塔奇〈汗水〉的危机叙事》，载《名作欣赏》2022年第36期，第5页。

外国文学研究书系

　　为了展现高等院校在外国文学和比较文学研究领域的最新成果，促进学术研究的繁荣与发展，加强合作与交流，世界图书出版广东公司学术出版中心（武汉）本着"把世界介绍给中国，把中国介绍给世界"的宗旨，策划出版《外国文学研究书系》。此书系力图顺应学术发展潮流，既重视对外国经典作家作品的解读，也重视对当代文学前沿问题的研究，以期扩展视野，为外国文学与比较文学研究者提供借鉴。

一、主编简介

　　邹建军，又名邹惟山，华中师范大学文学研究所副所长、文学院教授、博士生导师，《华中学术》副主编、《中国诗歌》副主编。主要研究英美文学、比较文学、中国现当代文学与文学地理学。在《文艺研究》《求是》《中国比较文学》《外国文学研究》《当代外国文学》等发表论文与文学批评300余篇，其论文多次为《新华文摘》《高校文科学术文摘》等全文转载，出版《"和"的正向与反向：谭恩美长篇小说中的伦理思想研究》《多维视野中的比较文学研究》《江山之助——邹建军教授讲文学地理学》《现代诗学》（与龙泉明合著）等，主编《外国文学作品精选》《世界百首经典诗歌》《易卜生诗剧研究》《中国学者眼中的华裔美国文学》《中国当代文学作品选读》等教材与论文集。

二、收录著作

　　《外国文学研究书系》第一辑已经由世界图书出版公司出版发行：《易卜生诗剧研究》（邹建军主编）、《小说翻译中的异域文化特色问题》（杨晓荣著）、《文学地理学视野下的易卜生诗歌研究》（邹建军、胡朝霞编著）、《超文本文学之兴：从纸介质到数字化》（李洁著）、《创作小说的技术与阅读小说的技术——以〈外国小说欣赏〉为例》（何永生著）、《〈红楼梦〉与〈源氏物语〉时空叙事比较研究》（杨芳著）、《文本形式的政治阐释——詹姆逊文学批评思想研究》（杜明业著）、《多恩的内在承继与思辨书写》（张缨著）等。

图书在版编目（CIP）数据

世界文学评论．第 18 辑 / 《世界文学评论》编辑部
编 .-- 武汉 ： 长江文艺出版社，2024.1
　　ISBN 978-7-5702-3486-8

　　Ⅰ．①世… Ⅱ．①世… Ⅲ．①世界文学－文学评论－
文集 Ⅳ．① I106-53

　　中国国家版本馆 CIP 数据核字（2024）第 022005 号

世界文学评论．第 18 辑
SHIJIE WENXUE PINGLUN DI 18 JI
_____
责任编辑：王洪智　　　　　　　　责任校对：毛季慧
装帧设计：黑眼圈工作室　　　　　责任印制：邱　莉　胡丽平
_____
出版：长江出版传媒 | 长江文艺出版社
地址：武汉市雄楚大街 268 号　　　邮编：430070
发行：长江文艺出版社
http://www.cjlap.com
印刷：武汉开心印印刷有限公司
_____
开本：889 毫米 ×1194 毫米　1/16　　印张：15
版次：2024 年 1 月第 1 版　　　2024 年 1 月第 1 次印刷
字数：398 千字
_____
　　　　　　　　　　　定价：78.00 元
_____